버지니아 울프

버지니아 울프 3

한국버지니아울프학회 편

발행일 2016년 7월 30일
발행인 이성모
발행처 도서출판 동인
서울시 종로구 혜화로3길 5 아남주상복합빌딩 118호
등 록 제 1-1599호
전 화 (02)765-7145 / 팩스 (02)765-7165
이메일 dongin60@chol.com

ISBN 978-89-5506-717-0

정 가 38,000원

한국버지니아울프학회 총서 3

한국버지니아울프학회 편

버지니아 울프 3

도서출판 동인

총서 발간에 부쳐

버지니아 울프 총서가 발간된다고 하니 한국버지니아울프학회 회원으로서 기쁘기가 이를 데 없다. 이번에 출간된 『한국버지니아울프학회 총서 3』은 이전에 나온 『한국버지니아울프학회 총서 1』(2010 동인), 『한국버지니아울프학회 총서 2』(2013 동인)에 이어 나온 것으로 그 내용은 국내 연구진들에 의한 총 15편의 울프 관련 논문들로 구성되어 있다. 이들 논문들은 주로 2014년과 2015년 사이에 국내의 여러 학회지에 이미 실렸던 글들로 참고문헌 등을 포함한 표기 방식 등이 각 학회의 규정에 따른 것이어서 논문마다 다 다를 수 있다. 독자들은 이 점을 양해해주기 바란다. 이번 총서는 난해한 모더니스트 작가로 알려진 울프 전공자들에게 최근의 연구 동향을 알려주는 귀중한 자료가 될 뿐만 아니라 울프를 좀 더 알고 싶어 하는 일반 독자들에게도 다양한 읽을거리를 제공하는 유익한 안내책자가 될 것으로 믿는다.

한국버지니아울프학회는 2003년 정식으로 발족된 이래로, 아니 좀 더 거슬러 내려가자면 1999년 울프 전공자들이 박희진 선생님을 중심으로 해서 최초의 자발적인 모임을 갖게 된 이래로 장족의 발전을 거듭해서 현재는 국내의 명실상부한 영문학 학회로 자리매김을 하게 되었다. 매달 서울대 인문학 연구소에서 열리는 독회 모임과 일 년에 두 차례씩 열리는 국내 학술대회, 그리고 한국과 일본에서 번갈아 가며 열리는 한일 버지니아 울프 학회 등은 이것을 잘 말해준다. 특히 금년 8월 25, 26일에 서울에서 열리게 될 버지니아 울프 국제 학술대회에서는 마크 허시(Mark Hussey) 등 여러 국가들의 저명한 울프 학자들이 한자리에 모여 열띤 토론을 벌일 것으로 기대되는데 이것은 그동안의 울프학회 회원들의 각고의 노력의 결실이라고 자부하지 않을 수 없다. 그리고 울프 학회에서는 위에서 언급된 논문 총서 외에도 울프의 작품과 울프의 에세이들에 대한 번역을 쉬지 않고 출판하고 있는데 앞으로도 이러한 작업은 계속될 것으로 본다.

1882년 매슈 아놀드(Matthew Arnold)를 뒤이어 빅토리아조 후반의 영국을 대변했던 비평가 레슬리 스티븐(Leslie Stephen)의 딸로 태어나 1941년 2차 세계대전이 한창일 때 생을 스스로 마감했던 울프는 어려서부터 죽기 직전까지 거의 쉬지 않고 글을 썼던 인물이다. 그녀는 문학만이 자신을 구원하고 세계를 바꿀 수 있다고 믿었던 사람이었다. 지금 세계는 그녀가 살아있을 때보다 더 나아졌는지 알 수 없으나 그녀가 쓴 글들은 여전히 누군가에게는 위로가 되고 있다. 그것은 그녀가 어려운 상황에서도 계속해서 글을 썼다는 사실뿐만이 아니고 시대 앞에서 그녀가 느꼈던 분노와 좌절과 절망이 여전히 오늘 이 땅에서 살아가는 우리들 자신의 것이기도 해서일 것이다.

이 책이 나오기까지 감사해야 할 분들이 많다. 늘 울프 학회와 함께해주신 학회의 정신적 기둥이라고 볼 수 있는 박희진 서울대 명예교수님, 물심양면으로 학회의 후원자로 계속 수고해주시고 계신 일곡문화재단 최재선 이사장님, 이 총서 발간을 맨 처음 제안하고 많은 애를 써주셨던 박은경 전 울프 학회 회장님, 이번 일을 위해 동인 측과의 연락을 담당하며 수고를 아끼지 않았던 신광인 섭외이사님, 그리고 이번 총서 출판을 흔쾌히 맡아주신 이성모 동인출판사 사장님, 이 모든 분들께 울프 학회 회원들을 대신하여 머리 숙여 감사의 마음을 전한다. 마지막으로 이 책의 출간을 위해 귀중한 옥고를 기꺼이 내어주신 모든 필자 선생님들과 그동안 동고동락을 함께해온 울프 학회의 모든 동학들에게도 고마움을 전한다. 앞으로도 한국버지니아울프학회의 무궁한 발전을 기원해본다.

2016년 6월

한국버지니아울프학회 회장 이순구

| 차례 |

밤과 낮

Night and Day

이주리

•

위대한 시인과 훔치는 예술가들:

버지니아 울프의 『밤과 낮』에 드러난 소설가의 취향

위대한 시인과 훔치는 예술가들: 버지니아 울프의 『밤과 낮』에 드러난 소설가의 취향

| 이주리

Taste is made of a thousand distastes.
— Paul Valéry (1943)

조르지오 아감벤(Giorgio Agamben)이 『내용 없는 인간』(*The Man Without Content*)에서 인용한 폴 발레리(Paul Valéry)의 격언 "취향이란 수천 개의 불쾌감들로 만들어진다"는 구절을 떠올리는 것은 버지니아 울프(Virginia Woolf)의 두 번째 장편 소설 『밤과 낮』(*Night and Day*)에 등장하는 젊은 예술가들의 소설쓰기에 대한 욕망과 취향이라는 문제를 풀어가는 데 있어 하나의 출발점이 될 수 있다. "수많은 불쾌감들로 이루어진 취향"이라는 발레리의 표현을 소개하면서 아감벤은 불쾌감을 일으키는 취향을 "나쁜 취향"(bad taste)과 동의어로 사용한다. 또한 나쁜 취향을 가진 사람은 사회의 많은 구성원들이 "건강한" 아름다움이라고 여기는 조화, 균형, 완성미라는 정형화된 미학적 가치기준으로부터 일탈하고 과도함으로 치닫는 유별난 기질을 가진 인물로 이해한다(Agamben 16-17). 다양한 종류의 불쾌감과 혐오스럽게 느껴지는 요소들이 모여서 좋은 취향을 형성한다고 주장했던 발레리의 견해를 따라가면서 아감벤은 좋은/적합한 취향과 나쁜/부적합한 취향이라는 개념을 도식적으로 나누고 위계질서를 부여하는 방식을 비판한다. 아감벤에 따르면 17세기 유럽사회에서 팽배해진 소위 "좋은 취향"에 대한 동경과 "나쁜 취향"에 대한 경멸은 판단하는 주체의 편협한 사고를 반영할 뿐 아니라, 일종의 무지와 자기기만을 드러내는 것이다. 이들은 소위 좋은 취향이라는 것이 특정한 시공간의 영향을 받아 생겨난 가치라는 점을 잘 모르고 있으며, 좋은 취향에 대한 집착이 한편으로는 나쁜 취향에 대한 열망을 만들어내는지를 간과한다. 이를 증명하기 위해 아감벤은 자타가 인정하는 좋은 취향을 가졌다는 교양 있는 사람들이 실제로는 나쁜 취향에 매혹되고 그것에 은밀하게 탐닉한 사례들을 소개한다. 물론 이 교양 있는 사람들은 자신에게서 부적절한 취향의 흔적을 발견했을 때 당혹스러워 하지만, 거부할 수 없을 만큼 착 달라붙어 있는 나쁜 취향의 매력을 떨쳐내기란 쉽지 않다. 이에 더불어 아감벤은 좋은 취향과 나쁜 취향이라는 개념이 서로 공존하기도 하고, 뒤바뀔 수도 있다는 것을 강조한다. 한때 나쁜 취향이라고 여겨졌던 것들이 시간이 지나면 좋은 취향의 표식으로 여겨지는 사례가 비일비재하다는 것이다.[1)]

---

1) 아감벤은 19세기 프랑스 시인 랭보(Arthur Rimbaud)의 사례를 들어 한 때 나쁜 취향이라고 여겨졌던 것의 위상이 크게 달라질 수 있음을 설명한다. 『지옥에서의 한 계절』(*A*

울프가 『출항』(*The Voyage Out*, 1915)에 이어 출간한 두 번째 장편소설 『밤과 낮』(*Night and Day*, 1919)은 19세기의 영국문인들이나 지적인 엘리트들이라면 부적절하다고 여길법한 나쁜 취향을 가진 인물들을 지지한다. 『밤과 낮』에는 자신이 속한 사회의 많은 구성원들이 좋은 취향이라고 합의한 가치를 의심하는 인물들이 등장하는데, 이들은 다수가 이상화한 취향을 따르는 대신 스스로가 좋다고 느끼는 취향을 탐한다. 개인의 취향으로부터 비롯된 즐거움에 탐닉하는 이들은 울프가 『밤과 낮』을 쓰며 상상하고 실험한 소설가적 인물로 작가 자신이 마음속에 그리던 현대 예술가의 모습을 형상화한다. 여전히 좋은 취향에 대한 보편적인 합의를 갖고 사람들과 함께 살아가면서도 자신의 특이한 취향을 포기하지 않는 인물들이 마주하게 되는 갈등과 복합적인 욕망, 그리고 사랑은 울프 자신을 비롯한 현대작가들이 새로운 시대에 소설을 쓰는 과정에 직면하게 되는 경험이다. 이 소설 안에서 나쁜 취향을 가진 인물들은 소설가를 직업으로 택한 인물들은 아니지만 독창적인 소설가가 될 수 있는 잠재력을 갖고 있다. 울프는 이러한 인물들을 창조하는 과정을 통해서, 현대 소설가는 "써야 하는 것"이 아니라 자신이 "쓰고 싶은 것"을 쓸 수 있는 자유를 가져야 한다는 자신의 생각을 내러티브를 통해 전달한다. 1919년에 쓰인 에세이 「현대소설」("Modern Fiction," 1921)에서 울프는 작가가 "노예"가 아니라 "자유인"이라면 자신이 쓰고 싶은 것이 사람들로부터 "받아들여지는 스타일"과 다르다고 해도 쓸 수 있어야 한다고 주장하는데

Season in Hell)이라는 책에서 랭보는 자신이 좋아하는 것들의 목록을 열거하는 리스트를 만든 바 있다. 랭보의 리스트는 여관의 간판이라든지 아동용 도서, 할머니가 읽던 소설책, 구식 오페라, 기교 없는 리듬 등을 포함하는데, 당시에 이 목록을 보고 사람들은 랭보의 "나쁜 취향"을 매우 특이하게 여겼다고 한다. 하지만 오늘날의 관점에서 본다면 랭보가 좋아했던 것들은 지성인들의 "평균적인 취향"이 되어버렸다고 아감벤은 말한다(22).

(106), 비슷한 시기에 창작된 『밤과 낮』은 소설쓰기에 대한 작가의 이러한 관점을 잘 반영한다.

울프의 소설 중 가장 긴 『밤과 낮』은 19세기에 유행한 리얼리즘 소설의 결혼 플롯과 상당히 닮아있고 현실에 대한 세밀한 묘사를 포함하기 때문에, 작가의 다른 실험적인 "모더니즘" 소설들, 즉 『댈러웨이 부인』(*Mrs. Dalloway*, 1925), 『등대로』(*To the Lighthouse*, 1927), 『파도』(*The Waves*, 1931)등에 비해 비평가들의 주목을 받지 못했다. 이 소설이 출판된 후, E. M. 포스터(E. M. Forster)가 『밤과 낮』은 "지나치게 형식적이고 고전적인 작품"이라고 평가한 것은(*A Writer's Diary*, 20) 그리 놀랄만한 반응은 아니다. 같은 맥락에서 캐서린 맨스필드(Katherine Mansfield)는 『밤과 낮』에 제인 오스틴 소설의 현대판이라고 평가한 바 있다. 영국전통소설을 꼭 닮은 이 소설은 20세기에는 다시 볼 수 없으리라고 믿었던 스타일의 귀환을 보여준다는 것이다(Majumadar and McLaurin 80, 82).[2] 울프의 다른 소설들과 비교한다면 『밤과 낮』에는 그 유명한 의식의 흐름 기법도 두드러지게 나타나지 않고, 내용과 형식면에서 19세기 영국소설의 전통에서 크게 벗어나지 않은 것처럼 보일 수 있다. 『밤과 낮』이 출판된 1919년은 새로운 글쓰기에 대한 실험 정신의 산물로 볼 수 있는 울프의 첫 번째 단편소설 「벽 위에 난 자국」("The Mark on the Wall," 1917)이 출판된 이후라는 점에서 독자들의 의아함을 더

2) 울프의 친구이기도 한 맨스필드는 『아테나움』(*Athenaeum*)이라는 비평지에 『밤과 낮』에 대한 리뷰를 실었다. 맨스필드가 『밤과 낮』을 혹평한 것은 단지 이 소설이 영국전통소설의 기법을 답습하고 있기 때문만은 아니다. 맨스필드는 존 머레이(John Middleton Murray)에게 보내는 편지에서 『밤과 낮』은 "영혼의 거짓말"이고 "지적인 속물주의"로 가득 차 있다고 얘기했는데 그 이유는 이 소설이 1차 세계대전에 대한 의식과 각성을 전혀 담아내지 못했다는 것이다(Hussey 189).

욱 자아낼 수 있다. 남녀 간의 엇갈린 사랑과, 화해, 결혼이라는 플롯으로 짜인 제인 오스틴(Jane Austen)의 소설을 연상시키는 『밤과 낮』은 울프가 1917년 현대소설가로서 시도했던 미학적인 실험을 잠시 중단했나하는 의문을 줄 수도 있다. 이처럼 『밤과 낮』이 19세기 사실주의 소설의 패턴과 서술기법에 상당히 영향을 받은 것은 사실이지만, 이 소설의 주인공들은 특정한 취향을 이상화했던 구세대의 패러다임에 대해 은근한 방식으로 균열을 가하고, 더 나아가 새로운 글쓰기에 대한 그림을 제시한다. 이 때 개인의 취향을 포용하는 것은 작가가 상상한 새로운 글쓰기로 나아가기 위해 채워져야 할 첫 단추와 같다. 하지만 개인의 취향을 인정하고 포용한다는 것은 기존의 질서를 완전히 해체하려는 움직임과는 다르다. 오히려 이 소설은 과거로부터 빚어진 틀이 새로운 느낌을 어느 정도 담아낼 수 있는지 탐색하고, 쉽게 섞이지 않는 이질적인 요소들이 때로는 삐걱거리더라도 독특하게 어울려서 새로운 형태의 예술작품을 창조할 수 있을 것인지를 묻는다.

I. 취향과 재산: 힐버리 가의 재산

프랑스의 사회학자 피에르 부르디외(Pierre Bourdieu)가 취향(taste)이란 돈과 문화자본(cultural capital)을 소유한 특정 계급의 구성원들이 자신들의 명성과 특권을 내보이기 위해 사용하는 자원이라고 주장한바 있듯이(175), 울프의 『밤과 낮』은 문화유산을 물려받은 특정 계급의 엘리트들이 생산하고 소비하는 세련된 취향의 허구성을 보여준다. 또한 특정 주체가 자기중심적인 목적을 위해 만들어낸 좋은 취향이라는 상징체계가 소설가적인 인물의 자발적인 느낌을 제한하고, 창작의 자유를 억압하는 방식을 드러낸다. 『밤과 낮』에서 좋은 취향을 우상화하는 인물들은 취향을 독점적으로 소유하고, 소비하며, 필요에 따라 재생산해낸다. 마치 취향을 특정 집단에 속한 재산인 것처럼 인식하는 좋은 취향의 주인들은 배타적인 소유자의 면모를 드러낸다. 일레인 씩수(Hélène Cixous)가 "적절한"(proper)이라는 개념은 본래 "소유물"(property)이라는 단어와 어원상 통한다고 지적한 바 있듯이, 적절한 취향에 대한 소유가 지배하는 공간의 표면은 예의바름과 고상한 매너들로 칠해져 있는 것 같지만, 그 내면의 실상은 "부적절"하고 "어울리지 않는" 요소들을 밀어내는 닫힌 영역이다(Cixous 50). 취향에 대한 비평서인 『구별짓기』(*Distinction*)에서 브루디외는 이와 관련된 한 가지 흥미로운 지적을 한다. 어떤 것을 "적절한" 것이라고 이상화하는 자체가 애초부터 무엇이 "부적절"한지를 규정하지 않고서는 만들어 질 수 없다는 것이다. 특권의식을 가진 사람들은 타인과 자신이 다르다는 것을 강조하기 위해 취향이라는 표식을 사용하는데, 어떤 것이 좋은 취향이라고 확실히 말할 수 있기 위해서는 수 없이 많은 다른 취향들을 혐오스러운 것들로 간주할 필요가 있다(Bourdieu 56). 다시 말해, 좋은 취향을 "생산"하는 일련의 작업은 다른 많은 취향들을 배척하는 과정을 반드시 필요로 하게 된다(Bourdieu 56). 『밤과 낮』에 등장하는 부모 세대와 그 전통을 따르는 몇몇의 젊은이들은 좋은 취향의 배타적인 소유주로서 이들이 거하는 영역에는 다른 취향들이 자유롭게 공존할 여지가 없는 듯하다.

『밤과 낮』의 주된 배경이 되는 힐버리 가(The Hillerys)는 런던의 중심지인 첼시(Chelsea)에 위치한 명문가로 "매우 멋진 집"을 그 외관으로 취하고 있으며, 안에서는 적절한 취향을 소유한 교양 있는 사람들끼리의 만남의 장소가 열린다(5). 한가로운 일요일 저녁 티타임 파티가 열리는 시간, 호화롭게 꾸며진 응접실에서는 손님들의 "세련된 웃음" 소리를 들을 수 있으며, 누군가 이야기를 시작하면 그에 응수하여 막힘없이 대화를 풀어가는 매너 있고 사교적인 사람들을 만날 수 있다(14). 힐버리 가문이 이름 있는 집안이 된 이유는 저명한 영국시인이자 세간의 사람들에게 "위대한 시인"이라 일컬음 받는 리처드 에일러다이스(Richard Alardyce)를 직계조상으로 둔 덕택이다. 이 저택에 살고 있는 힐버리 가문의 사람들, 종종 방문하는 친인척들과 초대받은 손님들은 문학에 대한 깊은 애정을 갖고 있거나, 적어도 문학과 관련이 있다. 영국에 사는 유명한 문인들이 힐버리 가에 방문하여 모임을 가질 뿐 아니라, 위대한 시인의 외국 독자들도 런던에 와서 이곳을 찾는다. 위대한 시인의 외동딸이며 힐버리 가의 안주인인 힐버리 부인은(Mrs Hilbery) 지나간 시대의 "모든 시인들, 소설가들"과 자기 시대의 모든 아름다운 여성들과 특출 난 남성들을 다 알고 있다(30). 60대의 나이에 생기가 넘치고, 가벼운 체구와 눈에 띄게 반짝이는 눈빛을 갖고 있으며 매일 오전 열시부터 몇 시간동안 규칙적으로 아버지의 전기문을 쓰는 일을 한다(15, 34). 아버지를 비롯한 과거의 영국시인들을 흠모하고, "시! 이것이 얼마나 위대한 힘이란 말인가!"와 같은 식의 감탄 어구들을 자주 내뱉은 힐버리 부인이 특별히 사랑하는 시인은 윌리엄 셰익스피어이다(303). 아버지에 대한 전기문을 쓸 때도 셰익스피어의 시구들을 인용해서 셰익스피어와 자신의 가문을 연결 짓고 싶어하며, 셰익스피어의 무덤에 꽃을 가져다 놓기도 한다. 또한 캐서린이 윌리엄 로드니(William Rodney)이라는 남자와 약혼한다고 했을 때, 로드니가 비록 돈은 없지만 그의 "윌리엄"이라는 이름이 셰익스피어의 이름과 같기 때문에 호감을 느낀다. 노동자들을 비롯한 대중들이 셰익스피어를 읽지 않는다는 점을 애석해하는 힐버리 부인은 "사람들이여, 셰익스피어를 읽으라!"(267)라고 혼잣말을 하며, 그의 작품을 대중화하는 방안에 대해 골똘히 생각하기도 한다. 힐버리 부인은 『크리티컬 리뷰』(*Critical Review*)라는 잡지를 편집하는 힐버리 씨(Mr Hilbery)와 부부로 살고 있으며, 이들은 슬하에 캐서린(Katharine Hilbery)이라는 이름을 가진 27세의 아름다운 딸을 두고 있다. 어머니의 민첩성과 발랄한 몸짓, 그리고 어딘지 슬픔이 드리워진 아버지의 짙은 타원형 눈을 닮은 캐서린은 비록 가끔가다 딴 생각에 빠지기는 하지만, 약 십여 년에 걸쳐 외할아버지에 관한 전기문 쓰는 일을 돕고 있고 자신의 집을 방문하는 손님들을 접대하는 임무를 톡톡히 해낸다.

큰 키에 화려하지는 않아도 기품 있어 보이는 옷을 입은 캐서린은 잘 꾸며진 응접실에서 우아한 자태를 드러낸다. 꽉 움켜쥐면 깨어질 것처럼 얇고 예쁜 중국산 찻잔에 차를 따라주는 캐서린은 족히 육백 번은 이 일을 해 본 솜씨로 능숙하게 손님을 접대한다(1). 비워진 찻잔에 차를 따르는 것 이외에도 캐서린이 손님들, 특히 처음 방문한 손님에게 늘 하는 일 중 하나는 그들을 응접실 가로 질러에 위치한 "작은 방"으로 인도하는 것이다. 성당의 예배실이나 무덤 안의 동굴을 연상시키는 이 방은 죽은 시인의 유품들로 가득하다. 시인이 생전에 사용하던 잉크 자국 묻은 책상, 펜, 금테두리의 안경, 낡은 슬리퍼를 비롯해, 「오드 투 윈터」("Ode to Winter")라는 시의 원본과 수정되기 이전 상태인 초기 시들의 원본까지 빼곡히 전시되어 있다. 이 중 어떤 소장품은 처음 온 방문객을 당황스럽게 만든다. 예컨대 한 쪽 벽면에 걸려있는 위대한 시인이 그려진 큼지막한 초상화는 힐버리 씨와 친분이 있어 이 집의 티타임 파티에 초대받게 된 29세 중류층 변호사 랄프 데넘(Ralph Denham)을 깜짝 놀라게 한다. 빛바랜 초상화에 유독 선명하게 남아있는 "아름다운 눈"이 어둠 속에서 자신을 내려다보고 있는 것을 발견한 랄프는 만약 모자를 쓰고 있었더라면 모자가 벗겨졌을 만큼 움찔한다(10). 작은 방에 드나드는 사람들 뿐 아니라 세계 전체를 감싸 안는 듯한 눈빛이 새겨진 시인의 초상화는 힐버리 집안이 소유한 보물이다. 마치 신과 같은 분위기로 응시하는 죽은 시인의 초상화는 명망 있는 가문의 정통성을 증명하는 물질적인 유산이다. 위대한 시인의 아우라를 발하는 초상화와 유품들은 그의 자손들과 방문객들이 실제로 만져볼 수 있을 만큼 물리적으로 가까운 거리에 놓여있지만 심리적으로 큰 거리감을 만들어낸다. 발터 벤야민(Walter Benjamin)이 1936년 에세이에서 설명한 바 있듯이, 진품은 아우라를 창출하고, 아우라는 예술작품과 감상하는 주체 간의 거리를 넓힌다(Benjamin 222). 시인의 초상화가 만들어내는 아우라는 이것을 매일 같이 바라보는 캐서린에게도 마음의 거리를 느끼게 한다. 외할아버지의 초상화를 바라볼 때면 캐서린은 자신에게 속한 일상과 감정들을 사소한 것으로 여기게 된다. 보통의 삶을 작은 것으로 축소시키는 효과를 가져 오는 시인의 아우라는 힐버리 가문을 지탱하는 재산이기 때문에 힐버리 가 사람들은 이를 잘 보존할 필요가 있다. 위대한 시인에게 속해있던 진품들로 채워진 이 작은 방은 위대한 시인의 자손들을 타인들로부터 구별 짓기 해주는 공간이다. 죽은 시인의 존재는 "억압하고 구속하는 질서"를 생산하는데, 이처럼 상징적인 질서는 작은 방을 지탱하는 원리이다(Peach 105).

자본주의의 발전에 힘입어 경제적으로 덕을 본 자본가라고 해도 위대한 시인의 자손이라는 이름과 아우라는 결코 소유할 수 없다. 리처드 에일러다이스의 직계 자손인 힐버리 가를 비롯해, 죽은 시인과 혈연관계에 있는 밀링톤 가(The Millingtons), 오트웨이 가(The Otways) 사람들은 "지성(the intellect)"이 마치 "소유물"인 듯이 자신의 집안사람들끼리 주고받기를 계속한다(29). 스스로를 선택받은 혈통이며 우월한 유전자라고 믿는 가족 구성원들은 특권의식이라는 선물을 확실하게 소유하고 누리기 위한 방편으로 위대한 시인의 이름에 기대고, 자기 가문에 속한 아이들 또한 특출난 인물로 키워서 가문의 우수성을 이어가려고 한다. 서술자의 표현대로 이러한 노력은 19세기 중후반 우생학의 창시자인 프란시스 골턴 경(Sir Francsis Galton)이 발표한 "유전적인 천재성(Hereditary Genius)"이론을 증명하는 사례라고 하겠다(29). 힐버리 가의 배타성은 한편으로는 이들이 보여주는 관대한 미소와 훌륭한 매너 때문에 배가된다. 한 달에 한 번에 한해 오후 세시부터 밤까지 힐버리 가문에 속한 사람이라면 누구나 드나들 수 있도록 그들의 응접실에 램프를 켜놓고 문을 열어두는 힐버리 가는 "거대한 인류"를 향해 "너그럽게 미소 지을" 준비가 되어 있지만, 실제로 가족 이외의 사람들이 이 문 안으로 들어오기 위해서는 기다리고 투쟁해야 한다(317-18). 물려받은 이름에 집착하고 자신의 특권을 남에게 강조하는 힐버리 가 사람들은 울프의 표현에 따르자면 지적인 "속물"이다. 「나는 속물인가요?」("Am I a Snob?")라는 제목의 에세이에서 울프가 정의하듯이, 속물들은 타인에게 깊은 인상을 남기고 싶어 하기 때문에 자신의 중요성을 드러낼 수 있는 어떤 것을 자꾸 보여주고 싶어 하는 사람들이다. 이러한 맥락에서 볼 때, 방문하는 손님들을 위대한 시인의 유품들로 가득한 작은 방으로 인도하는 힐버리 가는 물려받은 유산을 전시하고 이를 통해 이미 소유한 특권의식을 굳혀가는 지적인 속물의 전형이다.

문화유산을 사유재산처럼 소유한 힐버리 가문은 적절하고 바람직한 취향 또한 소유한다. "오랜 기간에 걸쳐 구축된 문명"을 상징하는 기호들로 짜인 저택에 사는 힐버리 부부는 문학을 향유하는 데 있어 특정한 취향을 소유한다(362). 무엇이 좋은 취향이고 나쁜 취향인지에 대한 엄격한 잣대를 갖고 있는 이들은 문학작품에 대한 자신들의 선호도가 특정한 사회문화의 영향 안에서 생산될 수 있다는 점을 인식하지 않는다. 저녁 식사를 마친 후 새롭게 시작되는 힐버리 가족의 일과는 식구들끼리 둘러앉아 소설책을 읽는 것이다. 어머니가 스카프를 짜고 아버지가 신문을 읽는 동안 캐서린은 부모님의 취향에 맞는 "매우 존경할만한" 작가들의 작품들을 선별하여 읽어주는 역할을 한다(90). 힐버리 부부가 책을 선별하는 기준은 단지 책의 내용에 의거한 것이 아니다. 내용을 포함하여 책의 외관이 어떠한지의 문제가 책에 대한 이들의 판단에 큰 영향을 준다. 어느 날 저녁 이들의 책 읽는 일과가 시작될 무렵, 힐버리 부인은 매주 화요일과 금요일마다 책을 빌려주는 이동도서관에서 배달된 각종 현대서적들을 발견하는데, 이때 밝은 금빛으로 장식된 모던한 책들의 조악한 겉표지를 본 것만으로도 마음이 언짢아진다. 캐서린은 이 중 한 권을 집어 들어 첫 다섯 장 정도를 읽는데 청자인 힐버리 부인은 마치 떫은 음식을 입에 넣은 사람처럼 불쾌감을 느낀다(90). 책을 읽고 있던 딸에게 그 책은 어휘가 "지나치게 영악하고, 가볍고, 천박"하니 뭔가 "리얼한"(real) 책을 읽어달라고 요청한다(90). 어머니가 표현하는 "리얼한" 것이 무엇인지를 꿰뚫고 있는 캐서린은 책장에 꽂혀 있던 헨리 필딩(Henry Fielding)의 소설을 꺼내서 읽기 시작하고, 힐버리 부부는 딸이 읽어주는 이야기를 들으며 저녁 시간을 보낸다. 두툼한 가죽 표지로 만들어진 필딩의 소설은 내용뿐 아니라 고풍스러운 그 외관까지도 부모님의 마음에 위안을 준다(90). 이처럼 힐버리 부부에게 있어 책을 선별하여 읽는 행위는 미적인 취향을 소유하는 것과 연결된다. 이 때 특정한 것을 좋은 취향으로 규정하고 이상화하는 과정은 그 외의 것들을 "다른" 것이 아닌 열등한 것으로 바라보는 태도를 수반하게 된다. 사실주의 기법에 따라 쓰인 필딩의 성장소설을 "리얼"한 것이라고 정의하고, "리얼"한 것을 좋은 책의 절대적인 기준으로 삼는 힐버리 부인의 관점에 따르자면 20세기 초반에 출판되고 있는 수많은 현대 서적들은 "리얼"하지 않고 교양 있는 사람들이 읽기에는 부적절한 텍스트로 인식될 뿐이다.

책의 겉표지가 만들어내는 인상에 큰 가치를 부여하는 힐버리 부부에게 "스타일"이란 절대적인 문제이다. 문제는 이들이 개인의 삶 자체를 "스타일"로 규격화한다는 것이다. 이러한 일상의 미학화는 문학과 일상 사이에 존재하는 경계를 허문다. 그리고 문학과 일상의 경계가 무너진 자리에는 복잡한 삶을 단순화시키는 오류와 누군가의 인생을 문학작품처럼 통제할 수 있다는 위험한 믿음이 자리 잡고 있다. 예컨대 필딩의 소설을 즐겨 읽는 힐버리 부인은 한 개인의 인생이 마치 성장소설(bildungsroman)이 갖고 있는 기승전결의 형식처럼 진보한다고 믿고 싶어 한다. 이러한 성향은 캐서린의 외사촌인 시릴 에일러다이스(Cyril Aldardyce)의 스캔들을 대하는 태도에서 분명하게 드러난다. 부모님께 필딩의 소설을 읽어주던 캐서린은 우편배달부의 방문으로 인해 책 읽기를 멈춘다. 여기서 캐서린은 두 통의 편지를 받는데, 그 중 하나는 로드니 가 캐서린에게 사랑을 고백하기 위해 창작한 소네트이고, 다른 한 통의 편지는 실리아 고모(Aunt Celia)로부터 온 것인데 시릴의 부적절한 여자관계를 밝히는 내용을 담고 있다. 유부남인 시릴은 이혼은 하지 않으면서도 혼외 관계에 있는 여성과 4년 동안 살고 있으며 두 아이까지 낳았다는 것이다. 외사촌에 대한 심란한 소식을 듣게 된 캐서린은 시릴이 처한 곤경에 대해 안타까워한다. 어머니에게 이 사안을 털어놓기 전 우선 아버지에게 조언을 구하고 싶어 하지만, 힐버리 씨는 이 문제를 중요한 것으로 받아들이지 않고 딸에게 어머니와 상의하라며 책임을 떠넘긴다. 한편 캐서린은 어머니가 시릴에 관한 이야기를 수다쟁이인 실리아 고모에게 듣는 것보다 자신에게 듣는 편이 나을 것이라고 판단한다. 스캔들을 알리기 위해 실리아 고모가 곧 자신의 집을 방문하리라고 예상한 캐서린은 얼른 어머니에게 시릴의 곤경을 알려서 상황을 어떻게 풀어가는 게 좋을지 이야기하고 싶어 한다. 하지만 발 빠르게 도착한 실리아 고모는 캐서린보다 먼저 힐버리 부인에게 시릴에 대한 소식을 전한다. 그런데 시릴에 관한 이야기를 전해들은 힐버리 부인은 캐서린이 생각지 못했던 반응을 보인다. 우선 힐버리 부인은 위대한 시인의 성(family name)을 갖고 있는 시릴이 혼외 관계를 통해 세 번째 아이를 낳는다면, 그 아이가 딸이기를 바란다고 말하면서 가문의 혈통을 이어가는데 대한 관심을 보인다. 그 다음으로 힐버리 부인이 하는 말은 주목할 필요가 있다. "정말 끔찍한 일이에요!"라는 말을 반복하던 힐버리 부인은 어느 새 흥분을 가라앉히고 얼굴에 알 수 없는 미소를 띤다. 그리고 요즘 사람들은 예전 만큼 이런 일을 심각하게 받아들이지 않는다고 말하며, 시릴이 이번 일을 계기로 더 나은 사람이 될 수 있을 것이라고 결론을 맺는다(108). 이 상황에서 힐버리 부인은 시릴이 맞이한 실제 상황을 문학작품에 나오는 이야기처럼 받아들이는 것 같다. 조카가 겪고 있는 현재 상황에 자기 나름대로의 결론을 부여하면서, 그가 인생의 장애물을 잘 뚫고 극복한다면 반드시 더 나은 미래를 맞이할 것이라고 말하고 시릴을 소설의 성장하는 주인공과 동일시하는 오류를 범하는 것이다. 힐버리 부인은 마치 자신이 성장소설의 작가인 듯 행동하며 성장과 진보라는 부르주아 신화를 시릴의 상황에 억지스럽게 적용하고 해피엔딩이라는 가장 간편한 결말을 만들고, 사람들에게 더 이상 이런 혐오스러운 일은 마음에 두지 말자고 제안한다(108). 이와 같은 힐버리 부인의 반응은 캐서린에게 분노를 일으킨다. 한 개인이 경험하고 있는 곤경을 이해하려고 노력하기는커녕 그것을 토대로 자신의 취향에 맞는 내러티브를 만들고, 또 이야기를 잘 만드는 스스로의 "솜씨"를 은근히 자랑하는 태도를 캐서린은 받아들일수가 없다(108). 현실의 삶을 문학작품의 패턴처럼 받아들이는 것은 힐버리 부인뿐 아니라 부모세대의 많은 사람들이 공유하는 습관 중 하나이다. 이를테면 『밤과 낮』의 12장에서 등장하는 코즈함 부인(Mrs Cosham)은 주머니에 셰익스피어 작품을 넣어서 갖고 다니는 인물로, 힐버리 가의 저택에서 처음 만나게 된 랄프가 변호사라는 말을 듣고 고객들을 "공부"하라고 조언해 준다. "데넘 씨, 고객들을 공부하세요, 그러면 세상은 더 풍요롭게 될 거랍니다"(134)라고 말하는 코즈함 부인은 독자가 문학작품의 인물을 분석하듯이 공부를 통해 사람을 파악할 수 있다고 믿고, 인생이 진보와 번영을 향해 흘러간다고 믿는 인물 중 하나이다.

힐버리 가의 사람들은 적절한 취향과 부적절한 취향에 대한 명확한 기준을 갖고, 자신들이 좋은 취향이라고 믿는 특정 취향들을 소유함으로써 스스로의 가치를 높여가고 자기 정체성을 구축한다. 이들과 혈연관계도 아니고 젊은 세대에 속하지만, 부모세대의 전통을 이어받아 이들과 유사한 취향을 공유하는 인물은 캐서린보다 나이가 열 살 가까이 많고 그녀에게 소네트로 사랑고백을 한 윌리엄 로드니이다. 정부기관에서 근무하고 언제나 얼굴에 홍조를 띠는 로드니는 힐버리 부인 못지않게 셰익스피어를 동경하고, 문학과 예술에 대한 넘치는 열정을 갖고 있으며 그리스어에 능통할 뿐 아니라 평상시 모차르트의 음악을 즐긴다. 어색하고 어딘지 충동적으로 보이는 매너의 소유자인 로드니는 붉은 얼굴에 대한 자의식 때문에 사람들이 많이 모인 장소에서 마음이 불편해지기도 하지만, 옷을 입는데 예민하게 신경을 쓰고 언제나 시간을 엄수하는 인물이다. 경제적으로 그리 풍족하지 않은 로드니는 돈을 벌기 위해 정부기관에서 일하고 있지만, 정작 로드니가 직업인으로서 어떠한지 대해서 독자는 잘 알 수가 없다. 공무원으로서의 자신보다 문학 애호가로서의 자기 모습을 훨씬 더 중요시하는 로드니는 정부기관에서의 일이 끝난 후 집에 돌아와 세 시간씩 셰익스피어의 작품을 읽는데 할애하고 직접 희곡까지 쓰는데, 이처럼 문학작품을 읽고 쓰는 기쁨은 그에게 일상의 일을 하도록 하는 원동력이다.

힐버리 가 사람들이 위대한 시인으로부터 물려받은 문화유산과 돈을 통해 좋은 취향을 생산하고 소유한다면, 로드니는 값 비싼 취향을 살 만한 돈도 부족하고 이름 있는 조상도 없다. 대신 로드니는 자신에게 있는 시간과 지력과 열정을 최대한 소모하여 상류사회가 생산해 낸 좋은 취향들을 학습하고 자기 것으로 만든다. 로드니는 18세기에 지어진 고풍스러운 주거단지가 밀집해있는 런던의 한 동네에 살고 있다. 로드니의 방은 크기는 작아도 취향을 소중히 여기는 사람의 공간이라고 표현된다(63). 우아하게 방을 꾸미는 것은 로드니에게 매우 중요한 일이다. 테이블과 방바닥에는 책들과 페이퍼들이 산처럼 쌓여있는데 행여 잠옷 가운이 이에 스쳐 무너지기라도 할까봐 로드니는 집 안에서 조심스럽게 지나다닌다. 파리와 로마 등을 다니며 찍은 조각과 미술품의 사진들을 의자 위에 가득 전시해 놓기도 하고, 마치 군대의 병정들이 서 있는 것처럼 그의 책들은 책장위에 일렬로 정돈되어 있다. 보기 좋게 전시된 탐스러운 책들 뒤에는 낡은 표지의 책들이 숨어 있는데, 이처럼 책을 겹겹으로 배열한 것은 공간의 부족 때문이다(63). 로드니의 방은 단순한 주거공간이 아니라 그의 페르소나를 투명하게 드러내는 장소라고 볼 수 있겠다. 로드니는 경제적인 사정 때문에 18세기 귀족풍의 집들 중 가장 저렴한 집을 얻을 수밖에 없었지만, 제한된 공간은 그의 세련된 취향과 미적인 감각을 최대한 드러낸다. 생활용품인 의자는 사진을 전시하고, 좁은 책장은 필요한 책이 아니라 보기 좋은 책들을 앞부분에 전시하고 있다. 로드니에게 있어 취향은 한 사람의 전체를 평가하는 척도이며, 따라서 좋은 취향을 소유하는 것은 로드니에게 절대적인 가치로 인식된다.

학습과 계발을 통해 사회의 엘리트 계급이 생산해 낸 취향을 소유한 로드니는 특정계급이 정해놓은 취향에 대한 관점과 믿음을 무비판적으로 받아들인다. 로드니는 어떤 사람이 어떤 취향을 가졌는지에 관해 자주 이야기하는데 그는 취향이 남성에게 속한 것으로 전제하며, 여성들은 "여성적인" 취향을 길러야 한다고 믿는다. 보편적인 취향이 문학작품과 예술을 감상하는 분별력과 관련된다면, 여성적인 취향은 경쾌한 음악을 즐기고 피아노나 플루트 같은 악기를 잘 다루는 것이라고 구분하는 로드니는 남성과 여성의 선호도를 엄격하게 분리시켰던 가부장제의 사고를 답습한다. 이 소설의 5장에서 로드니는 랄프와 대화하던 중 캐서린을 "취향"을 가진 여자라고 평가한다. 하지만 캐서린이 취향과 분별력을 갖고 남자와 대화할 수 있는 능력을 가졌다고 해도, 결국 그녀는 여자이기 때문에 이러한 사실은 별 의미가 없다고 말한다(61). 로드니는 캐서린과 약혼하지만 머지않아 합의하에 이 약혼을 파기하고 캐서린의 사촌 여동생인 카산드라 오트웨이(Cassandra Otway)와 새로 약혼하게 된다. 로드니가 카산드라에게 매력을 느낀 결정적인 이유는 그녀가 "여성적인 취향"의 소유자라는 점에 있다. 플루트를 "발랄하고 매혹적인 자태"로 연주하던 카산드라의 모습을 본 적이 있는 로드니는 그 때의 모습을 회상하며, 카산드라의 "매우 뛰어난 음악에 대한 취향"을 반추한다(244). 반면 캐서린은 음악이나 악기 다루기에 별 관심이 없는데, 로드니에 따르면 이것은 그녀의 결함이다(244). 로드니는 카산드라가 보여주는 여성적인 취향과 감탄을 잘하는 성향을 좋아하지만, 자신이 쓴 희곡이 정말 훌륭하다고 칭찬하는 카산드라의 반응에 대해서는 양가적인 감정을 느낀다. 자신을 높여주는 독자로 인해 우쭐해지지만 문학에 있어 "감정적인 취향"을 보이는 사람들은 참기 어렵기 때문이다(302). 여성적인 취향은 가졌으나 문학에 대한 심미안은 없는 카산드라는 로드니에게 자기만족을 주는 대상이 되는데, 이는 카산드라에게 높은 수준의 취향을 기를 수 있도록 충고하고 가르치는 과정을 통해 자신의 우월함을 증명할 수 있기 때문이다. 예컨대 로드니는 카산드라에게 도스토예프스키보다 포우프의 작품을 읽으라고 권하고, 영국의 시인이며 역사가인 매컬리(Macualay)의 『영국의 역사』를 읽도록 조언한다. 적절한 취향을 배우고 가르치는 로드니는 일상에서 스타일을 만들어내는 것을 좋아한다. 서술자의 표현에 따르자면 그가 만드는 스타일은 상류사회의 수많은 남녀 커플들이 배워온 귀족적인 인사법과 왈츠와 같은 반복적인 춤의 동작과 유사한 것이다. 마찬가지로 "개인적인 취향"이라고 표현되는 로드니의 취향은 사실 매우 정형화된 것으로 특정 집단의 사람들이 여러 세대에 걸쳐 공통적으로 향유하고 학습해 온 것임을 알 수 있다.

세련된 취향을 가진 『밤과 낮』의 두 남성인물 로드니와 힐버리 씨의 경우 무엇인가를 소유하는 것 자체가 자신의 존재를 지탱하는 근본적인 방식이 된다. 힐버리 씨와 로드니는 수많은 책들의 배타적인 소유자이다. 또한 이들이 보관하는 책들은 스스로의 중요성을 증명하기 위한 자원으로 사용된다. 소설의 26장에서 힐버리 씨는 많은 방문객들과 대화를 즐기고 있는데, 갑자기 캐서린에게 "문으로부터 오른쪽 방향에 있는 세 번째 책장"에서 영국의 철학자 트렐로니(Trelawny)가 집필한 낭만주의 시인 셸리(Percy Bysshe Shelley)에 대한 회고록을 가져오도록 지시한다(307). 어떤 책이 어디에 놓여 있는지 구체적인 위치까지 꿰뚫고 있는 힐버리 씨가 딸에게 책 심부름을 시킨 목적은 자신의 지식을 많은 사람들에게 자랑하기 위해서이다. 페이톤(Peyton)이라는 손님과 셸리에 대해 토론하던 힐버리 씨는 자신과 상대방이 셸리에 대해 기억하는 방식이 다르다는 것을 발견한다. 자신이 맞다는 것을 밝히기 위해 캐서린에게 책을 가져오라고 시키며 "자, 페이톤 씨, 여기 모인 손님들 앞에서 당신이 실수했다는 것을 인정해야 할 겁니다"(307)라고 말하는 힐버리 씨의 책은 자신을 드러내기 위한 자원 중 하나이다.[3] 한편 로드니는 저장하기를 좋아하는 힐버리 씨와는 달리 특유의 낭비벽이 있어 보이기도 한다. 어찌 보면 과하다 싶을 정도로 자신의 시간과 열정을 소비하는 인물로 비춰지는 로드니는 캐서린이 자신의 집을 처음 방문하기로 예정된 날, 편안한 분위기를 연출하기 위해 옷차림과 집안을 정돈하는데 무려 네 시간 이상을 보내고 세 번 이상 옷을 갈아입는다(120). 또한 로드니는 단지 책을 소유하거나 저장하기만 하는 것이 아니라, 카산드라에게 책을 아낌없이 빌려주고 싶어하며(280), 랄프에게는 책을 선물하기도 한다. 이 소설의 5장에서 랄프가 로드니의 집을 방문하고 서재에 있는 책 중 토마스 브라운 경(Thomas Browne)의 작품을 꺼내서 유심히 살펴보는데, 로드니는 이 모습을 눈여겨 봐두었다가 며칠 후 같은 책을 랄프에게 선물로 보낸 것이다. 누군가에게 책을 선물하기를 좋아하는 로드니의 서재는 "계속 줄어들고 있는 중"이다(65). 그러나 관대함을 증명하는 듯한 로드니의 낭비와 소모는 사실 주고받기라는 경제 논리 안에서 작동한다. 랄프에게 책을 선물하기 전에, 랄프는 로드니에게 칭찬과 격려라는 정신적인 선물을 이미 제공한 바 있다. 랄프가 로드니의 집을 칭찬할 때 그는 "소유주로서의 자긍심"을 느끼게 되고 불안한 감정 대신 정서적

3) 서재에 진열된 책을 보관된 자원처럼 사용하는 힐버리 씨에게 소유하고 저장하는 버릇은 떼래야 뗄 수 없는 특징이 된다. 『밤과 낮』의 서술자는 이 소설의 앞부분 티타임 파티 장면에서 힐버리 씨가 하릴없이 음식을 먹는 습관을 갖고 있음을 보여준다. 에너지를 쓰기 싫어하며 재미로 음식을 "끊임없이" 먹는 힐버리 씨의 모습을 포착하는데(8), 그의 "음식 먹기"는 "책 보관"과 더불어 생각해 볼만한 문제이다.

인 위안을 얻는다(63). 한편 카산드라는 문학을 비평할 수 있는 판단력은 없을지언정, 로드니의 글을 동경하는 열렬한 독자이고 취향에 대한 자신의 가르침을 받아들이는 좋은 학생과도 같다. 이처럼 로드니의 낭비는 상대방이 먼저 준 자긍심이라는 선물에 대한 답례이다.

II. 아버지의 서재에서 훔친 그리스어 사전

『밤과 낮』에는 사회가 좋은 것으로 규정한 적절한 취향을 거부하는 이들이 등장한다. 힐버리 부부의 외동딸인 캐서린과 결국 그녀의 약혼자가 되는 랄프는 겉으로 보기에 주어진 환경에 무리 없이 적응하는 듯 보이지만, 실상 이들은 자신의 주관적인 느낌에 근거하여 사회가 합의한 취향의 정당성을 의심한다. 두 인물이 공통적으로 욕망하고 즐기는 일은 상상을 통해 장면을 만드는 일이다. 이들이 소중하게 여기는 개인의 취향은 본질적으로 낭비와 관련되어 있고 남녀의 취향을 구분하는 사회의 통념을 넘어선다. 그러나 적절한 취향이라는 관념을 끊임없이 생산하고 이상화하는 공동체 안에서 두 인물이 자신의 취향을 즐기기란 여간 어려운 일이 아니다. 자신들에게 속한 환경을 떠나지 않으면서도 남들과 다른 자신이 좋아하는 일에 탐닉하기 위해서는 뭔가 특별한 기술이 필요하다. 캐서린과 랄프는 견고한 성역 안에 보관된 것을 훔치는 은밀한 행위를 통해 개인의 취향을 즐긴다. 이러한 훔치기는 부모 세대가 구축한 소유라는 패러다임에 흠집을 내고, 소유가 아닌 나눔의 정서로 나아갈 길을 튼다.

캐서린의 경우부터 살펴보자. 집안일을 하면서 손님접대를 능숙하게 하는 캐서린의 마음에는 사실 여러 개의 방들이 있다. 소설의 첫 부분에서 서술자는 이 점을 읽어낸다. 캐서린의 마음에 있는 방들 중 오직 "다섯 번째 방"만 이 손님접대에 대한 생각으로 차 있고, 나머지 다른 방들은 다른 것들에 대한 관심으로 가득하다(5). 캐서린을 외모만으로 평가하는 사람들은 그녀의 진짜 관심사를 알리가 없다. 예를 들어 힐버리 저택을 방문한 어느 미국 방문객은 죽은 시인의 초상화를 보면서 캐서린이 외할아버지를 매우 닮았다고 하면서 위대한 시인의 손녀라는 특권을 가진 그녀가 정말 부럽다고 말하지만, 사람들의 일반적인 기대와 달리 캐서린은 정작 문학에는 취미가 없고 수학과 과학을 좋아한다. 낮의 일과가 끝난 후 조용한 밤 시간 캐서린은 2층에 있는 자기 방에서 수학노트에 수식을 쓰고 도형을 그리며 어딘가에 집중한다. 부모님에게 캐서린의 이러한 취향은 감춰져 있다. 캐서린이 가족들에게 자신의 취향을 드러낼 수 없는 근본적인 이유는 "수학이 문학과는 정반대"의 성격을 갖는다고 믿기 때문이다(37). 자신이 좋아하는 수학의 기호들이 어머니를 비롯한 집안사람들에게 문학의 언어에는 비할 수 없을 만큼 조잡하게 비춰질 것이라고 생각하기 때문에 캐서린은 드러내 놓고 자신이 즐기는 일을 할 수 없다. 캐서린의 우려는 전혀 과장된 것이 아니다. 어느 날 우연히 힐버리 부인은 이 수학노트를 딸의 책상에서 발견한다. 수식들로 가득한 수학 연습지를 힐끗 쳐다보며 힐버리 부인은 수학 기호들이 끔찍하게 못생겼다고 말한다(420). 캐서린의 입장에서는 수식들이 못생겼다는 반응은 납득이 잘 가지 않지만, 힐버리 부인은 수식에 대해서까지 아름다움/추함이라는 미적인 가치를 부여한다. 이는 내용과 관계없이 겉표지만으로도 현대 서적을 혐오(distaste)의 대상으로 느꼈던 것과 같은 맥락으로 볼 수 있다.

캐서린은 무엇을 해야 하는가와 무엇을 하고 싶은가의 차이 때문에 내면의 갈등을 겪지만, 흥미롭게도 울프는 가족 구성원과 다른 취향을 가진 주인공을 숨 막히는 제도의 희생양으로 단순화시키지 않는다. 주어진 공간 안에서 캐서린은 자신의 쾌락을 위해 나름의 방식을 고안하고 행동에 옮기기 때문이다. 이것은 훔치기라는 형태로 드러난다. 캐서린은 아버지의 방에서 "그리스어 대사전"을 훔친다. 누군가 계단을 올라오는 발자국 소리가 들리면 캐서린은 이 사전을 자신의 책상 위에 펼쳐져 있는 수학 노트를 가리는데 사용된다. 훔친 사전의 장들 사이에 수학 노트를 끼워두고 원래 하고 있던 일을 들키지 않도록 감춘다. 혹자는 캐서린이 수학노트를 은밀하게 감추는 행위를 보며, 제인 오스틴이 자신의 집에서 글을 쓰고 동안 집에 손님이 찾아오면 원고를 바구니 아래 감췄다는 일화를 연상할 수도 있을 것 같다. 울프가 글 쓰는 과정에서 오스틴의 일화를 염두에 두었을 수도 있겠지만, 이 장면은 여성인물이 타인의 불편한 응시를 인식하여 자기 일을 숨겨야 하는 억압적인 체제를 드러내는 것보다 더욱 복합적인 의미에서 중요하다. 아버지의 방에서 훔친 그리스어 사전으로 수학노트를 숨기는 캐서린의 행동이 독자에게 특별한 의미를 주는 것은 다음과 같은 이유들에서이다. 우선 캐서린이 그리스어 사전의 낱장들 사이에 수학 노트를 끼워 둘 때, 그리스어 사전이 표지/겉감이 된다면, 수학노트는 내용물/안감이 된다는 것을 인식할 필요가 있다. 이때 겉으로 드러난 표지는 안에 있는 내용물을 반투명하게 드러내는 역할을 한다. 위에 있는 표지는 밑에 감춰져 있는 어떤 진실을 투명한 거울처럼 완벽하게 비추지는 않아도, 마치 울프가 「현대소설」에서 언급한 "반투명한 봉투"처럼 자신이 감싸고 있는 내용물을 어렴풋이 보여준다. 19세기 사실주의 소설가들의 과장된 믿음, 즉 소설이 인생을 투명하게 재현할 수 있다는 생각을 비판하는 울프의 「현대소설」은 "인생은 어둠에서 빛나는 후광, 반투명한 봉투(a luminous halo, a semi-transparent envelope)"(106)와 같다고 정의한다. 우리를 둘러싼 인생 자체가 반투명한 봉투와 같기 때문에, 인생에 비견될 수 있는 소설 또한 세상에 대한 완벽한 재현이라기보다, 안에 있는 진실을 어렴풋이 반영하는 텍스트가 된다는 것이다.

그렇다면 아버지의 방에서 훔친 그리스어 사전은 어떤 점에서 안에 있는 진실을 반투명하게 드러낼까? 안쪽에 깔려있는 수학의 기호들과 겉으로 드러난 그리스어 철자들은 모종의 관계를 맺는다. 『밤과 낮』에서 수식이나 도형은 일상의 언어를 대체할 만한 언어로 등장한다. 캐서린은 말로 표현하기 어려운 상상을 할 때 수식이나 도형을 노트에 적는 습관이 있다. 사실 캐서린이 떠올리는 상상의 내용 자체가 소유와 진보에 반대되는 "소모"와 "파국"에 관련된 것들로 언어로 표현하기 힘든 것이다. 예컨대 사랑에 관한 이미지를 상상할 때면 캐서린은 "대단한 파국"으로 인해 모든 것이 산산조각이 나 뿔뿔이 흩어지는 배경을 떠올리게 된다(93). 이 파국의 힘 아래에서는 "어떤 것도 되찾아질 수 없다"(93). 캐서린에게 있어 수학노트에 표현된 수식들은 기존의 언어체계로는 전달할 수 없는 애매하고 추상적인 내용을 지칭하는 상징 언어가 된다. 수학 기호들이 익숙한 언어를 대체할 만한 낯선 언어라면, 그리스어의 글자들 또한 익숙한 범위 너머에 있는 기호이다. 「그리스어를 모른다는 것」("On Not Knowing Greek")이라는 1922년 에세이에서 울프가 설명했듯이, 그리스 문학의 단어들은 의미가 하나로 수렴되지 않고 확장되는 성격이 있기 때문에 텍스트를 읽어내기 위해서는 독자의 "직관적인 도약"이 필요하다(7).

캐서린 자신은 인식하지 못해도 그리스어와 수학기호는 닮은꼴이다. 이처럼 그리스어 사전은 마치 반투명한 봉투처럼 수학노트에 담긴 진실을 어렴풋이 보여준다. 겉에 있는 텍스트가 안에 있는 텍스트를 반쯤 보여주게 되는 상황은 캐서린의 세계에서 유독 나타나는 특징이다. 로드니의 책장에 있는 책의 구조를 떠올려본다면 이 점은 더욱 분명해진다. 위에서 언급했듯이, 로드니는 깔끔한 책을 눈에 보이는 위치에 배열하고 그 뒤에 낡은 책들을 올려두었는데, 이 경우 겉감은 안감의 특성을 전혀 반영하지 않고, 오히려 겉과 속의 분열된 양상을 드러낸다. 사실 로드니라는 인물 자체는 놀라울 정도의 투명성을 보인다. 안에 있는 감정이 얼굴로 곧바로 드러나고, 그가 하는 말은 성격의 모든 부분을 드러낸다고 서술자는 표현한다(346). 그의 말에는 "진실의 도장(the stamp of truth)"이 찍혀 있다고 할 수 있을 정도이다(210).[4] 로드니가 속한 세계에 완벽한 투명함과 불투명함이 분열적인 양상으로 공존한다면, 캐서린의 영역에는 반투명한 베일이 있는 것 같다. 캐서린이 좋아하는 일을 즐기는 동안에는 양파껍질처럼 겹겹으로 만들어진 다중의 텍스트들이 서로의 모습을 비추면서 확장된 의미의 공간을 창조한다.

이에 더하여 생각해 볼 점은 캐서린은 그리스어 사전으로 수학 노트를 덮는 것을 통해 이중의 즐거움을 취하고 있다는 것이다. 캐서린이 그리스어를 정식으로 배웠다는 언급은 없지만, 이 소설의 뒷부분에는 그리스어 철자들에 대해 캐서린이 남다른 호기심과 애정을 갖고 있다는 것이 드러난다. 로드니와 파혼한 후 랄프와 특별한 관계를 맺게 된 캐서린은 미래에는 누군가와 자

---

4) 로드니는 약혼자인 캐서린이 자신을 사랑하지 않는다는 것을 알고 이에 대해 서운함을 느끼지만, 자존심 때문에 상처받은 감정을 매번 말로 다 표현하지는 않는다. 하지만 이 소설의 18장에서 로드니는 자신의 진심을 캐서린에게 구구절절 말로 표현한다. 이러한 투명성은 캐서린에게 깊은 인상을 준다. 하지만 정작 캐서린이 그것에 "가치"를 부여하지는 않는다고 서술자는 말한다(110). 어떤 것을 인정해 준다고 해서 그것을 좋아하리라는 법은 없는데, 울프의 소설은 이 점을 분명히 한다. 대표적인 예로 캐서린은 어머니의 개성을 인정하고 존중하지만, 자신이 그렇게 되고 싶어 하지는 않으며 사람들이 어머니와 닮았다고 하면 오히려 싫어한다.

신의 취향을 공유할 수 있을지도 모른다는 생각을 한다. 이 장에서 캐서린은 아버지의 서재에 있는 책장에서 수학노트를 감추기 위해 사용하던 그리스어 사전을 뽑아든다. 그리고 수학의 기호들과 유사하게 생긴 그리스어 철자들을 바라보며, 지금까지는 혼자서 이 매력적인 기호들을 보는 것을 즐겨왔지만 앞으로는 누군가와 함께 이러한 즐거움을 나눌 수 있지 않을까 상상한다(395). 캐서린 이외에 그리스어에 매력을 느끼는 여성 인물은 캐서린의 사촌 여동생인 카산드라인데, 캐서린과는 달리 카산드라는 그리스어에 대한 자신의 호감을 자유롭게 드러낸다. 이를테면 카산드라가 로드니에게 보낸 편지에 그리스어가 "멋진(fascinating)" 언어라고 자기감정을 표현하는 부분이 나온다. 하지만 독자의 입장에서 보자면 카산드라가 그리스어를 좋아한다고 할 때, 어느 정도까지 이 말이 진심인지 파악하기 어려운 면이 있다. 이 편지를 쓴 카산드라는 "멋진"이라는 단어 아래에 일부러 밑줄을 그어 놓았는데, 이 밑줄이 어떤 의미를 갖는지 분명하게 전달되지 않기 때문이다(280). 즉, 독자의 입장에서는 카산드라가 그리스어의 매력을 강조하기 위한 의도로 밑줄을 친 것인지, 아니면 오래된 언어를 폄하하고 싶은 마음을 우회적으로 표현하기 위해 밑줄을 쳐 놓은 것인지 알쏭달쏭한 면이 있기 때문이다. 이 편지의 일차적인 독자인 로드니 또한 카산드라의 이러한 표현 방식 때문에 어리둥절해하고 이 밑줄이 의미하는 바를 캐서린에게 물어본다. 카산드라의 밑줄은 그리스어가 매력적이라고 말하는 그녀의 찬사를 독자로 하여금 반신반의하게 만들지만, 캐서린이 보여주는 그리스어 대한 매혹은 사뭇 진지하다. 캐서린은 그리스어 사전을 신성함이 깃들어 있는 공간처럼 바라보며 텍스트에 있는 신비로운 기호들을 흥미롭고 애정 어린 눈으로 본다(395).

힐버리 가의 저택에 사는 캐서린이 아버지의 서재에서 그리스어 사전을 훔치는 행동은 미셸 드 쎄르토(Michel de Certeau)가 『일상생활의 실천』(*The Practice of Everyday Life*)에서 제시한 노동자들의 저항적 실천 행위인 "라 페리끄"(la perruque), 즉 주어진 환경 속에서 "남 몰래 다른 일 하기" 전술과도 통한다. 드 세르토에 따르면, "라 페리끄"를 실천하는 노동자는 자신이 속한 조직에 큰 피해를 주지 않는 범위 안에서 재료를 슬쩍 훔치거나 기계를 자기 목적대로 이용하고, 일하는 시간에 연애편지를 쓰기도 한다. 기업은 개인에게 노동의 시간을 부과함으로써 이윤의 추구를 목적으로 삼지만, 노동자는 훔치는 전술을 통해 경제적 이윤의 창출과 전혀 다른 일을 시도하며, 작업 환경 안에서 실천하는 노동자들의 이러한 전술을 제도권에 대한 위트 있는 저항으로 해석한다(24-28). 아버지의 서재에서 그리스어 사전을 슬쩍 훔치는 행동은 지배계급/기득권층의 자원을 빼돌려 티 나지 않게 개인의 즐거움을 추구하는 행위이며, 다른 한편으로는 저장과 소유로 이루어진 힐버리 씨의 성역을 은밀하게 흠집을 내는 것이기도 하다. 자의식 때문에 자신의 취향을 사람들에게 밝히기 어려운 캐서린은 그리스어 사전을 슬쩍 훔치면서 수학 공부를 즐기고 그리스어 알파벳이 주는 매력에 빠지기도 한다. 한편 캐서린이 아버지의 방에서 그리스어 사전을 훔치는 행위는 드 세르토가 설명한 "라 페리끄"보다 한층 더 복합적인 의미를 갖는다. 사실 아버지의 서재에 있는 그리스어 사전은 캐서린이 굳이 빼돌리지 않고도 자유롭게 이용할 수 있는 자원으로 볼 수 있을 텐데, 그럼에도 불구하고 『밤과 낮』의 서술자는 아버지의 서재에서 사전을 가져오는 캐서린의 행위를 설명하기 위해 "훔치다"(purloin)라는 동사를 의도적으로 사용한다. 아버지의 방에서 "가져 온" 그리스어 사전 대신 "훔친" 사전이라는 특정 단어를 선택한 서술자의 표현은 자기 욕망에 대한 이해가 다소 부족한 캐서린의 다중적인 심리를 드러내기에 적합하다. 일반적으로 어떤 물건을 훔친다는 것은 그 물건이 자기 것이 아닐 경우이거나, 그것을 사용하는 행위를 다른 사람들에게 들키고 싶지 않다는 자의식이 있을 경우이다. 힐버리 가의 외동딸인 캐서린이 아버지의 서재에서 그리스어 사전을 꺼내 본다고 해서 이를 딱히 비난할 사람은 없을 것 같다. 하지만 문제는 캐서린에게 있다. 문학을 좋아하지 않는다고 표방하는 캐서린은 서양고전문학의 토대가 된 그리스어에 자신이 매력을 느끼고 있다는 점을 스스로도 받아들이기 어렵다. 캐서린이 수학에 대한 자신의 호감을 타인에게 들키지 않기 위해 그리스어 사전을 사용한다면, 문학을 향한 자기 내면에 잠재된 욕망을 외면하는 과정에서 이 도구를 "훔치는" 투명하지 않은 행동을 하게 된다. 문학에 대한 알 수 없는 욕망을 자기 스스로에게도 감추고 싶은 캐서린의 심리 상태를 "훔치다"라는 단어가 지칭한다고 추측할 수 있다.

부모세대의 인물들은 훔치는 행위를 도덕적인 차원에서 판단하며 부정적인 의미만을 부여한다. 29장에서 실리아 고모는 캐서린이 로드니와의 약혼을 취소한 것을 모른 채, 카산드라와 로드니가 연인관계가 되었다는 불미스러운 소식을 캐서린에게 전한다. 이때 실리아 고모는 카산드라가 로드니의 사랑을 "훔쳤다"라고 표현하는데, "훔쳤다"는 단어의 선택이 특이하다고 여긴 캐서린은 "그[로드니]가 그녀[카산드라]와 사랑에 빠졌다는 건가요?"라고 말을 바꿔 질문한다(355). 그러자 실리아 고모는 "캐서린, 남자들을 사랑에 빠지게 *만드는(making)* 방법들이 있단다"라고 대답한다(355). 훔치는 행동은 자연스러운 순리에 따르는 것이 아니라 뭔가를 만들어내는 기교와 관련된다고 생각하면서, 인위적으로 뭔가를 만드는 것을 부도덕한 행위로 단정 짓는다. 캐서린과 같은 세대의 젊은이라도 도덕주의자인 메리 대칫(Mary Datchet)은 훔치는 행위를 전혀 다른 맥락에서 상상한다. 링컨 교구 목사의 딸인 메리는 25

세의 대학교육을 받은 여성인데 집을 떠나 런던에서 혼자 살고 있으며, 여성참정운동에 자원봉사자로서 참여하고 있다. 이상주의자인 메리가 가장 싫어하는 것은 거짓말이다. 사람들이 자기에게 거짓말할 때 정말 화가 난다고 말하는 메리는 사람을 판단하는 데 있어 투명성을 최우선으로 친다. 그런데 겉과 속의 일치를 강조하는 메리가 허용하는 거짓말/훔치기가 있다. 어느 날 아침 사무실로 출근하던 중 이른 아침부터 장사를 위해 서두르는 가게의 주인들을 보면서, 이들이 늦잠자고 돈을 펑펑 쓰는 사람들을 꾀어내어 물건을 사도록 만들면 좋겠다고 생각한다(67). 또한 일하지 않아도 될 만큼 경제적으로 풍족한 모든 사람들을 자신의 "적"이라고 느낀다(67). 이처럼 메리가 거짓말/훔치기를 허용하는 경우는 부지런한 생활인들의 편을 들고, 돈 많은 게으름뱅이들을 단죄할 때이다. 메리의 관점에서 본다면 화려한 저택에 살고 옷을 잘 입는 캐서린 또한 그녀의 "적"들 중 한 명일 수 있다. 더구나 캐서린이 훔친 그리스어 사전은 "일"을 위한 목적을 위해서 사용되는 것고 아니고, 사회와 공동체의 발전에 보탬을 주는 방향으로 활용되지도 않으며, 결국엔 문학, 특히 소설과 연관되는 개인의 취향을 즐기기 위한 방편이 된다. 여성참정운동가이자 메리의 동료인 씰 부인(Mrs Seal)이 "문학은 즐거움을 주기는 하지만 일은 아니지요"(78)라고 말하는 것처럼 일하는 여성의 관점에서 캐서린이 누리는 이중의 즐거움은 사치로 보일 수도 있다. 하지만 도덕적이고 경제적인 논리에서 벗어나 주어진 환경 안에서 개인의 쾌락을 극대화하는 것은 『밤과 낮』에 등장하는 젊은 예술가들에게 발견되는 중요한 면모이다. 이러한 성향은 이름 있는 집 안에서 돈 걱정 없이 살아가는 캐서린뿐만 아니라, 매일 아침 변호사 사무실로 출근하고 직업인으로 살아가야하는 랄프에게도 드러난다.

III. 힐버리 가에서 훔친 캐서린

『밤과 낮』의 6장에서 캐서린은 메리의 사무실을 방문하는데, 때마침 메리와 친구로 지내는 랄프도 나타나서 세 인물은 대화를 나눈다. 이 상황에서 메리는 젊은 사람들의 도덕기준이 너무 낮아졌다고 개탄하며, 거짓말하는 사람들만 보면 화가 난다고 말한다(79). 캐서린은 "누구나 다 거짓말을 한다"고 말하면서 대화를 이어가려고 하는데, 메리는 자신과 랄프는 거짓말을 하지 않는다고 하면서 그의 동의를 구한다(79). 평상시 대화가 잘 통하는 랄프에게 유대감과 사랑을 느끼는 메리는 그도 자신과 비슷할 것이라고 생각하지만, 사실 랄프의 욕망을 이해하는데 있어서 거짓말과 훔치기라는 모티브를 빼놓을 수는 없다. 랄프는 스스로에게 거짓말을 하고, 상상을 통해 무엇인가를 훔친다. 그런데 랄프의 훔치는 행위는 개인의 습관으로 이해할 수 있는 문제를 넘어 소설가의 창작행위와 관련된다. 캐서린이 훔친 그리스어 사전이 "반투명한 봉투"와 같은 텍스트를 형성한다면, 랄프가 무엇인가를 훔치는 행위는 보다 과감한 소설가의 창작과정을 투영하고, 이러한 훔치는 행위를 통해 그는 소설가적인 인물로 태어난다.

랄프가 소설가적인 인물이라는 점을 이해하기 위해서는 소설쓰기에 관한 몇 가지 기본 원리를 염두에 둘 필요가 있을 것 같다. 울프의 초기작인 『밤과 낮』은 소설을 쓴다는 것이 시를 창작하는 행위와는 근본적으로 다르다는 점을 암시한다. 일단 소설이라는 장르는 시에 비해 분량 상 길게 쓰인 글이다. 시를 쓰는 과정이 잘 짜인 형식 안에 순간의 감정을 집약적으로 표현할 것을 요구한다면, 여러 장면들의 결합으로 구성된 소설의 내러티브를 만들어 내는 일은 한 편의 시를 창작할 때보다 오랜 시간을 필요로 한다. 다시 말해,

소설을 쓰는 것은 작가가 어느 한 순간 영감(inspiration)을 받았다고 해서 금방 완성할 수 있는 것이 아니라, 상대적으로 긴 시간에 걸쳐 쓰이기 때문에 소설이라는 텍스트는 시간의 경과에 따라 조금씩 변화된 작가의 욕망, 혹은 서로 충돌하는 모순된 욕망들을 그대로 보여주는 경향이 있다. 또한 소설을 쓰는 주체는 사람들의 일상생활을 관찰하는 것을 통해 상상력을 키우고 이를 언어로 전환시키는 연습을 하는데, 이 과정에서 글쓰기에만 몰두할 수 없도록 하는 크고 작은 사건들을 맞이하게 된다. 직업이 소설가가 아닌 이상, 소설을 쓰려고 하는 인물은 한참 상상을 하다가도 때가 되면 가사 일이든 직업의 현장이든 자신의 본업으로 돌아가야 할 필요가 있고, 타인의 방문으로 인해 상상을 멈춰야 할 경우도 있다. 결과적으로 이들이 창조하는 내러티브는 끊어짐과 불연속이라는 일상의 흔적들을 반영하게 된다. 정형화 된 시를 쓰는 시인이라면 순간의 감정을 담을 수 있는 언어라는 그릇을 매만지는 과정을 통해 정교한 글을 쓰는 것이 가능할 것이다. 이를테면 『밤과 낮』에서 셰익스피어를 모방하는 로드니는 "모든 감정"은 그에 어울리는 "운율(meter)"을 갖고 있다고 믿는다(123). 이러한 이론을 고수하는 로드니는 강렬한 순간의 감정에 운율과 리듬을 부여하고, 언어라는 틀을 기술적으로 다루는 데 남다른 재능을 보인다(123). 하지만 내러티브라는 소설의 공간은 시의 공간에 비해 숙련된 기교가 잘 통하지 않는 면이 있다. 반복적인 운율과 리듬을 바탕으로 탄탄하게 짜인 시와 달리, 불연속적인 순간들을 이어서 만든 내러티브는 설명하기 어려운 욕망과 감정들을 군데군데 드러내게 되고, 이러한 특징은 글의 절제된 형식미를 파괴하는 결과를 가져오기도 한다. 랄프는 마음속으로 상상의 장면들을 만들다가도 변호사 사무실로 돌아가 일을 해야 하기 때문에 자신이 원하는 만큼 상상의 세계에 빠져 있을 수가 없다. 또한 랄프의 내면에서 충돌하는 모순된 욕망들은 절제된 형식의 시와는 다른 텍스트를 만들어 내는 요인이 된다. 이러한 특징들은 울프가 『밤과 낮』을 통해 기록한 20세기 소설가의 경험이다.

로드니가 셰익스피어를 비롯해 르네상스 작가를 대놓고 모방하는 시인이라면, 랄프는 19세기 말부터 20세기 초반의 소설가인 헨리 제임스(Henry James)를 은밀하게 모방하는 소설가적 인물이다. 『밤과 낮』의 첫 두 장은 랄프가 대놓고 밝히지는 않아도 "유명한 소설가"인 폴테스큐 씨(Mr Fortescue)를 자신의 롤모델로 삼고 있다는 암시를 준다. 실존 인물인 헨리 제임스를 연상시키는 폴테스큐 씨는 『밤과 낮』의 카메오로 소설 앞부분에서 열리는 힐버리 가의 티타임 파티에 등장했다 사라지지만 내러티브 전체에서 차지하는 그의 실질적인 비중은 상당히 크다.[5] 힐버리 가의 저택에 처음 방문한 날 상류사회의 분위기에 압도되어 이질감을 느낀 랄프는 티타임 파티에 괜히 왔다는 생각을 하며 "세련된 응접실"에 가기 위해 "거리의 자유"를 포기했다는 것을 후회하지만, 거기서 유명한 소설가를 만날 수 있었다는 것을 위안거리로 삼는다(6). 티타임 파티에서 폴테스큐 씨는 내러티브를 만들어내고, 옆에 앉은 사람들은 만들어진 이야기를 듣는다. 섬세한 관찰력과 유려한 언어를 자랑하는 폴테스큐 씨는 자신이 보고 들은 것을 즉각적으로 텍스트로 바꾸는 힘과 기교를 갖고 있다. 또한 사람들의 방해를 받아 중간에 끊어졌던 문장을 다시 연결해가는 능력도 갖고 있다. 하이게이트(Highgate)에 있는 자신의 집으로 돌아온 랄프는 티타임 파티에서 들었던 폴테스큐 씨의 문장들을 단어

5) 울프는 어린 시절 아버지인 레슬리 스티븐(Leslie Stephen)과 친분관계가 있었던 헨리 제임스를 만난 적이 있는데, 이러한 기억들을 바탕으로 폴테스큐 씨가 만들어졌다는 것이 마크 허시(Mark Hussey)를 비롯한 대부분 평자들의 해석이다(Hussey 92).

하나하나까지 정확하게 기억한다(22). 그리고 자신의 방에서 폴테스큐 씨가 했던 말을 그와 같은 매너로 똑같이 따라해 본다(22). 마치 어린 아들이 아버지의 언어와 몸짓을 따라하면서 자라나듯이 랄프는 저명한 소설가의 언어를 모방하고, 모방은 장면 만들기라는 일종의 창조행위로 이어진다. 랄프의 상상은 아직 구체적인 언어로 옮겨지지 않았고 그의 유일한 독자는 자기 자신이라는 한계는 남아 있지만, 유명한 소설가의 단어와 말투를 흉내 내는 이 장면은 소설 쓰기에 대한 랄프의 숨은 욕망을 보여준다.

혼자 있을 때 헨리 제임스의 말투와 표현 기법을 따라하고 연습해보지만, 모방하는 행위를 숨기는 랄프는 윗세대 소설가를 동경하면서도 그로부터 거리를 두고 싶어 하는 복합적인 욕망을 가진 인물이다. 문학의 언어에 끌리는 스스로가 낯설어 그리스어 사전을 훔치는 캐서린처럼, 랄프 또한 드러내 놓고 싶지 않은 어떤 욕망에 사로잡히며, 뒤엉켜 있는 욕망의 한복판에서 무엇인가를 훔치는 행동을 한다. 랄프가 훔치는 대상은 바로 캐서린이다. 물론 상상 속에서 일어나는 사건이긴 하지만, 위험을 무릅쓰고 힐버리 가의 저택에서 캐서린을 데려온다. 힐버리 가를 처음 방문한 날로부터 랄프는 캐서린을 욕망한다. 욕망의 주체가 갈망하는 대상을 가지기 어려운 이유는 주체와 대상 사이에 방해물이 있기 때문인데, 이 방해물은 캐서린이 속한 사회, 즉 힐버리 가라고 할 수 있다. 이러한 맥락에서 랄프는 욕망의 대상인 캐서린이 "영국에서 가장 뛰어난 집안 중 하나"인 가문의 사람인 것을 괜스레 탓한다(29). 하지만 랄프의 푸념은 본질적으로 모순이다. 왜냐하면 캐서린의 대한 랄프의 욕망은 르네 지라르(René Girard)가 설명한 "매개된 욕망(mediated desire)"으로 볼 수 있기 때문이다. 지라르의 표현을 빌리자면 캐서린에 대한 랄프의 욕망은 자연발생적인 것이 아니라 힐버리 가문이라는 "중재자"(mediator)가 개입되어서 도발된 욕망에 가깝다. 주체는 자기 욕망이 중재자보다 먼저 있었다고 주장하고 욕망이 중재자로부터 왔다는 것을 부인한다. 이러한 욕망의 주체는 중재자를 자신의 경쟁자로 보고, 중재자로부터 비롯된 것을 "은밀하게 욕망하면서도" 동시에 폄하한다(Girard 11). 랄프는 힐버리 가의 저택에 다녀온 후 생겨난 내면의 욕망 때문에 불만족을 느끼는데, 결국 중재자이자 방해꾼인 힐버리 가를 제치고 캐서린을 훔치기로 한다. "내가 캐서린 힐버리를 데려오는 거야!"라고 중얼거리는 랄프는 중재자로부터 욕망의 대상을 분리시키고 그제야 비로소 불만족으로 동요되었던 마음에 위안을 얻는다(19). 랄프는 캐서린에 대한 자신의 욕망은 인정하면서도 캐서린을 존재하게 한 힐버리 가문에 대한 욕망은 부정하는 모순을 드러낸다.

욕망에 대한 인정과 부인 사이에서 갈팡질팡하는 랄프의 내면은 혼동과 모순으로 가득하다. 하지만 이러한 내면의 풍경은 소설가적 인물에게 있어 흠이 아니라 창작의 동력이 될 수 있다. 중재자로부터 욕망의 대상을 훔쳐 온 랄프는 캐서린을 상상의 자원으로 삼고 머릿속에서 장면들을 만들어가는 가는데, 이는 소설 창작에 대한 랄프의 열망이 발현되기 시작하는 중요한 시점이다. 캐서린을 훔치는 것은 상상의 영역에서 일어나지만, 위에서 말한 것처럼 이것은 "위험"을 무릅써야 하는 일이다. 변호사 사무실에서 근무하는 동안 법률 관련 일에 집중해야 하는 랄프는 일과 상상을 효율적으로 분리하는 방식을 경험을 통해 알고 있다. 동료들이 부담을 느낄 정도로 랄프는 최선을 다해 일에 몰두하는데, 일에 대한 랄프의 두드러진 열심은 퇴근 후에 올 상상의 즐거움에 대한 기대감 때문이다. 변호사로서의 삶이 자신을 통제하고 의지를 발휘해야 하는 것이라면, 상상하기는 랄프에게 놀이이며 최상의 쾌락이다. 하지만 캐서린이 수학노트를 감추듯이, 랄프는 자신이 가장 좋아하는 상상하기를 혼자서만 즐기고 상상이 확장되는 것을 두려워한다. 어렸을 적부터 시간을 헛되이 쓰지 않기 위해 철저하게 계획하고 그대로 실천해 온 랄프는 시간과 자원을 낭비하지 않도록 주의하고, 쉬는 시간에만 즐겨야 하는 상상이 과해져서 일상의 영역으로 침입하면 일에 방해를 받지 않을까 우려하기도 한다. 23장에서 랄프는 캐서린에게 자신에게 상상하는 버릇이 있다고 고백하는데, 이때 상상은 "나쁜 습관"일 뿐이고 어린아이들이나 하는 것이라고 말하고(260), 성인이 상상하는 일에 탐닉하는 것은 우스꽝스러운 열정이고 인생을 낭비하는 원인이 된다고 생각한다(324). 랄프의 영역에서 일과 놀이는 철저하게 분리되어 있고, 이 경계를 무너뜨리지 않기 위한 긴장을 늦추지 않는다.

제한된 시간동안 상상하기를 즐기는 랄프이지만 캐서린을 훔치기 직전까지 한동안 상상의 재료가 부족했던 모양이다. 서술자는 랄프가 캐서린을 힐버리 저택에서 데려오는 것을 통해, "상당한 기간 동안 황무지로 남아있던" 그의 마음 한 구석이 채워졌다고 표현한다(19-20). 랄프는 힐버리 가에 있는 캐서린을 훔치고 상상하는 과정을 통해 독자가 없는 소설가 역할을 한다. 지체 높은 여인처럼 처음에는 까다롭게 굴지만 캐서린이 결국에는 자신을 받아들이고 왕관을 씌워 주리라는 상상을 하면서, 상상 속의 그녀에게 인정받고 싶다는 욕망을 드러낸다. 이러한 상상의 내용도 중요하지만 어떤 식으로 그의 상상의 그림이 채워져지는가는 더욱 눈여겨 볼만하다. 서술자는 랄프가 캐서린의 전 존재가 아닌 "마음"과 함께 "가장 대담한 자유"를 누릴 수 있게 되었다고 말한다(19). 단단한 몸의 형체를 입지 않은 "마음"을 데리고 올 때, 소설가적 인물은 창조 행위에 보다 적극적으로 참여할 수 있게 된다. 상상을 통해 캐서린을 힐버리 저택에서 데려온 후, 랄프는 소설가가 사용하는 기법을 사용해 의식적으로 그녀의 이미지를 새롭게 창조한다. 키를 조금 더 키우기도 하고 머리카락에 색깔을 덧입히기도 하면서 자신이 원하는 장면을 만드는 과정을 통해 소설가적 인물인 랄프는 만족감을 느낀다. 상상을 통해 대상에게 새 몸을 부여하고 세부사항이라는 살을 붙여가는 랄프는 이미 주어진 자원들을 토대로 텍스트를 만드는 소설가의 창조 행위를 연상시키기에 충분하다.

캐서린의 경우 집안사람들의 취향을 거부하고 문학작품을 읽는 것 대신 수학 공부하기를 좋아한다면, 랄프는 19세기 부모세대의 인물들과 달리 "위대한 사람들"을 싫어한다(15). 물론 자신의 욕망을 자주 부인하려고 한다는 점에서 랄프의 말을 액면 그대로 받아들이기는 어려워도, 적어도 그렇게 믿고 싶어하는 것은 사실이다. 랄프가 힐버리 가의 저택을 처음 방문한 날 캐서린은 다른 손님들에게 그러하듯 "작은 방"에서 랄프에게 할아버지의 유품들을 구경시켜 주는데, 이때 둘은 서로 대화할 기회를 갖게 된다:

> "나는 당신네들처럼 되고 싶지 않습니다. 그게 내가 말한 전부요." 할 수 있는 한 정확하게 생각한 바를 말하려는 듯 그는 대답했다.
> "그러시겠죠. 그렇지만 어떤 사람도 다른 누군가처럼 되고 싶어하지는 않는 걸요."
> "나는 그렇습니다. 수많은 다른 사람들처럼 되고 싶단 말입니다."
> "그렇다면 우리는 왜 아닌가요?" 캐서린은 물었다. (15)

랄프와 캐서린의 대화를 살펴보면 둘의 차이를 한 가지 발견할 수 있다. 캐서린은 어떤 누구라도 다른 사람처럼 되고 싶어 하지는 않을 것이라고 믿는 반면, 랄프는 "많은 다른 사람들처럼" 되고 싶다는 생각은 자주 하지만 캐서린의 가족들처럼 되는 것은 싫다고 말한다. 그런데 이들의 대화에서 나타나는 차이는 사실 두 인물 간의 공통점을 은연중에 드러낸다. 그것은 독특함에 대한 강한 열망이다. 힐버리 가를 찾는 사람들이 보기에 캐서린은 전통과 관습을 무리 없이 따르는 위대한 시인의 손녀이자 상속녀로 보이지만, 실상 그녀가 원하는 것은 가족 구성원들을 포함해 타인과 "다른" 사람이 되는 것이다. 랄프는 캐서린보다 한 술 더 떠서 독특함에 대한 자의식을 보인다. 앞서 폴테스큐 씨의 언어를 모방했던 것처럼, 랄프는 다른 사람들처럼 되고 싶다는 욕구가 있고 그 욕망을 솔직하게 인정하는 것처럼 보이기도 한다. 하지만 많은 사람들이 동경하는 힐버리 가문을 무시하면서 자기 욕망의 특이성을 드러낸다. 이어서 랄프는 자신의 집안에는 자랑할 만한 유명인이 없다고 말하며, "우리[집안에]는 그런 사람이 없어서 다행이에요. 나는 위대한 사람을 싫어합니다. 19세기에 있었던 위대함에 대한 숭배는 그 세대의 하찮음을 보여주는 것 같네요"(15)라고 덧붙인다. 한편으로 "위대한 사람들"을 싫어한다고 말하며 힐버리 가문을 깎아내리는 것은 뒤틀린 랄프의 욕망을 보여준다. 캐서린이 자신을 좀 인정해주면 좋겠는데, 그게 잘 안되니까 차라리 속을 긁어놓아야겠다는 심산이다. 콧대 높아 보이는 캐서린을 정신적으로 괴롭힐 수 있는 힘을 자기가 가졌다는 것을 증명하고 싶기 때문이다(13). 부모세대의 인물들이 타인에게 자신의 구별됨을 보이기 위해 좋은 취향을 생산하고 상징물들을 활용한다면, 랄프는 이들보다 교묘한 방식으로 상대방에게 영향력을 행사하고 싶어 한다.

하지만 위대함에 대한 랄프의 경멸은 합의된 가치판단의 기준을 허물고 새로운 취향을 받아들이기 위한 과정이기도 하다. 랄프는 부모세대 사람들이 공통적으로 보여주는 위대함에 대한 숭배를 비판하고 스스로 어떤 대상을 판단하는 주체가 되길 원한다. 이를테면 리처드 에일러다이스의 유품이 전시된 작은 방을 그저 "관람"하는 방문객들과 랄프의 태도는 엄연히 다르다. 다른 손님들이 죽은 시인의 명성에 압도되고 그 아우라에 취하는 반면, 작은 방을 구경하는 랄프는 캐서린의 외할아버지가 남긴 시집을 동경하지 않고 시뿐 아니라 인쇄 상태나 낱장들이 묶여 있는 모양까지 찬찬히 살펴보며 책의 전반적인 질을 판단한다(13). 힐버리 부인이 현대서적들의 겉표지를 보자마자 불쾌감을 느낀 것과는 달리, 여기서 랄프는 즉각적인 반응을 잠시 유보하고 시인의 책이 자신에게 어떤 반응을 불러일으키는지 판단한다. 이러한 판단행위는 "위대한 시인"의 작품이라면 판단보다 동경이 앞서야 한다고 믿었던 전 세대 사람들의 사고를 거스르는 것이다. 셰익스피어의 포켓북을 갖고 힐버리가를 방문한 코즈햄부인이 랄프의 이마에서 "뚜렷한 힘의 흔적들"을 발견하듯이(134), 합의된 가치에 대한 저항하기 위해서는 대세를 거스르는 용기가 필요하다. 랄프는 위대함에 대한 전 세대들의 동경에서 벗어나 다른 가치를 찾고 싶어 하는데, 실제로도 그는 실제로 위대한 것이 아닌 보통의 것들을 소중히 여기는 면이 있다. 소설의 37장은 랄프의 이러한 성격을 드러낸다. 여기서 서술자는 랄프가 애지중지 소장하는 물건의 실체를 드러낸다. 겉으로 보기에 여느 서재와 크게 달라 보이지 방에서 랄프는 그리스 조각품들의 사진이 실려 있는 책 한권을 뽑아든다. 캐서린을 연상시키는 그리스 여신의 사진 위에는 랄프가 수집한 작은 물건들이 올려 있다. 캐서린이 자신에게 보냈던 쪽지 하나와 캐서린과 큐(Kew) 정원에서 만났을 때 가져왔던 꽃 한 송이가 그것이다. 그의 "유물"이라고 표현되는 이 흔적들은 일상의 순간들을 상기시키고 그 기억을 강렬하게 하는 매개체가 된다(355). 또한 이것은 보통의 경험, 일상의 순간들을 소설 창작의 기본으로 삼았던 울프 자신의 소설쓰기에 대한 관점을 반영하는 것으로 볼 수 있다.

아마추어 소설가인 랄프는 캐서린을 훔치는 행위를 통해 작가가 느낄 수 있는 장면 만들기의 즐거움을 얻는다. 하지만 랄프가 또 다른 층위의 쾌락을 누리고 있음을 강조할 필요가 있다. 랄프는 힐버리 가의 사람들을 속물 취급하며 짐짓 이들의 저택을 싫어하는 체 하지만, 호화로운 저택은 그에게 짜릿한 욕망과 쾌락의 대상이다. 여기서 랄프가 힐버리 가의 저택에 대해 느끼는 호기심과 욕망은 신분상승이라는 욕망과 다르다. 사회적이고 경제적인 이유에서가 아니라, 정교하게 지어진 저택이 상상력을 풍부하게 하는 토대가 되기 때문에 호화롭고 섬세한 집은 소설가로서의 재능을 가진 인물에게 매력적인 공간이다. 힐버리 가를 처음 방문한 날부터 랄프는 집을 머릿속으로 떠올리면서 그 집이 얼마나 아름다웠는가 회상하고 건물 안에 있는 각각의 공간들의 구체적인 모습들을 떠올려본다. 뿐만 아니라 들어가 보지 않은 다른 방들은 어떤 모습을 하고 있을지 상상한다(22). 여기서 "집"은 견고한 형태를 가진 틀이라고 할 수 있을 텐데, 캐서린이 사는 저택은 정교하게 꾸며진 건물이고 다양한 사람들이 드나드는 장소라는 점에서 세밀하고 풍부한 묘사의 자원을 제공한다. 랄프의 상상력을 풍부하게 하는 토대가 된다는 점에서 힐버리 가의 저택은 『밤과 낮』에서 어딘지 비현실적이고 문학적인 공간으로 재현된다. 이 소설의 1장에서 힐버리 가 저택 안으로 랄프가 들어오는 순간 그가 받은 인상을 살펴볼 필요가 있다:

> 데넘 씨에게는 부드럽게 안감 처리가 된 천개의 문들이 자신과 바깥 거리 사이에 닫혀진 것처럼 보였다. 엷은 안개, 안개의 영묘한 핵심이, 응접실의 넓고 빈 듯한 공간, 티 테이블 위에 놓여져 있는 양초들 때문에 온통 은빛이고 불빛 아래서 불그레해지는 응접실에 눈에 띄게 걸려 있었다. 그의 머리 속에는 여전히 버스와 택시들이 달리고, 그의 몸은 자동차와 보행자들이 왔다갔다하는

> 거리를 빠르게 걸어온 탓에 아직 얼얼하지만, 이 응접실은 너무도 멀리 있고 평온하게 보였다. 얼마간쯤 떨어져 있는 나이든 이들의 얼굴이 부드러워졌고 안개의 푸르스름한 입자들로 인해 두터워진 응접실의 공기 덕분에 그것이[얼굴이] 활짝 핀 것처럼 보였다. (6)

랄프가 응접실로 연결된 현관문을 닫을 때 천 개의 소리 없는 문들이 동시에 닫히는 것처럼 느꼈다는 것은 집 안과 밖의 경계가 확연해졌음을 의미한다. 분주한 길거리와 화려한 응접실의 대비는 일차적으로 사회계층간의 단절을 암시하는 것일 수 있다. 하지만 위의 인용문에 따르면 두 공간은 현실/생활의 영역과 비현실/문학의 영역으로 볼 수 있는 여지를 준다. 힐버리 가의 저택으로 들어오고 난 후에도 랄프의 몸과 머리는 여전히 거리의 분주한 풍경을 기억한다. 그의 몸과 머리가 기억하는 세계는 바깥에서 일어난 일들이지만, 지금 바라보고 있는 곳은 여태껏 경험해 본적이 없는 새로운 영역이다. 랄프가 바라보는 이 응접실은 거리에는 존재하는 않는 한 가지를 갖고 있다. 그것은 "엷은 안개"로 응접실의 넓고 빈 공간에 걸려 있으며, 이곳에 모인 사람들에게 특별한 분위기를 더해준다. 미세한 안개의 푸르스름한 입자들은 나이 든 사람들의 얼굴이 부드럽고 환해보이는 효과를 자아내고 있다. 길거리라는 공간과 문 하나를 사이에 두고 있을 뿐이지만, 엷은 안개가 깔려 있는 이 응접실은 어딘지 비현실적이라는 느낌을 준다. 길거리가 직업과 일의 공간이라면, 안개가 낀 응접실은 놀이와 상상을 허용하는 공간으로 소설가로서의 랄프를 만들어가는 토양이 된다. 『밤과 낮』의 뒷부분인 33장에서 서술자는 힐버리 가의 집이 랄프를 위해 얼마나 "많은 이야기들"을 갖고 있는지를 밝힌다(428). 힐버리 가를 방문하기 전까지는 도무지 "알 수 없었던" 응접실과 여러 닫힌 문들이 그 "많은 이야기들"이 태어나는 장소이다(428).

물론 랄프는 힐버리 저택뿐 아니라 모든 집은 각각의 “개성(individuality)”을 갖고 있다고 믿고(343), 그렇기 때문에 크리스마스 휴가를 보내러 간 링컨교에 있는 메리의 집에서 기분전환이 되는 것을 느낀다. 힐버리 가의 사람들과 전혀 다른 소박한 삶의 모습을 보여주는 메리의 시골집은 캐서린이 로드니와 약혼했다는 사실을 알고 상심에 빠진 랄프의 마음에 어느 정도 회복을 준다. 그럼에도 불구하고 랄프의 진짜 열망은 정교하게 꾸며진 힐버리 가의 저택에 있다. 캐서린과 로드니의 약혼 사실을 알게 된 후, 랄프는 변호사 일을 그만두고 “오두막”에서 글이나 써야겠다고 생각한다. 그의 이러한 결심은 상상의 재료를 박탈당한 사람의 체념과도 같다. 즉, 랄프에게 있어 “오두막”은 W. B.예이츠(William Butler Yeats)가 시를 통해 이상화한 “이니스프리(Innisfree)”호수와 같은 자유의 공간이 아니라, 가장 욕망했던 것을 빼앗긴 사람이 답답한 현실에 그대로 주저앉을 수만은 없어 어디론가 도망가고 싶을 때 찾는 공간과도 같다. 랄프가 막연하게 그려보는 오두막은 멋스러운 데는 찾아볼 수 없는 “흰 사각형” 집이고, 돼지를 키우고 소란을 피우는 열두 명의 아이들을 둔 이웃집 옆에 있다(197). 또한 “멜론”과 “석류” 같이 탐스러운 과일을 기를 수 있는 몽상가의 공간이 아니라, “순무”와 “양배추”같이 퍽퍽한 채소를 길러야 하는 생활인의 영역이다(197). 랄프의 기준에서 힐버리 가의 저택은 “멜론”과 “석류”를 자라게 하는 환상적인 집이다. 현실과 동떨어져 있으면서도 세밀한 장면 만들기를 좋아하는 랄프가 힐버리 가의 저택을 욕망하는 것은 무리가 아닌 것 같다.

소설가의 창작행위를 홀로 실험하는 랄프는 위대한 시인을 동경하는 부모 세대의 태도를 비판하고 이들이 합의한 좋은 취향을 의심한다. 그럼에도 불구하고 19세기 인물들이 살아왔고 살아가는 “집”을 욕망한다는 것은 이미 존재하는 소설의 형식과 틀에 대한 존중을 뜻한다. 사실 집의 형태에 대한 존중은 "모던"한 마음가짐과는 사뭇 다르다. 예컨대 20세기 초반에 등장한 영국의 현대여성이라고 할 수 있는 메리는 필요에 따라 집의 내부를 개조할 생각도 하고(166), 많은 사람들을 수용하기 위해 가구의 구조를 바꾸기도 한다(39). 무엇보다도 메리는 여성참정운동에 참여하기 위해 링컨 교구에 있는 집으로부터 떠나왔다. 아버지의 집에서 나오고 싶었던 원했던 메리는 탈출에 대한 열망을 현실화한다(50). 메리와 마찬가지로 랄프 또한 집을 떠나고 싶을 때가 많이 있다. 예닐곱 명의 동생들과 홀어머니가 함께 살고 있는 집에서 랄프는 충분한 정신적 자유를 누리기 힘들다. 가족들의 원망을 듣는다는 것을 알면서도 집 안에서 혼자 식사를 하고, 자기 방문에 "OUT"이라는 단어가 적힌 팻말을 붙여 놓기도 한다(22). 하지만 랄프는 하이게이트에 있는 집을 부담스럽게 느끼면서도 떠나는 적이 없으며, 첼시에 있는 캐서린의 집을 미워하는 척 하면서도 그 집을 다시 찾는다. 옛 부터 있어온 집은 직관으로부터 오는 무정형의 비전인 "빛"과 "떨림"에 "살의 실체"를 부여해주는 "오래된 단어들"과 같다(32). 말로 표현할 수 없는 것들이 캐서린의 노트에서 수식과 도형으로 표현되는 것처럼, 랄프의 머릿속에서 펼쳐지는 상상도 언어로 다 옮겨질 수 없다. 하지만 그의 장면 만들기가 독자를 얻기 위해서는 비전을 담을 수 있는 틀이 필요하고, 이러한 틀은 구식이어서 허물고 싶었던 낡은 공간에 있다.

이야기의 결말을 제시하는 『밤과 낮』의 33장은 시간을 통해 축적되어 온 익숙한 형식에 대한 울프 자신의 애정 어린 시선을 보여준다. 이 소설은 문명의 수호자들이 보여주는 완벽한 매너를 풍자하지만, 다른 한편으로는 매너라는 틀 자체가 가져올 수 있는 효과를 무시하지 않는다. 예컨대 가부장인 힐버리 씨는 대표적인 문명의 수호자이다. 집안에서 일어나는 일에 대해 대체로 무관심한 태도를 보이는 힐버리 씨이지만, 로드니가 캐서린과 파혼하고 카산드라와 약혼한 소식을 접한 후 그는 분노의 감정을 가라앉히기가 어렵다. 뜻밖에 생긴 이 "문명의 공백기"를 청산하고 무너진 질서를 바로잡아야겠다고 결심한 힐버리 씨는 부인이 셰익스피어의 무덤을 방문하느라 출타중인 사이에 새 법률을 제정한다(416). 자신의 집에서 잠시 머물고 있던 카산드라를 쫓아내고 로드니와 랄프에게도 출입금지령을 내린 것이다. 하지만 셰익스피어의 무덤에서 돌아온 힐버리부인은 이들의 사랑을 받아들이고 집에 로드니와 랄프를 데려온다. 쫓겨났던 카산드라도 기차를 놓치고 짐까지 잃어버려서 하루 만에 힐버리 저택으로 돌아오는 해프닝이 생긴다. 젊은 남녀와 힐버리 부인은 힐버리 씨가 자신들을 지켜보는 줄 모르고 서로 이야기를 나누는데, 갑자기 카산드라가 약혼반지를 카펫에 떨어뜨리는 사건이 생기고, 하필 굴러가던 반지는 힐버리 씨의 신발 코에서 멈춘다. 힐버리 씨는 몸을 아래로 숙여 떨어진 반지를 주워 주는데 "몸을 굽혔다가 펴는" 찰나에 분노의 감정은 씻은 듯이 사라진다(434). 예의바르게 인사하는 듯한 동작을 취하자 그 형식에 맞는 감정이 따라오게 되는 것이다. 울프의 『밤과 낮』은 권위적인 힐버리 씨가 보이는 인습적인 매너조차 버려야 할 것으로만 보지 않고 이러한 "틀"이 만들어 낼 수 있는 나름의 가치를 인정한다.

IV. 부끄러운 취향의 드러남: 서로의 독자 되어주기

캐서린과 랄프는 사회의 구성원들이 적절하다고 이상화시킨 좋은 취향의 기준을 의심한다. 합의된 취향에 대한 이들의 저항은 훔치는 행위로 이어진다.

훔치기를 통해서 "해야 하는 것"이 아니라 "하고 싶은 것"을 할 수 있는 자유를 획득하기 때문이다. 자신의 수학 노트를 덮기 위해 캐서린은 아버지의 서재에서 그리스어 사전을 훔치고, 상상의 즐거움을 얻기 위해 랄프는 힐버리가의 저택에서 캐서린을 훔친다. 이때 아버지의 서재와 힐버리 가의 저택은 좋은 취향이라는 표식들을 저장하고 보관하는 상징적인 공간이다. 따라서 캐서린과 랄프가 이 영역에서 무엇인가를 훔친다는 것은 "구별 짓기"라는 목적을 위해 취향을 생산하고 소유하는 기존의 패러다임에 은근히 흠집을 내는 결과를 가져온다. 캐서린과 랄프는 19세기의 인물들이 동경하거나 자신들의 필요를 위해 이상화시킨 "위대한 시인"의 아우라에 취하지 않고, 동시에 스스로 모던해보이기 위해 애쓰는 젊은이들의 취향을 좋아하지도 않는다. 『밤과 낮』의 4장은 메리의 집에 문학토론을 하기 위해 모인 "정형화 된 타입"에 저항하는 젊은이들을 언급한다. 이들이 옷과 머리모양으로 이전 세대에 대한 반항심을 대놓고 드러내는 반면(43), 캐서린과 랄프는 이런 스타일을 따르지도 않고 구세대가 만든 질서를 수호하는 면이 있다. 두 부류의 사람들 모두와 다르다는 점에서 랄프와 캐서린은 많은 독자를 구하기 어려운 아마추어 소설가이다. 장면 만들기를 좋아하는 두 인물은 독자가 없는 상태로 혼자만의 상상을 즐기고 타인으로부터 독립된 개인의 공간을 확보해간다.

하지만 이들의 개성 있는 내면세계는 바깥으로 표현될 필요가 있다. 그렇지 않으면 다른 취향을 가진 자신만이 독창적이라는 특권의식의 함정에 빠질 수 있다. 나쁜 취향을 가졌다는 것 자체가 한 인물의 뛰어남을 증명하는 표식이 된다면, 부모세대의 속물성과는 또 다른 차원의 구별 짓기가 재생산 될 우려가 있다. 개인의 취향을 즐기는 문제가 독창성의 소유로 변질되지 않기 위해서는 혼자 있는 시간동안 상상을 통해 창조한 텍스트가 드러나고, 공유되며, 확산될 필요가 있다. 울프는 자신의 소설 『밤과 낮』에 등장하는 나쁜 취향의 소유자들로 하여금 서로의 텍스트를 읽도록 만든다. 이들의 즐거운 공유는 소설의 33장에 기록되어 있다. 랄프는 캐서린의 방에서 우연히 그녀의 수학 연습지들을 보게 되고, 캐서린은 랄프의 주머니에서 빠져 나온 "미완성의 논문(unfinished dissertation)", 즉 랄프가 자신에게 쓰다만 편지를 보게 된다. 두 사람 모두에게 있어 자신의 텍스트는 들키고 싶지 않은 것이었기 때문에 캐서린은 얼굴을 붉히고, 랄프도 당황한 기색을 감추지 못한다. 캐서린이 자신의 수학 노트를 감추고 싶어 했던 것처럼 랄프는 미완성의 편지를 수치스럽게 여겼는데, 그 이유는 캐서린에 대한 감정을 표현하려고 했던 문장이 자기 뜻대로 유려하게 쓰이지 않고, 감정을 옮기려고 하면 할수록 언어의 한계에 부딪혀 그의 편지는 결국 잉크 얼룩과 점들과 알 수 없는 자국들로 가득해졌기 때문이다. 랄프는 만들어낸 얼룩진 텍스트는 그가 동경한 소설가 포테스큐 씨의 길고 유창한 표현을 담아낼 수 없다. 하지만 두 인물이 자신의 텍스트에 대해 갖고 있던 수치심은 진지한 독자를 얻는 순간 기쁨으로 변화된다. 캐서린의 수학 연습지를 본 랄프는 그녀의 취향을 비웃지 않고 호기심 어린 눈빛을 보내는데, 이러한 태도는 방어적이었던 캐서린을 자유롭게 한다. 한편 랄프가 거의 찢어버릴 뻔 했던 "미완성의 논문"을 읽는 캐서린은 텍스트에 남겨진 "작은 점들(little dots)"이 좋다고 진심으로 말하며 그의 텍스트에 대해 성실하게 반응한다(429). 랄프의 입장에서는 누구에게도 인정받을 수 없으리라고 믿었던 부끄러운 텍스트가 소중한 독자를 얻는 순간이다.

캐서린과 랄프는 서로에게 "친구"이자 "판단자" 역할을 한다. 울프는 「책을 어떻게 읽어야 할까?」("How Should One Read a Book?)라는 1926년 에세이에서 우리가 누군가의 친구라면 그에게 과도하게 동조할 수 없고, 우리가 누군가의 판단자라면 그에게 지나치게 엄격할 수 없다고 말한 바 있다(8). 비슷한 취향의 흔적들이 담긴 서로의 텍스트를 바라보며 캐서린과 랄프는 서로에게 아첨하거나 신랄한 비판을 하는 대신 호기심 어린 눈빛으로 서로의 글을 바라보는 독자가 된다. 이와 동시에, 자신의 텍스트를 읽고 있는 독자가 지금 "미소 짓고 있는지"를 궁금해 하는 작가가 된다(429). 캐서린과 랄프는 순전히 자신에게 속한다고 믿었던 개인의 취향이 서로 공유하고 있던 취향이었음을 발견한다. 이러한 드러남은 다수로부터 이해받지 못하는 취향을 가진 외로운 예술가에게 연대감이라는 위로를 주는 한편, 개인의 독특함에 대한 자의식이 또 다른 차원에서의 특권의식으로 굳어지는 것을 경계한다. 이 글의 서두에서 아감벤의 논의를 통해 밝혔듯이, 소위 "나쁜 취향"은 세월이 흐름에 따라 어떤 집단의 사람들이 공통적으로 향유하는 "평균적인 취향(the average taste)"(22)으로 바뀔 수 있다. 새로운 세대의 인물들이 즐기는 "나쁜 취향"과 독특한 표현 방식이 소수의 특정 예술가들에게 속한 "좋은 취향"으로 고착된다면, 자신들이 타파하려고 애썼던 소유의 패러다임을 재생산하는 결과를 가져올 것이다. 이와 같이 울프의 『밤과 낮』은 사회가 인정하지 않는 "나쁜 취향"을 가졌지만 여전히 독자를 구하는 현대 소설가의 자화상을 보여준다. 전 세대 인물들에 의해 합의된 취향과 가치기준을 거부하고 개인의 취향을 즐기는 인물들의 욕망을 표현하는 『밤과 낮』은 현대 소설가가 경험하는 갈등과 욕망을 그려내고 더 나아가 새로운 소설쓰기에 대한 희망을 이야기한다.

출처: 『제임스 조이스 저널』 제19권 2호(2013년 12월) 127–162쪽.

■ 인용문헌

Agamben, Giorgio. *The Man Without Content*. Trans. Georgia Albert. Stanford: Stanford UP, 1999. Print.

Benjamin, Walter. "The Work of Art in the Age of Its Mechanical Reproduction." *Illuminations*. Ed. Hannah Arendt. Trans. Harry Zohn. New York: Schocken Books, 1968. 217-51. Print.

Bourdieu, Pierre. *Distinction: A Social Critique of the Judgement of Taste*. Trans. Richard Nice. Cambridge: Harvard UP, 1984. Print.

Cixous, Hélène. "Castration or Decapitation?" *Signs* 7.1 (1981): 41-55. Print.

De Certeau, Michael. *The Practice of Everyday Life*. Trans. Steven Rendall. Berkeley: U of California P, 1984. Print.

Girard. René. *Deceit, Desire and the Novel*. Trans. Yvonne Freccero. Baltimore: The Johns Hopkins UP, 1965. Print.

Hussey, Mark. *Virginia Woolf A to Z: The Essential Reference to Her Life and Writings*. Oxford: Oxford UP, 1995. Print.

Majumdar, Robin, and Allen McLaurin. *Virginia Woolf: The Critical Heritage*. London: Routledge, 1975. Print.

Peach, Linden. "Virginia Woolf and Realist Aesthetics." *The Edinburgh Companion to Virginia Woolf and the Arts*. Edinburgh: Edinburgh UP, 2012. 104-17. Print.

Woolf, Virginia. *A Writer's Diary*. Ed. Leonard Woolf. New York: Harcourt Brace Jovanovich, 1953. Print.

_____. *Night and Day*. New York: Barnes and Nobles, 2005. Print.

_____. "How Should One Read a Book?" *Collected Essays*. Vol. II. New York: Harcourt, Brace & World. 1-11. Print.

_____. "Modern Fiction." *Collected Essays*. Vol. II. New York: Harcourt, Brace & World, 1967. 103-10. Print.

_____. "On Not Knowing the Greek." *Collected Essays*. Vol. I. New York: Harcourt, 1967. 1-13. Print.

_____. "Am I a Snob?" *Moments of Being*. Ed. Jean Schulkind. San Diego: Harcourt, 1985. 204-20. Print.

제이콥의 방

Jacob's Room

진명희

●

『제이콥의 방』에 나타난 애도와 치유의 서사

『제이콥의 방』에 나타난 애도와 치유의 서사

| 진명희

1. 들어가는 말

버지니아 울프(Virginia Woolf)의 세 번째 장편소설인 『제이콥의 방』(*Jacob's Room*)(1922)은 형식상으로는 제이콥이라는 주인공의 성장과 죽음을 다룬 교양소설이다.[1] 그러나 이 작품은 기존의 성장소설과 달리 주인공의 '성격'에 대해서 알려주기보다는 오히려 그를 의문투성이의 인물로 만들고 있는 반성장소설이다. 『제이콥의 방』에서 울프는 주인공을 중심으로 이야기를 전개시키는 것이 아니라, 주인공의 방, 즉 주인공이 차지하는 공간과 어떤 형태로든 연결된 주변 인물들의 반응과 일상사를 통하여 주인공의 내면을 비추는 거울의 방으로 독자를 인도함으로써 환영과 실재의 구분마저 거부하며 모든 것을 불확정한 세계로 환원시킨다. 이런 이유 때문에 일부 포스트모더니즘 혹

1) 크리스틴 프라울라(Christine Froula)는 『출항』(*The Voyage Out*)과 『제이콥의 방』을 젊은 주인공들의 죽음을 다루고 있는 자매편(companion pieces)으로 규정한다(64).

은 해체주의적 입장에 선 비평가들은 이 작품을 데리다(Derrida)식 의미의 차연, 유예, 주체의 와해 등의 문맥에서 분석한다. 대표적으로 데리다에 의존하여 의미에 대한 보편적인 의구심을 읽어내는 미노우-핑크니(Minow-Pinkney)는 울프가 『제이콥의 방』에서 "초월적 의미의 승리가 더 이상 가능하지 않다는 인식"(38)과 "총체성의 불가능성"(50)을 드러낸다고 주장한다. 존 메팜(John Mepham)이 지적하듯이 『제이콥의 방』은 우리가 어떤 인물을 온전하게 안다는 것이 불가능함을 강조하는 소설로써, 작품 자체가 인물의 범주화에 대한 비판이라고 볼 수 있다(Mepham-1991, 89). 메팜은 『제이콥의 방』을 일반적인 유대와 소통이 완전히 단절된 파편적인 서사와 시적인 산문을 특징적으로 보이는 모더니즘 소설의 전형으로 본다.

> 장소감각, 즉 어떤 특정 장소와 세대들 가운데 뿌리박고 있다는 느낌을 통하여 과거와 연결될 수 있다면, 공감적 상상력을 통하여 서로 연결될 수 있다면, 또한 우리 내면에서 낭만적인 열정과 현실의 평범한 요구를 연결할 수 있다면, 삶은 온전하고 이해 가능하게 될 것이다. 그러나 이 모든 형태의 삶을 부여하는 연결고리들을 『제이콥의 방』은 거부하고 있다.

> Life can be made whole and intelligible if we connect to the past through a sense of place, of having roots both in a locality and in the generations, if we connect with one another by imaginative sympathy, and if we connect within ourselves the romantic passion and the prosaic demand of reality. All of these forms of life-giving connection are denied by *Jacob's Room.* (Mepham-1991, 78)

여기서 메팜이 지적하고 있는 과거와의 단절감, 현실에서의 일탈의식은 사실 전쟁을 경험한 모더니즘 계열의 소설가들, 특히 울프나 엘리자베스 보웬(Elizabeth Bowen)과 같은 여성 소설가들의 특징이기도 하다. 크리스틴 프라울라가 지적하듯이 모더니즘 계열의 작가들은 호머의 영웅적인 전쟁서사가 허구이자 거짓임을 들춰내는데 열중했다(66-7). 과거와의 연대감과 현실에 대한 새로운 인식의 필요성, 새로운 삶의 모습을 담아낼 새로운 소설 형식의 필요성에 대한 절박한 인식은 울프 자신의 글에서 자주 드러난다.[2)]

울프는 1927년 8월 14일자 "뉴욕 헤럴드 트리뷴"(New York Herald Tribune) 지에 다분히 마르셀 프루스트(Marcel Proust)를 염두에 두고 쓴 에세이 「예술이라는 협교」("The Narrow Bridge of Art")[3)]를 기고했다. 이 글에서 울프는 "항상 감정의 확증을 원하는 현대적 정신은 사물을 단순히 있는 그대로 수용하는 능력을 상실해버린 것 같다"(223)고 현대인들의 '회의적이며 의심쩍어하는 정신'에 비판적으로 주목한다. 제1차 세계대전을 기점으로 하여 있는 그대로의 현실을 받아들일 수 없는 현대인들의 인식의 변화는 기존의 기계적인 시간과 공간개념의 변화를 수반하고 있다. 이어지는 울프의 주장을 들어보자.

> 매순간은 지금까지 표현된 적이 없는 엄청나게 많은 지각들의 중심이자 만남의 장소이다. 삶은 항상 그리고 필연적으로, 삶을 표현하고자 노력하는 우리들보다 훨씬 풍부한 것이다.

---

2) "The Mark on the Wall"(1917), "Modern Fiction"(1919), "An Unwritten novel"(1920), "Mr. Bennett and Mrs. Brown"(1924)과 같은 단편과 에세이들에서 울프는 파멸이며 죽음과 같은 에드워드조 리얼리즘 작가들의 서술기법에 강하게 반대하며, 문학적 모더니즘의 주창자로서의 면모를 훌륭히 보여준다.

3) 현대소설의 탁월함을 옹호하는 선도자로서 울프를 자리매김하는 에세이들 중 하나로 처음에는 "Poetry, Fiction, and the Future"라는 제목으로 발표됨.

> Every moment is the center and meeting-place of an extraordinary number of perceptions which have not yet been expressed. Life is always and inevitably much richer than who try to express it. ("The Narrow Bridge of Art", 229)

「베넷 씨와 브라운 부인」이란 에세이에서 '무한한 능력과 다양성'을 지닌 브라운 부인은 우리의 '정신, 즉 삶 그 자체'이기 때문에 '아름답고 진실하게' 묘사해야 한다고 주장했듯이(118-19), 표면 속에 감춰진 진실한 삶, 실재의 본질을 추구하는 울프는 제1차 세계대전의 영향으로 파편화된 정서와 변화된 현실에 대한 인식을 표현할 새로운 태도를 지닌 작가들이 필요하다고 역설한다. 그녀에 따르면 "앞으로 쓰여질 소설은 다소 시의 속성을 띄게 될 것이고 . . . 어울리지 않는 이상한 결집체의 모형, 즉 현대인의 정신을 취하게 될 것이며, 그러므로 민주적인 산문예술의 소중한 특권을 껴안게 될 것이다"("The Narrow Bridge of Art", 225-26). 여기서 흥미로운 사실은 울프가 『제이콥의 방』과 관련한 새로운 모더니즘 소설을 특징지으며, 현대인의 혼란스런 정신의 상징인 미로의 이미지, 방의 이미지를 사용하여 새로운 소설을 프루스트와 도스토엡스키의 중얼거림, 속삭임만이 들리는 문 뒤에 서서 조용히 귀를 기울이는 산문예술이 될 것임을 강조하고 있다는 것이다. 『제이콥의 방』에서 방이라는 상징적 공간은 주인공의 성격을 부분적으로 드러내는 복화술적인 목소리들을 위한 메타포이다. 반향 하는 목소리들과 반사하는 거울들로 구성된 작품공간에서 울프는 에드워드조의 잘 짜인 플롯과 인물묘사를 거부하며 파편적인 서사를 전개한다. 즉 과거와의 단절을 주장하는 울프의 모더니즘적 글쓰기는 과거에 대한 비판적 애도를 포함한다. 그런 의미에서 『제이콥의 방』은 제1차 세계대전에서 전사한 제이콥에 대한 애가이며 동시에 비록 완전한 결별은 아니지만, 과거 문학전통에 대한 작가의 이별가이자 애가인 것이다. 따라서 본 논문에서는 울프가 '발판은 고사하고 벽돌 한 장도 보이지 않는'(*Diary*, 22) 소설쓰기를 '모색하고 실험한'(*Diary*, 22) 작품 『제이콥의 방』을 통해, 모더니즘 글쓰기로써 내면의식의 방을 떠도는 목소리에 관한 새로운 글쓰기를 탐색하며 애도와 치유의 서사를 보여주고 있음을 연구한다.

II. 목소리에 대한 탐색과 애도

『제이콥의 방』에서 제이콥이라는 존재를 두고 멀리 혹은 가까이에서 동시다발적으로 다양한 인물들이 주고받는 대화의 목소리는 제이콥의 내면의식을 반영하는 듯한 착각을 불러일으킨다. 이 작품에서 복화술적인 목소리의 난무는 작품의 의미의 불확정성과 관련하여 흥미롭다. 데리다가 말하는 기표와 기의가 일치하지 않고 의미의 간극을 생성하며 끊임없이 자유 유영하는 기표들처럼, 제이콥과 관련된 여러 공간에서 동시다발적으로 발언되는 목소리들은 결코 제이콥이라는 존재를 밝혀주지 못한다. 크리스천 알트(Christian Alt)의 지적처럼 "작품 내내 등장인물들은 그들로 하여금 제이콥을 알게 해 줄 대답을 듣게 될 것이라는 희망에 차서 제이콥을 부르지만, 그들의 부름에는 대답이 없다. 제이콥의 성격에 대한 문제는 그가 죽는 시점에도 해명되지 않은 채 남아있다"(101). 대답 없는 목소리를 다루고 있다는 점에서 『제이콥의 방』은 『출항』에서 소설가를 꿈꾸는 테렌스 휴잇(Terence Hewet)이 갈망하는 '침묵에 관한 소설'을 구체화한 것이라고 볼 수 있다.[4] 흥미롭게도 제

4) 제이콥을 '세계대전 전사자의 기념비 같은 인물'(Character as Cenotaph)이라고 명명하는 마크 허쉬(Mark Hussey)는 『제이콥의 방』에서 울프가 '부재, 침묵에 대한 위대한 소설

이콥은 등장인물들 중 한 사람에 의해 "그 말없는 젊은이"[5]라고 묘사되는데, 단절적이고 파편적인 대화들이 존재함에도 불구하고 소설의 강조점은 주인공 제이콥을 둘러싸고 있는 다양한 등장인물들의 말없는 생각에 맞춰져 있다 (N Takei da Silva 200).

정주할 곳을 찾지 못하고 공중을 배회하는 유령 같은 목소리에 대한 관심은 자아를 잃어버린 현대인들의 정신과 온전한 일체감을 상실한 현실을 잘 대변하고 있기 때문에 주체의 상실과 의미의 불확정성을 『제이콥의 방』이 담지하고 있다고 일부 비평가들이 주목하는 것은 무리가 아니다. 사실 울프 자신이 과거로부터 온 죽은 자의 목소리에 시달리고 있었음은 여러 곳에서 목격된다. 그녀는 미완성 자서전인 "과거에 대한 소묘"(A Sketch of the Past)에서, 자신은 13세 때 돌아가신 어머니의 목소리에 44세가 될 때까지 사로잡혀 있었으며 태비스톡(Tavistock) 광장을 거닐다가 문득 『등대로』(*To the Lighthouse*)를 구상하여 집필을 시작하였는데, 이 작품 이후 어머니의 목소리에 사로잡히지 않게 되었다고 적고 있다(80-81). 과거로부터 회귀한 목소리에 대한 울프의 정신 상태는 남편 레너드(Leonard)의 회고에서도 확인된다. 그에 따르면 "울프는 실제로 다른 사람들의 목소리를 들었다. 예를 들면 그녀는 창문 밖 참새들이 그리스어를 말하는 소리를 들었다고 생각했다"(Leonard Woolf 148). 자신의 머릿속에 떠다니던 목소리에 대한 울프의 강박적 경험은 『댈러웨이 부인』(*Mrs. Dalloway*)에서 셉티머스(Septimus)의 환상을 통해서 구체화된다. 전사한 친구 에반스(Evans)의 목소리에 시달리고 있는 그는 "참새들이

가'라는 점을 놓치지 말아야 한다고 지적한다(17).

5) Virginia Woolf, Jacob's Room, Intro & Ed. Sue Roe (Harmondsworth: Penguin, 1992), p. 49. 앞으로 작품 인용은 이 판본에 의하며, 페이지는 인용문 뒤의 괄호 안에 병기함.

길고 찢어질 듯한 목소리로 그리스어로 노래한다"(*Mrs. Dalloway,* 24)고 생각한다. 이처럼 유령처럼 떠도는 이름 없는 목소리들은 『제이콥의 방』에서 복화술사처럼 다양한 목소리의 등장으로 구체화되며, 그 목소리들이 확고한 의미의 영역에 안착하거나 제이콥의 성격을 밝혀주지 못하는 점에서 '의미의 부재'를 확인시켜 주기도 한다.

그러나 이러한 해체론적 해석은 『제이콥의 방』이 함축하고 있는 직접적으로는 제이콥의 죽음, 간접적으로는 현재에 떠돌고 있는 과거의 유산, 에드워드 시대 소설 양식의 잔재에 대한 제의적 평화의식을 역사적으로 자리매김하지 못하는 결정적인 한계를 지닌다. 앞서 지적했듯이 울프는 "중요한 것들에 대해서 자신의 능력을 충분히 발휘하는 위치에 다시 한 번 편안하고 자연스럽게 자리하기 위해서 자신의 태도를 재정립하려고 노력하는 일군의 작가들이 . . . 영국과 프랑스, 미국에 흩어져 있음이 확실하다"("The Narrow Bridge of Art," 229)고 생각한다. 새로운 소설양식을 추구하는 이들 모더니즘 작가들에게는 '잘 짜인 구성과 인물묘사'를 보여주는 과거 빅토리아 시대 소설 양식의 유령에서 벗어나게 해 줄 정화의식이 필요하며, 이 정화의식이란 바로 애도이다. 이러한 정화 의식은 단지 작가에게만 필요한 것은 아니며, 프라울라가 지적하듯이 독자의 입장에서 주인공의 삶과 죽음을 목격하는 것은 어떤 의미에서는 자신의 삶을 구원하는 글 읽기로 이어진다(64).

본 논문에서 살펴보려는 바와 같이, 과거와의 의식적인 단절을 지향하는 울프의 모더니즘은 처음부터 어떤 식으로든 애도의식과 밀접한 관련을 맺고 있다. "아마도 내가 글쓰기를 통해서 고통을 제거하기 때문에, 글쓰기는 나에게 절단된 조각들을 조합하는 커다란 기쁨을 준다"("A Sketch of the Past," 72)는 울프의 말처럼, 『제이콥의 방』은 전쟁에서 일찍 희생된 제이콥에 대한 제의적 애도일 뿐만 아니라 제이콥의 실제 모델이 되고 있는 그녀의 오빠 토비 스티븐(Thoby Stephen)에 대한 애가이기도 하다.[6] 여기에 그치지 않고 본격적으로 새로운 형식의 모더니즘 소설을 쓰겠다고 다짐하는 작가 자신의 과거 문학 전통에 대한 단절과 과거에 대한 개인적 애가의 성격도 지닌다. 이 애가는 전원 목가시의 형태를 취하면서 친구인 에드워드 킹(Edward King)을 죽음으로 몰고 간 경직된 종교적 현실을 비판하는 존 밀턴(John Milton)의 애가 「리시다스」(Lycidas)처럼 제이콥의 죽음을 가져온 전쟁이라는 폭력적인 현실과 가부장적 질서에 대한 강한 비판을 담고 있기 때문에 단순한 애가가 아니라 '풍자적 애가'이다. 울프의 애가는 현실에 대한 어느 정도의 분노와 전쟁과 같은 폭력에 기초한 유럽문명에 대한 환멸을 담고 있으며, 따라서 그녀의 애도에 찬 글쓰기는 일종의 치유적인 성격을 지닌다. 『제이콥의 방』에서 화자의 서술이 제이콥의 죽음과 함께 끝난다는 점이 이를 암시한다. 프라울라도 적절히 지적하듯이 모더니즘 작가들 중에서도 에즈라 파운드(Pound)나 T. S. 엘리엇(Eliot)의 보다 신랄하고 우울한 문명애도와 달리 울프는 애도를 뒤로하고 전쟁에서 살아남은 자들을 위한 일종의 "단속적인 광시곡"(disconnected rhapsody)(81)을 쓰고 있다고 볼 수 있다.

---

6) "[JR] can be read as an elegy for Woolf's much-loved brother Thoby"(Flint xviii). 레너드 울프를 비롯하여 대부분의 비평가들(Kate Flint, N.T. Bazin, A. Fleishman, J.O. Love, Sara Ruddick, Christine Froula 등)이 제이콥을 토비 스티븐으로 보는 것과 달리, 하이디 스텔라(Heidi Stalla)는 일단 제이콥을 유대인 이름으로 본다면 사실상 제이콥이 레너드 울프와 유사성을 보인다고 지적하며 『제이콥의 방』과 레너드 울프의 『현명한 처녀들』(*The Wise Virgins*)의 유사성을 비교한다. 레너드의 동생 세실(Cecil) 또한 제1차 세계대전에서 전사하였으므로 이 소설이 그에 대한 경의를 표하는 것으로도 볼 수 있다고 언급한다(Stalla 220-25).

III. 정화의식과 치유

전체 14장으로 회귀적인 구성을 지닌 『제이콥의 방』은 첫 시작부터 죽음의 그림자나 죽음의 상징이 가득하다. 먼저 주인공 제이콥 플랜더스(Jacob Flanders)의 이름에서 언급되고 있는 벨기에 플랜더스 지방은 울프 당대의 영국인들에겐 30만 명 이상의 영국 젊은이들이 죽은 전장이다. 존 맥클리(John MeCrae)의 시 "플랜더스 전장에서"(In Flanders Fields)는 이들 젊은이들의 죽음을 기리는 애가이다.

플랜더스 전장에서 양귀비꽃들은
십자가들 사이에서 줄줄이 나부끼고 …
우리들은 죽은 자들이다. 불과 며칠 전
우리들은 살아 새벽을 느꼈고, 물든 석양을 보았으며
사랑하고 사랑받았지만, 이제는
플랜더스 전장에 묻혀있다.

In Flanders fields, the poppies blow
Between the crosses, row and row …
We are the Dead. Short days ago
We lived, felt dawn, saw sunset glow,
Loved and were loved, and now we lie
In Flanders fields. (Zwerdling 64 재인용)

이미 그 이름 자체로 전쟁의 상흔과 죽은 자들의 기억을 간직하고 있는 제이콥은 어머니와 형을 따라 놀러 나온 콘월의 바닷가에서 누런 큰 이빨이 남아있는 양의 턱뼈를 집어 든다. 셋집에다 이런 물건을 들일 수 없다고 생각하는 어머니 베티(Betty)의 만류에도 불구하고 제이콥은 고집스럽게 죽음의 잔해를 곁에 두는 수집가적인 기벽을 보인다. 이것은 그가 나무와 곤충을 채집하고 분류하는 취미에서도 드러나듯이 이미 어린 시절부터 바닷가 검은 바위에 오르면서 "어린 남자아이가 보폭을 넓게 뻗치면서 꼭대기에 오르기도 전에 자신이 영웅이나 된 듯한 기분을 느끼는"(5) 남성적 소유욕과 정복욕의 반영이다. 흥미롭게도 제이콥은 성적인 욕망과 죽음을 잠재의식적으로 연결시킨다. 그는 해안에 나란히 누워 사랑을 나누는 몸짓이 거대한 남자와 여자가 붉은 얼굴로 노려보자 두려움에 질려 도망치며, 공포로 인한 혼란스런 정신 상태에서 바위를 덩치 큰 흑인여자로 착각하기도 한다. 그에게 성적 욕망은 죽음에 대한 공포와 함께하고 있으며, 그가 앞으로 보여줄 젊은이의 여성 편력은 죽음에 대한 공포를 극복하려는 일종의 '정복욕'의 산물이지만, 아이러니하게도 그럴수록 그는 죽음과 늘 함께하는 것이다.

바닷가에서 혼자 떨어져나간 동생 제이콥을 부르는 형 아처(Archer)의 "제이콥-! 제이콥-!"이란 외침에는 대답이 없다. 이 외침은 작품 마지막에 제이콥의 친구인 동성애자 보나미(Bonamy)가 제이콥의 빈 방에 찾아와서 외치는 "제이콥! 제이콥!"으로 연결된다. 이곳에서도 역시 죽은 제이콥은 대답이 없다. 10년이나 연상인 작품 속 화자의 아래와 같은 표현 또한 이와 관련되며, 작품의 시작과 끝에서 제이콥을 부르는 외침은 이미 대답 없는 목소리, 죽은 자를 불러내는 살아있는 자들의 절규처럼 들린다.

> '제이콥-! 제이콥-!' 잠시 후 뒤처져 천천히 걸으며 아처가 소리쳤다.
> 그 목소리는 비상한 슬픔을 담고 있었다. 온몸으로 순수하게, 온갖 열정을 다

해 순전하게 세상을 향해 외치는, 외롭고, 대답 없는, 바위에 부딪쳐 부서지는 — 그런 소리로 들렸다.

'Ja-cob! Ja-cob!' shouted Archer, lagging on after a second.
The voice had an extraordinary sadness. Pure from all body, pure from all passion, going out into the world, solitary, unanswered, breaking against rocks — so it sounded. (4)

이 애상적인 어조와 분위기는 시종일관 작품 전체를 지배한다. 한창때에 세 아들과 함께 과부가 되어 지금은 사십대 중반인 베티부인은 죽은 남편 씨브룩(Seabrook)을 회상하며 과거에 얽매여있다. 그녀는 자신에게 관심을 보이는 전역한 바풋 대령(Colonel Barfoot)에게 눈물 젖은 편지를 보낼 뿐이며, 자신보다 젊은 플로이드(Floyd) 씨의 구애를 받아들이지도 못한다. 그녀는 남편의 비석에 사실상 남편의 직업과는 무관하게 '이 도시의 상인'이란 호칭을 새겨주었다. 여기서 울프는 죽은 자들을 미화하고 심지어 영웅시하며 죽은 자들이 현실의 삶을 지배하게 하는 전통적인 애도 방식을 강하게 비판한다고 볼 수 있다. 베티가 닭에게 모이를 주며 예배나 장례식 종소리를 들을 때마다 상기하는 것은 "씨브룩의 목소리 — 죽은 자의 목소리"(11)이며, 그녀가 새로운 삶을 찾을 수 없는 것도 이 죽은 자의 목소리가 지배하기 때문이다. 유령처럼 출몰하는 이 과거의 잔재, 죽은 자의 목소리를 이상적으로 미화하는 애도 관행을 울프는 남성영웅주의의 산물로, 또 다른 폭력과 죽음을 재생산하는 것으로 간주하기 때문에 서슴없이 비신화화 한다. 남편을 섬기는 베티의 태도에 대한 화자의 다음 인용문은 과거와의 단절을 꾀하는 울프의 의지를 반영한 것이기도 하다.

'이 도시의 상인', 비석에는 그렇게 쓰여 있었다. 왜 베티 플랜더스는 그를 그렇게 부르기로 결정했던 걸까. 많은 사람들이 아직 기억하듯이, 그는 석 달 동안 사무실 창문 뒤에 앉아 있었을 뿐이고, 그 전에는 말을 조련했으며, 말을 타고 사냥개를 앞세워 사냥을 했으며, 목초지를 얼마간 경작했고, 그러고는 다소 멋대로 행동했고 — 글쎄, 남편을 무어라고 부르긴 해야만 하니까. 아이들에게 본보기가 되게.

'Merchant of this city,' the tombstone said; though why Betty Flanders had chosen so to call him when, as many still remembered, he had only sat behind an office window for three months, and before that had broken horses, ridden to hounds, farmed a few fields, and run a little wild — well, she had to call him something. An example for the boys. (11)

여기서 알 수 있는 것처럼 죽은 자에 대한 애도, 그것도 다분히 허구적으로 이상화시켜 죽은 자들을 기념하는 관습은 죽은 자가 아니라 살아있는 자들의 필요에 의해서이다. 울프의 이러한 비판적 태도는 죽음이 아무리 영웅적이고 고귀한 것이라 할지라도 삶에 비할 수 없다는 그녀의 뿌리 깊은 평화주의적 사고의 반영이다. 그녀는 어린 시절부터 친구였던 루퍼트 브룩(Rupert Brooke)이 영국의 지중해 파견군함에 승선했다 모기에 물려 패혈증으로 숨져 그리스 섬에 묻히자, 그를 전쟁영웅으로 추모하는 집단적인 광기 속에서 아무리 그를 영웅시하여도 그의 죽음이 생전의 삶에 대한 관심과 기쁨을 대신할 수 없다고 통박한다.

아무리 고귀하고 적합할지라도, 그가 우리의 이해관계와 격정을 떠나서 그리스 섬에 묻혀있는 것을 상상한다는 것은, 우리가 기억하는 그의 삶에 대한 진지한 호기심, 삶 전반에 대한 반응, 자신에게 일어나는 모든 일의 인상을 판단하고 즐기며, 극도로 예리하게 겪고 받아들이는, 매우 감식력이 있으면서도 회의적인 그의 복잡한 수용능력과는 여전히 몹시 어울리지 않아 보인다.

> But to imagine him entombed, however nobly and fitly, apart from our interests and passions still seems impossibly incongruous with what we remember of his inquisitive eagerness about life, his response to every side of it, and his complex power, at once so appreciative and so sceptical, of testing and enjoying, of suffering and taking with the utmost sharpness the impression of everything that came his way. ("Rupert Brooke," 89)

바로 이러한 비판적 거리감이 『제이콥의 방』을 제이콥을 위한 순수한 애가로 받아들일 수만은 없게 하는 이유이다. 레븐백(Levenback)의 지적처럼 "애도 그 자체는, 울프가 『댈러웨이 부인』과 『등대로』에서 특히 제시하게 될 것인 바, 죽음의 실재를 인정하는데 뿐만 아니라 울프의 지속적인 관심사로 보이는 것인 소위 '대중적 분위기'(the public mood)를 가늠하는 데 있어서 열쇠가 된다"(43). 죽음을 신화화하는 광기적인 소위 말하는 애국심에 찬 '대중적 분위기'를 있는 그대로 수용할 수 없는 것처럼, 울프가 이 작품에서 그리고 있는 죽음 또한 도처에 산재되어, 특별하다기보다는 매우 일상적이고 진부한 것으로 그려지고 있다(Mepham-1983, 145). 그런 만큼 또한 그 죽음에 대한 애도 역시 순수하지 못하고 비판적이고 풍자적이다. 이것은 앞서 지적했듯이 죽음을 영웅시하는 태도를 인정하지 않는 울프의 평화주의적인 태도와 밀접하게 관련을 맺고 있다.

울프는 『제이콥의 방』에서 인간이 드러내는, 끝없이 앞으로 돌진하며 무엇인가를 성취하고 소유하려는 도전적인 욕망, 특히 남성들이 주도하는 무분별하고 필연적인 권력에의 의지와 폭력적인 죽음을 연관 짓고 있다. 따라서 결코 영웅을 인정할 수도 없으며 자신의 작품에서 영웅적인 인물을 그리지도 않는다. 앞서 성적인 욕망과 죽음에 대한 공포를 제이콥의 무의식을 통해서 동일시했던 것과 마찬가지로, 울프는 작품 속 여성화자의 전지적 시점의 개입을 통해서 맹목적인 생명력, 권력의지와 죽음을 같은 궤도에 놓는다.

> 만일 당신이 나무 아래 랜턴을 놓아두면 숲에 있는 모든 벌레들이 그쪽으로 기어 온다 - 기이한 집합이지, 기어오르고 매달리고 머리를 유리에 부딪치지만 그것들은 아무 목적이 없어보이므로 - 무언지 무감각한 것이 그들을 고무한다. 그들이 랜턴 주위를 천천히 선회하거나 마치 들어가게 허락해 달라는 듯이 맹목적으로 부딪치는 것을 지켜보는 것이 싫증날 때, 가장 멍청해 보이는 커다란 두꺼비가 다른 것들을 어깨로 밀어제치며 들어온다. 아, 그런데 저게 뭐지? 연발권총의 끔찍한 소리가 울려 퍼진다. - 날카롭게 우지끈 소리가 난다. 여파가 퍼져나간다 - 침묵이 부드럽게 소리 위를 휘감는다. 나무 - 나무 한 그루가 넘어졌다. 숲 속에서의 일종의 죽음, 그 후에는 나무 사이의 바람소리가 우울하게 들린다. (25)

> If you stand a lantern under a tree every insect in the forest creeps up to it - a curious assembly, since though they scramble and swing and knock their heads against the glass, they seem to have no purpose - something senseless inspires them. One gets tired of watching them, as they amble round the lantern and blindly tap as if for admittance, one large toad being the most besotted of any and shouldering his way through the rest. Ah, but what's that? A terrifying volley of pistol-shots rings out - cracks sharply; ripples spread - silence laps smooth over sound. A tree - a tree has fallen, a sort of

death in the forest. After that, the wind in the trees sounds melancholy. (25)

일상적인 평범한 삶의 모습을 맹목적으로 불을 찾아 뛰어드는 불나방들의 사투로 묘사하고 있는 위 인용문에서 이들 사이로 갑자기 밀치고 들어서는 커다란 두꺼비는 자신의 욕망을 채우기 위해서 나방 같은 무수한 삶을 희생시키는 소위 '역사적 영웅'이다.

제이콥은 여성을 개에 비유하며 죄만큼이나 추악하다고 보거나 기득권을 향유하는 기존질서에 쉽게 편입하려는 태도로 인해서 화자와 비판적 거리감이 있는 인물이지만, 그럼에도 불구하고 두꺼비 같은 인물의 맹목적인 힘이 야기한 전쟁의 희생물이라는 점에서 애도의 대상이 된다. 이러한 진부한 맹목적인 현실에 대응되는 것이 "그리스 정신"(120)이다. 제이콥은 플라톤의 대화편『파에드로스』(*Phaedrus*)를 읽으며 언어의 한계에도 불구하고 정신이 육체를 넘어서는 것이 가능하다고 느낀다. "붙잡을 수 없는 힘"(137), 즉 맹목적인 생명의지, 권력의지가 인간성을 저하시킨다면, '그리스 정신'이야 말로 그 인간성을 보편적인 이성의 질서에 편입시킨다고 제이콥은 생각한다. 제이콥은 아테네로 가서 파르테논 신전을 보며 일상적인 거리의 소음과 지저분한 사람들의 얼굴을 떠올리며 "땅을 뚫고 나타난 듯한 정신적 에너지"(130)의 내구력과 수세기의 밤을 견뎌온 광휘를 생각하며 놀라워한다.

그러나 이러한 이상적인 '그리스 정신'은 그리스 신화를 퍼뜨리기 시작한 가정교사들과 케임브리지의 교육의 산물임을 화자는 지적한다. "우리는 환상 속에서 자라났다"(120)는 화자의 지적을 뒷받침하듯, 아리스토텔레스라는 이름의 불결한 호텔 웨이터는 안락의자에 앉아 있는 투숙객의 육체에만 관심이 있다. 아리스토텔레스는 인간의 정신에 관심 갖는 철학자가 아니라 웨이

터로 전락해 겉모습에만 관심을 집중하는 인물로 등장하는 것이다. 제이콥은 아크로폴리스에서 마라톤(Marathon)이 내려다보이는 곳에 앉아 책을 읽으며 "그리스는 끝났으며, 파르테논은 폐허"라고 생각한다(132). 비록 제이콥이 역사의 중요성과 민주주의에 대해 명상하며 중요한 내용을 쪽지에 휘갈겨 써 놓는다 할지라도, 그가 그리스에서 체험하는 것은 고결한 '그리스 정신'이 아니라 산드라 윌리엄스(Sandra Wentworth Williams)라는 중년의 영국인 여행객에 대한 육체적 욕망이다. "수요일 밤 그가 침대에 누웠을 때 갈고리가 옆구리를 세게 잡아당겼다. 그는 자신이 사랑에 빠진 산드라 웬트워스 윌리엄스를 생각하며 절망적으로 몸부림치며 몸을 뒤척였다"(131).

'그리스 정신'에 대한 울프의 비판적 애도는 제이콥과 육체관계를 맺은 고아 창녀인 플로린다(Florinda)가 다른 남자의 팔에 매달려 그리스 거리(Greek Street)를 지나가는 대목에서 절정에 달한다. '그리스 정신'은 이제 청순한 꽃과는 관계가 없이 그러한 이름만을 지니는 창녀들이 활보하는 거리로 전락해 있을 뿐이다. 울프가 그리스 정신 자체를 완전히 부정한다고 볼 수는 없겠지만, 그녀는 "그리스인은 수학적 정확성보다 예술적 감각을 선호했다"(130)고 적힌 안내책자에서나 발견되는 '그리스 정신'이 현실과는 동떨어진 과거의 유물에 불과한 것임을 지적한다. 그리스 정신은 이제 애도의 대상으로만 남아있다. "그리고 그(=제이콥)는 문명이라는 문제에 대해 많은 생각을 하기 시작했고 그것이 고대 그리스인들에 의해 괄목할 만큼 많이 해결이 됐지만, 그렇다고 그 해결책이 우리에게는 크게 도움이 되지 않는다"(131)는 제이콥의 생각을 통해서, 울프는 현재 그리스 정신이란 신화적 환상에 불과함을 지적한다. 정신적 이상의 원형으로 간주되어 온 그리스 문명 역시 세계대전이란 물질문명과 폭력적인 지배력으로부터 예외가 될 수 없다. 아래의 인용문에서 볼 수 있듯이, 그리스 섬들 사이로 퍼져나가는 폭발음은 영국의 침실에서 잠든 베티 부인에게도 들려온다.

그러나 파르테논의 기둥위에는 붉은빛이 비치고 있었고, 그리스 여인들은 스타킹을 짜면서 때론 소리 질러 아이들을 불러서 아이의 머리에서 벌레를 잡어내며 교미기의 개천제비처럼 흥분하기도 하고, 피레우스의 배들이 대포를 쏠 때까지 싸우고 야단치고 아기들에게 젖을 먹이기도 했다.
그 소리가 단조롭게 퍼지다가, 섬들의 해협사이로 발작적인 폭음을 내며 굴을 파며 나아갔다.
그리스 위로 어둠이 마치 칼날처럼 떨어졌다.

'대포 소리인가?' 반쯤 잠이 깬 베티 플랜더스는 침대에서 나와 가장자리가 검은 이파리들로 장식된 창가로 갔다.

But the red light was on the columns of the Parthenon, and the Greek women who were knitting their stockings and sometimes crying to a child to come and have the insects picked from its head were as jolly as sand-martins in the heat, quarrelling, scolding, suckling their babies, until the ships in the Piraeus fired their guns.
The sound spread itself flat, and then went tunnelling its way with fitful explosions among the channels of the islands.
Darkness drops like a knife over Greece.

'The guns?' said Betty Flanders, half asleep, getting out of bed and going to the window, which was decorated with a fringe of dark leaves. (154)

여인들의 가정의 일상을 깨뜨리는 전쟁의 포성은 그리스에서도 영국에서도 동시에 들린다. 울프는 『제이콥의 방』에서 이처럼 공간의 응축과 겹침이라는 몽타주 기법을 통하여 세계전쟁의 피해가 도처에서 동시에 발생하고 있음을 지적한다. 또한 이 전쟁의 주된 피해자들은 과부가 된 베티처럼 살아남은 자들이다. 전쟁의 포성 속에서 그녀는 두 아들을 전쟁에 내보낸 어머니로서 잠을 못 이룬다. 제이콥의 방은 그만의 공간이지만 동시에 그와 관계하고 있는 모든 사람들이 공존하고 있는 공간이기도 하다.

전쟁에서 돌아오지 않는 제이콥의 어질러진 방을 보나미와 함께 치우는 베티는 제이콥의 낡은 구두 한 켤레를 내밀며 어찌할지 몰라 한다. 주인을 잃은 빈 구두는 반 고흐가 그린 농부의 구두처럼 죽은 자에 대한 기념물이자 일종의 묘석이다. 이곳의 어머니는 구두라는 제유를 통해서 제시된 아들 제이콥의 '성격'에 대해 기존의 성격묘사로는 그의 내면을 전할 수 없어 전전긍긍하고 있는 작중화자의 대변인이기도 하다. 전쟁에 대한 구체적인 묘사보다는 "부인의 닭들이 횃대에서 조금 자리를 옮겼다"(154)는 공간의 이동에 의해서 암시적으로 전쟁의 참상을 제시하는데 그친 작중 화자는 제이콥의 운명에 대해서도 역시 불분명하게 처리하며 시종 자신의 의견을 대입시키던 것과는 달리 침묵으로 끝을 맺는다. 따라서 이 작품에서 구체적인 애도의식이 진행되었다고 보기는 어려울 것이다. 그러나 제이콥의 죽음과 같이 끝나는 화자의 내러티브는 그 자체가 그의 죽음에 대한 애도의식이다. 어머니로 하여금 돌아오지 않을 아들의 빈 구두를 들어 보이게 하고, 친구 보나미로 하여금 제이콥을 소리쳐 부르게 하는 구성은 작품의 시작에서 아처가 제이콥을 애타게 부르는 부르짖음으로 연결되어 죽은 자의 영혼을 현실에서 환기시키는 초혼가의 역할을 한다. 죽은 자의 이름을 부르는 애도행위는 살아남은 자들이 부채감을 씻어내는 일종의 속죄의식이며, 이를 통해서 슬픔에서 벗어나는 정화의식이며 치유행위이다. 수 로우(Sue Roe)가 주장하듯이 베티 플란더스가 한 켤레의 빈 구두를 들어 올리는 순간 울프는 우리들에게 수많은 가능성들, 우리가 책을 내려놓은 후에 제이콥을 기억할 수 있는 가능성들을 제공한다(38).

Ⅳ. 나가는 말

『제이콥의 방』은 울프 자신의 머릿속에 떠돌고 있는 죽은 자들의 목소리를 잠재우기 위한 일종의 진혼제이다. 그녀를 끊임없이 괴롭히고 있는 과거에 대한 위령제 같은 성격을 강하게 지니고 있는 이 작품을 통해서 울프는 자신의 영혼을 치유하는 글쓰기를 수행하고 있다. 동시다발적 공간처리가 이 작품의 특성이라면, 이 공간은 개인의 영역과 공적인 영역이 공존하는 동시성을 반영하는 것이기도 하다. 작품의 화자는, 남성 중심적 사고를 여전히 강하게 유지하고 있으면서도 바로 그러한 체제의 희생물이 되는 제이콥과 일정한 거리를 유지하면서도, 그의 때 이른 죽음을 작품 속에서 애도하고 있다. 비록 영웅적인 죽음은 인정할 수 없지만, 울프는 화자의 목소리를 통하여 일상적인 진부한 죽음에 대해서 애도를 표한다. 울프는 이 작품에서 새로운 현실인식과 태도를 보여줄 새로운 형식의 실험을 시도하고 있지만 전지적 시점의 일인칭 화자를 등장시키는 등 여전히 빅토리아 시대의 소설 형식에서 완전히 자유롭지는 못하다. 그러나 분명히 일탈되고 편린화 된 현대인의 정신세계를 과거의 그릇으로는 담아낼 수 없다는 한계를 통렬하게 의식하고 있는 작가는 이 작품을 기점으로 화자를 등장인물의 의식 속에 잠재워버리는 모더니즘 소설을 본격적으로 전개한다. 제이콥의 방을 엿듣고 있는 여러 목소리들은 우리의 내면의식의 방을 배회하고 있는 울프 자신의 목소리이다. 그 방은 미로의 방이며 유리창 가장자리가 검은 이파리로 장식된 베티의 침실처럼 이제는 과거의 목소리를 잠재워야할 사자의 방이며, 죽은 자의 영혼을 잠재움으로써 살아남은 자들이 단절의 아픔에서 벗어나야할 새로운 삶의 공간이다. 이 소설을 끝마치고 쓴 1922년 7월 26일자 일기에서 그녀는 "마음에 의심 없이 나는 나이 40에 내 목소리로 무언가를 말하기 시작하는 방법을 찾았다"(46)고 적고 있는데, 『제이콥의 방』에서 떠도는 목소리를 통하여 울프는 비로소 새로운 글쓰기 방식, 즉 내면적인 것을 외적인 것과 관련하여 기술할 수 있는 방법을 찾은 셈이다. 이처럼 『제이콥의 방』은 목소리에 관한 새로운 소설이며, 이 목소리는 과거 속에 떠도는 목소리를 불러내는 목소리이기도 하지만, 과거의 유령들을 잠재우고 작가 자신만의 새로운 목소리를 내기 시작하는 기점이기도 하다. 따라서 『제이콥의 방』은 울프 자신을 둘러싸고 있던 죽은 자들에 대한 애가이며 치유의 서사이고 동시에 울프의 본격적인 모더니즘 장편소설의 출발점이다.

출처: 『영미연구』 제 32집(2014), 197-218쪽.

▪ 인용문헌

Alt, Christina. *Virginia Woolf and the Study of Nature*. Cambridge: Cambridge UP, 2010.

Da Silva, N Takei. *Modernism and Virginia Woolf*. Windsor: Windsor Publications, 1990.

Froula, Christine. "The Death of Jacob Flanders." *Virginia Woolf and the Bloomsbury Avant-Garde*. New York: Columbia UP, 2005. 63-84.

Hussey, Mark. "Woolf: After Lives." *Virginia Woolf in Context*. Ed. Bryony Randall & Jane Goldman. New York: Cambridge UP, 2012. 13-27.

Levenback, Karen L. *Virginia Woolf and the Great War*. Syracuse: Syracuse UP, 1999.

Mepham, John. *Virginia Woolf: A Literary Life*. London: Macmillan, 1991.

_____. "Mourning and Modernism." *Virginia Woolf: New Critical Essays*. Ed. Patricia Clements and Isobol Grandy. London: Vision, 1983. 137-56.

Minow-Pinkney, Makiko. *Virginia Woolf & the Problem of the Subject*. Sussex: The Harvester Press, 1987.

Stalla, Heidi. "Woolf and Anti-Semitism: Is Jacob Jewish?" *Virginia Woolf in Context*. Ed. Bryony Randall & Jane Goldman. New York: Cambridge UP, 2012. 219-28.

Woolf, Leonard. "Virginia Woolf: Writer and Personality." *Virginia Woolf: Interview and Recollections*. Ed. J.H. Stape. London: Macmillan, 1995, 147-51.

Woolf, Virginia. "The Narrow Bridge of Art." *Collected Essays*. New York: Harcourt, Brace & World, 1967. Vol.II. 218-29.

_____. "A Sketch of the Past." *Moments of Being*. Ed. Jeanne Schulkind. New York: Harcourt Brace Jovanovich, 1978. 64-137.

_____. "Mr. Bennett and Mrs. Brown." *The Captain's Death Bed*. New York: Harcourt Brace Jovanovich, 1950. 94-119.

_____. *Mrs. Dalloway*. New York: Harcourt Brace & Company, 1990.
_____. *Jacob's Room.* Intro. & Ed. Kate Flint. Oxford: Oxford UP, 1992.
_____. *Jacob's Room.* Intro. & Ed. Sue Roe. Harmondsworth: Penguin, 1992.
_____. "Rupert Brooke." *Books & Portraits.* Ed. Mary Lyon. New York: Harcourt Brace Jovanovich, 1978. 85-9.
_____. *A Writer's Diary*. Intro & Ed. Leonard Woolf. New York: Harcourt Brace Jovanovich, 1973.
Zwerdling, Alex. "*Jacob's Room*: Woolf's Satiric Elegy." *Virginia Woolf and the Real World*. Berkeley: U of California P, 1986.

댈러웨이 부인

Mrs. Dalloway

박은경

•

런던, 도시 드라마 속으로: 『댈러웨이 부인』과 『토요일』

정명희

•

댈러웨이 부인 — 페이터의 예술가

런던, 도시 드라마 속으로: 『댈러웨이 부인』과 『토요일』

| 박은경

I. 첫머리 고찰

여러 모더니스트 작가들이 특정 도시와 연관되어 있듯이, 『등대로』(*To the Lighthouse*)와 『막간』(*Between the Acts*)을 제외하고 런던을 대부분의 소설의 배경으로 삼은 버지니아 울프(Virginia Woolf)는 20세기 도시 런던을 대변한 작가이다. 현대 도시 문명에 대해 비판적이었던 엘리어트(T. S. Eliot)와 같은 남성 모더니스트들과 달리, 울프는 시골이나 전원적 삶에 대한 향수보다는 런던의 역동적이고 활기에 차 있는 현재와, 과학과 기계의 발달에 기반을 둔 미래에 대해 보다 낙관적이었던 듯하다. 다양한 공간적 배경을 시도한 작가이언 맥큐언(Ian McEwan)의 최근작, 『토요일』은 런던을 무대로 삼고, 과학기술의 발전에 대한 작가의 긍정적 관심이 투사되어 있다는 점 등, 여러 면에서 울프 작품과의 비교를 필요로 하는 작품이다. 런던의 상류층 의사 헨리 퍼로운(Henry Perowne)의 2월의 어느 토요일 새벽부터 그 날 한밤중까지의 일상사를 다룬 맥큐언의 『토요일』(*Saturday* 2005)은 런던의 중심부 상류층 동네에 사는 클라리사 댈러웨이(Clarissa Dalloway)를 중심으로 펼쳐지는 화창한 6월의 어느 평범한 하루 동안의 이야기를 세밀히 묘사하고 있는 울프의 『댈러웨이 부인』(*Mrs Dalloway* 1925)과 닮아 있다. 하루의 이야기를 주요 인물의 일상을 중심으로 하여 그 내면의 생각과 의식, 행동과 더불어, 런던의 다른 사람들과의 거리두기나 배제, 혹은 소통과 교류의 복잡한 관계망을 섬세히 포착하고 있는 두 소설은 현대 도시 런던을 배경으로 현대의 사회, 정치 문제와 연관되고 있기에, 80년이라는 두 작품 출판년도의 거리는 좁혀져 있다.

상류층 가족을 중심으로 전개되는 하루 동안의 이야기 속에서 그날 저녁 파티를 계획하고 이를 준비하는 일이 주요한 줄거리가 되는 두 소설은 의식의 흐름 기법이나 그와 유사한 자유 간접 화법을 활용하여 인물의 의식과 행동을 보여주며, 평범해 보이는 일상 속에 갑작스럽게 끼어드는, 불가피하고 또한 필연적인, 기이하고 폭력적인 요소를 끼어 넣고, 의사와 환자를 등장시키며, 현대 도시 런던의 무대 위에서 펼쳐지는 개인의 내밀한 삶 속에서 사랑, 죽음, 인간 사이의 유대와 의사소통 등의 문제를 공통적으로 탐색한다. 두 작품은 영국 및 유럽의 위기 상황이라는 시간적 배경을 바탕에 깔고 있는데, 『댈러웨이 부인』은 1차 세계 대전이 끝난 지 거의 4년이 지났으나 그 부정적 여파가 잔존하는 1923년 6월의 어느 하루를 다루고 있으며, 『토요일』은 2001년 9월 11일의 미국 뉴욕 테러사건 이후 17개월이 지난 2003년 2월 15일, 영국에서 이라크 전쟁 참여 반대 시위가 열리는 날을 배경으로 삼고 있다. 전쟁과 폭력이라는 상흔이 사람들의 의식에 영향을 미치고 있는 시대적 상황 속에서 경제적으로나 가정사에 있어 비교적 '행복한' 일상을 보내고 있는 주인공들이 현대 도시에서 다른 사람들과 어떤 의미 있는 접촉과 교류를 이룰 수 있는가가 주요한 관심거리로 대두된다. 국회의원인 남편과 17세의 참한 딸을 둔 안락한 상류 가정의 안주인인 50세 가량의 클라리사 댈러웨이에게 있어서나, 아름답고 유능한 변호사 아내, 유망한 십대 재즈 기타리스트 아들, 시집까지 출판한 전도양양한 시인으로 성장한 딸, 대시인으로 인정받은 장인을 가족으로 둔, 거의 완벽한 삶을 사는 48세의 중년 의사 헨리 퍼로운에게 있어서나, 런던이라는 대도시 공간과 불안한 사회적 시점은 이들 등장인물들의 일상사에 간접적으로만 영향을 미치는 듯하지만, 작가 울프나 맥큐언이 치밀하게 선택한 도시 속 시, 공간은 이들의 '사소한' 이야기가 가족 중심의 사적인 이야기를 넘어서 고찰되어야 할 필요성을 제기한다.

1923년 6월 중순 어느 화창한 날 아침 창문을 열어젖뜨리면서, 과거 피터 월쉬(Peter Walsh), 샐리 시튼(Sally Seton)과 친교를 맺던 18세 때의 부어턴(Bourton)에서의 환희와 두려움을 회상하며 클라리사가 그날 저녁 파티에 쓸 "꽃을 사러 가겠다"며 런던 거리로 산책을 나서는 데서 『댈러웨이 부인』은 시작 된다(*MD* 3). 헨리가 휴일마다 의식처럼 행하는 병원 동료 제이 스트로스(Jay Strauss)와의 스쿼시 게임과 저녁파티에 직접 생선을 요리하여 내놓기 위해 생선가게에 들러 필요한 재료를 살 목적으로 런던 시내로 나가는 장면이 앞부분에 위치해 있기에 『토요일』의 출발점은 『댈러웨이 부인』와 크게 다르지 않아 보인다. 런던 거리로 나선 클라리사는 이웃집 남자를 지나치기도 하고 옛 친구 휴 휘트브레드(Hugh Whitbread)를 만나 인사 나누고 거리에 나와 있는 다양한 런던 시민들 속에 합류하며, 오랜만에 런던을 방문한 클라리사의 옛 연인 피터나 클라리사의 남편 리처드(Richard)의 런던 경험 역시, 클라리사의 주된 이야기와 함께, 런던의 드라마를 펼쳐낸다. 1차 세계대전 참전 후 포탄 쇼크로 인해 정신질환을 앓고 있는 셉티머스 워렌 스미스(Septimus Warren Smith)와 그의 의사 홈즈(Dr. Holmes)와 윌리엄 브래드쇼(Dr. William Bradshaw)의 이야기가 클라리사의 이야기와 병치되면서, 현대 도시 런던 사회의 복잡다단한 만화경을 드러내는 극장적 요소가 두드러지고, 고립된 현대인이 타인과 어떻게 소통하는가에 주목하게 된다. 울프가 1907년부터 1911년 동안 살았던 곳이자, 맥큐언이 실제로 자신의 삶의 터전으로 삼고 있는 피츠로이 스퀘어(Fitzroy Square)에 위치한 집에 살고 있는 『토요일』의 주인공 헨리의 이야기는 보다 현대화되고 차량 중심적으로 된 도시의 일상을 보여주며, 21세기 초의 세계화 시대의 다인종, 다문화 사회와 다양한 계층의 사람들로 넘쳐나는 도시를 무대로 가족이라는 사적 세계와 런던 도시라는 공적 세계 사이의 '접촉'을 다루고 있다. 특히 작품의 클라이막스를 이루는 부분 — 헨리와 그의 가족과 사회적 타자인 백스터(Baxter)와의 맞닥뜨림 — 은 클라리사가 끝부분에서 맞이하는 위기의 순간에서의 셉티머스와의 '만남'과 비교된다.

최근에 울프의 『댈러웨이 부인』과 맥큐언의 『토요일』의 유사성이 맥큐언을 연구한 여러 편의 논문에서 언급되었다. 선구자격인 헤드(Dominic Head)는 의식의 흐름 기법을 사용하고 있다는 점에서 맥큐언의 『토요일』을 울프의 『댈러웨이 부인』이나 제임스 조이스(James Joyce)의 『율리시즈』(*Ulysses*)와 유사하다고 평하였고(192), 힐러드(Molly Clark Hillard)는 런던에서의 하루를 다루고 있다는 점에서 『토요일』은 『댈러웨이 부인』과 비교될 수 있음을 지적하면서도 울프의 영향보다는 직접 인용되고 작품 해석의 중추를 형성하고 있는 빅토리아조 남성작가 아놀드(Matthew Arnold)의 영향에 중점을 두어 『토요일』을 분석하였다(188). 월러스(Elizabeth Kowaleski Wallace)는 두 작품이 공통적으로 어린 시절의 회상, 구애, 결혼, 자식과 노년에 대한 생각, 진부한 일상, 가정사, 돈과 특권을 가진 자들의 세계를 다루고 있다고 간단하게 정리한 바 있다(469). 루트(Christina Root)는 생물학적 결정론을 신봉하는 헨리에 의해 퇴행의 과정을 거치며 도태되는 것이 마땅한 존재로서 규정되어지는 백스터가 처한 곤경이, 개인적인 나약함 탓에 전후 외상 쇼크를 갖게 된 것으로 치부되는 『댈러웨이 부인』에서의 셉티머스가 겪는 난관과 유사하다는 비교를 간략히 내리고 있다(68). 손영주 교수는 『토요일』의 다층적 서사기법을 논하면서 비교적 상세히 『토요일』과 『댈러웨이 부인』이 겹치거나 갈라지는 부분을 훑어보았는데(228-31), 사회 기득권층에 대한 사회적 타자의 잠재적 위협을 중요한 모티프로 갖고 있다는 점에서 두 작품은 흡사하지만 클라리사가 "온몸으로 [셉티머스의] 죽음을 체감하는" "상상력"을 지니어 "타인의 고통에 대한 자신의 감정상태를 과도한 자의식으로 관찰하고 해명하는" 반면에 헨리는 "타인의 존재 자체를 망각"하고 있다고 보며, 그 큰 차이에 주목한 바 있다(229). 『토요일』의 『댈러웨이 부인』과의 연관성은 이제 상식적인 것이 되었다고 언급하면서, 전쟁의 희생양이면서도 사회의 무관심 속에서 자살하게 되는 셉티머스의 영국과 약속 시간에 맞춰 스쿼시 게임을 시작할 수 없게 만드는, 골칫거리에 불과한 것으로 이라크 반전 시위자들을 도외시하는 헨리의 영국사회의 유사성을 언급한 윈터홀터(Teresa Winterhalter 351)는 런던을 영국사회의 축소판으로 보고 그 속에서의 윤리적 문제를 다루고 있다는 점에서 본고의 고찰과 맞물릴 지점을 제공하지만, 그의 고찰은 대부분 『토요일』에 초점이 맞춰져 있다. 이처럼 『토요일』을 주로 분석한 글에서 『댈러웨이 부인』은 단편적이고 파편적으로 언급되었을 뿐으로, 『토요일』과 『댈러웨이 부인』의 본격적인 비교는 시도되지 않았다.

본고에서는 두 작품을 양쪽에 동등하게 올려놓고, 비교 분석해 보려 한다. 두 작품이 공유하는 공간적 배경은 비교의 초점이 된다. 현대 산업화와 영국의 제국적 영광과 더불어 발달한 도시 런던이 다양성과 복잡성의 상징이자, 과학 기술의 전시 공간이고, 다양한 시민들의 드라마가 펼쳐지는 공간이라는 점에 주목한다. 런던에 대해 울프가 갖는 애정과 관심은 여러 에세이와 소설에 나타나 있는데, 여기서는 『댈러웨이 부인』과 『토요일』에 연관되는 범위 안에서 그런 에세이나 소설을 부분적으로 훑어가면서, 인물들이 도심 속 걷기, 차 타기, 자동차 운전 등을 통하여, 도시극장이라고 할 도시공간을 바라보기도 하고 또 한편으로 그 도시 드라마에 참여하기도 하는 서사를 살펴보기로 한다. 사회적 타자, 계급적 타자, 인종적 타자와의 만남은 직접적이든 간접적이든 이뤄지지 않을 수 없으며 그러한 모습이 런던이라는 도시적 상황을 사회적, 윤리적 논평이 필요한 풍경으로 이끌 것이다.

II. 런던 거리를 거닐다

1923년경 6월 중순의 어느 날 아침, 저녁에 있을 파티 준비를 위해 꽃을 산다는 명목 하에 런던 거리로 나선 클라리사가 빅토리아 가(Victorian Street)를 건너면서 느끼는 런던 거리의 묘사가 『댈러웨이 부인』의 서두를 장식한다. 셉티머스가 창문 밖으로 "몸을 던져 뛰어내려"(flung himself ... violently down 164) 죽음을 택하는 뒷부분과 평행을 이루는 이 첫 부분—부어턴에서의 처녀 시절의 기억과 함께 1923년 런던 거리로 "뛰어든"(plunge 3) 클라리사—에서 묘사되는 런던은 그 심연에 내재한 어둠의 암시에도 불구하고 활력 넘치는 도시의 모습을 띠고 있다. 다양한 종류의 교통수단이 도로에 혼재하고, 음악과 소음으로 소란하고, 각양각층의 사람들이 공유하는 공간으로서의 현대 도시 런던은 발달된 현대 문명의 외관을 보여준다. 부랑아, 거지, 샌드위치맨 등으로 부산한 이 거리에서 자본주의 사회의 이면에 도사리고 있는 어두운 측면에 대한 부정적 노출보다는, 휘트월뜨(Michael Whitworth)가 평한 바대로, 오히려 "그것[도시]의 에너지와 움직임"이 강조되고 런던의 아름다움이 우선적으로 부각된다(154). 웨스트민스터(Westminster)에 위치한 집을 출발하여 본드 가(Bond Street)의 꽃가게로 향하는 도중 세인트 제임스 공원(St. James Park)에서 옛 친구 휴 휘트브레드를 만나 시골길보다 "'런던을 거니는 게 좋아요'"(*MD* 6)라고 클라리사는 단언한다. 그녀의 내면에 끼어드는 젊은 시절의 회고와 삶의 애환에 대한 생각이 우울한 상념을 이끌어내기도 하지만, "사물의 밀물과 썰물이 여기저기서" 활기차게 교차하고, 생선 가게, 장갑 가게, 양복점 등의 상점이 즐비한 본드 가는 클라리사를 "매혹시키며," 6월의 온기와 약동하는 자연으로 가득 찬 런던은 클라리사에게 삶의 활력을 되찾고자 하는 의지를 샘솟게 한다(*MD* 9, 11).

공공장소에서 "여유롭게 소요하거나 잡담을 하는" 것이 통상적으로 허용되던 남성과 달리, 공공장소에서 걸어 다니는 모습이 포착된 중산계급 여성이라면 응당 특정 용무로 인한 불가피한 외출로 여겨졌던 19세기 중반 도시의 성별에 따른 질서는 반세기가 지난 뒤에도 클라리사에게 영향을 미치는 듯하다(Loukaitou-Sideris and Ehrenfeucht 43). '집안의 천사' 역할을 벗어나 점차 바깥세계로 활동반경을 넓히게 된 여성들이 19세기 후반 이후 주로 찾아가게 되는 공적 공간은 쇼핑 장소이거나 산책할 수 있는 도심의 공원인 경우가 대부분이었는데, 클라리사 역시 저녁의 파티를 위해 자신이 직접 꽃을 사려 나가는 것을 런던 거리 소요의 전시적 목적으로 삼는다. 심장 관련 질환을 앓고 난 클라리사가 1차 세계 대전의 폐해가 훑고 간 런던을 보들레르의 소요자(flâneur)처럼 한가롭게 거닐면서 관찰하는 데서 크나큰 기쁨과 해방감을 맛보는데, 루케이토-시데리스와 에렌퓌크트(Loukaitou-Sideris and Ehrenfeucht)가 본 바대로 "도시적인 삶을 지켜보는 기회"란 보도에서 그리고 보도를 중심으로 이루어진 도시 속에서 "극장적 요소"(theatrical element)와 마주치게 됨을 의미한다(40). 19세기 중엽 사람들이 모이고 만나고 대화를 나눌 수 있던 도시의 공공장소로서 자유의 기회, 유희의 기회, 품행이 흐트러질 기회를 부여했던 거리의 보도(sidewalk)는 20세기 초반, 클라리사에게도 낯모르는 사람들 사이의 접촉을 가능하게 하는 공적 공간이 되고 이 공공장소에서 관찰자는 한편으로 관찰당하는 자가 된다. 클라리사의 이웃 스크롭 펄비스(Scrope Purvis)가 집을 나서서 보도(curb)에서 더트날의 화물차((Durtnall)'s van)가 지나가기를 몸을 곧추세우고 기다리고 있는 클라리사를 보고 "가볍고 경쾌하며 푸른빛을 띤 초록색 어치와 비슷한 새의 느낌"을 주는 "매력 있는 여인"(*MD* 4)이라고 생각할 때 공공장소인 길거리에서 여성은 보여지고 평가받는 객체로 존재할 가능성이 훨씬 크다는 점을 상기하게 된다. 하지만, 울프가 보여주듯이, 20세기 초반의 런던 거리 거닐기는 "공적 행동"이며, 이는 도시 산책자들이 도시의 "의식"(ritual)에 참여하는 기회를 또한 부여한다(Loukaitou-Sideris and Ehrenfeucht 41).

"매우 값싸고 늘 새롭고, 늘 신선하며, 모든 사람들의 손닿는 곳에 있는 끝없는 아름다움"을 전시하는 런던의 상업중심지, 옥스퍼드 가에 대한 찬탄에서 시작된 울프의 에세이 「옥스퍼드 가의 흐름」("Oxford Street Tide")이 "짐차와 옴니버스의 소음"을 뚫고 목청 높이 소리 질러대며 구매자를 찾는 행상인, 특히 "새벽부터 밤까지 거북이가 놓인 수레를 순경이 허용하는 가장 느린 속도로 밀며 옥스퍼드 가를 오가는"("Oxford Street Tide" 25, 25-26) 거북이를 파는 장사꾼을 부각시키며 도시의 부정적 이면을 노출하고 있는 것과 유사하게, 『댈러웨이 부인』에서 울프는 물질문명이 발달하고 자본주의가 꽃을 피우고 과학발전을 이룬 현대 도시 런던이 그 모든 시민에게 고르게 풍요로움을 가져다주지 못한다는 점을 잘 포착한다. 클라리사의 런던 거리로의 '뛰어내림'은 "마차, 짐차," "악대 오르간 소리와 환성" 등으로 가득 차 있는 도시 드라마 속으로의 합류를 의미하는데, 클라리사의 시선을 통해 작가는 "구질구질하고 더러운 여자들"과 "계단에 쪼그리고 앉은 불쌍하기 짝이 없는 사람들," "발을 질질 끌고 흔들흔들 걸어가는 샌드위치맨" 역시 공존하는 런던거리를 놓치지 않고 훑어 낸다(4). "전쟁이 끝났다"(4)고 흘가분해 하며 거리 풍경을 감상하는 52세의 클라리사는 런던 거리에서 일어나는 복잡한 드라마와 얼핏 무관한 듯이 보이지만, 아들을 잃은 슬픔에 마음이 아직도 찢어지는 폭스크로프트 부인(Mrs. Foxcroft)이나 아들의 전사 통지서를 받아 들고 바자회를 열어야했던 벡스버러 경 부인(Lady Bexborough)을 생각하고 순간적으로나마 통렬한 아픔을 느끼며, 파티를 여는 것 외엔 별다른 어려움이 없어 보이는 그녀이지만 "단 하루를 사는 것도 매우 매우 위험하다"(9)고 되뇌는 클라리사의 심상에는 제국주의, 자본주의, 전쟁, 도시 문제 등에 대한 작가의 고민이 비취어 있다.

잔존하는 대영제국의 그림자와 자본주의의 폐해, 그리고 계급 간의, 문화적 차이로 인한 간극을 보여주는 데 그치지 않고, 공감과 교류의 가능성이 암시되는데, 이는 아침나절 클라리사의 런던 거닐기를 시작으로 다른 주요 인물들이 런던 거리 거닐기를 통해 만나거나 교차하는 과정을 통해 주로 드러난다. 레이디 브루턴(Lady Bruton)과 정치적 의논을 하고 나와 런던 거리를 함께 걷던 휴와 리처드가 콘듀이트 가(Conduit Street)의 모퉁이에서 골동품 가게 창 너머로 보이는 "손잡이가 둘 달린 제임스 1세 시대의 은배(Jacobean mug)"나 "스페인 목걸이"(124)를 들여다보다 휴가 오만한 태도로 그 목걸이를 흥정하는 모습을 보며, "이 사람들[상인들]이 [휴의] 왜 저렇게 못된 건방진 태도를 참는지 알 수가 없다"(125)고 생각하며 아내 클라리사를 위해 보석 대신 꽃을 사는 리처드의 거리 소요 장면에서, "신문의 전단이 처음에는 연처럼 힘차게 공중으로 떴다가 주춤하고 스르르 내려와 펄럭거리는" 모습이나 "아침에는 급히 달리던 차들이 속력을 줄이고, 말이 끄는 마차가 반쯤은 비어버린 거리를 아무렇게나 덜컹거리며 지나가고 있는"(123) 모습을 삽입함으로써 울프는, 제국주의적 자본주의 문화의 풍요로움을 대변하는 런던의 이면에 내재하는 속물주의와 공허감을 포착하고 있다. 휴와 비교해볼 때 덜 속물적이고 아내에게 다정다감하며 "길가에 노점을 내는 것을 금지당하고 있는 과일 장사들이나 매춘부들도, 따지고 보면, 잘못은 그들에게 있는 것이 아니고, 젊은이들에게 있는 것도 아니며, 우리의 지긋지긋한 사회 조직과 기타 문제에 결함이 있기 때문"(*MD* 127)이라고 도시 문제에 대한 관심과 국회의원으로서의 책임의식을 보이기도 하는 리처드는 집으로 향하는 길에 그린 공원(Green Park)을 가로질러가면서 "제복을 입은 뚱뚱한 공원지기가 저런 휴지들은 얼른 주워버릴 수도 있겠지만" 그렇게 하지 않아서 공원에 흩어져 있는 휴지를 보며 안타까워하고, "팔로 버티고 누워있는 가련한 여자"와 같은 부랑자들의 문제로 난감해하기도 한다(*MD* 127). 런던 거리에서 계급적, 문화적 타자들을 지나쳐가며 도시 문제를 목격함으로써 리처드는 상류 계층 정치인으로서의 의식과 책임감을 보여주고는 있으나, 그의 타 계급과의 접촉은 성공적으로 이뤄지지 않는다. 아내 클라리사에게 줄 꽃을 들고 집으로 향하던 리처드는 런던거리를 부랑하는 여인과 "불꽃이 튈 새가 있었"(127-28)지만, 꽃다발을 총대처럼 매고 그녀와의 접촉을 차단한다. 사회적 타자와의 접촉에 대한 그의 두려움은 도시계획에 있어서 도심 속의 녹지 면적의 필요성이나 소외 계층에 대한 연민과 배려의 필요성에 대한 정치인으로서의 그의 인식이 개인적 실천으로 이어져 계급차를 넘어서는 인간적 유대를 성취하기가 어렵다는 것을 암시한다.

"마치 열쇠구멍에 귀를 대고 [남의 사생활을] 엿듣는 것과 같기에 점잖은 사람이라면 셰익스피어의 소네트를 읽지 말아야 한다"(82)는 '도덕주의자' 리처드나 장군의 딸로서 남자들과 대등하게 정치를 논하고 휴나 리처드를 불러 영국의 실업문제에 대한 해결책을 논하지만 "시는 한 줄도 읽어본 적이 없는"(115) 레이디 브루턴과는 달리, 계급적 기득권이나 정치적 야심이 없는 피터의 5년만의 런던 거닐기 장면을 들여다보면, 문학작품에 대한 향유나 상식과 전통으로 지속되어 온 진부한 상류사회를 향한 도전은 가부장제나 제국주의적 영국에 대한 비판으로 반드시 이어지지는 않는다. "한 손은 동전을 달라고 내밀고, 또 다른 한 손은 옆구리에 댄, 누더기 차림의 노파"에게 택시에 오르며 피터가 은화 한 닢을 내밀고 "은화를 호주머니에 집어넣으며 미소"(90)짓는 노파가 등장하는 짧은 장면은 미소를 주고받았던 리처드와 거지 여인(128)의 장면과 겹쳐지면서, 계급적 타자와의 접촉은 피상적인 데 그치기 쉬움을 일깨우는 것이다.

고든 장군(General Gordon)의 동상을 지나치면서 문명국 영국에 대한 애정과 존경이 샘솟고 젊음의 혈기를 느끼며 젊은 여인을 뒤따라가면서 자신을 "부주의한 모험가," "낭만적 해적"(58)으로 상상하며 "재미"(59)를 얻는 피터에게는, 보들레르적 남성 소요자와 유사한 겉모습과는 다르게, 기존체제로부터의 거리유지나 비판보다는, 남성적(phallic) 기념물과 군대 훈련 등에 대한 그의 관심에서 엿보이듯, 제국주의적이고 가부장적인 측면이 강하게 풍긴다. 자동차가 어느 집 문 앞에 서면서 한껏 치장한 소녀가 집사와 차우 종 강아지의 응대를 받으며 "하얀색 블라인드가 흔들리며 검정색과 하얀색으로 장식된 홀"로 들어가는 장면을 문틈으로 지켜 본 피터는 "이러한 종류의 문명이 그에게 개인의 소유물처럼 그렇게 소중하게 느껴지는 순간이 있다"고 생각한다(60; 필자의 강조). 셰익스피어를 통해 영국문학에 눈 뜨게 해 준 이사벨 폴 양(Miss Isabel Pole)이 있는 영국을 지키기 위해 애국심으로 무장하고 1차 세계대전에 참전했다가 포탄 증후군(Shell-shock)을 앓고 있는 셉티머스와 그 부인 루크레찌아가 휴식을 취하고 있는 리전츠 공원(Regent's Park)에 들어서면서 '하얀색'으로 상징되는 영국과 영국 문명에 대해 갖는 "영국에서의 자긍심을 갖는 순간"(60)을 피터는 맞이한다. 광장에서 애정행각에 빠져 있는 한 쌍의 남녀를 보고 자신도 쾌감을 얻으며 뒷짐을 지고 파티에 참석하려고 차려 입은 사람들로 북적이는 런던 거리를 관찰하면서 "카니발 속에서 모든 장소가 떠다니는"(180) 것처럼 런던을 받아들이며, "시각적 인상들의 차가운 흐름"을 받아들인 피터의 눈이 온전히 다 수용할 수 없는, 더 이상 담을 수 없는 "넘쳐흐르는 컵"에 비유된 런던(180)의 시각적 풍요로움이 실은 런던의 피상적 모습에 불과할 수 있다는 작가 울프의 비판은, 자살이라는 극단적 선택을 하게 되는 셉티머스가 리전츠 공원에서 피터를 전장에서 죽은 자신의 상관, 에반스(Evans)로 착각하여 "이마를 손으로 눌러대고 볼은 절망으로 움푹 꺼진 채 홀로 사막에서 오랫동안 인간의 운명에 대해 비탄에 잠겼던 거대한 조상처럼 손을 올리고"(76-77) 피터에게 자신에게 다가오지 말라고 울부짖는 장면의 아이러니를 통해 강조된다.

"거리는 바삐 걸어가는 중산계층의 사람들로 혼잡"(90)한 런던에서, 남편 셉티머스의 치료를 위해 브래드쇼 의사의 진찰을 받으러 가는 중에 루크레찌아(Lucrezia)는 거리에서 부랑하는 노파를 보며, "비오는 밤이면 어떻게 하나? [...] 밤이면 어디서 자나?"(90), 걱정하며 연민에 젖는다. 이 초라한 부랑자 노파는 피터가 은화 한 닢을 쥐어주고 택시를 타고 지나쳐버린 인물로, 소설의 앞부분에서 클라리사를 비롯하여 런던의 각양각층의 사람들을 하나로 묶어 준, 역화가 나서 멈춰선 자동차나 하늘에 연기로 광고를 하는 경비행기와 더불어, 리처드, 피터, 셉티머스 부부를 함께 엮는 중요한 매개체의 역할을 하고 있다. 이 소설의 가부장제와 제국주의에 대한 옹호나 비판, 런던이 주는 혼란과 무질서, 생동감과 활력 속에서 사회적 타자들과의 짧은 접촉과 그것에 대한 울프 인물들의 다양한 반응을 주목하게 함으로써 울프는 런던이라는 도시 속에 윤리적 문제의 접목을 시도한다.

『댈러웨이 부인』에서 클라리사의 감탄과 더불어 시작되는 런던의 하루와 유사하게, 『토요일』은 주인공 헨리 퍼로운이 런던의 아름다움을 감상하는 것으로 시작하는데, 런던 거닐기를 통해 클라리사가 도시 드라마에의 합류를 보여준다면 헨리의 런던 찬양은 관찰자적 시선으로 '하얀색'으로 상징되는 영국 제국의 후광에 주목하는 피터의 런던 찬미에 보다 근접해 있다. 새벽 3시 40분에 깨어난 헨리는 3층 침실의 내리닫이 창을 올려 밖을 내다보며 대영제국의 과거와 2차 세계 대전과 얽힌 여러 건물의 모습을 보면서 한겨울의 "얼음장 같은 하얀 빛에 싸인 도시"(*S* 2; 필자의 강조)를 찬탄하는 헨리는 맞은편 집 뒤로 보이는 남근적 기념비, 체신청 탑(Post Office Tower)이 한낮의 태양 아래서는 초라해 보이지만 "밤이 되어 반쯤 어둠에 묻히고 근사한 조명이 들어오면 좋았던 옛 시절의 위용을 자랑하는 기념비로 탈바꿈 한다"(2)며, 런던과 자신의 피츠로비아 구역에 대해 상당한 자긍심을 보인다. 마치 런던에 대한 관광안내나 부동산 광고라도 하듯이, 대영제국의 영광을 지켜 본 '대리석 조각상'처럼 피츠로이 광장을 굽어보는 헨리의 시선 속에서 포착된 런던은 "성공작이고, 탁월한 발명품이며, 생물학적 걸작품"(a success, a brilliant invention, a biological masterpiece 3)으로 형상화되어 있다. 18세기 신고전주의 건축가 로버트 애덤(Robert Adam)의 설계에 의해 만들어진 피츠로이 광장의 헨리의 고급 타운하우스는 도심 속 전원적 삶을 가능케 할 정원과 "조화로운 균형의 승리"(a triumph of congruent proportion 3)로 포착된다. "머리 위에선 가로등이 빛나고 발밑에는 광섬유 케이블이 깔려 있으며, 맑고 시원한 물이 흐르는 상수도관, 잊혀질 찰나에 하수를 흘려 내보내는 시설"(3)까지 갖추어져 있어 역사의 부침 속에서 도태되지 않고 고전미에 현대성이 더해진 이 "완벽한 광장"(the perfect square 3)은 그 생명력과 우월성을 유지해온 영국과 동일시된다. 현대적 이기와 청결함을 갖춘 유기체로 비유되는 런던의 조화와 균형을 중시하는, 다윈(Charles Darwin)의 생물학적 결정론의 신봉자인 의사 헨리의 모습은 영국의 건전성과 존속에 필요한 '균형'과 '전향'을 위해 과학적 잣대를 강요하는 『댈러웨이 부인』의 의사 브래드쇼나 홈즈의 모습을 상기시킨다. "자신의 심리상태를 습관적으로 관찰"하는 헨리는 자기 동네로 대표되는 런던에의 이러한 찬미가 사실은 "비틀린 도취감"에서 나왔다는 것을 알 정도로 자의식이 강한데(4), 대영제국의 붕괴 이후 영연방으로부터 그리고 세계 각지에서 몰려드는 다양한 사람들로 부산한 현대 메트로폴리스 런던이 추구해야 할 조화와 균형이 헨리에게서 폐쇄적이고 배타

적이며 자아도취적 자기 방어의 양태로 이 작품의 서두부터 나타나고 있다는 점이 흥미롭다.[1)]

딸 데이지(Daisy)와 장인 그라마티쿠스(Grammaticus)가 3년 동안의 냉각기 후에 화해하기로 예정되어 있는 이 토요일, 저녁에 있을 가족 파티에 대한 기대 등으로 헨리의 심적 상태는 런던 거리를 행복한 도시 공간으로 바라보게 하지만, 헨리의 자기기만적 도시 파악 속에는 런던의 '아름다운' 표면 아래 숨어있는 폭력을 암시하는 이미지가 주어져 있다. 헨리의 집의 10미터 아래 쯤 "줄지어 선 검정 화살촉 모양의 난간"(railings like a row of spears, *S* 2; 필자의 강조)은, 『댈러웨이 부인』에서 클라리사의 더블(double)로 간주할 수 있는 셉티머스가 그를 요양원에 가두려는 의사 홈즈와 브래드쇼를 피해 창문 밖으로 뛰어내리면서 부딪히게 되는 "필머 부인 저택의 난간"(Mrs. Filmer's area railings, *MD* 164; 필자의 강조)이나, 후에 파티에서 브래드쇼를 통해 셉티머스의 자살 소식을 듣고 클라리서가 이를 몸으로 실감하는 장면에서 "그[셉티머스]를 관통하는 ... 녹슨 담장 못"(rusty spikes, *MD* 202; 필자의 강조)을 연상시킨다. 외부로부터의 침입을 막고자 설치한 많은 보안 장치가 자족적 만족감을 극대화시키는 헨리의 집이 후반부에서 백스터(Baxter) 일당의 침입을 쉽사리 허용하고 있다는 점에서 이 작품은 상당한 아이러니를 서두부터 품고 있다.

『토요일』이 지닌 『댈러웨이 부인』과의 큰 차이는, 『댈러웨이 부인』이 여러 인물들과 군소 인물들이 도시를 거닐면서 서로 스치고 공유하고 참여하

---

1) 과학적 실증적 세계를 신봉하는 의사로서의 직업적 특성뿐 아니라 세계관 자체로 인해 작품 내내 헨리는 런던이라는 세계 속에서 "참여자"라기보다는 "관찰자"에 그치고 만다는 루트(Christian Root)의 견해는 설득력이 있다(66).

는 런던 거리의 드라마를 보여준다면, 『토요일』에서 헨리는 걷기 보다는 주로 차를 이용하고 집의 유리창이나 차창을 통해 거리를 관찰할 뿐 거리의 사람들과의 모종의 교류를 갖는 경우는 매우 드물다는 데 있다. 헨리의 런던 거리 거닐기가 드물게 나타나는 한 부분은 스쿼시 게임을 하러 가기 위해 그가 집 밖 안전한 주차장에 세워 둔 자신의 고급 자동차를 가지러갈 때이다. 헨리는 "그 날의 신선함에 놀라며" 도시에서 먹을 것을 구하고자 날아든 갈매기들의 울음소리를 들으면서, 6월의 하루 그 신선함 때문에 젊은 시절을 상기한 클라리사처럼, "어린 시절의 휴가철을 막연하게나마 떠올린다"(*S* 70). 하지만 주말이면 보통 한적했던 거리가 고어 가(Gower Street) 쪽으로 토튼험 코트(Tottenham Court Road) 쪽에도 이라크 반전 시위 군중들로 가득 차 있음을 목격하면서, 헨리의 다분히 목가적 생각은 불안한 시대의 징후 속에 불편함을 느끼는 것으로 변한다. 고관이나 왕족이 탔음직한 차가 고장 나 멈춰서고, "거리가 꽉 막히게 된"(*MD* 18) 클라리사의 런던 거리는 다양한 직업, 계급, 국적의 런던 사람들로 가득 차 분주한데, 셉티머스와 이탈리아인 아내 루크레찌아를 비롯하여, 아일랜드인 몰 프랫(Moll Pratt), 아이를 안고 있는 새라 블렛췰리(Sarah Bletchley), 에밀리 코우츠(Emily Coats), 보울리 씨(Mr, Bowley) 등의 모습은(*MD* 20-21), 이 하층민들의 애국심이 우스꽝스럽게 희화되어 있기는 하지만, 그들 각자에게 이름을 부여하고 런던 시내에서 공유하는 경험 — 고장 난 차나 광고를 하는 비행기 — 을 통해 동등함과 동질성을 나눌 기회를 마련해준다면, 시위대에 합류하러 사람들이 지하철 밖으로 쏟아져 나오고 마치 축제날처럼 거리에는 모퉁이 맥도날드 가게 바로 앞에 "임시 책방, 핫도그 파는 곳"이 생겨나고, "놀랍게도 어린아이들과 유모차를 탄 아기들까지 나와 있는"(*S* 71) 헨리의 런던 거리는 헨리의 자의식과 자기

합리화로 인해 그의 시선의 객체로만 남아 익명의 군중들로 가득 차 있을 뿐이다. “거리를 소유한 군중, 혁명의 기쁨을 풍기면서 단 한 가지 목적을 위해 모여든 수만 명의 낯모르는 사람들”을 보며 이들을 사회적, 정치적 입장을 표명하는 개개인의 모임으로 읽기보다는 “이러한 사건에 특유한 유혹과 흥분,” 즉 군중심리 때문이라는 해석으로 폄하(71)하는 헨리이기에 “절대로 포기할 수 없는 스쿼시 게임만 없다면 적어도 정신적으로는 그들 시위대와 함께 했으리라”(72)는 그의 합리화는 실은 헨리의 위선적이고 자기 방어적인 태도에 불과하다는 점에서, 클라리사의 런던과 헨리의 런던 사이에는 거리가 있다.

자유 연상 기법을 활용하여 헨리의 생각과 행동, 느낌을 독점적으로 그린 『토요일』에서 수많은 군중은 그저 타인으로 지나쳐 가며, 헨리의 거리 거닐기는 자동차가 있는 차고까지 걷는데 그치고, 가족과 관련된 용무나 주말의 일상 이외에는 런던의 다양성이나 교류와는 그다지 관계가 없어 보인다. 주로 자동차를 운전하며 차창 밖으로 런던을 관찰하는 헨리는 『댈러웨이 부인』에서 런던을 5년 만에 방문하여 러셀 스퀘어(Russell Square)에 면한 호텔에 머물며 런던 거리를 홀로 소요하며 국외자의 시선으로 사람들을 관찰하는 피터에 오히려 더 가까워보인다. “인도를 싫어하고 제국도 싫어하는”(*MD* 60) 피터의 애매한 태도는 그의 런던 거닐기를 통해 영국 문명에 대한 찬탄과 식민지의 원시성에 대한 폄하로 표출된다. 빅토리아 가(Victoria Street)의 자동차 제조 회사의 건물 창문에 비친 자신의 모습을 보며, 문명의 전파자이자 행정 관리로서 쟁기를 발명하고 수레를 가져다주었건만 사용하지도 않고 있는 식민지 인도를 떠올리며, 영국인이기에 자신은 “운 좋은 사람”(53)이라고 생각하는 데서 이는 잘 드러난다.[2] 전시되어 있는 근사한 자동차들을 쳐다보며

"몇 갤런(gallon)의 휘발유(gasoline)를 넣어야 얼마 정도의 마일(mile)을 달릴 수 있을까"(*MD* 53) 하고 궁금해 하며, 발달한 과학기술의 전시장으로서의 런던과 영국을 예찬하고 제국의 시민으로서의 자부심을 표출하는 피터에게서 이라크와의 전쟁에 대해 애매한 태도를 취한 채 방관자적 태도를 취하는 과학 기술 문명의 신봉자이자 의사인 헨리의 일면을 엿보게 되는 것도 무리는 아니다.

III. 차량 중심의 런던에서

마차가 다니던 길의 오물과 더러움을 피하고자 노면(roadbed)보다 더 먼저 만들어지고(Loukaitou-Sideris and Ehrenfeucht 6), 도로보다 값싸게 포장할 수 있어 깨끗하게 유지되고 사람들이 모이고 산책하고 인사 나눌 수 있었던 보도(pavement)의 유용성은 자동차의 등장으로 점차 감퇴하기에 이른다.[3)]

---

2) 버지니아 울프의 남편 레너드 울프(Leonard Woolf)의 모습이 피터에 투영되어 있다. 레너드는 영국의 식민지 실론(Ceylon)에서 약 7년 동안 식민지 관리 생활을 하면서 쟁기를 발명하고, 무소 전염병 예방과 사후 관리를 위해 노력하고, 인구 조사를 하는 등, 식민지에 영국 '문명'을 가져다주고자 노력하였다. 이 소설에 드러난 피터의 인도에 대한 미묘한 태도는, 레너드의 (반)제국주의자적 태도와 유사하게 양가적이다. 레너드의 영국제국과 식민지에 대한 태도는 그의 자서전뿐만 아니라 식민지 경험을 바탕으로 한 일련의 단편 소설들, 예를 들면 「달빛이 들려준 이야기」("A Tale Told by Moonlight")이나 「진주와 돼지」("Pearls and Swine")를 비롯하여, 장편소설 『밀림의 마을』(*The Village in the Jungle*) 등에서 찾아볼 수 있다.

3) 루케이토-시데리스와 에렌퓌크트는 보도(sidewalk)의 발생과 역사에 대해 간략하고도 유용한 설명을 제공한다. 운반 도구로부터 사람을 분리하고 보호해야 할 필요성에서 마련된 보도는 이미 기원전 2000년경 처음 등장하였으며, 기원전 3세기 경 로마인들은 보도를 '세미타'(semita)라는 이름으로 불렀다는 기록도 있다. 로마가 쇠망한 후 중세의 유럽 거리는 보행자를 위한 길이 따로 마련되어 있지 않아 보행자는 말, 마차, 짐마차 등과 함

울프는 에세이 「거리 헤매기」("Street Haunting: A London Adventure")를 통해 19세기적 거리 소요자의 느린 걸음과 그 리듬에 맞춰 거리 구석구석을 세밀히 훑고 지나가는 시선에 의해 포착된 런던의 파노라마를 기록한 바 있는데, 또 다른 에세이 「서섹스에 드리운 저녁—자동차 안에서의 생각」("Evening over Sussex: Reflections in a Motor-car")[4]에서는 빠른 속도로 이동을 가능케 하는 자동차 등의 교통수단을 현대 문명의 역동성과 연결 지어 포용하며, 자동차를 현대적 삶을 포착할 도구로 환영하고 있다. 현대화의 여파로 중산계층의 시골 저택 부지로 각광을 받게 된 서섹스(Sussex) 지방에 들어선 "퍼레이드, 숙박 시설, 장신구 가게, 사탕 가게, 포스터, 휴양 온 병약자들, 대형 관광버스"(7) 등이 저녁의 어두움이 깔리면서 이 지방의 '현대화'의 흔적이 사라지고, 10세기 전 정복자 노르만족 윌리엄이 영국에 들어오던 때의 자연 그대로의 젊음이 드러나는 것을 자동차로 달리면서 반기는 이 에세이의 서두에서 우리는 울프가 도시의 번잡함보다는 시골의 고요와 안정을 애호하는 것은 아닐까 하는 생각을 갖게 된다. 하지만, 자동차를 타고 가면서 마주하는 파편화된 여러 자아의 모습을 통해 복잡해지는 현대성에 대해 긍정적 평가를 내리는 것으로 이 에세이가 전개되는 점에 주목할 필요가 있다.

께 거리에서 뒤섞여 다녔고, 유럽에서 보도가 재등장한 시기는 영국 런던의 대화재(1666년) 이후 거리가 재정비되면서인데 1751년의 "웨스트민스터 도로법"(Westminster Paving Act) 이후 18세기 중엽 무렵 보도는 일반화되기에 이르렀다. 15쪽 참조.

4) 『나방의 죽음과 기타 에세이들』(*The Death of the Moth and Other Essays*)의 편집자 레너드 울프(Leonard Woolf)는 「편집자의 주」("Editorial Note")를 통해 이 에세이가 버지니아 울프의 여러 번의 수정을 거치지 않고 다소 조야한 상태로 남아 있었는데 자신이 구두점 등만 수정하여 처음으로 책으로 함께 엮게 되었음을 밝히고 있다(viii). 명확히 밝혀져 있지 않으나 이 에세이의 작성 시기는 도시화의 진통을 겪은 서섹스 지역의 묘사가 들어 있기에 20세기 초반으로 짐작된다.

20세기 초 상류층을 중심으로 자가용 소유자들이 증가하고 이들이 자동차로 시골을 여행하면서 서섹스와 같은 목가적 장소를 도시화함으로써 서섹스의 전원적 아름다움이 점차 소멸되어 갈 즈음, 빠르게 차창 밖으로 지나가는 서섹스의 아름다움을 붙잡지 못하기에 '현대적' 불확실성과 불만족에 빠져 드는 자동차를 타고 있는 자아는 다중적 자아로 분열되면서 역동적 변천을 겪는다. 농업중심의 경제 사회에 대한 향수를 보이면서도,[5] 이내 현대 도시의 발달에 대해 낙관적인 방향으로 선회하여 현재 난립하는 도시적 "조잡함은 증발할 것이고," "[불쾌한] 것들은 불타 없어 질 것"(9)이라고 화자, 즉 울프는 예견한다. "마법의 문"과 "전기의 힘으로 발생하는 풍력"에 의해 서섹스에 도래할 청결과 혜택을 꿈꾸며 "5백년 이후의 미래의 서섹스"(9)에 대한 긍정적 희망을 갖기에 이른 울프는 편안하고 안락한 현대 도시적 삶을 이 에세이에서 예언하고 있는 것 같다.[6] 마지막 부분에서 긍정되는 "아름다움을 지나, 죽음을 지나, 절약하고 강력하며 효율적인 미래를 향해 전진하는 한 자그마한 인간"(10)의 존재는 과학, 기술의 발전에 대한 믿음과 힘차게 전진하는 자동차의 힘에 대한 긍정과 통한다. 그 순간 울프는 "마치 전기가 우리 몸에 충전된 듯이 격렬한 전율이 뚫고 지나감"을 느끼고, 그 "인지의 순간"을 "'그래, 그래'"("'Yes, yes'")라며 긍정한다(10). 울프에게 있어 자동차는 집처럼 내밀하고 안락하며 자유로운 명상이 가능한 공간과 수단이 되지만, 기존 자아의 확인이나 자신만의 공간에서의 안주를 위해서가 아니라, 자유의 범주를 확장시킨 공간으로서의 의미를 지닌다. 자동차의 움직임은 자아의 속도감

---

5) "건초 더미, 부식 되어 가는 빨간색 지붕, 연못, 등짐을 지고 집으로 향하는 노인"(8)을 보고 이 모든 것들이 "가 버리고, 가 버리고, 끝나 버리고 끝장나 버리고, 과거로서 이미 끝난 일, 과거이자 이미 끝난 일"(9)이라고 안타까워한다.

6) 울프는 '자동문'과 '진공청소기'를 정확히 예견해내었다.

있는 파편화, 즉 주체의 불안정성을 극대화시키고, 빠르게 지나가는 외부 무대 속에서 불안정한 개인의 복잡다단한 자아 및 현대세계의 정수는 파악된다.

미노우 핀크니(Makiko Minow-Pinkney)가 이 에세이 분석을 통해 평한 바대로, 울프는 현대 도시가 개인에게 불러일으키는 상반된 감정 — "흥분과 구역질, 즐거움과 절망" — 과 깨져버린 "개인과 사회의 안정된 통합"(167)에 대해 이중적이고 상충하는 감정을 표현하면서도, 통합된 자아의 해체를 통해 "새로운 주체성과 새로운 종류의 인간 통합의 탄생"(174)에 주목한 것이며, 정전에 든 여러 남성 모더니스트들과 달리 "과거에 대한 갈망"보다는 상상력으로 "희망을 가지고 미래로 뛰어듦으로써" 현대에 걸맞은 새로운 아우라를 창조하는 데 더 관심을 둔 것 같다(177). 미노우 핀크니는 "외과의사가 해부용 칼의 도움으로 환자의 몸 깊숙한 속에 닿을 수 있듯이 자동차의 개입에 의해 근접이 힘들었던 지역에 도달하게 되고 자동차 운전자는 [이전에는 볼 수 없었던] 경치를 직접 접하게 되었다"(176)고 울프의 에세이의 배경을 설명하는데, 칼에 비유된 자동차를 수단으로 하여 가능해진 시골로의 '침투,' 다시 말해서 점진적인 도시화에 수반되는 '폭력성'은 수술 전문 신경외과 의사인 『토요일』의 주인공 헨리가 살아가는, 자동차에 의해 지배되는 21세기 도시 공간을, 흥미롭게도, 떠올리게 한다. 『토요일』에서도 도시 문제에 대한 간단한 논평이 등장하는데, 알츠하이머에 걸린 어머니 릴리 퍼로운(Lily Perowne)을 만나러 교외로 나간 헨리의 눈을 통해 묘사된 서포크 요양원(Suffolk Place) 부근의 묘사는 「서쎅스에 드리운 저녁 — 자동차 안에서의 생각」에서 서쎅스 지역의 난개발을 안타까워했던 울프의 목소리와 겹쳐진다. "1920년대와 30년대에 런던 서부에서 급속히 졸속적으로 이루어진 주택 개발로 인해 대단위의 농지 면적이 사라져버린 이래 이 거리의 둔중하고 고상한 2층짜리 건물들은 급조된 냄새를 씻어내지 못하고"(*S* 161) 천편일률적인 주택들은 가건물처럼 보인다.[7)]

엘리자베스 조에 16세의 나이로 시작하여 남자에서 여성으로 성의 변화를 겪고 1928년에 36세의 나이로 살아가는 올랜도(Orlando)의 성장을 그린 울프의 판타지적 소설 『올랜도—전기』(*Orlando: A Biography* 1928)는 300여년에 걸친 영국 역사와 문학에 대한 서술이자 성(sex/gender)과 성역할에 대한 논평으로 읽혀지곤 하는데, 성적 차별의 시기를 거쳐 현대에 이르는 과정의 묘사에는 운송 수단의 변화와 더불어 현대 도시로서의 런던의 모습이 투영되어 있다.[8)] 1928년 10월 11일 '현재'를 그린 『올랜도』의 마지막 부분은, 『댈

7) 여기서 드러나는 화자 혹은 작가의 목소리는 도시화의 역사와 날림으로 지어진 가옥, 급조된 도시계획의 문제점을 짚어주고 있는 듯하다. 맥큐언이 울프처럼 그러한 현대화의 문제점에도 불구하고 21세기의 도시에 대해 양가적이고 이중적이나 긍정적인 미래의 비전으로 보았는지는 보다 고찰이 필요하나, 본고의 관심사와는 다소 거리가 있어 다음 기회로 미룬다.

8) 콘스탄티노플의 대사 시절 여성으로 변모한 후 여성으로서의 특별한 의식 없이 집시들과 생활했던 올랜도가 18세기의 영국에 돌아와 홀로 런던으로 외출했을 때 그녀는 남녀 차별이 뚜렷한 영국사회와 맞닥뜨린다. "숙녀들은 공공장소에 혼자 다녀서는 안 된다는 점을 잊은"(183) 올랜도는 거리로 나섰다가 군중들에 의해 봉변을 당할 뻔하고, 해리 공(Archduke Harry)에 의해 '구출'되어야만 했던 것이다. 19세기 초의 올랜도는 보다 자유롭게 "오래된 구식 판자를 끼운 마차를 타고 성 제임스 공원(St James's Park)을 지나며"(221) 빅토리아조의 변화를 목격한다. 시가 잘 써지지 않아 기분전환 삼아 런던으로 향해 갈 때 "20년 동안에 유럽의 얼굴을 바꿔버린" 증기기관 덕분에 마차가 아닌 기차를 타고 놀랍게도 1시간 이내에 도착한 런던 스트랜드 가(the Strand)의 "온갖 크기의 수송 수단들," "마차, 짐마차, 옴니버스" 속에 미망인 한 사람이 탄 차와 실크 모자에 수염을 기른 남자들을 실은 탈 것들이 마구 뒤섞여 난폭한 잡음과 함께 "동서를 누비는 계속되는 인파가 사람과 마차들 사이에서 믿을 수 없이 잽싸게 지나가는" 모습 속에서 조용히 글 쓰는 데 전념해 왔던 올랜도는 혼란스러워 한다(260-62). 장난감을 사라고 외치며

러웨이 부인』이나 『토요일』과 마찬가지로, 현대인의 하루의 일상사를 담은 세밀화이다. 더블베드 시트를 사기 위해 직접 차를 운전하여 백화점으로 가는 올랜도의 모습이 그려지는데, 너무도 붐비는 거리에서 "어디로 가는지 제대로 보지도 않고 길을 건너는 사람들"을 쳐다보고, 판유리 앞에 윙윙거리며 돌아다니고 있는 사람들을 벌떼로 오인하기도 하고, "도대체 왜 앞을 안 보고 다니는 거예요?"라며 보행자들에게 쏘아붙이는 올랜도에게서 우리는 시간에 쫓기는 오늘날의 보행자들과 자가용 운전자의 모습을 발견한다(285). 올랜도는 마샬과 스넬그로브 백화점(Marshall & Snelgrove's)에 이르러 풍겨나오는 향내, 한결같이 공손한 점원들 태도, 아찔한 엘리베이터 등으로 정신이 어수선해져 간신히 침대 시트만을 구입하고 다시 차에 올라 런던 거리에서 "능숙한 운전자"(292)의 솜씨를 자랑하며 속도를 내고 이리저리 커브를 돌고 비집고 들어가고 미끄러져 나오면서 1928년 10월 11일 목요일 번잡한 런던 도시를 지나 교외로 빠져나온다.

장난감 쟁반을 내미는 남자들, 꽃 사라고 소리 지르는 아낙네들, 이런 장사치들이 빅토리아 조 런던 거리의 보도 가장자리를 차지하고 있고, 절망에 빠져 있는 사람, 축제가 열린 듯 유쾌한 얼굴을 한 사람이 보도를 스쳐 지나간다(262). 현대적 도시로 변모하고 있는 런던의 혼란스러운 모습을 19세기 중엽 파리를 소요하던 보들레르(Baudelaire)적인 시선으로 훑어보는 올랜드는 런던거리에서 우연히 마주친 귀족 작위를 얻은 니콜라스 경(Sir Nicholas)에게 완성된 시, 「떡갈나무」("The Oak Tree") 원고를 넘기고 성 제임스 가(St James Street)를 지나 하이드 파크(Hyde Park)의 서펀틴 연못(the Serpentine)에서 형언키 어려운 황홀함을 느끼고, 컬쫀 가(Curzon Street)의 런던 저택으로 향하면서 봄날 오후의 교통 체증, 순경이 손을 내리자 인파가 움직이는 모습, 신호를 기다리는 동안 바라보는 "외투를 걸치고 모자를 쓴, 사두마차나 2인승, 4인승 마차 위에 앉아 영국의 부와 권력"을 상징하고 있는 자들(275-76)을 목격하면서, 올랜도는 인파와 각종 교통수단으로 붐비는 현대 도시의 극적 무대를 고스란히 경험하는데, 이러한 도시 체험은 클라리사의 경험과 유사하다.

미노우 핀크니가 논하듯이, 『등대로』(*To the Lighthouse* 1927) 출판 수입으로 중고차를 구입한 이후 울프는 보행자가 아닌 "자동차 운전자의 관점"(162)에서 현대를 바라본다. 자동차에게서 "신체적 사회적 해방"(Minow-Pinkney 162)의 힘을 발견한 울프에게 현대 도시 런던은, 『올랜도』의 마지막 '현대' 부분에서 잘 드러나듯이, 다소 양가적으로, 다양한 자아를 환영함과 동시에 복잡한 현대의 비인간화에 대한 고발이 숨어 있는 듯하다. 하지만 열린 공간으로서의 현대 도시 경험은 현 상태의 유지나 존속보다는 걷기나 차를 통해, 즉 움직임에 따른 새로운 발견을 가능케 한다. 차 운전 중의 올랜도는 과거의 삶의 여러 장면들을 기억하고 반추하며 "모퉁이마다 새로운 자아가 나타나는"(*Orlando* 295) 것을 환영하는데, 여러 자아를 인지하는 올랜도의 런던 경험은 "거리의 모퉁이마다 삶이라는 책의 새로운 페이지가 펼쳐져 있음"("Street Haunting" 31-32)을 인지하고 낯선 자아를 즐기는 울프의 「거리 헤매기」의 화자의 런던 체험과 비슷하다. 클라리사의 딸 엘리자베스(Elizabeth)가 "세상의 모든 상품들"(*MD* 146)이 전시되어 있는 백화점(Army and Navy Stores)에 들러 가정교사 킬먼 양(Miss Doris Kilman)의 쇼핑을 돕고 차를 마시고 나서 킬먼에게서 도망치듯 빠져나와 댈러웨이 가족의 대저택이 위치한 런던의 고급 주택가(West End)를 벗어나 빅토리아 가(Victorian Street)에서 옴니버스를 타고 스트랜드 가(the Strand)까지 내려가 보는 '탐험'을 감행할 때, 그녀는 킬먼의 억압적인 "사랑과 종교"(*MD* 138)와 어머니의 사랑과 상류계급 의식, 모두에게서 벗어나 자신의 새로운 자아를 구상해보는 계기를 맞이하는데, 이는 울프적 화자나 올랜도가 도시에서 겪는, 기존의 자아 탈피의 경험과 병치시켜 살펴볼 수 있다. "길을 잃고도 모험을 즐기고 별 의심조차 하지 않은 선구자"(*MD* 151)처럼 느끼는 엘리자베스는 세인트 폴

성당(St. Paul's Cathedral) 쪽으로 거닐며 비록 "괴상한 샛길이나 호기심을 끄는 골목은 감히 배회하지는 못하지만"(*MD* 151), 요란한 소음과 나팔 소리, 실업자들의 행렬로 소란하고 너저분한 런던의 한복판에서 웨스트민스터로 상징되는 자신의 계급적 한계와 온실 속 화초처럼 자라온 자신의 삶을 직시하고 현실과 자신에 대한 새로운 자각을 얻게 된다. "어머니가 뭐라고 말하든 간에 농부나 의사가 되어야 겠다"(*MD* 150)고 생각하고, 짧은 일탈이기는 하나, 소극적이었던 모습 대신 "조용히 그러나 당당하게 웨스트민스터로 가는 버스에 오르는"(*MD* 152) 엘리자베스의 모습은 "옴니버스 꼭대기에 앉아" 그와 런던을 탐험하며 낯모르는 사람들과의 "기이한 친화성"을 느끼던 젊은 시절의 클라리사와 겹쳐진다(*MD* 167). 작품 마지막 부분에 이르러 피터에게 "두려움"과 "환희"를 느끼게 하는, 파티의 정점에서 셉티머스와 신비스런 심적 교류를 경험한 클라리사의 존재는, 아버지 리처드가 못 알아볼 정도로 자신감을 내재하고 성숙한 아름다움을 갖게 된 엘리자베스의 모습과 중첩된다(*MD* 212-13).[9)]

20세기 초반 특권적 계급의 산물인 자동차가 점차 보편화되어 가면서 원활한 통행과 손님을 끌어들일 만한 미관이 중시되었던 19세기적 보도(pavement)는 거리의 중심부를 운반 수단인 차에 내어주고 인도(sidewalk)로 축소되며 사람들은 거리의 가장자리 좁은 공간으로 밀려나게 된다.[10)] 이러

9) 브루스터(Dorothy Brewster)는 런던 거리에서의 경험이 엘리자베스를 자신감 있는 여성으로 변모하게 함으로써 어머니 클라리사와는 다른 삶을 살게 될 것이라고 평했는데, 사교계의 안주인 역할에 국한된 어머니와는 달리 전문직 여성이 될 가능성이 농후하기에 엘리자베스의 미래는 달라진 여성의 위상만큼이나 어머니와는 다르리라 짐작해볼 수 있으나, 클라리사와 엘리자베스와의 근본적인 차이의 강조는 자칫 파티를 통해 클라리사가 경험한, 셉티머스로 상징되는 타자와의 교감과 새로운 자각과 통찰을 과소평가할 우려가 있다.

한 도시 공간 배치에서 사회적 약자의 문제와 정책의 필요성 등이 대두되는데, 울프나 맥큐언의 두 소설에서도 이러한 도시 문제에 대한 예리한 시각이 포함되어 있다. 『토요일』에서 묘사된, 진입 금지된 도로에 들어서려는 헨리의 차를 눈감아 주는 경찰의 모습은 『댈러웨이 부인』에서 교통체증으로 부산한 런던 거리에서 "옷을 잘 차려입은 여자를 좋아하는 [존 경(Sir John)]"이 운전기사를 시켜 순경에게 뭔가를 보여주자 빨리 차를 빠져나가도록 도와주는 광경(*MD* 18)과 유사하게, 근사한 차와 차로 대변되는 우월한 계급에 특권을 부여하는 불합리한 공권력의 행사가 드러난다. 경찰의 눈을 피해 뒷골목을 빨리 빠져 나오려는 백스터 일행은, 순경의 눈을 피해 장사하는 행상인들이나 런던 거리에서 관심의 초점이 된 차에 왕세자(Prince of Wales)가 타고 있으리라고 확신하면서 영국에 대한 자신의 충성심을 표현하고자 맥주 한 잔의 가격에 맞먹는 꽃을 도로에 던지려고 하다가 "그녀를 지켜보는 순경의 눈초리"(20)로 인해 저지당하는 아일랜드 태생의 몰 프랫(Moll Pratt)과 유사하게 계급적 열세에 놓여 있다. 두 작품에서 공권력은 백스터가 아닌 헨리에, 군중이 아닌 클라리사나 리처드 편에 주로 서 있는 듯하다. 하지만 런던 거리가 클라리사나 리처드에 의해 독점되고 있지 않음을, 『댈러웨이 부인』은 다양한 인물들의 관점을 동시에 그려냄으로써 보여준다.[11] 헨리가 주 관찰자로 기능하고 다른 인물들은 관객 헨리를 위한 배우처럼 그려지고 있는 『토

10) 20세기 초, 자동차의 증가에 따라 차도의 포장과 배수 문제 해결에 도시가 정책적으로 적극 참여하게 되고, 1930년에서 1950년 사이에는 "운반 수단의 원활한 움직임이 도시 거리 계획의 최우선 목표"(Loukaitou-Sideris and Ehrenfeucht 20)가 되기에 이른다.

11) 집으로 가서 아내 "클라리사에게 사랑한다고 말해주려고 런던의 거리를 걸어가는"(126) 리처드가 피카딜리 가(Piccadilly)를 혼자 건너는 대여섯 명의 아이들을 보고 "순경이 즉시 차들을 멈춰 세웠어야만 했다고" 분개하면서 경찰관들의 직무태만 행위를 못마땅해 하는 모습을 울프는 끼워 넣었다(127).

요일』에서도, 런던의 도로를 불법점거하며 영국과 미국의 이라크 참전 반대 시위를 하는 사람들의 모습을 통해, 도시의 도로 규정을 어기고 질서를 교란시킴으로써 국가의 정책과 사회 문제에 대한 불만과 반대의견을 표출하는 장면을 삽입하고 있기에 도시에 대한 작가의 다각도의 시선을 희미하게나마 엿보게 된다. 시위대들의 도로 점거로 인해 폐쇄된 도로를 경찰관의 묵인 하에 빨리 건너가려다가 헨리의 차가 백스터 차와 가벼운 접촉 사고가 나고, 이후 백스터가 '아름답고 완벽한' 헨리의 피츠로비아에 위치한 집에 침입함으로써 이 소설의 클라이막스를 맞이하게 된다는 점에서, 맥큐언은 울프와 마찬가지로 갈등과 충돌을 배태하고 있는 도시 런던을 그린다.

『댈러웨이 부인』의 서두에서 클라리사가 저녁 파티 준비를 위해 문짝들을 떼어놓을 때, 이는 그녀의 '집'이 규제해 온 판에 박힌 일과의 해체 내지는 타인을 의미 있는 타자로 받아들일 앞으로의 변화의 은유로 읽힐 가능성을 부여한다. 프랑스식 창문을 열어젖히면서 클라리사가 회상하는 부어턴에서의 젊은 시절에서 출발하여 런던 거리로의 클라리사의 거리 산보를 다루면서, 거리에서 런던의 드라마에 참여하는 다수의 계급적, 사회적 타자를 등장시키고 상호 작용 및 교류를 그려냄으로써 『댈러웨이 부인』의 런던은 볼거리만을 제공하는 공간에 그치지 않는다. 멀버리(Mulberry) 꽃가게에 들어가 온갖 종류의 꽃의 다양한 색채와 향에 취한 클라리사를 런던 거리에 나와 있는 다른 군중들과 연결시키는 계기는 꽃집 바로 건너편에서 역화(backfire)를 일으킨 고관대작이 탔으리라고 사람들이 짐작하는 자동차의 커다란 폭발음이다. 클라리사와 함께 이 소설의 다른 축을 이루는 셉티머스를 포함하여 거리에 있던 "모든 사람이 그 자가용을 쳐다 봄"(*MD* 16)으로써 런던 거리라는 극장에서 계급적, 사회적, 기질적, 심리적 차이를 지닌 도시의 모든 사람은 배우이자 관객이 된다. 이 차에 대한 런던 사람들의 집중적인 관심과 더불어 꽉 막힌 거리에서 중산계급의 여인들이 쇼핑 꾸러미에 양산을 들고 옴니버스 꼭대기에 앉아 거리를 구경하는 모습 등이 나열된 클라리사의 런던 거리는 구경꾼과 구경의 대상의 구별이 뚜렷하지 않은 무대 위에서 공동 연출된 현대 도시의 드라마를 보여주고 있는 것이다. 잠깐 정차한 차를 계기로 런던의 거리는 열린 공간이 되어 상호 이질성을 탈피하여 동질성을 나눌 기회를 부여하고, 이는 작품의 끝부분에서 클라리사가 생면부지의 셉티머스를 상상력으로 동일시하고 동정심과 함께 신비스러운 공감을 갖게 되는 장면을 설득력 있게 만드는 중요한 요인이 된다.

반면에, 런던 거리가 갖는 불가피한 만남 혹은 교류는 『토요일』에서 중심적인 위치를 차지하고 있지는 않다. 헨리의 생각과 의식, 행동에 거의 전적으로 초점이 맞춰져 있어, 피상적 독서로는 백스터는 물론 그의 가족이나 지인의 심적 상태에 대해서도 알기 어렵다. 『토요일』의 주요 부분을 차지하는 것은 헨리가 집에서 내다보는 광장의 풍경, 승용차 안에서 밖을 내다보는 장면, 계속 주시하는 TV의 뉴스 같은, 헨리의 시야에 의해 포착된 볼거리들로 가득 차 있는 런던의 모습이다. 헨리가 자신의 집 창문을 통해 지켜볼 수 있는 보행자전용 광장에 대한 관심은 “사람들이 광장에 들어와 그들의 드라마를 상연하기”(58; 필자의 강조) 때문이다. 일요일에 두 시간 동안이나 전화기에 소리를 질러대는 소년, 남편의 휴대폰을 잡아채 땅바닥에 내던져 부숴버리는 여인, 쇠 난간을 붙잡고 울고 있는 사내, 위스키 병을 잡고 세 시간 동안 소리 질러대는 노파 등을 보면서 헨리는 불행과 슬픔을 보여주고 있는 이 런던사람들에게 동정심을 갖거나 감정이입을 하지 않는다. 헨리의 시선으로 포착된 반전 시위를 준비하고 있는 “두 명의 아시아 청년들”과 그들 주변에 모인 시위 참가자들의 모습은 "영국의 무분별함과 정신 나간 상태"를 보여주는 한 "장면"으로 희화화된다(59-60). 이라크 전쟁 참여와 반전 사이에서 고민하는 듯한 모습을 보이기도 하지만, 헨리는 반전 시위대를 그저 "거리로 나왔다는 사실에 흥분을 감추지 못하는"(68-69) 우매한 군중으로 취급할 뿐이다.

예전에 부유한 사람들의 마구간으로 쓰였던 셔터 달린 주차장에 고이 '모셔' 놓은 헨리의 자동차는 울프가 묘사한 의사 브래드쇼의 자동차와 마찬가지로 부와 자부심의 상징이자 위선과 배타의 지표가 된다. "나지막하고 강력해 보이는 회색빛의 윌리엄 브래드쇼 경(Sir William Bradshaw)의 자동차"의 번호판에는 "과학의 사제이자 영적인 조력자인 이 사람에게는 호화스런 문장이 어울리지 않는다는 듯이," "이름의 머리글자가 소박하게 짜맞춰져" 있는데, "그 차분한 우아함에 걸맞게 회색빛의 모피, 은회색 무릎덮개가 차 안에 쌓여 있어" 브래드쇼 경 부인(Lady Bradshaw)이 부자 환자들을 보러 남편이 지방에까지 내려갈 때 동행하여 오랜 시간 앉아 기다리는데 불편함이 없게 장식되어 있다(*MD* 103). 기다리는 시간이 "1분씩 늘어날 때마다 높아질 황금의 벽"(*MD* 103) 때문에 부인의 기다림은 보상받을 수 있는 것이었다. 길거리에 주차되어 있지 않고 강철 셔터가 달린 차고에 들어 있는 헨리의 차는 그가 낡아빠진 운동복을 입고 타는 것을 즐기는, "실내를 우윳빛으로 꾸민 은색 메르세데스(Mercedes) S 500"(*S* 74)이다. "의사들의 자동차"로, 유명한 드라마작가 "해롤드 핀터(Harold Pinter)도 이런 차를 탔다"는 딸 데이지의 부추김과 아내의 전폭적인 지지를 받고 구입한 이 차를 타고 스코틀랜드 북서부로 낚시여행을 갔던 헨리는 100미터 남짓 떨어진 위치에서, 주차된 자신의 차를 보고 "광고주의 구상이 완벽히 실현"(*S* 75)되었음에 감동받으며, 차를 운전할 때마다 만족감을 느끼고 차를 자신의 일부로 간주한다. 의사 브래드쇼의 차는 그의 지위와 부의 척도가 되며, 전쟁과 그를 '균형' 잡아주고자 강요하는 의사만 없었더라면 셉티머스의 신세 역시 "퍼얼리(Purley)에 집을 갖고 자동차를 소유한"(*MD* 92) 중산 계급이 되었을지도 모른다는 울프의 화자의 목소리를 통해 우리는 20세기 초반 자동차 소유자로 대변되는 중산층의 위상을 알 수 있을 뿐만 아니라, 울프의 간접적인 사회 비판을 읽게 된다. 『토요일』을 통해서 우리는 사치품이라기보다는 실용품이 된 자가용 시대를 맞이한 21세기 초반의 런던에서조차 소유한 자동차에 따라 계층이 분화되고, 대중매체, 광고의 강력한 힘으로 무장한, 고도 자본주의 사회를 엿보게 된다. 이처럼 헨리와 브래드쇼의 병치 가능성을 열어 둠으로써 작가 맥큐언이 의도했을법한, 화자와 헨리와의 거리(distance)에 우리의 시선은 향하게 된다.

멈포드(Mumford)가 지적했듯이 자동차와 비행기와 같은 과학 기술의 발달이 도시 지역의 발달에 큰 몫을 한 것은 사실이나, 전화나 라디오, TV와 같은 문명의 이기는 오히려 "사람들 사이의 친교를 이룰 견고한 접촉을 줄어들게 한"(88) 셈인데, 집에서 창을 통해 길거리의 사람들을 내려다보고, TV 뉴스를 지속적으로 접함으로써 새벽에 목격한 러시아 화물 비행기 소식과 시위대의 동향 등을 파악할 뿐이고, 차를 타고 가면서 차창 너머로 관찰하는 런던 거리의 사람들과 별로 공동체 의식을 갖지 못하는 헨리의 모습에서 사적인 실제적 접촉이 부재한 현대도시에 대한 맥큐언의 통찰력이 드러난다. 마담 투소(Madame Tussaud) 박물관 앞에서 줄지어 서 있는 십대들을 자신의 고급 승용차 안에서 바라보며 허위에 찬 연민의식을 지니면서 차량이 적은 고가도로 위를 달리며 "도시에서 차를 소유한다는 것, 이 차의 주인이라는 사실이 달콤하게 느껴지는 순간"을 맞이하며 헨리는 "사람보다 기계를 선호하는 보다 순수한 세계"에서 "창조자의 구상"을 포착했다고 생각한다(*S* 157). '신'처럼 관조하는 헨리에게 있어 도시 런던이 얼마나 왜곡되어 있는지는, 이 작품의 여러 곳에 산재한 아이러니를 통해 엿볼 수 있다. 초저녁이나 밤에 자주 광장에 모습을 보이는 젊은이들을 헨리는 마약상이라 여기지만, 아직 10대인 그의 아들 테오(Theo)가 바로잡아주듯, 그들은 해적판 CD를 팔거나 저가 항공권을 예약해주고 파티 DJ를 찾아주는 등의 잡다한 일을 하는 청년들로서, 헨리의 오해와 편견은 접촉이 없이 선입견을 갖고 멀리서만 관찰한 결과이다.

III. 우리, 접촉 혹은 접속

쎄넷(Richard Sennett)은『무질서의 쓰임새』(*The Uses of Disorder*)에서 도시화가 진행되고 자본주의 사회로 변화하면서도 산업화 이전과 유사하게 공동체의 결속 문제가 오히려 강하게 대두되었다고 보면서, 이러한 '우리'(we)라는 공동체에 대한 열망은 아이러니컬하게도 세 가지의 사회적 문제를 야기했다고 분석한다. 첫째는 "개별 집단 사이의 대결과 [타 집단에 대한] 탐험의 부재"(41)이며, 둘째로는 "일탈자에 대한 억압"(42-43)이고, 세 번째는 이러한 강한 공동체에 대한 집착이 "폭력과 연관"(44)되게 마련이라는 점인데, 쎄넷의 이러한 통찰력 있는 분석은『댈러웨이 부인』과『토요일』에 드러나는 사회적, 계급적, 제국주의적 문제와 더불어 파생되는 도덕성의 문제, 서사구조와 윤리적 명제를 파악하는 데 있어 유용한 틀을 제공한다.『댈러웨이 부인』에서의 런던은 인종적, 민족적, 사회적 타자와의 거리가 대체로 견지되고 보수적 국수적 가치 규범으로부터의 일탈자에 대한 억압과 모종의 '폭력'이 암시되지만, 런던의 다양한 군중과 여러 인물들의 각기 다른 거리 거닐기, 여러 차원에서의 런던 경험이 모자이크식으로 그려짐으로써 '순수성'과 질서에 의해 동질화된 도시에 그치지 않는다. 『토요일』의 표면은 자의식에 가득 찬 헨리의 독점적인 시각으로 포착된 런던이 헨리가 주로 차량을 이용하여 이동하고 관찰하면서 사회적 타자와의 거리를 유지하고, 질서와 청결에 대해 지속적인 관심을 표하며, 아랍 전체주의에 대항하는 영국과 서구의 폭력의 정당성을 인지하는 과정 중에 서구 백인 상류층 가족 중심으로 한정되는 '우리' 공동체를 긍정하는 공간으로 제한되어 있어, 지인이나 가족에게 뿐만 아니라 자연이나 생면부지의 셉티머스에게까지 확대되는 클라리사의 폭넓은 '우리' 공동체 실현의 장과는 상당히 다르게 보인다.

집을 '성'(castle)으로 삼는 전형적인 '영국인'인 헨리 퍼로운은 철제 난간을 두르고 철통보안이 된 집에서 그의 가족 중심의 세계에 위협이 되는 외부 세계를 무질서하고 지저분하며 열등하고 불법적인 공간으로 치부한다. 런던 중심부에서 교외화된(suburbanized) 헨리의 가족은 쎄넷이 개인과 국가의 발전에 저해된다고 본 배제의 논리를 그대로 보여준다. 헨리에게 있어 가족은 "[그만의] 작은 세계"이고, 쎄넷의 청교도처럼 "잠재적으로 [도시 속에서 얻을 수 있는] 복잡다단한 경험을 차단하는 것"이 "도덕적 행위를 수행하는 것"(Sennett, *The Uses of Disorder* 83)이라고 헨리는 느낀다. "성적 새로움보다도 더 그를 흥분시키는 것은 익숙함"(*S* 41)이기에 아내에게 정절을 지키는 헨리는 쎄넷이 현대의 문젯거리로 본 "새로운 종의 청교도"(85)에 가깝고, 그는 자신의 "실존의 사회적 틀을 보다 단순하고 보다 원시적으로 만드는데 성공"(Sennett, *The Uses of Disorder* 85)해왔다고 볼 수 있다. 딸 데이지가 준 별칭, 그래드그라인드(Gradgrind)처럼 유용성과 실리가 중시되고 과학을 맹신하며 자신의 가정과 계급 공동체가 순수하게 유지되는, 단순화된 세계를 선호하는 그는 딸의 이탈리아인 애인 줄리오(Giulio)를 탐탁치 않아하고 문학을 도외시하며 시위대와는 거리를 둔다.

주말마다 체력단련을 위해 직장동료 제이 스트로스(Jay Strauss)와 스쿼시 게임을 하고, 요양원에 있는 노모를 방문하고, 저녁에 있을 가족 모임을 위해 장을 보는 등의 자신과 가족과 관련된 일에 집중 되어 있는 헨리의 이 토요일의 외출은 특히 자동차라는 폐쇄적이고 자족적인 도구를 활용하고 있기에 상당히 제한적이어서, 그가 런던에서 다른 사람과 마주치거나 모종의 교류가 있는 장면은 드물다. 눈에 띄는 첫 번째 '만남'은 반전 시위대들이 훑고 지나간 런던 거리에 남겨진 쓰레기를 치우는 청소부와 마주치는 장면이다. "선홍색 얼굴에 야구 모자를 쓰고 노랑 형광색 조끼를 걸친"(73), 자기 나이 또래의 청소부가 빗자루로 거리의 오물을 걷어내고 배수로까지 철저히 치우고 있는 모습에 헨리의 시선은 잠시 머문다. 청소부의 열의와 철저함이 "이런 [시위대들이 설치는] 토요일에의 묵언의 고발"(73)인 것 같다고 느끼는 헨리는 "맥도날드 가게 앞 모퉁이에 모인 시위대의 발 아래 두껍게 널려있는 판지상자와 종이컵"을 비롯한 온갖 쓰레기 더미 속에서 청소부의 작업이 "보수도 제대로 못 받는, 도시 차원의 집안 일"(73; 필자의 강조)이라고 안타깝게 생각한다. 청소부와 "스쳐 지나면서 [그는] 순간적으로 보일락말락 눈이 마주친다"(73). 시소를 같이 타고 있는 것처럼, 그의 삶이 "이 청소부에게 [함께] 묶여 있는 것 같이" 느끼는 헨리는 그 순간 "현기증"을 느낀다(73). 헨리의 청소부와의 짧은, 이 동일시의 순간은 사회적 타자와의 친밀성과 공감을 갖는 기회가 될 수 있으나, "정의와 부의 재분배를 둘러싼" "소심한 불가지론"이 유용한 때이므로 거리 오물 치우는 일은 "팔자 사나운 자들이 하게 놔두

자"(74)며, 헨리는 자신의 고급 승용차를 주차해놓은 뒷골목으로 돌아서버린다. 청소부와의 대화를 시도하지 않은 채 자신의 구획 지어진 일상을 따라가는 헨리는 거대담론을 불신하고 정치에 깊이 관여하기를 귀찮아하며 일상의 틀에 박힌 생활을 영위하는데 바쁜 현대 소시민의 전형에 다름 아니다. "세계는, 개선이 만약 가능하다면, 점진적 단계에 따라 개선된다"(74)는 논리로 자신의 소심함과 실천력의 부재를 포장한다. 시위대를 무질서와 불편함, 더러움에 대응시켜 시위대의 반대편에 자신과 청소부를 함께 위치시키면서도, 청소부를 불운한 사회계급으로 치부하여 자신과 분리시킨다. 사회 정의 문제를 자신이 해결할 수 없는 일로 쉽게 포기하고 기존체제의 현상유지를 숙명론으로 합리화하여 정치적 개입과 사회적 책임감을 헨리는 회피하는 것이다.[12]

청소부를 그대로 지나쳐 자신의 차에 오른 헨리는 "**부끄럽게도** 에어 필터가 공기를 정화시키고 하이파이 오디오에서 흘러나오는 음악이 [도시의] 초라하기 그지없는 길거리에 비애의 정조를 베풀어주는 그의 차 안에 앉아 이 [런던] 도시를 **구경하는 일을** [즐기며]," "슈베르트의 삼중주곡이 빠져나가고 있는 [이] 비좁은 길을 위엄 있게 만들어준다"(76; 필자의 강조)고 생각한다.[13] 거리의 무질서나 소음, 더러움과 사회적 타자들로 가득한 거리로부터 자신을 분리시키고, 도시 런던에서 격리된 채 살 수 있는 공간—예를 들면,

---

12) 손영주 교수는 이 작품에 대한 서사기법과 윤리 문제를 연관시킨 탁월한 연구에서 헨리가 사회적 타자와의 연관성을 외면하는 한 예로 이 장면을 적절히 평가한 바 있다(230).

13) '부끄럽게도'라는 단어는 헨리의 자의식의 과잉을 알려주는 것으로 해석할 수도 있으나, 자신의 위선에 대해 수치심을 느끼지 못하는 헨리에 대한 화자/작가의 논평이 슬며시 끼어들어 있는 것으로 읽을 수 있다.

자신의 집, 음악을 들으며 자신의 지휘 아래 질서정연하게 수술을 할 수 있는 "수술실"(theatre 21), 자신의 고급 승용차 안—에서만 타인과 도시와 국가의 행복을 꿈꿀 수 있는 인물인 헨리는 패딩턴 가(Paddington Street)의 생선가게로 향하는 차 안에서 거리의 인종적, 종교적 타자들을 몰이해와 인종차별주의로 가득찬 냉정한 시선으로 바라본다. 파룬 궁 수련자인 중국인들, 검정 부르카를 뒤집어 쓴 "세 명의 검정 기둥" 같아 보이는 아랍 여인들은 헨리의 "비위를 상하게 한다"(124). 울프의 자동차와 유사하게, 헨리의 자가용 역시 집처럼 내밀하고 안락하며 명상이 가능한 현대 문명의 이기로서 활용되고 있기는 하지만, 무한한 자유 속에서 주체의 불안정성이 극대화되는 울프의 자동차 경험과는 달리, 헨리의 자동차는 빠르게 지나가는 외부 무대로부터 거리를 유지하며 자신의 영국 시민으로서의 지위와 상류계급 가족 중심의 생각을 더욱 공고히 하는 수단이 될 뿐이다. 차 안에서 내다 본 누추한 거리는 "누추하지만 경쾌한 거리의 사람들"로 붐비고, 이 군중은 "행복해 보인다"(77)는 헨리의 심상에는 그가 인정하기 어려운 자기모순이 내포되어 있다. 바로 뒤이은 문장, "적어도 그는 만족한 얼굴이다"(77)를 통해서, 우리는 현대 영국에 대한 헨리의 자족적인 생각을 지적하고 그의 한계를 드러내고 있는 화자의 목소리를 포착할 수 있다.[14)]

---

14) 주인공으로 삼은 헨리에 대한 작가의 아이러니컬한 시선은 작품 도처에 드러난다. 작가 맥큐언이 근시안적이고 속물적인 헨리로부터 "분명한 비판적 거리를 취하지 않고 있다"(470)는 엘리자베스 토왈스키 월러스(Elizabeth Kowaleski Wallace)의 견해는 재고할 필요가 있다. 월러스와 달리, 윈터홀터(Teresa Winterhalter)는 "맥큐언이 사용하는 자유 간접 화법의 미묘한 뉘앙스"를 알아채지 못한다면 헨리의 지각과 생각을 작가의 것과 동일시하는 오류를 저지를 수 있다고 지적하면서, "맥큐언이 헨리의 정치적 편협함에 암묵적으로 동의하고 있다"는 월러스와 같은 정치적 해석에는 "완전히 동의할 수 없다"고 통찰력 있는 주장을 한 바 있다(340).

포틀랜드 서쪽 병원 골목, "사설 의원들과 그 곳의 초라한 대기실을 지나며," "바가지 씌우는 무능력한 늙은 의사들"(124)이 즐비한 할리 거리(Harley Street)에서 헨리는 의사들 탓에 오히려 삶이 망가진 환자들을 떠올리며 "사람들을 이 할리 거리로 불러들이는 것은 종교만큼이나 강력한 [거짓] 믿음"(124)이라고 사설의원의 의사들을 비난한다. 환자를 '망가뜨리는' 의사들에 대한 헨리의 비난은 복수를 위해 자기 집을 침입한 백스터를 계단에서 밀어 넘어뜨려 완전히 '망가뜨리게' 되는 뒷부분을 고려할 때 매우 아이러니컬하다. 『댈러웨이 부인』에서 셉티머스를 자살로 이끄는, 그를 아주 '망가뜨리는,' 의사 브래드쇼의 집과 진료소가 있는 장소도 바로 이 할리 거리에 있기에, 헨리와 브래드쇼의 병치가 두드러진다. 생선가게에 도착하여 "물고기조차 고통을 느낀다고 밝혀졌음"(128)을 상기하면서 "먼 곳에 사는 사람들만 우리의 형제자매가 아니라 여우도 실험실 쥐도 그리고 이젠 물고기까지 우리의 형제자매가 된," "확장되는 도덕적 연민의 범위"(128)를 떠올리지만, 헨리는 곧 "인간의 성공과 우위의 비결은 자비심을 선택적으로 발휘함으로써"(128; 필자의 강조) 가능하다고 스스로에게 되뇐다. "보지 않으면 그만"(128)이라는 헨리의 생각은 사회적, 문화적 타자에 대한 무자비함을 스스로 용인하는 그의 도덕적 허점을 드러낸다.

저녁 가족 파티를 위해 장을 보러 나온 헨리가 접촉하는 두 번째 계급적 타자는 생선 장수이다. 생선 장수와도 별다른 정서적 접촉이 없이, "꼼꼼하고 정중한 사내"인 생선 장수가 "자신을 마치 전속 거래를 맡은 지주 가문의 일원처럼 대하는"(128) 모습이 마음에 들어 단골 거래하는 헨리는 딸 엘리자베스(Elizabeth)의 가정교사 도리스 킬먼(Doris Kilman)에게 짐짓 은혜를 베푸는 듯하며 경멸을 내보이는 클라리사 댈러웨이 부인의 속물근성을 공유한다. 그러나 늘 물에 담가져 손이 빨개져있는 꽃집 점원 핌양(Miss Pym)에게 연민과 애정을 느끼며 핌 양의 휴가를 위해 자신의 전원 집을 빌려주고 싶은 배려심과 "친절"(*MD* 13)한 마음을 지닌 클라리사와는 다르다. 피터가 회상하는, "말 한마디 건넨 적 없는 사람들, 거리의 어느 여인, 카운터 뒤의 한 사내, 심지어 나무나 헛간에게까지 갖는 [클라리사의] 뜻밖의 친화성"(*MD* 167)은 헨리에게서는 엿보이지 않는다.

차창을 통한 거리두기와 책임의 회피에서 나오는, 차 안에서의 헨리의 '행복한' 상태는 필연적으로 깨어진다. 시위대의 행진 때문에 봉쇄된 도로로 진입하려는 헨리와 이러한 통행을 막으려고 배치된 오토바이를 탄 경찰관 사이의 "밀고 당기기"를 거쳐 도로 저쪽 시위 행렬을 힐긋 보면서 "눈을 찡긋하면서 봐주겠다는 미소를 짓는" 경찰의 묵인 하에 그 길로 들어선 헨리는 그가 무심하게 '행복하리라' 생각했던 런던 시민들과는 전혀 다른 세 명의 건달과 접촉사고를 계기로 마주친다(*S* 79). 결국 이 사건은 거리의 건달이 헨리의 집으로 침입하게 되는 위기로 이어지면서, 현대의 청교도로서의 헨리의 '순수성'을 상징하는 그의 집(home)이 침투됨으로써 영국(homeland)의 제국주의적 폐쇄성과 배타성을 뛰어넘어 이질적인 집단이나 다른 개인과의 접촉, 나아가 열림을 통한 의미 있는 만남과 변화의 가능성을 탐구하는 것으로 소설의 지평은 넓어진다. 울프가 그러하듯이, 맥큐언은 현대도시 런던을 주 무대로 삼아 "사회적 부조화와 갈등을 초래하는 바로 그러한 기회들"을 목격하고 도시의 '드라마'에 참여하는 인물을 통해 인물의 계급, 정치적 도덕적 성향을 드러내어, 개인의 내밀한 이야기뿐 아니라 다양한 개인 간의 활동과 교류에 초점을 맞춤으로써 멈포드(Mumford)가 정의내린 바와 같이, "사회적 행위의 극장이자 집합적 통일성의 미적 상징"(a theater of social action, and an aesthetic symbol of collective unity)으로서의 도시의 일면을 형상화한다(87).[15)]

차량 접촉사고 직후, 백스터 일행의 차 "시리즈 5 BMW"를 "별 이유 없이 범죄나 마약 밀매와 연관시키는" 헨리는 세 명의 건달과 시비를 가리게 되면서 조용한 유니버시티 거리(University Street) 골목에서 "사람들이 종종 말하듯 도시의 드라마"가 펼쳐지고 "출구가 없기에" 자신은 맡은 역할을 충실히 해내어야 하는 도시 무대에 있음을 실감한다(*S* 83, 86; 필자의 강조). 그가 수행하는 역할이란, 의사의 직감과 관찰로 백스터의 신체적 문제점을 무도증(Huntington's Disease)으로 넘겨짚어 백스터를 혼란에 빠뜨리고 그가 방심한 틈을 타 위기를 넘기면서, 우위를 선취하는 것이다. 헨리는 무도증을 보이는 백스터의 "곤경이 끔찍하면서도 매우 흥미로우며" 다시 기꺼이 그를 "사무실에서 만나 좀 더 얘기 들어보고 유용한 사람들도 소개해주고 싶다"(149) 고 생각하지만, 『댈러웨이 부인』에서 환자들에 대한 브래드쇼 의사의 태도와 유사하게, 헨리의 백스터에 대한 관심은 속물적이다. 헨리는 백스터가 "그의 광장 주변을 얼쩡거리는 것은 바라지 않는다"(149; 필자의 강조). 자신의 거주지의 안전과 계층의 구별에서 나오는 편안함을 바라는 헨리는 도시에서 일어나는 온갖 일들을 눈으로 관찰할 뿐 깊이 관여하지 않으려 하고, 사회적 계급적 타자는 타인으로 남아 있으리라 확신한다. 하지만 작가는 헨리를 그러한 자족적 세계에 묶어두지 않고 사회적 타자 백스터와의 접촉을 불

15) 문학 비평에도 일가견이 있는 미국의 역사학자이자 사회학자인 루이스 멈포드(Lewis Mumford)는 도시를 다양한 측면에서 정의 내리면서, "사람들, 사건들, 집단들 간의 갈등과 협력을 통해 한 개인의 활동의 목표가 보다 뚜렷해지고 초점이 맞춰지며 의미 깊은 성취를 이루게 되면서" 도시는 "예술과 유사한 것" 또는 "예술 그 자체"가 된다(87) 고 평하는데, 이러한 도시관은 울프의 글에서도 드러난다.

가피한 것으로 형상화한다. 백스터와 그의 짝패 나이젤(Nigel)은 헨리의 아내 로잘린드(Rosalind)에 칼을 겨누고 이중, 삼중의 자물쇠로 견고히 방어막을 쌓았던 요새와 같았던 헨리의 집으로 들어오는 데 성공하는 것이다.

하루 종일 준비한 파티의 결실을 보려는 기대에 차 있을 때 백스터가 침입하고 불가피하게 헨리 가족은 백스터 패거리와 접촉하게 되지만, 이는 감정적 접속이나 타자에 대한 공감이나 동일시로 이어지지는 않는다. 장인 그라마티쿠스에 상처 입히고 딸 데이지를 발가벗겨 위협하는 백스터를 헨리는 또다시 의사로서의 권위를 이용하여 무도증의 새로운 치료법을 알려주겠다는 속임수로 백스터를 위층으로 올라오도록 꾀어, 아들 테오와 합세하여 백스터를 계단에서 밀어 떨어뜨려 백스터에게 치명상을 가한다. "미분자와 잘못된 유전자"를 지녀 자신의 집을 "테러한" 백스터가 무도증 때문에 서서히 신체적으로 퇴화하여 "의도치 않고 조절할 수 없는 움직임으로 인해" "거리에 나돌아 다니기엔 너무 우스워보이게 될 것이고," 강도 행각이라도 "신체적으로 건강한 삶들에게나 어울리는 짓"(218)이라고 보기에, 헨리는 계단에서 밀어 백스터에게 뇌손상을 입히고 나서도 죄책감으로부터 자유롭다. 헨리의 우생학적 관점은 백스터를 사회적 타자로, 런던 거리에서 활보해서는 안 되는 종류의 인간으로 취급하는데, 클라리사의 파티에 늦게 도착하여 셉티머스의 자살 소식을 전하며 "포탄 쇼크 증후군의 지연된 효과"와 관련된 "법안의 유보조항"을 의논하는 신경전문의 윌리엄 브래드쇼 경(*MD* 201)이 셉티머스를 전쟁의 참혹함으로 인해 끔찍한 죄책감과 우울증으로 시달리고 있는 동료 인간이 아니라 비정상인이기에 사회에서 격리시켜야 할 환자에 불과한 것으로 바라보는 것과 흡사하다.

"철제 난간 기둥 사이로 백스터의 왼발이 보이더니 머리가 층계참의 바닥을 때리기 전에 굽도리널 바로 위쪽 벽에 부딪힌다"(*S* 236-37)고 묘사된, 단단한 돌층계의 바로 위쪽 벽에 부딪쳐 머리가 박살나버린 백스터의 처참한 모습은 홈즈 의사가 문간까지 오자, "필머 부인의 집 철책에다 몸을 힘껏 사납게 아래로 던져"(*MD* 164) 끔찍하게 몸이 짓이겨진 셉티머스의 최후와 겹친다. 헨리가 아들과 함께 백스터를 계단으로 굴러 넘어뜨릴 때, 헨리와 백스터 사이에 시선의 교환이 일어나는 순간의 묘사에서, 우리는 거의 전적으로 헨리의 내면을 묘사해 온 이 소설에서 백스터의 눈으로 파악된 헨리와 더불어 처음이자 마지막으로 백스터의 내면을 엿보게 된다. "공중에 붕 뜬 백스터가 헨리를 응시하는 순간, 그 순간 그의 얼굴에 담긴 표정은 공포라기보다는 낙담"이고, 서로의 눈이 마주친 절대적 대면의 순간에 헨리는 백스터의 "커다란 갈색 눈동자" 속에 "슬픔 가득한 원망을 본 것 같다"고 서술된다. 강도와 집주인, 가해자와 피해자의 관계에 그치지 않고 보다 깊은 관계 탐색의 가능성이 내비치는, 짧지만 매우 중요한 이 장면에서 외적 행동은 거의 정지된 상태에서 시선의 주체와 객체가 의도적으로 흐려진 채 백스터의 내면이 섬세히 드러난다(*S* 236). 성공적인 직업, 돈, 지위, 집, 가족까지 가진 헨리가 "유전자 결함이 아니더라도 이미 너무나 가진 것 없고 그나마도 머잖아 잃고 말 백스터에게 뭐 하나 못 주고, 못 해주겠다고 이러는 건가"(*S* 236) 라는 탄식은, 백스터의 심중을 드러낼 뿐 아니라 화자를 통한 작가의 목소리로 들린다. 모든 것을 다 가진 헨리가 의사로서의 자신의 권위와 백스터의 살고 싶다는 욕망을 이용하여 백스터를 '처단'하는 이 부분을 헨리의 정당한 자기 방어로, 그리고 뇌를 다친 백스터를 수술하여 목숨을 건지게 하는 뒷부분을 헨리의 의사로서의 윤리의 실천으로 보고, 헤드(Dominic Head)처럼 "[헨리] 퍼로운의 '영웅주의'"(196)로 칭송하는 관점은 되짚어볼 필요가 있다. 이 부분에서 배어 나오는 백스터의 슬픔과 원망, 그의 삶에 대한 욕망이 너무나도 처절하기에, 사적인 감정을 배제한 채 의사로서 백스터를 성공적으로 수술해 낸 헨리의 자유주의자(liberalist)적 '도덕성'을 레비나스식의 윤리성을 지닌 것으로 평가 하기는 어렵다.[16] 브라운(Richard Brown)이 잘 지적하듯 "힘 있는 자와 힘없는 자의 대조"를 "뭔가 위태롭고 불안한 것으로"(87) 만들기에, 헨리의 청교도적 세계가 자기기만적 확실성에 근거하고 있음을 암시하는 작가의 목소리가 굴절되어 있다고 보는 것이 타당해 보인다.

자신의 침실 "창가에 서서" "추위에 면역이 된 대리적 조각상처럼 샬로트가(Charlotte Street)를 응시하고"(3) 보행자전용 광장, 피츠로이 스퀘어(Fitzroy Square)를 오가는 사람들을 "쳐다 볼뿐만 아니라 굽어 내려다보며 신과 같이 멀리 떨어져 있으면서도 소유욕을 가지고 광장을 가로지르는 [두 사람의] 전진을 감독"(12)하는 인물인 헨리는 결국 도심에서 마주치고 자신의 집안으로 들어왔던 백스터와 교감을 얻는데 실패하는 듯하다. 헨리와 테오에 밀려 계단에서 굴러 떨어지면서 내뱉은 "오른손에는 아직도 칼을 들고"(236) 있었던 백스터는 무력화되고, 헨리의 수술용 칼은 백스터의 부질없는 생명을 유지시킬 뿐이다. 백스터를 '안전히' 병실에 두고 집으로 돌아온 헨리는 런던을 "[자신의] 작은 일부"로 여기면서 "런던이 다른 많은 도시들처럼 폭탄이 투하되기를 기다리면서 방어조차 할 수 없이 [자신의 발 앞에]

---

16) 박종성 교수는 『토요일』에 관한 흥미로운 논문에서 헨리의 "실존적 관점이 곧 매큐언의 비전은 아니다"(87)고 적절히 지적한 바 있다. 그러나 헨리가 "합법적 폭력과 불법적 폭력 모두를 비판하며 이 양극단을 넘어서는 방안으로서 윤리성의 중요성에 눈을 [뜨며]"(96), "박스터에게 측은지심을 느껴 그를 살려두는 것은 감정이입의 작동을 잘 예증"(98)하기에 "타자의 윤리학을 모색하는 도덕적 작가"(98)인 맥큐언의 대변자가 될 수 있다는 암시로 결론지은 점에 대해서는 필자는 회의적이다. 참고로, 이 논문에서의 이름 표기(퍼론, 박스터, 매큐언)는 필자와 다름.

활짝 열려 있다"(286)고 묵시론적 상상을 한다. 아랍세계로부터의 위협과 폭력을 백스터의 폭력과 동일시하고, 백스터에게 가한 자신의 폭력을 정당화하는 헨리는 어떤 사회적 공평함도 "도시의 온갖 공공장소에 출몰하는 허약해빠진 군중을 치료하거나 쫓아버릴 수 없기에" 이들을 "지켜볼 수 있을 뿐"(282)이라는 숙명론적 태도를 취한다. 앞으로 닥쳐올 어머니의 죽음과 자신의 노쇠에 대한 생각으로 이어져, 백스터 앞에서 데이지가 읊은 아놀드(Matthew Arnold)의 「도버 해안」("Dover Beach")의 말미처럼 우울한 정조로 마무리되는 헨리의 한밤의 명상은 전운이 감도는 공적 세계에서 무기력한 개인으로서의 서글픔이 스며들어 있을 뿐, 우리는 헨리에게서 문화적, 계급적 타자, 특히 셉티머스와 공감하고 동일시할 수 있었던 클라리사의 상상력의 힘을 찾아보기는 어렵다.

『댈러웨이 부인』은 완벽한 안주인으로서의 클라리사의 외피가 자살한 셉티머스와의 상상력을 통한 신비로운 동일시를 통해 벗겨지면서 클라리사에 잠재해있던 정서적 교감 능력이 윤리적 인간관계의 토대임을 드러내며 끝난다. 서펀틴 연못에 은화 한 닢을 던져본 적은 있으나 "그 밖에 다른 어떤 것도 던져 본 적이 없는"(*MD* 202) 클라리사는 파티 중에 셉티머스의 자살 소식을 접하고 홀로 작은 방으로 들어가 셉티머스의 죽음을 온몸으로 느낀다. "옷에 불이 붙고 몸이 타는 것 같이" 느끼면서 "지면이 불쑥 올라오고 녹슨 담장 못이 그의 몸을 푹 찔러 상처를 내자 그가 땅바닥에 떨어지면서 뇌를 쿵하고 부딪치고 그리고 나선 의식불명의 암흑이 내려오는 것을" 클라리사는 "본다"(*MD* 201-02). 셉티머스의 자살 소식을 듣고 셉티머스의 "죽음은 의사소통하려는 시도"(202)이고, 셉티머스의 자살은 "자신의 치욕"(203)이라고 느끼는 클라리사에게서 "의사소통이 건강이요, 의사소통하는 것이 행복"(*MD* 102)이라 되뇌던 셉티머스의 모습을 겹쳐보게 된다. 클라리사가 체현하는 셉티머스의 비극은 볼거리를 양산하고 과학과 의학, 균형과 전향을 강요하는 제국주의적이고 자본주의적 도시, 1차 세계대전의 후유증으로 우울과 죽음의 그늘이 심연에 자리한 런던에 대한 작가의 통찰력에서 나오는 것 같다. 그러나 울프는 우울한 정조로 끝맺는 대신, 작품 말미에서 클라리사에 대한 애증을 간직하고 자본주의적이고 제국주의적 영국에 대해 자부심을 가져 온 피터가 셉티머스와 접속한 후 파티장으로 돌아 온 클라리사의 모습에서 느끼게 되는 "이상스러운 흥분," "공포"와 "환희"(213)로 마무리함으로써 도시민의 개별적 경험이 수많은 도시의 타인들과 상상력으로 일치할 수 있는 가능성을 강조하고 있다. 남편 리처드의 영향으로 클라리사가 "공공심이나, 대영제국이니, 관세 개정이니, 지배 계급 의식이니 하는 것들을 상당히 많이 [갖게 되었다]"(84)는 클라리사에 대한 피터의 비판은 리처드가 속한 위원회가 아르메니아인들을 위한 것인지 알바니아인을 위한 것인지 정확히 알지 못하며 리처드가 사온 장미꽃들이 "아르메니아인들을 도울 수 있을지"(132) 의아해하는 지극히 비정치적인 클라리사의 모습에서 그 정당성을 잃으며, 클라리사의 비정치적 성향은 당시 제국주의적 자본주의적 국가 체제에 대한 작은 도전으로 읽힐 수 있다. "영국인 남편에 대해 매우 이상한 견해를 갖게 해서는 안 되며"(100-101), 그것이 "아내에 대한 의무"(101)라고 셉티머스에게 영국인으로서의 의무와 대영제국 가치를 강요하는 의사 홈즈는 셰익스피어의 영국, 이자벨 폴 양으로 상징되는 대영제국에의 애국심에 고취되어 "스미스라는 이름의 젊은이들 수백만 명을 삼켜버린" "런던"(92)에 의해 희생당한 셉티머스 스미스의 대척점에 놓인다. 『댈러웨이 부인』의 마지막에서 클라리사의 존재를 긍정하는 피터와 더불어 "'두뇌(brain)가 뭐 중요하겠어' . . . '마음(heart)과 비교해볼 때?'"(213)라는 샐리(Sally)의 논평이 요약해주듯이 클라리사 중심의 서사 곳곳에 끼어 들어있는 셉티머스의 고뇌어린 서사가 함께 어우러지면서 얻어지는 클라리사와 셉티머스의 심정적 교감이야말로 정치적, 문학적 중층 서사에서 나오는 울프의 목소리의 요약이라고 할 수 있다.

『토요일』의 말미는 의사 헨리가 백스터와의 진정한 교감을 얻지 못한 채 테러리즘이 난무한 현 세태를 빅토리아 조 시인 아놀드처럼 우울하게 전망하는, 그의 이성적인 목소리로 가득 차 있다. "오늘 밤 테러리스트들이 [자신의] 가족을 살해하는 일은 통계학적으로 불가능하다"(208)며 "아무 것도 크게 중요치 않다"(208)는 헨리의 무사 안일했던 자족적 태도는 백스터의 침입 이후 "무슨 일이 일어나면 어느 것이든 중요하다"(214)는 자세로 바뀌는데, 이는 개별적 타자에 대한 포용이 아닌, "질서에 대한 재확인"(281)에의 노력으로 나타난다. 부근 사무실에 근무하는 직장인들이 따뜻한 날씨에 점심시간을 광장에서 보내고 있는 모습을 기억하는 것이 헨리에게는 최상의 광장의 모습이다. 헨리가 이상적으로 생각하는 도시의 정당한 권리를 가진 시민이란, 자신감 있고 활기차며 운동을 열심히 하여 몸매 관리가 잘 되어 있는 2,30대의 여러 인종의 남녀로, 그들이 조용히 잔디에 누워 "그들의 도시를 집처럼 편하게 느끼는 것"(281)이 헨리가 바라는 것이다. 3명의 간호사가 광장을 가로질러 병원으로 교대 근무를 하러 가는 모습을 보며 서서히 잠으로 빠져드는 헨리의 모습을 통해, 맥큐언은 헨리의 일요일이 그의 앞서의 많은 날들과 별로 변함이 없이 이어질 것이며, 백스터는 헨리의 발아래 무익한 희생양으로 남게 될 것임을 암시하고 있다. 점차 악화될 불구의 몸으로 살아남게 될 백스터의 존재는 헨리의 자기위안과 합리화, 그리고 부르주아적 습관

속에서 점차 잊혀져갈 것이기에 작가 맥큐언이 전망하는 영국 런던은 첫 부분에서 헨리가 읊조렸듯이 "불면증을 조장"(16)해 나갈 수밖에 없는 도시로 절망적 여운을 남기는데, 이는 맥큐언의 현 시대에 대한 진단에서 나오는 것 같다. 헨리가 새벽녘 집 유리창을 통해 불이 붙은 비행기를 보며 발휘했던 상상력(15-18)은 백스터라는 타자에 대해서는 발휘되지 못하고, 헨리의 토요일은 자신의 가족, "이것 뿐"(289)이라며 청교도적 협소한 세계로 다시 가두어지는 헨리의 삶으로 환원되는 것이다.

데이지가 「도버 해안」을 낭송하는 동안 "[자신이] 듣지 못했고 결코 들을 수도 없는 것을 백스터는 들었다"(*S* 288)는 헨리의 생각은 상상력을 통한 공감 능력이 오히려 백스터에게 주어지고 헨리는 자기폐쇄적 부르주아의 틀 속에 갇히고 마는 것처럼 결말을 유도한다.[17] 아랍계 근본주의자들이 뉴욕의 빌딩을 비행기로 테러한 9/11 사태에 대해 "'상상력을 동원하여' 비행기 승객의 '생각과 느낌'으로 들어가 볼 수 있었다면 비행기 탈취범들은 '[그런 테러를] 감행할 수 없었을 것'"(179)이라고 인터뷰를 했던 맥큐언을 환기시킨 헤드의 논지는, 이런 맥락에서, 검토가 필요하다. 상상력을 통한 공감 능력의 결여가 폭력과 살인을 불러왔음을 잘 이해했던 맥큐언이 이 소설에서 "백스터와 사담 후세인의 병치"(181)를 통해 헨리의 곤경을 "가정의 하모니 자체가 세계적인 불안정함에 의해 위협받는" 대영제국의 "우화"처럼 풀어내며(181) 테러리스트나 다름없는 백스터를 수술해주는 헨리야말로 "작가의 도덕적 대리인"(195)이라고 헤드는 평하는데, 그는 헨리 중심의 서사 속에 숨

---

17) "의학적 직업에서 필수불가결한 규범에 통상 따르게 마련인 초연함과는 거리가 먼" 헨리를 창조했다고 본 헤드는 주인공 헨리가 "보다 협소한, 문학적인 감각에 상상력으로 공감하는 데 실패"하는 인물이어서 이 작품에 "패러독스"가 있다고 평한 바 있는데(187), 이러한 '패러독스'를 고안한 작가의 서사에 대해서 헤드는 별 논의를 하지 않는다.

어있는 틈새를 간과하고 있다. 헨리가 "바그다드 관저 발코니에서 만족스럽게 군중을 내려다보는 사담 [후세인]으로 상상하는"(S 60) 장면에서 드러나듯이, 백스터 보다는 헨리가 전제적 폭력을 더 행사하고 있을 수도 있다는 것을 맥큐언은 작품 곳곳에 미묘하게 장치해 두고 있는 것이다. 이 작품을 통해 맥큐언은 "전세계적인 정치적 정황"과 "명백히 휴머니스트적인 도덕성"을 환기시키고 있기는 하나(Head 180), 이는 헨리의 도덕성의 성취 때문이 아니라, 백스터와 심정적으로 공감을 나눌 수 없는 헨리의 상상력의 결핍이 고도로 자본주의가 발달하고 끊임없는 폭력의 위협 하에 놓여 있는 현대를 살아가는 대부분의 소시민들의 모습이기에 정서적 공감대의 형성이 현대에 더욱 절실히 요구되는 것이라는 작가의 진지한 통찰력에서 기인한다.

V. 맺으며

두 소설은 단지 헨리와 백스터 사이의, 클라리사와 셉티머스 사이의, 개인적인 관계나 사적인 접촉의 이야기만은 아니다. 9/11 사태 이후 이라크 참전 반대 시위가 열리는 날의 런던을 배경으로 한 『토요일』이나 1차 대전 후 런던의 모습 속에서 여러 인물의 영국제국과 현대화에 대한 다양한 반응을 묘사한 『댈러웨이 부인』이나 두 작품 모두가, 부르주아 계층을 대변하는 시민들의 일상사가 정치, 윤리적인 문제와 어떻게 연관되어 있는가를 보여준다. 브라운이 적절히 평가하였듯이, 『댈러웨이 부인』과 유사하게 "현대 영국의 정치 소설"인 『토요일』은 "중산계층 [주인공의] 영웅주의의 찬미라기보다는 주요 인물에 대한 잠재된 비판"(87)으로서 읽을 수 있을 것이다.[18] "엘리트

18) 두 소설의 유사성을 논하면서 브라운(Richard Brown)은 런던에 거주하는 상류층 가족

계층으로서의 책임감과 압력을 인지하기는 하나" 그러한 책임감을 발휘해야 하는 장면에서 "책임으로부터 회피해도 되었던 이전 시대에 대한 향수"를 헨리가 지니고 있다고 본 월러스의 견해(472)에 필자는 공감하지만, 헨리의 이러한 참여의식 없는 부르주아적 해이함을 작가 맥큐언의 것으로 보는 견해는 필자의 생각과는 거리가 있다.[19] 헨리 위주의 자유 연상 틈새에, 아들 테오나 딸 데이지, 환자 안드레아(Andrea), 그리고 강도 백스터의 목소리가 끼어들어 있음을 고려할 때, 『토요일』은 작가의 다중적 목소리를 함유하는, "단선적 리얼리즘에 대한 도전"(Hillard 189)으로 읽을 수 있다. 『댈러웨이 부인』이 클라리사뿐만 아니라 셉티머스, 리처드, 피터, 루크레찌아, 부랑하는 노파, 그리고 도시의 수많은 인간들을 포함하면서 울프의 모더니스트 텍스트를 이루고 있는 것과 같이 말이다.

20세기 초, 1차 세계대전이 끝난 뒤의 전후세계에서 서구 문명의 개건에 희망을 걸 수 있었던 클라리사의 세계는, 21세기 초, 아랍세계의 전체주의와 갈등을 빚고 그 위협과 폭력에 당면하여 불안한 헨리의 세계와 같은 차원에서 사고될 수는 물론 없다. 휴머니즘을 앞세워 섣부른 이해나 화해를 주장하는 것은 너무 순진하고 또 위험할 수 있다. 그러나 상충하는 이해를 가진 다

의 이야기를 다룬 『댈러웨이 부인』에서 클라리사의 남편 리처드가 국회의원이고 끝부분의 클라리사의 파티에 수상이 직접 등장한다는 점에서 이 작품이 지닌 "정치적"인 배경을 강조하고, 『토요일』과 유사하게 "병리학적으로 비정상인 외부인이 소설의 주요 인물인 상류층 가족의 안전을 위협하는 것으로 짜여져"(86) 있는 구조에 주목한 바 있다. 백스터처럼 셉티머스 역시 "사회적 약자이자 정신적 결함을 지니고 있는 존재"(Brown 86)로 그려진다.

19) 월러스는 식민지를 잃고 난 후 영국이 "죄의식이나, 공모, 책임감"등의 논의를 배제하게 되면서 타자에 대한 무관심이라는 질병, 길로이(Paul Gilroy)가 연구한 대로, '포스트콜로니얼 멜랑콜리아'(postcolonial melancholia)를 얻게 되었다고 평하며, 헨리는 "영국의 제국주의적 유산"을 고스란히 가졌다고 본다(471).

양한 인간, 다양한 집단을 향하여 도시는 열려 있어야 한다. 쎄넷이 주장하듯이, 현대인은 잃어버린 "도시적 삶의 정수," 즉 "도시에서의 다양성과 복잡한 경험의 가능성"(*The Uses of Disorder* 82)을 다시 모색하도록 해야 한다. 질서와 청결, 그리고 이방인의 배제와 일탈자의 격리로 이루어진 사회는 집 밖을 나서서 경험할 것이 없게 한다. 차량 중심 세계에서 점차 심화되어 가는 "노출에 대한 두려움"(Sennett, *The Conscience of the Eye* xii)으로 인해 도시를 중립적인 공간으로서 갈등과 투쟁을 배제한 공간으로 이상화하려는 것은 정치적, 윤리적 문제에 대한 등 돌리기로 이어지기 쉽다. "공정한 도시"란, 루케이토-시데리스와 에렌퀴크트가 주장하듯이, 껄끄러운 무질서나 장애가 완전히 제거된 도시를 일컫는 것이 아니다(11). 현대 도시 속에서 개인이 직면하는 정치적, 사회적, 윤리적 문제들을 탐색하고 있다는 점에서, 울프와 맥큐언의 소설은 인본주의적 문학 장르로서의 소설의 근본적 임무를 상기시킨다.

출처: 『제임스조이스 저널』 제19권 1호(2013)에 수록되었던 글(153-192)을 다소 수정, 보완한 것임.

■ 인용문헌

박종성. 「이언 매큐언의 『토요일』에 드러난 차이의 정치학과 타자의 윤리학」. 『현대영미소설』. 16.2 (2009): 79-103.

손영주. 「소설의 윤리와 비평의 윤리: 이언 맥큐언의 『토요일』을 중심으로」. 『제임스 조이스 저널』. 15.1 (June 2009): 211-47.

Brewster, Dorothy. *Virginia Woolf's London*. Washington Square: New York UP, 1960.

Brown, Richard. "Politics, the Domestic and the Uncanny Effects of the Everyday in Ian McEwan's *Saturday*." Critical Survey 20.1 (2008): 80-93.

Hadley, Elaine. "On a Darkling Plain: Victorian Liberalism and the Fantasy of Agency." *Victorian Studies* 48.1 (Autumn 2005): 92-102.

Hillard, Molly Clark. "'When Desert Armies Stand Ready to Fight': Re-Reading McEwan's *Saturday* and Arnold's 'Dover Beach'." *Partial Answers*. 6.1 (Jan. 2008): 181-206.

Loukaitou-Sideris, Anastasia & Renia Ehrenfeucht. *Sidewalks: Conflict and Negotiation over Public Space*. Cambridge, Mass.: The MIT Press, 2009.

Lynn, David. "A Conversation with Ian McEwan." *Conversations with Ian McEwan*. Ed. Ryan Roberts. Jackson: University Press of Mississippi. 2010. 143-55.

McEwan, Ian. *Saturday*. NY: Anchor Books, 2006[2005].

Minow-Pinkney, Makiko. "Virginia Woolf and the Age of Motor Cars." *Virginia Woolf in the Age of Mechanical Reproduction*. Ed. Pamela Coughie. NY and London: Garland Publishing, Inc., 2000. 159-82.

Mumford, Lewis. "'What Is a City?': Architectural Record (1937)." *The City Reader*. Ed. Richard T. LeGates and Frederic Stout. London and New York: Routledge, 1996. 85-89.

Root, Christina. "A Melodiousness at Odds with Pessimism: Ian McEwan's

Saturday." *Journal of Modern Literature*. 35:1 (Fall 2011): 60-78.

Sennett, Richard. *The Conscience of the Eye: The Design and Social Life of Cities*. NY and London: W. W. Norton & Company, 1990.

______. *The Uses of Disorder: Personal Identity and City Life*. New Haven and London: Yale UP, 1970.

Wallace, Elizabeth Kowaleski, "Postcolonial Melancholia in Ian McEwan's *Saturday*." *Studies in the Novel* 39:4 (Winder 2007): 465-80.

Whitworth, Michael. "Virginia Woolf and Modernism." *The Cambridge Companion to Virginia Woolf*. Ed. Sue Roe and Susan Sellers. Cambridge: Cambridge UP, 2000. 146-163.

Winterhalter, Teresa. "'Plastic Fork in Hand': Reading as a Tool of Ethical Repair in Ian McEwan's *Saturday*." Journal of Narrative Theory 40.3 (fall 2010): 338-363.

Woolf, Leonard. "Editorial Note." *The Death of the Moth and Other Essays*. NY: Harcourt Brace & Company, 1970[1942]. vii-viii.

Woolf, Virginia. "Evening over Sussex: Reflections in a Motor-car." *The Death of the Moth and Other Essays*. NY: Harcourt Brace & Company, 1970[1942]. 7-11.

______. *Mrs. Dalloway*. Intro. Elaine Showalter. London: Penguin Books, 1992[1925].

______. *Orlando: A Biography*. Ed. Rachel Bowlby. Oxford: Oxford UP, 1992[1928].

______. "Oxford Street Tide." *The London Scene: Six Essays on London Life*. NY: HarperCollins Publishers, 1975[1931]. 16-27.

______. "Street Haunting: A London Adventure." *The Death of the Moth and Other Essays*. NY: Harcourt Brace & Company, 1970[1942]. 20-36.

댈러웨이 부인 — 페이터의 예술가

| 정명희

1922년 일기에서 버지니아 울프(Virginia Woolf)는 『댈러웨이 부인』(*Mrs. Dalloway*)에서 "삶과 죽음, 정상과 비정상," 다시 설명하면, 댈러웨이 부인의 파티 이야기와 셉티머스(Septimus)의 광기와 자살이라는 두 개의 극단적으로 대립된 이야기를 하겠다고 한다(*WD* 56).[1] 댈러웨이 부인과 셉티머스의 더블 내러티브는 계급과 제국주의까지 포함하는 사회 체제의 차원에서 형이상학적 가치인 "영혼의 자유"와 화합 간의 모순된 필요성을 거론한다(192).[2] 그리고 댈러웨이 부인은 파티를 통해서 화합에 성공하며 삶으로 돌아오고, 셉티머스는 불행하게도 자살을 선택한다. 작품은 영국의 전형적인 전통 소설처럼 적극적으로 사회를 풍자한다. 1923년 일기에서 울프는 작품에서 "사회 체제를 비판하기를 원한다. 그리고 그것이 가장 강렬하게 움직일 때 보여주고 싶다"고 자신의 의도를 밝혔다(*D* II 248). 1941년 E. M. 포스터(Forster)가

1) 이후 『댈러웨이 부인』을 제외한 울프 작품들의 인용은 일반적으로 통용되는 작품의 약자와 함께 면수만 표시한다. *A Writer's Diary*는 *WD*, *To the Lighthouse*는 *TL* 식이다.
2) 이후 『댈러웨이 부인』의 인용은 괄호 속의 면수만 표시한다.

시작한 울프의 미학과 모더니스트 면모를 강조하는 비평에 반하여, 1986년 알렉스 즈얼드링(Alex Zwerdling)은 정치적인 울프 비평의 장을 열었다. 그는 작품이 "서비스를 자연스런 질서의 일부로 가정하는" 상류사회의 허세와 속물성을 비판한다고 주장한다(126). 하지만 『댈러웨이 부인』은 작품이 분명하게 전달하는 사회비판의 메시지들로 단순화될 수 없는 좀 더 복잡한 구성을 보여준다.

울프의 소설들은 처녀작인 『출항』(*The Voyage Out*)부터 『막간』(*Between the Acts*)까지 주제 차원에서 개인의 독립성과 양립할 수 없어 보이는 결합에 대한 절박한 욕구를 해결하려는 탐구의 긴 여정이다. 허마이오니 리(Hermione Lee)는 작가 울프는 창작과 내면의 고독에 집중하고 싶은 욕망과 파티가 상징하는 사교와 명성에 대한 욕망으로 갈등했고 "해결책이 없었다"고 지적한다(*Virginia Woolf* 448). 『출항』은 피상적으로 여주인공 레이첼(Rachel)의 성장소설인데, 그녀는 전통적 소설에서 정체성의 완성을 의미하는 결혼을 앞두고 갑자기 죽는다. 레이첼은 결혼이 위협하는 자신의 독립성을 죽음으로 주장하는 것 같다. 『밤과 낮』(*Night and Day*)에서 울프는 다시 여주인공 캐더린(Katherine)을 통해서 인간관계를 벗어난 사적이고 독립적인 공간의 필요성을 강조한다. 그리고 캐더린은 『댈러웨이 부인』의 리차드(Richard)처럼 상대적으로 관대한 랄프(Ralph)와 결혼하면서 자아의 독립성과 화합의 욕망을 인위적으로 조화시키며 갈등을 봉합한다. 『출항』이 죽음으로 혹은 『밤과 낮』이 제인 오스틴(Jane Austen)의 구애 소설처럼 결혼으로 소설에서 제기했던 다양한 이슈들과 인물들 간의 갈등을 해소한다면, 『댈러웨이 부인』은 이전 작품들과는 명확하게 구분되는 해결책을 보여준다.

『댈러웨이 부인』은 소위 빅토리아 시대적인 소설로 평가되는 초기작들이 다루었던 주제를 집약해서 보여준다. 댈러웨이 부인과 셉티머스의 더블 내러티브가 사회 차원에서 "영혼의 자유"와 화합이라는 가치 간의 대립 관계를 보여준다면, 댈러웨이 부인과 피터(Peter)는 개인 차원에서 그들의 대립과 갈등을 구체화한다. 그리고 댈러웨이 부인은 이 이야기 모두의 중심인데 "영혼의 자유"를 위협하는 피터를 거절하고 리차드와 결혼해 화합의 파티를 열고 있다. 이런 작품 구성은 당대의 평론가들이 셉티머스를 "방해물"로 보고 피터를 중심인물로 보게 했다(Hussey 175). 그래서 작품이 출간된 후, 1928년 울프는 현대 문고판의 서문에서 셉티머스와 댈러웨이 부인을 더블로 설명하며 "소설의 면모"를 밝히는 "유례없는 조치를 취하기"까지 했다(Hussey 175). 하지만 작품은 흥미롭게도 댈러웨이 부인이나 셉티머스가 아니라 피터의 의식으로 끝난다. 작품은 내용과 형식 차원 모두에서 이렇게 파편적이지만, 비평가들은 "삶에 대한 울프의 특별한 비전"으로 다양한 대립과 갈등을 통합하려 끊임없이 시도한다(Naremore 82).[3] 1973년 앨리스 반 뷰렌 켈리(Alice van Buren Kelly)는 울프의 "사실"과 "비전"을 연결했고, 2009년 테레사 푸루덴트(Teresa Prudente)는 댈러웨이 부인과 셉티머스가 "메타포의 관점에서 동일한 대상에 대한 다른 견해," "동시적이며 대립하는 실재에 대한 두 개의 관점을 드러낸다"고 주장한다(116).

『댈러웨이 부인』은 울프의 소설 중에서 가장 널리 알려진 작품인데, 그 이유는 실험적인 소설이지만 상대적으로 전통적인 플롯과 유사한 이야기 전개를 보여주기 때문이다. 애브롬 플레시만(Avrom Fleishman)은 작품이 "울프의 주요 소설들 중 소설이 갖추어야 할 모습에 관한 전통적인 견해를 가장

3) 작품에 대한 비평적 반응들에 대해서는 Mark Hussey, *Virginia Woolf A-Z* (New York: Oxford UP, 1995), 특히 175쪽 참조.

근접하게 만족시킨다"고 지적한다(69). 하지만 작품에서 울프가 다루는 "삶과 죽음, 정상과 비정상" 그리고 독립성과 화합 같은 대립된 개념들은 분명 내용 차원의 의미가 있지만, 형식 차원에서 그녀 소설의 새로운 형태를 구성한다. 작품의 마지막 장면에서 피터는 자신의 상반된 감정들을 연결하며 댈러웨이 부인의 존재를 구성하는데. 이것은 작품의 구성 방법을 요약하여 보여준다. 이것이 울프의 작가가 하는 일이며 그녀의 독자가 작품을 읽는 방법이다. 울프가 주장했듯이 『제이콥의 방』(*Jacob's Room*)은 전통적인 소설을 탈피하여 "자유롭게 일하는데 필요한 단계"였다(*WD* 51). 이 작품에서부터 그녀는 "영혼의 자유"와 화합의 가치를 작품의 내용 차원에서 통합하려 시도하지 않는다. 단지 『제이콥의 방』이 아직 완벽하게 디자인되지 못한 파편적인 구성을 보여준다면, 『댈러웨이 부인』은 울프의 원숙한 모더니즘 미학으로 완성된 첫 번째 작품이다. 그녀는 이 작품에서 전통적인 소설의 플롯과 인물을 자신만의 개념으로 새롭게 정의하며 그녀의 고유한 모던 소설을 완성한다. 그녀는 나이 마흔에 드디어 "어떻게 [그녀]만의 목소리로 이야기하기 시작할 수 있는지 발견한다"(*WD* 46).

『제이콥의 방』이 월터 페이터(Walter Pater)의 인상으로 실재를 정의했다면,[4] 『댈러웨이 부인』은 그런 인상들로 실제로 인물과 작품을 구성한다. 작품의 더블 내러티브에서 독립성과 화합의 대립적인 긴장은 일반적인 수사학에서 기대하듯이 모순으로 작용하지 않는다. 이들은 상호 연결된 보족적인 관계를 이루며 『댈러웨이 부인』과 댈러웨이 부인이라는 인물을 구성한다. 울프는 1925년 제랄드 브레난(Gerald Brenan)에게 보낸 편지에서 "이것을

4) 페이터의 인상과 울프의 실재의 관계에 대해서는 필자의 논문, 「『제이콥의 방』 — 버지니아 울프와 월터 페이터」, 『영어영문학』 59권 2호 (2013), 특히 299-303 참조.

나는 분명히 의도했어요—셉티머스와 클러리서는 완전히 서로에게 의존해야만 해요"라고 썼다(*L* III 189). 이 논문은 우선 울프가 페이터의 미학으로 새로운 인물을 정의하는 것을 분석한다. 울프 소설의 주인공 중 『등대로』(*To the Lighthouse*)의 램지(Ramsey) 부인과 함께 가장 아름다운 인물로 간주되는 댈러웨이 부인은 울프가 브라운(Brown) 부인으로 은유한 새로운 인물이다. 둘째, 울프의 인물들은 작가의 "비전"을 은유하는 존재들이다. 피터와 댈러웨이 부인의 갈등은 그들 간의 로맨스가 아니라, 피터가 울프의 새로운 인물인 댈러웨이 부인을 이해하는 과정을 보여준다. 마지막 장면에서 피터는 댈러웨이 부인의 존재성의 비밀을 깨닫는 것이 아니라, 울프의 새로운 작가가 되어 자신의 대립된 감정들을 연결해서 과거 시제로 그녀라는 존재를 구성한다. 셋째, 댈러웨이 부인이 울프의 새로운 예술가로 그녀의 파티를 구성하는 것을 분석한다. 여기서 울프는 페이터의 예술가의 개념을 차용한다. 페이터의 예술가는 화가나 작가가 아니라 자신의 비전을 드러내며 연결하여 구성하는 사람이고, 댈러웨이 부인은 바로 그런 예술가이다.

I. 댈러웨이 부인—울프의 새로운 인물

1922년 일기에서 울프는 『댈러웨이 부인』이 『제이콥의 방』보다 "좀 더 사실에 가까워야" 한다고 말한다(*WD* 51). 물론 울프의 "사실"은 19세기 사실주의 소설가들의 사실을 의미하지 않는다. 그녀는 『제이콥의 방』의 인물에 대한 아놀드 베넷(Arnold Bennett)과의 논쟁을 언급하며, 자신이 "실재(reality)"에는 자질이 없으며, "어느 정도는 의도적으로 비현실적이게, 비실재적이게 만든다, 실재, 천하고 싸구려인 실재를 불신한다"고 말한다(*WD*

56). 그녀는 한편으로는 베넷의 "실재"를 재현할 수 없다고 인정하지만 다른 한편으로는 의도적으로 그렇게 한다는 것을 분명히 한다. 댈러웨이 부인은 베넷에게는 "비실재적"인 인물일 수 있지만 그녀에게는 "진정한 실재"를 구현한 인물이며, 자신이 그런 "실재"를 "전달할 수 있는 힘"을 가진 작가로 "한층 더 발전한" 것을 보여준다(*WD* 56). 울프가 『댈러웨이 부인』을 쓰던 동일한 시기에 「베넷 씨와 브라운 부인」("Mr. Bennett and Mrs. Brown" 1923)과 「소설의 인물」("Character in Fiction" 1924)을 썼던 것은 우연한 일이 아니다. 울프는 이 에세이들에서 이론화한 미학을 『댈러웨이 부인』에서 실천에 옮긴다.

「소설의 인물」에서 울프는 브라운 부인이 "우리가 의존하여 사는 정신(spirit)이며, 삶 그 자체"이며 시대가 흘러도 변하지 않는 영국문학의 허구적인 본질(essence)이라고 정의한다(436). 그런데 베넷 씨 같은 작가들은 브라운 부인을 제대로 재현하지 않았다고 비판한다. 여기서 브라운 부인은 울프의 "진정한 실재"를 은유하는데, 그녀를 묘사하는 메타포는 너무도 과장된 것 같다. 베넷 씨가 브라운 부인의 집처럼 물질적이고 부차적인 것에 집중하는 것을 비판하는 의미에서 "정신"이나 "삶 그 자체"는 이해가 갈 수 있다. 하지만 허구적인 본질은 표현 자체가 근본적으로 모순된다. 허구라는 단어는 통상적으로 본질의 반대 개념인데, 어떻게 허구적인 본질 자체가 가능한가 하는 것이다. 단지 분명한 것은 브라운 부인은 사실주의 소설에서 외부에 하나의 존재로 상정하는 그런 인물이 아니며, 그녀가 상징하는 "정신" 또한 인간의 육체에 반하는 형이상학적인 영혼이 아니다. 「모던 소설들」("Modern Novels")에서 울프는 베넷이나 H. G. 웰즈(Wells) 같은 소설가들이 "본질적인 것"을 담지 못하며(32), "우리 마음속의 비전을 닮지 않은" "디자인"에 따라서 작품을 구성한다고 비판한다(33). 다시 「소설의 인물」에서 울프는 브라운 부인을 붙잡기 위해서는 "각각의 단어를 [자신]의 비전에 조화시키고 그것에 가능한 정확하게 들어맞게 맞추면서 이 문장 저 문장을 시도해야 한다"고 말한다(432). 울프의 "허구적인 본질"은 작가의 비전을 지시한다. 하지만 여기서 "비전"의 의미는 통상적으로 이해되듯이 한 개인 작가의 고유한 생각이나 환상을 의미하지 않는다.

해롤드 블룸(Harold Bloom)은 모던 시인들과 소설가들에게 미친 페이터의 영향을 지적한다(*The Selected Writings of Walter Pater* ix). 데니스 도나휴(Denis Donahue) 또한 울프를 포함한 "실질적으로 모든 주의 깊은 모던 작가"에게서 페이터의 목소리가 들린다고 주장한다(7). 페이터는 "독창적인 사상가"는 아니지만 울프 같은 모던 작가를 "가능케 해준 원동력이다"(Donahue 7).[5] 그녀는 페이터에게서 새로운 실재의 개념뿐만 아니라 메타포도 차용하여 브라운 부인을 창조한다. 「스타일」("Style")에서 페이터는 예술가는 "사실을 복사하는" 것이 아니라 "작가의 정신(spirit)을 붙잡아야" 하는데, 그것은 "더 이상 사실의 표현이 아니며" "세상에 대한 그의 독특한 직관력," 어찌되었든 "실제 세상에서는 다소 변경된" 것, "작가가 의식(sense)한 사실"을 표현해야 한다고 주장한다(105). 페이터는 "사실과 외부적인 사실과는 아주 다른 어떤 것"을 나누는 것은 굉장히 힘든 일이지만, "외부적인 사실과는 아주 다른 어

5) 모던 작가들이 페이터에게 빚진 것을 언급하지 않는 경향이 있고, 비평가들 또한 모던 작가들에게 미친 페이터의 영향을 다소 경시하는 경향이 있다. 페이터와 모던 작가들 간의 관계는 활발한 연구가 필요한 부분이며 아래의 비평가들이 선도적으로 연구를 진행하고 있다. Perry Meisel, *The Myth of the Modern* (New Haven: Yale UP, 1987), Richard Bizot, "Pater and Yeats," *ELH* 43.3, 1979, Richard Poirier, "Pater, Joyce, Eliot," *James Joyce Quarterly* 26.1, 1988, Uttara Natarajan, "Pater and the Genealogy of Hardy's Modernity," *Studies in English Literature 1500-1900* 46.4, 2006 참조.

떤 것"은 예술가의 "내면의 비전"의 관점에서 "의식한 사실," 작가의 "정신"을 간직한 "정신적인 사실(soul-fact)"이라고 정의한다("Style" 105). 그래서 훌륭한 예술이란 "[작가]가 그런 의식을 표현할 수 있는 진실성에 비례해서," 다시 설명하면, 작가의 "내면의 비전"에 따라서 "정신적인 사실"을 진실하게 표현할 때 가능하다("Style" 106). 울프는 페이터의 "정신적인 사실"을 브라운 부인으로 전유한다.

「소설의 인물」에서 울프는 인상이 브라운 부인에게서 "외풍처럼, 타는 냄새처럼" "밖으로 쏟아져 나온다"고 말한다(425). 하지만 인물이 "삶을 닮는(life-like)" 것이 아니라 실재하려면(real), 작가는 브라운 부인을 "온갖 종류의 다른 장면들 한 가운데에서" 자신이 원하는 것으로 볼 수 있어야 한다("Character in Fiction" 425). 울프의 작가는 브라운 부인이 쏟아내는 인상들로 그녀를 창조하는 것이 아니라, 작가가 보여주고 싶은 "모든 종류의 것들, 종교, 사랑, 전쟁, 평화, 가정의 삶, 시골마을의 무도회, 해가 지는 것, 달이 뜨는 것, 영혼의 불멸성에 관한 것들을 [인물]의 눈을 통해서" 독자들이 생각하게 해야 한다("Character in Fiction" 426). "그렇지 않으면 그들은 소설가가 아니다"("Character in Fiction" 426). 댈러웨이 부인은 킬만(Kilman) 양을 미워하면서, 자신이 미워하는 것은 "킬만 양 자신이 아니라, 의심할 여지없이 킬만 양 자신의 것이 아닌 많은 것들로 집합된 그녀라는 관념(idea)"이라고 말한다(16). 그래서 울프는 동시대 작가들에게 "[자신]만의 관념(idea)에 따라서 브라운 부인을 다시 만들"라고 주문한다("Mr. Bennett and Mrs. Brown" 387). 그리고 댈러웨이 부인은 바로 이렇게 다시 만들어진 브라운 부인이다.

「베넷 씨와 브라운 부인」에서 울프는 새로운 인물은 현재 베넷의 인물들이 빠져들은 "형태 없는 상태"에서 형태를 다시 "회복시켜"야 하고, 인물의

"가장자리 모서리를 날카롭게 하고, [인물]이 포함하는 범위를 깊게 해야" 한다고 말한다(387). 여기서 울프는 인상주의 화가들에게 영향을 받아서 "형태"라는 은유적인 표현을 사용하는 것 같고, 실제로 그녀의 소설들은 인상파 화가들의 스케치와 유사한 단순화 작업으로 인물을 재현한다. 제임스 내러모어(James Naremore)는 그녀의 작품에서 자주 사용되는 "무관심한 요약이나 해설"을 지적한다(100). 그녀의 글은 언제나 "스케치, 재빠르지만 명확한 요약"이며, "일련의 인상들이 꿰어져서 병렬된" 것이다(Naremore 101). 그리고 이런 방식은 작품의 화자뿐만 아니라 인물들 자신도 사용한다. 리는 댈러웨이 부인이 자신을 타인처럼 "하나의 인물로 생각하면서" "요약한다"고 지적한다(*The Novels of Virginia Woolf* 100). 댈러웨이 부인은 거울에서 "날카롭고, 화살같이 뾰쪽하고, 명확한" 자신을 본다(55). 하지만 여기서 "형태"는 울프의 인물이 갖는 기하학적인 공간을 지시한다. 그녀의 소설들은 언제나 상호관계에서 이해하는 것이 필요한데, 이 "형태"는 『댈러웨이 부인』의 다음 작품인, 『등대로』의 램지 부인에서 구체화된다. 램지 부인은 자신을 "쐐기 모양(삼각형-필자 주)의 어둠의 핵심"으로 상정하고(*TL* 95), 화가인 릴리(Lily)는 램지 부인을 자신의 작품에서 "삼각형의 보라색 형태"로 축소한다(*TL* 81).

「집안의 아이」("The Child in the House")에서 페이터는 인상들은 "밖에 더 큰 세상에서부터" 한 개인의 정체성이라는 집으로 들어오지만, 그들은 이미, 언제나 "두개의 인상들의 흐름, 아름다움과 고통의 감정"으로 분류되어 들어온다고 말한다(7). 왜냐하면 아이의 생각에서 "실재하는 것(actual)"은 언제나 "전형적인 것(typical)"으로 "끊임없이 대체되기" 때문이다("The Child in the House" 13). 다시 설명하면 페이터의 인상은 언제나 허구적이고 관습적인 전형들이다. 그리고 브라운 부인이 "아름다움과 고통"처럼 양극단으로 상반된 전형들로 묘사될 때, 일반적인 상식에서는 모순되어 보이지만 페이터가 집으로 은유한 인물의 정체성이라는 공간적인 형태가 만들어진다. 플레시만은 이 작품이 "자세한 인물 연구"라고 주장하면서(69), "계속되는 여주인공의 애매모호성"을 예리하게 지적한다(87). 대립들로 묘사된 인물은 내용 차원에서 언제나 애매모호한 특질을 드러낸다. "그녀는 아주 젊게 느껴졌다. 동시에 말로 표현할 수 없이 늙은 것 같았다. 그녀는 칼처럼 모든 것을 관통하여 베었다. 동시에 그녀는 그것들을 바라보면서 밖에 있었다"(11). 댈러웨이 부인은 피터를 독단적이라고 비판하면서 자신은 상대에 대해서는 물론이고 "자신에 대해서 나는 이렇다, 나는 저렇다 하고 말하지 않는다"고 말한다(11). 왜냐하면 그녀는 "이렇다" "저렇다"로 "가장자리 모서리를 날카롭게 해서" 하나의 형태로 공간적으로 구성되기 때문이다. 아나 스내쓰(Anna Snaith)와 마이클 위트월쓰(Michael Whitworth)는 "이렇게 관점들을 섞는 것은 울프 소설의 형식적인 양상들 중 하나며 그것은 공간을 구성하는데 가장 적절한 것이다"고 지적한다(20). 그리고 이렇게 구성된 애매모호성은 일반적인 기대와는 정반대로 인물이 "포함하는 범위를" 한층 "넓힌다"("Mr. Bennett and Mrs. Brown" 387). "이렇다" "저렇다"는 언제나 "전형적인" 특질로 개인들의 다양한 변형들을 대표하고 대치한다. 그래서 램지 부인은 삼각형의 형태가 되었을 때, 자신의 "개성을 잃어버리고" "[자신]의 지평이 한없이 열린다"고 생각한다(*TL* 96).

II. 피터—울프의 새로운 작가

작품에서 댈러웨이 부인과 피터의 관계는 상당히 비중을 차지하는 내러티브다. 작품의 첫 장면에서 댈러웨이 부인은 피터와 "결혼하지 않은 것"이 "옳았다는 것을 입증하려" 한다(10). 그녀는 피터가 리차드와는 달리 "조금은 제멋대로 할 수 있는 권리, 다소 독립된 부분"을 허락하지 않기 때문에, "그와 헤어져야만 했고, 그렇지 않았다면 그들은 파괴되었을 것"이라고 "확신"한다(10). 피터 또한 그들 관계의 문제점을 인정한다. 피터는 "자신으로 말할 것 같으면 어리석었다. 클러리서에 대한 그의 요구는 어리석었다(그는 이제 알 수 있었다). 그는 불가능한 것을 요구했다"고 말한다(95). 하지만 댈러웨이 부인은 인도에서 돌아온 피터를 만나며 "만약 [그녀]가 그와 결혼했더라면 이 들뜬 기분은 하루 내내 [그녀]의 것이었을 텐데" 하고 생각한다(70). 피터 또한 그녀와 결혼하기 원했던 것을 기억한다(60). 그는 여전히 "자신의 슬픔에 압도되고" 그 슬픔은 "테라스에서 바라다 보이는, 저물어 가는 날이 비추는 빛으로 소름 끼치도록 아름다운 달처럼 떠올랐다" (62). 피터는 "클러리서"하고 소리쳤지만, "그녀는 결코 돌아오지 않았고," 그날 떠나서 "다시는 그녀를 보지 않았다"(97). 레이첼 보울비(Rachel Bowlby)는 작품이 30년 전에 끝난 결혼 이야기, 댈러웨이 부인이 피터가 아닌 리차드를 선택하면서 끝난 "낭만적인 드라마"를 현재의 런던에서 "고집스럽게 재상연"한다고 지적한다(87).

작품에서 결혼은 중요한 이야기지만, 여기서 결혼은 남녀 간의 결합이 아니라 인간들 간의 화합을 상징적으로 지시한다. 피터는 오랜만에 만난 "[댈러웨이 부인]이 늙었다"고 생각하고, "그녀가 늙었기 때문에, 절대로 그것에 관해서는 아무런 언급도 하지 않으리라" 결심한다(60). 울프의 작품에서 대명사가 지시하는 것을 찾기가 쉽지 않은데, 피터가 "그것(it)"으로 지칭하는 것은 그녀가 늙었기 때문에 언급할 수 없는 무엇이다. 그리고 "그래, 당신에게 무슨 일이 있었나요" 하는 댈러웨이 부인의 물음에 피터는 "나는 사랑에 빠졌어요" 하고 고백한다. 피터의 "그것"은 자신의 사랑이다. 피터는 왜 댈러웨이 부인에게 자신의 사랑을 이야기하고 싶은 것일까? 여기서 더욱 흥미로운 것은 화자는 피터와 댈러웨이 부인의 만남을 "싸움(battle)"으로 묘사한다는 사실이다. 부어톤(Bourton) 시절에도 댈러웨이 부인은 피터가 자신과 샐리(Sally)를 방해한다고 생각했고, 현재도 누가 방문했는지 모르지만 이미 "방해하는" 것으로 인식하고, 자신의 수선하던 옷을 "순결(chastity)을 보호하고 개인적 자유의 높은 가치를 인정하는 처녀처럼" 감춘다(60). 피터의 주머니칼을 굳이 "남근의 상징"으로 보지 않아도, 반복해서 칼을 꺼내 만지작거리는 피터의 모습은 우스꽝스러울 정도로 호전적이다. 댈러웨이 부인은 그들의 관계를 떠올리며 언제나 "그들의 말다툼"을 기억한다(53). 울프는 이들의 관계를 현대 남녀의 성(sex) 전쟁처럼 희극적으로 재현한다.

작품의 마지막 장면에서 피터는 그녀에 대한 모순된 긍정과 부정, 작품 내내 그를 괴롭혔던 감정적 갈등을 마침내 해소하는 것 같다. 그는 그녀를 "두려움"과 "황홀함"의 상반된 감정을 일으키는 근원으로 인식하면서 그녀의 애매모호성을 긍정하고 "그녀가 거기에 있었다"고 존재성을 선언한다(296). 아날리 에드몬드슨(Annalee Edmondson)은 여기서 "피터가 여전히 클러리서를 사랑하는 것을 깨닫는다"고 지적한다(113). 하지만 그들은 일상적인 사랑으로 설명할 수 없는 관계다. 댈러웨이 부인은 피터가 분명 "그녀를 도와주었고" "그녀에게 책을 빌려주었으며" "매력적이고 영리하며 모든 것에 대해서 신념을 갖고 있던 남자"지만, 언제나 사랑이 문제라고 진단한다(192). 피터의 사랑은 단순한 한 남자의 한 여자에 대한 사랑이 아니라, 그녀가 증오하는 킬만 양의 종교처럼 그녀에게 중요한 "영혼의 자유"를 파괴하는 "끔찍한 열정" "품위를 손상시키는 열정"을 의미한다(192).

피터가 댈러웨이 부인에게 사랑 이야기를 하려는 순간, 화자는 그들이 마치 "싸움이 시작되기 전에 말들처럼" "나란히 파란 소파에 앉아서 서로에게 맞선다"고 묘사한다(66). 도대체 이들은 무슨 일로 맞서 싸우는 것일까? 피터는 자신의 사랑이 "세상에서 가장 중요한 것이며 어느 여인도 도저히 그것을 이해할 수 없다"고 주장한다. 반면에 댈러웨이 부인은 자신의 파티가 바로 피터의 사랑 같은 것이며, 피터 같은 남자들은 결코 이해할 수 없는 것이라고 주장한다(184).[6] 피터는 "점심 먹고, 저녁 먹고, 끊임없이 파티를 열고, 무의미한 말을 하고, 의도하지도 않은 것들을 이야기하고, 예리한 지성을 무디게 하고, 분별력을 잃어가면서 시간을 헛되이 보냈다"고 그녀의 삶을 요약한다(118-19). 다시 댈러웨이 부인은 피터의 사랑이 킬만 양의 종교처럼 "그것이 무엇이든지 간에 그것을, 영혼의 자유를 파괴한다"고 반박한다(192). 피터와 댈러웨이 부인 간의 싸움은 사랑싸움이 아니라, 댈러웨이 부인의 파티와 피터의 "사랑" 간의 대립이다. 피터와 댈러웨이 부인은 그들이 대표하는 "관

---

6) 작품에서 울프는 인물들의 특질과 그들 간의 갈등의 원인을 성(sex)에서 파생되는 것으로 자주 설명한다. 앞에서 언급된 댈러웨이 부인과 샐리의 레즈비언 관계와 그것을 방해하는 남성 피터, 이 부분 그리고 다시 뒤에서 댈러웨이 부인의 구성하는 능력을 여성의 능력으로 정의하는 피터는 이런 울프를 잘 보여준다. 이런 부분들에서 페미니스트 비평가들은 단순하게 여성 소설가의 페미니스트 메시지를 읽지만, 여기서 울프가 모더니즘 미학을 페미니즘 이슈로 전환하는 것 자체에 주목할 필요가 있다. 이런 맥락에서 조애리의 「빅토리아조 후반 동성애 담론과 윤리적 주체: 월터 페이터와 존 애딩턴 시먼즈」는 흥미로운 관점을 제시한다. 논문에서 조애리는 페이터의 동성애를 그리스 시대적인 이상향에 대한 열망과 연관시키며, 동성애에서 "페이터가 강조하는 것은 정신적 출산과 다양하고 직접적인 감각의 강화다"라고 주장한다(292). 울프가 레즈비언보다는 굳이 그리스 여류시인 사포(Sappho)에서 유래하는 사피스트로 자처했으며, 그녀의 동성애가 육체적 관계를 포함했는지 불분명한 것은 이런 페이터와 무관해 보이지 않는다. 페이터와 울프의 미학뿐만 아니라, 페이터의 동성애와 울프의 페미니즘과의 관계는 연구가 필요한 과제다.

념"의 "가장자리 모서리"를 날카롭게 대립시키며 전통적 삼각관계에 얽힌 "인간 존재들 간의 갈등"을 상기시키며 "감정을 불러일으키는" 박진감 넘치는 드라마틱한 한 판 승부를 전개한다("Mr. Bennett and Mrs. Brown" 387).

피터는 자신이 "그녀 생각에서 벗어날 수 없는" 것은 "그녀를 사랑하기" 때문이 아니라, 단순히 "그녀를 생각하는 것"이고 "비난하는 것"이며, "삼십년 뒤에 다시 시작하여 그녀를 설명해 보려고 하는 것"이라고 말한다(115). 피터는 "이렇게 세월이 흐른 뒤지만 그 자신조차도 클러리서에 대해서 아는 것은 단순한 스케치에 불과하다고 때때로 느꼈다"(118). 하지만 댈러웨이 부인은 자신과 피터가 "언제나 말없이 의사소통을 할 수 있는 이런 이상한 힘을 갖고 있었다"고 말한다(90). 그렇다면 피터의 고백은 무슨 의미인가? 그는 이어서 그녀가 "[자신이] 만난 적이 있는 가장 철저한 회의론자 가운데 하나"라고 설명한다(117). 하지만 그는 그것은 "어떤 면에서는 빤히 속이 들여다보이지만, 다른 면에서는 너무나도 수수께끼 같은 그녀를 설명하기 위해서 그가 만들어 보곤 하던 이론이었다"고 곧바로 수정한다(117). 그는 여기서 댈러웨이 부인이라는 인물을 설명하는 화자 같은데, 그는 전통적인 화자와는 확연히 다르다. 그는 여동생인 "실비아(Sylvia)의 죽음," "자신의 자매가 바로 눈앞에서 쓰러지는 나무에... 깔려 죽는 것을 본 것은 사람을 모질게 만들기에 충분했다"고 증거를 제시하지만, 이런 설명으로 댈러웨이 부인의 애매모호성을 일관성 있는 성품으로 정리하지 않는다(117). 피터는 자신의 설명이 그녀에 대한 가설인 것을 분명히 한다.

파티가 끝날 무렵 샐리는 리차드와 댈러웨이 부인이 "행복한지" 의문을 제기하고, 그들에 대해서 "아무 것도 알 수 없"는데 "속단이나 하는" 우리는 모두 "수감자들"[7]이라고 결론내린다(293). 하지만 피터는 "아무 것도 모른다는데 동의하지 않으며"(294), "쉰둘이 되니까" "이제 성숙해지니까, 우리는 지켜볼 수 있고, 우리는 이해할 수 있으며, 그러면서도 감정의 힘을 잃지 않는다고" 말한다(295). 여기서 피터는 처음 댈러웨이 부인을 만나서 울음을 터뜨리는 모습, 성급한 첫 번째 결혼과 현재 진행 중인 인도의 유부녀와의 사랑, 길에서 만난 여인을 쫓는 모습에 비견해서 변화를 암시한다. 하지만 이 부분은 단순하게 피터의 개인적인 성숙이 아니라, 그의 사랑과 대립된 파티의 의미, 그가 "완벽한 안주인"으로 이름 붙이고 비판한 댈러웨이 부인의 존재 자체를 이해하기 시작한 것을 보여준다.

이 작품은 울프의 다른 소설들과는 달리 분명한 작가적 인물이 없다. 거의 모든 소설들에서 울프는 예술가, 작가 내지는 작가 지망생들을 등장시키는데, 피터는 글을 쓰려 의도는 했지만 "한 줄도 안 썼다"(286). 하지만 이제 그는 "성숙"해져서 "존재에 최상의 향기를 더해주는 힘," "경험을 붙잡아 불빛 아래에서 돌려 볼 수 있는 힘"을 얻었다(119). 소설은 언제나 과거를 현재 순간에서 회상할 때 가능한 것이고, 그는 이제 댈러웨이 부인의 속물적인 면모와 한없이 베푸는 어머니 대지의 면모 사이에서 갈등하는 감정을 밖에서 지켜 볼 수 있는 힘을 얻었다. 댈러웨이 부인이 그를 사로잡았던 가장 중요한 존재였다면, 그는 이제 댈러웨이 부인을 상류층의 속물이나 회의주의자로 만드는 전통적인 소설과는 다른 독창적인 책을 쓸 수 있다. 마침내 그는 댈러웨이 부인의 상반된 인상, 자신의 대립된 감정들을 연결해서 그녀를 구성한다. 이런 그의 작업은 댈러웨이 부인이 부재하는 현재에서 그가 인식하는 강한 감정을 통해서 가능하다. 그의 감정들은 분명 "거기에 그녀가 있었기 때문"

---

7) 여기서 샐리는 "prisoner"라는 단어를 사용하는데, 『르네상스』의 결론에서 페이터의 "외로운 수감자(a solitary prisoner)"를 연상시킨다(188).

에 과거에 일어났지만, 현재의 그가 과거의 대립된 감정들을 연결할 때 그녀는 비로소 창조되고 존재하게 된다.

작품에서 댈러웨이 부인은 자신이 "무엇인가 중심을 이루고 고르게 퍼져 나갈 수 있는 어떤 것"이 부족하다고 한탄한다(46). 울프의 인물은 언제나 구성되고, 당연히 "삶의 한 가운데는 텅 비어 있었고," "빈 공간"이 있었다(46). 보울비는 댈러웨이 부인이 "정체성의 부재" "통합의 부재"를 분명하게 드러내는 여자라고 지적한다(97). 하지만 댈러웨이 부인은 "거울을 들여다보면서" 얼굴을 "응축시키고" "입술을 오므려서" 얼굴에 "구심점을 줄" 수 있는 인물이다(55). "그녀 자신이 되려는 어떤 노력, 어떤 부름이 있어 조각조각들을 다 모았을 때," 그 때 비로소 그녀는 "하나의 중심, 하나의 다이아몬드" "그녀의 거실에 앉아서 만남의 장소(meeting-point)를 만들 수 있는 하나의 여자"로 생성된다(55). 여기서 울프는 "공간적으로 구성되는 주체성"을 분명히 한다(Snaith and Whitworth 1). 또한 "다이아몬드"와 "만남의 장소"[8] 같은 메타포는 삼각형의 램지 부인을 예견한다. 마침내 피터는 성숙한 작가로 댈러웨이 부인의 존재성, 울프의 실재를 구성하는 원칙을 이해한다.

III. 댈러웨이 부인 – 울프의 새로운 예술가

『르네상스』(*The Renaissance*)의 결론에서 페이터는 "처음에는 경험이 우리를 홍수처럼 밀어닥치는 외부 사물들 아래 파묻는 것처럼 보이지만"(187), 경험들은 곧 "인상들"로 "축소되고" 그 인상들은 계속해서 변하고, "끊임없이

8) 여기서 댈러웨이 부인을 "meeting place"가 아닌 "meeting-point"로 은유하면서, 울프는 인물의 기하학적인 공간성을 다시 한 번 강조한다.

지나가며 사라져 간다"고 말한다(188). 인상들은 "시간에 제약받고" "끊임없이 분화되며" 한순간 "현실이지만" 잡으려면 사라진다(*The Renaissance* 188). 하지만 그런 인상들의 흐름 중에 페이터는 "우리 삶에서 실재하는 것"이 "그 안에 의식(sense)이 내재된 하나의 예리한 인상"으로, "다소 덧없이 지나가며 남기는 흔적"으로 "순화되고 정제된다"고 말한다(*The Renaissance* 188). 그리고 그렇게 "순화되고 정제되는" 과정에서 바로 작가의 개인적인 특질이 개입한다. 예술가라면 당연히 주어진 자료들, 그것이 역사적인 자료이건 혹은 인상들이건 자신의 "내면의 비전"에 "이야기를 순응시킨 것," "영혼"과 관계가 있는 사실, "특정한 개성이 편애하고 의지를 세우고 능력을 발휘해서 만들어진 그런 사실을 재현할" 때 예술이 된다("Style" 106). 페이터는 문학과는 반대로 좀 더 사실에 가깝다고 이해되는 역사에서도 에드워드 기본(Edward Gibbon) 같은 역사가는 자신의 "기질"에 따라서 주어진 다양한 사실들 중에서 "선택하며" "다루기 어려운 재료들을 미리 생각했던 관점의 틀에 맞추어서 만든다"고 주장한다("Style" 105). 페이터의 예술가는 자신의 재료가 무엇이건 "무한대로 다양한 모든 형태들 중에서 인간이 선호하는데 따라 수정된" 그런 사실을 "복사(transcribe)" 하는 사람이다("Style" 106). 울프의 예술가는 바로 이런 페이터의 예술가를 의미하고, 댈러웨이 부인은 그런 울프의 예술가이다.

작품은 처음부터 댈러웨이 부인의 고립된 이미지를 반복해서 부각시킨다. 화자는 그녀를 "수녀"의 이미지로 묘사하고(45), 비상식적으로 결혼한 그녀에게 "시트처럼 들러붙어 있는 처녀성"을 언급한다(46). 그녀는 사무엘 리차드슨(Samuel Richardson)의 동일한 이름의 여주인공을 연상시킨다. 리차드슨의 클러리서는 자신의 생명 같은 순결을 잃어버린 후, 세상에서 자신을 철저하게 분리하며 거의 병적으로 자신의 죽음을 준비하고 마침내 죽는다. 댈러웨이 부인이 클러리서라는 동일한 이름을 차용한 것은 이런 리차드슨의 클러리서를 내포한다. 작품의 첫 장면에서 그녀는 리차드슨의 클러리서와는 정반대로 환희에 차서 삶을 예찬하지만 동시에 고립과 죽음에 대한 공포어린 갈망을 드러낸다. 그녀는 윌리엄 셰익스피어(William Shakespeare)의 『심벌린』(*Cymbeline*)에서 이모겐(Imogen)의 가짜 죽음을 애도하는 구절을 시의 후렴구처럼 반복한다. "더 이상 두려워 말라, 태양열을 / 또한 광포한 겨울의 사나움도"(13). 그녀는 현재의 런던 거리에서 과거를 회상하면서 분리되어 있고, 과거의 자신을 클러리서로 그리고 현재의 자신을 댈러웨이 부인으로 분리하며 자신의 현재에 대해서 아주 부정적이다. "이렇게 댈러웨이 부인이 되어, 이제는 클러리서조차도 아니다, 이렇게 리차드 댈러웨이 부인이 되어서 말이다"(14). 그녀는 인간의 타락 이전의 에덴처럼 되찾을 수 없는 잃어버린 근원 내지는 본질을 그리워하는 모더니즘 소설의 전형적인 여주인공 같다. "한때 그녀는 부어톤에서 테라스 위를 거닐었지만"(282), 이제 그녀의 삶은 "매일 매일 부패와, 거짓말과, 잡담 속으로 떨어져 내렸다"(280). 작품은 부어톤 시절의 패기에 찬 젊음과 생명을 지닌 클러리서와 런던 사교계의 댈러웨이 부인의 노쇠와 가능한 죽음을 분명하게 대조한다. 댈러웨이 부인은 과거 부어톤에서 "순수하고 진실했던 샐리에 대한 [자신]의 감정"을 기억하지만(50), 지금은 "옛 감정의 흔적조차도 찾을 수가 없었다"(51). 그녀는 피터의 예언처럼 "완벽한 안주인"이 된 자신에게 절망하며 자문한다(93). "무엇을 꿈꾸고 있지? 그녀가 되찾으려 하는 것은 무엇일까? 펼쳐져 있는 책속에서 보았던 것 같은 시골 하얀 새벽의 어떤 이미지인가?"(12).

하지만 피터는 그녀가 처녀 적부터 "차갑고, 냉혹하며, 정숙한 체 하는 여자"라고 비평했다(10). 피터는 "그녀에 대해서 말할 수 있는 분명한 것은 그녀가 세속적이라는 것이며, 지위와 사교 그리고 세상에서 성공하는 것에 신경을 너무 쓴다"고 주장한다(115). 피터는 "그녀도 그것을 인정했다"고 재차 확인한다(115). 그녀는 언제나 "진짜 안주인처럼 완벽하게 예의를 지키며 다가와 그를 누군가에게 소개하고 싶어했다"(93). 그래서 그것이 피터를 "화나게 했"고, 그는 그녀를 "완벽한 안주인"이라고 불렀다(93). 댈러웨이 부인의 차갑고 젠체하는 "완벽한 안주인"의 면모는 런던의 사교계나 리차드와의 결혼으로 파생된 특질이 아니다. 그녀는 자신의 정신적이고 물질적인 모든 안락이 "리차드 덕분이었고 그녀는 결코 그렇게 행복해본 적이 없었다"고 말한다(282). 또한 완벽한 안주인의 면모는 아이러니컬하게도 피터의 비평뿐만 아니라 감탄도 자아낸다. 피터는 "그 때조차도 그것 때문에 그녀를 숭배했고," "그녀의 용기, 사교적인 본능을 치하했으며," "일들을 수행해내는 그녀의 힘을 찬미했다"고 고백한다(93). 작품에서 댈러웨이 부인은 자신을 런던의 현재와 부어톤의 과거로 나누어, 그녀가 "소녀 시절에는 아름다웠는데," 여러 번 "[리차드]를 실망시켰고," 자신이 "무엇인가 중심을 이루고 고르게 퍼져나갈 수 있는 어떤 것"이 부족하다고 생각한다(46). 하지만 화자와 댈러웨이 부인 모두 구체적으로 그녀가 준 실망이 무엇인지, 그녀가 과거와 달리 현재 부족한 중심이 어떤 것인지 설명하지 않는다. 화자는 그녀가 "탑 위로 혼자 올라갔고 햇볕 아래에서 나무딸기를 따는 그들을 떠났다"고 묘사하지만, 여기서 "그들"이 누구를 의미하는지 분명치 않다(70). 하지만 댈러웨이 부인은 바로 이렇게 피터와 독자 모두에게 애매모호하고 알 수 없기 때문에 피터가 숭배하는, 그리고 가장 매력적인 인물이 되는 것이다.

작품에서 댈러웨이 부인은 자신의 파티를 마치 예수의 최후의 만찬과도 같은 화합의 의식(儀式)으로 제시한다. 그녀는 파티에서 하는 것이 "자신을 내세우는 것을 즐기는" 것도 아니며 "유명한 사람들, 거창한 명사들을 주변에 두는 것"도 아니라고 말한다(183). 파티의 의미는 "베풀기 위해서 베푸는 것"이고, "그녀가 사랑하는 것은 오직 삶"이며, "그것이 파티를 여는 이유"라고 "삶을 향해" 그녀는 말한다(183). 하지만 그녀는 이 설명이 얼마나 "끔찍하게 막연한지" 잘 알고 있다(184). 그녀는 좀 더 구체적인 설명을 시도한다. 그녀에게 삶이란 "사우스 켄싱톤에 아무개" "위쪽 베이스워터에도 누군가" 그리고 "메이페어에는 또 다른 사람," "그녀는 끊임없이 그들의 존재를 느끼"는 것이며 "그리고 얼마나 낭비인가를 느끼"는 것이다(185). 그래서 그녀의 파티는 나누어진 사람들을 "결합시키는" 것이며, 그렇게 "결합하는 것"이 뭔가를 창조하는 것이며, 그런 행위를 그녀는 "베푸는 것"으로 정의한다(185). 댈러웨이 부인은 피터의 사랑이 킬만 양의 종교와 함께 개인의 분리된 방을 강압적으로 하나로 만들려고 하지만 문제를 해결하지 못했다고 비판한다. "여기에 방 하나가 있고, 저기에는 다른 방이 있었다. 종교가 그 문제를 풀었나? 혹은 사랑이?"(193) 반면에 댈러웨이 부인은 그녀의 파티가 분리된 방들을 연결한다고 제시한다. 실제로 파티는 피터와 샐리는 물론이고 계급적인 우월함과 거만함으로 초대하기 싫어했던 가난한 사촌, 엘리 핸더슨(Ellie Henderson), 킬만 양의 강한 영향력 아래 반항적인 딸 엘리자베스(Elizabeth)도 참석하며 화합을 상징한다. 또한 댈러웨이 부인은 자신의 이야기와 작품 내내 대립을 이루며 자신의 파티를 중단시켰던 셉티머스의 내러티브를 연결한다. 하지만 이런 파티의 의미는 그것의 모든 긍정적인 상징성에도 불구하고 너무도 추상적이고 비현실적인 해결책이다. 댈러웨이 부인은 파티에서 수상을 대접하는 안주인으로 승리감을 느끼면서, 동시에 "이 겉치레들, 이 승리들은,... 속이 텅 비어 있다"고 인정한다(265).

셉티머스의 소식을 들은 후 댈러웨이 부인은 그의 이야기와 연결을 시도한다. 처음 소식을 들었을 때, 그녀는 "[그녀]의 파티 한 가운데"에, "죽음"이 있다고 경악한다(279). 작품의 첫 장면부터 그녀가 두려워했고 작품에 내재된 긴장감을 주었던 죽음과 중단의 공포가 표면화되고 실현된다. 이 부분은 독자들 또한 공포를 느끼며 기다려 왔던 장면이다. 그녀는 혼자서 작은 방으로 들어가고, 그가 어떻게 죽었으며, 왜 죽었는지 생각한다(280). 그런데 여기서 이상한 것은 셉티머스의 죽음이 오로지 댈러웨이 부인의 생각으로만 보고된다는 것이다. 이것은 작품 내내 3인칭 화자가 댈러웨이 부인과 셉티머스의 내면을 자유롭게 들락날락했던 것과는 아주 대조적이다. 댈러웨이 부인은 그가 뭔가 삶에서 중요한 것, "보물을 들고 뛰어내리지 않았을까" 생각한다(280). 그리고 그녀는 셰익스피어의 유명한 오셀로(Othello)의 대사, "만약 지금이 죽을 때라면, 지금이 가장 행복한 때이다"라는 구절을 기억한다(281). 다음으로 그녀는 셉티머스를 브래드쇼(Bradshaw)를 통해서 유추한다. 브래드쇼는 "위대한 의사지만" "상대의 영혼을 강요하는" 인물로 요약되고 부정되며, 그가 셉티머스의 "삶을 견딜 수 없게 만들었다"고 해석한다(281). 물론 이런 댈러웨이 부인의 생각은 지극히 주관적이다. 셉티머스는 "죽고 싶지 않았고," "삶은 아름답고" "태양을 뜨거웠으며," 단지 자신에게 뭔가를 계속 요구하는 것 같은 인간들에게 자신을 주겠다고 외치며 창문에서 뛰어내렸다(226). 셉티머스는 스스로를 예수 그리스도로 착각하는 과대망상증 환자임에 분명하다.

장 기게(Jean Guiguet)는 댈러웨이 부인의 해석은 "그것들을 상상한 사람"에 속한 것이라고 지적한다(240). 다시 설명하면 작품에서 중요한 것은 셉티머스의 죽음, 그 자체가 아니다. 그의 죽음은 댈러웨이 부인이 작품 내내 두려워하는 죽음의 간극을 극명하고 강렬하게 드러낸다. "파티의 화려함이 땅

바닥에 떨어졌다" (280). 댈러웨이 부인은 셉티머스의 죽음을 "소통하려는," "중심"에 이르려는 시도, "포용"으로 해석한다(280). 블룸은 이 부분에서 울프가 "삶을 제대로 숭배하는 것은 죽는 행위로 그런 고립에 도전하는 것"을 보여주며, 그런 그녀의 "태도"는 "완전히 허무주의적"이라고 비판한다(*Virginia Woolf: Modern Critical Views* 3). 그러나 작품에서 댈러웨이 부인은 자살하지 않으며, 셉티머스의 죽음은 오히려 그녀의 인식의 변화를 가져온다. 그녀는 항상 보아왔던 창문 너머로 "하늘"과 "맞은편 집에 노부인"을 바라보는데(282), 전에도 보았지만 오늘 하늘은 "그녀에게 아주 새로웠다"(283). 전에도 노부인이 "이층으로 올라가는 것을 지켜보았고," 그 때도 "노부인이 창가에서 물러가는 것을 보는 것은 기묘했다, 이상했다, 맞아 감동적이었다"(192). 그녀는 "저것이 기적이고 저것이 신비인데" 하고 생각했었다(193). 하지만 지금 그녀는 "자신을 똑바로 응시하는 노부인"을 보면서 그녀의 방과 자신의 방을 연결한다(283). 이 행위는 신비주의적인 것 같지만, 댈러웨이 부인은 피터의 대립된 감정처럼 셉티머스의 죽음과 자신의 파티 간의 극명한 대조가 만들어내는 강렬한 인식에서 두 방을 연결하는 것이다. 이것이 울프의 "존재의 순간"이며, 그녀는 여기서 삶과 죽음 같은 대립들의 관계성, 그들의 상대적인 차이들이 의미를 만들어 내는 것을 깨닫는 것이다. 울프는 독자들이 "리차드 댈러웨이는 좋아하고 휴 위트브레드는 미워하도록 의도했다"고 말한다(*L* III 195). 작품은 의도적으로 대립으로 인식되는 다양한 인물들, 생각들, 사회적 문제들을 제시하고, 그들의 대립은 분명 갈등으로 인지되면서 독자의 감정을 불러일으킨다. 하지만 바로 그런 대립과 갈등이 하나의 흐름의 내러티브를 구성한다. 그녀는 전통적인 소설처럼 주제론 적인 차원에서 대립 간의 갈등을 해소하는 것이 아니라, 대립들을 나란히 병치하면서 그들 간의 이미 내재된 연속성을 드러낸다. 그것이 댈러웨이 부인의 애매모호성의 진면목이며 그녀의 구성하는 능력이다.

페이터와 울프의 미학에서 인상, 다시 말하면 인식이 언제나 실재를 만든다. 『르네상스』의 결론에서 페이터는 사물의 세계와 정신적인 세계 모두가 어떤 정형화된 본질이 있지 않다고 말한다(186-87). 페이터에게 물질적이고 정신적인 세계는 모두 "끊임없는 흐름의 상태"이며 우리의 "경험"이 축소되어 남는 "인상"은 "끊임없이 날아가지만," 우리는 그런 인상들을 가지고 사물과 인물의 세계를 구성하며 "끊임없이 우리 자신을 엮었다 풀었다 한다"(188). 물론 여기서 페이터의 인상은 일상적으로 이해되듯이 개인의 독특한 내면의 산물이 아니며, 언제나 물려받은 문화의 허구적인 전형들을 의미한다. 사물과 인물 같은 실재는 주체와 객체의 상호관계에서 언제나 존재하며, 그들의 실재를 구성하는 인상은 문화적으로 상속되는 인식체계의 틀 안에서 언제나 형성된다. 댈러웨이 부인에게 노부인은 대상이고 객체지만, 노부인에게는 댈러웨이 부인이 대상이고 객체다. 그리고 노부인의 삶은 바로 셉티머스의 죽음으로 드러난 삶의 인상이다. 작품 내내 댈러웨이 부인은 독립된 자아와 대상들 간의 간극, 삶과 죽음 간의 간극으로 고통스러워했지만, 그들은 이미 그렇게 나누는 인식하는 체계에서 연결된 상대적인 개념일 뿐이다. 그녀는 마침내 그녀를 괴롭혔던 분리된 방들이 분리되어서 연결된 것을 깨닫는다. 더글라스 마오(Douglas Mao)는 댈러웨이 부인이 브래드쇼를 통해서 셉티머스와 연결되듯이, 댈러웨이 부인은 자신을 바라보는 이웃집 노부인의 시선을 통해서 자신과 노부인을 연결한다고 지적한다(51). 특히 작품은 댈러웨이 부인과 셉티머스를 극명하게 대조시킨다. 자살하려는 순간에 셉티머스는 "건너편 계단을 내려오던 어떤 노인이 멈추어 서서 그를 빤히 쳐다보는" 것을 보았지만, 댈러웨이 부인과는 달리 그 노인과 자신을 연결하지 못한다(226).

작품 시작부터 댈러웨이 부인은 삶이란 "그것을 구성하고, 하나를 중심으로 쌓아 올리고, 무너뜨리고 그리고 매순간 새롭게 창조하는" 행위로 정의한다(5). 그리고 그녀는 "그 비상한 재능, 여성의 재능, 그녀가 어디에 있든지간에 자신만의 세계를 만들 수 있는 그런 재능을 갖고 있었다"(115). 작품은 자신만의 세계로 구성하는 예술가의 능력을 여성적인 능력으로 정의하며, 셉티머스의 아내 레지아(Rezia)에게도 동일한 재능을 부여한다. 여기서 울프는 전통적인 여성적인 행위들, 파티를 열고, 뜨개질하고, 바느질해서 모자를 만들고, 멋지게 옷을 차려 입는 행위 자체를 예술로 미화하는 것이 아니다. 이런 행위들의 공통점은 댈러웨이 부인과 레지아가 전혀 예술적인 재료들이라고 간주되지 않는 여성적인 일상들을 자신만의 비전으로 변화시켜서 예술로 승화시킨다는 것이다. 그들은 상대적으로 하찮은 일로 과소평가되었던 여성적인 일들에 피터와 셉티머스가 감탄하는 자신들만의 세계를 만들 수 있는 비전을 가미하면서 페이터의 예술가가 된다. 울프의 여자들은 주어진 세계에서 그 세계의 재료들을 가지고 "여러 색의 다양성"으로 "주인 역을 맡고" 자신만의 "향기와 향신료"를 떠서 나누는 삶의 예술가이다(*L* II 426). 작품에서 브루톤(Bruton) 부인은 "사람들을 재단해서 나누는 의미를, 클러리서 댈러웨이가 그러듯이 사람들을 재단해서 나누고 다시 얽어매는 것을 결코 알 수 없었다"고 말한다(157). 댈러웨이 부인의 파티는 사람들이라는 재료를 사용해서 나누고 다시 구성하는 예술행위다. 피터는 댈러웨이 부인이 "언제나 사람들이 있어야" 한다고 비판하지만(118), 그녀에게 사람들은 파티라는 예술을 구성하는 재료다(185). 댈러웨이 부인은 자신의 비전에 따라 "방문하고 명함을 남기고 사람들에게 친절을 베푸는 것 같은 그런 일들이 그물조직같이 얽혀 있는 망," "끝도 없는 왕래들(traffic)"을 만들며 자신의 재료들인 사람들을 분류하고 연결하는 예술가다(117). 파티에서 댈러웨이 부인은 "자신이 아니라 다른 어떤 존재가 되는 것"을 느끼고, 그 존재는 "자신이 어떻게 생겼는지를 아주 잊어버리고 층계 꼭대기에 박힌 말뚝처럼" 서있다고 말한다(259). 그녀는 울프의 예술가로 "세상에서 격리되어, 벗어나서" 관찰자의 위치에 서고, 그러면 "모든 이들이 어떤 면에서 환상 같았지만 다른 면에서는 훨씬 더 실재하고" "삶의 존재가 물리적으로 실재하게 된다" (184). 댈러웨이 부인은 삶과 죽음의 끊임없이 오르락내리락 움직이는 "파도로부터 빨아올려진 하나의 형태"로 그녀의 파티를 구성한다(86).

IV. 결론

『댈러웨이 부인』은 『제이콥의 방』과는 달리 글쓰기에 관한 화자의 이야기와 인물들의 이야기를 분리시키지 않는다. 작품에서 인물들의 이야기는 그것이 주목하는 모든 사회적이고 정치적 비평들과 함께 언제나 작가가 어떻게 실재를 구성할 것이며, 어떻게 독자 또한 작가처럼 읽기 과정에서 인물을 이해하고 작품이라는 실재를 구성할 것인가 하는 메타픽션적인 내러티브를 포함한다. 인물들은 언제나 화자처럼 주체와 객체의 관계성 속에서 "재현된 생각"을 보고한다(Banfield 331). 아담 파크스(Adam Parkes)는 울프가 『제이콥의 방』에서 제이콥에게 "이중의 역할"을 부여해서, 화자의 "내러티브 비전의 대상"일뿐만 아니라, 그 자신을 "보고 있는 주체"로 만든다고 지적한다(159). 댈러웨이 부인과 피터는 화자처럼 대상을 보는 자신을 바라보는 "주체"가 되어서 그들의 비전을 성취한다. 『댈러웨이 부인』은 『제이콥의 방』

에서 사용하기 시작한 페이터의 인상의 개념으로 울프가 작가로서 고민해왔던 분리와 연결의 문제를 해결한다. 분리와 연결은 상반되고 모순된 욕망이 아니라, 분리되었기에 연결할 수 있다. 물론 이것은 형식적인 연결이다. 인상주의는 한편으로는 인간 존재가 각각의 개인적인 관점이 만드는 인상들의 방에 "외로운 수감자"로 갇혀서 "자신만의 꿈의 세상"을 유지한다고 한탄할 수 있다(『르네상스』 188). 하지만 인상은 언제나 인식하는 자가 자신을 주체로 분리하는 대상과의 차이에서 구성되고 그렇게 이미 연결되어 있다. 물론 이것은 오직 강한 예술가만이 인지하고 연결할 수 있다.

『제이콥의 방』을 시작으로 울프는 『댈러웨이 부인』을 거쳐서 『등대로』에 이르기까지 통합이라는 관계성에 집착한 소설을 쓴다. 울프가 초기작들에서 개인의 독립성과 화합처럼 대립하는 이원적인 관념들을 주제의 차원에서 통합하려 했다면, 『댈러웨이 부인』은 형식의 차원에서 그 관념들을 통합한다. 통합이라는 관점에서 『제이콥의 방』은 분명 부족한 작품이고, 반면에 『댈러웨이 부인』과 『등대로』는 완벽하게 완성된 관계성의 소설을 보여준다. 하지만 파멜라 코기(Pamela Caughie)는 울프에게 "통합"이란 작품의 주제가 아니라 허구적 소설에 반해서 실재로 여겨지는 우리의 삶과 글쓰기를 동일하게 연결해서 구성하는 "하나의 관계"일 뿐이라고 지적한다(75). 울프는 이후 『파도』(*The Waves*)를 시작으로 『세월』(*The Years*), 『막간』(*Between the Acts*)에 이르기까지 일상적으로 분열로 인식되는 내러티브를 구사한다. 하지만 울프의 미학에서 통합과 분열은 관계성의 다른 이름일 뿐, 통합은 통합을 의미하지 않고 분열은 분열을 의미하지 않는다.

출처: 『제임스조이스저널』 제20권 1호(2014년), 159-82쪽.

■ 인용문헌

정명희. 「『제이콥의 방』—버지니아 울프와 월터 페이터」. 『영어영문학』 59.2 (2013): 295-317.

조애리. 「빅토리아조 후반 동성애 담론과 윤리적 주체: 월터 페이터와 존 애딩턴 시먼즈」. 『현대영어영문학』 58.1 (2014): 275-94.

Banfield, Ann. *The Phantom Table*. Cambridge: Cambridge UP, 2000.

Bizot, Richard. "Pater and Yeats." *ELH* 43.3 (1979): 389-412.

Bloom, Harold. "Introduction." *The Selected Writings of Walter Pater*. New York: Columbia UP, 1974. vii-xxxi.

_____. "Introduction." *Virginia Woolf: Modern Critical Views*. New York: Chelsea House, 1986. 1-6.

Bowlby, Rachel. *Virginia Woolf: Feminist Destinations*. New York: Basil Blackwell, 1988.

Caughie, Pamela L. *Virginia Woolf & Postmodernism*. Urbana: U of Illinois P, 1991.

Donoghue, Denis. *Walter Pater*. New York: Knopf, 1995.

Fleishman, Avrom. *Virginia Woolf*. Baltimore: The Johns Hopkins UP, 1975.

Guiguet, Jean. *Virginia Woolf and Her Works*. New York: Harcourt, Brace & World, 1962.

Edmondson, Annalee. "Narrativizing Characters in *Mrs. Dalloway*." *Journal of Modern Literature* 36.1 (2012): 17-36.

Hussey, Mark. *Virginia Woolf A-Z*. New York: Oxford UP, 1995.

Lee, Hermione. *The Novels of Virginia Woolf*. London: Methuen, 1977.

_____. *Virginia Woolf*. New York: Alfred A. Knoff, 1997.

Mao, Douglas. *Solid Objects*. Princeton: Princeton UP, 1998.

Meisel, Perrry. *The Myth of the Modern*. New Haven: Yale UP, 1987.

Naremore, James. *The World Without a Self*. New Haven: Yale UP, 1973.

Natarajan, Uttara. "Pater and the Genealogy of Hardy's Modernity." *Studies in English Literature, 1500-1900* 46.4 (2006): 849-61.

Parkes, Adam. *A Sense of Shock*. New York: Oxford UP, 2011.

Pater, Walter. "The Child in the House." *The Selected Writings of Walter Pater*. Ed. Harold Bloom. New York: Columbia UP, 1974. 1-16.

_____. "Style." *The Selected Writings of Walter Pater*. Ed. Harold Bloom. New York: Columbia UP, 1974. 103-25.

_____. *The Renaissance*. Berkeley: U of California P, 1980.

Poirier, Richard. "Pater, Joyce, Eliot." *James Joyce Quarterly* 26.1 (1988): 21-35.

Prudente, Teresa. *A Specially Tender Piece of Eternity: Virginia Woolf and the Experience of Time*. Lanham: Lexington, 2009.

Snaith, Anna and Michael H. Whitworth. "Introduction." *Locating Woolf*. Ed. Anna Snaith and Michael H. Whitworth. New York: Palgrave, Macmillan, 2007.

Woolf, Virginia. *Mrs. Dalloway*. New York: Harcourt Brace Jovanovich, 1953.

_____. *A Writer's Diary*. Ed. Leonard Woolf. New York: Harcourt Brace Jovanovich, 1953.

_____. *To the Lighthouse*. New York: Harcourt Brace Jovanovich, 1955.

_____. *The Letters of Virginia Woolf*, vol. II. Ed. Nigel Nicolson and Joanne Trautmann. New York: Harcourt Brace Jovanovich, 1976.

_____. *The Diary of Virginia Woolf*, vol. II. Ed. Anne Olive Bell. New York: Harcourt Brace Jovanovich, 1980.

_____. *The Letters of Virginia Woolf*, vol. III. Ed, Nigel Nicholson and Joanne Trautmann. New York: Harcourt, Brace, Jovanovich, 1980.

_____. "Character in Fiction." *The Essays of Virginia Woolf*, vol. III. Ed. Andrew McNeillie. New York: Harcourt Brace Jovanovich, 1988. 420-38.

_____. "Modern Novels." *The Essays of Virginia Woolf*, vol. III. Ed. Andrew McNeillie. New York: Harcourt Brace Jovanovich, 1988. 30-37.

_____. "Mr. Bennett and Mrs. Brown." *The Essays of Virginia Woolf*, vol. III. Ed. Andrew McNeillie. New York: Harcourt Brace Jovanovich, 1988. 384-89.

Zwerdling, Alex. *Virginia Woolf and the Real World*. Berkeley: U of California P, 1986.

등대로

To the Lighthouse

김금주

•

여성적 가치 단언하기와 양성적 마음:
버지니아 울프의 『자기만의 방』과 『등대로』를 중심으로

이순구

•

『등대로』에 나타난 인식론과 미학:
램지 부인과 릴리 브리스코 비교

여성적 가치 단언하기와 양성적 마음: 버지니아 울프의 『자기만의 방』과 『등대로』를 중심으로

| 김금주

I

버지니아 울프(Virginia Woolf)의 『자기만의 방』(*A Room of One's Own*)(1929)은 여성과 픽션, 즉 여성과 글쓰기의 문제를 다루고 있다. 여성과 픽션에 대해 말해달라는 요청에 답하여 여성 화자가 자신의 논점을 피력하는 이 에세이는 울프가 1927년에 발표한 『등대로』(*To the Light House*)에서 나타난 여성과 예술적 창조에 대한 울프의 성찰과 연관되어 있다. 『등대로』에서 릴리 브리스코우(Lily Briscoe)가 화가로서 갖게 되는 고민은 픽션을 창작하는 작가의 고민과 크게 다르지 않다. 『자기만의 방』에서 화자가 "리얼리티를 찾아내고 모아들이고 우리 나머지 사람들에게 그것을 전달하는 것이 작가의 임무입니다"(144)라고 말하고 있듯이 화가인 릴리도 그녀가 존재하며 바라보고 있는 세계의 '리얼리티'를 파악하려 애쓰며 그것을 화폭에 어떻게 재현하느냐 하는 문제로 고심한다.

울프는 두 작품에서 리얼리티가 남성 중심적 세계관에 의해 왜곡되는 상황을 비판하면서 특히 여성의 경험이 폄하되고 있는 점에 대해 주목한다. 『등대로』에서 "오십 쌍의 눈도 저 한 여자를 제대로 보기에는 충분하지 않다"(214)는 릴리의 생각을 통해 울프는 남성적 시각에 의해 매우 제한적으로 평가된 여성을 제대로 파악하기 위해 남성적 시각의 편향성을 탈피하여 좀더 깊이 있는 탐구가 필요하다는 인식을 드러낸다. 이러한 탐구의 구체적인 내용이 『자기만의 방』과 같은 해에 발표된 「여성과 소설」("Women and Fiction")(1929)에서 제시되고 있는데, 울프는 이 에세이에서 여성은 "자신들의 삶이 어떻게 지하세계를 헤매기를 그만두고 있는지 관찰해야 한다. 또한 자신들이 외부 세계에 접하게 된 지금, 여성은 그들 속에서 어떤 새로운 색과 그림자가 보이고 있는지를 발견해야 한다"(50)고 주장하고 있다. 그리하여 울프는 그동안 침묵을 강요당했던 여성을 재발견하는 과정에서 여성적 경험과 가치도 새롭게 조명해야 한다는 점을 주지시킨다. 울프는 1931년 여성들의 고용 연맹을 위해 준비한 연설문에서 밝히고 있듯이 여성은 자신의 전문적인 일에서 여성 자신의 고유한 경험과 가치를 지닌 관점으로 작업할 수 있어야 한다는 점을 강조한다("Speech of January" xxxiii-xxxvi). 『등대로』에서 울프는 이러한 여성적 가치가 지니는 창조성에 주목하는데, 이 여성적 가치는 울프가 『3기니』(*Three Guineas*)(1938)에서 신랄하게 비판한 남성중심적인 가부장제의 폭력성에 대해 저항할 수 있는 대안적 가치로 제시된다.

그런데 울프는 여성적 가치를 인정하고 높이 평가하는 과정에서 여성을 동일성의 논리 속에 고착화하는 것에 대한 위험성을 간과하지 않는다. 『자기만의 방』의 화자가 주장하듯 울프는 편향된 성 의식에 의해 당대 작가, 특히 남성 작가들의 글이 리얼리티를 왜곡시키고 있다는 점을 무엇보다 잘 알고 있었고, 이에 대한 여성 작가의 반응 역시 뒤틀려져 있다는 것을 우려했다. 따라서 울프가 양성성(androgyny)을 주장하는 것은 쇼왈터(Elaine Showalter)를 비롯한 여러 페미니스트들이 주장하듯 그녀가 여성적 입장으로부터의 도피하거나, 성적 차이를 무화시킴으로써 여성적 가치를 긍정한 울프 자신의 주장과 모순이 되는 것이 아니다. 양성성의 개념은 남녀를 고착화된 이항 대립적 본질로 보는 것을 거부하는 것이며, 그럼으로써 여성 작가가 이항 대립적인 성차별과 성적 자의식에서 비롯된 분노와 증오심에서 벗어나 자신의 경험과 욕망을 글쓰기라는 실천 행위를 통해 자유롭게 재현하도록 하는 창조적인 태도를 강조하는 것이다. 이렇게 볼 때 울프의 주장은 여성을 본질화하지 않으면서 성차의 긍정성을 강조하는 로지 브라이도티(Rosi Braidotti)와 같은 페미니스트의 논지와 유사한 점이 많다. 즉 차이가 폄하의 표시로 변질되어 온 것에 대항하여 성차의 긍정성을 단언하고 남성과 비대칭적으로 성차화된 여성적 입장을 반복하고 재단언하는 것이 차이를 낳는 서사적 전략이라는 브라이도티의 입장(*Nomadic Subject* 118)을 울프의 작품에서도 읽을 수 있다. 따라서 본 논문에서는 남성중심적인 이항대립적 여성성의 이데올로기에 구속되지 않으면서 폄하되어 왔던 여성적 가치의 중요성을 재단언하는 서사로서 『자기만의 방』과 『등대로』를 고찰하고자 한다.

II

『자기만의 방』에서 울프는 화자를 통해 여성이 남성의 문장을 사용하는 것은 적합하지 않으며, 남성처럼 글을 쓰고, 남성처럼 살고 남성처럼 보인다면 유감천만한 일이라고 주장하면서 우리가 여자라면 어머니를 통해 거슬러 올라가 생각해야 하며 여성의 가치는 남성과 다르다는 점을 강조하고 있다(95-6, 99-100, 114). 그러나 울프는 이와 같이 여성의 고유한 경험과 여성의 가치를 강조하고 있지만 다른 한편에서 "어떤 식으로든 의식적으로 여성으로서 말하는 것은 치명적"(136)이며, 자신이 여성이라는 것을 잊어버린 채 글을 쓰고 성이 그 자체를 의식하지 않게 글을 쓸 것을 권고하고 있다. 뿐만 아니라 울프는 여성으로서 분노를 드러내지 않아야 한다는 것을 강조함으로써 쇼왈터로부터 진정한 페미니스트로서 "소외되어 분노하는 마음가짐"(287)을 거부했다고 강하게 비판받고 있다. 그 후 1990년대에도 울프에 대한 비판적 읽기는 계속 되고 있는데, 웨일(Kari Weil)은 울프가 '마음의 통일성'(unity of mind)이나 '전체성'(wholeness)과 '충만함'(fullness)에 대해 강조하는 진술은 고전적인 전통에서 끌어들인 것이라고 지적한다. 그리하여 웨일은 울프가 "글쓰기와 양성적 마음을 연결시킨 것은 개념을 명백히 재현하는 것으로서 언어에 대한 이상적 믿음을 부활"시킨 것이며, 그 결과 울프가 "심리적, 시적 이상으로서의, 그리고 성, 자아, 언어에 대한 초월성으로서의 양성성을 옹호하고 있다"고 비판한다(146-47). 로젠만(Ellen Bayuk Rosenman)은 울프가 "물질주의적이고 성별에 한정된 가정을 하고 있음에도 불구하고 예술에서 초월성의 가치에 대한 믿음을 완전히 떨쳐버릴 수 없었"으며, 그리하여 울프의 에세이는 "체현과 초월성 사이에서 동요"하고 있다고 주장한다(*A Room of*

One's Own 105, 111).

화자의 목소리를 빌어 『자기만의 방』에서 울프는 이와 같이 겉으로 보기에 모순되는 듯한 주장을 하고 있지만, 이후에 발표된 에세이에서 울프는 여성의 경험과 차이에 대한 자신의 주장을 조금도 굽히지 않으며, 오히려 여성 억압적인 사회에 대해 좀더 강하게 비판하고 있다. 『3기니』에서 울프는 '페미니스트' 라는 말에 대해 반발하고 있지만,[1] 어떤 페미니스트의 주장 못지않게 강하게 여성 억압적인 현실과 그것의 극복에 대해 역설하고 있다. 울프는 자신이 살았던 시대의 폭력성과 전쟁이 자기 동일적 남성 주체의 독재성과 긴밀히 관련되어 있다는 점에 주목한다. 그녀는 남성 중심적인 '나'의 독단성이 애국심이라는 명목으로 영국을 포함하여 유럽 곳곳을 파시스트 국가로 이끌어 가는 위험성을 경고하며, 이 독재자가 남녀의 차별 뿐 아니라 인종과 종교 때문에 차별을 만들어내고 있다는 사실을 지적한다(304). 울프는 이미 『자기만의 방』에서 이러한 독단적인 남성 주체가 여성의 욕망을 은폐해 왔다는 점을 A씨의 신작 소설에 등장하는 'I'의 이미지를 통해 비유적으로 설명한 바 있다. 이 'I'의 그림자는 가부장제의 이데올로기에 의해 보편적인 인간을 상징하는 남성성의 그림자이다. 이것은 모이(Toril Moi)가 설명하고 있는 것처럼 "가부장제의 핵심인 완전무결하게 통합된 자아"(*Sexual/Textual Politics* 8)로서, 이 '나'의 그림자 밑에서 안개처럼 형태가 없이 혼란스러운 것이 바로 남성에 의해 타자가 되어버린 여성이다.

---

1) 울프는 『3기니』에서 교육받은 남성들의 딸들과 아들들이 서로 싸우며 대립하는 것을 비판하며, '페미니스트'라는 말은 시대에 뒤떨어지고 그 시대에 해를 주는 부패하고 사악한 말이라고 말한다. 울프는 여성들이 자신들만의 권리를 주장하는 대신 조세핀 버틀러(Josephine Butler)의 지적처럼 "정의, 평등, 그리고 자유의 위대한 원칙을 고려하여 남성과 여성 모두를 위한 권리에 대해 요구"해야 한다고 말한다(302-304).

울프는 이러한 남성 중심적 이데올로기를 극복할 수 있는 대안으로 그동안 남성의 타자로 살아왔던 여성이 지닌 변별적인 가치에 주목하게 된다. 울프는 우선 남성 중심적 가부장제에 의해 여성이 남성의 타자로 폄하되어온 현실을 비판하면서 차이가 차별의 근거가 될 수 없다는 사실을 지적한다. 그녀는 『자기만의 방』에서 화자가 꼬리 잘린 맹크스 고양이를 보면서 "꼬리라는 것이 얼마나 큰 차이를 가져오는가 하는 일은 신기한 일이지요"(16)라고 언급하는데서 꼬리가 있고 없는 것과 같은 단순한 차이가 대단한 차이, 즉 차별을 의미해서는 안 될 것이라는 점을 암시하고 있다.[2] 그리하여 울프는 차이의 긍정성을 인정하면서 남성과 다른 여성의 가치를 주지시킨다. 화자는 여성 작가들이 남성 중심적인 가치에 의해 우세하게 여겨져 왔던 스포츠나 전쟁을 다루고 있는 픽션 대신 실생활의 가치를 다룰 수 있어야 한다고 주장한다. 그리고 제인 오스턴(Jane Austen)이나 에밀리 브론테(Emily Bronë)처럼 "순수한 가부장제 사회의 한가운데서 그 모든 비판에도 불구하고 자신들이 보는 대로의 사물을 움츠러들지 않고 굳건히 고수"하는 천재적이고 성실한 자세가 필요하다고 역설한다(96-7). 울프는 여성들이 실생활 속에서 몇 세기에 걸쳐 철저한 훈련으로 얻은 창조력과 그들의 경험을 통해 가부장제 사회의 남성적 독단성에 저항할 수 있는 가능성을 엿본다. 『자기만의 방』에서 화자가 "세상의 광활함과 다양함을 고려해볼 때 두 개의 성도 아주 불충분하다고 한다면 어떻게 우리가 하나의 성만을 가지고 일을 꾸려가겠습니까? 교육은 유사점보다 차이점을 드러내고 강화해야만 하지 않을까요?"(114)라고 주장할 때, 화자는 가부장제 사회를 지배해 온 남성적 가치의 독단성에 저항할 수 있는 대안적 가치로 여성적 가치를 긍정하고 강화해야 한다는 점에 대해

2) 퍼날드(Ann Fernald)는 꼬리 없는 고양이를 젠더 차이에 대한 비유라고 말한다(182).

시사하는 것이다. 그리하여 그 후 『3기니』에서 울프는 남성 중심적인 가치가 초래한 파시즘과 전쟁의 폭력성에 대항할 수 있는 방법으로 그동안 국외자로 살아왔던 여성들이 지닌 긍정적 가치를 제시한다. '청빈, 지조, 조롱, 거짓 충성심의 배제'가 남성들의 소유욕과 질투심, 호전성을 극복할 수 있는 대안이 된다는 주장을 통해 울프는 여성적 입장을 선언하는 것이다.

그러나 울프가 여성적 입장을 선언하는 작업에서 여성에 관한 생물학적 본질론을 주장하는 것은 아니다. 이러한 울프의 입장은 오늘날 브라이도티와 같은 페미니스트의 이론에서 계승되고 있다. 브라이도티는 자신의 성차의 기획이 생물학적 결정론으로 회귀하는 것이 아니라는 것을 밝히면서(*Nomadic Subject* 4), "성차 사이에 대칭성이 없다면 여성은 여성성을 말해야 한다—그들은 그들 자신의 용어로 그것을 생각하고, 쓰고, 재현해야 한다. 여성적 입장들을 분명하게 반복하고 재단언하는 것은 차이를 낳는 서사적 전략"(*Nomadic Subject* 118)이라고 설명한다. 그리하여 브라이도티는 "성차의 기획을 위한 출발점은 여성의 살아온 육체적 경험의 구체성을 주장할 수 있는 의지"("Feminism" 40)라고 말하고 이 기획을 유목적[3] 정치 기획으로 부르는데, "여성들이 체현하는 차이에 대한 이러한 강조야 말로 그 모든 복잡성 속에서 여성 주체성을 재정의 하기 위한 긍정적인 근거를 제공하기 때문"(*Nomadic Subject* 149)이라고 주장한다. 주체를 존재가 아니라 생성의 관점으로 파악하는 브라이도티에게 유목민은 고정성에 대한 모든 관념과 욕망을 버리고 본질적 통합 없이 그리고 그것에 대항하여 변천, 계속적인 이행, 조화

3) 브라이도티는 이 개념을 들뢰즈(Gilles Deleuze)에게서 빌리고 있다. 들뢰즈의 사고 체계는 중심 개념을 총체적으로 와해시키는 것이고 그 결과 기원의 자리와 어떤 인증된 정체성도 와해시키는 것이다. 브라이도티는 들뢰즈의 도피와 생성에 대한 작업에서 영감을 얻었다고 하며, 유목적 이행은 창조적 종류의 생성을 만드는 것이라고 설명한다(*Nomadic Subject* 5-6).

된 변화로 이루어진 정체성에 대한 욕망을 표현하는 비유이다. 그러나 유목적 주체는 통합을 완전히 버리는 것이 아니라 반복, 순환적 움직임, 주기적인 치환에 의해 응집된 것이라 한다(*Nomadic Subject* 22).

울프 역시 성차화된 몸을 긍정하는 살아온 육체의 경험과 세계와 상호작용하는 육체의 구체적이고 역사적인 상황을 주목한다. 육체의 경험을 강조하는 페미니스트들처럼 울프는 "살아온 육체에 관심이 있으며, 특수한 문화에서 특정한 방식으로 재현되고 이용되는 그러한 육체. . . 동물적이거나 수동적인 것이 아니라 의미와 의미화 작용과 재현의 체계들로 혼합되어 직조되고 구성되는. . . 한편으로 그것은 의미하고 의미화되는 . . . 다른 한편으로 사회적 강압, 법적인 각인, 그리고 성적·경제적 교환 체계의 대상"(Grosz 17-8)이 되는 살아온 육체의 경험을 간과하지 않는다. 예를 들어 울프의 첫 소설 『출항』(*The Voyage Out*)(1915)에서 울프는 여주인공 레이철(Rachel)이 자신의 섹슈얼리티에 대해 처음 깨닫게 되고 흥분과 기쁨으로 고양되지만, 동시에 여성 억압적인 가부장적 사회에서 남성에 대한 두려움, 증오심을 느끼며 자신의 육체가 물화되었다는 두려움 속에서 불안함을 느끼는 점을 재현하면서 젊은 여성의 육체의 경험을 섬세하고 포착하고 있다. 또한 『댈러웨이 부인』(*Mrs. Dalloway*)(1925)에서 울프는 당대의 가부장적 제국주의의 정서가 강조하는 이상적 여성성의 이데올로기를 폭로하며 이러한 이데올로기가 요구하는 이성애적 정상성의 규범에 순응하지 못하는 여성의 욕망을 보여준다. 그리고 여주인공이 이렇게 여성을 영적으로 죽음과 같은 상태로 몰고 가는 상황에서 벗어나기 위해 파티를 통해 자신의 삶에 창조적인 의미를 부여하려는 노력을 재현한다. 앞으로 살펴볼 『등대로』에서는 여성의 경험을 통해 계승되어온 긍정적인 가치가 좀더 섬세하게 조명되고 있다. 이렇게 울프가 줄곧 침묵 당하여 온 여성의 육체의 경험을 새롭게 재현하는 방식은 남성이 원하는 대로가 아니며, 남성 중심적인 상징질서의 압제에 얽매여 있는 여성, 즉

'집안의 천사'를 해체하는 작업이다. 『자기만의 방』에서 허구의 여성 작가 메리 카마이클(Mary Chrmichael)이 묘사한 '클로우(Chloe)는 올리비아(Olivia)를 좋아했다'는 표현은 여성의 숨겨진 욕망이 드러나는 순간이며, 여성들의 "기록되지 않은 몸짓과 말해지지 않은 또는 반쯤 말해진 것들을 포착"(110)하기 시작하는 순간이다.

이와 같이 울프가 여성의 경험과 가치를 긍정하는 것은 육체를 지닌 개별 주체의 경험을 긍정하는 것이지 남녀의 성을 생물학적인 본질로 환원하여 대문자 여성 혹은 남성으로 고착화하는 것은 아니다. 이러한 점은 울프가 여성이 단일한 의미로 고착된 존재가 아니라 스스로를 만들어 가는 생성 중에 있는 존재라는 점을 한 에세이에서 밝히고 있는 데서도 나타난다. 울프는 미래를 이끌어 갈 젊은 여성들에게 "여성이란 무엇인가?"라고 묻는다면 "나는 모른다. 나는 여러분이 안다고 믿지도 않는다. 그녀가 인간의 기술에 개방된 모든 예술과 직업에서 스스로를 표현할 때까지 아무도 알 수 없다고 믿는다. 여성이라는 것은 여기 있는 여러분이 만들어 가는 과정에서 발견하는 것이다"("Speech of January" xxxiii)라고 말하며 여성은 본질적인 것이 아니라 생성되어 가는 존재라는 점을 강조한다.

따라서 울프가 양성적인 마음을 주장할 때 이 양성성은 생물학적으로 본질적인 남성과 여성의 마음의 총합이 아니다. 울프의 화자가 자칭 아마추어답다고 표현하면서 가설적으로 그려본 양성적인 마음의 상태인 "여성적-남성" 혹은 "남성적-여성"의 마음은 이미 정해진 남성 혹은 여성의 단일한 두 본질의 결합이라기보다 성의 이항대립적 본질이 해체되고 생성되어가는 "여성적-남성" 혹은 "남성적-여성"의 마음 상태라고 할 수 있다. 따라서 울프의 양성성은 모이가 적절하게 지적하고 있듯이 "고착화된 성별동일성으로부터의 도피가 아니라 성별동일성의 형이상학적인 본질의 허위를 깨"달아 "남성성과 여성성이라는 치명적인 이항대립을 해체"(*Sexual/Textual Politics* 13)하는 것이다.

그런데 『성/텍스트의 정치학』(*Sexual/Textual Politics*)(1985)에서 모이는 쇼왈터의 울프 비판에 대해 울프를 옹호하면서도 성차화된 육체의 경험을 긍정한 것은 아니었다. 모이는 성별 자기동일성이라는 본질론을 해체하지만 성차를 긍정하는 입장에 대해서는 비판적이었다. 울프의 입장이 모이와 다르지 않다면 이항 대립을 해체하며 양성성을 강조하는 일이 여성의 욕망과 경험을 재현하고 여성적 가치를 긍정하는 자신의 또 다른 주장과 모순되는 것으로 보일 수 있다. 그러나 울프는 양성적 마음을 주장하면서도 여성이라는 범주 자체를 제거하지는 않는다. 고착된 본질을 해체하는 작업이 곧 여성의 경험의 특수성까지 무화시키지는 않는다고 보는 것이다. 모이도 성차화된 육체의 개념에 부정적이었던 이전의 시각에서 벗어나 1990년대 후반에는 자신의 이론에 변화를 보인다. 모이는 『여성이란 무엇인가?』(*What is Woman?*)(1999)에서 '여성'이라는 말을 사용하는데 있어서 반본질론적 페미니스트들처럼 주저하거나 한시적이고 전략적인 태도를 보이지 않고, 또한 생물학적인 결정론의 위험 없이 구체적으로 성차화 된 육체를 지닌 여성에 대해 자유롭게 말할 수 있다는 점을 보봐르(Simone de Beauvoir)의 이론을 빌어 설명하고 있다. 모이는 자신이 『성/텍스트의 정치학』에서 주장한 이론에서 방향 전환하여 육체의 경험에 관심을 표명하고 이러한 일이 반드시 본질주의는 아니라는 점을 설명한다(ix-xv).[4] 울프는 본질주의의 위험 없이 여성이라는 범주를 사용

4) 모이는 『성/텍스트의 정치학』에서 자신이 방법론으로 사용한 후기구조주의적 사고에 오류가 있었다는 점을 시인하고 있다.

할 수 있다고 주장하는 모이보다 한 걸음 더 나아가 성차의 긍정성을 단언하고 여성적 입장을 적극적으로 옹호한다. 이 과정에서 울프는 양성적 마음을 제시하여 성별이 본질화된 채 남녀가 위계적이 되어, 한 성이 다른 성을 억압하는 일이나 억압받는 성이 분노와 증오심으로 마음이 왜곡되는 것을 경계한다. 그리하여 양성적 마음을 통해 성차를 긍정하면서 또한 다른 성들 사이의 서로 다른 가치가 상호 침투될 수 있어야 한다는 점을 주지시키는 것이다. 이러한 점에서 울프는 긍정된 차이들이 서로 소통될 수 있어야 한다는 점을 강조하는 것이지 웨일의 주장처럼 심리적, 시적 이상으로서 양성성을 옹호하거나 완전한 재현을 가능하게 하는 언어에 대한 이상적 믿음을 지닌 것이 아니며, 로젠만이 비판하듯 체현과 육체의 차원을 넘어선 초월성 사이에서 동요하고 있는 것은 아니다. 울프는 생성의 과정에 있는 여성이 자신의 경험과 가치를 긍정할 뿐 아니라 이항대립을 극복하여 성들 사이의 차이가 소통될 수 있는 좀 더 창조적인 마음의 상태에 머물 수 있어야 한다는 점을 강조하고 있는 것이다.

그러므로 울프의 양성적인 마음에서 또 한 가지 주목해야 할 부분은 양성적인 마음은 "공명과 침투성이 좋다는 것, . . . 걸림이 없이 감정을 전달하며" "자연스럽게 창조적이며 백열광을 발하고 분열되어 있지 않"(128)아 "마음 전체가 활짝 열려"(136) 있는 상태라는 점이다. 여기서 울프가 강조하고 있는 것은 바로 분열되어 있지 않은 열린 마음의 상태이다. 화자가 "누가 되었던 글 쓰는 사람이 자신의 성에 대해 생각하는 것은 치명적"이라고 할 때, 화자는 "순전히 그리고 단순히 남성 혹은 여성이 되는 것은 치명적이다"라고 지적한다. 그러면서 울프의 화자는 "여성이 어떤 불만이든 그것을 조금이라도 강조하는 것, . . . 어떤 식으로든 의식적으로 여성으로서 말하는 것"이

치명적이라고 주장한다(136, 필자의 강조). 이와 같이 울프는 양성적인 마음을 강조하면서 특히 여성 예술가에게 남성 중심적인 체제에서 피해의식과 분노에 의해 자의식적으로 분열된 마음의 상태에서 벗어나 열린 마음이 될 것을 호소한다. 여성의 분노와 증오가 여성 작가 자신의 "천재성을 완전하고 온전하게 표현하지 못하"게 함으로써 "그녀의 책이 일그러지고 뒤틀려질 것"(90)을 우려하기 때문이다. 그리고 울프는 가부장제에서 자기 동일적인 남성 자아의 독재가 여성을 보이지 않는 존재로 만들어 버리지만, 여성들도 자기 동일적이며 억압적인 자의식의 테두리에서 벗어나지 못할 경우 그들이 사물을 있는 그대로 그 자체로 생각하는데 방해가 될 것이라는 인식을 보이고 있다. 『자기만의 방』에서 계속 울프가 화자를 통해 "사물을 있는 그대로 생각하라"고 강조하는 것은 비록 진실을 말하기는 힘들지만 여성 작가가 성적 자의식의 한계에 갇혀 사물을 왜곡시키는 일을 피해야 한다는 것을 경고하는 것이다. 울프는 여성 작가에게 양성적인 마음의 태도를 요구하며, 동시에 이러한 양성적 마음을 통해 여성 작가가 자신의 경험과 가치를 왜곡되지 않게 긍정적으로 단언할 수 있다는 점을 주장한다. 여성 작가에게 요구되는 이러한 태도는 『등대로』에서 릴리에게 요구되는 것이기도 하다.

III

『등대로』에서 화가인 릴리는 하나의 그림을 그리기 시작하여 10년 뒤 예술적 비전을 획득하게 되면서 그림을 완성하게 된다. 예술적 비전을 획득하게 되는 이 과정에서 릴리는 『자기만의 방』의 화자가 여성 작가에게 제기한 것과 동일한 문제의식에 부딪히고 그것에 대해 성찰한다. 그리기 작업의 초반에 릴리를 강하게 사로잡았던 문제는 남성 중심적인 가부장제가 여성을 폄하하는 것이며, 또한 여성 스스로도 자신의 한계를 내면화하고 있다는 점이다.

릴리가 램지 가의 여름 별장에서 그림을 그리기 시작한 시기가 반영된 1장, 「창문」("The Window")은 아직 빅토리아 시대의 가치가 재현되고 있는 세계이다. 예를 들어 이 시대에 릴리가 바라보는 그림의 대상인 '어머니와 아들'의 모습에서 어머니는 대체로 "마돈나라는 문화적 우상"(Rosenman, *The Invisible Presence* 97)의 이미지를 부여받게 되는데, 이것은 여성을 가정의 천사로서 도덕적으로 미화시키는 당대의 성 이데올로기를 반영하는 것이다. 당대의 남녀에 관한 이항대립적인 이미지는 램지(Ramsay) 부부를 통해 상징적으로 드러난다. 램지 부인이 남편과 아이들을 위해 헌신하는 이상적인 어머니가 되는 일을 요구받는 반면, 램지 씨는 사회적 명성과 영웅적인 업적을 성취하는 것에 몰두한다.

남성 중심의 가부장제 사회에서 이와 같은 이항대립적인 성 이데올로기는 여성에게 한편으로는 모성의 윤리를 강요하여 여성을 도덕적으로 우월한 성으로 미화시키지만, 다른 한편으로는 여성을 제한된 역할에 한정시켜 하위주체로 만들어 왔다는 것은 주지의 사실이다. 하위주체로서 여성은 자신의 고유한 창조적 능력을 인정받기 어렵다. 릴리가 그림을 그리면서 마주치게 되는 어려움도 바로 여성을 폄하하는 주위의 시선이다. "여자는 그림을 그릴 수가 없어. 여자는 책을 쓸 수 없어. . . ."(54)라고 작은 소리로 외치는 찰즈 텐슬리(Charles Tansley)의 비판은 그녀에게 부담스럽게 다가온다. 뿐만 아니라 그녀는 램지 부인이 "릴리도 민터(Minta Doyle)도 모두 결혼해야만 한다," 혹은 "결혼 하지 않은 여성은 인생의 최상의 것을 놓치고 있다"(56)고 주장하면서 제한된 여성상을 강요하는 것에 저항감을 느낀다. 따라서 「여성의 직업」("Profession for Women")(1929)에서 울프가 제대로 비판적인 글을 쓰기 위해 '집안의 천사'라는 환영을 죽여야만 한다고 주장한 것처럼, 릴리 역시 여성에 대한 거짓된 이 환영을 제거해야만 할 필요성을 느낀다. 릴리가 램지 부인과 그녀의 아들 제임스를 모델로 한 그림에서 당대 남성 중심의 신화가 만들어낸 마돈나적 여성이라는 상투적 이미지를 해체하는 것은 여성에 관한 왜곡된 환영을 제거해야 할 필요성 때문이기도 하다. 릴리는 "라파엘이 신성하게 다룬 주제"(191)인 모자상을 재현하는 기존의 방식인 "어머니와 아들--보편적인 경외의 대상들"로 램지 부인과 제임스를 재현하는 대신 그들을 단지 추상적인 "보랏빛 삼각형"(59)으로 재현함으로써 어머니를 마돈나처럼 신성화하는 당대의 이데올로기를 거부하는 것이다.

결국 릴리가 진실로 그림에서 구현하고자 노력하는 것은 『자기만의 방』의 작가처럼 리얼리티를 왜곡됨이 없이 재현하는 일이다. 릴리가 리얼리티를 재현하는 방식은 단순히 대상을 그대로 모방하여 화폭에 담는 것도, 폰스포트 씨(Mr. Paunceforte)가 유행시킨 당대 화풍을 맹목적으로 따르는 것도 아니다. 그녀는 자신이 바라보고 있는 대상을 보다 진실하게 파악하는데 몰두하게 되고, "어떻게 우리가 인간을 판단할 수 있을까"(29)를 생각하며 그림의 모델인 램지 부인에 대해서도 그녀의 궁극적인 모습이 어떤지를 알고자 한다. "부인은 최상의 인간일는지 모르지만 또한 우리가 거기에 실제로 보고 있는 완벽한 모습과는 다른 인물일지도 몰랐다. 하지만 왜 다르고 또 어떻게 다른지"(55)에 대해 사색하는 릴리의 모습은 "주체와 객체, 리얼리티의 속성"(28)을 연구하는 램지 씨와 다르지 않다.

철학자인 램지 씨는 릴리가 생각하기에 최상의 지력을 지닌 사람으로 보이며, 그런 점에서 심오한 존경심마저 드는 존재이다. 그러나 램지 씨의 지성은 그가 보기에 사소한 것이라 여겨지는 것에 대해서는 무관심하여, 램지부인은 그가 "타고나기를 일상사에 대해서는 장님이고, 귀머거리이며, 벙어리이지만 특이한 일들에 대해서는 독수리의 눈과도 같이 예리한 눈을 지니고 있었던 것이다. . . . 그는 꽃을 주목해보는가? 아니다. . . . 심지어는 자기 딸들의 아름다움이나, 혹은 그의 접시에 푸딩이 올라와 있는지 로스트 비프가 올라와 있는지"(77)도 알지 못한다고 생각한다. 비록 릴리나 램지 부인이 램지 씨의 지성을 높이 평가 하지만 램지 씨는 자신이 바라보는 대상에 대한 무관심으로 그것을 제대로 이해하지 못하는 측면을 드러내기도 하는 것이다. 특히 그는 여성에 대한 남성적 편견에서 벗어나지 못한다. 램지 씨가 나침반을 제대로 보지 못하는 캠(Cam)을 지켜보며 "여자들이란 언제나 그렇다고, 머리가 우둔함은 절망적이라고 생각했다. 이것은 그가 결코 이해할 수 없었던 것이기는 했지만 실제로 그랬다. 그의 아내도 마찬가지였다"(182)라고 쉽게 단정해버리는데서 남성 중심적으로 여성을 폄하하는 그의 태도를 읽을 수 있다. 화자는 램지 씨가 간과한 부인의 지성에 대해 "그녀는 배우지 않고도 알았다. 그녀의 순수함은 똑똑한 사람들이 왜곡한 것을 통찰했다"(34)라고 주지시킨다. 이런 점에서 철학자로서 램지 씨는 자신 앞에 놓여 있는 대상도 제대로 파악하지 못하며, 특히 자신의 부인을 종종 주체라기보다 객체화된 아름다움의 측면에서 인식한다는 핸들리(William R. Handley)의 주장은 설득력이 있다(16). 리얼리티의 속성을 연구하는 철학자로서 램지 씨는 비록 그 분야에서 명성이 있지만, 결국 그의 지성은 대상에 대한 편견과 무관심으로 그 대상을 제대로 파악하지 못하는 한계를 보이는 것이다.

지적 능력과 그 한계를 동시에 드러내는 램지 씨의 양면적인 측면은 비단 램지 씨뿐 아니라, 헌신적이지만 여성적 역할을 강요하는 램지 부인과 남성 우월주의자이지만 스스로의 노력으로 자수성가하여 여동생의 학비를 보조하는 텐슬리에게서도 나타난다. 또한 인간의 사랑과 같은 감정도 "너무 아름답고, 너무 신나는 것"이지만 또한 "인간의 감정 가운데서 가장 어리석고 가장 야만적인 것"이어서 릴리는 "두 가지 강반되는 감정을 동시에 격렬하게 느끼지 않을 수 없다"(111)고 토로한다. 그리고 자연 현상도 양면적으로 나타나는데, 램지 부인에게 파도 소리는 대부분의 경우 자장가 소리처럼 다정하게 들리지만 또 다른 때에는 갑자기 "유령이 북을 두드리듯 무자비하게 인생의 박자를 맞추고, 섬이 파멸되어 바다에 삼켜지는 것"(20)으로 느껴진다.

이렇게 볼 때 사물을 있는 그대로 파악하는 일은 사물의 다양한 측면을 이해하고 그것의 양면성까지도 바라볼 수 있는 편견 없는 시각을 필요로 하는 것일 것이다. 릴리가 그림을 빨리 완성하지 못하는 이유도 그녀가 그림의 대상에 대해 갖는 느낌의 실체에 대해 쉽게 파악할 수 없기 때문이다. 릴리는 램지 부인이 제임스에게 책을 읽어주는 모습을 화폭에 담으면서 있는 그대로의 부인은 어떤 존재인지에 대해 끊임없이 질문해 본다. 뱅크스 씨(Mr. Bankes)에게 부인에 대해 비판적인 말을 하려다 뱅크스 씨가 부인을 바라보는 "대상을 움켜잡으려는 시도를 한 적이 없는" "걸러지고 증류된 사랑"(54)이 담긴 시선을 보자 릴리는 이러한 사람들이 이렇게 사랑해야 한다는 순간의 깨달음을 얻으며 그 사랑의 대상인 램지 부인에 대한 비판을 재고한다. 아마도 그 순간 릴리는 뱅크스 씨와 달리 자신이 지나치게 부인을 움켜잡으려는 시도를 하고 있을지도 모른다는 반성을 했을 것이다. 그리하여 릴리는 부인이 "매사에 명령적"(56)이라고 느끼지만 자신이 결혼해야 한다고 재촉하는 부인의 마음속에 혹시 릴리 자신이 "분명 세상이 계속 나아가려면 사람들이 가져야 한다고 믿는 비밀"(57)이 있을 지도 모른다고 생각하게 된다. 비록 릴리는 여성적 역할에 집착하는 것으로 보이는 램지 부인에 대한 저항감, 혹은 가정의 천사라는 이데올로기에 대한 반감을 드러내지만 그럼에도 불구하고 무엇이라고 단언할 수 없는 능력이 램지 부인에게 있다는 사실을 어렴풋이 느끼게 되는 것이다. 따라서 릴리는 램지 부인이 가진 비밀이 무엇일까를 생각하며, 그 비밀에 다가가려면 지식이 아니라 "한 항아리에 쏟아 부은 물처럼 뗄 수 없는 하나가 . . . 숭배하는 대상과 하나가 되"(57)어 부인과 친밀함을 이루게 될 때 가능하리라고 느끼게 된다.

릴리가 마치 향기에 이끌리는 벌처럼 부인의 내면의 진실을 알고자 하는 것은 한편으로 램지 부인에 대한 리얼리티를 있는 그대로 재현하고자 하는 예술가로서 릴리의 의지 때문이다. 다른 한편으로는 재현의 대상으로서 남성 중심적 상징 질서에 의해 "봉합된 채로 있는," "인간이 알고 있는 언어로 씌어질 수 있는 것이 아닌"(57), 즉 남성 중심적 상징질서로는 재현하기 어려운 여성의 경험을 재현해내고자 하는 릴리의 욕망이 발현된 탓이다. 그러므로 램지 부인이 죽은 뒤 10년 후 릴리는 자신이 완성 시키지 못한 램지 부인의 "생각과 상상력과 욕망"(214)의 재현에 집착하게 되고, 램지 부인은 릴리에게 "원하고 또 원하면서도 갖지 못하는" "아직도 고통을 줄 수 있는"(219) 욕망의 대상이 되는 것이다. 이렇게 릴리가 램지 부인을 재현하고자 하는 노력은 결국 부인의 알 수 없는 특성의 실체를 파악하여 예술로 승화시킴으로써 여성인 램지 부인이 지닌 창조력을 긍정하고자 하는 작업이 되는 것이다. 여성 예술가로서 릴리는 "여자는 그림을 그릴 수 없어, 여자는 글을 쓸 수 없어"라고 말하는 텐슬리의 비판에서처럼 여성과 창조적인 일을 양립할 수 없는 것으로 보는 남성 중심의 사고에 맞서야할 부담을 안고서, 아내와 어머니라는 제한된 역할에 구속된 어머니 세대인 램지 부인으로부터 가부장적 신화 뒤에 가려진 여성의 창조적 능력을 확인하고 계승시킬 필요가 있는 것이다. 따라서 릴리의 이러한 작업은 이리가라이(Luce Irigaray)가 지적하고 있듯이 가부장적 상징 질서의 위협에 의해 "자신의 육체 안에서 고통 받는"(47-48) 존재로 억압되어온 여성의 진정한 가치와 능력을 긍정하는 일일 것이다.

그런데 릴리의 이러한 노력은 지식과 모험의 세계를 아버지의 세계와 동일시하고 그 세계를 동경하는 캠의 태도와 대비된다. 캠은 변화와 모험을 통해 더 넓은 세계를 꿈꾸는 자신의 욕망을 아버지와 그의 서재에 함께 있는 노신사들이 충족시켜줄 수 있다고 생각하게 되는데, 그런 점에서 캠은 남성중심적인 상징체계를 수용하는 태도 그 이상을 뛰어 넘지 못한다. 어떤 면에서 작가인 울프도 자라면서 자신의 독서 안내자로 아버지에게 의존하였고, 여성 문필가로서 자신의 역할 모델도 바로 아버지였지만(Ingman 126 재인용), 울프는 그러한 제한된 역할 모델을 극복할 필요성이 있었을 것이다. 딸의 입장에서 울프는 모성적인 역할에만 한정됨으로써 창조적인 능력을 결핍한 것으로 간주되어온 여성인 어머니로부터 어머니 자신의 고유한 창조적 능력을 발견하여 여성의 예술적 전통을 계승시켜줄 수 있는, 울프 자신이 1931년 연설에서 주장하듯, 여성의 경험과 가치의 중요성을 인식하고 세상에 전달해야할 의무를 느꼈을 것이다. 여성 예술가로서 여성의 창조성에 대한 릴리의 문제의식은 바로 작가 울프의 것과 다르지 않은 것이다. 그러므로 릴리가 램지 부인에 대해 탐색하고 또 부인에 의해 고무되는 과정은 남성인 램지 씨가 폄하하거나 간과해온 부분에 대한 진실을 드러내는 것이며 또한 램지 부인이 지닌 여성적 정서와 지성의 긍정성 단언하는 것이 된다.

릴리는 이렇게 램지 부인을 생각하고 기억하는 과정에서 부인이 지닌 창조적 능력을 깨닫게 되고 이 과정에서 고무되어 부인을 통해 예술적 비전을 얻는데 도움을 받게 된다. 그렇다면 릴리가 램지 부인으로부터 발견하게 되는 창조적 특성은 어떠한 것인가? 그것은 바로 『자기만의 방』에서 화자가 강조한 바처럼 마음 전체가 활짝 열려있는 양성적 마음의 상태에 도달함으로써 그 순간 사물을 있는 그대로 보는 열린 마음을 통해 우리가 예술적 영원성을 포착하게 된다는 것이다. 이러한 열린 마음의 상태는 비록 유능한 철학자이지만 가부장적인 태도를 지닌 램지 씨에게는 결핍된 것이다. 릴리는 램지 부인이 지닌 열린 마음의 창조적인 면에 대해 깨달음으로써 자신이 여성이기 때문에 스스로를 억압하고 억제하는 분열된 마음에서 벗어날 수 있게 된다. 따라서 릴리가 램지 부인이 지닌 정서를 긍정하는 일과 억압하고 분노하는 자신의 마음의 상태를 벗어나 예술적 비전을 얻게 되는 과정은 소설 전개의 핵심적인 구조를 이루게 된다.

앞에서 언급했듯이 릴리가 예술적 비전을 얻고 그림을 완성하는 데는 10년의 세월이 걸린다. 이 시기를 거치면서 그녀는 1차 대전과 램지 부인, 앤드루(Andrew), 프루(Prue)의 죽음을 체험하게 되고, 그러면서 삶과 죽음을 포함하여 인생의 의미에 대해 좀 더 깊이 천착하게 된다. 그리고 램지 부인이 사라진 램지 가의 여름 별장이 있는 스카이 섬(Isle of Skye)에서 램지 부인을 그렸던 미완성의 그림을 다시 그리면서 릴리는 이전에 가졌던 리얼리티에 대한 의문을 더욱 확장시킨다.

1차 대전은 그 이전 시대의 가치에 균열을 일으키는데, 「창문」에서 릴리가 해체하고자 시도했던 마돈나의 이미지를 만들어낸 관습은 2장 「시간이 흐르다」("Time Passes")에서 깨어질 수밖에 없는 하나의 환상에 불과한 것으로 드러난다. 이러한 변화는 램지 가의 깨어진 거울을 통해 상징적으로 나타난다. 한 때는 "하나의 얼굴을 담고 있었"고(141), "그 밑에서 더 고귀한 힘들"이 있었던 거울은 "번쩍이는 표면"(146)에 불과한 것으로 깨어지고 만다. 깨어진 거울 속에 비친 얼굴은 이상화된 집안의 천사가 아니라 램지 부인이 더 이상 존재하지 않는 집을 관리하는, 이가 다 빠진 노부인인 맥냅 부인(Mrs. McNab)의 얼굴이다. 맥냅 부인은 "거울 앞에 서서 입을 떡 벌리고, 의미 없는 미소를 지으며, 다시 오래된 느리고 절름거리는 걸음을 걷기 시작하면서, 매트를 들어 올리고, 도자기를 내려놓으며 거울 속을 곁눈질 하는"(143) 모습으로 등장한다. "램지 부인이 사라지자 그녀의 노동 뒤에 있던 다른 어머니의 노동이 거울 속에서 아무런 꾸밈없이"(Doyle 167) 나타나는 것이다. 램지 부인과 같은 중상층 부인들이 가꾸어온 안락한 가정은 사실 노동자 계급 여성의 힘든 노동이 있었기 때문에 가능한 것이다. 그리고 노동자 계급의 여성은 자신의 집안을 안락하게 만드는 가정의 천사가 되기에는 너무 가난하기 때문에 일하러 나갈 수밖에 없다.[5] 이와 같이 「시간이 흐르다」는 '가정의 천사'라는 이데올로기의 허구성을 폭로하면서 당대의 성 이데올로기를 해체한다.

또한 「시간이 흐르다」에서는 전쟁 전 "총탄과 포탄의 사격을 받았노라"[6]

---

5) 정규적 고용에서 노동자들의 급여는 2-4명의 자녀가 있는 가족을 근본적인 가난에서 벗어나게 하기에 충분하지 않았다(Lewis 102 재인용). 그리고 남편이 가족을 부양하지 못하면 가족이 빈민 구제법에 부탁하기보다는 아내가 일하러 나가는 것이 더 나은 것으로 여겨졌다(Lewis 104). 이와 같은 상황에서 노동자 계급의 여성들은 소비의 영역이나 생산의 영역 어느 한 쪽에도 한정될 수 없이 힘든 노동을 하였다(Lewis 108 재인용). 또한 여성을 가정의 천사로 한정짓는 담론은 여성의 사회적 활동을 제한하면서 동시에 "노동시장에서 성적 분할을 낳아 여성들이 특정한 일자리에 몰리도록 만들고 또 여성들을 항상 직업의 위계질서의 밑바닥에 머무르게 한" 이데올로기로 작용하였다(Scott 49).

6) 테니슨(Alfred Tennyson)의 「경여단 진격」("The Charge of the Light Brigade")의 한 구절.

(21)라고 외치며 “전사의 모험과 명성”을 “지적 모험과 명성”이라는 상징자본에 연결시키는 램지 씨가 보여주는 “남성을 구성하는. . . 지배 욕구의 모든 형태, . . . 환상의 모든 특수한 형태들의 근간이 되는”(부르디외 296-97) 원초적 환상이 극단적인 형태로 드러나게 될 때, 이 환상은 결국 제국주의적인 전쟁의 형태로 나타나게 되는 측면을 보여준다. 램지 씨는 무엇보다 사회적 명성과 영웅적인 업적을 성취하는 것을 중요하게 생각하고, 자신의 지적 탐구와 성취에 필요한 자질들을 남성적 모험과 탐험에서 요구되는 자질들과 비교하곤 했다. 「시간이 흐르다」에서는 이런 식의 남성 중심적인 명성과 영웅적 업적에 대한 욕구가 극단적이고 폭력적으로 표출된 전쟁에 의해 앤드루와 같이 유능한 젊은 청년의 생명이 빼앗기게 된다는 사실이 드러남으로써 남성중심적인 명예욕과 호전성이 비판된다. 여성 억압적이고 폭력적인 남성중심적인 체제는 이미 1장 「창문」에서도 여성에게 이기적으로 헌신을 강요하는 램지 씨를 통해서, 그리고 램지 부인이 보기에 “쇠로 된 대들보처럼 흔들거리는 구조물 없이 . . . 세상을 떠받치”(115)는 것으로 여겨지는 남성적 지성이 다른 한편으로 항상 “나 — 나 — 나”(115)를 외치는 텐슬리를 통해 이기적인 양상을 띠고 있다는 것으로 드러난 바 있다.

릴리는 이러한 남성 중심적인 체제가 여성에게 가하는 억압에 저항하여 자기방어적인 자의식을 표출한다. 10년 전 램지 가의 저녁식사에서 램지 부인이 여성은 마땅히 사람들에게 동정을 베풀어야 한다는 태도를 보이거나 (92), 텐슬리가 남성의 우월성을 과시하고(94), 혹은 민터가 사랑의 무모함에 휩쓸려 결혼을 감행하려 할 때(111), 릴리는 나무를 좀 더 중앙으로 옮겨 놓아야 한다고 생각하며 자신의 그림을 떠올린다. 그리고 그녀에게도 일이 있다는 사실을 상기하고(92), 다행하게도 자신은 결혼하지 않아도 된다고 생각한다(111). 이러한 릴리는 『자기만의 방』에서 화자가 지적한 "무의식적으로 무엇인가를 억제하게 되고, 점차로 그 억압은 힘든 노력이 되"어 "의식의 갑작스런 분열"(127)을 경험하는 "마음의 통일성"(126)을 방해받는 상태에 놓여 있는 것이다. 그리고 이렇게 자의식에 빠진 릴리는 『자기만의 방』의 화자가 "의식적으로 여성으로 말하는 것은 치명적"이라고 했을 때의 상태가 되는 것이다.

10년 뒤 릴리는 다시 램지 가의 여름 별장을 방문하게 될 때도 이전의 자의식적 자기 방어의 상태를 벗어나지 못한다. 램지 씨가 자신이 여성이기 때문에 동정을 요구하는 태도를 그녀는 받아들이지 못하고 계속 저항하게 된다. 그러나 우연히 릴리가 램지 씨의 구두를 칭찬하게 되고 그녀의 칭찬에 램지 씨가 의외로 쉽게 만족하자 그녀는 미안함을 느끼게 되고 강요에 의한 것이 아니라 마음에서 솟구쳐 나오는 동정심을 느끼며 부끄러워하게 된다(167-68). 바로 이 순간 릴리는 자신이 램지 씨에게 진심으로 동정심을 표현할 수도 있었는데도 여성으로서 지닌 피해의식 때문에 억제할 수밖에 없었다는 것과 지나친 성에 대한 자의식이 타인에 대한 자연스러운 동정심과 사랑을 메마르게 했다는 것을 느끼기 시작한다.

릴리는 이러한 일을 경험한 후, 10년 전 어느 날 부인과 함께 있었던 한 순간의 기억을 일종의 계시로 느끼면서 그녀가 일상성 속에 무심히 흘려버린 현실을 새롭게 바라보게 된다. 릴리가 이 장면을 회상하면서 깨닫게 되는 것은 당시 부인이 보여준 태도가 『자기만의 방』의 화자가 '양성적인 마음'이라고 일컬은 상태, 즉 마음 전체가 활짝 열려져 있어 자연스럽게 창조적이며 분열되어 있지 않은 상태라는 사실이다. 이 당시 릴리는 언제나 그녀에게 성적 자의식을 느끼게 했던 텐슬리와 함께 있었지만 부인의 열려진 마음에 의해 릴리 자신의 마음의 억압도 사라지는 것을 경험했다. 램지 부인은 "모든 것을 단순화했고, 이 분노, 초조함이 누더기처럼 떨어져 나가게 했다. 그녀는 이것과 저것, 그 다음에 이것을 결합하여 이러한 어리석음과 악의를 . . . 무엇인가로 변화시켰다"(175). 즉 열린 마음의 램지 부인은 남성 중심적인 텐슬리조차 포용할 수 있는 애정과 관심이 있었기 때문에 릴리가 여성으로서 느끼는 분노의 감정을 극복할 수 있는 것이다. 그리하여 램지 부인은 자신과 함께 했던 사람들과 나눈 시간을 "작은 일상의 기적들, 조명들, 깜깜한 가운데 예기치 않게 켜진 성냥불과 같은" 아름다운 순간으로 만들 수 있었다. 따라서 릴리의 기억 속에 이 순간은 "우정과 사랑의 순간"(175)으로 영원히 자리 잡을 수 있게 된 것이며 거의 예술품처럼 그녀에게 오래 영향력을 행사할 수 있게 된 것이다. 릴리는 이 영향력의 순간을 계시와 같은 것으로 느끼게 된다.

> 이것, 저것, 그리고 또 다른 것과 릴리 자신, 텐슬리, 부서지는 파도. 램지 부인은 이들 모두를 통합 하면서, "삶이 여기에 멈춰있다"라고 말한다. 부인은 순간을 영원한 것으로 만들고 있었는데 (다른 영역에서 릴리 자신이 순간을 영원한 것으로 만들려고 노력하였던 것처럼)—이것은 계시의 특성을 띠었다. (176)

릴리가 경험하는 계시와 같은 순간은 울프가 「과거의 단상」("A Sketch of the Past")에서 언급한 "존재의 순간"과 같은 것으로 존재의 일상성의 표면이 깨어져 어떤 순간, 이유도 없이 리얼리티라 불리는 것 위에 떠 있는 틈새를 막은 배에 금이 가, "리얼리티가 넘쳐 흐르는" 순간이다(142). 그리하여 "세상이 그 덮개를 벗고 더욱 강렬한 삶을 부여받게 되"(Woolf, *A Room* 143)는 순간이다. 이러한 순간을 경험하면서 릴리는 램지 부인이야말로 예술가의 열린 마음을 지닌 존재라는 사실을 깨닫게 되고 부인이야말로 성을 의식하여 분열되는 일이 없는 마음의 상태에서 일상의 한 순간을 예술품과도 같은 영원한 상태로 고양시켰다는 것을 깨닫게 된 것이다.

그런데 램지 부인의 창조적 능력은 일상의 이러한 어느 한 순간에만 한정된 것이 아니라 램지 부인이 일상적 삶을 살아가는 방식과 관련된 것이다. 이러한 부인의 삶의 방식은 사실 한 때 릴리에게 거부감을 준 모성적 태도와 연관되어 있다. 그래서 릴리는 10년 전 램지 부인이 지닌 어머니로서 사랑과 관심을 주로 남편과 자식을 모성적으로 통제하려는 부정적인 욕망으로만 해석하였지 그것의 긍정성을 제대로 파악하지 못했다. 릴리는 램지 부인이 저녁 식사 때, 누추하고 융합되지 않아 아름답지 않다고 생각하는 상황을 "융합시키고, 흐르게 하고, 창조하는 노력"(91)에 전력을 다하는 것을 단지 스스로를 헌신하는 어머니의 한정된 노동으로만 인식했을 뿐이다. 다시 말하자면 릴리는 램지 부인이 보이는 사랑, 관심, 돌봄을 여성의 능력을 제한하는 이데올로기와 관련된 것으로 받아들이고 그것에 저항함으로써 이들 가치가 지닌 긍정성을 간과하였던 것이다. 램지 부인의 노력은 마치 『댈러웨이 부인』에서 클러리써(Clarissa)가 파티에서 노력했던 것처럼, 그 곳에 모인 사람들이 모두 각각 동떨어진 존재가 아니라 서로 소통할 수 있도록 관심과 애정을 보이는 것이다. 결국 『등대로』에서 램지 부인이 보여주는 여성적 경험에서 축적되고 승화된 가치인 타인에 대한 관심과 사랑, 돌봄은 여성을 폄하하는 이데올로기의 차원을 극복하여 공동체 구성원들의 평화로운 공존을 위해 여성만이 아니라 구성원 모두가 지녀야할 가치로 재평가된다.

울프가 「여성의 직업」에서 호소했던 가정의 천사 죽이기가 여성들이 쌓아온 긍정적인 가치마저 죽여야 한다는 것을 의미하는 것은 아니다. 이것은 이미 살펴본 것처럼 『자기만의 방』에서 화자로서 울프가 여성 작가에게 여성의 경험과 고유한 가치의 중요성에 대해 언급한 점에서도 알 수 있다. 『등대로』에서 릴리가 램지 부인을 회상하며 부인이 지닌 능력을 깨닫고 긍정하게 되는 과정도 바로 가정의 천사 죽이기와 여성의 경험과 가치를 긍정하는 일 사이의 균형을 회복하는 일이다. 그리하여 릴리가 "램지 씨와 그림이라는 두 개의 상반된 힘 사이에서 면도날 같이 날카로운 균형"(209)을 강조하는 것은 릴리 자신이 한편으로 남성에 대한 동정심에 스스로를 헌신하여 자신의 주체성을 잃어버리는 가정의 천사가 되는 일이 없어야 하고, 다른 한편으로 자연스런 애정을 억압하거나 분노로 일관하는 실수를 저지르는 일도 피해야 한다는 필요성을 역설하는 것이다. 릴리는 닫힌 마음의 상태에서 벗어나 관심과 애정으로 램지 씨와 소통할 수 있는 계기를 마련함으로써 램지 씨와 그림 사이의 균형을 이루게 된다. 이러한 소통의 문제는 울프가 인간관계의 중요한 가치로 주목하고 있는 주제인데, 이전 작품인 『댈러웨이 부인』에서는 진정한 소통을 이루기 위해 지배 담론의 절대성을 해체하고 사회적 소수자가 직면하고 있는 현실을 이해하여 사람들이 서로 변화되어야 할 필요성을 재현하고 있다.[7)]

이렇게 볼 때 예술가로서 그림을 통해 영혼의 소통을 시도하는 릴리는 인간 상호간의 소통을 위해 필요한 가치인 관심과 애정, 돌봄의 가치를 간과할 수 없을 것이다. 릴리는 예술가로서 주체성을 유지하며, 그림을 통한 소통과 실제 삶에서 인간적 관계를 통한 소통 사이의 상호 균형감각의 중요성을 확

7) 이 부분에 대한 자세한 설명은 본인의 졸고 「제국주의적 영국사회와 여성문제: 버지니아 울프의 『댈러웨이 부인』」의 20-24쪽을 참조할 것.

인하며 그림을 그리는 가운데 램지 씨의 등대로 향한 항해에 꾸준한 관심을 보내게 된다. 그리하여 램지 씨가 등대에 도착했다고 스스로 확신하는 순간 자신은 그날 아침 그에게 주고자 한 것, 즉 관심과 애정을 드디어 주었다고 생각하며 그림을 완성하게 되고 또한 예술적 통찰력을 얻게 되었다고 확신하게 되는 것이다.

IV

울프가 여성적 가치를 단언하는 일은 가부장적 남성 중심의 사회체제가 안고 있는 폭력성과 독단성에 대해 여성이 살아온 경험을 통해 지녀온 긍정적 가치를 대안으로 제시하는 행위이다. 그리하여 그녀는 궁극적으로 인간이 서로 소통하며 서로에 대해 관심과 애정을 가질 수 있는 세계를 지향한다. 울프가 당대 페미니스트들과 거리를 두고 있는 이유도 그들이 여성의 권익을 주장하는 일에 급급하여 남성 중심적 가부장제의 그릇된 가치인 "강한 소유욕과 질투심, 호전성, 그리고 탐욕"(*Three Guineas* 261)을 무비판적으로 답습함으로써 진정한 소통을 이루고 있지 못하다고 판단한 때문일 것이다. 울프는 『자기만의 방』에서 당대의 사회를 그 어떤 시대보다 "귀에 거슬릴 정도로 성을 의식"(129)한 시대이며, 그 당시 여성들의 남성에 대한 도전이 남성들에게 지나친 복수심을 자극하는 결과를 초래했다고 비판한다. 울프가 양성적인 마음을 강조하는 것은 이렇게 성들 사이에 빚어지는 차별과 적대감을 극복하고, 성들 간의 차이가 지닌 긍정적 가치를 수용하는 열린 마음을 통해 비로소 여성 혹은 남성 예술가들이 자신의 주장을 소통시킬 수 있다고 보기 때문이다. 따라서 울프는 여성 작가들이 자신들의 대안적 가치를 단언하는 일도 이러한 열린 마음을 통해 가능하다고 생각하는 것이다.

비록 울프는 지나치게 분노와 불만을 토로한다는 측면에서 당대의 호전적인 페미니스트에 대해 부정적인 입장을 보이지만, 여성적 가치와 입장을 옹호하고 있다는 점에서 후대의 페미니스트들에게 상당한 영향력을 행사하는 페미니스트이기도 하다. 울프는 이러한 영향력을 통해 그녀가 『자기만의 방』에서 주장한 여성이라면 "어머니를 통해 거슬러 올라가 생각"해야 한다는 여성적 전통을 후세대 여성 작가들에게 전달하는 것이다. 『등대로』에서 릴리가 램지 부인을 통해 여성적 가치의 긍정성을 확인하고 재현하는 일처럼 울프가 여성 예술가에게 바라는 일도 그동안 은폐되어왔던 여성적 가치를 재평가하는 작업일 것이다. 바로 이러한 점에서 여성적 입장을 분명하게 반복하고 재단언하는 차이를 낳는 서사적 전략을 주장하는 후세대 페미니스트인 브라이도티가 여성의 주체성 문제를 생각할 때 떠오르는 첫 번째 인물이 울프라고 설명하고 있는 것을 이해할 수 있다(*Nomadic Subject* 232). 분명 울프는 자신의 에세이와 소설을 통해 여성적 가치의 긍정성에 대해 탐색해온 작가이며, 인간 정신을 고양시키는 열린 마음의 자세를 지닌, 인간 사이의 소통을 추구한 양성적 마음의 작가이다.

출처: 『현대영미소설』 제13권 1호(2016), 55-78쪽.

■ 인용문헌

김금주. 「제국주의적 영국사회와 여성문제: 버지니아 울프의 『댈러웨이 부인』」. *SESK: Scholars for English Studies in Korea*. 6(2004): 5-29.

부르디외, 삐에르. 「남성 지배」(1988). 이봉지 옮김. 『세계사상』 4(1998): 252-317.

Braidotti, Rosi. *Nomadic Subject: Embodiment and Sexual Difference in Comtemporary Feminist Theory*. New York: Columbia UP, 1994.

_____ with Judith Butler. Interview. "Feminism by Any Other Name." *differences: A Journal of Feminist Cultural Studies* 6(1994): 27-61.

Burton, Antoinette M. "The White Woman's Burden: British Feminists and "The Indian Woman," 1865-1915. *Western Women and Imperialism: Complicity and Resistance*. Ed. Nupur Chaudhuri and Margaret Strobel. Bloomington: Indinia UP, 1992. 137-57.

Doyle, Laura. *Bordering on the Body: The Racial Matrix of Modern Fiction and Culture*. Oxford: Oxford UP, 1994.

Fernald, Ann. "A Room of One's Own, Personal Criticism, and the Essay," *Twentieth Century Literature* 40.2(1994): 165-89.

Grosz, Elizabeth. *Volatile Bodies: Toward a Corporeal Feminism*. Bloomington: Indiana UP, 1994.

Handley, R. William. "The Housemaid and the Kitchen Table: Incorporating the Frame in *To the Lighthouse*." *Twentieth Century Literature* 34.1(1994): 15-41.

Ingman, Heather. *Women's Fiction Between the Wars: Mothers, Daughters and Writing*. New York: St. Martin's Press, 1998.

Irigaray, Luce. *The Irigaray Reader*. Ed. Margaret Whitford. Oxford: Blackwell, 1991.

Lewis, Jane. "Introduction: Reconstructing Women's Experience of Home and Family." *Labour and Love: Women's Experience of Home and Family, 1850-1940*. Ed. Jane Lewis. Oxford: Basil Blackwell, 1986. 1-24.

Moi, Toril. *Sexual/Textual Politics: Feminist Literary Theory*. London: Routledge, 1985.
_____. *What is Woman?: And Other Essays*. Oxford: Oxford UP, 1999.
Rosenman, Ellen Bayuk. *The Invisible Presence: Virginia Woolf and the Mother-Daughter Relationship*. Baton Rouge: Louisiana UP, 1986.
_____. *A Room of One's Own: Women Writers and the Politics of Creativity*. New York: Twayne P, 1995.
Scott, Joan W. "The Woman Worker." *A History of Women In the West: IV. Emerging Feminism from Revolution to World War*. Eds. Geneviève Fraisse and Michelle Perrot. Cambridge: Harvard UP, 1993. 399-426.
Showalter, Elaine. *A Literature of Their Own: British Women Novelists from Brontë to Lessing*. Princeton: Princeton UP, 1977.
Weil, Kari. *Androgyny and the Denial of Difference*. Charlottesville: UP of Virginia, 1992.
Woolf, Virginia. *A Room of One's Own*. 1929. Oxford: Oxford UP, 1992.
_____. "Professions for Women." *Virginia Woolf: Women and Writing*. Ed. Michèle Barrett. London: Women's Press, 1979. 57-63.
_____. "Sketch of the Past." *Moments of Being*. Ed. and Introd. Jeannes Schulkind. San Diego: Harcourt Brace, 1985. 64-159.
_____. "Speech of January 21 1931." *The Pargiters: The Novel-Essay Portion of THE YEARS*. Ed. Mitchell A. Leaska. London: Hogarth P, 1978. xxvii-xliv.
_____. *Three Guineas*. 1938. Oxford: Oxford UP, 1992.
_____. *To the Lighthouse*. 1927. New York: Penguin Books, 1992.
_____. "Women and Fiction." *Virginia Woolf: Women and Writing*. Ed. Michèle Barrett. London: Women's Press, 1979. 43-52.

『등대로』에 나타난 인식론과 미학: 랩지 부인과 릴리 브리스코 비교

ㅣ이순구

I

버지니아 울프(Virginia Woolf) 소설의 특징 가운데 하나는 주인공들이 외부 대상과 합일을 이루고자 하는 열망이 강렬한 나머지 그로 인한 주체의 소멸의 경향이다. 내어모어(James Naremore)는 이것을 울프의 소설의 물의 특성과 연관시킨다. 울프의 작품을 읽다보면 물의 요소를 발견하는데 그것은 독자를 아주 깊게 빠져들게 해서 책 속의 사람들과 사물들이 마치 그림자처럼 흐릿해지고 불분명해져서 구분이 가지 않는다는 것이다. 극단적인 경우 이 눈에 보이지 않는 강은 그녀의 인물들을 모두 용해시켜서 영원히 가라앉는 듯한 기이한 느낌을 준다는 것이다(2). 박희진(Hee-jin Park)은 이것을 다음과 같이 설명한다. "울프의 가장 공감적인 인물들은 감수성의 인물들로 존재의 여성적 원리를 구현하는데 이들은 무엇보다도 감정적이어서 자신들과 외부 세계 사이의 합일을 추구한다."(36) 이런 결과로 인물들 사이의 구분이 가지 않고 인물들의 익명성과 모호성이 강조되는데 울프가 감정의 깊숙한 데로 나아갈 경우 포함된 인물들은 단 한 사람인 것처럼 보이기도 한다고 말한다(38). 대이치스(David Daiches)의 경우에는 이것을 다음과 같이 지적한다. "독자를 당혹시키는 것은 이 융합의 과정을 보여줄 어떤 분명한 관점이 없다는데 있는 듯하다. 행위들은 작가의 응시 아래에서 경험의 흐름 속으로 용해되어 버리는데 그러나 용해시키는 매개자는, 비유를 확장시키자면, 지금은 이 산(acid)이었다 또 저 산인 듯하다."(15) 이 논문에서는 이러한 울프의 특징이 『등대로』(*To the Lighthouse*, 1927)의 경우 이 소설의 가장 긴 파트인 1부 「창」("The Window")의 램지 부인(Mrs. Ramsay)에게서 나타나는 것으로 보고자 한다. 램지 부인은 다른 대상과의 합일 혹은 융합을 이루고자 하는 열망이 너무 큰 나머지 실제 삶 속에서 자아와 대상 사이의 차이를 구분하지 못하며 2부 「시간이 흐르다」("Time Passes")에서부터는 실제로 자아가 소멸되어 작품으로부터 사라진다.

그런데 이 소설은 이러한 1부로 끝나지 않고 3부 「등대」("The Lighthouse")에서 그 세계를 해체시키고 재구성한다는 것이다. 3부의 주인공 릴리 브리스코(Lily Briscoe)는 램지 부인이 구가하는 삶을 예술가적인 삶으로 규정하여 추하고 무질서한 현실 세계로부터 아름다운 예술작품과도 같은 삶의 순간을 창조하는 그녀의 놀라운 정신력을 높이 사면서도 그 세계가 지닌 자아 소멸적 경향과 다른 대상을 억압시키는 권위주의적인 측면을 폭로한다. 그리하여 3부는 릴리가 그토록 합일을 갈망하던 모성 그 자체를 상징하는 램지 부인으로부터 완전한 분리를 이루는 과정을 담는다. 릴리의 램지 부인 그림 그리기는 릴리가 램지 부인으로부터 완전한 분리를 이룸으로써 그 완성이 가능해지는데 그럼으로써만 램지 부인의 리얼리티에 도달할 수 있다고 보기 때문이다. 다른 한편으로 3부에서는 이러한 릴리를 통해 살아남은 자들 사이의 원만한 관계가 램지 부인이 추구하던 합일이나 융합이 아닌 거리두기 방식을 통해 이루어지는데 이것은 삶에서도 예술에서와 마찬가지로 거리두기가 필요하다는 것을 말하기 위함으로 보고자 한다.

대상과의 합일을 중시하는 1부의 램지 부인과 대상으로부터의 분리를 중시하는 3부의 릴리는 삶과 예술에 있어서의 서로 다른 인식론과 미학을 전개시키는 인물들로 어떤 의미에서는 둘 다 철학자들이고 예술가들이다. 이 논문에서는 1부의 램지 부인의 삶은 쇼펜하우어(Arthur Schopenhauer)의 철학과 그의 "관조"의 미학으로 잘 설명될 수 있다고 보고 그의 사상을 도입하여 접근해보고자 한다. 3부의 릴리 파트는 이와는 다른 울프 자신의 모더니즘 미학이 전개된다고 보아 거리두기가 삶과 예술에서 얼마나 중요한지 이 파트에서 빈번하게 등장하는 대조와 모순과 역설 등의 요소들을 다룸으로써 설명하고자 한다. 그리하여 램지 부인과 릴리가 그들의 인식론과 미학에서 어떤 점에서 서로 다른지를 다루어보고자 한다. 그리고 궁극적으로는 릴리의 견해가 보다 더 작가를 대변하는 것으로 간주하고자 한다.

여기서 이 소설의 핵심을 램지 부인이 아닌 릴리에게서 찾는 비평가들의 견해를 잠간 살펴보도록 하겠다. 리스카(Mitchell A. Leaska)는 이 작품을 통합시키는 데 있어 가장 중요한 인물로 릴리를 지목하고 그녀가 독자가 가장 신뢰할 수 있는 정보의 근원이자 그의 가장 효과적인 감정적 지적 안내자로 기능한다고 본다(89-90). 그러면서 이 작품에 나타나는 다양한 관점의 사용을 다음과 같이 해석한다. "이질적이고 모순적인 요소들을 보고 그것들 사이의 화해를 인식하지 못하는 것은 사실 이 광범위한 대조들을 포용하는 해설적 틀을 놓치고 마는 것이다."(112) 코너(Martin Corner) 역시 이 소설의 중심 인물을 릴리에게서 찾는데 세계를 응시하는 릴리의 신비주의가 세계와의 합일을 추구하는 램지 부인의 신비주의보다 울프 자신의 그것에 더욱 가깝다고 분석한다. "릴리는 이 소설에서 신비적 경험의 다양성을 '마주하는' 것의 울프의 가장 충만한 표현으로 그것은 램지 부인의 토론에서 우리에게 익숙한 종류의 것보다 작가의 세계관의 심장에 더 가까운 종류의 것이다."(416)라는 것이다. 프라울라(Christine Froula)도 릴리 인물을 중시하는데 그녀는 울프가 "20세기 초엽 유럽미술을 바꾸어 놓았던 추상 미학에 부응해서 릴리의 모더니스트 그림은 외양 밑의 리얼리티를 묘사하는데 목표를 둔다."(130)면서 "『등대로』 작품은 어머니와 합일하고자 하는 상징적 시도(릴리의 램지 부인의 최초의 초상)로부터 '훨씬 더 일반적인 그 무엇'을 그리는 추상적인 그림으로 향하는 딸의 원정 모험을 추적한다."(132)라고 분석한다. 이 논문에서는 릴리를 이 작품의 핵심적 인물로 보는 이러한 논의들을 참조하여 3부를 분석하고자 한다.

1부의 램지 부인 파트에 대해서는 쇼펜하우어의 철학과 미학으로 접근하고자 하는데 울프의 작품에 나타난 쇼펜하우어의 영향력을 분석한 연구가로는 레퓨(Penelope Lefew)와 맥그레거(Jamie Alexander McGregor)가 있다. 레퓨는 『등대로』 분석에서 램지 부인과 릴리를 무질서한 삶에서 질서를 창조하는 예술가로 보고 쇼펜하우어적인 구원으로서의 예술 개념이 이 소설에서 잘 나타난다고 본다(133-36). 한편 맥그레거는 울프가 바그너(Wagner)의 영향을 받았고 바그너는 쇼펜하우어의 철학의 영향을 받았다는 전제 하에 『댈러웨이 부인』(*Mrs Dalloway*)을 분석하는데 특히 주변과의 동일시를 잘 해서 종종 자아를 잊는 워렌(Septimus Warren) 인물을 쇼펜하우어의 "관조"의 개념에 비추어 중점적으로 다룬다(31-40, 91-119). 레퓨가 쇼펜하우어의 철학 가운데 "의지"가 어떻게 작중 인물들에게 나타나는가에 집중한다면 맥그레거는 쇼펜하우어의 "관조"의 개념이 『댈러웨이 부인』에서 어떻게 구체화되는지를 보여준다고 볼 수 있다. 두 사람 모두 울프의 작품에 나타난 쇼펜하우어의 영향력이 어떻게 나타나는가를 자세히 분석한다면 이 논문은 그것을 1부의 램지 부인에게만 국한시키고자 한다. 1부는 일단 전체적으로 볼 때 램지 부인의 의식에 의한 묘사가 비중이 가장 크다. 그리하여 쇼펜하우어의 초월적 이상주의가 지배적인 것처럼 다가오는데 궁극적으로는 울프가 이러한 삶의 자세에 대해 거리를 두고 비판적으로 보고 있다는 전제 하에 램지 부인을 분석하고자 한다.

II

1. 쇼펜하우어의 철학과 "관조"의 미학

초월적 이상주의 철학자인 칸트(Kant)와 마찬가지로 쇼펜하우어는 세계를 "현상"(phenomenon)으로 이해했다. 세계란 곧 주체인 내가 있어야만 존재하는 것으로 그는 『의지와 표상으로서의 세계』(*The World As Will and Representation*) 1권(Volume I)의 1부(First Book)에서 "세계는 표상이다"라며 다음과 같이 선언한다.

> 지식을 위해 존재하는 모든 것은, 따라서 이 세계 전체는, 주체와 관련하여 단지 객체일 뿐으로 지각자의 지각이며, 다시 말해 표상이다. . . . 어떤 방식으로든 세계에 속하고 또 속할 수 있는 모든 것은 이러한 존재와 불가피하게 관련되며 주체에 의해 조건 지워진다. 그것은 주체를 위해서만 존재한다. 세계는 표상이다. (v1.3)

세계는 주체가 전제되어야만 존재하는 것이며 주체와의 관계에서만 객체일 뿐으로 주체가 지각하는 것이 곧 세계라는 것이다. 따라서 세계는 쇼펜하우어에게 모두 의식의 산물일 뿐이다. 이러한 중요한 사실을 망각하고 외양에 입각한 이해만을 강조하는 리얼리즘은 쇼펜하우어가 볼 때 공중누각의 사상이다(v2.5). 그렇다고 보면 쇼펜하우어에게 세계는 인간의 상상력이 창조한 주관적인 것에 다름 아니며, 어떤 객관적인 세계가 별도로 존재하는 것이 아니다.

세계를 아는 또 다른 방법으로 쇼펜하우어는 현상의 배후에 "의지"라는 맹목적이고 불합리한 힘이 있다고 주장한다. 칸트가 "현상" 배후에 "물자체"(thing-in-itself)가 있고, 그 "물자체"는 인간의 인식으로는 도저히 다가갈 수 없는 이해 불가능한 영역으로 보았다면 쇼펜하우어는 이 "물자체"를 "의지"라고 불렀고, "현상"은 바로 이 "의지"가 객관화되어 가시화된 것으로 파악했다. 그러면서 그는 이 "의지"가 모든 생명체에 무차별적으로 작용하고 있어 그 누구도 거기서 빠져나올 수 없다고 본다. 그에 의하면 인간과 동물이 모두 하나 같이 이 맹목적인 삶의 충동인 "의지"에 의해 움직여진다는 것이다. 이 "의지"는 칸트의 "물자체"처럼 쇼펜하우어에게 궁극적인 실재다. 그것은 눈에 보이지 않으며, 아무 곳에도 없고, 원인도 없으나 영원하다. 그리하여 쇼펜하우어는 "의지"를 다음과 같이 설명한다.

> 행위를 통해 그리고 이 행위의 영원한 토대인 몸을 통해서 그에게 표상으로 그 모습을 드러내는 그 자신만의 현상의 그 내적 성격은 그의 의지다. . . . 이 모든 것은 단지 현상에서만 다르고 그 내적 성격에 따라 동일하다는 것을 그는 알게 될 것이다. . . . 이것은 모든 특정한 사물의, 그리고 전체 모든 것의, 가장 내적인 본질이자 핵심이다. 그것은 맹목적으로 움직이는 자연의 모든 힘

속에 있으며 또한 인간의 고의적인 행동에도 있다. (v1. 109-10)

이 "의지"는 그 자체가 욕망이 무한대여서 아무도 그것을 만족시킬 수 없고, 현상계의 각 개별자 역시 이 "의지"의 지배를 받기 때문에 각자 자신의 무한한 욕망만을 추구하게 되고 다른 개별자를 자신의 욕망에 반하는 대상으로만 보기 때문에 모든 개별자는 서로 대립하고 충돌하여 영원한 고통의 늪에서 빠져나올 수 없다. 이 세상은 항상 고통으로 가득 찬 곳이 된다. 이러한 염세주의로 인해 쇼펜하우어는 하나님이 없는 세계를 적극적으로 사유한 최초의 무신론적인 서양 철학자가 된다(Magee 263). 그런데 바로 여기서 모든 삼라만상이 모두 "의지"의 지배를 받고 있기 때문에 곧 하나이고 서로 연결되어 있으며 결국 동일하다는 논리가 성립하게 된다. 즉 모두가 "의지"와 하나이고, 서로 연관되며, 결국 같은 존재이다. 그리하여 쇼펜하우어의 동정의 윤리가 등장하는데 그는 개별자가 각자 자신의 욕망을 일절 거부하고 멸절시키는 한편 모든 살아있는 생명체들과 함께 고통을 나누는 동고(同苦)의 입장을 취할 것을 제안한다. 그리하여 염세주의에서 출발한 쇼펜하우어의 철학은 이 "의지"가 지배하는 고통의 세계에서 벗어날 수 있다는 확신으로 끝난다(박찬국 111).

특히 쇼펜하우어는 인간 구원의 가능성을 예술에서 찾는다. 그는 예술을 통해 인간이 맹목적이고 불합리한 "의지"의 지배로부터 일시적으로나마 벗어날 수 있다고 본다. 그에 의하면 자연의 아름다움 앞에서 인간은 몰입하게 되고 그러면 곧 자신을 잊게 된다. 주체는 사라지고 그는 단지 자연을 거울처럼 비추는 존재가 된다. 그 순간 주객구분이 사라지고 그와 자연은 하나가 된다. 그는 이제 인식의 순수한 주체가 된다. 그는 세상이 곧 나이고 내가 곧 세상인 신과 같은 지복의 상태를 맛보게 된다. 쇼펜하우어는 이러한 "관조"

를 다음과 같이 설명한다.

> 우리는 우리의 개체성과 우리의 의지를 잊어버리고, 순수한 주체로, 객체의 분명한 거울로만 계속 존재하므로 그것은 마치 그것을 지각할 그 어느 누구도 없이 대상만이 존재하는 것 같다. 그리하여 우리는 지각으로부터 지각자를 더 이상 분리할 수 없으며, 그 두 개는 하나이다. 왜냐하면 의식의 전체가 지각의 단 하나의 이미지에 의해 채워지고 사로잡히기 때문이다. 따라서 만일 대상이 그 정도로 그것 밖의 무엇에 대한 모든 관계로부터 벗어나고 그리고 주체는 의지에 대한 모든 관계로부터 벗어나게 되면, 이렇게 해서 알게 되는 것은 더 이상 개별적인 사물로서의 그것이 아니라, 이데아이며, 영원한 형식이자, 이 단계에서의 의지의 즉각적인 객체화다. 이와 동시에 이러한 지각에 포함된 사람은 더 이상 한 개인이 아니다. 왜냐하면 그러한 지각에서는 개인은 자신을 잊어버리기 때문이다. 그는 순수하고 의지가 없고 고통도 없는 지식의 주체이다. (v1. 178-79)

이런 최고의 의식의 상태에서 우리는 현상계의 모든 차별로부터 벗어난다. 사물도 더 이상 생성, 소멸하는 개별자로 나타나지 않으며 사물들의 순수한 본질인 이데아(Idea)의 반영으로 나타난다. 쇼펜하우어에게 예술은 이러한 "관조"를 통해 포착한 영원한 이데아를 반영하는 것이 된다.

> 그러나 이제 모든 관계들 밖에 존재하고 그것들로부터 독립하여 지속적으로 존재하는, 그러나 그것만이 진정 세계에 본질적이고, 그 현상의 진정한 내용이며, 결코 변하지 않으며, 따라서 항상 동등한 진리로 알려져 있는, 즉 물자체의, 그리고 의지의 즉각적이고 적절한 객관화인 이데아를 고려하는 것은 어떤 종류의 지식이란 말인가. 그것은 예술이며 천재의 작품이다. 그것은 순전한 관조를 통해 포착된 영원한 이데아 즉 세계의 모든 현상 안의 본질적이고 영속

적인 요소를 반복한다. (v1, 184)

이러한 쇼펜하우어의 사상은 19세기 당시보다 20세기 들어 예술가들 사이에서 더 큰 반향을 불러일으켰다. 가령 블룸스베리 그룹(Bloomsbury Group)의 미학의 창시자인 무어(George Moore)는 1889년 "나는 나의 정신의 많은 부분을 쇼펜하우어에게 빚졌다"(Bridgwater 11 재인용)라고 말했다. 그는 사상과 상징 사이의 관계를 설명하기 위해 쇼펜하우어를 사용했는데 그에게 상징은 예술가가 사물 그 자체에서 끌어낸 사상을 대변하는 그 무엇이었다. 또한 그는 "의지"에 대한 만병통치약의 수준으로까지 예술에 능력을 부여했던 쇼펜하우어의 이론에 매력을 느꼈다(Lefew 118-19). 에델(Leon Edel)의 표현대로 무어의 "문하생들"(53)로 볼 수 있는 레나드 울프(Leonard Woolf), 로저 프라이(Roger Fry), 클라이브 벨(Clive Bell) 등 역시 모두 쇼펜하우어의 책을 읽었고, 그의 철학을 서로 토론했다. 프라이와 벨은 둘 다 예술에서의 "의미심장한 형식"에 대해 말했는데 특히 벨은 이 의미심장한 형식을 "본질적인 실재"라고 밝힌 뒤 다음과 같이 말한다. "당신이 그것을 뭐라고 부르든지 내가 말하고 있는 것은 모든 사물들의 외양의 이면에 놓인 것에 대해 말하고 있다. 모든 사물들에 그것들의 개별적인 의미와 물 자체, 궁극적인 실재를 부여하는 것이다."(*Art* 54) 이러한 블룸스베리 그룹을 통해 울프 역시 간접적으로나마 쇼펜하우어의 미학의 영향을 받았을 것으로 추정된다(Lefew 19). 그러나 이 소설에서 울프는 자신이 거리를 두는 인물인 램지 부인의 묘사에 그것을 적용시킬 뿐이어서 쇼펜하우어의 사상이 곧 울프의 것이라고 볼 수는 없다. 그리고 실제로 울프는 생전에 쇼펜하우어를 일고의 가치가 없는 철학자로 대했다.[1)]

2. 쇼펜하우어의 철학과 "관조"의 미학에서 본 램지 부인

1부 「창」을 통해 우리가 들여다보는 램지 가의 모습은 어딘가 불균형이 있고 문제가 많은 곳임이 암시된다. 어느 한쪽에 너무 많은 힘이 실려 있는가 하면 다른 한쪽에는 힘이 너무 없다. 충분히 불합리하고 모순된 세계다. 그런데 이 세계를 울프는 강자보다는 약자인 쪽에 공감함으로써 그 약자의 관점에서 그 세계를 묘사한다. 특히 그 약자에 의해서 이 불균형적이고 어딘가 사악한 힘이 도사리고 있는 세계가 마술처럼 터무니없이 아름답고 따뜻하며 사랑이 충만한 세계로 변모되는 과정을 추적한다. 즉 1부의 주인공은 램지 부인으로 그녀는 남편인 램지 씨(Mr Ramsay)가 다스리는 가정이라는 소왕국의 세계에서 남편과 가족의 "타자"로 살지만 그녀에 의해 그 추하고 무질서한 왕국이 아름다움과 질서와 조화가 있어 충분히 행복하고 살아갈 만한 이상적인 곳, 즉 목가적인 곳으로 바뀐다. 그리고 그 과정에서 울프는 자신의 어머니를 쇼펜하우어의 "관조"를 구현하는 예술가로 묘사한다. 램지 부인은 우주 같은 마음으로 나약하고 불쌍한 영혼들을 모두 품는다. 그녀에게는 "나"와 "너"의 구분이 없다. 그녀에게서는 모든 것이 하나가 된다. 마침내 그녀는 쇼펜하우어적인 "관조"를 통해 덧없는 삶의 순간을 인간의 기억 속에 남는 영원한 예술작품으로 창조한다. 그런 점에서 울프는 램지 부인의 정신의 위대

---

1) 울프는 그녀의 에세이 「읽기와 읽지 않기」("To Read and Not to Read")에서 쇼펜하우어에 대한 자신의 입장을 간략하게나마 언급하고 있다. 그 글에서 울프는 1917년 『타임즈 문학 부록집』(*Times Literary Supplement*)에 실린 하버튼 자작(Viscount Harberton)의 글을 소개한다. 하버튼은 자신의 글에서 쇼펜하우어와 허버트 스펜서(Herbert Spencer)를 읽어볼 만한 작가로 추천하는데 특히 그는 쇼펜하우어의 글에서 발췌한 것들을 명구로 사용하고 있었다. 이에 울프는 "쇼펜하우어의 책은 영원히 읽고 싶지 않다"고 말함으로써 하버튼의 충고를 조롱하며 쇼펜하우어를 일고의 가치가 없는 철학가로 대한다(157). 실제로 울프가 그 뒤 쇼펜하우어의 책을 읽었다는 증거는 없다(Lefew 116).

성을 놓치지 않는다. 울프는 분명 자신의 이해관계를 위해 세속적 야망을 꿈꾸는 램지 씨나 찰스 탠슬리(Charles Tansley)보다는 램지 부인의 이러한 삶을 공리주의적인 유용성을 추구하지 않는다는 점에서 더욱 높이 사는 것으로 보인다. 램지 씨와 탠슬리 씨에 대한 울프의 비판적 거리두기는 사적인 영역에서 이들이 어느 정도로 여성들을 착취하고 폭력적으로 대하는지를 전혀 그렇다고 직접적으로 말하지 않고 수많은 비유와 상징을 사용하여 전달하는데 이것은 그녀가 탁월한 예술가이기 때문에 가능하다. 그러나 울프는 1부에서 램지 부인을 이러한 불리한 역경의 한가운데에서도 예술가처럼 유동적인 삶의 한가운데에서 울프가 말하는 "존재의 순간"을 창조해낼 줄 아는 인물로 구현한다. 다른 한편으로 작가는 램지 부인이 충분히 충만한 삶을 산 것도 그녀 자신이 그다지 행복한 삶을 산 것도 아님을 암시할 뿐만 아니라 주변 사람들 역시 그녀의 존재로 인해 전혀 부담스럽지 않은 게 아니었다는 것도 함께 전달한다.

우선 삶에 대한 램지 부인의 인식을 보도록 하겠다. 그녀는 삶을 "끔찍하고, 적대적이며, 기회만 오면 여지없이 자신을 공격해올"[2] 성격의 것으로 바라본다. 다시 말해 쇼펜하우어가 말한 것처럼 현실 세계의 배후에는 맹목적이고 불합리하며 사악한 어떤 힘, 즉 "의지"가 작용하고 있는 곳으로 파악한다. 이 소설에서는 램지 부인이 왜 그렇게 염세주의적 세계관을 갖게 되었는지 분명한 설명을 하지 않고 있다. 단지 그녀는 "모든 이들에게 일어날 필요가 없는", 그리고 "스스로에게도 그게 뭐라고 말하지 못하는"(67) 경험들을 그녀 자신이 한 것으로만 나온다. 그녀는 천진난만한 어린 제임스(James)를

2) Virginia Woolf, *To the Lighthouse* (London: Penguin Books, 2000), p. 66. 이하 본문 인용은 이 책에 의거하여 괄호 안에 쪽수만 표기하기로 한다.

보면서 그리고 아직 삶의 어려움에 직면해보지 않은 자녀들을 보면서 그들이 어른이 되지 않고 마냥 영원히 어린 아이인 채로 남아 있기를 바란다(66-67). 그 정도로 그녀는 어른이 되어 그들이 대면해야 할 삶의 고통을 알기 때문에 불안해한다. 그녀에게 삶은 힘들게 대적해야 할 끔찍한 상대인 것이다. 그녀는 이 세계는 분명 누군가의 실수로 창조되었고 신은 없을 것이라고 확신한다.[3]

3) 주지하다시피 램지 부인의 모델이었던 울프의 어머니 줄리아 스티븐(Julia Stephen)은 무신론자였다. 그녀는 기독교 집안에서 자랐고, 그녀의 어머니는 독실한 기독교신자였지만 첫 남편 허벗 덕워스(Herbert Duckworth)가 결혼한 지 4년 만에 죽고 아이 셋 달린 미망인으로 8년을 살면서 기독교 신앙을 버리게 된다. 이처럼 무신론자로 살았던 그녀는 역시 30대 중반에 종교적 회의 때문에 캠브리지 대학의 학감(don) 직을 사임했던 레슬리 스티븐(Leslie Stephen)을 만나게 되어 1878년 재혼하게 되는데, 아마도 여기에는 스티븐이 쓴 불가지론적인 책들의 영향이 있었던 것으로 추정된다(Gaipa 33-35). 하여간 1882년 버지니아 스티븐이 태어났을 때 이들 부부는 각각 36세, 50세였고, 각각 1846년, 1832년생이었던 이들은 빅토리아조의 주요 기간을 줄곧 무신론자로 살았다고 볼 수 있다. 이러한 이들의 삶은 당시 과학과 기술발달의 여파로 기존 종교에 대한 회의가 점증했던 빅토리아조 후반의 특징으로도 볼 수 있다. 재혼한 줄리아 스티븐의 삶은 당대의 여성들의 대부분의 삶이 그렇듯이 남편과 자녀들을 위해 헌신적으로 살았던 빅토리아조의 이상적인 여성상인 "가정의 천사"를 대변했다. 그녀는 전 남편과의 사이에서 낳은 세 명의 자녀와 스티븐이 전처와의 사이에서 낳은 한 명의 자녀 로라(Laura) — 그녀는 정박아였다 — 그리고 스티븐과 자신 사이에서 태어난 네 명의 자녀들을 포함해 도합 여덟 명의 자녀를 보살펴야 했다. 한편 그녀의 남편 스티븐은 매슈 아놀드(Matthew Arnold)를 잇는 영국 문단의 거목이었으나 이러한 공적인 지위에도 불구하고 가정 내에서는 아내에게 너무 의존적이었고 때로는 자녀에게 폭군처럼 굴었던 가부장제적 인물로 결국 줄리아 스티븐은 49세의 이른 나이로 생을 마감하게 된다. 이 소설이 출판되고 12년 뒤에, 그리고 울프가 죽기 2년 전인 1939년에 발표된 그녀의 자서전 「과거의 스케치」("A Sketch of the Past")에서는 이 소설을 쓸 당시보다 더 성숙한 관점으로 소설에서 다 밝히지 못한 어머니와의 관계의 부분들을 더욱 치밀하게 전개시켜 나가고 있다.

어떤 신이 이 세상을 만들 수 있었단 말인가? 그녀는 물었다. 그녀의 생각으로는 이성도, 질서도, 정의도 없고 다만 고통과 죽음과 가난한 자들만이 있다는 사실만이 항상 중요했다. 이 세상이 저지르기에 지나치게 야비한 배신은 없다는 사실을 그녀는 알고 있었다.[4]

이처럼 불합리하고 고통스러운 세상에서 그녀가 할 수 있는 것은 다른 사람들과 함께 하나가 되는 것이다. 쇼펜하우어가 주장한 동정의 윤리를 펼치는 것이다. 그녀에게는 살아있는 모든 것들이 측은하고 불쌍하다. 험난한 고통의 삶을 살아야 하기 때문이다. 결혼에 실패해 아편에 의지하며 살아가는 카마이클 씨(Mr Carmichael)(14, 46), 어린 시절 서커스에 한번 가보지 못하고 성장해야 했던 하층민 출신의 청년 학자 탠슬리 씨(26), "얼굴은 주름이 많고 결혼은 결코 하지 못할 여성"이자 "그림이 아주 대단한 것도 아닌"(21) 33세의 화가 지망생 릴리, 부인과 자녀도 없이 하숙집에서 혼자 식사를 해야만 하는 식물학자인 윌리엄 뱅크스(William Bankes)(91) 등 그녀는 주변 사람들에 대한 연민과 동정을 느낀다. 그리고 그들을 사랑으로 감싼다. 그들 역시 이러한 램지 부인의 사랑에 힘입어 "대단한 자부심"(19)과 삶의 "희열"(53)을 느끼며, 더 이상 이 세상을 혼자 외롭게 배회할 필요가 없다고도 느낀다(60). 심지어 사회적으로 존경받는 철학자로 등장하는 그녀의 남편도 학자로서 패배감과 좌절감을 느낄 때마다 그녀에게로 다가와서 다시 정진할 새 힘을 공급받는다(42-43).

---

4) Virginia Woolf, *To the Lighthouse* (London: Penguin Books, 2000), p. 71. 버지니아 울프, 『등대로』 박희진 옮김(서울 : 솔, 2003), p. 122. 앞으로 작품 인용이 길어질 경우 괄호의 왼쪽에는 영어 원본 텍스트의 쪽수를, 오른쪽에는 박희진의 번역 쪽수를 각각 기입하기로 함을 밝힌다. 한편 주3)에서 밝혔듯이 본문 중의 짧은 번역은 영어 원본 텍스트의 쪽수만 기입한다.

램지 부인은 놀랍게도 사람들뿐만 아니라 꽃과 나무와 무생물체들과도 하나 됨을 추구한다. 쇼펜하우어가 모든 개별자들이 "의지"라는 동일한 힘의 지배를 받고 있어 모두가 서로 연결되어 있고, 동일하다고 믿었던 것처럼 그녀 역시 모든 존재들이 서로 연결되어 있고, 동일하며, 하나라는 느낌을 갖는다.

> 종종 그녀는 손에 일감을 들고 앉아서 바라보고 또 앉아서 바라보고 있는 자신을 발견했다. 마침내 그녀는 자기가 바라보고 있는 것이 되었다. 가령 예를 들면 저 불빛이 되었다. . . . 어떻게 혼자 있게 되면 나무와 개울, 꽃들인 무생물에게로 기울게 되는지 . . . 나무와 개울과 꽃들 말이다. 그것들이 하나를 표현한다고 느끼고, 그것들이 하나가 되었다고 느끼고, 그것들이 하나임을 알고 있다고 느끼고, 또 어떤 의미에서는 그것들은 하나라고 느끼게 되었는지, 그녀는 기이하다고 생각했다. (70, 120-21)

이러한 주변과의 합일로부터 얻어지는 정신적 만족감을 램지 부인은 다음과 같이 묘사한다.

> 개성을 상실함으로써 우리는 초조함, 분주함, 흥분 등을 상실했다. 사물들이 이 평화와 안식과 영원성 속으로 한군데 모였을 때 그녀의 입술로 삶에 대한 어떤 승리의 탄성이 항상 터져 나왔다. (70, 120)

1부에서 거의 모든 인물들은 그녀를 흠모하고 그녀와 하나가 되고자 한다. 그녀에게서 정신적 삶의 자양분을 얻기 때문이다. 1부를 그림으로 그린다면 램지 부인을 중심으로 다른 모든 인물들이 동심원을 그리며 그녀와 하나가 되기 위해 그녀 주변으로 몰려든다. 그러나 엄밀한 의미에서 보면 그녀는 자아가 없다. 그녀는 자신을 밖으로 분산시킴으로써만 존재한다. 그녀에게는 대상과의 합일만이 있다. 그녀는 다른 사람들과 하나가 되며 그런 방식으로 그들과 함께 이 고통스러운 "의지"가 지배하는 삶에 맞서 싸워 승리하는 전사(warrior)가 되고자 한다.

실을 가지고 양말을 짜는 것처럼 즉 무에서 유를 만들어내는 것처럼 램지 부인은 쇼펜하우어의 "관조"의 개념을 통해 세계를 새롭게 창조한다. 끔찍한 세계는 그녀의 "관조"의 능력에 의해 견딜만하고 인간적이 된다. 동화 속의 여주인공인 이사빌(Isabil)이 도다리(flounder)의 초월적 힘을 빌어서 자신의 소원을 파멸당하기 직전까지 거의 다 이루는 것처럼 램지 부인의 삶 역시 자신의 "관조"의 능력에 의해 마술처럼 주변 세계를 변모시켜나간다. 램지 부인이 뜨개질하는 장면은 이러한 그녀의 삶을 상징적으로 보여준다. 그녀가 짜고 있는 양말은 자신이 신을 양말이 아니라 등대지기의 병약한 어린 아들에게 가져다 줄 양말이다. 소설 내내 그녀는 제임스를 안고 이 뜨개질을 한다. 뜨개질은 그녀를 세계와 연결시켜주는 통로이다. 뜨개질을 통해 그녀는 자신을 무화시키고 등대지기 소년과 하나가 된다. 그리하여 그녀는 소년을 위한 뜨개질을 한다. 그녀가 뜨개질을 하면서 아들 제임스에게 읽어주는 그림(Grimm) 형제의 동화 「어부와 그의 아내」("The Fisherman and His Wife")는 이러한 그녀의 자기희생적 삶을 미화시키고 정당화시킨다. 동화 속의 이사빌은 성경의 구약에 나오는 아합(Ahab)의 아내 이사벨(Isabel)처럼 "의지"의 노예 상태에서 자신의 무한한 욕망만을 좇다가 파멸당하는 여성으로 등장한다. 따라서 그러한 여성과 대척점에 서 있는 램지 부인은 동화가 던지는 "교훈"을 잘 내면화한다. 그녀는 이사벨과는 달리 자신의 욕망은 죽인 채 다른 사람들을 위해 자신을 내던짐으로써만 존재할 것이다. 그녀는 기꺼이 여덟 명의 자녀의 감정의 스펀지가 되어주고, 남편이 요구할 때에는 하던 일을 중단하고 그와 산책을 해주며, 손님들에게도 그들의 필요를 채워주기 위해 모든 친절을 베풀고, 환자들 방문도 시간을 정해두고 적극적으로 한다. 그녀는 대상과의 합일을 통해 이 끔찍한 세계를 따뜻하고 인간적인 세계로 바꾼다. 그러나 그녀 역시 동화 속의 이사벨처럼 종말은 비극적이다.

만찬 파티가 열리는 17장에서 그녀의 "관조"는 최고조에 달한다. 그리고 그녀는 그 만찬 파티를 사람들의 기억 속에서 영원히 지워지지 않는 "루비"(114)처럼 빛나는 예술작품으로 만드는데 성공한다. 그리고 이때 램지 부인의 무기는 다름 아닌 고통 가운데 처한 인간에 대한 동정이다. 그녀는 각기 자아에 매몰되어 서로 분리된 채 존재하는 "의지"의 희생자들을 한 자리에 모은 뒤 마치 마술을 부리듯 그들을 하나로 통합시킨다. 램지 부인은 통합시키는 이 모든 역할이 자신에게 달려있다고 믿는다. "융합시키고 흘러가게 하고 창조하는 모든 노력이 그녀에게 의존했다."(91) 이 장면에서 램지 부인은 자기 자신의 이기심으로부터 완전히 벗어나 다른 인물들을 있는 그대로 받아들이며 거기에 참여한 다른 사람들 역시 그들만의 이기심에서 벗어나 비로소 램지 부인을 제대로 이해하게 되고 그녀와 공감하게 된다. 그리하여 이 순간 모든 것은 초월되며 그들은 진정한 합일에 도달한다. 그리고 램지 부인은 지복의 상태를 경험한다. 조이스(James Joyce)의 소설에서 작가가 인물들의 너머에 존재하여 신처럼 눈에 보이지 않으면서 그들을 내려다보는 것처럼 그녀는 여기서 모든 인물들의 마음을 다 이해하고 그들을 있는 그대로 받아들이는 진정한 의미의 "관조"의 상태에 도달한다. 작가는 이 장면을 시간적으로 고정시켜 놓으면서 참여한 여덟 명 모두의 내적인 상태를 그들의 관점에서 만화경처럼 병렬시켜 놓아 균형잡힌 패턴을 만드는데 성공하는데(Leaska 107) 이 순간 예술가로서의 울프는 진정 대가의 경지에 도달한 듯하다. 램지 부인에 의해 주도되는 이 만찬 파티는 후에 모든 사람들의 기억에 남아 그들에게 영향을 주는 영원한 예술작품이 된다.

> 아무런 이야기도 할 필요가 없었고, 아무 이야기건 할 수도 없었다. 이런 분위기는 그들을 온통 에워싸고 있었다. 그녀는 조심스럽게 뱅크스 씨에게 특별히 연한 조각을 접시에 놓아주면서 이것이 영원에 참여하는 것이라고 느꼈다. . . . 사물에 일관성이 있었으며 안정감이 있었다. 다시 말하자면 그 무엇인가가 불변의 것으로서 루비처럼 유동적이고 화살같이 날아가고 유령 같은 것에 맞서서 빛을 발하고 있다는 뜻이다. . . . 이러한 순간들에서 영원한 것이 만들어지는 것이라고 생각했다. (114, 196).

그러나 1부에서부터 이러한 램지 부인의 성취는 문제가 있는 것임이 암시된다. 그녀 자신이 자신의 친절한 행위들에 대해 가끔씩 회의하며(47), 남을 위한 삶이 가져다주는 신체적 피로와 불만족을 종종 느끼기도 한다(44). 주변 사람들 역시 그녀에게서 종종 위압적이고 명령적인 태도를 감지한다(55). 또한 파티가 끝나는 순간 모든 개별자들은 다시 흔들리고 제 각각 분리되는 것으로 묘사된다(122). 그러나 무엇보다도 가장 큰 문제점은 그녀가 실제로 갑자기 죽음으로써 2부에서부터 완전히 작품으로부터 소멸된다는 점이다. 그리하여 그녀를 사랑했던 남아 있는 자들에게 정신적 충격과 상실감을 안겨다 준다는 것이다.

III. 릴리의 거리두기: 울프의 모더니즘 미학

3부는 1부에서와는 달리 릴리의 의식이 가장 큰 비중을 차지하며, 1부로부터 비판적인 거리두기를 시도하는 3부에서의 릴리의 시각이 1부에서의 램지 부인의 시각보다는 보다 더 울프 자신의 견해에 가깝다는 게 이 논문의 입장이다. 릴리의 삶에 대한 인식론과 미학은 램지 부인이 보여준 것과는 아주 다르며 2부 「시간이 흐르다」가 필요한 것은 아마도 두 사람 사이의 이러한 거리감을 상징하기 위해서도 필요한 부분인 듯하다. 이 3부에서 울프는 릴리를 통해 램지 부인이 보여준 합일이나 융합과는 다른 주체와 객체 사이의 거리감과 간극, 그리고 양자 사이의 자리바꿈의 필요성을 강조하며 삶에서의 대조, 모순, 역설 등이 예술이 다루어야 할 중요한 사항들임을 피력한다. 10년이라는 기간이 상징하듯이 두 여성은 서로 다른 역사의 기간을 사는 인물들이다. 릴리는 이제 램지 부인과는 달리 결혼하지 않고 화가로서의 삶을 살아가는 신여성이다. 이것은 어머니가 아닌 아버지처럼 살기로 작정한 울프 자신의 삶의 선택을 보여주는 것으로 3부는 작품의 말미로 갈수록 자신을 아버지 레슬리 스티븐(Leslie Stephen)과 동일시하는 울프의 모습을 보여준다. 3부에서 울프는 릴리를 통해 1부에서 램지 부인이 보여준 삶을 더욱 적극적으로 비판하도록 하며 해체시키도록 한다. 1부에서 램지 부인이 다른 대상과의 합일과 융합을 통해 삶의 조화를 추구한다면 신세대인 릴리와 캠(Cam)과 제임스는 각각 거리두기를 통해 그렇게 한다. 1차 세계대전을 경험했고 블룸스베리 그룹의 구습타파주의의 영향을 받은 바 있는 이 신세대들은 구세대의 인물인 램지 부인이 추구하던 합일의 세계와는 다른 대상으로부터의 거리두기를 통해 새로운 질서와 조화가 있는 삶을 살아가고자 한다.

대상으로부터의 거리두기가 얼마나 중요한가는 작품에서 실제 공간상의 거리의 효과에 의해 강조된다. A와 B 두 장소가 있다고 치면 내가 A 지점에 있을 때의 A의 모습이 있게 된다. 내가 장소를 이동해 A와 B 사이의 중간 지점에 있게 되면 거기서 본 A의 모습은 또 앞에서 본 모습과 달라진다. 다시 또 내가 거리를 더 이동해 B의 지점에서 A를 바라보게 되면 그 모습은 또 앞의 것들과도 다르게 나타난다. 즉 시공간상의 제약을 받게 되는 우리는 A를 다 알 수가 없다. 진정한 A는 무수한 각도의 무수한 지점에서 보라본 것의 총체일 터인데 그것은 불가능하다. 지금 이곳에서 나는 하나의 각도만으로 그것을 볼 수밖에 없기 때문이다. 이것은 내가 어느 순간에도 A를 결코 알 수 없다는 것을 의미한다. 이 세계에서는 단 하나의 절대적인 진리가 존재하지 않는다. 또한 A는 혼자서 존재할 수 없다. A는 B와의 관계에서만 존재한다. 따라서 A는 B를 필요로 한다. A 지점에서 본 A의 모습과 B 지점에서 본 A의 모습은 서로 다를 뿐만 아니라 모순되고 상반될 수도 있다. 그러나 이러한 모순을 포함하는 게 삶이고 예술이라는 게 울프의 시각이다. 삶이란 이처럼 불확실함, 불일치, 대조, 모순 등으로 이루어져 있으며 예술은 이런 것들을 있는 그대로 모두 포착해야 한다는 것이 울프의 견해이다. 이것은 궁극적으로는 삶으로부터 가장 멀리 떠나 죽음의 관점에서 삶을 바라보는 것이기도 하다. 혹은 인간의 관점을 떠나 사물의 관점을 취하는 것이기도 하다. 이러한 거리두기는 역으로 작품의 말미에 캠이 깨닫듯이 현재에서 기쁨을 누리고 결국 지금 이곳, 바로 이 순간을 놓치지 않는 것이 가장 중요하다는 결론을 가능하게 한다. 릴리와 캠과 제임스는 모두 이러한 거리두기와 현재의 중요성을 인식할 줄 아는 신세대의 인물들이다.

위에서 언급한 A와 B의 장소를 각각 램지 네 여름 별장이 있는 헤브라이즈(Hebrides) 섬과 그 맞은편에 위치한 등대라고 보자. 마지막 섹션에서 제임스가 등대에 도착해서 본 등대의 모습과 섬에서 본 등대의 모습이 아주 상반된다는 사실에 놀라듯이 캠 역시 섬과 등대의 중간 지점인 만의 한가운데에서 섬을 바라보며 신기해한다. 캠은 거리에 따라 달라지는 섬의 리얼리티를 놓치지 않는다.

> 캠은 다시 한 번 손가락으로 파도를 가르면서 그러니까 섬이란 이런 것이었구나 하고 생각했다. 그녀는 여지껏 섬을 바다에 나와서 본 적이 없었다. 섬이란 바다 위에 이렇게 놓여 있는 것이구나, 중간이 쑥 들어가고 두 개의 가파른 바위가 있고 그것들을 바다가 휩쓸고 지나 섬의 양켠에 그 바다가 여러 마일 퍼져나가는 것이구나. 섬은 대단히 작았다. 마치 잎사귀가 거꾸로 서있는 형상이었다. (204, 344)

바로 뒤의 섹션 11에서는 완전히 바다에 잠긴 섬을 바라보면서 캠은 섬의 부재를 실감한다. 그러나 캠은 그곳에서 보낸 과거의 삶을 졸음이 몰려오는 가운데에서도 생생하게 기억해낸다.

> 그 섬은 너무도 작아져서 이제는 더 이상 나뭇잎같이 보이지도 않았다. 그러나 그것의 연약함 속에는 그 모든 길들, 테라스들, 침실들이 있었으니, 이 모든 셀 수 없는 것들이. . . . 수많은 오솔길과 테라스와 침실이 희미해지고 사라지고 있다고 느꼈으며, 아무 것도 남지 않고 단지 창백한 푸른빛의 향로가 리드미컬하게 마음속에서 이러 저리 흔들거리고 있다고 느꼈다. (221, 372)

이러한 공간 지형이 암시하듯이 이 소설의 3부는 이곳 잔디 위에서 릴리가 램지 부인의 그림을 그리면서 기억을 통해 과거로 떠나는 여행이자 현실 속에서는 램지 씨가 자녀들을 데리고 등대로 향하는 여행 둘 다를 포함하고 있다. 이 소설은 섬의 반대편 쪽으로 이동하면서 섬에서 한때 살았던 램지 부인과 램지 씨, 그리고 그들이 구가했던 사랑과 결혼의 리얼리티에 대한 무수히 달라지는 릴리의 감정과 생각들을 지그재그 식으로 기록하는 것이다. 그녀의 그림에의 완성과 램지 씨의 등대로의 도착은 거의 동시에 이루어진다. 이것은 릴리가 상상력을 통해 램지 씨와 함께 배를 타고 등대에 도착해 섬의 리얼리티를 보게 되었다는 것을 의미하기도 한다.

이 3부에는 1부와의 무수한 대조가 있다. 책의 서두에서 등대에 무척 가고 싶어 했지만 아버지의 반대로 갈 수 없었던 제임스는 이제 가고 싶지 않은데 억지로 아버지의 손에 끌려 배에 오르게 된다. 서두에서 램지 부인과 제임스가 등대에 가는 것을 날씨가 바뀔 것이라며 못 가게 막았던 램지 씨는 정반대로 이제 램지 부인이 그토록 소원하던 등대로 여행을 직접 자신이 주선한다. 그리고 그곳에 도착한다. 1부에서 무명의 작가여서 존재감이 없었던 카마이클 씨(Mr. Carmichael)는 이제 가장 성공한 시인이 되어 그림을 그리고 있는 릴리 옆에 누워 릴리와 무언의 대화를 나누는 중요한 인물로 부상한다. 래일리(Rayley) 부부는 1부에서 램지 부인에 의해 그녀가 추구하는 삶을 지속시켜 줄 중요한 인물들로 간주되었지만 이제 3부에서는 각자의 불륜을 당연시하며 그들의 결혼을 위선적으로 유지할 뿐이다. 그들에게는 그것이 최선이기 때문이다(189). 램지 부부의 결혼도 이제 1부에서와는 달리 서로 잘못 만난 "실수"로 그리고 "결코 축복만은 아닌 것"(215)으로 자리매김 된다. 즉 1부에서 성스럽게 축조되었던 세계들이 해체된다. 특히 빅토리아조의 전형적인 가정과 결혼의 이데올로기들이 붕괴된다. 3부에 등장하는 주요 인물들은 결혼을 하지 않았거나 결혼을 했어도 정상적인 결혼이 유지되지 못하고 있다.

램지 부인과 릴리 자신의 관계 역시 3부에서 해체된다. 1부에서 램지 부인은 릴리에 의해 삶의 모든 신비가 담겨 있는 인물로 여겨져 릴리는 항아리 속의 물이 서로 하나가 되는 것처럼 그녀와의 완전한 합일을 갈망했다. 릴리는 자신이 램지 부인으로부터 원하는 바를 다음과 같이 토로했다. "그녀가 원하는 것은 지식이 아니라 합일이었고, 명판에 기록된 비문들이 아니었다.

그것은 일찍이 인간이 알아온 언어로 쓰일 수 있는 것이 결코 아니었고, 친밀함 그 자체였고 지식이었다."(57) 울프는 실제로 삶에서 다른 여성과의 친밀한 관계를 원하기도 했다. 이 소설을 쓰던 무렵 비타 색빌 웨스트(Vita Sackville-West)와의 친밀했던 관계는 브릭스(Julia Briggs)가 잘 파헤치고 있다(167-70, 177-79), 그러나 램지 부인은 "원하나 갖지 못한"(194) 혹은 "원하고 원하나 갖지 못한"(219) 존재였고 그 사실은 릴리를 항상 고통스럽게 했었다. 그러나 이제 3부에서 릴리는 램지 부인에 대해 우월감을 갖기 시작한다. 램지 부인은 이제 릴리에 의해 그녀를 싫어했던 사람들도 실제로는 많았던 인물로 재평가된다. 그녀의 빼어난 미모도 그저 단조로웠을 따름으로 그 의미가 축소된다. 그녀의 박애주의는 그 본능을 같이하지 않는 자들에게는 약간은 짜증나는 것이었다며 조롱당하기도 한다(212-13). 결혼만이 여성에게 최선의 삶이라며 뱅크스 씨와의 결혼을 주선하려던 램지 부인 앞에서 항상 주눅 들어야만 했던 릴리는 이제 오히려 결혼하지 않기로 한 자신의 선택이 옳았다며 의기양양해진다(189).

3부는 1부의 세계를 해체시킬 뿐만 아니라 다시 새로운 질서와 조화를 재구성한다. 그리고 그것은 거리두기를 통해 그렇게 한다. 3부에서 가장 중요한 거리두기는 릴리가 램지 씨의 접근을 거부하는 데서 시작된다. 이 혼돈의 세계에서 가장 믿을 만한 것은 그림 그리기뿐이라고 생각하는 릴리는 그림을 방해하는 모든 것들을 거부하고자 하는데 바로 램지 씨가 얼씬거리기 때문에 그림에 집중할 수 없다고 판단한다. 그러나 더욱 분명하게는 릴리는 램지 부인 같은 합일과 융합을 지향하는 삶을 살아가고서는 화가로서 제대로 살지 못할 뿐만 아니라 그것이 자멸적이라는 점을 인식한다. 릴리는 램지 부인의 이른 죽음을 초래한 장본인은 바로 램지 씨이며 그가 부인에게 너무 많은 희생과 동정을 강요해 그렇게 되었다고 그녀는 확신한다. 램지 부인은 램지 씨가 매번 동정을 요구할 때마다 그것을 거부했어야 했다고 릴리는 생각한다. 결국 주고 또 주기만 하다가 죽게 되었다며 릴리는 램지 부인의 삶을 문제가 있는 것으로 인식한다.

> 그녀는 자신의 내면에서 분노가 끓어오르는 상태에서 저 남자는 결코 주는 법은 없고 취하기만 한다고 생각했다. 부인은 계속 주었다. 주고, 주고, 또 주다가 그녀는 결국 죽고 이 모든 것을 남겨놓았다. (163, 275)

그런데 3부의 서두에서 릴리는 자신이 죽은 램지 부인의 자리에 들어와 있는 것을 알게 된다. 작가는 아무렇지도 않은 듯이 이러한 자리바꿈의 상황을 만든다. 잔디 위에서 램지 부인의 그림을 그리고 있는 그녀에게 램지 씨가 다가와 그녀를 여자로 보고 그의 슬픔에 동참하여 그의 영혼을 달래주기를 바라고 있는 것이다. 그는 내가 여기 있다, 자 나를 보아라 하면서 자신의 외롭고 비참한 모습을 그녀에게 내보이며 동정을 호소하고 있다(166). 램지 부인이 살아 있을 때 늘상 그랬던 것처럼 그는 이제 부인이 죽고 없자 릴리에게로 다가와서 남자로서 그것을 당연시하며 강요하는 것이다. 램지 부인은 항상 자신을 기꺼이 내어줌으로써 그와 합일을 이룸으로써 갈등을 해결했다. 그 두 사람이 하나 됨의 장면은 소설의 서두에서 어린 제임스의 눈을 통해 램지 씨를 램지 부인을 죽이는 잔인한 "언월도"로, 그리고 "청동 부리"(44)로 각인된 바 있다. 그런데 릴리는 램지 부인과는 다른 방식으로 문제를 해결한다. 그녀는 그가 요구하는 동정을 주지 않기로 결심한다. 로즈(Phyllis Rose)의 지적대로 여자로서 화가로 살기 위해서는 나를 남에게 내어주면 안 되기 때문이다(154). 꿈쩍도 않고 자신의 자리를 지키는 릴리의 거리두기는 다소 희극적으로 다음과 같이 처리된다.

> 그의 어마어마한 자기 연민, 동정의 요구가 쏟아져 내려와 그녀의 발치에 웅덩이를 일며 펼쳐졌고, 천하의 죄인인 그녀가 한 일이라고는 치맛자락이 젖지 않게 복사뼈 주위로 치맛자락을 조금 더 바싹 끌어당긴 것뿐이다. (167, 281)

그녀가 그에게 해줄 수 있는 것은 램지 부인과는 달리 고작 그의 훌륭한 구두를 칭찬해주는 일뿐이라고 릴리는 생각한다. 그리하여 릴리는 그의 구두를 보며 멋지다고 칭찬해준다. 그런데 이 그녀의 거리두기는 놀랍게도 마술처럼 램지 씨에게 마음의 변화를 불러온다.

> 그런데 화를 내기는커녕 램지 씨는 미소를 지었다. 관 덮개도, 저 무거운 천도, 허약함도, 그에게서 다 떨어져나갔던 것이다. 아아, 그래요, 그는 말했다. 그녀가 잘 볼 수 있도록 발을 치켜들면서 자기 구두는 정말 일류구두라고. 영국에서 이와 같은 구두를 만들 수 있는 사람은 단 한 사람이라고. (167-68, 282)

그리하여 그는 릴리에게 세 번이나 구두끈을 풀었다 맸다를 반복하며 구두끈 매는법을 가르쳐주는 자상한 사람으로 변모한다. 그는 실제로는 램지 부인이 주었던 것과 같은 과도한 동정을 필요로 하지 않았던 것이다. 마침내 그는 더 이상 이기적인 욕망의 지배를 받지 않는 성숙한 사람이 되어 배에 오른다.

> 그는 거기서 모든 근심과 걱정과 야심을 떨쳐버리고 동정을 바라는 마음, 또는 칭찬을 듣기를 바라는 욕심도 다 떨쳐버리고 마치 호기심에 이끌리어 자신을 아니면 타인을 상대로 말없이 대화를 나누면서 작은 행렬의 선두에 서서 우리의 손길이 닿지 않는 다른 세계로 옮아간 것이다. (170, 287)

그런데 그가 배를 타고 자신으로부터 멀어지면 멀어질수록 이번에는 릴리가 그가 그토록 원하던 동정을 주고 싶다고 생각한다. 대상으로부터의 완전한 분리가 이루어지는 순간 그 상대에 대한 진정한 공감이 있게 된다는 역설이다. 이처럼 이 3부에는 수많은 역설이 자리한다.

이제 배 안에서의 세 사람 사이의 관계의 문제가 중요해지는데 여기서도 캠의 거리두기에 의해 인물들 사이에 화해와 용서가 있게 된다. 만의 한가운데에서 배가 정지하고 배 안의 사람들이 갑자기 더 가까워지면서 그들 사이에 위기가 찾아오는데 제임스는 아버지가 왜 이리 속도가 더디냐고 화를 낼 것으로 생각한다. 그러면 그를 칼로 찔러 죽이겠다고 맹세한다(77). 그러나 배 위의 아버지는 책만 읽고 있다. 제임스는 캠에게 자신과 맺은 협정을 계속 상기시키면서 그녀의 공조를 압박한다. 그러나 캠은 항해를 좌절시킴으로써 아버지의 폭정에 맞서 복수하기로 했던 그와의 협정을 일방적으로 파기한다. 캠은 어린 시절 어머니로부터 얻지 못한 것을 얻고자 하여 자신에게 램지 부인처럼 순응하는 여성이 되어줄 것을 강요하는 제임스로부터 거리를 둘 줄 안다. 그녀 역시 릴리처럼 램지 부인과는 달리 처신한다. 포브스(Shannon Forbes)의 주장대로 3부에서 제임스와 캠과 램지 씨의 관계는 1부 서두에서 제임스, 램지 부인, 램지 씨 사이의 관계를 변형시킨다(224). 캠은 달라진 아버지의 지금의 모습에 집중할 것을 제임스에게 주문한다. 배 위에서 지금 책을 읽고 있는 아버지의 모습은 더 이상 폭군도 전제주의자의 모습도 아니라고 캠은 항변한다. 마침내 제임스는 섬에서 본 등대의 모습과 가까이에서 본 등대의 모습이 서로 상반되지만 둘 다 등대의 모습이듯이 아버지의 달라진 모습 역시 있는 그대로 받아들인다. 마침내 아버지가 노를 잘 저었다며 그를 칭찬해주자 아버지에 대한 그동안의 모든 분노가 다 눈 녹듯이 사라진다. 배

위에서의 이러한 조화와 화합이 이루어질 때 물에서의 릴리의 그림도 동시에 완성되는데 이것은 삶 속에서의 이러한 질서와 조화가 있을 때 그것이 몰개성적인 예술로도 표현될 수 있다는 것을 말하기 위함으로 이것은 삶이 곧 예술이고 예술이 곧 삶일 수 있다는 울프의 시각을 말해준다.

Ⅳ. 현재의 삶 속으로

절대적인 단 하나의 진리가 존재하지 않는 가변적이고 다원적인 3부의 세계에서 화가인 릴리가 자신의 그림 그리기에서 리얼리티에 도달하기란 거의 불가능하다. 따라서 릴리의 창작의 과정은 매우 지난한 과정으로 묘사된다. 그것은 지각하는 자와 지각하는 대상 사이의 심연 사이로 자신을 뛰어내리도록 하는 "도약"으로 묘사된다. 지각자는 지각하는 대상과의 합일 대신 양자 사이의 불가피한 간극을 인정할 수밖에 없다(Corner 408). 그리하여 그 심연에 자신을 내던지는 모험을 감행해야만 그림이 그려질 수 있다. 그녀가 포착하고자 하는 리얼리티는 캔버스 위에서 그녀에게 "적수"로 등장한다. "세상이야기, 삶, 인간 공동체로부터 벗어나서 이 오래된 적수와 마주하게 되었으니 — 이 타자, 이 진리, 이 리얼리티가 갑자기 그녀를 휘어잡고 외양의 이면에서 불쑥 나타나서는 그녀의 주의를 독차지했다(172-73)." 그러나 릴리는 이것을 회피하지 않고 직시한다. 그리하여 그녀는 높은 산봉우리에서 뛰어내리는 "도약"이나 혹은 널빤지 위에 홀로 서서 죽음의 바다 속으로 뛰어내려야만 하는 고통을 감내한다. "아무도 그녀가 작은 판자에서 절멸의 바다로 도약하는 것을 보지 못했다."(196) 그녀는 육체 이탈의 고통을 느끼기도 한다. "[그녀는] 태어나지 않은 영혼, 육체를 떠난 영혼이 어떤 바람 부는 산봉

우리에서 보호받지 못한 채 모든 의심의 폭풍우에 노출되어 있는 것 같다고 느꼈다."(173) 그런데 이러한 위태로운 모험들은 때로는 낙관적인 보상을 암시하기도 한다. "전혀 안정은 없었단 말인가? 세상사는 이치들을 다 외울 수는 없었단 말인가? 안내자도 없고 안식처도 없었지만 모든 것은 기적이었고 탑의 꼭대기에서 공중 속으로 도약하는 것이었단 말인가?"(195)

그런데 막상 그림 그리기가 시작되자 릴리는 몰아지경의 상태에 빠지며 과거의 장면들과 기억들이 분수처럼 화폭 위에 뿜어져 나온다고 느낀다. 이런 상태에서 릴리는 과거 기억 속의 램지 부인을 만나고 그녀의 생각과 느낌들은 화폭 위에 선과 덩어리와 색깔 등을 통해 표현된다. 왜냐하면 그녀의 거리두기의 미학은 대상들을 무한히 축소시킬 수 있고 이처럼 추상의 형태로도 많은 것들을 표현할 수 있기 때문이다. 모든 것들이 그녀의 생각 속으로 멀어지면서 그것들은 화폭 위에 추상적인 것으로 옮겨진다. 창작 과정은 다행히 릴리에게 기대하지 않은 보상을 안겨다 준다. 램지 부인으로부터 분리를 모색하는 동안 릴리는 다른 한편으로 보트를 타고 등대로 가는 램지 씨를 상상하며 자신의 그림을 위해서는 그가 필요하다고 생각했는데 이제 물질주의를 상징하는 램지 씨를 자신의 그림에 끌어들임으로써 릴리는 정신주의를 상징하는 램지 부인으로부터 벗어나 일상적이고 기적 같은 현재로 나아오게 된다. "이곳 잔디 위에, 땅 위에."(210) 릴리는 본질적으로 사물들의 일상적인 세계에서 "공포와 절망, 소멸, 비실재로부터 보호해줄 부적"을 발견하게 된다. 삶과 죽음, 자연과 시간에 의존하는 것으로부터 벗어나 그 절대적인 가치에 접근하는 것은 바로 사물들 그 자체라고 생각하게 된다(Froula 147). "오늘 아침 모든 것은 최초로 벌어지고 있었다. . . . 잔디는 세상이고 그들은 여기 이곳에 함께 있었다." 릴리는 풀과 개미와 농원과 캔버스와 붓과 많은 생명체들로 가득 찬 잔디 밭 위의 세계에서 즉 본질적으로 사물들의 일상적인 세계에서 에피퍼니를 경험한다. 이것은 마치 "여행자가 비록 반은 잠들어 있지만 기차 창문 밖을 보면서 지금 바라보아야만 한다는 것을 아는 것과 같다. 왜냐하면 이 도시, 혹은 저 노새가 끄는 마차, 혹은 들판에서 일하는 저 여자를 결코 다시는 보지 못할 것이기 때문이다."(210)

이런 상황에서 고대하던 램지 부인이 등장하자 릴리는 마침내 그녀를 무덤덤하게 대할 줄 알게 된다. 그녀는 단지 과거의 한 장면 속의 인물과 다름 아니다. 그녀는 릴리 자신처럼 이 세상을 살다간 또 다른 존재였을 뿐이다. 이제 릴리는 그녀로부터 완전한 분리를 경험한다. 릴리는 그림을 그릴 때마다 주체와 세계 사이의 심연 속으로 "도약"함으로써 그림을 그릴 수 있었다. 이제 램지 부인과 마주하는 이 장면에서도 릴리는 그녀만의 방식으로 대상으로부터 거리두기를 함으로써 서로간의 존재론적인 차이를 인정한다(Froula 226). 이제 램지 부인은 릴리에게 정신적인 고통을 가하는 존재가 아닐 뿐만 아니라 그저 일상적인 삶속의 의자나 식탁과도 같은 사물의 수준으로 내려온다. 그녀는 램지 부인을 수용하지만 램지 부인의 정신 속에 함몰되거나 혹은 결코 용해되지 않는다. 이것은 자신은 현재의 자리를 지키고 램지 부인은 그녀의 자리, 즉 과거와 죽음의 세계로 되돌려 보내는 것이기도 하다.

> '램지 부인! 램지 부인!' 해묵은 공포가 돌아오는 것을 느끼면서 — 원하고 또 원하면서 갖지는 못하는 것에 대한 공포 — 그녀는 소리쳤다. 부인은 아직도 이 고통을 가할 수 있단 말인가? 그리고 나서 조용하게 마치 그녀가 자제하기나 하는 것처럼, 그것도 일상적인 경험의 일부가 되어버려서 의자, 식탁과 같은 수준에 있었다. 램지 부인 — 그것은 완전한 선의 일부였다 — 이 아주 소박하게 의자에 앉아서 바늘을 이리저리 번쩍이면서 붉은빛이 도는 갈색 양말을

짜고 있었고, 층계 위에 부인의 그림자를 드리우고 있었다. 거기에 부인이 앉아 있었다. (218-19, 368-69)

릴리는 이제 더 이상 상실된 과거에 대한 갈망에 의해 소모되는 삶을 추구하지 않게 된다. 그녀가 한때 램지 부인만이 줄 수 있다고 느꼈던 것을 이제는 세상이 그녀에게 무심코 아주 풍부하게 제공할 것이라고 믿기 때문이다(Froula 166-68).

V.

이 논문에서는 램지 부인과 릴리가 삶에 대한 인식론과 미학에 있어 상이한 견해를 지니고 있다고 보아 그것들을 비교 분석하고자 했다. 램지 부인은 다른 대상에게 자신을 던져 합일과 융합을 이루고자 하는 충동이 강렬한 인물로 19세기의 초월적 이상주의 철학자였던 쇼펜하우어의 철학과 "관조"의 개념을 빌어 설명했다. 램지 부인은 "관조"의 능력으로 무질서하고 혼돈스러운 현실로부터 질서와 아름다움이 있는 예술작품처럼 삶의 순간을 영원히 인간의 기억 속에서 살아남게 만들 줄 아는 예술가로 등장했다. 그러나 그녀의 "관조"에 수반되는 주객합일과 자아소멸의 경향은 문제가 있는 것으로 분석했다. 한편 3부에서는 릴리에 의해 이러한 램지 부인에 대한 비판의 강도가 더욱 거세지고 1부의 세계가 해체되는 것으로 파악했다. 그리고 거리두기를 통해 릴리를 통해 새로운 질서와 조화의 세계가 재구성되는 것으로 분석했다. 이 논문에서는 궁극적으로 대상으로부터의 거리두기를 강조하는 릴리의 견해가 합일과 융합을 강조하는 램지 부인의 견해보다 더 작가의 시각을 대변하는 것으로 접근했다.

쇼펜하우어의 "관조"의 미학에서는 모두가 동일하며 주체는 자기소멸을 통해 다른 대상과의 합일을 꿈꾸었다. 이러한 쇼펜하우어의 "관조"의 개념이 1부의 램지 부인을 통해 구현되었다고 보고 그녀가 "관조"의 능력으로 현실세계를 아름다운 예술의 세계로 변형시켜 나가는 과정에 주목했다. 그러나 울프는 이러한 램지 부인적인 삶과 예술에 대한 인식이 문제가 있고 위험스럽다고 제시한다고 분석했다. 릴리를 작가의 대변인으로 보고 3부에서 화가로 등장하는 릴리를 통해 새로운 모더니스트 예술가로서의 미학을 실험하는 것으로 평가했다. 릴리는 전쟁으로 귀결된 램지 부인의 이상에 의해 축조된 1부의 세계를 해체시킬 뿐만 아니라 대상으로부터의 거리두기를 통해 그 붕괴된 세계를 다시 재구성해서 새로운 조화와 질서의 세계가 3부에서 자리 잡는 것으로 보았다. 릴리를 통해 울프가 지향하고자 하는 세계는 모든 개별자들이 억압적인 관계에서 벗어나 서로 거리를 두고 자유롭게 존재하는 것이었다.

소설가가 자기가 다루는 소재의 리얼리티에 도달하는 것이 얼마나 어려운 일인가를 이 자서전 소설을 통해 울프는 여실히 보여준다. 어머니로부터의 완전한 분리를 통해 그것이 몰개성적인 예술작품 속에 성공적으로 담겨지기까지의 지난한 정신적 고통이 릴리라는 인물을 통해 생생히 전달되고 있다. 그러나 그 보상으로 울프의 작품은 아직도 우리에게 정신적인 영향을 끼치는 주요한 예술작품으로 남아 있다.

출처: 『신영어영문학』 제61집(2015), 151-80쪽.

■ 인용문헌

박찬국. 「쇼펜하우어와 불교의 인간이해의 비교연구」. 『존재론 연구』 32집. 2013, 107-38.

울프, 버지니아. 『등대로』. 박희진 옮김. 서울: 솔, 2003.

Bell, Clive. *Art*. New York: Capricorn, 1958.

Bridgwater, Patrick. *George Moore and German Pessimism*. Durham: U of Durham, 1988.

Briggs, Julia. *Virginia Woolf: An Inner Life*. London: Harcourt, Inc., 2005.

Corner, Martin. "Mysticism and Atheism in *To the Lighthouse*". *Studies in the Novel*. 13.4 (Winter 1981): 408-23.

Edel, Leon. *Bloomsbury: A House of Lions*. Philadelphia: Lippincott, 1979.

Forbes, Shannon. "'When Sometimes She Imagined Herself Like Her Mother': The Contrasting Responses of Cam and Mrs. Ramsay to the Role of the Angel in the House." *Studies in the Novel.* Winter 2000, Vol. 32 Issue 4: 46

Froula, Christine. *Virginia Woolf and the Bloomsbury Avant-Garde: War, Civilization, Modernity*. New York: Columbia UP, 2004.

Fry, Roger. *Vision and Design*. Harmondsworth: Pelican, 1937.

Gaipa, Mark. "An Agnostic's Daughter's Apology: Materialism, Spiritualism and Ancestry in Woolf's *To the Lighthouse*". *Journal of Modern Literature*. 26.2 (2003): 1-41.

Leaska, Mitchell A. *Virginia Woolf's Lighthouse: A Study in Critical Method*. New York: Colum,bia UP, 1970.

Lefew, Penelope. *Schopenhauerian Will and Aesthetics in Novels by George Eliot, Olive Schreiner, Virginia Woolf and Doris Lessing*. Ph. D. dissertation. Northern Illinois University, 1992.

Magee, Bryan. *The Philosophy of Schopenhauer.* London: Penguin, 2001.

McGregor, Jamie Alexander. *Myths, Music & Modernism*. Ph. D. dissertation. Rhodes University, 2009.

Miller, Hillis. "Mr Carmichael and Lily Briscoe: The Rhythm of Creativity in *To the Lighthouse*." Ed. Robert Kiely. *Modernism Reconsidered*. Cambridge: Harvard UP, 1983.

Proudfit, Sharon Wood. "Lily Briscoe's Painting: A Key to Personal Relationships in *To the Lighthouse*." *Criticism* 13.1 (1971): 26-38.

Schopenhauer, Arthur. *The World As Will and Representation*. 2 Vols. Tr. E.J. Payne. New York: Dover, 1969.

Woolf, Virginia. "Modern Fiction." *Collected Essays*. Vol. 2. New York: Harcourt, Brace & World, 1967, 103-10.

_____. "Read and Not to Read." *The Essays of Virginia Woolf. 1912-1918*. Vol. II. Ed. Andrew McNeillie. San Diego: Harcourt, 1987.

_____. "A Sketch of the Past". *Moments of Being*. Ed. Jeanne Schulkind. Second Edition. London: Harvest Book, 1976, 61-159.

_____. *To the Lighthouse*. Ed. Stella McNichol. London: Penguin Books, 2000.

Young, Julian. *Schopenhauer*. New York: Routledge, 2005.

올랜도

Orlando

정명희

•

『올랜도』: 울프의 양성적 내러티브

『올랜도』: 울프의 양성적 내러티브

ㅣ정명희

버지니아 울프(Virginia Woolf)는 물론이고 비평가들은 1928년에 발표된 그녀의 6번째 소설 『올랜도』(*Orlando*)를 다소 폄하하는 경향이 있다. 울프는 작품이 "전적으로 판타지"이며 "진지하고 시적이며 실험적인" 『댈러웨이 부인』(*Mrs. Dalloway*)이나 『등대로』(*To the Lighthouse*)와 "아주 진지하고 신비하며 시적인" 『파도』(*The Waves*) 사이에서 일종의 "장난스런 탈선(escapade)"이었다고 말한다 (*D* III 131).[1] 작품은 영국 문학사의 시대 구분을 사용하여 400년에 걸친 올랜도의 상식적으로 불가능한 삶을 추적한다. 주인공의 모험은 여왕의 재무담당관과 공작, 대사, 다양한 연애는 물론이고 결혼과 출산, 남자와 여자, 그리고 귀족과 집시의 경험 모두를 포함한다. 작품은 다양한 에피소드를 중심으로 서술되며, 다니엘 디포(Daniel Defoe)의 『몰 플랜더즈』

---

1) 이후 『올랜도』를 제외한 울프 작품들의 모든 인용은 일반적으로 통용되는 작품의 약자와 함께 면수만 본문에 표시한다. *The Diary of Virginia Woolf*는 *D*, *A Writer's Diary*는 *WD*, *To the Lighthouse*는 *TL* 식이다.

(*Moll Flanders*) 같은 피카레스크 소설을 상기시킨다. 이런 작품의 면모는 형식을 "언제나 아주 꼼꼼하게 고려하는" 울프의 소위 걸작들과는 아주 대조적이다 (*D* III 131). 피상적으로 『올랜도』는 내면 의식과 비전의 작가, 모더니즘 소설을 이론화하고 완성한 울프와는 쉽게 연결되지 않는다. 허마이오니 리(Hermione Lee)는 이 작품이 모든 울프의 소설들과는 "다른 특질"을 가졌다고 지적한다 (138). 진 러브(Jean O. Love)는 『올랜도』는 "소설가" 울프의 "휴가"였으며 (213), 『파도』에서 그녀 소설의 "주류"로 돌아왔다고 말한다 (218). 레너드(Leonard)는 작품이 어떤 면에서 『등대로』보다 더 낫다고 평가했지만 (WD 125), 러브는 이 판단은 "과대평가"라고 일축한다(213). 작품은 그녀의 연인이었던 비타 색빌-웨스트(Vita Sackville-West)의 심리적 전기[2]며, 그녀에게 바친 최고의 "연애편지"[3]로 단순하게 해석되었다.

최근 비평가들은 좀 더 진지하게 작품을 이해하려 시도하며 작품이 울프의 걸작인 『등대로』나 『파도』와 유사한 주제를 다루는 것으로 재평가한다. 레이첼 보울비(Rachel Bowlby)는 희극적인 주인공의 성(sex)의 변화를 울프 소설의 주요한 이슈인 "정체성"의 문제와 연결하였다 (60). 린덴 피치(Linden Peach)는 작품은 "역사와 역사 기술"에 대한 울프의 관심의 일환이며, "중요한 소설"이고, "교훈담"이라고 주장한다 (139). 작품은 "자아와 문학이 역사에서, 복수의 과거에서 의미를 획득하는 것을 극화했다"고 파멜라 코기

2) 울프는 작품이 "비타"에 관한 것이고 "전기"라고 말한다 (*D* III 161-62). 『올랜도』의 2장에서 화자는 "시계의 시간과 마음의 시간 간의 기묘한 괴리"를 지적하고 (98), 앨런 맥로린(Allen McLaughlin)은 이런 관점에서 『올랜도』는 "색빌 가문의 역사"를 "일종의 기억"으로 구현한다고 제시한다 (162).

3) 나이젤 니콜슨(Nigel Nicolson)은 이 작품이 자신의 어머니에게 울프가 바친 "문학에서 가장 길고 가장 멋진 연애편지"라고 말한다 (재인용 Love 213).

(Pamela Caughie)는 분석한다 (84). 하지만 작품은 이런 다양한 이슈들을 단순히 주제의 차원에서 다루지 않는다. 즈네비에브 로이드(Genevieve Lyoyd)는 울프가 시대를 앞서 포스트모더니스트처럼 전통적 내러티브가 가정하는 "과거라는 통합된 이야기"의 가능성에 의문을 제기하며 삶이든 자아든 "일관성 있는 전체"로 "분명하게 말할" 수 있다고 생각하지 않았다고 지적한다 (10-11).

애브롬 프레쉬만(Avrom Fleishman)은 작가로서 울프의 생애는 "거의 끊이지 않는 일련의 전기적 글쓰기"라고 말한다 (135). 마이클 벤튼(Michael Benton)은 "전기문학은 울프의 전체 저작에 깊이 스며있다"고 지적한다 (7). 물론 울프 소설에서 장르 간의 혼용은 새삼스러운 일이 아니며, 특히 그녀의 후기 소설에서 두드러진 현상이다. 프레쉬만은 『올랜도』가 역사적 글쓰기와 예술적 내지 허구적 글쓰기로 양분된 "소설과 전기 문학의 진정한 통합"을 시도한다고 말한다 (137). 이런 프레쉬만의 지적은 이 작품의 내러티브가 단순히 장르 간의 경계를 허물었다는 의미가 아니다. 『올랜도』는 분명 "전기"의 형태를 가졌지만, "다른 사람들이 주는 확인된 정보"로 만들어지는 역사적 글쓰기가 아니다 ("The Art of Biography" 225). 작품은 역사적 소설이 모방한다고 가정하는 실재를 "재현하지" 않는다 (Caughie 84). 작품은 빅토리아 조의 전기가 당연시하는 사실과 허구, 여자와 남자, 현재와 과거, 소설과 역사적 글쓰기 같은 대립들이 분리된 개체성이 없으며 근거가 없는 구분임을 분명하게 보여준다. 하지만 울프는 이런 인식으로 이전 전기 문학을 단순하게 풍자하거나 더 이상 내러티브를 쓸 수 없다고 선언하지 않는다. 『올랜도』는 소설적 허구와 역사적 "전기"라는 인위적이며 허구적인 대립 간의 간극을 극적으로 과장하며, 그들 대립 체계를 적극적으로 활용하여 울프의 고유한 내러티브를 창조한다. 대상이 역사적 혹은 허구적 인물이든 상관없이, 그녀의 내러티브는 "통합된 이야기"가 언제나 인간 문화의 시간성과 사실과 허구 같은 인위적 대립들의 체계에 절대적으로 의존해서 생성되는 것을 분명하게 보여주며, 대립 체계가 만드는 상대적 개념인 사실적 삶과 허구적 문학, 올랜도의 삶과 그의 전기라는 환상을 동시에 창조한다. 『올랜도』는 울프의 장난스러운 외도가 아니라, 그녀의 후기 소설들이 반복해서 사용하는 양성적 내러티브의 형식을 완성한다.

이 논문은 울프가 『올랜도』에서 완성한 양성적 내러티브를 분석한다. 작품은 그녀가 1929년 『자기만의 방』(*A Room Of One's Own*)에서 그녀의 페미니즘으로 이론화한 "양성의 마음"[4]을 내러티브의 새로운 구성방식으로 사용한다 (98). "양성"은 상식적으로 여자와 남자라는 분리된 두 개의 다른 성의 통합을 지시하는 것 같지만, 울프는 이 단어로 작품의 내용과 형식의 차원 모두에서 여자와 남자 같은 대표적 대립들이 교차하며 구성하는 전체적인 체계를 지시한다. 우선 논문은 울프가 제기한 새로운 전기 문학론의 의미를 분석한다. 그녀는 단순하게 빅토리아 조의 전기에서 가장 중요한 사실적 재현을 거부하는 것이 아니다. 울프의 새로운 전기문학론은 소위 역사적 글쓰기가 소설처럼 필연적으로 "상상력을 사용하는 산문"이 될 것을 요구한다 (Pater 106). 울프의 전기 작가는 사실적 기록이라는 전기의 상식적 전제와 무관하게 "예술가"가 되어서, 과학적이고 사실주의적인 진실과는 상이한 "예술가"

4) 울프는 『자기만의 방』의 6장에서 양성의 마음을 남녀 간의 분리와 반목을 해결할 수 있는 대안으로 제시한다. 하지만 울프가 이 비전을 사무엘 콜리지(Samuel Coleridge)를 언급하며 설명하는 것이 암시하듯이, 이것은 단순히 페미니즘의 비전이 아니라 그녀의 내러티브가 지향하는 양성의 미학이다. 울프의 양성의 미학은 필자의 박사학위 논문, *Virginia Woolf's Aesthetic of Androgyny* (New York University, 1991), 1-61 참조.

만이 검증할 수 있는 "그 자신만의 비전의 진실"을 창조해야 한다 ("The Art of Biography" 225). "예술가"의 "진실"은 울프의 소설 같은 허구적 글쓰기는 물론이고 에세이나 전기처럼 상대적으로 사실적인 글쓰기 모두의 동일한 목표이다. 둘째, 『올랜도』의 내러티브는 구체적으로 예술가의 실재를 생성하는 방법 자체를 포함하는데, 이것은 독자가 작품의 의미를 생성하고 이해하는 방법이기도 하다. 작품은 전통적인 전기문학과 일반적인 내러티브가 소위 "실재"를 재현하기 위해서 사용하는 인위적인 구분인, 사실과 허구, 현재와 과거 등의 대립들이 실제로 상대적으로 의미를 생성하는 것을 보여준다. 작품의 인위적인 대립 체계, 대표적으로 전기라는 사실적 요소와 판타지라는 허구적 요소가 올랜도라는 인물과 그의 삶 그리고 작품의 내러티브의 의미를 구성한다. 작품은 전통적인 내러티브와 비교해서 일관성이 없고 혼란스러워 보이는데, 그것은 작품이 사실이든 허구든 각각의 의미가 생성되는 대립의 틀 자체를 재현하기 때문이다. 셋째, 『올랜도』는 이런 인위적인 가정들을 적극적으로 활용해서 울프적인 새로운 내러티브를 완성한다. 이 작품에서 울프는 더 이상 삶을 문학으로 만들려고 고민하지 않는다. 삶과 문학은 실제 세상에 분리된 존재성이 있는 것이 아니라, 그들을 대립으로 나누는 체계에서 나누어진, 그래서 그 나누는 체계에서 생성된 연결된 개념이다. 그래서 『올랜도』는 삶과 문학을 우스꽝스러울 정도로 단순화시켜서 분명하게 나누고, 나누어진 그들을 교차시키며 울프의 새로운 전기를 완성한다. 그러면 소위 실제 삶이라고 믿는 것이 문학적인 텍스트가 사용하는 허구적인 가정들의 대립체계에서 상대적으로 구성되어 "삶"으로, "문학"이 "문학"으로 인지된다. 작품은 전체적인 구조부터 올랜도라는 인물까지 인위적으로 이중성의 구조로 구성하고 그렇게 나누어진 대립들 사이를 반복적으로 오간다. 하지만 이런 분리된 대립들은 이미 그렇게 나누어져서 생성되어서 상대적으로 연결된 개념들이며, 울프의 내러티브는 이런 대립들이 만드는 통합[5]의 내러티브를 창조한다. 올랜도는 그/그녀, 귀족/작가, 다양한 시대들 간의 희극적일 만큼 인위적인 내부의 균열로 창조되며, 그들 간극들을 연결한다. 이런 올랜도의 분열된 자아는 다시 작품의 글쓰기 차원에서 반복된다. 작품은 사실과 허구, 안과 밖, 생각과 행동, 여자와 남자는 물론이고, 시대들 간의 구분, 현재와 과거 같은 객관적이고 상식적으로 이분화 된 구분들 간의 간극을 인위적으로 과장하고 대립시킨다. 하지만 이런 대립의 개념들은 이미 그들을 상대적으로 나누는 체계 안에서 연결되어 있다. 작품은 피상적으로 하나의 주제에서 다른 주제로, 화자의 전기와 올랜도의 삶, 문학과 삶, 다시 삶에서 문학으로 관점을 변화시킨다. 이런 잦은 관점의 변화는 울프가 『올랜도』에서 완성하고 이후 소설들에서 사용하는 그녀의 양성적 내러티브의 가장 특징적인 움직임이다. 『올랜도』의 양성적 내러티브는 형식과 내용의 차원 모두에서 불연속적으로 나누어진 산문에 시적인 리듬을 부여하며 연속적인 내러티브를 구성한다.

I. 전기 문학과 울프의 논쟁

맥로린은 『올랜도』를 『플러쉬』(*Flush*)와 함께 "물질적 가치만을 추구하

5) 필자가 여전히 "통합"이라는 단어를 사용하지만, 이것은 프레쉬만을 비롯해서 일상적으로 사용하는 "통합"과는 의미가 다르다. 『자기만의 방』이 제시하는 "양성의 마음"은 대립들이 새로운 하나로 합쳐지는 것이 아니라, 대립들 간의 내재된 연결을 발견하는 것이다. 올랜도라는 인물은 바로 이런 양성의 미학을 구현하기 때문에 자유롭게 남성과 여성, 400년이라는 긴 시간의 다른 문학 사조들과 문화적 차이들 사이에서 아무런 불편 없이 움직인다. 작품에서 가장 흥미로운 것은 그/녀의 신비한 신체적 성전환이 아니라, 그/녀의 이런 자유로운 움직임이다.

는 빅토리아 조의 전기적 글쓰기에 대한 반발”이라고 분석한다 (5). 비타에게 보낸 편지에서 울프는 “하루밤새에 전기 문학에 혁명을 일으키려 했다”고 밝힌다 (재인용 Naremore 202). 작품은 분명 전통적 전기문학에 대한 울프의 논쟁과 깊은 관계가 있다. 『올랜도』의 화자는 빅토리아 조의 전형적인 전기 작가이며, 그는 당대 전기의 전제들을 반복해서 주장한다. 화자는 전기 작가의 임무는 행동의 세계를 묘사하는 것이라고 주장하며, 작품을 “싸움과 승리의 이야기”로 시작한다.[6] 올랜도는 보기만 해도 “위업에서 위업으로, 광영에서 광영으로, 관직에서 관직으로” “그런 영광의 길을 걷도록 운명 지워진” 인물이어서, “소설가나 시인의 도움이 필요하지” 않다 (15). 그런데 화자는 곧 그의 전제대로 실행할 수 없는 어려움에 부닥친다. 2장에서 화자는 “지금까지는 개인적이고 역사적인 자료들”이 있어서 “전기 작가의 첫 번째 의무”인 “지워버릴 수 없는 진실의 발자국”을 “묵묵히 추적”하는데 문제가 없었는데, 이제 다루어야 할 에피소드는 “그것에 대한 해석”은 몇 권이라도 쓸 수 있지만, “모호하고, 신비스러우며, 기록이 없어서” “설명”할 수 없다고 고백한다 (65). 또한 주인공인 올랜도는 언제나 감정과 생각에 빠져있어서 “전기 작가를 난처한 경지로 몰아넣는다” (267). 화자는 행동에 반해서 감정과 생각을 대치시키며, 어떤 작가든 목표는 삶인 행동을 재현하는 것이라고 반복해서 강조한다. 올랜도는 “의자에 앉아서 생각만 하는데, 생각과 삶은 하늘과 땅만큼 다르다” (267). 화자는 이런 올랜도는 “시체”와 다름없으며 더 이상은 어떻게 할 수 없다고 포기하듯이 말한다 (269). 화자의 고민은 올랜도의 눈과 귀의 감각기관으로 들어온 정보들이 “나선형 층계를 타고 올라와 그의

---

6) Virginia Woolf. *Orlando* (New York: A Harvest, 1988), 230. 이후 작품에서의 모든 인용은 본문에 면수만 표시된다.

두뇌 — 상당히 넓은 두뇌 — 로 들어와서” “훌륭한 전기 작가라면 누구나 싫어하는” “열정과 감정의 소요와 혼동”을 일으키는 것이다 (16). 울프는 이런 화자를 통해서 빅토리아 조 전기의 가정들을 신랄하게 풍자한다.

「새로운 전기문학」(“The New Biography” 1927)에서 울프는 해롤드 니콜슨(Harold Nicolson)의 『어떤 사람들』(*Some People*)을 극찬하는데, 그녀의 쟁점은 크게 두 가지로 요약된다. 우선 빅토리아 시대의 전기 작가는 인물의 공적인 이미지나 친지와 가족들의 강압 때문에 진실을 “덮고 삭제한다” (“The Art of Biography” 222). 그들은 “선이라는 이상” “빅토리아 시대적인 덕성들”에 지배받으며, “실크 모자와 플록코트를 입고 실물보다 큰” 그런 위선적인 인물을 만든다 (“The New Biography” 231). 울프는 이렇게 만들어진 인물은 거짓된 “밀랍 인형들”에 불과하다고 주장한다 (“The Art of Biography” 222). 울프는 빅토리아 조의 전기가 인물의 윤리적이며 도덕적인 장점만을 부각시키고, 그의 약점이나 일관되지 않은 모순된 면모를 억압하는 것을 비판한다. 둘째, 울프는 제임스 보스웰(James Boswell)을 위대한 전기 작가로 칭찬한다. 보스웰의 전기는 처음으로 “감정과 생각이라는 내적 삶”을 포함해서, 이제 전기라는 장르는 감정과 생각의 세계에 사는 시인과 화가의 생애도 다룰 수 있다 (“The New Biography” 230). 울프는 인간의 내면의 삶을 중시하는 모더니스트답게 이전의 전기들이 인물의 공적인 행위와 업적에 초점을 맞추는 것을 비판한다. 하지만 전기문학에 대한 울프의 논쟁은 이런 피상적인 비판에 그치지 않으며, 한 사람의 삶을 이야기할 때 무엇이 실제 인물의 삶을 구성하느냐 하는 인식론적인 문제와 연결되어 있다. 『올랜도』는 역사적 혹은 허구적 인물이든 상관없이 그의 진실 혹은 실재를 인식하고 재현하는 방식을 탐구한다. 전기문학과 울프의 논쟁은 소설의 인물에 대한 그녀와 아놀드 베넷(Arnold Bennett) 간의 논쟁의 연장선에서 이해되어야 한다. 베넷은 「소설은 쇠락하고 있는가?」("Is the Novel Decaying")에서 『제이콥의 방』(*Jacob's Room* 1922)에서 울프의 인물묘사를 비판했고 (194). 울프는 「베넷 씨와 브라운 부인」("Mr. Bennett and Mrs. Brown" 1923)에서 그의 전통적인 인물론을 공격했다. 그리고 울프의 새로운 전기문학론은 소설의 허구적 인물뿐만 아니라 전기적 인물을 재현하는 혁명적 변화를 의미한다. 손현주는 "소설에 있어 울프가 개진하는 인물(character)론과 전기에 있어서의 인물묘사는 일맥상통하는 면이 있다"고 지적한다 (122).

「새로운 전기 문학」에서 울프는 빅토리아 조의 중요한 전기 작가인 시드니 리(Sidney Lee) 경의 말을 인용해서 "전기 문학의 목표"는 "개성(personality)을 진실하게 전달"하는 것이라고 말한다 (229). 여기서 그녀는 리 경의 의견에 동의하는 것 같다. 하지만 그녀는 이어서 진실은 "화강암 같은 견고성"을 의미하고, 개성은 "무지개 같이 만질 수 없는 것"을 의미하는데 그들을 어떻게 "용접할" 수 있는지 의문을 제기하고, 이 과제는 "어려운" 일이며, "실패할" 확률이 높다고 말한다 ("The New Biography" 229). 그래서 리 경의 전기는 엄청나게 많은 진실을 사용했지만 인물의 개성을 전달하지 못한다. 여기서 울프는 문제점이 리 경의 잘못된 방법론처럼 이야기하지만, 실제 그녀와 리 경의 상이점은 한 인간의 개성에 대한 정의다. 흥미롭게도 울프의 개성은 리 경과는 달리 이미 확정된 독특한 인물의 개성이 아니다. 그녀의 개성은 쉽게 잡을 수 없는 어떤 것이며, 흥미롭게도 "소설적 장치들"을 사용하여 구성될 수 있다 ("The New Biography" 233). 그녀의 전기 작가는 "진실들을 선택"하고 "합성할" 수 있어야 하며, 심지어는 "사실들을 조작할" 수 있어야 한다 ("The New Biography" 231, 229). 울프의 개성은 인물에 내재되어 있는 것이 아니며, "예술가"가 허구적으로 창조한 것이며, 그렇게 만들어진 "허구적인 삶"이 독자에게 "점점 더 실재하는" 것으로 인식된다 ("The New Biography" 234).

1939년 울프는 로저 프라이(Roger Fry)의 전기를 완성하고, 다음과 같이 말한다. "이 순간 나와 로저와의 관계는 얼마나 묘한 것인지. 나는 그에게 사후에 일종의 모습을 선사했다. 그가 그렇게 생겼던가? 이 순간 아주 깊이 그의 존재를 실감한다. 마치 아주 친밀하게 그와 연결되어 있는 듯이. 마치 우리가 함께 이 같은 그의 이미지를 탄생시킨 것 마냥" (*D* V 305). 여기서 울프는 전기 작가의 독립성과 능동성을 강조한다. 그녀는 빅토리아 조 전기 작가처럼 수동적으로 외부에 존재하는 인물을 재현하려 애쓰지 않는다. 이제 울프는 대상인 인물의 알 수 없는 실재로 더 이상 고민할 필요가 없다. 작가는 기록으로 남아있는 사실뿐만 아니라 허구적인, 다시 말하면 소설적인 요소를 가미해서 로저 프라이라는 실존했던 인물을 새롭게 탄생시키고, 그 때 비로소 독자는 그의 존재성을 실감할 수 있다. 그녀의 새로운 전기 문학론은 전기를 쓰는 새로운 방법론이 아니다. 전기라는 장르는 일상적으로 실제로 존재했던 역사적 인물을 재현한다고 가정되고, 그래서 전기적 인물의 필연적인(필자의 강조) 허구성이 더욱 부각될 뿐이다.

전기 문학과 울프의 논쟁은 주인공을 위대한 인물로 과장하는 빅토리아 조의 전기문학의 위선을 비판하거나 전기가 인문주의적으로 이름 없는 사람들, 특히 여성의 삶을 포함할 필요성을 역설하는데 그치지 않는다. 그녀의 전기는 그녀의 모더니즘 소설처럼 "예술가"의 실재를 구현해야 하고, 『올랜도』는 그런 실재를 재현할 새로운 형식을 모색하는 실험의 일환이다. 그녀의 역사적 인물은 소설의 허구적 인물과 마찬가지로 "예술가가 아닌 사람들이 확인한 사실"이 아니라 ("The Art of Biography" 225), 예술가의 "내면의 비전"

에 충실한 "영혼의 사실(soul-fact)"로 재현되어야 한다 (Pater 106).[7] 여기서 "영혼의 사실"은 "내면의 비전"이라는 말과 연결되어 마치 작가의 "고유한 창작물"을 의미하는 것 같지만, 실제로는 작가가 사용하는 "언어"로 구성된다 (Pater 107).[8] 울프의 예술가가 사용하는 언어는 긴 세월 다양한 작가들이 사용한 흔적이 담긴, "애매하고 하찮은 연상들이 꽉 들어찬 무수히 다양한 마음들과 다투어 경쟁하는 이야기들의 산물"이며, "나름 풍부하고 자주 난해한 법칙들"을 가지고 있다 (Pater 107). 그리고 그녀의 작가는 이런 언어를 자신의 창의력을 제한하는 "구속"이 아니라 "기회"로 사용해서 자신이 "간절히 표현하고" 싶은 다양한 "물체"들을 표현할 수 있는 존재다 (Pater 107). 작품이 전기 문학이든 소설이든 상관없이, 울프는 언제나 인간의 문화를 보존하고 구성하는 이런 언어를 의식적으로 사용한다. 그러므로 『올랜도』는 분명 역사적 차원을 가진 전기면서, 프레쉬만이 주장했듯이 다양한 문학적 텍스트를 인유하고 인용해서 구성되는 "말로 된 세상"을 보여준다 (139). 작품은 영국 문학사의 대표적 시기들의 특징과 각 시대 문학 작품의 조각들로 완성되고, 올랜도의 삶 또한 그/녀의 문학적인 관심과 문학적인 텍스트의 파편들로 구성된다. 그래서 『올랜도』에서 인물들은 마치 하나의 텍스트처럼 상대를 읽는다. "[엘리자베스 여왕]은 책장을 읽듯이" "체력, 우아함, 로맨스, 어리석음, 시, 젊음"으로 "[올랜도]를 읽었다"(25).

---

7) 울프의 전기는 월터 페이터(Walter Pater)의 "상상의 초상들(imaginary portraits)"과 깊은 관련이 있다. 해롤드 블룸(Harold Bloom)은 페이터의 "상상의 초상들"이 "기이하게 혼합된 장르"로서 "역사적 소설"이 아니라 "역사처럼 만든 몽상"에 가깝다고 지적하는데, 이런 그의 견해는 울프의 전기에도 유효한 분석이다. Harold Bloom, "Introduction," *Selected Writings of Walter Pater* (New York: Columbia UP, 1974), xxii-xxiii 참조.

8) 울프가 페이터의 "실재" 개념을 차용하는 것에 대해서는 필자의 논문 「『제이콥의 방』 —버지니아 울프와 월터 페이터」(『영어영문학』 59.2 (2013)), 299-300면 참조.

II. 삶과 문학의 상대적 대립의 세계

울프의 소설에는 거의 언제나 작가나 예술가 인물이 등장하는데, 『올랜도』에는 전기 작가인 화자와 주인공, 두 명의 작가가 등장한다. 작품 내내 화자는 자신의 주제인 올랜도를 재현하는 방법을 탐구하고, 올랜도는 자신의 유일한 작품인 "참나무"(The Oak Tree)를 쓰고 있다. 허마이오니 리(Hermione Lee)는 작품이 자아반영 적으로 글쓰기의 문제를 다룬다고 지적한다 (154). 그런데 작품은 글쓰기의 문제를 주제의 하나로 논의할 뿐만 아니라, 실제로 글을 생산하는 방법 자체를 포함한다. 작품은 "단순히 세상을 재현하는 것이 아니라" "그 세상"을 "생산하는 모드" 또한 재현한다 (Caughie 84). 울프는 『올랜도』에서 실재라는 환상을 창조하는 언어의 "법칙" 자체를 재현한다.

작품의 6장에서 올랜도는 하이드 파크에 앉아서 종이와 잡지들을 펴놓고 위대한 작가들이 행했던 "고매한 산문 예술의 구성"에 대해서 생각한다 (284). 그녀는 작가로서 글을 쓸 종이와 그녀 눈앞 현재에 펼쳐지는 공원의 정경, "두 개"의 세계 사이에서 분리되어 "흐트러져 있다(distracted)" (285). 올랜도의 의식은 삶과 문학, 사실과 허구 사이에서 분열되어 "문학" 내지는 글인 "종이를 내려다보고 올려다보고" 위에 있는 "삶"인 "하늘을 쳐다보았다 내려다보며," "삶"을 "문학"으로 만들려 고민한다 (285). 여기서 울프의 문장들은 희극적일 정도로 단순하고 반복적이며, 올랜도의 시선에 자연스럽게 "위와 아래"라는 방향성을 덧붙이며 글의 리듬을 만든다. 물론 작품은 언제나처럼 "산문 구성"에 대한 직접적인 해결책을 제시하지 않는다. 올랜도는 하늘을 날아가는"야생 거위"를 보고 "단어들을 그물처럼 [거위]를 쫓아서 던지지"만 말로 만들어진 그물망은 "시들어 오그라든다" (313). 그렇다면 올랜도는 실패한 작가인가? 하지만 화자가 더 이상 전기를 쓸 수 없다고 포기하려는 순간 올랜도는 자신의 작품인, "참나무"를 "끝냈다!"고 외치고, 화자는 덕분에 "이 책이 사라질 운명에서 헤어났다"고 말한다 (271). 올랜도는 어떻게 작품을 완성한 것일까?

올랜도는 이 장면 이전에도 자연, 하늘과 잔디 같은 소위 사실의 세계를 쳐다보며 어떻게 글로 옮길지 고민한다. 그/녀는 상식적이고 관습적으로 "잔디는 푸르고, 하늘은 파랗다"고 말하고 하늘을 올려다보는데, 하늘은 이런 표현과는 반대로 "마치 천명의 마돈나가 그들의 머리칼을 늘어뜨린 베일과 같았다" (102). 여기서 울프는 사실주의적인 모방을 풍자하며, 작가의 개인적이고 주관적인 인상을 사용하지 않고 사물을 묘사할 수 없다고 제시하는 것 같다. 올랜도는 사실주의와 인상주의[9]를 대립시키며 둘 중 어느 것이 "더 좋은지 정말 알 수 없고" "둘 다 새빨간 거짓말"이라고 말한다 (102). 리는 화자와 올랜도 모두 "사물의 '초록'"을 작품의 "개념"으로 변화시키는 "모방의 문제"로 끊임없이 분투하고, 작품은 울프의 "끊임없는 문학적인 실험"의 필요성을 제시한다고 주장한다 (154-55). 하지만 작품은 더 이상 "모방의 문제"로 고민하지 않으며, 외부의 사실이든 내면의 인상이든 모방하지 않는다. 이 장면은 "자연, 하늘과 잔디"는 사실 그리고 외부의 세계이고 이런 눈에 보이는 사실에 반해서 인간의 의식은 내면이고 허구라는 상식적 구분 자체에 질문을 제기한다. 작품은 이런 구분 자체가 인간의 관점에서 상대적인 대립으로 관습적으로 생성된 것을 분명히 한다. 외부의 "삶"을 묘사하는 사실주의와 내면의 "인상"을 묘사하는 인상주의는 그들을 나누는 인위적 체계의 허구

9) 여기서 올랜도가 하늘이라는 대상이 일으킨 자신의 인상을 표현했다는 의미에서 필자가 "인상주의"라는 단어를 사용한다.

적인 산물이다. 그런데 여기서 주목할 것은 사실과 허구의 세계가 상대적 대립에 의해서 인위적으로 구성된 실체가 없는 개념이라는 것이 아니다. 『올랜도』는 언어에 내재된 패턴인, 사실과 허구, 삶과 문학은 물론이고 다양한 대립 개념들이 상호 비교에 의해서 상대적으로 의미를 획득하는 것을 재현한다.

위에서 보았듯이 작품은 어떻게 "삶"을 "문학"으로 만들지 반복해서 질문한다. 울프는 작가로서 이 질문을 그녀의 다른 글들에서도 자주 제기해 왔다. 마침내 이 작품은 "예술가"의 실재는 삶을 문학으로 만드는 것이 아니라, 삶과 문학을 합병해야 한다고 제시한다. 다시 설명하면 울프의 실재, 소위 삶은 문학이라는 개념과 대비되어, 삶과 문학이 상대적인 대립 관계로 설정되면 비로소 인지될 수 있다. 삶과 문학은 상대적으로 특질이 부여되고 의미가 생성된다. 삶은 절대적으로 외부에 존재하는 개체성이 없으며, 삶은 삶과 문학과의 대립 체계에서만 재현될 수 있다. 『올랜도』는 소설적인 환상과 역사적 현실 간의 인위적인 구분과 상식적인 위계질서를 단순히 전복하지 않는다. 작품의 내러티브는 허구와 사실, 환상과 현실을 상호간의 관계에서 창조하고, 그렇게 허구적으로 구성된 개체들이 함께 "예술가"의 실재를 구성한다. 그것이 올랜도의 정체성과 시대정신이든, 혹은 환상과 현실이든, 혹은 문학과 삶이든, 작품은 언제나 적대적인 관계로 이해되는 대립들이 상대적으로 각각의 의미와 개체성을 획득하는 것을 보여준다.

마지막 장에서 화자는 올랜도가 전기가 담을 수 없을 정도로 "훨씬 더 다양한 자아"를 가지고 있어서, "단지 예닐곱 개의 자아들만 설명할 수 있다면 전기가 완벽하다"고 말한다 (309). 작품에서 올랜도의 다양한 자아들이 생성되는 계기를 일관되게 설명하기는 힘들지만, 그들은 마치 그녀의 행동이나 생각, 특히 외부적인 자극을 감각적으로 인식하고, 그에 즉각적으로 반응하듯이 등장한다. 올랜도의 자아들은 그/녀 안에 내재되어 있지 않으며, 외부적인 자극이건 내부에서 일어나는 생각과 감정이건 그들과의 상대적인 관계에서 만들어지고 이런 자아들은 "수천 개"에 이를 수 있다 (309). 이 부분에서 『올랜도』는 모더니스트 소설답게 인간 정체성의 파편적인 면모를 언급하는 것 같다. 이런 자아의 파편성은 글쓰기나 전기가 당연시 하는 소위 정체성이 얼마나 허구적으로 구성되는지를 여실히 보여준다. 2장에서 화자는 "극소량의 힌트에서 살아 있는 인물의 전모를 그려내는 독자"라면 알겠지만, 올랜도는 "우울 나태, 정열, 고독 탐닉증에 더해" "기묘하게 혼합된 여러 기질의 소유자"라고 말한다 (73). 그래서 화자는 "훌륭한 전기 작가라면 누구나" "수많은 그의 일치하지 않는 특징들"을 "무시하는 것이 목표"라고 주장한다 (15). 그는 빅토리아 조 화자답게 다양하고 상반된 올랜도의 면모에 당황하며 그것들을 일관된 이미지로 만들 필요성을 주장하는 것 같다. 그런데 여기서 아주 희극적인 것은 화자가 자신의 논지를 증명하기 위해 제시하는 올랜도의 모순된 기질이다.

화자는 올랜도의 모순이 "이 책의 첫 쪽에서 언급했던 일그러지고 미묘한 그의 기질, 즉 죽은 흑인을 칼로 쳐서 떨어뜨리고, 기사도 정신을 발휘하여 그의 손이 닿지 않을 곳에 다시 매달고, 그러곤 책을 들고 창가 의자 있는 곳으로 가는데서" 드러난다고 말한다 (73). 화자는 행동의 세계와 생각과 감정의 세계 간의 전통적인 대립을 당연시하며, 박제된 적의 머리를 칼로 베는 올랜도와 책을 읽으며 생각에 잠기는 올랜도를 모순으로 제시한다. 또한 올랜도는 귀족이기 때문에 문학에 관심을 갖는 것은 모순이다. 1장에서 올랜도가 하인들의 구역에 앉아있는 윌리엄 셰익스피어(William Shakespeare)를 잠깐 스쳐 지나가는 것이 보여주듯이, 엘리자베스 시대에 글을 쓰는 것은 하층 계급에 속한 일이다. 화자는 올랜도는 "문학사랑 열병으로 고통 받는 귀족"이라고 정의한다 (73). 하지만 이런 의미는 행동과 생각이 대립의 세계일 때, 그리고 엘리자베스 시대의 관점을 차용할 때 생성된다. "문학사랑 열병"은 올랜도가 울프의 현대를 살고 있다면 생길 수 없는 특질이며, 화자가 특정하게 사용하는 관점에서만 의미가 파생된다. 올랜도의 귀족이라는 지위가 갖는 사회적 의미 또한 시대에 따라 변화한다. 올랜도는 엘리자베스 시대에는 니콜라스 그린(Nicholas Greene)보다 절대적으로 우월한 계급으로 그의 후견인이지만 작품의 현대에서는 반대로 그의 도움을 받아 책을 출판한다. 올랜도라는 인물의 기질 뿐만 아니라, 그의 사회적 위치 또한 정해진 본질이 없으며 그들을 보는 관점 혹은 그가 속한 시대정신과의 관계 속에서 상대적으로 의미가 생성된다. 작품에서 올랜도는 희극적으로 긴 역사적 시간을 커버하면서 그의 정체성이 갖는 다양하고 모순되어 보이는 특질과 의미의 상대성이 더욱 부각된다.

5장에서 올랜도는 결혼해야 한다는 강압적인 빅토리아 시대정신에 영향을 받고 결혼한다. 6장에서 그녀는 자신이 결혼하는 행동이 시대정신에서 긍정적인 평가를 받았는지 생각하며, 아이로니컬하게도 "분명하게 좀 더 자신다움을 느낀다"고 고백한다 (264). 여기서 올랜도는 결혼과 가정에 대한 빅토리아 시대의 집착을 풍자하는 것 같다. 그런데 작품은 이상하게도 올랜도의 결혼과 작가로서 글쓰기의 문제를 연결한다. 올랜도가 시대정신에 순응하지만 더욱 자신다워졌기에 글을 쓸 수 있다고 화자는 말한다. 올랜도는 "작가와 시대정신 사이의 거래(transaction)"에서 "멋진 합의(arrangement)"를 해서 "그녀 시대와 싸울 필요도 없고, 그것에 굴복할 필요도 없으며," 시대정신에 속하지만 "여전히 그녀 자신으로 남아있을" 수 있었고, "그래서 이제 그녀는 글을 쓸 수 있었고, 실제로 썼다” (266). 여기서 울프는 모더니스트 작가답게 작가의 개성과 시대정신 간의 민주적이고, 평등한 관계의 필요성을 제시하는 것 같다. 하지만 “거래”나 “합의” 같은 단어들은 인물과 시대정신 간의 영향을 이익과 손해를 분명히 계산한, 사업상의 전략적이고 상대적인 동반 관계처럼 설명한다. 실제로 작품에서 올랜도는 다양한 시대들과 공간들, 런던이 상징하는 서양과 콘스탄티노플이 상징하는 동양, 엘리자베스 시대, 왕정복고 시대, 18세기, 빅토리아 시대와 현대 같이 서로 대립 관계로 이해되는 공간과 시간을 움직인다. 그런데 올랜도는 이런 외부 세계의 변화뿐만 아니라 그/녀 자신의 신체적 성적 정체성의 드라마틱한 변화에도 불구하고 지나칠 정도로 전혀 불편함이나 어려움이 없다. 마지막 장에서 올랜도는 자신의 작품인 “참나무”를 읽으며, “그 동안 변한 것이 없다”는 것을 깨닫는다. 그/녀가 “죽음을 동경하는 우울한 소년”이든 “사랑을 즐기며 화려하게 살든,” 작가로 시, 산문, 드라마 같은 다양한 글들을 시도하든, 그녀는 “근본적으로는 동일한 사람이었다” (237). 잠시 후 화자는 올랜도는 분명히 “자라고 있”지만, “[성장]이 필연적으로 더 좋아 진다”는 의미는 아니라고 아이러니컬하게 덧붙인다 (282). 화자는 올랜도의 절대적인 정체성의 존재를 긍정하는 것 같다. 하지만 『올랜도』는 전통적인 전기가 당연시하는 고정된 정체성과 역사적인 시기라는 허구적 구분은 물론이고, 개인과 역사적 시기의 분리된 개체성을 전제로 개인과 시대의 성장과 쇠락[10]이라는 변화의 시나리오를 가정하는 역사

10) 이것은 한 개인뿐만 아니라, 문학의 역사에서도 마찬가지이다. 작품에서 그린은 과거를 이상화하며 현재가 과거보다 더 나빠졌다는 견해를 반복해서 피력한다. 그리스와 로마 문학에 비해서 엘리자베스 시대 문학이 쇠락했고, 현대에선 아이로니컬하게도 엘리자베스 시대 문학에 비해 현대 문학이 쇠락했다. 여기서 『올랜도』는 단지 그린이라는 작가를 풍자하는 것이 아니다. 작품은 일상적으로 가정된 문학적 시기의 독립된 개체성과

적 글쓰기 자체를 희화한다.

「전기 문학 예술」("The Art of Biography" 1931)에서 울프는 "대학에서의 생활, 결혼, 커리어식의 오래된 제목들"은 "임의적이고 인위적인 구분"이어서, 그에 따라 삶을 나누어서 전기를 쓸 수 없다고 말한다 (226). 하지만 『올랜도』의 제목이 없는 여섯 개의 장들 또한 마찬가지로 영국문학사를 엘리자베스 시대부터 현대까지 주요한 문학적 시기들로 구분한다. 이런 서술은 그녀가 에세이에서 비판한 "임의적이고 인위적인 구분," 역사적 글쓰기가 전제로 하는 "허구적인 코드들"을 사용하는 것이다 (Bowlby 129). 그런 관점에서 『올랜도』는 근본적으로 빅토리아 조의 전기와 다를 것이 없다. 단지 다른 점은 허구적인 코드의 구분되는 시기들이 상대적으로 의미를 생성하면서 실제로 작품의 내러티브를 구성하는 것이다. 6장에서 화자는 시간의 흐름을 달의 변화로 이야기하면서, 연대기적인 전기가 "나름대로의 장점"이 있지만 약간 "삭막할" 수 있으며, 특히 독자들은 "달력쯤은 혼자 볼 수 있다고 불평하며 출판사가 [자신이 쓰는 전기]에 매길 책값을 차라리 아끼려 할 것"이라고 유머러스하게 말한다 (266). 여기서 『올랜도』는 연대기적으로 서술하는 빅토리아 조의 전기를 비판하는 것 같지만, 쟁점은 글쓰기가 절대적으로 필요로 하는 인간 문화의 중요한 개념인 시간성이다. 달력은 인위적으로 시간을 한 해, 한 달, 하루로 나누고, 바로 이렇게 "한 달 혹은 한 시간이 다른 시간들에서 분리되어 튀어나와 있다는 환상이 삶-이야기를 만들거나 재구성하는데 필수적"이다 (Bowlby 135). 올랜도의 삶은 시간성을 사용해서 서술될 수 있을 뿐만 아니라, 그런 서술에 의해서만 삶이라는 일관된 형태의 환상을 구성할

는 정반대로 실제 문학적 시기들이 고정된 본질이 없고, 관점이 변화하면 언제나 각각에 대한 상대적인 평가 또한 변화하는 것을 여실하게 보여준다.

수 있다.

『올랜도』의 장들은 구체적으로 각 장이 대표하는 시대들의 특징을 나열하고 그 시대의 인물로 올랜도를 재현한다. 하지만 실제로 화자의 서술은 이미 구분된 역사적인 시기들에 대한 대표적인 몇 개의 개념들로 각각의 시대와 그 시대의 올랜도를 상대적으로 비교하며 특징짓는다. 1장에서 화자는 올랜도의 느슨한 도덕을 엘리자베스 조의 영향으로 설명하며, 당대에는 모든 것이 우리와 달랐다고 설명한다. "그들의 시인도, 풍토도, 심지어는 야채도 지금과는 달랐다" (27). "석양은 더 붉고 더 강렬했으며, 새벽은 더 하얗고 더 새벽다웠다. 지금의 어두컴컴한 어스름이나 머뭇거리는 황혼을 그들은 알지 못했다" (27). 이 부분은 구체적으로 엘리자베스 시대의 물질적인 특성을 이야기하는 것 같지만, "달랐다"는 화자의 선언은 반복되는 "더"가 보여주듯이 "지금"과의 비교를 통해서 입증된다. 이것은 18세기와 엘리자베스 시대의 런던의 비교에서도 마찬가지다 (224). 18세기는 일반적으로 그 시대를 구분 짓는 특징에 따라서 모든 것이 "빛, 질서, 그리고 고요함"이라는 세 개의 추상명사로 압축된다. 작품에서 실제적인 묘사처럼 보이는 런던의 구체적 모습들은 이 단어들을 구체적으로 사물에 적용한 예증에 불과하다. 그래서 엘리자베스 시대는 이런 18세기와 비교해서 상대적으로 무질서하고 "난잡하고 뒤죽박죽이었으며" "위험과 불안, 육욕과 폭력, 시와 오물"이 넘쳤다 (224). 이어지는 19세기 또한 18세기와의 차이를 통해서 묘사된다. 18세기의 계몽주의의 "빛"에 반해서, 19세기는 모더니즘 작가들의 부정적인 견해인 "거대한 어두움"으로 묘사된다 (225). 19세기의 "거대한 구름"과 습한 공기가 "18세기의 보다 선명한 경치를 대신하고," 그래서 양배추의 파란 색깔은 덜 선명했고, 눈의 흰색은 칙칙해 보인다 (227). 현재에 대한 묘사도 마찬가지다.

현재는 "무언가 뚜렷하고 분명한 것"이 있지만, 그 특징은 "18세기"와 비교해서 "18세기를 상기시켰는데," "혼란스럽고 절망적인 것"이 달랐다 (298).

보울비는 『올랜도』가 역사적인 시기를 마치 인간의 주체성처럼 "분리된 그리고 묘사할 수 있는 개체"로 보는 견해 자체를 풍자한다고 지적한다 (129). 각 시대와 그의 특징들은 독자적으로 존재하지 않으며, "그것을 선행하고 이어지는 것과의 대립"에 근거해서 구분되고 각각의 의미가 생성된다 (Bowlby 133). 『올랜도』에서 중요한 구분인, 다양한 시대와 그의 특질들은 독립된 개체성이 없으며, 상호간의 관계에서 상대적으로 비교되고 대립되면서 허구적으로 구성된다. 그리고 작품은 이런 허구적인 구분들을 실제로 사용하여 내러티브를 구성한다. 4장 마지막 부분에서 화자는 "18세기가 끝이 났다. 19세기가 시작된 것이다"고 선언한다 (226). 혹은 "이제 에드워드 왕이 빅토리아 여왕을 승계했기에," 빅토리아 여왕 시대는 끝이 나고 "이제는 에드워드 왕의 시대"라고 선언한다 (296). 작품은 18세기와 19세기의 관계에서, 그리고 에드워드 왕과 빅토리아 여왕과의 상대적인 관계에서 각각의 역사적 시기를 하나의 통합된 개체로 구성한다. 그리고 이것은 주인공 올랜도도 마찬가지다. 올랜도의 성의 변화는 작품에서 가장 기이한 일 중 하나인데, 작품은 성이 바뀌었다고 단순하게 선언하고 각각의 성에 기대되는 의상과 관습적 예절들의 변화만을 언급한다. 심지어 18세기의 올랜도는 이질적인 성적 정체성으로 인한 고민이 전혀 없이, 옷을 바꿔 입으며 여자와 남자의 삶을 자유롭게 넘나든다.

작품은 몇 개의 반복되는 장면으로 올랜도를 특징짓는데, 그 중에서 가장 흥미로운 것은 올랜도가 작품 내내 "손에 펜을 들었"지만 "쓰지는 않고" "한 곳을 응시하며" "어떤 생각이 마음에 드는 모양을 갖추거나 탄력이 붙을 때까지 자기 마음속에서 이리저리 굴리는" 셰익스피어의 이미지에 사로잡혀 있는 것이다 (21). 화자는 올랜도의 문학 사랑의 문제점은 단순히 생각과 감정의 세계에 빠진 것이 아니라 "환상으로 현실을 바꿔치기 하는 것"이며, 그것이 올랜도의 병의 "치명적인 특성"이라고 한탄한다 (74). 올랜도는 사샤(Sasha)의 배신에 상처입고, 상징적으로 7일간의 죽음 같은 잠을 경험한 후, 선조들의 납골당을 헤매며 "모든 영화는 부패위에 만들어 진다는 것, 육체 밑에는 해골이 있다는 것"을 깨닫는다 (71). 그래서 귀족이 글을 쓰거나 더군다나 출판하는 것은 "용서받지 못할 치욕"이지만 (77), 자신의 "조상들과 그들의 공적은 초개와 같고, 토머스 경과 그의 작품은 불멸이기에" "그는 자기 종족의 일급 시인이 되어 그의 이름에 불멸의 빛을 가져오겠노라고 맹세했다" (81). 올랜도는 "마일즈 경이 영토를 손에 넣기 위해 무장한 기사들과 싸운 전투처럼" "영어(English)라는 언어를 상대로 불후의 명성을 얻기 위한" 싸움을 벌이고 있다 (81-2). 『올랜도』는 삶, 현실, 영웅적 행동의 세계와 그에 반해서 환상, 문학, 생각과 감정의 세계를 대비시킨다. 모더니즘 작가인 울프는 올랜도를 통해서 셰익스피어를 물신화하고 숭배하면서 문학의 절대적 가치를 강조하는 것 같다. 하지만 작품은 그린과 올랜도의 반복된 만남에서 문학을 종교로 만드는 모더니즘의 환상을 분명하게 희화한다. 작품이 대립된 가치로 제시하는 모험가의 영웅성과 문학사랑은 근본적으로 동일하게 과장되고 고지식한 집착이며, 그들이 그렇게 상대적인 개념들과 가치로 나누어진 체계에서 각각의 의미를 획득하며 이미 연결되어 있다. 『올랜도』는 사실과 허구, 영웅의 행동의 세계와 문학의 생각과 감정의 세계가 그들을 구분하는 대립 체계에서 인위적으로 분리되었지만, 상대적인 대립 개념으로 이미 연결된 것을 분명히 한다.

III. 양성적 내러티브

울프는 리튼 스트래치(Lytton Strachey)의 『여왕과 에섹스』(*Elizabeth and Essex*)를 새로운 전기 문학으로 칭찬하면서, 스트래치가 역사적 기록이 별로 없는 엘리자베스 여왕을 "창작했고(invent)," 사실이 "창작"을 보조한다고 말한다 ("The Art of Biography" 225). 그러면 인물은 "사실과 허구 중간, 육체가 있는 것도 아니고 없는 것도 아닌 애매모호한 세계에서 움직인다" ("The Art of Biography" 225). 주요한 울프 비평가인 제임스 내러모어(James Naremore)는 이런 울프의 칭찬과는 달리 스트래치는 사실과 허구, "화강석과 무지개 사이의 통합"에 실패했으며, 반면에 울프는 "두 세계 사이의 생산적인 교환"에 성공했다고 지적한다 (200). 여기서 내러모어의 "교환"은 화강석과 무지개 같은 이질적인 대립간의 신비한, 쉽게 설명할 수 없지만 가능한 통합과 그 통합이 가져오는 "애매모호한 세계"를 상정한다. 반면에 페리 마이젤(Perry Meisel)은 동일한 "교환"이라는 단어를 사용하지만, 울프의 작품에서 주인공과 그의 세계는 모두 본질이 있는 개체가 아니며, 언제나 상대적으로 대립되는 개념들 간의 "교환의 산물"이라고 지적한다 (191). 울프 비평에서 중요한 이 두 비평가는 흥미롭게도 동일한 "교환"이라는 단어를 사용하는데, 물론 그들의 의미는 아주 많이 다르다. 마이젤의 "교환"은 울프의 내러티브가 거의 기계적으로 이질적인 대립들을 교차적으로 교환하면서 각각의 존재성의 환상을 창조하는 것을 의미한다. 하지만 이들이 동일하게 지적하는 것은 울프의 내러티브가 형식과 내용 차원의 다양한 대립들 간의 "교환"으로 구성된다는 것이다. 울프의 "사실과 허구의 중간"은 내용의 차원에서 사실과 허구 사이의 화합이나 타협을 의미하지 않는다. 그녀의 작품에서 중요한 것은 그들 각각의 허구적인 개체성이 실제로 교차하면서 사실과 허구, 그리고 남자와 여자를 함께 전체로 포함하는 양성적 내러티브를 창조하는 것이다. 울프는 문화적 대립인 "화강석과 무지개," 문학과 삶 사이의 "대화"를 시도한다 (Mao 72). 그러면 이 "대화"는 그녀의 양성적 내러티브를 구성하며, 삶이라는 "흐름"에서 잠정적이지만 "무상(無常)한 것을 실제로 단단하게 응고시킨다" (Mao 71). 이것이 울프의 양성적 내러티브의 특징이며, 그렇게 창조된 예술가의 실재는 로저나 비타라는 역사적 인물보다 더 실재하는 존재가 된다 (필자 강조).

『올랜도』의 6장은 현재 부분으로 이런 양성적 내러티브를 구체적으로 설명한다. 여기서 화자는 "현재의 순간이라는 것"은 "너무도 두려운 계시"여서 올랜도가 놀라는 것이 당연하다고 말한다 (298). 화자는 모더니스트 작가들이 느꼈던 모던 시대의 혼란과 절망을 묘사하는 것 같고, 이런 시대적 특징이 올랜도의 자아를 분열시키는 것 같다. 백화점에서 탄 승강기가 1층에 쿵하고 닿았을 때, 올랜도는 "현재의 순간 저 밑으로 가라앉으며," 엘리자베스 시대에 "항아리 하나가 강둑에 부딪혀 깨지는 소리"를 듣는 것처럼 느낀다 (304). 올랜도는 "자꾸 되풀이해서" 현재의 자신과 과거의 기억들 사이에서 분열되어, 터키, 인도, 페르시아 어디에 있는지 혼란스러워 한다 (305). 그녀는 마치 "찢어진 종잇조각들" 같고, "어떤 의미에서 현재 존재하고 있다고 말할 수 있는지" 모호하다 (307). "어느 것도 온전한 전체로 보일 수 없었고, 처음부터 끝까지 읽을 수 없었다" (307). 화자는 "그녀를 완전히 해체된 인간으로 포기하려" 한다 (307). 그런데 화자는 "우리가 [현재의] 충격을 이겨낼 수 있는 것은 한쪽에서는 과거가 우리를 보호해주고 그리고 다른 한쪽에서는 미래가 우리를 보호해 주기 때문이다"고 말한다 (298). "하나의 초록 장막이 오른

쪽에 쳐지고" "또 하나의 장막이 왼쪽에 쳐져" "이처럼 좌우편에 계속해서 초록 장막들이 쳐지면서," 올랜도는 "자기 마음속에 사물을 꽉 쥐고 있다는 환상을 되찾는다" (307). 현대의 백화점이 엘리자베스 시대의 런던 포구의 장면과 병렬되면서, 현재가 인위적으로 분리되고 올랜도가 "현재 존재하고 있다"는 환상이 창조된다.

6장에서 화자는 작품에서 이미 서술된 올랜도의 행위들을 요약하며, 올랜도가 "흑인의 머리통을 잘라버린 소년"부터 시작해서 "여왕에게 장미꽃 물그릇을 건네준 소년," "문단의 후견인" 등 그리고 "마(뜨거운 목욕과 저녁 벽난로의 뜻)라고 불리는 여인"과 "쉘머딘 (가을 숲속의 크러커스라는 뜻)" 등의 "서로 다른 자아"들을 기억한다고 말한다 (309). 제임스 해프리(James Hafley)는 일찍이 1954년에 『올랜도』를 『등대로』처럼 진지하게 이해할 필요성을 제기했는데, 여기서 울프가 "과거를 공간적으로가 아니라 시간적으로 개괄해서" "과거가 현재가 된다"고 지적한다 (96). 하지만 작품이 과거를 현재와 같은 공간에 동시에 존재하는 것처럼 재현하는 것은 인위적인 시간성을 사용하여 현재를 구성하는 것이다. 현재의 행동이 현재이기 위해서는 과거의 행동이 있어야 하고, 그렇게 인위적으로 과거의 장면과 분리되어 상대적으로 현재가 존재하게 된다. 그리고 "현재라는 물도 새지 않는 칸막이"가 내리면 (304), 그렇게 인위적으로 나누어진 시간이 인간의 정체성을 포함하는 사물이 실재하는 환상을 만든다. "작은 종잇조각들이 더 천천히 떨어져 내리기" 시작하고, "종잇조각들이 공중에서 저희들끼리 빙빙 돌고 있는 것이 보이고," 마침내 "오두막과 농가의 뜰과 네 마리의 암소들이 모두 실제 크기로 보인다" (307). 현재는 다양한 초록 장막들로 은유된 과거와 미래의 다양한 기억들과 생각들과 분리되면서 현재라는 시간의 개체성을 형성한다. 현재는 "분리하는 순간이지, 현존의 순간[11]이 아니다" (Bowlby 143). 그리고 그렇게 나누어진 현재의 순간에서 일상적으로 지나쳤던 평범한 장면들은 의미를 가지며 현재의 장면으로 구성된다. 『올랜도』에서 사용되는 말 "그 자체는 아름답거나 재미있거나 뜻이 있는 것이 아니지만," 대립 체계에서 의미가 생성된 말은 "일상적인 것의 오그라든 껍질에 팽팽하게 뜻을 채워 넣어서 놀랍도록 감각을 만족시킨다" (315).

『올랜도』에서 올랜도는 자동차를 운전하면서 생각하고, 과거도 기억하고, 차를 신작로로 몰면서 농부와 양치기도 보고, 숲과 헛간, 양치는 개도 보고, 다시 또 생각한다 (310-12). 작품의 내러티브는 혼란스러운 실제 사물들의 현재 장면을 구체적으로 재현하는 듯하다. 하지만 이 장면은 현재라는 시간이 과거라는 시간과의 대립 패턴에서 구성되듯이 실제 사물의 대립의 패턴을 사용해서 실재라는 환상을 창조하는 것을 보여준다. 화자의 서술은 아무런 규칙 없이 혼란스럽게 움직이는 올랜도의 시선의 움직임과 생각을 복사하는 것 같지만, 실제로는 인위적으로 대립하는 개념들이 이루는 패턴에서 생성된다. 작품의 내러티브는 인위적인 대립 개념인, 올랜도의 머릿속 생각과 눈에 보이는 나무나 개 같은 외부의 사물을 인위적으로 대립시킨다. 다시 올랜도의 생각은 세속적 "속물"과 "명성" 같은 대립 개념을 연결하면서, 구체적으로는 린넨이나 은 접시 같은 물질들, 그들과 상반되는 책들, 하지만 둘 다 동일한 세속적 욕망으로 이어진다. 하지만 다시 세속적 욕망은 정신적 가치일 수 있는 사랑과 대비된다. 하지만 너무도 희극적으로 해리(Harry)/해리엇(Harriet)의 사랑 표현은 "에메랄드 제의 두꺼비"다. 여기서 올랜도의 연상은

---

11) 여기서 보울비는 현재(present)라는 단어가 당연히 함축하듯이 존재한다는 의미가 아니라는 것을 예리하게 지적한다.

임의적으로 움직이는 것 같지만 실제로는 분명한 대립체계에서 연결되면서 변화한다. 다시 작품은 화자가 복사하는 올랜도의 생각과 행동의 세계 그리고 화자가 관찰하며 덧붙이는 괄호 속의 코멘트들로 나누어지고, 화자는 이렇게 인위적으로 대립된 것들 사이를 반복적으로 오가면서 실제로 올랜도가 움직이는 세상과 그/녀의 생각의 세계를 하나의 장면으로 생생하고 감각적으로 재현한다. 울프의 양성적 내러티브는 시간성의 인위적 대립은 물론이고 다양한 상대적인 대립들을 번갈아 교차시키면서 올랜도의 정체성과 시대정신, 환상과 현실, 그리고 문학과 삶을 동시에 창조한다. 그래서 울프의 작품에서 현재라는 시간은 언제나 겹겹이 쌓인 과거 시간의 물속으로 뛰어들 수 있는 표면이며, 행동과 실재의 세계는 언제나 내면의 생각과 감정의 세계로 들어가는 통로다.

『올랜도』에서 올랜도와 엘리자베스 1세 여왕의 만남은 가장 인상적이며, 가장 희극적인 장면인데, 양성적 내러티브의 구성을 집약해서 보여준다. 이 에피소드는 역사적인 신빙성을 함축하는데, 여왕 자신이 실제 역사적 인물일 뿐만 아니라 실제로 놀(Knole) 저택을 1572년에 방문했다고 한다. 그런데 이 장면은 일상적으로 기대되는 사실주의적 이야기와는 거리가 멀다. 작품은 여왕에 대한 역사적인 기록들을 사용하며 여왕과 올랜도 간의 허구적인 일종의 연애이야기, 늙고 권력 있는 여왕의 총애와 어린 소년의 관계에서 가능한 일련의 사건들을 서술한다. 늙은 여왕은 올랜도를 자신이 기댈 "참나무"[12]로 인지하며 "그를 위해서 빛나는 출세의 길을 기획[13]하고, 올랜도는 재무담당

12) 권력을 지켜야 하는 여왕이 믿고 기댈 수 있는 존재라는 상징적인 의미로 단순하게 해석될 수 있지만, 올랜도의 정체성을 상징하는 시집의 제목이 "참나무"인 것은 우연한 일이 아니다. 울프는 이런 메타포의 공유를 통해서 올랜도의 정체성이 고유하지 않다는 것을 넌지시 함축한다.

관이 되는 명예를 누린다 (26). 하지만 올랜도와 젊은 여자의 키스와 엘리자베스 여왕의 질투가 확실치 않게 언급되며, 이 에피소드는 분명한 결론도 없이 사샤와 올랜도의 연애 이야기로 전환된다. 그런데 이 에피소드에서 가장 흥미로운 것은 화자가 상반된 모순으로 인식하는 소위 사실과 역사의 영역인 행동의 세계와 이와 상반된 허구의 영역인 감정과 생각의 세계가 기묘하게 혼합되며 창조되는 것이다.

1장에서 올랜도는 생각에 빠져서 여왕의 방문에 시간을 맞추지 못하고 늦었다. 게다가 순진한 소년인 그는 부끄러움을 타서 여왕에게 장미향이 나는 손 씻는 물을 바치면서 머리조차 들지 못한다. 화자는 그가 여왕의 "물에 담근 반지 낀 손"만을 보았다고 묘사한다 (22). 당연히 여왕 또한 올랜도의 숙인 머리만 볼 수 있었다. 그런데 화자는 올랜도가 여왕의 반지 낀 손만 보았지만, 그녀를 아는데 "그것으로 충분했다"고 말한다 (22). 올랜도는 여왕의 "손에서 위대한 여왕의 모든 속성을 알려주는 몸을 유추해낼 수 있었다" (22). 이것은 여왕도 마찬가지이다. 그녀는 단지 올랜도의 "머리"만 보았지만 "귀족 젊은이의 잘 생긴 한 쌍의 다리, 보라 빛 눈, 금과 같이 귀한 심성, 충성심과 남자다운 매력," 여왕이 얻기 어렵기에 더욱 소중히 생각하는 "속성들"을 모두 인지한다 (23). 두 번째 만남에서 여왕은 직접 올랜도를 쳐다보며, 이전에 "생각했던 것"이 "눈앞에 보고 있는 진실"과 일치하는지 살펴보다 그의 다리를 보며 "바로 귀족의 이미지"를 보고, 내면은 어떨까 혼자서 질문한다 (24). 여왕은 "그의 영혼을 꿰뚫어 보려는 듯이" 눈을 번득이다가, "그의 가장 가느다란 발목 부분에 보석으로 장식된 가터 훈장을 달아준다" (24).

---

13) 여기서 울프는 흥미롭게도 "plot"이라는 단어를 사용하는데, 이것은 실제 인간 삶과 소설 내지는 문학이 공유하는 텍스트성을 암시한다.

여왕과 올랜도는 "반지 낀 손"과 "다리" 같은 눈에 보이는 진실인 신체적 부위를 보지만, 그들은 대상의 "속성" "영혼"까지도 알 수 있다. 여기서 울프는 전통적 전지전능한 작가가 사실로 제시하는 인물의 외면과 내면에 대한 분석이 얼마나 허구인지를 비판하는 것 같다. 그런데 작품은 이상할 정도로 반복해서 올랜도의 다리를 언급한다. 화자는 올랜도의 "준수한 몸"에서 "잘생긴 다리"를 따로 떼어서, 그것도 제일 먼저 언급한다. 올랜도의 애증어린 연인, 사샤는 올랜도를 "짐승을 사랑하고, 기사도 정신이 훌륭하며, 다리가 잘 생겨서" 칭찬한다 (54). 올랜도가 혐오하는 연인, 해리엇은 조상의 갑옷을 누가 만들었는지 언쟁하면서 "자기주장을 뒷받침하기 위해서" "금으로 된 정강이 덮개를 올랜도의 다리에 댄다" (116). 화자는 "올랜도의 다리가 지금까지의 어떤 귀족의 다리보다도 미끈하게 잘생겼다고 말하지 않았냐"고 유머러스하게 덧붙인다 (116). 해리엇은 올랜도가 대사가 되어 영국을 떠나자 "저런 다리가 나라를 떠나야만 하다니" 한탄한다 (118). 4장에서 올랜도의 성이 남자에서 여자로 전환된 다음에도 그/녀의 다리는 여전히 관심의 초점이다. 이제 올랜도는 "다리" 가 발산하는 매력을 적절하게 사용할 줄 아는 숙녀다. 작품은 다리 같은 작은 신체의 일부를 사용해서 실재를 재현한다고 가정하는 전통적 내러티브의 허구성을 풍자하는 것 같다.

실제로 『올랜도』에서 화자는 사실만을 고집하는 것이 여의치 않자, "그저 알려진 범위 내의 사실을 있는 그대로 기술해서 나머지는 독자들의 판단에 맡기는 것"이 자신의 "단순한 의무"라고 겸손하게 말한다 (65). 3장에서는 사실을 증거 하는 "서류"가 남아있지만, "백 년 동안 역사가들을 궁금하게 만들었던 비밀 하나를 밝혀낼 수 있는" "가장 중요한 문장의 한가운데가 불에 그슬려" "원고에는 손가락이 쑥 들어갈 만큼 큰 구멍이 나 있다" (119).

화자는 "타다 남은 서류의 조각들"을 이어 맞춰, "빈약한대로 결론을 얻어 내"지만, "번번이 억측하고 추측하는 것이 필요하고, 심지어는 상상력을 동원할" 수밖에 없다 (119). 화자의 사실은 이미 생각, 추측, 심지어는 가상의 해석을 포함한다. 1장에서 화자는 스테인드글라스를 통해서 비쳐 들어온 빛 속의 올랜도를 묘사하며, "상징을 좋아하고, 상징 해독에 남다른 재주가 있는 사람들은" "올랜도의 얼굴이" "오로지 햇빛만으로 빛나는 사실을 알아보았을" 것이라고 말한다 (14). 화자는 구체적으로 뺨, 입술, 코 같은 "젊은이의 아름다움의 카탈로그"를 나열하며, 다소 진부한 낭만적인 언어로 올랜도의 영웅성을 "흥분해서 이야기한다" (15). 다시 설명하면 화자의 "빛나는 사실"은 이미 그의 관점이 상징적으로 해석한 사실이다.

『올랜도』의 화자는 분명하게 울프의 이전 소설들의 화자와는 다르며, 차라리 조오지 엘리엇(George Eliot)의 전통적인 화자의 전지전능성을 차용한다. 그의 묘사는 피상적이며, 울프의 이전 소설들처럼 인물의 내면으로 들어가 내적인 생각들을 "의식의 흐름"으로 재현하지 않는다. 화자가 재현하는 올랜도와 여왕의 내면의 생각과 감정들은 흥미롭게도 개인적인 고유성이나 독창성이 없다. 그들은 사소한 신체적 특징으로 판단하고 감정을 일으키며, 그들의 생각과 감정은 실제 대상의 특질과는 무관한, 지극히 관습적인 연상과 인상이다. 여왕과 올랜도는 엘리자베스 시대에 관한 역사적인 지식을 가진 사람이라면 누구나 공유할 수 있는 상식적인 인상들을 주고받는다. 특히 화자와 다양한 인물들이 같은 신체적 부위를 반복적으로 언급하는 것은 인간들의 개별적 내면으로 인식되는 주관적 생각과 감정들이 얼마나 객관적이며 관습적 이해에 근거하는지를 분명하게 보여준다. 화자는 행동의 사실 세계와 생각의 허구 세계를 인간의 외부와 내부로 나누어 절대적으로 대립시키지만,

내면의 생각과 감정들은 이미 문화적으로 공유하는 외부의 것이며 절대로 고유하지 않다. 단지 울프의 텍스트는 인위적으로 허구적인 구분들을 분리하고 의식적으로 병렬시키면서 그들을 대조시키고, 그러면 이들 대립된 구분들은 그들을 나누면서 연결하는 전체적인 틀 안에서 양성적 내러티브를 구성한다.

올랜도가 긴 그/녀의 생애에서 엘리자베스 여왕을 기억할 때마다 그녀의 반지 낀 손을 기억하듯이, 『올랜도』는 올랜도의 다리를 그/녀를 특징짓는 신체 부분으로 거의 강박적으로 언급한다. 러브는 이렇게 희극적으로 반복되는 올랜도의 다리는 실제 비타의 "신체적 속성"에서 유래했으며, 비타에 대한 울프의 개인적이고 풍자적인 감정 표현이라고 해석 한다 (198). 애보트 레지날드(Abbot Reginald)는 울프가 여왕의 반지 낀 손처럼 세심하게 작은 일에 자주 집착하며 전체를 묘사하는 경향이 기존의 "공적이고 사실적인 역사"의 관점을 "긴박하게 집중하는 비역사적인 울프의 관점," "여성적이고 공적이지 않으며, 전통적이지 않은 그래서 가장 중요하게는 남성적이지 않은 역사적인 관점"으로 전환시킨다고 설명한다 (77). 이런 분석은 울프가 여성작가로서 차용하는 관점의 중요성을 예리하게 부각시킨다. 그런데 작품에서 놀라운 것은 그렇게 대립된 관점들이 대비되면서 여왕과 올랜도의 연애를 아주 간략한 역사적 판타지로 집약해서 구성하는 것이다. 『올랜도』의 내러티브는 여왕의 왕궁이자 요새인 런던 타워라는 실제 역사적 건물을 중심으로 안과 밖, 개인의 세계와 정치적 세계를 나누면서 여왕과 올랜도의 연애 그리고 그들의 시대를 전체로 재현한다. 타워 안에서 여왕은 올랜도를 포옹하고 그녀의 포옹으로 올랜도는 "거의 숨이 막힐 지경인" 동안, 타워 밖에서는 여왕의 위대한 역사적이고 공적인 업적이 진행된다 (25). 작품은 세세하게 여왕의 역사적 업적이나 올랜도에 대한 사랑을 묘사하지 않는다. 작품의 내러티브는 공적과 개인적, 외적과 내적, 늙은 여왕과 젊은 올랜도, 긴박한 정치 상황과 낭만적이고 개인적인 정열을 마치 동화에서나 사용할 법한, 지나칠 정도로 단순화시킨 이분법으로 나눈다. 그리고 화자는 그렇게 인위적으로 분리된 대립된 관점 사이를 교차적으로 오가면서 역사적 인물인 엘리자베스 여왕의 공적인 삶과 지극히 개인적이고 허구적이지만 가능한 개인적 삶의 장면을 창조한다. 물론 이 장면은 여성 모더니스트인 울프의 고유한 관점을 드러내며, "공적인데서 내부의 장면으로 이렇게 관점을 좁히고 그리곤 개인적인 엘리자베스의 모습을 상세하게 보여준다" (Reginald 77). 하지만 여기서 주목할 것은 울프의 여성적 관점 자체가 소위 전통적이고 공적이며 남성적이고 역사적인 관점에 반해서 상대적으로 생성된다는 사실이다. 여성적 관점은 대립할 남성적 관점이 없다면 존재하지 않는다.

IV. 결론

울프는 일기에서 『올랜도』에 대한 사람들의 평가, "너무도 충동적이고, 너무도 자연스러운" 면모가 "외면적으로 쓴"데서 왔다고 말하며, 깊이 파고 들어가면, 그런 장점들을 잃을 수 있는지 자문한다 (*D* III 209). 패트리시아 로렌스(Patricia Laurence)는 울프의 내러티브에서 "내적과 외적, 표면과 깊이, 외부와 내면"은 언제나 반복되는 딜레마였다고 지적한다 (101). 하지만 『올랜도』에서 울프는 "외적"이라는 의미가 언제나 "내적"과의 비교에서 의미를 획득하는 것을 인지하며, 그들 대립을 교차적으로 교환하며 인물의 내면과 외면을 동시에 구성하는 양성적 내러티브를 완성한다. 이 작품과 이후의 후기작들은 적극적으로 이런 양성적인 내러티브를 사용하는데, 이 내러티브는 인물의 내면으로 들어가는 『등대로』의 내러티브에 비해서 피상적으로 충동적이고 표피적으로 보인다. 하지만 『올랜도』는 그런 표면이 내포하는 깊이와 진지함을 이미 포함하고 있다.

2장에서 올랜도는 자신의 저택을 바라보며 생각한다. "하나의 생각을 염두에 둔 한 건축가에 의해 용의주도하게 건설된 도시처럼 보였다" (105). 하지만 실제 건물은 "이름도 모를 노무자들이" 세운 것이며, "지금은 사라진 무명의 사람들이 힘들여 이루어 놓은 창조물"이다 (106). 올랜도는 그런 창조물을 능가하려는 자신을 반성하며 희극적으로 "집을 치장하는데 자신을 바치리라" 결심한다 (108). 이 부분은 상징적으로 작가로서 울프의 글쓰기에 대한 생각을 요약한다. 올랜도의 집은 인간 문화의 생각의 집을 상징하고, 울프는 낭만주의 작가들처럼 독창성의 문제로 고민하지 않으며, 물려받은 문화적 유산으로 자신만의 내러티브를 만든다. 올랜도는 작품 내내 납골당을 비롯한 집의 안과 밖을 배회하고 갤러리에 걸린 선조들의 초상화를 바라보며, 긴 시간 이름 없는 많은 이들이 함께 만들어온 인간 문화의 패턴을 받아들이고 그것을 사용하여 자신 만의 작품을 완성한다. 『올랜도』에서 시 쓰는 것은 자연이나 외부의 실재의 모방이 아니라 "사물 그 자체"를 만드는 것이며, 작가들의 "한 목소리가 다른 목소리에 대답하는 것"이다 (325). 『올랜도』는 울프의 마지막 소설인 『막간』(*Between the Acts*)에서 절정을 이루는 문학이 만드는 "공동의 삶"의 미학을 이미 장대하게 설한다. 인간 문화는 다양한 허구적인 구분으로 구성되었고, 인물의 정체성처럼 작품의 정체성 또한 허구적이며 모든 작가의 작품은 언제나 다른 작가의 작품들과의 대립적인 관계에서 형성된다.

5장에서 올랜도는 1586년에 시작해서 "300년간" 써 온 자신의 원고는 "바닷물과 피에 얼룩지고, 여행에 찌들어서" "아주 꼼꼼하게 기워놓은 천 조각 같았다"고 말한다 (236). 여기서 원고는 물론 그녀 삶의 전기적 기록이다. 하지만 이 전기의 내러티브는 시대를 가로질러 작가 공동체가 형성하는 문화에서 "생겨났고, 그 안으로 위치되어지"면서 의미가 형성된다 (Whittier-Ferguson 81). 그런 관점에서 『올랜도』의 내러티브는 분명 "기워놓은 천 조각"이지만, 작품에서 다양한 문학적 시기와 각 시기의 다양한 글의 파편들, 올랜도의 변화무쌍한 에피소드와 정치, 성, 문화를 포함하는 다양한 주제들, "모든 것이 자발적으로 흐름을 이루며 흘러간다" (*D* IV, 129). 울프는 『올랜도』가 "그런 비결"을 가르쳤다고 말한다 (*D* IV, 133). 왜냐하면 그들 파편들은 모두 놀저택으로 상징된 공동의 문화에서 파생된 것이고, 그 안에서 의미를 갖기 때문이다. 『올랜도』는 다양한 대립된 개념들이 이미 그들을 나누는 패턴에서 연결되어 있는 것을 보여주고, 작품에서 울프가 편집한 다양한 글의 파편들은 상대적 대립 관계에서 나누어지고 연결되며 의미를 획득하는 양성적 내러티브를 완성한다.

출처: 『현대영미소설』 제22권 3호(2015), 203-32쪽.

■ 인용문헌

손현주. 「초상화와 전기문학: 버지니아 울프의 전기문학과 시각예술」. 『제임스 조이스 저널』 20.6 (2014): 107-31.

Bennett, Arnold. "Is the Novel Decaying? *Things That Have Interested Me*, Third Series. London: Chatto & Windus, 1926.

Benton, Michael. *Literary Biography*. Chichester: Wiley-Blackwell, 2009.

Bloom, Harold. "Introduction." *Selected Writings of Walter Pater*. New York: Columbia UP, 1974, vii-xxxvi.

Bowlby, Rachel. *Virginia Woolf: Feminist Destinations*. New York: Basil Blackwell, 1988.

Caughie, Pamela. *Postmodernism and Virginia Woolf.* Chicago: U of Illinois P, 1991.

Fleishman, Avrom. *Virginia Woolf*. Baltimore: The Johns Hopkins UP, 1975.

Hafley, James. *The Glass Roof*. Berkeley: U of California P, 1954.

Laurence, Patricia Ondek. *The Reading of Silence*. Stanford: Stanford UP, 1991.

Lee, Hermione. *The Novels of Virginia Woolf*. London: Methuen, 1977.

Love, Jean O. "*Orlando* and Its Genesis." *Virginia Woolf: Revaluation and Continuity*. Ed. Ralph Freedman. Berkeley: U of California P, 1980. 189-218.

Lloyd, Genevieve. *Being in Time*. Loondon: Routledge, 1993.

Mao, Douglas. *Solid Objects*. Princeton: Princeton UP, 1998.

McLaughlin, Allen. *The Echoes Enslaved.* New York: Cambridge UP, 1973.

Meisel, Perry. *The Myth of the Modern.* New Haven: Yale UP, 1987.

Naremore, James. *The World Without a Self*. New Haven: Yale UP, 1973.

Pater, Walter. "Style." *Selected Writings of Walter Pater.* Ed. Harold Bloom. New York: Columbia UP, 1974. 103-25.

Peach, Linden. *Virginia Woolf*. London: MacMillan, 2000.

Reginald, Abbott. "Rough with Rubies." *Virginia Woolf: Reading the Renaissance.* Ed.

Sally Greene. Athens: Ohio UP, 1999. 65-88.
Whittier-Ferguson, John. *Framing Pieces*. New York: Oxford UP, 1996.
Woolf, Virginia. *Orlando*. New York: A Harvest, 1988.
_____. "The Art of Biography." *The Collected Essays,* vol. IV. New York: Harcourt Brace Jovanovich, 1967. 221-28.
_____. "The New Biography." *The Collected Essays,* vol. IV. New York: Harcourt Brace Jovanovich, 1967. 229-35.
_____. *The Diary of Virginia Woolf,* vol. III. Ed. Anne Olive Bell. New York: Harcourt, 1980.
_____. *The Diary of Virginia Woolf,* vol. V. Ed. Anne Olive Bell. New York: Harcourt, 1985.
_____. *A Writer's Diary*. Ed. Leonard Woolf. New York: Harcourt Brace Jovanovich, 1953.

자기만의 방

A Room of One's Own

김요섭

•

A Room of Her Own: Hong Ying on the Verge of Artistry and Pornography in *K*: *The Art of Love*

A Room of Her Own: Hong Ying on the Verge of Artistry and Pornography in K: *The Art of Love*

| Joseph Yosup Kim

I. Introduction

Hong Ying made a literary debut as a novelist in Taiwan in 1992 upon publishing *Summer of Betrayal* under Chinese title *Beipan zhi xia* (背叛之夏) and has gained a name as one of the most recognized feminist writers of China. Hong Ying was selected as one of the top ten popular writers by prestigious media in China in 2000; moreover, she was chosen as one of the ten best female writers by Chinese Literary Business Daily in 2001. She also received the Prix de Rome in 2005 for her 1999 novel, *K: The Art of Love* from the French Government. Along with her fame, she has been embroiled in controversy due to contentiously erotic nature of her novels. In her 1997 novel, *Daughter of the River* (*Ji'e de nü'er*, 飢餓的女儿), for example, Hong Ying openly uses resolute and sexual expression of genitals so that this work was censored three times in China. As a result, there are four different editions of *Daughter of the River* in China now; this allows translation scholars to compare and analyze translation and style of each edition according to Lijuan Chen (27-28). She even encountered a lawsuit for libel after publishing her most explicitly erotic work, *K* (1999). Hong Ying wrote *K* based on real people including Ling Shuhua and Chen Yuan whose daughter, Chen Xiao Ying, sued Hong Ying for libel of her parents. Ms. Chen claimed that Hong Ying defamed her late parents and her mother was not a lascivious woman. This trial went on for three years and the High Court of China banned the publication of *K* under the charge of lewdness. Hong Ying, then, had to modify some of the backgrounds and characters in *K* and republish a new edition of *K* under the title of *English Lover* (*Yingguo Qingren*, 英国情人) in 2003. The English translation of this work, *K: The Art of Love* was translated based on the original work in 2002 during the libel trial. It is difficult to conclude in a few words whether having a translated work based on the original work is fortunate or not. Yet, it is opportune for the English readers to have a chance to discuss Hong Ying's daring attitude towards sexuality on the verge of artistry and pornography.

The issue of sexuality, a significant part of human life, has served as a main motif not only in Hong Ying's novels, but also in literary works in the world throughout history. For example, *Canterbury Tales* by Geoffrey Chaucer, a classic of British literature and *Arabian Nights*, a classic of the Orient both have one thing in common; that is, writers of both works derived an important motif from sexuality. In these two masterpieces, sexuality itself is not significant, but it functions as a device to extract an even more artistic motif. Connecting the motif of journey in the former and that of storytelling in the latter to sexuality maximizes poetic and narrative artistic effect respectively.

Especially in *Arabian Nights*, 1001 little tales appear around the motif of sexuality between Queen Scheherazade and King Shahryar as a large axis. The beginning of this work originates from the former queen's infidelity and sexual laxity. Scheherazade, the author of the tales and the King, the reader of the tales always make love with each other, and then Scheherazade begins a tale each night. The union of Scheherazade and the King signifies the importance of the union of the author and the reader. That *Arabian Nights* is not depreciated as or limited to a pornographic or erotic story between a man and a woman is because Scheherazade or the author's tales are closely engaged with the motif of storytelling. Moreover, the reason for *Arabian Nights* to be evaluated as an artistic masterpiece rather than a collection of pornographic stories is that the author successfully interlocked sexuality with creative storytelling and sublimed it into an excellent motif. Thus, *Arabian Nights* may serve as a measure or standard when evaluating a literary work on the verge of artistry and pornography. *K: The Art of Love*, which has received a mixed assessment between artistry and pornography, may be evaluated as a possibly artistic novel based on how Hong Ying has sublimed the motif of sexuality into a more artistic and literary motif.

There has been a series of recent research on Hong Ying's works in both English and Chinese, but most articles merely discuss how to classify Hong Ying as a writer. Henry Y. H. Zhao divides post Mao Zedong Chinese novels into "the pre-1989 period" and "the post-1989 period" (193) based on the Tiananmen massacre as a basing point, and classifies those young Chinese female writers, who were born in the 1960s and have experienced China's Cultural Revolution, including Hong Ying as the "Young [Female] Writers" (201). He also includes her as a Chinese diasporic writer along with Yan Geling in the U.S. and Gao Xingjian, the recipient of the Novel Prize for literature in 2000 (Zhao 204-06). Amy Tak-yee Lai categorizes Hong Ying as a Chinese female writer in diaspora for she has resided in England in company with Jung Chang, Xinran, Anchee Min and Adeline Yen Mah (1-10).

Johanna Hood, however, displays the possibility of Hong Ying's work as a type of women's initiation story; Hood gives a favorable review of *Daughter of the River* in which Hong Ying has created the Chinese female identity (167-68). Li-hua Ying also makes a favorable comment on Chinese female writers in general that those writers such as Hong Ying materialize female identity through their writing on raw sexuality (210). Philip Tew claims that in *K: The Art of Love* Hong Ying reflects her memory in "the exile" or a foreign country into Julian Bell, the protagonist of the novel (402-03). Yan-hua Chen, a critic in China compliments Hong Ying's extreme sexual expression that not only subverts the male central system of China, but also liberates women's potential (79). He also predicts that Hong Ying's feministic works will vitalize the Chinese feminism currently experiencing a slump. On the other hand, Rong-hui Zhai and Yan Bao criticize that Hong Ying and Xinran's pornographic works influenced by the western feminism may not last long (43).

Before discussing Hong Ying and her controversial novel, *K: The Art of Love* on the verge of artistry and pornography, the reason to entitle this article as "A Room of Her Own" should be mentioned. As anyone can infer the reason, the title stems from Virginia Woolf's *A Room of One's Own*. In the book, Woolf claims that female writers in Victorian times and those days should need their own spaces and regular income to concentrate on the writings without any interruption. This does not lead a fact that Hong Ying has created her works without her own chamber as those writers that Woolf refers to. The word, "room" in the title ought to be accepted as her "world" or "view" so that this paper intends to discuss Hong Ying with her unique world and view of writings. Most of those Chinese female writers who were born in the 1960s as Hong Ying have stopped writing poetry to focus on novels; however, she still writes poetry and essays as well as novels. As Zhai and Bao's remark, Chinese female writers such as Hong Ying, Xinran and Anchee Min share a common characteristic that they portray joys and sorrows of life through sexual desires between a man and a woman. Yet, Hong Ying seeks to root out the spirit of age and the pain of Chinese history. In other words, she does not belong to one specific group of writers, but she is still in a process of creating her own world of writings.

What sets Hong Ying apart from other Chinese female writers is that she is the first contemporary Asian writer to resurrect afterlives of the Bloomsbury through the eyes of Julian Bell, the most beloved nephew of Virginia Woolf. There are some western writers who have written about Virginia Woolf's afterlives in their biofictions. In fact, Monica Latham discusses how these writers such as Robin Lippincott (*Mr Dalloway*), Michael Cunningham (*The Hours*), Sigrid Nunez (*Mitz: The Marmoset of Bloomsbury*) and Susan Sellers (*Vanessa and Virginia*) have employed Woolf's "own narrative tools and style to portray her to create her biographical fictions (354). Unlike them, Hong Ying uses her own literary skills through motifs of loneliness and storytelling along with the motif of sexuality to recreate and resurrect Julian's afterlives. The aim of this paper is to discuss two big issues with Hong Ying's *K: The Art of Love*. First, I will argue what kind of literary motifs Hong Ying has employed to sublime this novel as a work of art. Second, I will discuss how Hong Ying tries to destereotype the existing dichotomously schematized stereotyping of the east and the west.

II. The Motif of 'Loneliness' and 'Storytelling'

When reading *K: The Art of Love* without searching for deep meanings of the novel, one may depreciate it as an erotic work of lunatic love between a western man as the narrator and an Asian woman. However, *K: The Art of Love* cannot be simply defined as an erotic love story. The novel begins with Julian's death in 1937 in which he engages in the Spanish Civil War as a driver. As he dies at the hospital, he leaves a note and last words. In his last words, he can die without any regrets since he has fulfilled two of his lifelong desires. One is to have a beautiful lover and the other to take part in a war. His testament to his mother was written on September 26, 1935 in Shanghai, two years prior to his death. Along with the testament, there is a handkerchief with the oriental atmosphere on which an alphabet letter 'K' has been embroidered. This letter K contains Julian's story. Hong Ying begins this novel with Julian's testament and the handkerchief with an embroidered alphabet 'K' in Chapter 1 and employs a type of flashback following Julian's eyes from Chapter 2.

In *K: The Art of Love*, Hong Ying portrays the story and China through "a younger-generation Bloomsbury poet['s]" (17) perspectives and experiences rather than the female protagonist, Lin. Some readers may raise a question that it is natural for her to use a Chinese woman, Lin's views. Instead, Hong Ying has intentionally created an aesthetic distance from her characters in the novel while avoiding subjectification of her writings. According to Lai, in *K: The Art of Love* Hong Ying begins to keep a distance as an author from her characters by discarding autobiographic aspects of her previous novels *Summer of Betrayal* and *Daughter of the River* (69). Most western readers are unfamiliar with a third world author penetrating into the western mind; what Hong Ying has intended is to make use of defamiliarization through an unfamiliar western man's eyes.

She does not explain whether to use 'defamiliarization' in the novel is her intention or not; nevertheless, in the foreword to the novel she is "trying to express ... that sex and love are inseparable (Hong Ying, 2002a viii). Sex defined by Hong Ying is not an indiscreet act of pornography, but is a ritual of union between a man and a woman. She brings Julian, a western man and Lin, an Asian woman together through a motif of 'loneliness' and they take a spiritual journey as artists. This is a key factor in elevating this novel into an art form despite of controversy over obscenity. Julian, a poet enjoyed a freewheeling sex with several women before coming to China who still radiates confidence in having physical relationship with any woman at any time. At his welcoming banquet, he meets Lin, professor Cheng's wife that catches his eyes. The self-assured Julian seduces her with Wuhan slang, "*Maizi bucuo* (麥子不错)" (Hong Ying 2002b, 52). "*Maizi bucuo*" literally means that barley is fully or well ripe. This term may be used to describe a young beautiful woman in Wuhan. In Hong Ying's original manuscript of *K* (1999), Julian says to Lin, "*Ni maizi bucuo* (你麥子不错)" (40). He does not need to use the pronoun "*ni* (你)," but Hong Ying intends to show his clumsy use of Chinese. Lin shakes off his hands; however, Julian writes otherwise in his letter to his mother, Vanessa Bell, "I have *already* had an affair with K" (Hong Ying, 2002b 70). He believes Lin will become his eleventh lover soon in no doubt by the time his mother receives his letter.

'K' not only serves as the title of this novel and the eleventh letter of the alphabet, but also signifies Julian's eleventh lover. To him, Lin is nothing more than an "ordinal number" (Hong Ying, 2002b 70). That he has come to China is not to get an Asian girlfriend as his eleventh girlfriend; then what has brought him there? Leonard Woolf, his uncle and Virginia Woolf's husband enthusiastically supported Julian's new journey in China, claiming "China was bound to become the centre of a political storm in the coming decades" (Hong Ying 2002b 205). Julian once deludes himself that he has come to China to "alleviate the plight of mankind" (Hong Ying 2002b 206) and dedicate himself to China. What has really led him to China is nothing other than his 'loneliness.' Joseph Yosup Kim and Jung Kim find Julian's real source of Julian's escape to China from his association with the Bloomsbury that ultimately leads to his romantic failure as follows:

> Julian has felt that the artists and intellectuals of the Bloomsbury have extensively asked and answered all the problems without leaving him to proclaim anything new. In order to free from the despair, he has tried to leap over a fence encircled by them. The tool to surpass their influence is ironically the romantic dream of the revolution acquired in the fence and the reality he faces outside the fence with his romantic dream of the revolution in the world is nothing more than romantic failure. (48)

Julian has come to China to find his own room to evade loneliness and romantic failure created by his mother and the Bloomsbury, which is leading to a room of Lin's own. His eleventh lover, K or Lin has also been physically and mentally lonely as she sleeps in a different room from her husband. Her 'loneliness' leads her to feel drawn to or fancy Julian, a stranger from the west.

His eleventh lover, K or Lin has also been physically and mentally lonely as she sleeps in a different room from her husband. Her 'loneliness' leads her to feel drawn to or fancy Julian, a stranger from the west.

> But this woman in his arms had spent so many years of her lonely life in these freakish exercises; her sole consolation came from this Daoist cult. Her years of girlhood and her married life must have been marred by physical and spiritual solitude — thirty-five years, and she would be thirty-six this year. Julian knew better than most people what loneliness was, and what kind of individuals suffered from it. . . . His continuing sense of isolation — he had never lost it — explained, in part, why he had come to the Far East, and why he felt drawn to this Chinese woman. His loneliness, her loneliness — they were both scared of loneliness and craved each other's care. He still remembered the acute despair that enveloped him as a child, when cried to no avail, failed to attract attention even from his mother and was left to gaze blankly at the ceiling, at the shadows thrown by the furniture in the room and at the grey sky outside the window. (Hong Ying, 2002b 126-27)

In the above passage, Hong Ying sets the root of Julian's loneliness as the absence of mother figure in his childhood. Initially, Lin considers her husband as the source of her loneliness to fancy Julian; however, the root of her loneliness is lack of her mother from her childhood. Lin introduces her autobiographical story to Julian in the novel in which her mother dies on the way to exile. Lin's source of loneliness originates from the absence of her mother rather than her husband. Hong Ying, thus, brings in the root of these two characters' loneliness as the absence of mother figure and connects them in the common motif of loneliness. In *Summer of Betrayal* (1992), she uses the absence or "inability" (Hood 170) of father figure as a motif to mediate patriarchy. Hong Ying as an author and artist often employs the absence of father or mother figure as a source of a motif.

She does not hesitate to describe Julian and Lin's intercourse and their naked bodies candidly. For example, she uses sexual expressions of cock, semen, pubic hair, vulva and clitoris without any reserve whatsoever. This novel certainly gives the readers erotic impression, but its core is not sex but Julian and Lin's spiritual journey and exploration as an author and a reader to each other. As Scheherazade begins her tale upon making love with the King, Lin suggests a possibility to Julian to become an author and a reader to each other. She asks Julian, "You want to see my life? Or do you want me to see your life?" (Hong Ying 2002b 36) In *K*, the word, "*zizhuan* (『自傳』)" (Hong Ying, 1999 21), which actually means autobiography, is appeared instead of "life." What Lin tries to share is her autobiography with Julian and wants him to do the same with her. The word, "*zizhuan* (『自傳』)" from the original manuscript has the sign, "『 』," which is used to indicate a title of a book in some Asian languages including Chinese and Korean. For example, Hong Ying's *K* may be expressed as 『K』. In fact, Lin later sends her autobiographical novel to Julian. A novel with several tales in it such as *Arabian Nights* is called a 'frame story.'

As Lin's autobiography is framed in Julian's journey in China, Hong Ying's novel emerges as a frame story. Moreover, the physical and spiritual union between a man and a woman implies the union of an author and a reader to each other in the novel as Hong Ying has intended.

To help Julian's lectures at Wuhan University, Lin begins to audit his literature classes. One day he teaches excerpts from his aunt's masterpiece, *To the Lighthouse* using the concept of "stream of consciousness" (Hong Ying, 2002b 40), but none of 40 students do not understand his lecture and he loses the thread of his argument. Then, Lin as a reader to his autobiography asks Julian if he knows any of the characters in the Woolf's novel. Julian was eighteen years old when the novel was published. He knows all the characters in the novel in which Woolf portrays each character's eccentric nature.

> He had immediately recognized Mrs Ramsey's eight children as Grandma Julia's, his mother's siblings — the Stephens — just as he also recognized their encounters with love and death. And he knew that what Virginia wanted to say was that art could overcome the encroachments of old age. So he used this understanding in his talk on the novel, and the lecture ended with his students showing as much enthusiasm as their Chinese reserve would allow. (*K: The Arts of Love* 40)

Rather than a commentator of his aunt's novel, Julian discusses the characters from the novel as an author of his autobiography to Lin and the students and receives somewhat enthusiastic response from them.

That evening Julian visits Professor Cheng and Lin's house and Lin hands him one of Xu Zhimo's (徐志摩) books of poetry. As Julian remembers Xu who used to study abroad in England, Professor Cheng and Lin talks about Xu's life of studying abroad in 1923. According to them, Xu admired the Bloomsbury group and was invited to one of their parties; however, Julian's mother and her peers in the group complained his boring nature and never invited him back again. Cheng tells a tale about Xu's affections for Katherine Mansfield so that he made a call at her house. Mansfield asked Xu if he had ever translated a Chinese poem; she expressed her strong conviction that only Chinese could properly translate Chinese poetry. That was their first and last encounter between them since she died of pneumonia a month later. Cheng continues to boast of his wife that Xu predicted Lin would be the Mansfield of China. Although this novel is based on a small dose of facts and filled with figments of Hong Ying's imagination, Ling Shuhua, a model for Lin, was recognized as "the Chinese Katherine Mansfield" (Stansky and Abrahams 201). According to Peter Stansky and William Abrahams, "[Julian's] aunt Virginia had somewhat ambivalent feelings about [Mansfield]" (201) whereas Julian in the novel tells she considered Mansfield "vulgar and sentimental" (Hong Ying, 2002b 47). He, indeed, is not fond of the writer and does not want to professedly wind his way into Lin's affections. As Julian expresses his displeasure with Xu, Lin smiles and shows a landscape on the wall that Roger Fry once gave Xu as a present. Xu, then, asked her to hold it in trust. The painting serves as an evidence for a close friendship between Fry and Xu that proves Xu did not falsely represent himself as Fry's student. Julian cannot acknowledge their relationship since he has held Fry in high estimation. He, then, provokes Lin, asking how Xu was in bed. Unconsciously he takes her hands to his genital, but she shakes off his hand. Up to this point, it appears that he has interest in her one-sidedly.

Nevertheless, Lin pays a visit to Julian next day. He refuses her to come into his house, but she waits for him to come out for four hours in the rain. She invites him to Beijing, saying "I can't stay in Wuhan any longer, so near to you, [...] I'm going to Peking. I'll wait for you there" (Hong Ying, 2002b 79). Then, the next morning Julian receives a fat envelope by mail containing her address in Beijing and a novel in English in her own handwriting. She has enclosed a short letter that instructs him to read her novel on a train to Beijing relieve his boredom. Lin, who asked him to talk about Julian's autobiographical story on the characters in *To the Lighthouse* in his class two days ago, is now requesting him to be her reader as an author. Julian has physically lured Lin, but she is an independent individual who can be a reader and an author on her own.

For a little while, Julian hesitates to accept Lin's invitation, but he reserves a train ticket to Beijing at Hankou Station before the winter break. On the day leaving for Beijing, it is a busy Sunday so that it is difficult to get to the train station in time. Since Julian is eager to see Lin, he offers a rickshaw boy one more yuan if he gets to the station in time. He finally arrives at the station ten minutes prior to the departure time and opens the envelope containing Lin's novel again. Her English writing is beautiful and he sinks into her story. Her autobiographical novel is an initiation story of a girl who was born into an abnormal family. The protagonist of the novel, the girl's father has a wife and eight concubines and her mother is his fourth wife. She has to call her biological mother "Fourth Aunt," but calls her father's lawful wife "Mother" (Hong Ying, 2002b 85). The girl's biological mother was an adopted daughter of one of the four wealthy people in Guangzhou. The girl's father went to inspect Guangzhou upon king's order and was given a well reception at her mother's family. He fell in love with the girl's mother at first sight and makes a formal proposal of marriage to her although she was twenty five years younger than him. Since she was an adopted daughter of the family, the family accepts his marriage proposal.

The father disregards his wife and other concubines, but only shows his affections for the girl's mother. As a result, there is a constant enmity among his wife and concubines; moreover, even their children get caught into a fight. Since she is significantly younger than other half brothers and sisters, she is not in position to help her mother. Thus, the girl and her mother have to endure hard times. Her father has become very close to the reformists; as a result, all of his properties are attached by the conservatives when the reformists are brutally suppressed by them. Moreover, he is exiled to the desert in Chinese Turkestan. Among his wife and eight concubines, her mother is the only one who is willing to accompany him to the desert and her father desires the same. Their journey to the exile is quite perilous so that her father and mother die on the road. In the family, which has just lost the father, its central figure, family feud and stealing among the family members continue and they eventually sell their mansion. The story ends with scattering of the family and leaving the girl alone.

Loneliness has led Julian to China who also discovers the root of Lin's loneliness from her autobiographical novel: that is the absence of mother figure. Even though she clearly had her biological mother, she couldn't call her 'mother.' Instead, she was placed in an awkward situation where she had to call her father's wife, 'mother.' The basis of her loneliness is not asexual relationship with her husband but the absence of mother figure from her childhood. Julian reads the novel in one sitting and is fascinated by another side of Lin. He has never experienced "a peculiar mixture of realism and sentiment" (Hong Ying, 2002b 86) from her novel. Lin as "the protagonist and author of the story" (Hong Ying, 2002b 86) stimulates Julian's curiosity as a reader even more.

Like Lin's autobiographical story, Hong Ying as an author presents *K: The Art of Love* unclear boundaries of what is real and what is sentimental. When Julian meets Lin at her father's mansion in Beijing, he asks her, "[h]ow much of that story you gave me is taken from your life?" (Hong Ying, 2002b 88) Likewise, Hong Ying's readers may ask her the same question how much of the novel reflects on real Ling Shuhua. "So you see, not all my story is true. I put a lot of true things in, but I left more out," (Hong Ying, 2002b 88) replies Lin. This is Hong Ying's answer to her readers for how much of her novel is real and sentimental. Through the use of loneliness and storytelling, Hong Ying has sublimed this so-called 'a pornographic novel' or 'an infidel story' into artistry beyond the physical union of a man and a woman as they are united as an author and a reader to each other like Queen Scheherazade and King Shahryar in *Arabian Nights*.

III. Hong Ying's Attempt to Destereotype in *K: The Art of Love*

Hong Ying has succeeded in framing Julian and Lin's tales in the frame of 'Julian's journey in China' and sublimating the novel into a work of art, which has received mixed reviews from critics on the border of artistry and pornography. She, furthermore, employs motifs of loneliness and storytelling to unite Julian and Lin as an author and a reader to each other. In *K: The Art of Love*, Hong Ying keeps an aesthetic distance from her characters in the novel as she narrates China through Julian's eyes and experience. What she intends to do is to make use of 'defamiliarization' through a foreign man's perspectives. Since she does not develop this novel through a familiar Chinese woman, Lin's eyes, she tries to destereotype the dichotomously defined east and west for the first time unlike her previous autobiographical novels. Hong Ying warns her reader not to make a mistake in stereotyping the east as she claims "K[Lin] does not represent a typical Chinese, or indeed Oriental, woman, and anyone trying to use the novel as a guide to Eastern romance is seriously deluded [...] If there is any message that emerges from this book, it is that stereotypes are not only foolish but can actually prove a snare for those who propagate them" (Hong Ying, 2002a vii-viii). She shows general errors in stereotyping a soft and submissive oriental woman and a strong western man through Julian in which Julian realizes the westerner's general impression on China as a filthy and miserable country is just one face of "many different Chinas" (Hong Ying, 2002a vii). Lastly, Hong Ying presents a possibility of union between an author/reader within the novel and her reader as the third participant as she breaks from the union of an author and a reader in such work of art as *Arabian Nights*.

Julian's errors in stereotyping the west and China are dichotomous or binary schematization of the masculine west and the feminine east, active man and passive woman, and the colonizing west and the colonized east. Julian is a young man with a liberal view of love as an heir of the Bloomsbury that he believes sex and love can stand alone. As he calls Lin 'K' meaning his eleventh lover, he is brimming with confidence in sexually colonizing her at any time. However, he is perplexed by Lin's active invitation to Beijing. His first mistake is to stereotype her as a passive oriental woman who he has objectified her as someone to conquer. Since women have been objects of sexually colonizing to Julian, he concentrates on his pleasure rather than physical union through love. Lin, who has mastered "the Art of Love" (Hong Ying, 2002b 101) in one of Daoist's sacred books, *Jade Chamber Classic* (Hong Ying, 2002b 100), helps him experience a sexual awakening who learns true physical union from her. When he asks her if a woman takes a man's "inner energies" (Hong Ying, 2002b 102) through "the Art of Love," she replies as follows:

> So you think I'm sucking your life from you, do you? You have to understand, the Art of Love is a form of mutual nourishment, the joining of yin and yang. Once a man has learned the Art of Love, he benefits too. (Hong Ying, 2002b 103)

Her husband, Professor Cheng only believes in western education and progress so that he considers this oriental principle as one of mere "Daoist superstitions" (Hong Ying, 2002b 102). Lin, in fact, tried "the Art of Love" out on Cheng, their union ended as a total disaster and he was laid up with illness for a month.

That Lin succeeds in assisting Julian, a western man to awaken "the Art of Love," is essential in understanding the relationship between the east and the west. She helps him realize that the east is not an object of conquer and the east and the west are companions in pursuit of harmony and beauty. In *Orientalism* (1978), Said criticizes that missionaries and travelers from the west have used an slice of their inaccurate knowledge of the east—just one aspect of "many different Chinas" according to Hong Ying—as a discourse (195). Said also presents a possibility of equal union of the east and west in his book like Hong Ying. He reveals his impartial attitude even more clearly in *Culture and Imperialism* (1993).

> What partly animated my study of Orientalism was my critique of the way in which the alleged universalism of fields such as the classics (not to mention historiography, anthropology, and sociology) was Eurocentric in the extreme, as if other literatures and societies had either an inferior or a transcended value. (Said, *Culture and Imperialism* 44)

In his criticism, he does not condemn imperialism, but emphasizes on the "integration and connections" (Said, *Culture and Imperialism* 61) and mutual understanding and coexistence of the east and the west.

Instead of Julian, Lin's husband, Cheng becomes an obstacle to pursue the coexistence of the east and the west. With his firm belief in western education, he regards the western man a "gentleman" (Hong Ying, 2002b 234) and Chinese an uncivilized race. In a way, he is a very narrow-minded person. After witnessing his wife's affair with Julian, he says to Julian in anger "[y]ou are not a gentleman" (Hong Ying, 2002b 234). Julian informs him of the true nature of the Bloomsbury group in which there is no gentleman. He tries to correct Cheng's inaccurate view of the western world. Cheng, however, does not understand Julian since what he has learned about British culture exists only in "books" (Hong Ying, 2002b 234). Moreover, he does not recognize his stereotyping of the west only exists in books.

Julian was also biased against China before that it was not only uncivilized, but poor and filthy. He, however, divests himself of such preconceived notions when he visits an "opium house" (Hong Ying, 2002b 139) in Beijing. He once watched a documentary on China, which displayed awful and dirty opium houses. This is an example of how English travelers informed English viewers of only fragmentary aspects of China and developed it into a discourse of the east. Yet, the opium house that Julian experiences is fancy, graceful and spacious; moreover, rooms are comfortable with perfect lighting. He realizes this opium house is a beautiful and relaxing place unlike those places filled with dirty opium addicts that he saw on the documentary. Julian and Lin smoke three opium pipes together. As he finishes the second one, he listens to imaginary voices, "a choir of angels" (Hong Ying, 2002b 140). After the third pipe, he liberates himself as if he soared into the sky.

As Lin performs fellatio on Julian, he suddenly remembers parts from an English version of *The Golden Lotus* written in the sixteenth century that he translated into Latin.

> As she caresses his glans penis with her tongue, she turns it up and down between her lips. ... She takes the penis softly to her cheek and receives it in her mouth. She embraces the hole and stimulates it with her tongue. As she continues to caress his penis hard, his semen endlessly pours into her mouth and she slowly swallows it.
>
> *Caput mentulae lingua sua titillabat, et inter labra sursum deorsum volvebat... Mentulam in genas mollivit et in os recepit. Foramen titilabat et lingua nervum provocabat. Labris firme continuit et molliter movit ... et continuo in os mulieris exit semen quod tarde sorbuit.* (Hong Ying, 2002b 141)

In the original Chinese version of *K*, a sentence is missing in the above passage which begins with "*mentulam ad sua labra adposuit*," which may be translated as 'she takes his penis to her mouth' in English (Hong Ying, *K* 147). Hong Ying does not hesitate to use explicit and sexual expressions such as penis, but she never uses the word, "fellatio" even once in the novel. Instead, she indirectly portrays those women performing fellatio "flute-playing women"

(Hong Ying, 2002b 141). Her narrator, Julian considers fellatio a lustful act performed only by lewd Chinese women from the sixteenth century and further believes it as a type of last taboo or *jinring* (禁令; Hong Ying, *K* 148) meaning prohibition. Since fellatio is the last taboo or prohibition for Lin to break, Hong Ying describes it metaphorically. In *K: The Art of Love*, Nicky Harman and Henry Zhao translate *jinring* to "inhibitions" (Hong Ying, 2002b 142) or something unfamiliar. As Lin breaks out of her inhibitions or unfamiliar territory, both Julian and she experience the "sublime" (Hong Ying, 2002b 142) nature of love. This is the moment for Julian to realize that fellatio is an act for "any woman [of] ancient or modern [...] could enjoy" (Hong Ying, 2002b 141). Harman and Zhao translate this part "[s]o any woman—even any Chinese woman, ancient or modern—could enjoy doing it," but in *K* Hong Ying emphasizes the fact that fellatio is every woman's *benlai de benneng* (本来的本能; Hong Ying, *K* 148) meaning inborn instinct. This part may be rephrased or retranslated as "so any woman—even any Chinese woman, ancient or modern—could enjoy doing it as if it were her inborn instinct." In other words, this is the moment of sexual epiphany for Julian that fellatio is every woman's inborn instinct. Furthermore, it becomes an 'uncanny' point of his life.

As Julian's stereotype of an opium room, which he used to think of a horrible space, has disappeared, it becomes a strange, yet familiar place. In this uncanny space, Lin and Julian experience an unfamiliar act of fellatio and they finally realize and achieve the sublime nature of love that Hong Ying wants her readers to commune with them. This moment is a type of 'sexual epiphany' in which Lin motions a maid to come toward them. The maid has been watching their act of love as she has "cleared the smoking set from the bed" (Hong Ying, 2002b 142). As the three bodies are rolling side by side, the union between two people is sublimated into a dance of three people. As Julian and Lin, an author and a reader to each other, now attempts to commune with the maid, the third participant through physical union, Hong Ying invites her readers to join the two people as their third participant. Certainly, this novel is not a hyper fiction or techno fiction, which allows both an author and readers to freely write and edit. However, Hong Ying with many faces as "many different Chinas" (Hong Ying, 2002a vii) want her readers to involve in Julian and Lin's act of love at any time.

IV. Conclusion

As expected, Julian's destereotyping of China is not a complete success. After Cheng witnesses his affair with Lin, he decides to go back to England. This is not a moral decision, but it is close to his western arrogance towards Chinese.

> She knew that he was no less racist that any of the other Westerners in China. The only difference was that he was unwilling to recognize it. He still had a deep-seated contempt for the Chinese, even for the one he loved so madly. His decision that morning to cut himself off from her in that way was typical of his European arrogance. (Hong Ying, 2002b 238)

Hong Ying presents the reason why Julian and Lin's love continues to elude is not because it was an affair, but Julian has not overcome his attitude based on the cultural superiority of western civilization.

In summary, Hong Ying still stands on the verge of artistry and pornography, but what makes her novels, especially *K: The Art of Love*, artistic is her message that the east and the west are not disparate spaces. Instead, the east and the west should harmoniously coexist. She sublimes the east, which could have been a horrible and prohibited place, into an uncanny or strange yet familiar place through the eyes of an unfamiliar westerner. Nevertheless, her portrayal of physical love is psychologically painful. Even though Julian and Lin sublime their sexual desire through their physical union and spiritual union as an author and a reader to each other, they face a drastic result of a death on a battlefield and a suicide respectively. Their unavoidable pain comes from so-called social taboo that they have violated. In her novel, Hong Ying suggests the east as an object of understanding and coexistence rather than that of conquer and lust, which should be a companion to the west to pursue harmony together. Yet, Hong Ying's *K: The Art of Love* eventually ends as a tragedy in which the east and the west have not reached to the sublimed state of harmonious companionship due to Julian's cultural superiority.

출처: 『제임스조이스저널』 제21권 2호(2015), 51-71쪽.

■ 인용문헌

Chen, Lijuan. "A Chinese Woman in Translation: A Feminist Rereading of Hong Ying's *Ji'Er De NÜ'Er* in English Translation." *Translation Review* 75.1 (2008): 27-36.

陈艳华. 「解读虹影的女性主义写作」. 『嘉应学院学报』 25.1 (2007): 79-82.

[Chen, Yan-hua. "Interpreting Hong Ying's Feminist Writing." *Journal of Jiaying University* 25.1 (2007): 79-82.]

虹影. 『K』. 臺北, 臺灣: 爾雅出版社, 1999.

[Hong Ying. *K*. Taipei, Taiwan: Erya, 1999.]

_____. Author's Foreword. *K: The Art of Love*. By Hong Ying. Trnas. Nicky Harman and Henry Y. H. Zhao. London: Marion Boyars, 2002a. v-viii.

_____. *K: The Art of Love*. Trans. Nicky Harman and Henry Y. H. Zhao. London: Marion Boyars, 2002b.

Hood, Johanna. "Creating Female Identity in China: Body and Text in Hong Ying's *Summer of Betrayal*." *Asian Studies Review* 28.2 (2004): 167-84.

Kim, Joseph Yosup and Jung Kim. ""I Always Destroy What I Love Most": Julian Bell's Romantic Failure." *James Joyce Journal* 20.2 (2014): 31-54.

Lai, Amy Tak-yee. *Chinese Women Writers in Diaspora*. New Castle, UK: Cambridge Scholar, 2011.

Latham, Monica. "Serv[Ing] under Two Masters." *Auto/Biography Studies* 27.2 (2012): 354-73.

Said, Edward. *Culture and Imperialism*. New York: Vintage, 1994.

_____. *Orientalism*. 2003 New York: Vintage, 1978.

Stansky, Peter and William Abrahams. *Julian Bell: From Bloomsbury to the Spanish Civil War*. Stanford, CA: Stanford UP, 2012.

Tew, Philip. "Considering the Case of Hong Ying's *K: The Art of Love*: Home, Exile and Reconcilations." *EURAMERICA* 39.3 (2009): 389-411.

Xu, Jian. "Subjectivity and Class Consciousness in Hong Ying's Autobiographical Novel *The Hungry Daughter*." *Journal of Contemporary China* 17.56 (2008): 529-42.

Ying, Li-Hua. *The A to Z of Modern Chinese Literature*. Lanham: Scarecrow, 2010.

翟荣惠・鲍焰. 「身体写作能走多远」. 『滨州学院学报』 23.1 (2007): 43-46.

[Zhai, Rong-hui and Yan Bao. "How Long Will the Bodily Writing Last." *Last Journal of Binzhou University* 23.1 (2007): 43-46.]

Zhao, Henry Y. H. "The River Fans Out: Chinese Fiction since the Late 1970s." *European Review* 11.2 (2003): 193-208.

세월

The Years

이주리

•

단단한 껍질과 드러난 속살:
버지니아 울프의 『세월』에 나타난 이상한 풍경들

손영주

•

"But who makes it? Who thinks it?":
Rethinking Form in Virginia Woolf's *The Waves*

단단한 껍질과 드러난 속살: 버지니아 울프의 『세월』에 나타난 이상한 풍경들

| 이주리

껍질과 은신처

가스통 바슐라르(Gaston Bachelard)는 『공간의 시학』(*The Poetics of Space*, 1958)에서 "은자 베르나르"라는 별명을 가진 껍질이 없는 연체동물에 관한 이야기를 한다. 본래 갑각류나 연체동물은 다치기 쉬운 연한 속살을 덮어줄 보호벽인 껍질과 동행할 수밖에 없는 운명으로 태어나지만, 은자 베르나르의 경우는 예외이다. 이 연체동물은 내버려진 조개껍질에 들어가 자기 몸을 숨긴다. 만일 조개껍질이 몸의 크기에 맞지 않는다면 얼른 나와서 다른 집을 찾는다(Bachelard 126). 빈 조개껍질에 들어가 사는 은자 베르나르의 이미지는 우리에게 낯설지 않다. 이를테면 남의 집에 들어가 알을 낳는 암컷 뻐꾸기는 어미 새가 새집에서 나간 틈을 타 들어간 후, 자신이 낳으려는 알의 개수만큼 원래 새집 안에 있던 알을 깨뜨려 버린다는 것이다. 어떤 이유로 뻐꾸기가 제

집을 떠나 남의 집에서 알을 낳아야 하는지는 모르겠지만, 알을 낳고 뻔뻔하게 '쿠쿠'하고 우는 뻐꾸기는 자신을 숨기는 기술을 알고 있는 영악한 불법 거주자임에 틀림없다.

암컷 뻐꾸기의 사례를 들지 않아도, 거주의 이미지를 갖고 있는 조개껍질은 보는 사람으로 하여금 그 안에 들어가 보고 싶다는 욕망을 불러일으키곤 한다. 바슐라르가 논의하듯이, 흔히 빈 조개껍질은 은신처의 몽상을 불러온다. 몽상가의 상상 속에서 단단하고 매끈한 조개껍질은 제 자신을 보호하고, 덮고, 숨길만 한 내밀한 장소를 마련해주는 거주의 공간, 안락한 집의 이미지로 다가온다. 조개껍질과 집, 동굴은 서로 유사한 형태로써, 각각이 지닌 비밀스러운 내면성으로 인해 종종 동일시된다. 자신을 감싸줄 깊고 어두운 내실은 갑각류의 껍질, 집, 동굴이 공통적으로 품고 있는 안의 풍경이다. 시인과 몽상가들은 조개껍질을 은신처로 환원시킬 뿐 아니라, 잘 응고되어 단단하고 기하학적인 형태로 이루어져 "명백하고 뚜렷하게" 보이는 껍질의 신비로움을 미학적인 차원에서 이야기한다는 것이다(Bachelard 106). 이처럼 견고한 조개껍질이 특별한 아름다움의 대상으로 인식되는 이유는 껍질의 문형이 시간의 흔적을 고스란히 반영하기 때문이기도 하다. 마치 화석이 시간의 흔적을 체화함으로써 보이지 않는 것을 물질적 공간을 통해 표현하듯이, 껍질은 오랜 세월에 걸쳐 일어난 사건과 이야기를 기억하는 몸이다.

버지니아 울프(Virginia Woolf)는 껍질에 밀착된 이미지에 집요한 관심을 가졌던 작가이다. 울프의 첫 번째 단편소설 「벽 위에 난 자국」("The Mark on the Wall", 1917)을 읽어본 독자라면 이 글에 등장하는 달팽이의 존재를 기억할 것이다. 벽 위에 난 한 조그만 점이 일인칭 화자의 상념 속에서 일련의 연상들을 촉발하며 의식의 흐름을 이어가게 하지만, 결국 벽 위의 자국은 달팽이였음이 밝혀진다(*CSFV* 89).[1] 벽 위에 난 자국의 정체에 관심을 가졌던 독자라면 이 존재가 고작 달팽이에 불과하다는 사실에 허탈감을 느낄지도 모르겠지만, 울프가 다른 물체나 동물이 아닌 굳이 달팽이를 등장시킨 것은 우연이 아니다. 똬리를 튼 것처럼 생긴 나선형의 집을 짊어지고 다니는 달팽이는 필요에 따라 은신처인 껍질 안으로 몸을 집어넣고 다시 빼기도 하면서, 숨김과 드러냄의 행동을 반복한다. 숨김과 드러냄의 동작을 느리고 불연속적으로 반복하는 달팽이는 상상의 세계로 침잠했다가 현실 세계로 나오기를 반복하는 몽상가의 상태를 가시화하는 표식이다. 또한 달팽이는 갑각류와는 달리 시간이 지나면서 점차 자라나는 껍질을 갖고 있다. 느린 종류의 지속성과 미완결성을 특징으로 달팽이의 몸은 완성을 향해 달려가기보다 상상력을 조금씩 다듬으며 지속적이고 완만한 창조를 향해 걸어가는 예술가를 연상시킨다.

등껍질로부터 빠져나오는 달팽이의 움직임을 몽상에 빠진 작가나 예술가적 인물이 현실과 꿈의 영역을 오고가는 행동에 비견할 수 있듯이, 단단한 껍질은 외부 세계와 내부 세계의 경계에 놓인 교차로와 같다. 사람의 몸으로 치자면, 몸의 외피인 피부를 '안'의 것을 감싼 껍질로 볼 수 있다. 비평가 윌리엄 코헨(William A. Cohen)에 따르면 서구문학과 철학의 담론 안에서 전통적으로 피부는 자아의 정신적이고 영적인 내면을 감싼 겉 표면으로 인식되어 왔다(65). 개인의 내적 자아를 감싼 피부는 순간순간 변하는 감정의 결을 안색의 변화를 통해 표현하기도 하고, 살아온 세월의 흔적과 삶의 모습을 선명하게 투영하는 투명한 껍질이다. 다시 말해, 피부는 주름이나 근육이 잡힌 모

---

1) 수잔 딕(Susan Dick)이 편집한 울프의 단편집 모음, *The Complete Shorter Fiction of Virginia Woolf* (New York: Harcourt, 1985)에서 인용. 본 논문에서 이 책을 인용할 때 *CSFV*로 표기하기로 한다.

양새를 통해 개인의 삶을 소리 없이 표현하며, 내면에서 일어나는 미세한 감정이나 흥분상태를 홍조 등의 색을 통해 드러내는 "투과력이 있는 경계"이다(Cohen 65).

울프도 '안'을 투영하는 바깥쪽의 피부, 즉 투명한 껍질에 깊은 관심을 보였던 작가임에는 틀림없다. 예컨대 1937년 소설 『세월』(*The Years*)에 등장하는 한 인물은 타인의 얼굴 표면에 새겨진 주름의 특징적인 형태를 통해, 그가 분명히 대학교수일 것이라고 추측한다(*Y* 55). 피부에 새겨진 주름의 생김새만으로도 낯선 사람의 직업을 짐작하는 인물의 태도는 '안'의 현실의 비추는 투명한 텍스트의 존재에 대한 믿음에서 비롯된다. 하지만 본 논의에서 주로 다루고자 하는 껍질은 '안'에 속한 현실을 뚜렷하게, 아니면 적어도 어렴풋이 드러내는 투명하거나 반투명한 표면과는 거리가 있다. 내면세계의 풍경을 여과 없이 드러내는 몸이 아니라, 여간해서는 속살을 숨기고 잘 보여주지 않기에 신비롭게 보일 수 있는 단단한 껍질이 이 글을 통해 조명하고자 하는 껍질의 형태이다. 이러한 껍질의 표면이 몽상가의 마음속에 불러일으키는 상상의 다층적인 내용과 의미를 되짚어보고, 더 나아가 껍질을 매개로 이루어지는 몽상가의 상상적 활동이 은연중에 품고 있는 정치적 무의식에 대해 풀어보고자 한다.

껍질과 몽상가

울프의 소설은 상상을 통해 껍질을 만들거나 껍질 안으로 들어가는 예술가 혹은 몽상가를 자주 보여준다. 어떤 대상을 응시하는 소설 안의 주체는 몽상에 잠겨 있다가 상상력이 깊어지면 하나의 껍질을 본다. 예컨대 『등대로』

(*To the Lighthouse*, 1927)에 등장하는 화가 릴리 브리스코우(Lily Briscoe)는 램지 부인(Mrs Ramsay)의 초상화를 그리고자 한다. 릴리의 눈에 램지 부인은 "견고한 형태"와 "동굴의 문형"의 기하학적인 껍질처럼 인식되고, 화폭 위에서 램지 부인의 모습은 보랏빛 삼각형으로 표현된다(*TL* 55). 램지 부인이 벗어둔 회색 코트, 장갑, 덧신과 같은 물체는 그것을 지녔던 주체보다 오래토록 살아남는데, 이러한 물체의 내구성은 짧은 인생을 살다간 인물의 삶을 반추하도록 이끄는 견고한 껍질이다. 울프의 언니이자 화가인 바네사 벨(Vanessa Bell)을 연상시키는 램지 부인의 맏딸 로즈(Rose)는 어머니를 도와 저녁 만찬을 준비할 때 응접실의 식탁을 "뿔과 같은 분홍빛 선의 껍질"로 장식한다(*TL* 99). 접시 위에 올려놓은 과일들의 다채로운 문형과 빛깔이 한데 어우러져 분홍 껍질의 형태로 나타난 것이다.

울프의 소설에 묘사된 빈 껍질에 주목한 비평가 줄리아 브리그스(Julia Briggs)는 껍질에 비유되는 램지 부인이나 여성 인물이 창조하는 껍질이 여성의 풍요로움과 모성, 그리고 예술적 영감을 보여준다고 설명한다(147). 이는 페트리시아 로렌스(Patricia Ondek Laurence)가 집중한 "예술의 영역", 즉 실질적, 정치적, 역사적 현실로부터 벗어나 내면적 삶을 탐험할 수 있는 "침묵의 공간"으로 이해할 수 있다(105). 로즈가 과일의 배치를 통해 만든 분홍빛 껍질은 특히 램지 부인에게 상상력의 원천이 된다. 이를 바라보며 상상의 세계로 여행하는 램지 부인은 접시 위에 쌓아올려진 과일이 바다 밑에서 건져 올린 전리품이나 넵튠(Neptune)의 연회를 위해 차려져 있던 과일같다고 느낀다(*TL* 99). 껍질이 여성적 풍요로움을 상징한다고 보는 해석은 합리적 이성을 강조하는 남성 인물 램지 씨(Mr Ramsay)에게서 껍질이 어떤 의미로 받아들였는지 살펴본다면 한층 더 설득력 있게 보인다. 램지 씨는 자기 부인과 아들 제임스가 현실 감각을 결여한 채 사소한 일에 집착하는 것을 못마땅하게 바라보곤 한다. 또한 부인과 아들이 세상물정 모른 채 어리석게 "껍질이나 줍고 있는 아이들"같다고 여긴다(*TL* 37). 램지 씨의 기준에서 껍질을 줍는다는 것은 그가 추구하는 종류의 진실로부터 등을 돌린 몽상가의 한가로운 취미에 불과하다. 객관적인 외부세계의 진실을 추구하고 영웅을 동경하는 램지 씨에게 껍질은 백일몽을 부추기는 아이들의 노리갯감과 다르지 않다.

한편 램지 부인은 일상생활에서 가족과 타인을 위해 껍질을 만드는 삶의 예술가이다. 어느 날 밤 램지부인은 벽에 걸린 수퇘지의 해골 때문에 잠을 이루지 못하는 딸 캠(Cam)을 위해 자신의 어깨 위에 있던 초록빛깔 숄을 덮어 껍질을 만든다. 적나라한 모습의 뼈대를 천으로 덮고, 해골 위에 덮인 숄이 "새의 둥지"처럼 보인다고 말하며 공포심에 사로잡힌 딸을 위로한다(*TL* 116-17). 이처럼 은신처의 몽상을 가능하게 하는 램지 부인의 숄은 전쟁 후를 묘사한 「시간이 흐르다」("Time Passes")장에서도 살아남아 어두운 가운데 초록빛을 발산하는 껍질이 된다. 그 뿐 아니라 램지 부인은 자기 존재를 껍질처럼 만들어가는 인물이다. 이 소설의 서술자는 껍질 밖에 남은 것이 없는 램지 부인에 대해 이야기한다. 타인을 "감싸고 보호할 능력"이 있다고 스스로 과신하는 램지 부인은 자신을 비워 타인이 그 안에 살도록 한다(*TL* 41).

문학작품을 읽으며 몽상에 젖어드는 와중에 뜻하지 않게 신비로운 껍질을 보는 인물도 있다. 『세월』의 「1880년」장은 옥스퍼드 대학에 재학 중인 에드워드 파기터(Edward Pagiter)가 시험 준비를 위해 『안티고네』(*Antigone*)를 읽는 장면을 보여준다. "술을 마시지 않고선 시험을 보러 갈 수 없지"라고 말했던 아버지 아벨 파기터 대령(Colonel Abel Pagiter)의 조언을 떠올리며, 에드워드는 탁자 위에 놓인 와인을 한잔 마시며 『안티고네』를 읽기로 한다(*Y* 49).

> 그는 앞에 있는 탁자 위에 잔을 내려놓았다. 그리고 다시 『안티고네』를 향해 돌아섰다. 그는 읽었다. 그리고 마셨다. 그리고 읽고 다시 마셨다. 부드러운 열기가 목덜미에서 등뼈를 타고 퍼졌다. 와인은 그의 뇌에 있는 조그만 문을 열도록 압박을 가하는 것 같았다. 이어 포도주인지 혹은 글자들인지 혹은 그 둘 다인지 알 수 없는, 자줏빛 증기가 피어나는 영롱한 껍질이 형성되었으며, 그 안에서 그리스 소녀 하나가 걸어 나왔다. (*Y* 49)

몸에 피를 돌게 하는 와인 몇 모금에 긴장이 이완되자, 에드워드는 상상의 눈을 통해 영롱한 막으로 된 껍질을 본다. 몽상가의 상상 속에서 껍질이나 얇은 막이 만들어지는 사례는 울프의 소설에 빈번하게 등장한다.

물론 울프 또한 잘 응고되어 명백하고 단단한 물체의 매혹을 작품 속의 인물을 통해 표현하곤 한다. 하지만 이미 형성되어 견고해진 껍질은 몽상가의 마음 어딘가를 할퀴는 결과를 수반한다. 예를 들어 1920년 단편 「단단한 물체들」("Solid Objects")에서 국회의원 후보였던 존(John)은 우연히 깨어진 유리 조각을 발견한다. 중국산 도자기의 파편인 유리 조각은 불규칙하면서도 뾰족한 모서리를 갖고 있는데, 존의 눈에 이 물체는 "가장 뛰어난 형태"의 불가사리처럼 보인다(*CSFV* 104). 존은 단단한 물체의 아름다움에 매료된 후 본업을 뒷전으로 하고 급기야 런던의 허름한 지역과 쓰레기 더미들을 뒤지고 다니며 버려진 물체 조각들을 수집한다. 마치 중국산 도자기의 파편들을 모으면 먼 나라 중국의 심연에 도달할 수 있을 것 같다는 마음을 갖고 물체 수집에 임한다. 하지만 집요한 물체 수집에도 불구하고, 존은 대상 안에 있을 법한 어떤 의미, 즉 심연에 있는 물성과도 같은 것을 파악할 수 없고, 단단한 물체의 불가해성은 그를 껍질에 대한 강박적인 집착으로 몰아간다.

한편 『세월』의 「1911년」 장은 엘리너 파기터(Elinor Pagiter)가 잠들기 전

단테의 책을 읽는 장면을 보여준다. 엘리너는 이탈리아어가 서툴러 의미를 파악할 수 없지만 고대 이태리어의 "단단한 껍질"은 어떤 의미를 속 안에 숨겨두고 있는 것 같다(*Y* 202). 숨겨진 의미에 접근할 수 없는 엘리너는 마치 "갈고리가 그녀의 마음의 표면을 할퀴는 것"같다고 느낀다(*Y* 202). 엘리너의 사례를 통해 살펴볼 수 있듯이, 매혹적으로 보이는 단단한 껍질은 이 물체의 '속'을 이해할 수 없는 주체의 마음에 날카로운 흔적을 남기곤 한다. 다시 말하면, 엘리너가 고대 이태리어를 딱딱한 껍질로 인식할 때, 껍질이라는 표면은 안과 밖의 경계를 설정하는 지점이 되고, 안과 밖을 칼처럼 구획하는 딱딱한 껍질은 이 안으로 들어올 수 없는 대상으로 하여금 스스로가 주변인이라는 아픈 자의식을 부추긴다. 고대 이태리어로 형상화된 단단한 껍질은 단테의 원문을 읽어보고자 했으나 부족한 교육의 정도 탓에 그럴 수 없는 여성인물의 처지를 적나라하게 인식시킨다. 이것은 안과 밖의 틀을 명확하게 구분하는 매개체가 되며, 사회의 위계질서를 표출하는 역할을 한다.

반면 껍질 자체가 속살에 완전히 밀착되어 안과 밖의 명백한 구분이 사라진 대상을 바라보는 인물의 사정은 사뭇 다르다. 1930년대를 다루는 『세월』의 마지막 장에서 노스 파키터(North Pagiter)는 수년 간 아프리카에서 살다가 런던으로 돌아와 고모인 사라 파기터(Sara Pagiter)의 집을 방문한다. 저녁식사 후 고모와 과일을 깎아 먹던 노스는 식탁 위 쟁반에 놓인 과일껍질을 보며 상상한다.

> 그녀는 마치 부드러운 장갑을 벗고 있는 것처럼 바나나 껍질을 벗겼다. 그는 사과를 집어서 껍질을 벗겼다. 꼬인 사과껍질이 접시 위에 놓여 있었다. 그것이 뱀 껍질처럼 똘똘 말려 있다고 그는 생각했다. 바나나 껍질은 찢겨서 벌어진 장갑의 손가락 부분 같았다. (*Y* 306)

사라가 바나나 껍질을 벗길 때 안의 속살은 손동작의 속도에 맞춰 리듬감 있게 조금씩 드러난다. 열매의 몸을 온전히 품은 과일 껍질은 안에 담았던 생명의 증거를 서서히 보여주는 것이다. 바나나의 껍질과 속살의 밀착된 관계에 흥미를 느낀 노스는 자신도 쟁반 위에 있던 사과를 하나 집어 들어 껍질을 벗겨본다. 벗겨진 사과 껍질은 똘똘 말린 뱀 껍질로, 바나나 껍질은 잘려진 장갑의 손가락으로 환원된다. 속살과 완전히 밀착되어 안과 밖의 엄격한 구획을 허무는 과일 껍질은 이미지의 연쇄작용을 일으키며 상상력의 범위를 확장시킨다. 이러한 껍질은 안과 밖의 구획이 없는 뫼비우스의 띠, 그리고 껍질과 속살의 경계가 불분명한 달팽이집과 유사하다.

껍질 '안'에 있다고 여겨지는 속살이 밖으로 드러난 형태는 이야기에 대한 은유로 사용되기도 한다. 조셉 콘래드(Joseph Conrad)는 1899년 소설『암흑의 핵심』(*Heart of Darkness*)에서 선원들이 하는 이야기는 단순한 것이어서 의미가 통째로 견과류의 껍질 "속"에 들어있지만, 전형적인 선원과 다른 말로우(Marlow)에게 있어서는 일화의 의미가 과일의 씨처럼 이야기 속에 묻혀 있는 것이 아니라 밖에 있는 것이었다고 말한다(Conrad 9). 이야기의 핵심이 껍질 '안'에 숨겨져 있으리라고 믿는 전형적인 인물은『세월』을 통해서도 드러난다.「1910년」장에서 매기(Maggie)는 로즈에게 "파기터 집안에 대해 들려줘요"라고 부탁한다(*Y* 160). 이들의 대화를 듣고 있던 사라는 이야기를 듣느니 차라리 "살아 있는 파기터 집안사람들"을 보는 편이 나을 것이라고 제안한다(*Y* 163).

'파기터 가'라는 기표에 유달리 호기심을 드러내는 매기는『암흑의 핵심』에서 콘래드의 서술자가 언급한 '전형적'인 인물의 태도를 답습한다. 특정 가문을 지칭하는 이름은 그 이면에 속살을 감추고 있는 단단하고 두꺼운 껍질처럼 여겨질 수 있고, 따라서 이에 접근하고자 하는 대상에게 속을 파내고 싶다는 욕망을 자극할 수 있다. 하지만 『세월』은 매기가 드러내는 욕망의 덧없음을 암시하는데, 이는 살아 숨 쉬는 파기터 가문의 사람들이 관념화 된 언어의 껍질 밖에서 집안의 역사를 몸소 증언하고 있기 때문이다. 「단단한 물체들」에서 껍질 속에 내재된 이야기를 캐내기 위해 몸부림치는 인물이 실용주의적 가치관에 물든 인물에 비해 작가의 비호를 받는 면이 있다면, 『세월』에서 껍질 안의 숨은 의미를 추적하고 해독하려는 하는 청자는 한계에 갇힌 인물로 드러난다.

주전자와 폭탄

껍질이 숨기에 적합한 거주공간이라는 상상력을 불러일으키기 위해서는 그 안이 어느 정도 비어 있다는 전제가 필요하다. 제 몸이 아닌 남의 몸을 보호하기 위해 램지부인이 빈 껍질의 이미지로 만들어져야 했듯이 말이다. 빈 조개껍질이나 빈 새집이 은신처의 몽상을 불러오는 것은 그리 놀랄만한 일도 아니고, 어떤 대상이 빈 집이라고 여겨지는 한 움푹 파여진 그곳에 제 몸을 한 번쯤 넣어보는 상상적 행위는 문학과 일상에서 비일비재하게 일어난다. 하지만 껍질이 자신보다 훨씬 더 큰 부피의 속살을 담고 있다는 가정은 또 다른 종류의 쾌락적 상상을 불러일으킨다. 예컨대 『세월』에 등장하는 파기터 대령의 주머니는 맏딸 엘리너의 눈에 "바닥이 보이지 않은 은광"으로 여겨진다(*Y* 100). 아버지의 주머니는 육안으로 보기에 작은 껍질이지만 물리적 크기보다 훨씬 큰 공간을 안에 품고 있는 듯 비추어진 것이다. 아버지의 주머니에 손을 넣었다 빼면 마치 진귀한 보물을 무한히 꺼낼 수 있을 것 같다는 엘리너의 상상력은 미지의 세계에 있는 상아를 손에 넣기 위해 '암흑의 핵심'까지 도달해야만 했던 식민주의자의 환상과 유사하다.

한 가지 질문을 던져보자. 만일 커다란 속살이 가속도를 발휘하여 재빨리 껍질을 깨고 나온다면 껍질을 통해 상상을 즐기던 몽상가는 어떤 입장에 처하게 될까? 작고 운동성이 없는 껍질에서 팽창된 물질이 순식간에 힘 있게 분출한다면 몽상가의 사정은 바뀔 수밖에 없다. 한없이 고요하게 보이던 껍질이 폭발적인 에너지의 원천을 품고 있었다는 사실은 몽상가에게 신선한 충격이다. 바슐라르는 조그마한 껍질에서 "거대하고 자유로운 동물들"이 빠져나오는 현상의 괴이함과 역동성에 주목한 바 있다(Bachelard 108). 예컨대 어떤 중세시대 그림들을 보면 토끼, 새, 사슴, 개와 같은 전혀 예상치도 못했던 동물들이 마치 "마술사의 모자"에서처럼, 껍질에서 튀어 나온다는 것이다(Bachelard 107).

인간으로 치자면 난생설화에 나오는 주몽이나 박혁거세 등의 건국신화의 시조들이 알을 깨고 나온 큰 존재라고 볼 수 있다. 그리스 신화에 등장하는 미와 사랑의 여신 아프로디테 또한 거품 형태의 껍질에서 나온다. 동서를 막론하여 껍질을 깨고 출몰한 큰 인물은 상상을 초월할 만큼 아름답거나 뛰어나게 명석한 반신반인으로, 껍질에서 나올 때부터 완성된 외형을 갖고 태어나 숭고와 경이로움의 대상이 된다. 이처럼 어떤 존재가 껍질을 뚫고 나오는 광경은 놀라움과 경탄을 일으키면서도 동시에 두려움을 자아내는 면이 있다. 지나치게 큰 존재가 움직임이 없는 껍질에서 기운차게 빠져나오는 모습을 보여주는 이미지에는 "난폭함의 표징"이 있는 것이다(Bachelard 111). 이것은 달팽이가 껍질에서 느리고 무기력하게 몸을 반쯤 빼내는 것과는 전혀 다른 상황이다. "가장 힘 있는 탈출"을 마련하는 껍질은 역동성과 더불어 두려운 종류의 공격성을 표현하는 지점이기 때문에, 팽창하는 껍질은 호기심뿐 아니라 공포감을 유도한다(Bachelard 111).

텅 비었다고 여겨졌던 껍질의 내부는 사실상 빈 집이 아니라, 생명의 극적인 탄생을 준비하는 밀도 높은 공간으로 판명될 수 있다. 물질 혹은 생명을 응축시킨 작은 껍질은 그것을 '은신처'로 전치시키던 몽상가를 비웃기라도 하듯이, 빠른 속도로 팽창하며 예상치 못한 순간에 내용물을 분출한다. 상상의 제국에 갇혀 있던 몽상가는 껍질의 파괴와 폭발을 본 후에야 비로소 제왕의 자리에서 물러난다. 일레인 스캐리(Elaine Scarry)가 2001년 저서 『책을 통해 꿈꾸기』(*Dreaming by the Book*)에서 언급한 상상하기와 지각된 현상간의 괴리는 상기해 볼 만하다. 스캐리는 우리가 물체에 대해 몽상하기 위해 감았던 눈을 떴을 때, 실제로 지각된 대상이 상상 속에서 그려진 대상에 비해 뛰어난 활력과 생기를 갖추고 있더라도 놀라지 말라고 당부한다(Scarry, *Dreaming by the Book* 4). 흔히 사람들은 상상의 영역에서 일어나는 대상의 움직임이 실제의 물체보다 동적이라는 관념을 갖고 있지만, 생동감은 상상의 영역에서 일어나는 활동의 본질이 아니다. 오히려 상상적 활동은 대상에게 본래 결부된 감각적 이미지의 강도를 약화시킴으로써 활성화된다는 것이 스캐리의 주장이다(Scarry, *Dreaming by the Book* 4).

몽상가의 상상 속에서 빈 껍질은 활기 없고 고요한 공간, 즉 은신처에 관한 환상을 돕는 쾌락의 원료이지만, 뭉쳐진 물질을 내포한 껍질은 그 안에 놀라운 힘을 응축시키고 있기 때문에 두려운 물체이다. 1929년 에드윈 허블(Edwin Hubble)이 발견한 '팽창'하는 우주는 모든 껍질 중 크기가 가장 클 뿐더러, 고도로 응축된 물질과 에너지를 내포한 껍질일 것이다. 스티븐 호킹(Stephen Hawking)이 『호두껍질 속의 우주』에서 설명하듯이, 이 에너지는 겉으로 보기에 텅 빈 공간 속에서 존재하는 진공 에너지이며, 아인슈타인의 방정식 $E=mc^2$에 의해 질량을 갖고 우주의 팽창을 가속화한다(호킹 96). 이때 진공 에너지와 공존하는 물질은 팽창속도를 감소시키기 때문에 인플레이션과 같은 팽창을 상쇄하고, 그 결과 우주는 안정적인 궤도에서 상당 기간 정적인 상태를 유지할 수 있다(호킹 96).

울프가 1920년에 쓴 단편 「저녁 파티」(“The Evening Party”)에 등장하는 여주인공은 고농축의 원리로 이루어진 우주를 상상한다. 과거, 현재, 미래를 뒤섞고 눈물로 반죽한 가루들, 즉 모든 세대가 남겨 놓은 잿더미를 한데 뭉친 작고 단단한 공과 같은 우주를 상상하는 것이다(*CSFV* 99). 팽창하는 대신 수축된 우주를 상상하는 화자의 마음속에는 완전한 연합과 확실성에 대한 갈구가 존재한다(*CSFV* 99). 「저녁 파티」의 화자는 극도로 응축되고 응결된 우주에 대한 상상이 자신에게 완전무결한 행복감을 주었다고 고백한다. 개인이 접근할 수 없는 시공간의 역사를 응축시킨 자기 충족적 물체를 바라보는 행위가 불러오는 특별한 만족감이 있다는 것이다.

「저녁 파티」의 화자가 상상을 통해 온갖 물질을 뭉치고 굴려 작고 단단한 우주를 창조한다면, 『세월』에 등장하는 파기터 집안의 가족들은 움직임이 없던 껍질로부터 팽창된 물질이 분출되는 뜻밖의 광경을 목격한다. 정적이라고 여겨졌던 물체가 동적으로 바뀌는 순간이다. 뭉쳐진 물질과 에너지를 담고 있는 껍질은 안에 있던 내용물을 순간적으로 드러냄으로써 호기심 어린 시선으로 자신을 응시하던 인물에게 크고 작은 충격을 준다. 순간적으로 내용물을 분출하는 껍질은 파기터 가의 응접실에 자리 잡은 주전자이다. 놋쇠로 만들어진 주전자는 기체로 변화된 내용물을 예상치 못한 순간에 분출하는 둔탁하고 움직임이 없는 금속성의 껍질이다.

1880년 4월의 어느 날 파기터 가의 자매들은 차를 마시기 위해 물이 든 낡은 놋쇠 주전자를 불 위에 올려놓는다. 물이 끓기를 초조하게 기다리며 응접실의 탁자 앞에 둘러 앉아 주전자를 지켜보지만, 약한 불꽃 탓인지 물은 이들이 원하는 시간 안에 끓지 않는다. 물이 끓는 속도에 박차를 가하고 싶다는 마음에 밀리 파기터는 머리핀을 뽑아, 심지뭉치를 가닥 가닥으로 풀어 불꽃의 크기를 크게 만들어보지만 별 소용이 없다. 강박적으로 주전자를 지켜보며 델리아 파기터(Delia Pagiter)가 조바심을 낼 때, 동생인 크로스비(Crosby), 로즈(Rose), 마틴(Martin)이 차례로 응접실에 들어온다. 이들의 관심은 다시 주전자로 쏠린다.

> 그들은 모두 주전자를 바라보았다. 둥근 놋쇠용기 아래서 반짝이는 작은 불꽃이 여전히 조금 처량한 소리를 내고 있었다. "저 주전자를 폭발시켜!" 마틴이 홱 돌아서며 말했다. [. . .] [밀리]는 머리핀으로 다시 심지를 건드렸다. 엷은 수증기가 뱀 같은 모양의 꼭지로부터 뿜어져 나왔다. 처음의 간헐적인 분출 이후 그것은 점점 더 강해져서, 그들이 계단을 올라가는 소리를 들었을 때는 마침내 주전자 꼭지로부터 아주 강한 분출이 있었다. "끓는다, 끓어!" 밀리가 소리쳤다. (*Y* 11)

여기서 주전자는 단순히 물을 끓이기 위해 필요한 도구가 아니라, 매혹과 강박증적인 초조함을 동시에 촉발하는 껍질이다. 주전자는 머지않아 증발되고 확산될 물을 담는 용기라는 점에서 생명이 없지만 마치 생명력이 있는 물체처럼 나타난다. 이 물체는 숨김과 드러냄, 안과 밖의 대비되는 원리를 극명하게 표현하고, 속에 있는 물질을 폭발적인 속도로 내뿜는다.

호기심과 성마름을 갖고 주전자를 바라보는 파기터 가의 남매들은 마치 껍질 안으로 머리를 숨긴 달팽이나 거북이의 속살을 보고 싶어서 안달 난 아이들과 흡사하다. 혹은 마술사의 모자 안에서 무엇이 튀어 나올지 궁금해 하며 지켜보는 관객과 유사하다. 파기터 대령의 주머니를 바라보며 결코 마르지 않을 은광을 떠올린 엘리너와 같이, 울프의 작품에 등장하는 인물들은 껍질이 무엇인가 숨기고 있으리라는 상상을 할 때 짜릿한 흥분감에 사로잡힌다. 심리적 긴장과 기대감은 껍질 안에 무엇이 있는지 단순한 사실을 파악하고 싶다는 의도에서 비롯된다기보다, 겉과 속, 안과 밖의 교차로 역할을 하는 껍질 자체의 신비로움과 더욱 긴밀하게 연관된다.

이처럼 예측 불가능한 내용물을 담고 있는 껍질은 마법사의 모자나 베일과 흡사한 매혹을 촉발한다. 예컨대 「1880년」 장에서 차 마시는 시간이 되자 엘리너는 접시 위에 덮여 있던 뚜껑을 연다. 순간적으로 뚜껑이 열리는 장면은 연극이 시작되기 전 무대 위의 커튼이 젖혀지는 모습과 유사한 방식으로 재현된다. 덮였던 뚜껑이 열리자 튀긴 생선과 감자가 모습을 드러내고, 키티(Kitty)는 차 마시는 시간에 어울리지 않는 음식이 준비되었다는 것을 발견하고 놀라움을 표시한다(*Y* 65). 접시를 덮고 있던 뚜껑이 드러내는 내용물, 즉 상황에 어울리지 않는 음식은 이상하면서도 흥미롭기 때문에 보는 이의 감각적 쾌감을 자극한다.

파기터 집안의 아이들은 놋쇠 주전자를 달팽이, 마술사의 모자, 접시를 덮은 뚜껑과 유사하게 인식하지만, 이 주전자는 보는 이의 환상을 손쉽게 충족시켜주는 마술적인 껍질과 다른 성격을 갖고 있다. 그들이 바라보는 주전자는 강한 분출을 유도하는 껍질로 전투적이고 공격적인 성격을 부여받은 움직이는 물체이다. 정지 상태로만 보였던 껍질 안에서 물은 가속도를 내며 부피를 키우고, 뜻밖의 순간에 좁은 입구를 통해 재빨리 탈출한다. 난폭하다 싶을 만큼 빠른 속도로 수증기를 발사하는 주전자는 기묘한 방식으로 잠재된 공격성을 드러낸다.

특히 물이 끓기를 기다리던 마틴이 "주전자를 폭발시켜버려!"라고 외칠 때 주전자는 전쟁을 위한 무기인 폭탄의 이미지와 상상적으로 결합된다. 액체를 기체 상태로 변환시켜 분출하는 주전자는 폭발물과 유사하게 표현될 뿐더러, 물이 끓는점에 도달하기 전에 보는 이의 긴장감을 고조시키는 상황은 주전자를 발사 직전의 장전된 폭탄처럼 보이도록 한다. 주전자가 야기하는 호기심과 매혹의 본질은 그것의 파괴력과 맞닿아 있으며, 이 양면적인 성격의 껍질 안에는 보는 이의 내면에 잠재된 공격성을 부추기는 힘이 도사리고 있다.

『세월』에 등장하는 주전자는 일상의 영역에 자리 잡은 폭탄의 등가물로 볼 수 있다. 또한 폭탄은 전쟁에 대한 은유이다. 전쟁의 이미지가 사적인 공간에 침투해있다는 설정은 울프의 전작을 통해 줄기차게 드러나는 특징이다. 전쟁과 폭탄이 개인에게 남긴 상흔은 앞서 출판된 1925년 소설 『델러웨이 부인』(*Mrs. Dalloway*)에서 포탄충격(shell-shock)에 시달리는 셉티무스 워렌 스미스(Septimus Warren Smith)를 통해 단적으로 표현된 바 있다. 참전 당시 폭탄이 터지는 사건으로 부지불식간에 동료를 잃은 셉티무스는 전쟁이 끝나고 런던으로 돌아온 후에도 정신착란이나 감각의 마비와 같은 포탄충격의 후유증을 앓는다. 스캐리는 『고통을 겪는 몸』(*The Body in Pain*)이라는 책에서 "국가는 그 자신을 몸에 새긴다"고 말하며, 개인의 몸이 정치적 차원에서 이해될 필요가 있다고 주장한 바 있다(112). 마찬가지로 전쟁의 흔적은 셉티무스의 몸에 기입된다. 그의 신체는 특정한 시공간 안에서 발생된 역사적 사건을 기록한 텍스트이자 개인의 차원을 넘어선 공동체의 몸이다. 전쟁의 충격을 체화한 셉티무스의 몸은 자기 집 안에 갇혀 있지 않고, 보다 넓은 의미에서의 집이자 "문명의 중심가"인 런던에 나타나 길 위의 사람들에게 말을 건넨다(Bonikowski 133).

『델러웨이 부인』과 비교할 때 『세월』은 전쟁이 펼쳐지는 공적인 공간과 사적인 공간을 보다 밀착시킨다. 1차 세계대전이 종결되기 전인 1917년 겨울밤, 엘리너, 매기, 사라, 니콜라스(Nicholas), 프랑스인 레니(Renny)는 응접실에서 식사를 하던 중 사이렌 소리와 총성을 듣는다. 독일인의 공습이 시작되었다는 뜻이다. 연이어 발사되는 총성을 들으며 엘리너가 생각하듯이, 3년 동안 지속된 전쟁은 안과 밖의 경계를 허물고, 공적인 공간과 사적인 공간의 구분을 없앤다(*Y* 269). 바깥에서 총알이 발포되는 동안, 식사를 하던 인물들은 "나이프와 포크를 마치 무기인 양 들고"(*Y* 270), 전쟁에 대한 이야기를 하며 독일인을 헐뜯는다. 응접실에 떠오른 전쟁의 이미지이다. 울프의 전후 소설과 일기, 서신 등을 집중 연구한 카렌 레벤백(Karen L. Levenback)이 언급하듯이 텍스트의 이러한 장면들은 민간인들은 전쟁과 무관한 "안전지대"에 놓여있다는 잘못된 환상을 깨뜨리는 역할을 한다(Levenback 9).

일상에서 발견되는 전쟁의 이미지는 울프 자신이 1938년 에세이 『3기니』(*Three Guineas*)에서 풀어가는 내용이기도 하거니와, 마크 허쉬(Mark Hussey)를 비롯한 비평가들이 1990년대 초반부터 꾸준히 타진해 온 주제이다.[2] 이들은 파시즘, 제국주의, 가부장제가 결국 남성들의 허영심이라는 하나의 욕

2) *Virginia Woolf and War: Fiction, Reality, and Myth*, Ed. Mark Hussey(New York: Syracuse UP, 1991). 이 책의 서문에서 허쉬는 울프를 "전쟁 소설가(a war novelist)"이며 동시에 "전쟁 이론가(a theorist of war)"라고 지칭한다(Hussey 1,3). 1차 대전은 울프의 삶 전제에 영향력을 행사했고, 울프의 미학적인 실험은 정치적 현실과 밀접하게 연관되어 있기에 울프의 텍스트는 전쟁에 대한 저항을 드러낸다는 것이 그의 전제이다.

망에 뿌리를 두었다는 울프의 생각을 집중조명하며 울프를 반전주의자이자 페미니스트로 이해한다. 또한 공적인 차원의 재앙인 전쟁을 막기 위해서는 사적인 공간에서의 혁명, 즉 미시적 차원의 제국주의인 가부장제에 대한 저항이 수반되어야 한다는 『3기니』 화자의 견해를 부각시키며, 제국주의와 가부장제가 울프에게 있어 일맥상통했다는 점을 강조한다.

이러한 해석의 테두리 안에서 울프는 전쟁을 막을 수 있는 답을 제시하는 작가처럼 비추어지는 경향이 있다. 물론 『3기니』의 서술자는 어떻게 하면 전쟁을 막을 수 있겠냐는 남성 화자의 질문에 응답하는 체 하지만, 사실 울프에게 있어서는 명백한 인과관계와 합리적인 해결책을 기대하는 남성 화자의 물음 자체가 잘못된 질문일 수 있다. 편지를 받은 후 삼년이 지나고 나서야 답장을 쓰기 시작한 화자의 태도 자체가 남성 화자의 질문에 대한 저항을 표출하고 있지 않은가. 『3기니』의 서두에서 화자는 지연된 답장이 질문에 대한 답이 되었기를 바란다고 말하며, 편지를 보낸 이의 질문에 은근한 반감을 표한다(*TG* 3). 여타의 반전주의 운동가들과 달리, 울프는 자신의 텍스트를 정치적 견해를 전달하는 도구로 삼지 않는다. 물론 울프는 전쟁과 제국주의에 대한 저항을 표현하지만, 텍스트를 정치적 선전물로 만드는 방식을 경계하며, 교조적인 언어를 통해 의견을 피력하는 것을 꺼린다. 대신, 자연현상의 모습이나 평범한 인물들의 습관적인 행동을 묘사하는 방식을 통해, 일상의 영역에 스며든 전쟁의 기운을 은유적으로 암시한다.

『세월』에서 울프는 전쟁에 관한 한 가지 단상을 시각적인 이미지로 표현한다. 엘리너는 전쟁 탓에 "사물들마다 껍질이 벗겨진 듯이 보이고", "단단한 표면"이 모조리 사라졌다고 느낀다(*Y* 272). 폭탄이 발사되면서 자기 껍질과 남의 껍질을 모두 허물어 버리는 것처럼, 폭발적인 발사와 분출이 난무한 전쟁 상황에서 존재를 보호하던 벽들은 순식간에 자취를 감추고 만 것이다. 주디스 리(Judith Lee)가 지적하듯이, 울프의 소설에서 전쟁은 "원시적이고 파괴적인 힘"으로 묘사되고, 이러한 힘은 자연을 비롯한 현실 세계는 물론 몽상을 통해 구성된 "상상적 세계(imagined world)"를 해체한다(Lee 193). 다가올 전쟁을 예고하는 「1908년」장의 서두는 생명의 창조에 반대되는 해체와 파괴의 이미지를 기입한다. 3월에 부는 바람은 "불고 있다"기보다, 대상의 표면을 마구 "문지르고 비벼서" 되는대로 쳐내는 "낫의 곡선"과 같다(*Y* 138). 이른 봄의 무자비한 바람은 여자들의 치맛자락을 비틀어 올려 튼실한 다리를 들추어내고, 남자들의 바지를 다리에 딱 달라붙게 만들어서 뼈가 앙상하게 보이도록 만든다(*Y* 138). 전쟁의 기운을 품은 바람은 생명체와 물체의 껍질을 단숨에 벗긴다. 그 결과는 개체에 부여된 신비감의 파괴이다.

해체와 파괴를 가속화하는 전쟁은 기존의 사물과 생명체의 껍질을 허물고 발가벗긴다는 점에서 이미 존재하는 창조물을 파괴하는 힘으로 표현된다. 이러한 점에서 전쟁은 창조에 역행하는 힘이지만, 다른 한편으로 전쟁은 급진적 창조에 대한 충동, 다시 말해 '더 나은 세상'에 대한 관념적이면서도 집단적인 열망에 그 뿌리를 둔다. 울프는 『세월』을 통해 창조와 해체, 전쟁의 역학관계를 드러낸다. 영국군과 독일군 사이에서 일어난 공습상황을 묘사한 「1917년」장에서 볼 수 있듯이, 바깥에서 총격전이 펼쳐지는 동안, 집 안 응접실에 모인 인물들은 '새로운 세상'에 대한 자신들의 견해를 피력하고, 독일인에 대한 험담을 한다. 모인 이들 중 엘리너는 과연 완전한 개혁과 변화가 가능할지 의구심을 품지만, 막연하게 유토피아를 꿈꾸는 사람들의 환상에 찬물을 끼얹을 수 없어 침묵한다. 응접실에 모인 인물들은 "새로운 세계를 향하여!"라는 구호를 외치며 건배의 잔을 든다(*Y* 279-80). 공습현장에서 뿐 아니라, 흔히 전쟁 ‘밖’의 영역으로 여겨지는 응접실 안에서도 새로운 세상에 대한 열망과 호전적인 민족주의는 하나로 맞물린다.

새로운 세상 만들기는 급진적이고 과격한 창조의 과정을 수반하는 행위이며, 이를 실현하기 위해서는 기존의 것을 전적으로 뒤엎는 해체가 선행되기 마련이다. 독일인을 중심으로 새로운 세계의 창조를 꿈꾼 히틀러(Adolf Hitler)가 유태인 집단학살이라는 극단적 파괴를 선행할 필요가 있었듯이 말이다. 이러한 점에서 전쟁의 이미지는 창조와 해체라는 언뜻 보기에 상반되는 듯 보이나 사실 동전의 양면과 같은 두 가지 충동과 결합된다. 전쟁을 통한 재창조는 이미 있던 창조물이 허물어진 자리에 탄생되는 저돌적인 종류의 창조이며, 이처럼 극적인 창조를 위해서는 그에 상응하는 극단적 해체가 필요한 것이다. 극적인 창조와 극단적 해체는 동전의 양면과 같이 맞물린다고 볼 수 있다.

『세월』에서 강박적인 창조와 과격한 해체의 욕망은 서로 공존하는 형태로 드러난다. 동전의 양면인 두 힘 사이의 관계는 폭탄과 등가물인 주전자를 통해 은연중에 표출된다. 「1880년」장에서 처음 등장했던 파기터 집안의 놋쇠 주전자는 「1908년」장에서 다시 나온다. 여기서도 엘리너는 불꽃을 키우기 위해 머리핀을 뽑아 심지를 매만지는 행동을 반복한다. 엘리너의 행동을 물끄러미 지켜보던 마틴은 어쩐지 심기가 불편해진다.

> 마틴은 어떤 기억을 떠올리며 웃었다. “누나는 현실 감각이 별로 없었단 말이지. 그래 봤자 소용없다니까, 넬.”
> 그가 심지를 만지작거리고 있는 그녀에게 신경질적으로 말했다.
> “그래, 그래. 주전자는 제시간에 끓을 거야.”
> 그녀는 동작을 멈췄다. 차 통으로 손을 뻗으며 그녀는 차가 얼마나

남았는지 "하나, 둘, 셋" 하며 헤아렸다. (*Y* 143)

불꽃을 키우기 위해 머리핀으로 심지를 매만지는 엘리너의 행위가 창조에 대한 강박을 드러낸다면, 이를 비난하는 마틴의 내면에는 해체와 파괴에 대한 욕망이 있다. 불꽃을 키우려는 엘리너의 시도가 도무지 부질없고 비현실적인 시도라는 것이다. 혹자는 엘리너와 마틴의 차이를 남녀 간의 대립으로 볼 수 있을 것이다. 예컨대 인내심 있는 엘리너의 불꽃 키우기가 긍정적인 함의를 지닌 창조적인 행위로 보이는 반면, 부질없는 행동을 비난하는 마틴의 조소는 여성을 폄하하는 남성의 시선으로 여겨질 수 있다.

남녀 간의 대립에 초점을 두고 『세월』을 분석한 평자로는 페트리시아 크래머(Patricia Morgne Cramer)를 들 수 있다. 크래머의 논의는 이 소설에 여성의 공간과 남성의 공간이 대립된다는 전제로부터 출발한다. 「트라우마와 레즈비언의 귀환」("Trauma and Lesbian Returns")이라는 제목의 2007년 글에서 크래머는 결혼을 하지 않은 채 자선활동을 하는 엘리너와 직업여성(의사)인 키티를 여성 공동체를 형성하는 주축으로 보며, 이들의 삶과 욕망은 가부장제에 대한 울프 자신의 저항을 반영한다고 주장한다. 마냥 희생적이기만 한 것이 아니라, 자아 정체감을 갖고 레즈비언 성향을 드러내는 여성 인물들은 그들만의 공동체를 형성하고, 이러한 공간은 남성들의 욕구를 실현하기 위한 체제인 가부장제에 저항하는 힘을 발휘한다는 독립적인 장소라고 덧붙인다(Cramer, "Trauma and Lesbian Returns" 47-48).

남성과 여성의 공간을 분리시키는 크래머의 해석은 허쉬가 편집한 1991년 책에 실린 글에서도 이미 시도된 바 있다. 여기서 마틴은 전형적인 남성적 가치관을 지닌 합리적 인물로 정의되는 한편, 엘리너, 사라, 키티와 같은 여성

인물은 풍요로운 상상력과 창조력을 통해 가부장적 문화에 존재하는 인습에 저항하는 인물로 해석된다(Cramer, "Loving in the War Years" 213). 예컨대 크래머는 「1917년」장에 묘사된 안과 밖이 서로 다른 원리에 의해 작동한다고 주장한다. 공적인 영역인 집 밖에서 폭력이 난무하는 동안, 주로 여성 인물과 외국인으로 구성된 응접실의 "주변인"들은 "새로운 세상"을 구상하며 창조적인 상상을 공유한다는 것이다(Cramer, "Loving in the War Years" 213-14).

하지만 『세월』에 나타난 여성과 남성의 공간, 혹은 안과 밖을 명확하게 구분하는 방식의 해석은 재고될 필요가 있다. 엘리너와 마틴이 주전자를 바라보는 장면은 그들의 차이보다, 그들 안에 있는 욕망의 유사성을 암시한다. 사실 불꽃을 키우기 위해 심지를 매만지는 엘리너의 행동은 풍요로운 창조에 대한 은유라기보다, 물질을 다른 형태로 변형시키는데 필요한 시간을 단축시키려는 기계적인 움직임에 불과하다. 마틴이 엘리너에게 찬 물을 끼얹는 말을 하자, 엘리너는 동작을 멈추고 차가 얼마나 남았는지 "하나, 둘, 셋"을 세는데, 기계적으로 숫자를 세는 엘리너의 행동은 폭탄이나 포탄이 발포되기 직전 행해지는 카운트다운 장면을 연상시킨다. 예를 들어 「1917년」장에서 조용한 가운데 니콜라스가 자신의 시계를 쳐다보는데, 이 장면은 발포를 위해 시간을 재는 모습 같다고 묘사된다(*Y* 275). 이처럼 엘리너가 기계적으로 숫자를 세는 행동은 발포 상황에서 요구되는 시간의 측정과 중첩된다.

심지를 매만지는 엘리너의 손동작이 "더듬거린다(fumble)"는 동사를 통해 표현된다는 점도 의미심장하다. 『세월』에 등장하는 인물 중 엘리너를 제외하면, 더듬거리기를 반복하는 인물은 파기터 대령이다. 그는 인도에서 근무하던 중 폭동 현장의 진압 과정에서 두 손가락의 일부를 잃었기 때문에 손의 움직임이 부자연스럽다. 이를테면 파기터 대령은 택시를 탈 때 동전을 꺼내기 위해 주머니를 손을 넣을 때 더듬거린다(*Y* 100). 엘리너가 아버지의 주머니를 보며 영원한 은광 같다고 느끼는 때가 바로 이 순간이다. 택시 요금을 꺼내려는 아버지를 바라보던 엘리너의 마음속에 어릴 적 가졌던 환상이 다시 떠오른 것이다(*Y* 101). 파기터 대령의 잘려진 손가락은 식민지에서 일어난 폭동의 결과로, 제국의 식민통치가 수반하는 부작용을 집약해서 드러내는 표식이다. 파기터 대령의 주머니가 엘리너에게 불러일으키는 상상의 내용 또한 제국이 식민지를 향해 갖는 환상과 같다.

마르지 않는 은광에 대한 엘리너의 상상은 낭만적으로 보이는 표면 아래 제국의 욕망을 감추고 있다. 이러한 맥락에서 파기터 대령이 주머니를 더듬거리는 행동과 엘리너가 심지를 더듬거리는 행동은 모종의 관계를 맺는다. 물론 엘리너를 파기터 대령과 같은 제국주의자의 원형으로 볼 수는 없다. 또한 파기터 대령이 자신의 주머니를 더듬거리는 행동이 식민주의자의 궁극적인 실패와 무력함을 보다 적나라하게 드러낸다면, 엘리너의 기계적인 동작은 사적인 영역에서 실천되기 때문에 정치적, 역사적인 맥락과는 관련이 없는 행위로 보일 수 있다. 하지만 겉으로 드러난 텍스트의 심층에 역사의 무의식이 있기 때문에 텍스트는 본질적으로 역사적이고 정치적이라는 프레드릭 제임슨(Fredric Jameson)의 주장처럼(20), 엘리너가 반복하는 일상적인 행동의 이면에는 제국이 품었던 욕망, 즉 창조에 대한 부풀려진 환상이 깔려있다.[3)]

겉으로 보기에 전쟁과 아무관계 없는 듯 보이는 인물과 공간 안에 전쟁의

---

3) "정치적 무의식(political unconscious)"이 텍스트의 표면 아래 억압된 형태로 존재한다는 제임슨의 주장에는 결국 모든 텍스트는 사회적이고 역사적이라는 전제가 담겨있다. 개인에게 속한 "미학적인 행위"는 특정한 역사의 시공간에서 이루어 질 수밖에 없기 때문에, 개인이 만든 모든 텍스트는 본질적으로 정치적이라는 것이다(Jameson 79).

기운은 이미 스며들어있다. 놋쇠 주전자가 처음 등장했던 「1880년」장에서는 두 자매가 먼저 물을 끓이다가 차례로 아이들이 들어와 주전자를 바라보는 상황이 연출되지만, 「1908년」장에서 끓는 물이 담긴 주전자를 바라보는 인물은 엘리너와 마틴 둘 뿐이다. 내용물을 품고 있는 껍질에 호기심을 느끼던 관객들은 자취를 감추고, 성급한 방식의 창조와 극단적 해체 욕망을 체화한 주체만이 남은 셈이다. 관객이 사라진 자리에는 정반대로 보이지만 맞물리는 두 힘이 긴장된 분위기를 연출하며 공존한다.

어린 시절 주전자를 폭발시켜 버리라고 외쳤던 마틴은 「1908년」장에서 직설적인 감정표현을 자제할 줄 안다. 과연 물이 끓기는 할지 조바심을 내었던 엘리너는 이제 능숙한 태도로 주전자를 다룬다. 이처럼 성인이 된 마틴과 나이가 든 엘리너는 자신의 의도와 관계없이 폭력적인 해체와 기계적인 변형('저급한' 형태의 창조)을 욕망하고 실행하는 인물로 드러난다. 이 둘의 공모관계는 억압된 형태로 표현되는 것이 사실이다. 하지만 폭풍 전야의 정막처럼 절제된 분위기 속에 흐르는 전쟁의 기운은 더욱 섬뜩할 수 있다. 『세월』은 고요함을 가장한 전쟁의 분위기를 묘사하며, 이 상황에서 곧 터질 수밖에 없는 단단하고 응축된 껍질, 폭탄의 이미지를 기입한다.

드러난 속살

만일 보호막이었던 껍질이 벗겨지고 속에 있던 내용물이 갑작스럽게 튀어나온다면, 무방비상태로 있던 누군가는 감당하기 힘든 시각적 자극에 노출되고, 그 결과 무엇인가를 잃게 되는 절단의 경험을 할 것이다. 『세월』은 포탄과 흡사한 또 하나의 껍질을 보여준다. 낯선 남자의 겉옷이다. 1880년 어느 날 저녁 열 살짜리 소녀 로즈 파키터는 장난감 탄약을 사기 위해, 가족들 몰래 집 근처에 있는 장난감 가게에 혼자 원정을 간다. 한 손에 장난감 권총을 들고 전쟁놀이를 하며 상점으로 달려가는 중 로즈는 뜻밖의 장면을 목격한다. 우체통 옆에서 난데없이 한 남자가 나타나 음흉한 얼굴로 로즈를 쳐다보더니 결코 보여서는 안 될 것을 드러내고 만다(*Y* 26).

시각적인 과잉에 충격을 받은 로즈는 자신이 본 것을 차마 말할 수 없다. 집에 돌아와 방에 홀로 있을 때 로즈는 마치 우체통 옆에 있던 남자가 자신과 함께 있다는 착각에 빠져들고, 자신의 의지와 관계없이 떠오르는 시각적인 이미지 탓에 도통 잠을 잘 수 없다. 언니인 엘리너에게 자신이 본 것의 실체를 말하려고 애써 보지만, 로즈가 할 수 있는 말은 "나는 보았어. . ."라는 목적어가 생략된 언어이다(*Y* 40). 과잉을 특징으로 하는 시각적인 충격은 잘려진 언어인 침묵을 낳고, 침묵은 로즈를 고립된 세계 안에 가둔다. 시각적인 과잉으로 점철된 기억은 세월이 흐른 뒤에도 끝내 표출될 만한 출구를 찾지 못한다. 「1910년」에서 우체통 옆 남자에 관한 과거의 기억은 수면 위로 떠오르고 로즈는 누구에게도 말하지 못했던 사건을 엘리너에게 털어놓기를 원한다(*Y* 158). 하지만 세월이 흐른 뒤에도 로즈는 여전히 말하기에 실패하고, 공감의 능력이 있는 청자를 끝내 확보하지 못한다. 이야기를 통한 치유의 기회는 로즈를 비껴간다.[4]

---

4) 공감의 능력이 있는 청자는 트라우마를 경험한 화자의 이야기를 들어주는 과정에서 치유에 관한 결정적인 역할을 할 수 있다. 예컨대 도리 라웁(Dori Laub)과 같은 비평가는 트라우마 치유에 있어 청자의 역할을 특히 강조한다. 라웁에 따르면 트라우마를 겪은 상처 입은 화자는 사건을 "다시 표현할(re-externalize)" 필요가 있다(69). 충격적인 사건을 재구성하는 희생자의 이야기를 들으며, 청자는 트라우마에 대한 "증언"을 듣는 "증인" 역할을 한다(Laub 57). 페트리시아 모란(Patricia Moran)은 라웁이 강조한 공감하는 청자 개념을 울프 비평에 도입한 학자 중 한명이다. 모란은 울프가 어린 시절 이복 오빠인 제

파편화된 언어와 표현되지 못한 이야기는 충격적인 경험이 수반하는 결과 중 하나로 트라우마 이론에 관한 여러 비평가들이 공통적으로 지적하는 현상이다. 이들은 충격적인 기억(traumatic memory)과 서사적 기억(narrative memory)의 차이에 주목하곤 한다. 서사적 기억이 과거의 경험으로부터 통일성 있는 이야기를 만들도록 하는 일상적인 기억이라면, 일상적인 현실 밖에서 비롯된 충격적인 기억은 자아 안에서 통합되지 못한 채 "의식적인 앎"과 분리되고 "자발적인 통제"에 길들여지지 않는다(van der Kolk and van der Hart 160). 충격적인 기억은 희생자의 인지 능력을 매개로 한 해석을 거부하고, 몸에 각인되는 "몸의 기억"으로써 "말하여지지 않는 어떤 것"이며 "파편들"의 형태로 존재한다(Culbertson 178).

물론 로즈의 경우에도 우체통 옆 남자의 노출 장면은 서사적인 기억과 구별되는 충격적인 기억으로 각인된다. 그런데 이 때 발생하는 언어의 절단 현상이 단지 노출 장면의 과도한 폭력성 때문이라고 단정 짓기만은 어렵다. 사실 "나는 보았어. . ."라는 절단된 언어는 「1911년」장에서 엘리너를 통해서도 유사한 방식으로 발화된다. 스페인 여행에서 돌아온 엘리너에게 샐리는 "스페인에서 좋았죠? 근사한 것들을 많이 보셨나요?"라고 묻는다(187). 샐리의 물음에 엘리너는 자신이 본 것을 단순히 좋았다고 말할 수도 없고, 무엇을 봤는지 설명할 수 없는 상황에 봉착한다. 순간적으로 당황한 엘리너는 "보기는 했지요. . ."라고 대답하지만 이내 말을 멈춘다(187). 엘리너는 "대단히 근

랄드(Gerald)와의 관계에서 경험한 "성적인 충격(sexual trauma)"을 극복하는 과정에서 울프의 친구이자 여성 참정권 운동에 참여했던 에델 스미스(Ethel Mary Smyth)가 결정적인 역할을 했다고 예를 들어 설명한다. 울프는 성적인 충격을 경험한 때로부터 수십 년이 지난 1930년대에 당시를 회고하는 편지를 스미스에게 보냈는데, 편지 교류과정에서 스미스는 "공감하는 청자"가 되었다는 것이다(Moran 186).

사한 것들 — 건물들, 산들, 평원의 붉은 도시"를 보기는 했지만 그것을 어떻게 묘사해야 할지 난감할 뿐이다(*Y* 187).

이 상황에서 말하기와 관련된 엘리너의 어려움은 대상을 지칭할 수 있는 언어의 빈곤 때문만은 아니다. 「1917년」장에서 이 소설의 서술자는 관객이나 청자가 어떤 풍경이나 상황에 대해 대단한 흥미를 느꼈다고 해도, 구체적으로 그것이 무엇이었는지 기억하기 힘든 상황을 언급한다(*Y* 274). 이러한 현상은 대상이 불러일으키는 감각적인 자극의 정도는 크지만, 그 대상에 대한 상상 혹은 사색이 충분히 이루어지지 않은 경우 나타날 수 있다. 근사한 풍경들의 속출로 인해 결국 아무것도 제대로 기억할 수 없는 여행객 엘리너와, 노출 장면으로 인해 이성의 몸에 대해 상상할 기회를 박탈당한 로즈는 어찌 보면 매한가지 경험을 한다. 분명히 매혹적인 요소를 지니긴 했으나, 보는 이의 내면에서 일어나는 상상과 사색의 속도를 추월하여 자신의 모습을 노출시키는 대상은 몽상가의 상상적 활동에 아무런 도움을 주지 못한다. 과잉으로 점철된 시각적 자극은 자유로운 몽상을 방해할 뿐 아니라, 몽상가에게 속한 언어의 일부를 자른다. 이처럼 과잉과 절단은 하나의 축에서 작동하는 동전의 양면이다.

위에서 논의한 은신처의 몽상, 즉 껍질을 응시함으로써 이루어지는 상상적 행위는 차가운 바깥쪽(외부세계)에서 따뜻한 안쪽(내면세계)을 향한 도피의 욕망으로부터 시작된다. 보이지 않는 '안'의 세계에 시선을 집중시키는 몽상가의 태도는 현실도피의 욕구와 분명히 연관되지만, 울프는 마주한 현실로부터 거리두기를 하는 몽상가를 비웃지 않는다. 『세월』에서 울프는 껍질을 구심점으로 하여 활성화되는 상상력에 미래를 향한 힘찬 기운이 깃들어있음을 암시한다. 단단한 껍질 안에 갇힌 존재가 미래에 새로운 생명을 얻으리라는 가능성을 제시하며,『세월』의 서술자는 껍질과 부활의 이미지를 합쳐 놓는다. 예컨대 어머니 로즈 파기터의 장례식 때, 가족들은 죽은 로즈가 누워있는 관을 바라보는데 이 관은 "영원히 묻힌다고 하기에는 너무나 새롭게" 보인다(*Y* 82). 오랫동안 병석에 누워있던 어머니가 차라리 빨리 죽기를 바라던 델리아는 이제 무덤을 내려다보며 생각한다.

> 거기에 그녀의 엄마가 누워 있었다. 그녀가 그렇게 사랑했고, 그렇게 미워했던 그 여자가 그 관 속에 누워 있는 것이었다. 그녀는 눈이 부셨다. 그녀는 기절할까 봐 두려웠다. 그러나 그녀는 보아야 했다. 그리고 느껴야 했다. 이것은 그녀에게 주어진 마지막 기회였다. 흙이 관 위에 떨어졌다. 그것들이 떨어지는 동안, 그녀는 어떤 영원한 느낌에, 죽음과 연결된 삶의, 생명이 되는 죽음의 느낌에 사로잡혔다. 왜냐하면 바라보고 있는 동안에, 그녀는 참새가 점점 더 빠르게 짹짹거리는 소리를 들었고, 먼 곳으로부터 점점 더 크게 들려오는 바퀴 소리를 들었으며 생명이 점점 더 가까이 다가오는 소리를 들었기 때문이다. (*Y* 82)

죽음의 상징인 관은 한 생명체의 끝을 보여주는 것이 아니라 새로운 삶으로 연결되는 문으로 표현된다. 기약 없이 잠에 빠져든 인물이 언젠가 생명을 얻어 다시 살아난다면, 이 사건은 어느 미지의 장소가 아닌 바로 이 곳, 어둡고 비좁은 껍질로부터 시작되리라는 믿음이 위의 인용문에 암시되어 있다. 내면화의 과정과 연결되는 껍질은 죽은 자를 해방시키는 공간으로 태어난다. 또한 델리아의 의식 안에서 껍질과 부활의 연결고리가 맺어질 때, 귓가에 울리는 새소리와 바퀴소리는 생명의 기운을 더하며 죽은 자가 생명을 입으리라는 상상력에 박차를 가한다.

『세월』에 나타난 껍질은 몽상가의 현실도피 욕망을 투사하거나 강화하는 매개체가 되지만, 울프는 껍질이 촉발하는 내면화의 과정 자체를 문제 삼지는 않는다. 울프의 초기작 「벽 위에 난 자국」에서 달팽이 껍질을 쌓아 올리는 작업이 예술가의 창조 행위에 비견된바 있듯이, 후기작인 『세월』에서도 껍질을 통해 깊어지는 내적 상상력은 부활이라는 창조적 사건과 맞물려 조명된다. 정작 울프가 애도하는 바는 전쟁이 야기한 껍질들의 파괴이며, 그로 인해 생겨난 상상력의 절단이다. 과잉노출의 성격을 지닌 폭탄이라는 껍질은 제 몸의 폭발과 함께 울려 퍼지는 괴음을 통해 몽상가의 상상적 활동에 기여하던 일상의 소리를 덮어 버리고, 어떤 껍질에서 의미 있는 생명체가 나오리라는 상상의 싹을 자르는 범죄를 저지른다.

혁명을 통해 새로운 세상을 창조한다는 이념을 내세우며 급진적인 해체를 위대한 창조의 필수조건으로 파악한 전쟁의 주체는 느린 속도로 상상력을 키우는 예술가의 사색을 비웃음거리로 전락시키는 명백한 한계를 드러낸다. 하지만 전쟁이 야기한 부작용은 여기서 끝나지 않는다. 기계적인 반복을 통해 주전자의 심지를 키우는 엘리너의 행동이 보여주듯이, 역사의 틀 안에서 살아가는 개인은 무의식중에 전쟁의 주체가 심어놓은 가치관과 태도를 체화할 수 있다는 것이 울프가 암시한 전쟁의 폐해이다. 몽상가의 내면에서 이루어지는 상상적 활동마저 자신의 의도와 관계없이 다분히 정치적으로 전락할 수 있다는 불안감은 울프가 『세월』을 통해 기입한 특유의 정서인 것이다.

출처: 『제임스조이스저널』 제20권 1호(2014), 133-58쪽.

■ 인용문헌

호킹, 스티븐. 『호두껍질 속의 우주』. 김동광 역. 서울: 까치글방, 2001.

Bachelard, Gaston. *The Poetics of Space*. 1958. Trans. Maria Jolas. Boston: Beacon P, 1969.

Bonikowski, Wyatt. *Shellshock and the Modernist Imagination*. Burlington: Ashgate, 2013.

Briggs, Julia. *Reading Virginia Woolf*. Edinburgh: Edinburgh UP, 2006.

Cohen, William A. *Embodied: Victorian Literature and the Senses*. Minneapolis: U of Minnesota P, 2008.

Conrad, Joseph. *Heart of Darkness*. New York: Norton, 1988.

Cramer, Patricia Morgne. "Trauma and Lesbian Returns in Virginia Woolf's *The Voyage Out* and *The Years*." *Virginia Woolf and Trauma: Embodied Texts*. Eds. Suzette Henke and David Eberly. New York: Pace UP, 2007. 19-50.

_____. "Loving in the War Years." *Virginia Woolf and War: Fiction, Reality, and Myth*. Ed. Mark Hussey. New York: Syracuse UP, 1991. 203-24.

Culbertson, Roberta. "Embodied Memory, Transcendence, and Telling: Recounting Trauma, Re-establishing the Self." *New Literary History* 26 (1995): 169-95.

Hussey, Mark. "Living in a War Zone: An Introduction to Virginia Woolf as a War Novelist." *Virginia Woolf and War: Fiction, Reality, and Myth*. Ed. Mark Hussey. New York: Syracuse UP, 1991. 1-13.

Jameson, Fredric. *The Political Unconscious: Narrative as a Socially Symbolic Act*. New York: Cornell UP, 1981.

Laub, Dori. "Truth and Testimony: The Process and the Struggle." *Trauma: Explorations in Memory*. Ed. Cathy Caruth. Baltimore: Johns Hopkins UP, 1995. 61-75.

Laurence, Patricia Ondek. *The Reading of Silence: Virginia Woolf in the English*

Tradition. Stanford: Stanford UP, 1991.

Lee, Judith. "This Hideous Shaping and Moulding: War and *The Waves*." *Virginia Woolf and War: Fiction, Reality, and Myth*. Ed. Mark Hussey. New York: Syracuse UP, 1999. 180-202.

Levenback, Karen L. *Virginia Woolf and the Great War*. New York: Syracuse UP, 1999.

Moran, Patricia. "Gunpowder Plots: Sexuality and Censorship in Woolf's Later Works." *Virginia Woolf and Trauma: Embodied Texts*. Eds. Suzette Henke and David Eberly. New York: Pace UP, 2007. 179-203.

Scarry, Elaine. *Dreaming by the Book*. New Jersey: Princeton UP, 1999.

_____. *The Body in Pain: The Making and Unmaking of the World*. New York: Oxford UP, 1985.

Van der Kolk, Bessel A. and van der Hart, Onno. "The Intrusive Past: The Flexibility of Memory and the Engraving of Trauma." *Trauma: Explorations in Memory*. Ed. Cathy Caruth. Baltimore: Johns Hopkins UP, 1995. 158-82.

Woolf, Virginia. *The Complete Shorter Fiction of Virginia Woolf*. Ed. Susan Dick. New York: Harcourt, 1985.

_____. *Mrs. Dalloway*. 1925. San Diego: Harvest, 1981.

_____. *To the Lighthouse*. 1927. New York: Harcourt, 2005.

_____. *The Years*. 1937. Orlando: Harcourt, 2008.

_____. *Three Guineas*. 1938. New York: Harcourt, 2006.

"But who makes it? Who thinks it?": Rethinking Form in Virginia Woolf's *The Waves*

| Youngjoo Son

I. Introduction

Throughout her life, Virginia Woolf hardly seemed to stop thinking about life and art in terms of form. In her diaries, essays, memoirs, and novels she frequently mentions form or its elements such as pattern, structure, shapes, lines, and colors. Lily Briscoe in *To the Lighthouse*, for example, thinks "beneath the colour there was the shape" (22). Woolf's "moments of being" are "a token of some real thing behind appearances," or manifestations of "a pattern hidden behind the cotton wool" (72). In her modernist manifesto, "Modern Fiction," she argues that "a different outline of form becomes necessary, difficult for us to grasp, incomprehensible to our predecessors" (108). In *A Room of One's Own* the narrator likens the new form of fiction to "a structure leaving a shape on the mind's eye, built now in squares, now pagoda shaped" (71). As these instances show, Woolf's notion of form designate such divergent things — ultimate reality, the aesthetic (con)figuration of reality, or an artistic effect on the mind — that it would almost seem to make a categorical mistake if we address it as if it were a single definite term.[1]

Many scholars have addressed Woolf's concern with form by focusing on the modernist and/or feminist formal experiments and their aesthetic and/or political implications, while some others have connected it to the tradition of Western philosophy from Plato/Aristotle to Kant. To risk oversimplification, critics who approach Woolf's notion of form in philosophical terms tend to reduce it to an abstract and static structure, unwittingly oscillating between what Karel Kosík calls "the extremes of mathematical formalism" or "of metaphysical ontologism" (21). On the other hand, those who seek to replace the legacy of Western metaphysics with Hegelian/Marxist materialism are inclined to either reduce Woolf's concept of form to a version of formalism or dismiss it altogether. Despite their differences these critics commonly assume the division between the dialectical tradition and the philosophical tradition concerning the concept of form.[2]

---

1) The concept of form has been one of the most complex and controversial ones in Western philosophy. Plato introduced the concept of form but never provided a full account of it. The relation of form to matter has been considered particularly ambiguous and inconsistent. See, for example, Gail Fine, R. M. Dancy, Samuel C. Rickless, and William A. Welton, among others.

The purpose of this paper is neither to establish the accuracy of the complex concept of form nor to put forward a new perspective on formalism.[3) This paper focuses on Woolf's concept of form by relating it to a seemingly most distant or even opposing notion of what Karel Kosík termed "concrete totality." By connecting this rather old and familiar terminology to Woolf's concept of form in unfamiliar ways, this paper proposes that Woolf's notion of form anticipates and even moves beyond the notion of totality put forward by the dialectical tradition at its best. In order to undertake this task, this paper begins by challenging the commonly believed connection between

---

2) Fredric Jameson and many others have contended that the Hegelian and Marxist notions of form should be distinguished from "the older idea of form which dominates philosophical thinking from Aristotle to Kant" (requoted from Ziarek 124). Indeed, as Ewa Ptonowska Ziarek notes, "the dialectical tradition replaces the older, Aristotelian form/matter distinction with the dynamic, historical notion of material forces of production seeking expression in new social forms" (124). As is well known, challenging the Platonic idealism which believes ultimate reality to belong to noumenon/form, the 'dialectical tradition' has claimed to relocate truth in the changing realm of history, providing one of the fundamental grounds for the long-standing debates concerning realism versus modernism.

3) The newly revived attention to formalism also reminds us of the vast and contested geography of the question of form. See, for example, Marjorie Levinson's article, "What Is New Formalism?" which reviews "a resurgent formalism" claimed by numerous post-2000 scholarship in relation to materialism, (new) historicism, etc. While largely endorsing the critical efforts — tracing back to Adorno's theory of aesthetics — to see the dialectical relation between formal analysis and historicist/materialist critique, this paper is distinct from the recent turn to new formalism in that its focus falls more on Woolf's concept of form itself rather than the formal dimension of her writings, although I believe that these two are interrelated as I suggest at the end of this paper. For the debates concerning the advent of the new formalism, see Brzezinski as well.

Woolf's concept of form and Clive Bell's notion of significant form, and then proceeds to examine the ways in which *The Waves* proposes a new way of thinking about form. Critics concerned with the question of form in *The Waves* have largely attended either to the formal aspects of the novel or to its philosophical significance.[4] Hardly any has noted, however, the fact that the entire novel — both the interludes and the episodes — is literally preoccupied with various forms.[5] The novel begins with a character seeing a ring in the air and ends with the image of foam on the waves, and in between, it persistently mentions walls, chains, lines, loops, oblongs, squares, and bubbles. Far from turning each of them into a free floating signifier or a symbol of an abstract principle of reality, this paper contends, the novel dramatizes the ways in which these forms reflect and refigure reality by drawing our attention over and over to the diverse characters living in the concrete social reality.

---

4) To name but a few examples that examine the formal aspects of the novel, Patrick McGee's 1992 article on "the politics of modernist form" explores the political implications of the formal aspects of *The Waves* from a postmodern theoretical perspective. While McGee's focus lies on the instability and undecidability of the narrative frame, Julia Briggs discusses the 'H' structure of *To the Lighthouse* and the "pyramidal form" of *The Waves* in terms of a modernist search for form to "find meaning" in reality (110) influenced by Bloomsbury formalist aesthetics. On the other hand, such critics as Ann Banfield and Lorrain Sim as I will discuss further later approach Woolf's concept of form in philosophical terms.

5) I have briefly discussed the ways in which *The Waves* deconstructs the ideology of home/nation in *Here and Now: The Politics of Social Space in D. H. Lawrence and Virginia Woolf*. This paper is a heavily revised and expanded one as it examines the limits and possibilities of the dialectical notion of totality in explicating Woolf's concept of form.

II. Clive Bell's 'significant form' and Woolf's 'pattern'

Clive Bell's notion of 'significant form' is commonly understood to "separat[e] and elevat[e] the concept of form above content in works of art" (Head 87). D. H. Lawrence famously mounted a relentless attack on Bloomsbury aesthetics as dehumanized, self-glorifying, and irresponsible elitism. Lawrence's accusation was avidly endorsed by F. R. Leavis, who contended that Bell's theory of significant form is vividly captured by Loerke in *Women in Love*, a degenerate sculptor shamelessly claiming that a work of art "has nothing to do with anything but itself" (430). Many critics, particularly those who share the Leavisian perspective, have applied Bell's theory to Woolf's aesthetics and viewed her writings in terms of modernist formalism that separates form from content, and ultimately, art from reality. Woolf's concern with form, they argue, is no more than typical evidence of modernist turning away from social reality.

Interestingly, however, a notable attempt to correct the Lawrentian/Leavisian view of Bloomsbury formalism has been made by a Lawrence scholar, Anne Fernihough. She contends that Lawrence's attack on Bloomsbury aesthetics and the Leavisian accounts of a Lawrence-Bloomsbury opposition are largely misguided because Roger Fry and Bell were as much critical of "totalistic thinking," which reduces individual elements or phenomena to an organizing principle as Lawrence was (42). Although Fernihough's overall assumption of Bloomsbury as being homogeneous needs some modification, her analysis of Bloomsbury formalism in terms of the relation between an organizing principle (whole) and the individual elements (parts) is relevant to this study; it opens the possibility to look at Woolf's form not as an escape from but an engagement with life/reality.[6]

It is true that Woolf, particularly in her early career, often echoes Bell's theory of significant form. In Bell's words the significant form refers to the essential quality of a work of art such as "lines and colors combined in a particular way" (8). Similarly, Lily is preoccupied with lines and colors and constantly ponders upon "how to connect masses" (56). According to Bell, "we catch a sense of ultimate reality . . . revealing itself through pure form" (54). The artistic vision for him enables us to be aware of the "essential

---

6) As a matter of fact, the question of the part and the whole relation is integral to the concept of form since Plato. As William A. Welton observes, form for Plato is the whole in which particular things participate: "[p]articular changing things in the world around us are said to 'participate in' or 'partake of' forms, so that, by virtue of that relationship, the particulars become all that they are and take on that character by virtue of which we can refer to them with general terms" (5). As Welton notes, however, the very notion, 'participation,' "has been mystery from the very beginning" and "the focus of a great deal of controversy," since it raises numerous questions such as "what kind of relationship" does particulars have to form?, "[d]o the forms themselves possess the general property they give to particulars, and if so, in what sense?" (5) to list but a few. When Aristotle explained that the species/whole is not an aggregate of individuals/parts even if the latter are parts of the former (Sally Haslanger 142), I think that he already detected a crucial seed of controversy planted in Plato's concept of form, concerning how (much) form/general/whole can(not) determine its parts; if form is not a total of its parts there could exist a fundamental gap between part(iculars) and form/whole which enables us to conceive the relation between the two complex and dynamic.

reality, of the God in everything, of the universal in the particular, of the all-pervading rhythm." "The thing that I am talking about is," he continues, "that which lies behind the appearance of all things — that which gives to all things their individual significance, the thing in itself, the ultimate reality" (69-70). In *The Voyage Out* (1915) Terrence Hewet's belief in "an order, a pattern which made life reasonable," something that enables us "to understand why things happened" (299) sounds akin to Bell's concept of form and reality. In a sense, Bell's idea that "the ultimate reality" determines the "individual significance" reveals some affinity with what Kosík calls the "idealist trends of the 20th century" (18) which "petrifie[s] the whole in an abstraction superior to the facts" (23). In Kosík's view, such an idealism is a kind of "reductionism" which subsumes the diversity and variety of phenomena under the abstract (13).

Woolf again seems to have Bell's notion of significant form in mind when she recalls that she encountered a "revelation of some order; a token of some real thing behind appearances" in the moments of being (*Moments of Being* 72). A close reading of the following passage, however, suggests that Woolf in fact significantly modifies Bell's aesthetic formalism.

> Sudden shocks; a revelation of some order; a token of some real thing behind appearances; and I make it real by putting it into words. It is only by putting it into words that I make it whole. . . . ; at any rate it is a constant idea of mine; that behind the cotton wool is hidden a pattern; that we — I mean all human beings — are connected with this [the pattern]; that the

> whole world is a work of art; that we are parts of the work of art. Hamlet or a Beethoven quartet is the truth about this vast mass that we call the world. But there is no Shakespeare, there is no Beethoven; certainly and emphatically there is no God; we are the words; we are the music; we are the thing itself. And I see this when I have a shock. (*Moments of Being* 72)

Whereas Bell separates reality from form (of art) through which the former reveals itself, Woolf does not; for her, reality is itself a pattern, a form, rather than being something preexistent to be revealed in an artistic form or discovered through an artistic vision. For Bell, the ultimate reality is "the God in everything, the universal in the particular" and the artistic vision is a blissful realization of the essential reality which "gives to all things their individual significance." The pattern/whole/reality for Woolf, however, is not conterminous with the all-determining creator/God. Unlike Bell's artistic vision, Woolf's revelatory moments disclose the absence of God; far from being determined by the whole, the part turns into the whole itself ("we are the words; we are the music; we are the thing itself"). Hence the seemingly contradictory view of "some order," "some real thing," or a "pattern" in Woolf, as something that simultaneously precedes ("hidden" behind the cotton wool) and comes after ("ma[de] real" and "whole" by being "put into words") artistic creation.

Never being an unreflecting follower of any other thinker, Woolf challenges Bell's concept of form predicated upon a static, idealistic, or even totalistic notion of reality (*pace* Fernihough). As a philosopher in her own right, she sets forth her own idea of form/reality as changeable and dynamic, anticipating Hegelian/Marxist theories of totality. Indeed, the way in which Woolf deviates from Bell has some affinity with G. W. F. Hegel's critique of the Kantian distinction between phenomena and noumena. According to Hegel, the distinctions between knowledge of the world of appearances (phenomena) and of the world of essences or things-in-themselves (noumena), between the sensible and the intelligible, etc. are illusory; they can be reconciled by "dialectical thought, with its appreciation of the importance of totality" (Jay 54). A detailed discussion of Kant's and Hegel's philosophy in relation to the idea of totality in general is necessary, but it is beyond the scope of this paper. Suffice it to say that, as we have seen in Woolf's recollection of the moments of being, her idea of form/order/real thing is similar to Hegel's notion of the Absolute Spirit which is "both creator and created" (Jay 54). Neither Woolf's concept of a 'pattern' or 'order' assumes its predetermined, totalistic power, nor is Hegel's statement, "the true is the whole," predicated upon the belief in "the static and objective" vision of totality (Jay 54). For Hegel, the Absolute Spirit is "essentially a result." "[O]nly at the end is it what it is in very truth" (Requoted from Jay 55). As Martin Jay notes, "[b]ecause of the importance of the dynamic nature of reality for Hegel, history . . . was given central importance. In a sense, it was . . . a kind of *Bildungsroman* of the Absolute" (55).

At this point, Kosík's notion of "the dialectics of the concrete totality" (19) deserves our attention as it provides a useful vocabulary to explicate

Woolf's line of thought concerning form/reality. In this view, reality is conceived to be a concrete totality which "evolves" and "is in the process of forming" in opposition to the false totality which violates the individual facts in the name of a higher reality (Kosík 19, 27). According to Kosík, unlike "uncritical reflective thinking" (6), dialectics is a type of critical thinking that actively strives to grasp the "relationship between the world and the essence." The "authentic reality," that is, "the structure of the thing" is "the unity of the phenomenon and the essence" (3). In a similar vein, unlike the moments of "non-being" immersed in conventional ways of thinking and living (70), Woolf observes, the moments of being are accompanied by the awareness of the whole/pattern and of the relation between the part and the whole ("we are . . . connected with" the pattern). Both Woolf's notion of form and the dialectical concept of totality assume the dialectical connection between the part and the whole — not in the sense that the latter as an *a priori* principle determines the former but in the sense that they are mutually constructive. For both the whole/reality "is not inert and passive" (Kosík 2). Entwined with the concept of reality, both Woolf's notion of form and Kosík's concept of concrete totality bring changeability and historicity into the otherwise static and ahistorical notion of form, differentiating itself from totalistic thinking.

Kosík's frequent reference to the cognitive capacity of man to conduct dialectical thinking, the ability to see things and events "adequately and without distortion" (25), however, is problematic as it tends to presuppose an ahistorical and abstract human subject. The subject who seeks to grasp the concept of concrete totality does not seem to be 'concrete' enough; as an abstract being she/he threatens to turn the concept of totality into an equally abstract principle. This is arguably a common, and sometimes fatal, weakness in different proponents of dialectical thinking that is likely to make their intellectual endeavors *un*-dialectical. Woolf, however, suggests the possibility to push the concept of totality one step further by asking a very important question that hardly any theorist of form has ever raised before: 'who' thinks the form/whole.

III. "more forms, and stranger": Rings and Bubbles in *The Waves*

In her important project of illuminating Woolf's connection with Cambridge philosophical discourses, Ann Banfield explicates Woolf's search for form in terms of Fry's "intellectual scaffolding" or Russell's "mathematical formulae" (279).[7] According to her, the interludes in *The*

7) To some extent, this paper is in line with Ziarek's important attempt to "rethin[k] the Form/Matter divide" (123). As Ziarek rightly suggests Woolf's concept of form cannot be addressed in terms of the static binary between form and matter, or art and reality. Largely drawing upon feminist theories Ziarek argues that the "notion of passive and formless matter" embedded in the age-old schism between form and matter, has served to eclipse violence of the political formalism (or the abstraction of social forms) inflicted upon the "particularity of bodies" (or 'formless' matter in Luce Irigaray's words) (126). Her ultimate goal is to illuminate a new possibility of the feminist aesthetics by analyzing the interconnection between "damaged materials, violated bodies, and literary forms"

Waves, for example, place a Post-Impressionist clarity at the novel's literal center (noon) surrounded by Impressionist vagueness of morning and evening, and trace the history of painting from Impressionism to Post-impressionism. The sunlight at the zenith at the center of the novel, she contends, draws the world from the surrounding fluidity and renders it with clarity and logic. In other words, the interludes illustrate the ways in which the novel achieves the aesthetic qualities created by the logical relations as Post-Impressionist paintings do, and such aesthetic qualities generate "pleasure in the recognition of order, or inevitability in relations" which "come very near to the pleasure derived from the contemplation of intellectual construction united by logical inevitability," in other words, "the aptness of formal relations" (282). Banfield's overall argument that the problem of knowledge is at the center of Woolf's art, in my view, applies more to her own project than to Woolf's work. Due to the constant focus on the "epistemology of modernism," her discussion tends to collapse the entire novel into epistemological terms, leaving out its political and historical concerns. Let us look at the description of the noontide sunlight Banfield quotes: "The sun fell in sharp wedges inside the room. Whatever the light touched became dowered with a fanatical existence. A plate was like a white lake. A knife looked like a dagger of ice. . . . " *The Waves* 109-10). As we

---

(127). By focusing on the ways in which Woolf restores the thinking subject to the concept of form, however, I will propose Woolf moves beyond the violence of formalism in its very act of thinking, and reformulating the form/whole itself.

shall see, this passage is not only about clarity and logic. Within the seemingly innocuous depiction of the landscape lurks a "dagger" indeed that foreshadows the sharp demarcation between 'us' and the other that constructs the ultimate limit of epistemological, psychological, and physical *topos* — in the sense of the Greek word, meaning where people live — of the "fanatical" subjects in the episode immediately following. In addition, Banfield's observation regarding the at once intellectual and aesthetic pleasure comes dangerously close to Bell's declaration accused of being dehumanized elitism that the aesthetic emotion brings us "the austere and thrilling raptures of those who have climbed the cold, white peaks of art," "the thrill that answers the perception of sheer rightness of form" (145).

Lorrain Sim's contention that Woolf's idea of 'pattern' is in line with Plato's concept of form has a similar blind spot. Taking a scene from *The Years* (1937) where Eleanor thinks about a pattern and feels "extreme pleasure" as an example — "If so, is there a pattern; a theme, recurring . . . a gigantic pattern, momentarily perceptible? The thought gave her extreme pleasure, that there was a pattern" (369) — Sim argues that Woolf's persistent use of the word 'pattern' reveals "her belief in the existence of an objective, non-material principle that provides order and meaning to life" (46). In this respect, she argues, Woolf's pattern "resembles the logos," that is, "a rational, intelligible principle, structure, or order that pervades something" (39). Sim's argument is problematic in that it basically assumes a unilateral relation between form/pattern and empirical reality with the former determining the latter, thus coming close to what Fernihough called 'a totalistic thinking' — a thinking on the basis of "a totalitarian identity principle which reduces phenomena to its own pattern" (42).

More importantly, Sim completely dismisses the fact that Eleanor's discovery of a pattern and a sense of pleasure are immediately followed by the questions about "who makes" and "who thinks" the pattern: "But who makes it? Who thinks it? The mind slipped. She could not finish her thought" (369). The passage she quotes, in fact, suggests that Eleanor's thought fails to reach any conclusion. Eleanor's musings begin with a discovery of a pattern and end with a self-reflexive inquiry about 'who' makes and thinks it. In other words, Woolf asks a question about a thinking subject here, shattering the age-old assumption of a supposedly objective thinker/theorist of form. By introducing the question of 'who' thinks the form, logos (in Sim's view), or intellectual scaffolding (in Banfield's view), Woolf challenges the concept of form as an abstract, objective one to be conceived of by a supposedly objective, universal thinker/philosopher.

The famous scene in *To the Lighthouse* where Mrs. Ramsay reaches a sense of unification with the lighthouse is another example. Although Mrs. Ramsay is not directly concerned with form as Lily the artist/painter is, she, as an artist in her own way, develops a line of thought which has some affinity with Eleanor's idea of pattern and Lily's search for form:

> Often she found herself sitting and looking, sitting and looking . . . until she

became the thing she looked at — that light. . . . It will come, it will come, when suddenly she added, We are in the hands of the Lord. But instantly she was annoyed with herself for saying that. Who had said it? Not she; she had been trapped into saying something she did not mean. (66)

As Eleanor's momentary ecstasy in discovering a pattern is shattered by the immediately following self-reflexive questions about who makes and thinks the pattern, Mrs. Ramsay's sense of unification with the light is disturbed by a sudden realization that she was unwittingly using the words which are not her own, a language that forcefully binds human beings together in the name of a common destiny designed by God. Mrs. Ramsay's reveries are accompanied by a fight against a generalizing trap which seeks to subsume the particulars. Nor does Lily's concern with "how to connect" and to achieve "the unity of the whole" aim to impose a preexistent principle on reality. It is impossible to have "the relations of masses, of lights and shadows" explained; Lily would not reduce her work of art to an object of "scientific examination" as Mr. Banks wishes (56). As the pattern/order comes to be real by being put into words at the moments of being, Lily's form is neither explicable nor visible even to herself until she paints the picture: "She could not show him what she wished to make of it, could not see it even herself" "without a brush in her hand" (56, 57). Form comes into being through her artistic creation.

To examine the various forms in *The Waves* in relation to 'who' thinks them does not mean to dismiss the novel's challenge to the conventional notion of the self and the literary character. As often noted, this "eyeless book" (in the author's own words) seeks to be 'I-less,' and the three male and three female characters of the novel are allied across gender, sharing too many sensory experiences to be clearly differentiated from one another. Furthermore, considering the imperial sentiments that permeate this novel, the blurring of self could carry dangerous political implications. Indeed, Woolf's self-questioning of "[w]ho thinks it? And am I outside the thinker?" (*The Diary of Virginia Woolf* 3: 257) during the composition may suggest her awareness of possible complicity with imperialism. And yet, it is also true that these characters are increasingly individuated and socially sorted as the novel proceeds. The novel constantly makes us aware that the various forms are not simply static metaphors for different visions of society but are something imagined or invoked deliberately or unconsciously by the characters with divergent social backgrounds, sexual orientations, and desires, thus illuminating the mutually constructive relations between the whole/society and the part/individuals.

In a sense, the exclamation of the narrator in *Orlando* (1928) sounds like a curious guide to how to read the various forms that *The Waves* evokes. She cries, "[h]ail! natural desire! Hail! happiness! . . . and anything, anything that interrupts and confounds the tapping of typewriters and filing of letters and forging of links and chains, binding the Empire together. . . . Hail, happiness! . . . . [H]ail! in whatever form it comes, and may there be more forms, and stranger" (294). Sharing this daunting spirit, *The Waves* persistently interrupts and compounds the "forging of links and chains, binding the Empire together," and hails in a sense happiness "in whatever form," "more forms, and stranger" such as oblongs, squares, foam, and bubbles while having us look at who makes and thinks them. By dramatizing who, in what contexts, thinks form the novel resists the ideological ossification that frequently accompanies the concept of form and seeks to open up a possibility to imagine "more forms, and stranger," that is, more inclusive, anti-imperialist models of community coming into being.

Among the six characters, Bernard, Louis, and Rhoda particularly reveal a near obsession with various forms. The novel begins with Bernard's soliloquy, "I see a ring" and throughout the novel he keeps calling the images of smoke rings, threads, and lines to his mind. Following Bernard, Louis also thinks about (steel) rings and chains, while Rhoda is more drawn to edges, loops, foams, and bubbles. This typical insider (Bernard) and two prominent outsiders are at times united with, at times divergent from one another along with their varying evocation of similar, and at times different forms.

Bernard, who virtually opens and closes the novel, thinks constantly about rings and other related images from his childhood to old age. Bernard's ring evoked in this childhood reflects a prelapsarian state of unification between self and other: "[W]hen we sit together close . . . we melt into each other with phrases." He describes his friends and himself as living "in the ringed wood with the wall," "a ring of wall" (23). As he is awakened to a growing sense of differences between self and other ("what is the difference between us? 49), the images of link and thread not so much mirror the world he perceives and lives as are deliberately evoked: "I must . . . let out," he says, "these linked phrases." "[I]nstead of incoherence there is perceived a wandering thread, lightly joining one thing to another" (49). This will to join things together fuels his penchant for making stories. As Neville rightly senses, making stories for Bernard is an act of imposing order on reality; his stories do not have room for private feeling or compassion for others. Neville is left with solitude when Bernard's story is over; he is unable to tell Bernard his passion for the fear that Bernard might simply make use of his private feeling. Neville senses the ominous affinity between Bernard's storytelling and the educational institute that seeks to "skillfully organiz[e]" all to "prevent feeling alone" by means of "games and tradition and emulation" (51). Although Bernard's story fails to "follow people into their private rooms" (51) and to convey what others "feel" (70), he insists how words make "smoke rings" and "we are one" (68) as if to cover up the lacuna and to justify his own rather dubious "method" of storytelling (69). As Bernard's evocation of a ring as a principle of unification rings untrue to Neville's ears, his self-claimed compassion for all human beings ("I am . . . complex and many" 76) cannot so much as win his lover's mind, for she, as Bernard himself is aware, is suspicious of insincerity in his "posing as a literary man" (79). Even his claim of an androgynous mind — which some critics would take at face value and consider him as a proponent of Woolf's idea of a creative mind — is in fact tainted with patriarchal discourses; he expresses it in terms of a combination of the "sensibility of a woman" and "the logical sobriety of a man" (76), assuming a gendered division between woman's emotion and man's logic which Woolf cannot have shared.

Bernard's patriarchal language culminates in the fourth episode where the characters gather for a farewell dinner for Percival who is about to leave for India as an imperial agent.[8] In this setting, Bernard obsessively chants the sense of uniformity in tune with the imperialist-patriarchal language. He is willing to be carried away by the "general impulse" (113) and feels the "impossible desire to embrace the whole world" (114). Bernard is not the only one who reveals his imperial desire; all the characters in this episode mouth their imperialistic sentiment more strongly than elsewhere. The characters seem to be united like "conspirators" in their admiration of Percival who "lives in complete unconscious conformity with his culture" (Lee 184). In her ground-breaking analysis of *The Waves*, Jane Marcus also argues that the characters of this novel are the homogeneous participants of the violent narrative of English national identity, namely, "fascist characters"

---

8) For example, in the eyes of Bernard, recently engaged to be married, London is unambiguously feminized and sexualized. "She [London] folds the ant-heap to her breast." Identifying himself with masculine landscapes such as factories and domes which "erect themselves" amongst the "maternal" body of London, or the train which is "hurled at her [London] like a missile," Bernard says, "[w]e are about to explode in the flanks of the city like a shell" while the masochist London, "humm[ing] and murmur[ing]" "awaits us" (111). Anticipating Woolf's explication of the common roots of the patriarchal psychology and imperialism/fascism in *Three Guineas*, Bernard's patriarchal language is united with his evocation of "a splendid unanimity" and "uniformity" among the subjects (111).

(228). A close reading, however, indicates that their sense of unification is disrupted from within as it is enunciated by the characters divided across gender, sexual orientation, and nationality; their language of unification constantly discloses the outsider within. To list but a few examples, Jinny's casual statement, "I am native here" (103), obliquely interpolates Louis the Australian as an outsider, and Rhoda never overcomes her sense of alienation and loneliness. I agree with Marcus's contention that the novel is anti-imperial, not in the sense that it "enclose[s] Western narrative in an Eastern narrative" as she observes (228), but in the sense that it renders the imperial narrative unstable and unsustainable through its own self-contradictory logic delivered through the divergent characters.

It is important to note that the image of a ring that Louis obsessively evokes is not so much a mark of his fascism as a most ironic, poignant indicator of himself as being an outsider within. Louis, an Australian, with a hopeless wish to be an insider, makes an effort to "copy" Bernard the insider (19) and tries to "fix in words, to forge in a ring of steel" (40). Some critics have regarded Louis as one of the most conspicuous imperialist/fascist figures who displays "a broad kinship with fascism" (Phillips 163) or has an ambition to "produce some vast totalisation" (Minow-Pinkney 160). These readings of Louis are rather simplistic because the novel demonstrates that Louis's imperial/fascist impulse is cultivated within the society where he, a former colonial subject with a foreign accent, should live with the indelible marker as an outsider. He deliberately imitates Bernard's language as a way of compensating for the insecure sense of identity. "The circle is unbroken; the harmony complete. . . . Yet I am not included. If I speak, imitating their accent, they prick their ears, waiting for me to speak again, in order that they may place me — if I come from Canada or Australia, I . . . an alien, external," he says (94). His appropriation of the insider's language thwarts, rather than fulfills, his desire to be an insider because his language is a borrowed one which brands him as an outsider in the first place. The novel registers the cruel irony that Louis is persistently alienated from the very language and culture that he desperately seeks to appropriate. Louis mimics the language that is not his own, a language that never keeps its promise of embracing all. His mimicry does not and cannot successfully reproduce or reinforce the ideological implications of the insider's language. His language contains a critique of the dominant discourse it draws on. His mimicry operates as a very condition to dismantle the dominant discourse by exposing the cracks and crevices within the latter, and by unmasking its motivations. It is no wonder therefore that he, far from being a blind follower of the cultural hero, is keenly aware that "[i]t is Percival" "who makes us aware that these attempts to say, 'I am this, I am that,' are false." The "chain" he sees in "a steel-blue circle beneath" (137) is as an ominous variation of Bernard's ring, a ring which seeks to conceal its exclusive impulse under the rhetoric of uniformity that "we are one."

As Louis's professional career as a businessman reaches its climax, his language discloses even more explicitly the dark underside of Bernard's language — the virile, patriarchal, and imperialist one that stigmatizes Louis as an alien. Signing his name over and over again Louis desperately tries to be assured of his "firm, unequivocal" self (167). In order to "expunge certain stains, and erase old defilements," he, as a successful imperial agent, works to "mak[e] order from chaos." He puts forward his totalitarian belief that he needs to master to survive in a society where he should prove his own relevance to the society. For him, nothing or nobody "should be irrelevant" (168); everybody's journey "should have an end in view" (168). Trying to gloss over the profound fractures within his life, he professes to "assemble a few words and forge round up a hammered ring of beaten steel" (169). "[W]e assemble different forms, make different patterns. But if we do not nail these impressions to the board and out of the many men in me make one . . . then I shall fall like snow and be wasted" (170), he says, as if mocking Bernard's forceful imposition of order and unity on life.

Louis does not, in fact, copy Bernard as faithfully as he claims to. On the contrary, he is preoccupied with fissures and breaks as much as with rings and continuity. While confirming to himself "I am an average Englishman," Louis wonders "[w]here then is the break in this continuity? What the fissure through which one sees disaster?" His desperate incantation, "[t]he circle is unbroken. . . . Here is the central rhythm," is constantly interrupted by his bitter awareness that "I am not included . . . an alien, external. I who, would wish to feel close over me the protective waves of the ordinary" (96). His childhood sense of isolation from "their" order turns into his youthful search for compensatory will to "reduce you to order" (96), which aptly anticipates Bernard's barely covered doubts and anxiety in his self-questioning, "why impose my arbitrary design. . . . Why stress this and shape that?" (188).

Louis's self-claiming as a legitimate inheritor of the Western tradition deserves our attention as well. It reveals his desire to reformulate his identity by connecting himself to the distant past (tracing back to the age of Plato) that far precedes the British imperial history. He, however, neither retreats to the remote past nor blindly acquiesces to the dominant culture. Strong as his desire to claim his rootedness is, he tries not to lose a keen sense of history. For "[i]f I now shut my eyes," he says, "if I fail to realize the meeting-place of past and present, that I sit in a third-class railway carriage. . . human history is defrauded of a moment's vision. Its eye, that would see through me, shuts — if I sleep now, through slovenliness, or cowardice, burying myself in the past . . . or acquiesce, as Bernard acquiesces, telling stories; or boasts, as Percival, Archie, John, Walter, Lathom, Larpent, Roper, Smith boast — the names are the same always, the names of the boasting boys" (66). The acute sense of the chronotope of his self helps him neither to bury himself in the past nor to participate blindly in the process of identification. He even squarely opposes Bernard who "do[es] not believe in separation" (67) and insists "we are one" (68), by stating, "[w]e differ" (127). He is aware that "a steel ring" is "mad[e]" by those who differ (128). He knows that it is not so much an innocuous trope of a unified society as one deliberately evoked and copied by those who need such an ideology.

In a similar vein, the bodiless, fatherless, lesbian or bi-sexual Rhoda exposes the patriarchal, imperial impulse to subjugate and exclude the other under the rhetoric of 'us.' She does this particularly by drawing on another variation of Bernardian ring: a loop. The loop for her signifies not so much (forcefully imposed or not) bondage and connection as exclusion and division, however; "the world is looped in it [a loop] and I myself am outside the loop" (21). Unlike Jinny who "enters" everywhere freely, Rhoda "edges" behind people all the time. Unlike Bernard's celebratory declaration of his multiple selves ("I am many people" 276), Rhoda's sense of having many selves signifies the lack of any possible self: "I am broken into separate pieces; I am no longer one" (107). Rhoda's language does not seem to be completely immune from the imperialist one as we have seen in the farewell dinner scene, and yet, her soliloquy gradually takes a different turn. The sudden, pointless death of Percival, the hero, terrifies her by forcing her to face the horrible sense of the flimsiness of reality: "The houses are lightly founded to be puffed over by a breath of air" (159-60). The devastating loss of Percival brings the following thought to Rhoda's mind:

> 'Like' and 'like' and 'like'—but what is the thing that lies beneath the semblance of the thing? . . . Percival . . . has made me this gift, let me see the thing. There is a square; there is an oblong. The players take the square and place it upon the oblong. They place it very accurately; they make a perfect dwelling-place. Very little is left outside. The structure is now visible. . . . This is our triumph; this is our consolation. (163)

To some extent, this rather enigmatic line of thought is reminiscent of Roger Fry's formalistic analysis of Cézanne's painting. According to Fry, Cézanne sought to 'realize' form. "Realizing for him [Cézanne]," Fry notes, "did not mean verisimilitude . . . but the discovery in appearances of some underlying structural unity." In his desperate search for "the reality hidden beneath the veil of appearance," Cézanne made the discovery, which was "the construction of clearly articulated plastic wholes" (Requoted from Banfield 278-79). Rhoda's revelatory moment also rejects verisimilitude, and the "thing" or the "structure" she sees at this moment reminds us of the "quality of immediacy, of a thing that was actually seen and seized by the imagination in a single ecstatic moment" that Fry finds in Cézanne's picture (Requoted from Banfield 286).

Rhoda's visionary encounter with squares and oblongs, however, does not lead to a discovery of some underlying structural unity. The structure of the world which is now "visible" to Rhoda curiously echoes yet radically modifies the seemingly all-encompassing yet in fact exclusive social structure that appeared in the image of an all-inclusive wall in the farewell party episode. The death of the hero brings to her a new vision of the world where "very little is left outside." Later, Rhoda, standing "on the verge of the world" again sees "the square stan[d] upon the oblong," "the house which contains us all" (205). Rhoda's words such as "structure" and "square" bring us back to the passage from *A Room of One's Own* that I quoted at the beginning of this paper where the narrator compares the new form of fiction to "a structure leaving a shape on the mind's eye, built now in squares, now pagoda shaped" (71). As Woolf's famous fight against the patriarchal tyranny of the plot by means of the truth of life ("Modern Fiction" 106), a novelistic form for Woolf is inseparable from a form of life/reality. Far from being an abstract, static organizing principle of life, the structure leaves various shapes in the mind's eye, inviting us to imagine a different dwelling place. It is no accident that oblongs and squares in Rhoda's mind turn into "a perfect dwelling-place."

Posited on the verge of the world — which symbolizes both her alienation and her vantage point — Rhoda confronts two possibilities: either falling ("falling off the edge of the earth" 223) or encountering the "moments when the walls of the mind grow thin; when nothing is unabsorbed, and I could fancy that we might blow so vast a bubble that the sun might set and rise in it" (225). The bubble could symbolize an imperial bubble to be punctured but it could also point to an entirely different order of things. Rhoda, the potentially subversive outsider, does not survive but kills herself. But her vision of the world does not completely perish along with her. It survives in Bernard's words in the final "summ[ing] up." In his language the image of a ring turns to something strongly reminiscent of Rhoda's bubble: "[T]his orderly and military progress [is] . . . a convenience, a lie. . . . The crystal, the globe of life . . . far from being hard . . . has walls of thinnest air" (255-57). He realizes that "Louis and Rhoda . . . both contradicted what was then so positive to me" (259). This is not to say that the novel records a rather abrupt transformation of Bernard into a proponent of outsiders nor is he a perfect representative of an androgynous mind. Realistically enough, Bernard the old man still relishes the imperialist fantasy of "assum[ing] command of the British Empire" (261) and maintains a male-centered world view ("I strode into a world inhabited by vast numbers of men" 261).

Imperfect and fallible as he still is, he is not a hopeless patriarch/imperialist but an ordinary man with a capacity to learn new things and to think differently. For instance, when he ponders over Percival and his death, Bernard brings up a rather surprising — perhaps repressed up until this moment — memory of Percival's limited sights. Bernard remembers that one day in the morning he saw something that "he [Percival] would never see"; he saw "things without attachment, from the outside" and that he realized "their beauty in itself" (263). This is close to Woolfian moments of seeing things in themselves — the moments of dissociating things from their conventional or ideological significance and thinking them in relation to reality. "And then," he recalls, "the sense that a burden has been removed; pretence and make-believe and unreality are gone" (264-65). At this moment Bernard's mind comes close to a novelist who would not alter his/her vision "in deference to external authority" but "think of things in themselves" (*A Room* 74, 111). Sitting in a restaurant, Bernard says, "[l]et me sit here for ever with bare things, this coffee-cup . . . things in themselves, myself being myself" (295).

To go back to Bernard's memory of Percival's defective vision, it is, aptly enough, at this point when he takes out another blasphemous memory of disobedience. "Then comes the terrible pounce of memory . . . that I did not go with him [Percival] to Hampton Court. . . . I did not go. In spite of his impatiently protesting that it did not matter; why interrupt, why spoil our moment of uninterrupted community?—Still, I repeated sullenly, I did not go" (264). One day Bernard unbosoms this painfully nagging memory to Jinny. Her consolation that it is always painful to realize that there are things impossible to share hits the mark, suggesting that she has reached a similar realization as Bernard has. Painful as the memory of disobedience is to this moment, Bernard resolves not to perpetuate the hero-making ("we compared Percival to a lily") but to "commit any blasphemy of laughter and criticism rather than exude this lily-sweet glue; and cover him with phrases" "interrupt[ing]" and "spoil[ing]" the "moment of uninterrupted community" (265).

Finally, Bernard renounces the idea of a ring: "How can I reduce these dazzling, these dancing apparitions to one line capable of linking all in one?" (219). In place of time as the "orderly and military progress" he envisions a different one. He even moves beyond the anthropocentric temporality and locates human history in relation to the cosmological time scale. "[T]he light of the stars falling, as it falls now, on my hand," he says, "after travelling for millions upon millions of years" (268). In the previous chapter Bernard already develops an idea of the earth in cosmological terms: "the earth is only a pebble flicked off accidentally from the face of the sun and that there is no life anywhere in the abysses of space" (225). He is not the only one to think in this way. In a sense, Bernard's view of the stars corresponds to that of Louis who says, "listen . . . to the world moving through abysses of infinite space. It roars; the lighted strip of history is . . . our civilization. . . . Our separate drops are dissolved; we are extinct. Lost in the abysses of time. . . . But how strange it seems to see against the whirling abysses of infinite space. . . . Our English past — one inch of light . . . This Palace seems light as a cloud set for a moment on the sky. . . . [W]hat has permanence?" (227). While relentlessly pointing to the palpable weight of human history of exclusion, exploitation, and violence carved in Louis' bitter sense of isolation and anger and Rhoda's insurmountable loneliness, the novel guides us to a humble realization of the triviality and transience of human life as well. Louis asks himself, "[W]ho are you? Who am I?" and Bernard feels that "[w]e have destroyed something by our presence . . . a world perhaps" (232).

As Bernard rightly senses, the destruction of the world that we have known, or to put it differently, the replacement of rings with bubbles, is double-edged; it could mean either "death," or "a new assembly of elements," or, "[s]ome hint of what was to come" (279). Rhoda's moment of discovering the "structure," like many other Woolfian moments of being — the moments of encountering with form/order/pattern — is painfully disturbing or even terrifying rather than bringing about an ecstasy and a sense of pleasure (as in Bell), since it hints at a strange new world surrounded by all-inclusive, thinnest air, not by solid, protective walls. Reminiscent of the narrator's cry quoted above, *The Waves* hails any thing that "interrupts and confounds" the "forging of links and chains, binding the Empire together," hails "in whatever forms it comes." The novel wishes, "may there be more forms, and stranger."

IV. Conclusion

Woolf was keenly aware of and intrigued by "totality's appeal" (Jay 22), yet never compromised with any kind of totalitarian thinking. Thinking of form was, for her, her own way of "spiritual and intellectual reproduction of reality " (Kosík 9), an act of rethinking and reconfiguring the ideologically fabricated structure/ whole that would threaten to subsume its parts. Woolf constantly reminds us that the concept of form cannot and should not erase the thinking subject; she renders both the form/whole and the part open and dynamic, and their relations dialectical. Woolf's form as reality or reality as form is at once a product and a producer of the incessant waves of reality. As such, it suggests that the 'damaged materials' and 'violated bodies' can move beyond the violence of formalism in the very act of thinking, rethinking, and reformulating the form/whole itself. *The Waves* thinks of form as a way of resisting formalism that endangers particulars. And it is no accident that *The Waves* does not end by giving Bernard the final words, as commonly believed, but by calling Rhoda back to the narrative by evoking the image of foam: "The waves broke on the shore" (297).9)

출처: 『제임스조이스저널』 제20권 1호(2014), 79-106쪽.

9) Throughout the novel Rhoda has identified herself with the foam on the waves: "I am to be cast up and down among these men and women, with their twitching faces, with their lying tongues, like a cork on the rough sea. Like as ribbon of weed I am flung far every time they door opens. The wave breaks. I am the foam that sweeps and fills the uttermost rims of the rocks with whiteness" (107); "I am like the foam that races over the beach" (130).

Banfield, Ann. *The Phantom Table: Woolf, Fry, Russell and the Epistemology of Modernism.* Cambridge: Cambridge UP, 2000. Print.

Bell, Clive. *Art*. Ed. J. B. Bullen. Oxford: Oxford UP, 1987. Print.

Briggs, Julia. *Reading Virginia Woolf.* Edinburgh: Edinburgh UP, 2006. Print.

Brzezinski, Max. "The New Modernist Studies: What's Left of Political Formalism?" *Minnesota Review* 76 (2011): 109-25. Print.

Dancy, R. M. *Plato's Introduction of Forms*. Cambridge: Cambridge UP, 2004. Print.

Fernihough, Anne. *D. H. Lawrence: Aesthetics and Ideology*. Oxford: Clarendon P, 1993. Print.

Fine, Gail. *Plato and Knowledge and Forms: Selected Essays*. Oxford: Oxford UP, 2003. Print.

Froula, Christine. Virginia *Woolf and the Bloomsbury Avant-Garde: War, Civilization, Modernity*. New York: Columbia UP, 2005. Print.

Haslanger, Sally. "Parts, Compounds, and Substantial Unity." *Unity, Identity, and Explanation in Aristotle's Metaphysics*. Ed. T. Scaltsas, D. Charles, M.L. Gill. Oxford: Oxford UP, 1994. 129-70. Print.

Head, Dominic, ed. *The Cambridge Guide to Literature in English*. Cambridge: Cambridge UP, 2006. Print.

Hegel, G. W. *Phenomenology of Spirit*. Trans. A. V. Miller. Oxford: Oxford UP, 1979. Print.

Koppen, Randi, "Embodied Form: Art and Life in Virginia Woolf's *To the Lighthouse*." *New Literary History* 32 (2001): 375-89. Print.

Kosík, Karel. *Dialectics of the Concrete: A Study on Problems of Man and World.* Trans. Karel Kovanda with James Schmidt. Dordrecht and Boston: D. Reidel Publishing, 1976. Print.

Jay, Martin. *Marxism and Totality: The Adventures of a Concept from Lukács to Habermas.* Berkeley: U of California P, 1986. Print.

Lawrence, D. H. *Women in Love.* London: Penguin, 1920. Print.

Lee, Judith. " 'This hideous shaping and moulding': War and *The Waves.*" *Virginia Woolf and War: Fiction, Reality, and Myth.* Ed. Mary Hussey. New York: Syracuse UP, 1991. Print.

Levinson, Marjorie. "What is New Formalism?" *PMLA* 122.2 (2007): 558-69. Print.

Marcus, Jane. "Britannia Rules The Waves." *Virginia Woolf: A Collection of Critical Essays.* Ed. Margaret Homans. New Jersey: Prentice Hall, 1993. 227-48. Print.

McGee, Patrick. "The Politics of Modernist Form; Or, Who Rules *The Waves?*" *Modern Fiction Studies* 38.3 (1992): 631-50. Print.

Minow-Pinkney, Makiko. *Virginia Woolf and the Problem of the Subject: Feminine Writing in the Major Novels.* New Brunswick: Rutgers UP, 1987. Print.

Phillips, Kathy J. *Virginia Woof against Empire.* Knoxville: U of Tennessee P, 1994. Print.

Rickless, Samuel C. *Plato's Forms in Transition: A Reading of the Parmenides.* Cambridge: Cambridge UP, 2007. Print.

Sim, Lorraine. "Virginia Woolf Tracing Patterns through Plato's Forms." *Journal of Modern Literature* 28.2 (2005): 38-48. Print.

Son, Youngjoo. *Here and Now: The Politics of Social Space in D. H. Lawrence and Virginia Woolf.* New York: Routledge, 2006. Print.

Welton, William A. *Plato's Forms: Varieties of Interpretation.* Lanham: Lexington Books, 2002.

Woolf, Virginia. *Collected Essays.* 4 vols. New York: Harcourt, 1967. Print.

_____. *The Complete Shorter Fiction of Virginia Woolf.* 2nd Edition. Ed. Susan Dick. New York: Harcourt, 1989. Print.

_____. *The Diary of Virginia Woolf.* Ed. Anne Olivier Bell and Andrew McNeillie. 5 vols. New York: Harcourt, 1977-1984. Print.
_____. *The Essays of Virginia Woolf 1933-1941 And Additional Essays 1906-1924*. Ed. Stuart N. Clarke. London: The Hogarth P, 2011. Print.
_____. *Moments of Being*. 2nd ed. Ed. Jeanne Schulkind. San Diego: A Harvest Book, 1985. Print.
_____. *Orlando.* Florida: Harcourt, 1928. Print.
_____. *To the Lighthouse.* Florida: Harcourt, 1927. Print.
_____. *A Room of One's Own.* New York: Harcourt, 1929. Print.
_____. *The Voyage Out*. Florida: Harcourt, 1920. Print.
_____. *The Waves*. New York: Harcourt, 1931. Print.
Ziarek, Ewa Ptonowska. *Feminist Aesthetics and the Politics of Modernism.* New York: Columbia UP, 2012. Print.

단편 소설

Short Stories

손현주

●

『플러쉬』, 어느 뛰어난 개의 전기

김영주

●

영국성과 반유태주의: 버지니아 울프의「공작부인과 보석상」

『플러쉬』, 어느 뛰어난 개의 전기

| 손현주

I. 버지니아 울프의 『플러쉬』

버지니아 울프(Virginia Woolf)의 『플러쉬』(*Flush,* 1933)는 빅토리아 시대의 저명한 여류시인 엘리자베스 바렛 브라우닝(Elizabeth Barrett Browning)의 애완견 플러쉬의 일대기를 그린 소설이다. 하지만 이 작품은 최근까지 비평가와 독자들의 관심에서 소외되어 있었다. 1931년 봄 『파도』를 완성한 후 울프는 "책을 쓰면서 이토록 머리를 쥐어짠 적이 없었다"라고 적었다. 기진했던 울프는 다음에 쓸 작품으로 "빠르게 전개되는 가벼운 모험"같은 것을 구상했다(*D4* 8). 마침 머리를 식힐 겸 브라우닝의 서간집을 읽고 있던 울프는 엘리자베스 바렛 브라우닝의 애견 플러쉬의 일대기를 쓰기로 마음먹는다. 울프는 당시 오토라인 모렐(Ottoline Morrell)에게 쓴 편지에 다음과 같이 적었다.

> 『플러쉬』는 그저 장난일 뿐이에요. 『파도』(*The Waves*) 이후 너무 지쳐서 정원에 누워 브라우닝의 연애편지를 읽고 있었는데, 그들의 애완견이 너무 재밌어서 전기를 써주기 않을 수 없었어요. (*L5* 161-62)

이렇게 탄생한 『플러쉬』는 출판 육 개월 만에 19,000부가 팔리면서 울프 작품 중 가장 많이 팔린 베스트셀러가 되었고, 미국의 북클럽에서는 이 달의 책으로 선정되기도 했다(*D4* 175). 하지만 울프는 『플러쉬』의 성공이 마냥 즐겁지만은 않았다. 대중들에게 단지 "매력적이고" "섬세한" 이야기를 쓰는 "여성스러운"(ladylike) 작가의 이미지로 고정될까 두려웠기 때문이다(*D4* 181). 그리고 바로 이 같은 대중적 인기는 이후 『플러쉬』가 비평적 가치가 없는 작품으로 치부되는데 일조했던 것이 사실이다. 그 결과 『플러쉬』는 울프의 소설, 전기, 평론, 에세이 등은 말할 것도 없고, 심지어 울프의 일기나 편지만큼도 독자와 평자의 관심을 받지 못한 채 거의 아무도 읽지 않는 작품으로 오랫동안 남아 있었다.

『플러쉬』는 최근 들어 울프의 또 다른 면모를 보여주는 작품으로 새로이 주목받기 시작했다. 예를 들어, 크레이그 스미스(Craig Smith)는 이 작품을 "빅토리아 영국에서 여성의 종속에 대한 알레고리"로 읽었고(Smith 349), 진 두비노(Jeanne Dubino)는 울프가 보여주는 다위니즘과 스파니엘 종에 대한 폭넓은 지식에 주목했다. 쥬터 이트너(Jutta Ittner)는 울프가 인간중심주의에서 탈피하려 시도하는 모습을 읽어냈고, 댄 와일리(Dan Wylie)는 인간과 개 사이의 언어 장벽에 초점을 맞추었다. 또한 제이미 존슨(Jamie Johnson)은 울프가 인간이 아닌 개를 주체로 삼아 개가 경험하는 세계를 개의 감각과 의식을 통해 재구성하려 한 점을 높이 평가하는 등, 주로 생태비평(ecocriticism)과 탈인간중심주의적 시각에서 조명되기 시작하면서 작품에 대한 재평가가 이루어지고 있다. 이 글에서는 『플러쉬』를 울프의 전기문학론과 그 실험의 일환으로 읽어보고자 한다.

『플러쉬』의 원제는 *Flush: a Biography*로 『올란도』(*Orlando: a Biography*, 1928)에 이어 울프가 "전기"라는 제목을 붙여 펴낸 두 번째 작품이다. 이 작품은 전기라는 부제에 걸맞게 전통적인 전기의 형식에 따라 플러쉬의 탄생에서 죽음까지를 전체 6개의 장으로 나누어 서술하고 있다. 플러쉬는 런던 근교의 전원에서 태어나 메리 밋포드(Mary Mitford)와 함께 어린 시절을 보내고, 런던의 윔폴가(Wimpole Street)에서 바렛 브라우닝을 만나 세상을 경험하고, 이후 이탈리아로 이주해 마침내 자신의 본성을 깨닫고 "스파니엘"다운 생을 살다가 숨을 거둔다는 시간적 흐름에 따른 구성되어 있다. 첫 장은 전기적 사실들의 근거를 제시하고, 날자, 주석 등의 전통적인 전기문학의 장르적 특징을 동원하여 독자들에게 이 글이 전기라는 것을 강조한다. 이어지는 장들에서는 플러쉬의 각 성장 단계를 가장 잘 드러내 줄 수 있는 특징적 사건들이 핵심을 이룬다. 가장 특기할 점은 이 작품이 사람이 아닌 개의 전기이기 때문에 사건들을 이해하고 경험하는 주체의 관점과 경험치가 인간의 것과 같지 않다는 점이다. 전기 장르가 각광을 받고 꽃피었던 빅토리아 조의 전기문학에 대해 비판적인 입장을 견지해온 울프는 사람이 아닌 개를 주인공으로 내세운 이른바 의사전기(mock-biography)를 통해 기존 전기문학의 장르적 한계와 문제점을 보여준다.

II. 울프와 전기문학

전기문학은 바람직한 인간의 삶을 글로 담아내어 표준화된 전범으로 제시하고 여타 다른 사람들의 삶의 지침으로 삼을 수 있다는 18세기 계몽주의와 공리주의를 바탕에 깔고 있다. 19세기 영국은 제국주의적 팽창으로 전 세계를 경영하기 위한 효율적인 인간의 양산이 필요했고, 전기문학의 확산과 장려는 이러한 시대적 요청에 의한 것이라 볼 수 있다. 나아가 인간의 삶을 백과사전적인 지식을 축적하듯 대규모로 집적하려는 시도도 생겨났다. 울프의 아버지인 레슬리 스티븐경(Sir Leslie Stephen)이 20여 년을 몸바친 대규모 국가적 사업, 『국민인명사전』(*Dictionary of National Biography*(*DNB*))[1]의 편찬 사업이 그것이다. *DNB*는 1885년에 처음 발간되었고, 레슬리 스티븐은 1882년에서 1891년까지 거의 9년간 초대 편집자로 일했다. 건강상의 이유로 편집장직을 사임한 이후에도 그는 인명사전에 많은 인물들의 전기항목을 집필하는 일을 계속했다. 1882년에 태어난 울프가 보낸 유년기는 부친의 인명사전 편집 집필 작업과 함께했다 해도 과언이 아닐 것이다. 타고난 독서가로서 동시에 부친의 영향으로 누구보다 많은 전기와 자서전 문학을 읽고 자란 울프는 빅토리아 조 전기문학에 대해 깊은 이해와 더불어 날카로운 비평적 안목을 지니게 되었다. 소설에 있어 다양하고 혁신적 형식을 실험을 했던 울프는 「새로운 전기」("New Biography," 1927)와 「전기문학예술」("Art of Biography," 1939) 등의 에세이를 통해 새로운 전기문학의 장을 열고자 시도했다. 소설과 전기문학은 서로 분리된 장르이지만 울프에게 있어 인간의 삶의 진실을 담아낸다는 공통점이 있다.

울프는 전기문학의 목적이 "진솔한 인물의 전달"(truthful transmission of personality)에 있다고 보았다(*CE4* 229). 그런데 문제는 우리가 몸담은 시대

---

1) *DNB*는 1900년에 63권으로 초판이 출간되었고, 이후 20세기 전반에 걸쳐 여러 번의 개정을 거쳐, 2004년에 *Oxford Dictionary of National Biography*로 인터넷 판이 함께 출간되었다.

와 사회는 인간의 삶의 진실이 무엇인가에 대해 각기 나름의 시각을 가지고 있다는 점이다. 빅토리아 시대를 벗어나 현대사회로 전이되는 길목에서 태어나 1차 세계대전과 2차 세계대전의 폭력과 파괴를 직접 겪었고, 또 한편으로는 대량생산과 대량소비의 도시 자본주의 사회를 처음으로 경험한 울프 세대에게 지난 시대의 세계관과 인생관은 설득력을 잃을 수밖에 없었을 것이다. 에세이 「현재 세대에 어떤 반향을 일으키는가」("How it strike the contemporary" 1923)에서 울프는 예술적 표현에 있어 자신이 속한 세대, 즉 현대 작가들이 고민하고 고전하는 이유는 이전 세대가 공유했던 "믿음"의 부재에 있다고 진단한다.

> 우리는 이전세대와 깨끗이 단절되었다. [. . .] 가치관의 일대 변동은 꼭대기에서 바닥까지 삶의 결을 흔들어 놓았고, 우리들을 과거부터 단절시켰기 때문에, 어쩌면 지나치리만큼 현재를 의식하게 만들었다. (*CE2* 157)

> 우리의 동시대인들은 더 이상 믿지 않기 때문에 우리를 힘들게 한다. [. . .] 그들은 세계를 창조할 수 없다. 타인들에게서 자유롭지 못하기 때문이다. 그들은 스토리를 말하지 않는다. 스토리들이 사실이라고 믿지 않기 때문이다. 그들은 일반화하지 못한다. 그들은 자신들의 감각과 감정에 의존한다. 그런 식으로 확인한 것이 애매모호한 지력에 의존하는 것보다 믿을만하기 때문이다. (*CE2* 159)

이와 같은 인식은 19세기 말 런던에 태어나 20세기 전반을 살았던 울프가 몸으로 체험한 전통사회에서 산업사회로의 전이, 대량복제 예술매체의 탄생, 도시화의 물결 속에서 파편화된 개인, 1차 세계대전을 경험한 유럽의 문명에 대한 불안, 프로이트로 대변되는 객관적 현실에 대한 믿음과 합의의 상실 등에 그 기원을 두고 있다. 변화의 시대를 살았던 울프가 경험하는 현실(reality)

은 전 시대 사람들이 현실이라고 생각했던 것과 다른 것이었고, 그것을 전달하는 표현 양식 또한 변화가 요청되었다. 아놀드 베넷이 울프를 비롯한 당대의 젊은 작가들이 "인물창조"를 하지 못한다고 비판한 데 대해, 울프는 베넷으로 대표되는 빅토리아 조 에드워드조 작가들의 전통적인 인물묘사가 오히려 비현실적이라 비판했다. 논란의 핵심은 두 계열의 작가들, 즉 아놀드 베넷이 속한 세대의 작가들과 울프가 속한 세대의 작가들이 생각하는 "현실"에 대한 생각의 차이에 있다. 울프는 그 차이가 작가와 독자, 나아가 공동체 구성원들이 함께 "공유하는 믿음"의 부재에서 온다고 지적한다. 베넷의 글쓰기는 통합되고 안정된 세계인식을 담보로 하고 있는 반면, 도시화 산업화가 급속히 진행되고, 1차 세계대전의 대량살육과 파괴를 경험한 고립되고 파편화된 개인이 타자와의 관계를 새로이 모색해야 시점에서 당시 젊은 작가들은 더 이상 기성세대의 세계관을 받아들일 수 없게 되었기 때문이다(손현주 120-21).

해롤드 니콜슨(Harold Nicolson)이나 리튼 스트레치(Lytton Strachey)처럼 기존의 전기문학의 틀을 깨고 새로운 형태의 전기물을 시도하는 작가들이 등장하게 된 사회적 변화의 저변에는 현실을 인식하는 틀 자체의 변화가 자리하고 있다. 이들은 언제 어디서 태어나 어떻게 교육받고 누구와 결혼하고, 이러저러한 업적을 세우고, 어떻게 말년을 보냈다고 하는 식의 연대기적 사실에 기반한 내러티브가 한 사람의 일생을 전달할 수 있다고 믿지 않는다. 왜냐하면 외적으로 검증 가능한 사실보다 그와 같은 검증이 불가능한 내적인 경험들이 모여 삶의 경험을 구축한다고 보고 주관적 경험의 중요성을 높이 평가하기 때문이다. 이러한 변화는 한 사회에 속한 공동체의 구성원들이 전통과 가치를 공유한다는 전제가 사라져 버렸기 때문이다. 이제 더 이상 과거의 작가들이 당연시했던 공동의 가치와 전통이라는 버팀목이 존재하지 않는 세계에서 고립된 개인이 자신의 경험을 어떻게 타자에게 전달하고 공감할 수 있는가라는 문제의식에서 이들 현대 작가들의 고민과 실험이 시작된다.

III. 『플러쉬』, 어느 뛰어난 빅토리아 조의 개, 플러쉬의 전기

새로운 전기문학을 추구했던 울프는 소설에서와 마찬가지로 전기문학에서도 다양한 실험을 시도하는데, 특히 전기 문학의 형태를 빌려 쓴 소설 『올란도』와 『플러쉬』에서 울프의 장르적 실험이 두드러진다. 『올란도』가 남성으로 태어나 여성으로 변신하며 400여년을 살아가는 가상의 인물을 통해 여성 작가의 탄생을 그려냈다면, 『플러쉬』는 사람이 아닌 개의 생애를 통해 전기 문학의 장르적 범주와 기법을 실험하는 획기적인 시도이다.

엘리자베스 바렛 브라우닝의 애견 플러쉬는 족보있는 코커 스파니엘 순종견이다. 울프도 핑카(Pinka)라는 코커 스파니엘을 키우고 있었는데, 울프의 친구이자 연인이었던 비타 섹빌 웨스트(Vita Sackville-West)가 준 선물이었다. 플러쉬 역시, 병약해서 거의 대부분의 시간을 침실에 칩거해 지냈던 바렛 부라우닝에게 그의 친구 밋포드 양(Miss Mitford)이 보낸 선물이라는 공통점이 있다. 『올란도』에서 전기문학의 장르적 관습의 한계를 넘어서는 실험을 했던 울프는 이번에는 브라우닝의 개의 전기를 통해 전기문학 형식에 대해 새로운 실험을 시도했다. 이 작품은 또한 플러쉬의 생애를 통해 빅토리아조의 대표적 여류시인인 브라우닝의 삶을 간접적으로 조명해 보려는 시도이자 동시에 리튼 스트레치의 대표작인 『뛰어난 빅토리아조 인물들』(*Eminent Victorians,* 1918)에 대한 패러디적 성격을 띠고 있기도 하다. 『뛰어난 빅토리아조 인물들』에서 스트레치는 플로렌스 나이팅게일을 비롯한 4명의 걸출한 인물의 일생을 짧고 가벼운 문체로 다루어 전통적 빅토리아조 전기와는 사뭇 다른 형태의 전기를 내놓았다. 예전 같으면 각 인물에 관해 두꺼운 한 권의 책이 쓰이고, 그 인물이 얼마나 위대한가에 대해 자세히 기술하는 한편, 인간적 약점이나 오점이 될 만한 사실들은 덮거나 생략하는 것이 관례였다. 하지만 스트레치는 빅토리아조의 거창한 위인들을 좀 더 지상의 인간에 가까운 모습으로 묘사하였고 네 사람을 하나의 작은 책자에 담는 불경스런 일을 저질렀다. 울프는 전기문학 장르의 획기적 위업으로 평가되는 스트레치의 『뛰어난 빅토리아조 인물들』에 대한 패러디로 "뛰어난 빅토리아조의 개, 플러쉬"의 일대기를 쓰려고 계획했다. 하지만 이 계획은 『플러쉬』가 미처 완성되기 전인 1932년에 스트레치가 세상을 떠났기 때문에 무산되고 말았다 (Hussey 89).

『플러쉬』는 울프의 작품세계에서 한동안 잊힌 존재였지만, 최근 들어 새로이 비평적 관심을 받고 있다. 고급문학과 대중문학의 구별을 지양하고 예술과 문학을 일상성과 연관시켜 바라보는 포스트모던적인 관조시각도 한몫 했겠지만, 인간 중심의 사고를 벗어나 비인간적인 존재(non-human beings)의 관점에서 세계를 이해하려는 탈인간주의적 관점에서 볼 때 흥미로운 텍스트로 부상하고 있다. 『플러쉬』는 또한 전기문학이라는 장르에 있어서도 새로운 관점을 마련해 준다. 저명하고 귀감이 되는 영웅이나 위인의 일대기를 그리는 것을 목적으로 하던 기존의 전기문학에 대해 울프는 "이름 없는 사람들의 삶"(lives of the obscure)도 전기로 쓰일 가치가 있다고 주장했는데, 이제 거기서 한 걸음 더 나아가 사람이 아닌 개의 생애를 전기로 담아내려는 시도를 한다. 과연 개의 일생도 전기가 될 수 있을까? 사람이 아닌 개의 눈으로 본 세상, 그리고 그 개의 생애를 담은 전기는 기존 전기문학의 규범들의 한계와 인위성을 인식하게 만든다. 즉 훌륭한 삶에 대한 가치평가의 기준은 무엇인가? 전기가 조명해야 하는 의미 있는 사건을 평가하는 기준은 무엇이냐와 같은 본질적인 문제제기를 통해 가치와 기준에 대해 재고하게 만든다. 리튼 스트레치가 전통적 전기문학에 대한 비판적 관점에서 『뛰어난 빅토리아조 인물들』을 썼다면, 울프는 이제 뛰어난 빅토리아조의 개 플러쉬의 전기를 통해 인간중심주의적 문명과 가치에 대해 의문을 제기한다.

『올란도』에서와 마찬가지로 울프는 『플러쉬』에서도 삶의 진실을 글로 담아내려는 모더니즘적 글쓰기 실험을 계속한다. 사실(fact)에 충실할 것을 요구하는 전기문학의 전통적 장르 규범에서 벗어나 소설에서 연마한 모더니즘적인 내러티브 테크닉, 즉 인물의 내적 의식의 묘사를 전기쓰기에 접목시켰다. 인간이 아닌 플러쉬의 의식과 플러쉬와의 관계를 통해 바렛 브라우닝의 의식에 접근하기 위해 울프는 플러쉬의 감각에 의존한다. 울프의 글쓰기가 많은 부분 시각에 의존하고 있는 반면, 『플러쉬』에서 울프는 의식적으로 개의 후각에 집중한다. 멋진 경치나 아름다운 음악은 플러쉬의 관심을 끌지 못한다. 반면 냄새는 그의 세계의 핵심이며 경험의 중추이다. 개의 후각에 비해 인간의 것이 얼마나 보잘 것 없는지를 다음과 같은 묘사에서 강조한다.

> 인간의 코는 실상 없는 거나 마찬가지다. 세상에서 가장 위대한 시인도 한 편에서는 장미를 다른 한 편에서는 똥 냄새를 맡을 뿐이다. 그 둘 사이에 놓인 무수한 층위는 기록되지 않았다. 그러나 플러쉬는 거의 대부분 냄새의 세계에 살았다. 사랑은 주로 냄새였다. 형상과 색체도 냄새였다. 음악과 건축, 법률, 정치, 과학도 냄새였다. 그에게는 종교자체가 냄새였다. 그가 매일 먹는 고기와 비스킷이라는 가장 단순한 경험을 묘사하는 것조차 우리의 능력 밖이다. (124)

쓰리마일 크로스(Three Miles Cross)를 떠나 런던의 윔폴가에 있는 바렛 저택에 도착한 플러쉬에게 새로운 세계가 냄새로 다가온다. 다음은 냄새가 얼마나 강렬하고 효과적인 감각인지를 보여주는 예이다.

> 그는 눈에 보이는 것보다 맡는 냄새에 더 놀랐다. 덩어리째 굽는 고기, 양념 바른 닭고기 구이와 스프를 끓이는 따듯한 냄새가 계단을 타고 올라왔다. 키린해폭의(시골의 작은 펍인 듯) 싸구려 감자튀김과 저민 고기요리의 보잘 것 없는 맛에 길들여진 코에 마치 음식들을 직접 가져다 대는 것처럼 황홀했다. 음식 냄새와 섞여 더 많은 냄새들이 났다. 삼나무와 백단향과 마호가니 향, 남자하인과 여자 하인들, 코트와 바지, 크리놀린 치마와 망토, 테피스트리 커튼과 플러시천 커튼, 석탄 먼지와 연기, 와인과 시가 등의 냄새였다. 식당, 거실, 도서실, 침실 등 지나는 방마다 나름의 냄새를 풍겨 전반적인 냄새의 도가니에 합류했다. (19)

울프는 일상에서 경험하는 주변을 후각적 경험으로 다시 재구성하여 시각적인 구성에 익숙한 독자에게 인간이 아닌 개의 관점에서 세상을 다시 보게 만든다. 흔히 집의 규모나 장식, 빛과 색으로 이루어진 아름다움 대신 우리는 플러쉬의 감각을 통해 냄새로 분류되고 판별하는 낯선 세계로 들어간다. 평소 길들여진 인간중심의 인식과정에서 벗어날 것을 요구하는 것이다.

『플러쉬』는 인간중심주의에서 벗어나 세상과 삶을 바라보는 다양한 방식에 대한 탐색일 뿐 아니라, 울프가 천착해 온 "이름 없는 사람들의 전기"의 범위를 "사람들"을 조차 넘어서는 너른 지평으로 확장시키려는 시도이기도 하다. 기존의 전기문학이 위대한 인물의 생애를 기리는 장르였다면, 울프는 병약한 여류 시인과 하녀, 나아가 개의 삶까지 전기적 내러티브의 소재로 삼아, 기존의 전통적 전기문학의 틀을 전복시키고, "생애 저술"(life-writing)의 다양한 가능성을 실험한다. 이러한 점에서 『플러쉬』는 울프가 관심을 기울여 온 "이름 없는 사람들의 전기"(Lives of the Obscure)를 인간이 아닌 존재(nonhuman being)에 까지 확대시킨 일종의 메타전기적 텍스트로 볼 수 있다.

IV. 『플러쉬』와 「새로운 전기문학」

울프는 「새로운 전기문학」에서 빅토리아조의 구태의연한 전기문학을 비판하고 새로운 형태의 전기문학의 가능성을 리튼 스트레치의 『뛰어난 빅토리아조 인물들』과 해롤드 니콜슨의 『어떤 사람들』(*Some People*, 1927)에서 찾았다. 빅토리아조 전기문학의 특징이 실제보다 과장된 덕성스러운 인물을 장황하게 그려낸 반면, 리튼 스트레치는 인간적 약점을 가진 좀 더 실제와 비슷한 인물들을 간결하고 때론 아이러니한 필치로 묘사하여 전혀 새로운 느낌의 전기를 탄생시켰다. 그리고 니콜슨의 경우 전기적 사실과 소설적인 장치들을 적절히 결합시켜 인물의 내면을 묘사하는데 성공했다. 울프는 이에 대해 인물 성격의 핵심을 "목소리의 음조나, 고갯짓, 가볍게 흘리는 몇 마디 말이나 일화들"을 통해 간결히 드러내어 빅토리아조 전기에서라면 하나의 장(chapter) 전부를 할애했을 내용을 한 단락의 뛰어난 묘사로 대체하고 있다고 평가했다(*CE4* 232). 그것은 "사실과 함께 버무린 약간의 허구는 인물의 특성(personality)을 아주 효과적으로 전달하도록 할 수 있다는 것"을 보여주었기 때문이다(233). 하지만 울프는 전기적 사실과 소설적 허구를 섞어 놓은 것은 실제로 전기도 소설도 아닌 잡종을 만들어 낸다고 우려한다.

상상력은 두 명의 주인을 동시에 섬기려 하지 않기 때문이다. 그리고 여기서

> 우리는 또다시 전기작가가 그의 온갖 재간에도 불구하고 만날 수밖에 없는 어려움에 봉착하게 된다. 사실의 진실과 허구의 진실은 함께 할 수 없다. 하지만 그는 그 어느 때보다도 더 그 둘을 결합시키고자 한다. 왜냐하면 우리에게 더욱 실제인 것처럼 느껴지는 삶은 허구적인 삶인 것 같다. 그리고 그것은 행동이 아니라 인물(personality)에 있다. (*CE4* 234)

울프는 전기에서 사실과 허구를 섞는 것을 경계했지만, 『플러쉬』는 엘리자베스 바렛 브라우닝의 전기적 사실에 작가적 상상력과 소설적 기법을 실험하며 전기문학과 소설의 경계를 자유롭게 넘나들며 새로운 지평을 연다. 엘리자베스 바렛 브라우닝에 대한 에세이 「오로라 레이」("Aurora Leigh," 1931)에서 울프는 이제 아무도 그녀의 작품을 읽지 않지만 사람들은 브라우닝 부부의 열정적 사랑과 비밀결혼과 이탈리아로의 도피 등 그들의 로맨스에만 관심이 있다고 말한다(*CE1* 209). 울프가 쓴 『플러쉬』는 바로 그 연애 사건과 그들 부부의 이탈리아 생활을 가장 가까이서 목격했을 바렛 브라우닝의 애견의 생애를 소설적 기법을 동원하여 재구성한 것이다. 그리고 독자들은 플러쉬의 이야기를 통해 마치 그림자 연극처럼 간접적으로 바렛 브라우닝의 삶을 엿보게 된다. 이 작품에서 울프는 니콜슨이 『어떤 사람들』에서 했던 것과 비슷한 작업을 하고 있다. 다만 니콜슨이 허구를 버무린 "전기"를 쓰려했던 반면에, 울프는 "사실"을 버무린 허구를 썼다. 울프는 이 작품에 "전기"라는 부제를 달아놓고 전기와 소설의 중간쯤에 위치시킨다. 그리고는 니콜슨에 대해 전기문학에 사실과 허구를 섞어서는 안된다고 했던 자신의 주장을 살짝 비켜가며 전기문학의 새로운 가능성을 탐색한다.

플러쉬의 삶은 바렛 브라우닝의 생애와 긴밀하게 얽혀있다. 런던의 상류층 주거지인 윔폴가의 저택 뒤켠에 자리 잡은 어둡고 답답한 바렛 브라우닝의 침실에서 시작하여, 그녀가 로버트 브라우닝을 만나 비밀리에 결혼하고 정착하게 되는 햇빛 찬란한 이탈리아의 피사와 플로렌스의 거리에 이르기까지 플러쉬의 삶은 바렛 브라우닝의 생애와 맞물려 펼쳐진다. 그러한 이유로 『플러쉬』는 바렛 브라우닝의 생을 애견의 시점에서 서술해 본 실험적 작품으로 읽는 것도 일정 부분 타당해 보인다.

울프는 제인 오스틴(Jane Austen) 풍의 서술로 작품의 첫머리를 장식한다.

> 이 회고록의 주인공이 가장 유서 깊은 집안(종)의 후손이라는 것은 누구나 인정하는 바다. 그러므로 그 이름 자체의 연원이 잊혀져버렸다는 것은 이상한 일이 아니다. (1)

서사시에서 영웅의 혈통과 기원을 찾아 역사를 거슬러 올라가듯이 울프는 스파니엘의 연원을 찾아 태고적 창조의 시간으로 거슬러 올라간다. 처음 스페인이라 불리는 고장이 생겨나고, 시간이 흘러 식물이 자라나고, 자연법칙에 따라 토끼가 등장한다. 토끼가 있는 곳엔 으레 너무나도 당연하게 토끼 사냥용 개가 창조되었다는 식이다.

> 수백만 년 전 현재 스페인이라 불리는 고장은 창조의 도가니로 소용돌이치고 있었다. 세월이 흘러 식물이 자라났다. 자연의 법칙은 식물이 있는 곳엔 토끼가 있으라 명했다. 신의 섭리에 따라 토끼가 있는 곳에는 개가 생겨났다. (1)

이렇게 해서 등장한 토끼 전문 사냥개가 왜 언제부터 스파니엘이라 불리게 되었는지 그 막연한 기원을 추적하며 카르타고 말(Carthaginian)로 토끼(span)라는 의미의 span에서 토끼사냥개라는 뜻의 스파니엘이라는 이름이 파생되었다고 주장한다. 이처럼 의사 영웅시(mock-heroic)적인 과장된 문체로 플러쉬의 종족적 기원에 대해 서술하는 것은 두 가지 면에서 기능한다. 첫째는 플러쉬가 선천적으로 얼마나 훌륭한 자질을 가지고 태어난 "뛰어난" 개인인가를 천명하고, 둘째로는, 스페인 땅에서 카타지니안 병사들이 "스팬, 스팬" 하고 외치는 광경은 스파니엘 종의 집단적 기억을 형성하여 플러쉬의 무의식의 바탕을 이룬다. 이 장면은 그가 인간과 도시 속에서 야성을 잃고 자신이 누구인지를 망각할 때마다 다시금 그를 본연의 모습으로 이끄는 내면의 소리로 작용한다. 울프는 토끼와 수풀, 개와 병사들로 구성된 낭만적 장면을 기원으로 하여 이후 스파니엘이 어떻게 영국에서 귀족과 왕족이 애호하는 최상급 애완견이 되었는가를 장황하게 늘어놓는다. 그리고 드디어 우리의 주인공인 플러쉬의 탄생에 대해 다음과 같이 서술한다.

> 모든 연구자들이 플러쉬가 태어난 달이나 날짜는 말할 것도 없고 정확한 탄생 연도를 확정하는데도 실패했다. 하지만 아마도 1842년 초반쯤에 태어난 것 같다. (9-10)

울프는 의도적으로 성장소설(Bildungsroman)의 형식을 차용해 플러쉬의 이야기를 풀어나간다. 마치 인간의 전기처럼 "태생에 대한 서술, 사회화 과정, 멘토의 영향, 성공의 계기를 마련해 주는 여성들, 그리고 소명의 문제" 등 성장소설의 기본틀에 따라 작품을 구성하고 있다(Castle 4). 플러쉬의 탄생과 바렛 브라우닝을 만나게 되는 부분은 첫 번째 단계인 "태생에 대한 서술"에 해당한다. 순종 코커 스파니엘의 가장 값진 신체적 특징을 모두 타고난 플러쉬는 쓰리마일 크로스에서 태어나 전원에서 유년기를 보낸 이후, 밋포드 양에 의해 병석에 누워있던 바렛 브라우닝에게 선물로 주어진다.

레딩 근처의 마을 쓰리마일 크로스에서 자유롭게 뛰어다니던 플러쉬에게 런던 거리와 윔폴가의 바렛 저택은 모든 것이 낯설고 제한된 장소이다. 어둡고 긴 복도를 지나 도달한 바렛양(브라우닝과 결혼하기 전 엘리자베스 바렛 브라우닝의 성)의 침실은 낯선 냄새로 가득 찬 새로운 장소이다. 시각보다 후각을 통해 세상을 경험하고 인식하는 플러쉬에게, 커튼을 통해 희미한 빛이 비쳐드는 병자의 침실은 마치 폐허 속에 매몰된 납골당에 들어간 것 같은 느낌으로 다가왔다고 묘사된다.

> 처음에 플러쉬는 희미한 녹색 어스름 속에서 공중에서 신비롭게 빛을 발하는 다섯 개의 하얀 구체 외에는 아무것도 분간할 수 없었다. 하지만 또다시 그를 압도한 것은 방안의 냄새였다. 오직 폐허가 된 도시의 매몰된 납골당 속을 탐색하는 사람들이 느끼는 그런 감각만이 윔폴가의 병자의 침실에 처음 들어선 플러쉬의 신경에 쏟아져 들어온 감정의 파도에 비견될 수 있다. (20)

이 어두운 무덤 같은 곳에 플러쉬를 남겨둔 채 밋포드 양은 떠나고 문이 닫힌다. "밋포드 양이 아래층으로 내려가면서 그의 코앞에서 하나씩 문이 닫혔다. 들판으로 가는 문, 토끼들에게 이르는 문, 풀밭으로 가는 문, 그리고 그가 사랑하고 존경해 마지않는 여주인에게로 가는 문이"(22). 밋포드 양이 떠남과 동시에 플러쉬에게는 유년기의 문이 닫힌다. 이제 이곳 윔폴가에서 플러쉬는 성장소설의 두 번째 단계인 "사회화와 교육 과정"을 맞게 된다.

플러쉬의 사회화와 교육은 실상 도시문명에의 적응과정이라 할 수 있다. 플러쉬는 우선 바렛 양과 돈독한 유대를 형성한다. 그들은 서로에게서 닮은 점을 발견하고 급격히 가까워진다.

굽이치는 곱슬머리가 바렛 양의 얼굴 양쪽으로 드리워져 있었다. 크고 반짝이는 눈이 빛나고, 큰 입이 미소 지었다. 묵직한 귀가 플러쉬의 얼굴 양 옆에 드리워져 있고, 그의 눈 역시 크고 반짝였다. 입도 컸다. 그들 사이엔 닮은 점이 있었다. (23)

플러쉬의 등장으로 삶의 활력을 얻은 바렛 양은 플러쉬를 대동하고 산책과 쇼핑을 위해 런던 거리로 나선다. 이런 도심 나들이는 플러쉬에게 뿐만 아니라 바렛 양에게도 "커다란 모험"(25)이었다. 무엇보다 런던 생활에서 플러쉬가 배워야했던 것은 본능을 통제하고 규율과 질서를 받아들이는 것이었다. 집 밖에 나가면 그는 "끈에 묶이는 것"을 용납해야 했다. "개들은 끈으로 묶어야 한다"는 것이 도심 공원의 규칙이었고, "끈으로 보호"(protection of the chain) 받아야하기 때문이었다(29).

그는 점차로 보호용 개끈을 받아들이게 되었다. 그리하여 몇 번 산책을 하다 보니 새로운 인식이 그의 두뇌에 새겨졌다. 다른 건 젖혀두고, 그는 하나의 결론에 도달했다. 꽃밭이 있는 곳에는 아스팔트 길이 있고, 꽃밭과 아스팔트 길이 있는 곳에는 반들거리는 실크햇을 쓴 남자들이 있다. 그리고 꽃밭과 아스팔트 길과 반들거리는 실크햇을 쓴 남자들이 있는 곳에선 개들은 끈에 묶여야 한다. 입구에 걸린 푯말의 단어는 하나도 이해할 수 없었지만, 그는 레전트 파크에서 개들은 끈에 묶여야 한다는 교훈을 배웠다. (29)

런던 생활에서 플러쉬가 배운 또 하나의 중요한 사실은 "개들이 동등하지 않고 다르다는 것"이었다(30). 쓰리마일 크로스에서 그는 아무하고나 어울렸었다. 하지만 "런던의 개들은 . . . 엄격하게 서로 다른 계급으로 나뉘어 있었다"(30).

어떤 개들을 묶여 있었고, 어떤 개들은 마구 뛰어다녔다. 어떤 개들은 마차를 타고 외출하고 보라색 유리그릇에 담긴 물을 마시지만, 다른 개들은 흐트러진 모습에 목줄도 없고 하수구에서 먹이를 주워 먹었다. 플러쉬는 그러므로 개들 간에는 차등이 있다는 생각이 들기 시작했다. 어떤 개는 지위가 높고, 다른 개들은 미천하다. [. . .] (30)

그리고 플러쉬는 자신이 개들 가운데 가장 상류층에 속한다는 것을 의식하게 된다. 즉, 그는 "혈통 좋은 개"였던 것이다(31). 바람이 불고 추워지자 플러쉬는 바렛 양과 함께 대부분 집안에 머물며, 소위 "침실 학교"에서 자신의 개로서의 본능을 억누르고 조용히 여주인의 발치에 앉아 있어야 한다는 것을 배운다. 비록 때때로 "스팬, 스팬"하고 외치는 소리가 귓가에 울려 퍼지고 사냥개로서 타고난 본능이 자신을 다그치는 것을 느끼곤 했지만, 바렛 양에 대한 사랑으로 스스로를 통제했다(36). 바렛 양과의 관계는 성장소설의 청년기에 해당한다고 볼 수 있다. 교육을 통해 사회화되고 첫사랑의 아픔을 통해 성숙하는 과정이다.

바렛 양과 더불어 경험하는 도시 런던은 다양한 낯선 냄새들로 플러쉬의 감각을 자극한다. "중국에서 온, 아라비아에서 온 백만 가지 냄새들이 섬세한 향로에서 풍겨 나와 그의 감각의 가장 말단 부위를 자극했다"(28). 바렛 양이 런던 거리를 탐험하며 물건을 사는 동안, 플러쉬는 냄새를 통해 새로운 세계를 경험하고 집으로 돌아오기를 반복한다. 런던의 냄새는 향료와 향내만은 아니었다. 오히려 바렛 양과 같은 중산층 젠트리 계급들이 보지 못하고 인식하지 못하는 도시의 어둡고 부패한 측면을 플러쉬는 냄새를 통해 감지한다.

더운 여름날 난생 처음으로 런던 거리 전체가 그의 후각을 엄습해 왔다. 그는 까무라칠듯한 하수도 냄새를 맡았다. 철제난간을 부식시키는 씁쓸한 냄새, 지하실에서 올라오는 연기가 섞인 어지러운 냄새, 레딩근처에서는 맡아본 어떤 냄새보다 더 복잡하고 부패한, 너무나 다르고 격한 냄새들. 인간 후각의 한계를 훌쩍 넘어서는 냄새들이었다. (28)

대도시 런던의 부패와 어둠은 개도둑들에게 플러쉬가 납치당하는 사건을 통해 현실화되어 나타난다. 주인의 쇼핑 길에 따라나선 플러쉬는 상점을 나서 마차에 올라타려는 순간 마차 아래 숨어있던 개도둑들에게 납치당한다. 이 사건을 통해 당시 세계 최대의 부를 축적한 화려한 대도시 런던의 빛에 가려진 열악한 슬럼가의 실태가 소개된다. 화이트채플(Whitechapel)은 런던의 악명 높은 슬럼지역으로 당시 바렛 브라우닝이 살던 고급 주택가인 윔폴가와 거의 붙어 있다시피 가까운 곳에 위치해 있었지만 전혀 다른 세계였다. 화이트채플은 전설적인 연쇄 살인마 잭 더 리퍼(Jack the Ripper)가 출몰했던 장소로도 유명하다. 범죄와 매춘, 질병과 가난이 만연한 지역이었다. 당시 상류층 애완견을 훔쳐서 몸값을 받고 돌려주는 범죄가 성행했다. 한 번 몸값을 지불하고 돌려받은 개는 십중팔구 또다시 같은 범죄의 표적이 되곤 했는데, 실제로 플러쉬는 세 번이나 도난당했었다고 한다.

플러쉬 도난 사건을 통해 울프는 당시 런던을 중심으로 한 영국의 사회상을 비판적으로 보여준다. 대도시의 빈민가와 범죄, 사람들뿐만 아니라 개들 사이에서조차 계급과 서열이 존재하고, 마음껏 뛰놀던 시골의 자연과는 달리 도심의 공원에서 개들은 항상 끈으로 묶여 있어야 하고, 그것이 점잖은 상류사회 개의 표식이기도 했다. 그러나 도둑들에게 잡혀 끌려간 화이트채플 지역의 어느 지하 방에서 플러쉬는 전혀 다른 세계를 경험한다. 마호가니 가구와 카펫이 깔린 윔폴가의 풍요로움와 대비되어 "차갑고 축축한" "돌바닥"에

썩은 고기조각이 나뒹굴고, 플러쉬를 위해 준비된 "보라색 유리그릇"에 담긴 차갑고 신선한 물 대신 생존을 위해 "탁한 초록빛 도는 물"이라도 마셔야 했다(78). 도둑 소굴에 오가는 사람들은 그의 눈에 "끔찍한 괴물들"로 보였다(79). 반면 도난당한 플러쉬를 구하기 위해 발 벗고 나선 바렛 양 또한 생전 처음 런던의 빈민가를 경험한다. "침실 아래 소를 키우고" 사는 그런 세계에 처음 발을 딛게 된 것이다. 윔폴가의 뒤편에 이같은 세계가 존재한다는 것을 인지하고, 주변 모든 사람들의 반대를 무릅쓰고 플러쉬를 구하겠다는 자신의 견해를 관철시키는 바렛 양 또한 삶에서 한 단계 성장하게 된다. 울프는 바렛 브라우닝이 후일 이 경험을 그의 대표작『오로라 레이』에서 생생하게 묘사하고 있음을 지적한다(92).

울프는 플러쉬와 바렛 양의 친밀함을 신화 속 님프와 팬(Pan)에 비유한다.

> 그건 플러쉬였을까, 아니면 팬이었을가? 그녀는 더 이상 윔폴가의 병자가 아니고, 아카디아의 어느 어스름한 수풀 속 그리스 신화 속 님프였을까? 그리고 수염 난 신이 직접 자신의 입술로 그녀의 입술을 덮쳤을까? 한 순간 그녀는 변모했다. 그녀는 님프였고 플러쉬는 팬이었다. 태양은 작열하고 사랑은 불탔다. (38)

가부장제와 도시문명과 건강상의 이유 등으로 집안에 갇혀 "새장 속의 새"와 같은 고립된 삶을 살아가는 바렛 양과 플러쉬 사이엔 깊은 유대가 생겨났고 서로에 대한 애정은 날로 돈독해져 갔다. "그녀는 플러쉬를 사랑했고, 플러쉬는 그녀의 사랑을 받을 자격이 있었다"(46). 그러던 어느 날 새로운 인물이 등장한다. 로버트 브라우닝이 그들의 삶에 들어온 것이다. 로버트 브라우닝이 등장하면서 저택의 뒤편 침실에 칩거해 지내던 조용하고 단조로운 바렛 양과 플러쉬의 일상에 변화가 찾아온다. 울프는 이 사건을 플러쉬의 입장에서 마치 미스테리 스릴러의 한 장면처럼 묘사한다. “1845년 1월 초 어느 날 밤부터 시작되어 매일 밤 한 통의 편지가 배달되고, 또 매일 밤 바렛 양은 그 편지에 답을 보냈다. 편지에 의해 야기되는 바렛 양의 내면의 변화와 흥분을 플러쉬는 자신을 “꽉 움켜 쥐는 손가락”의 긴장감에서 읽어낸다”(49). 그들의 삶에 드리워지는 브라우닝의 그림자는 플러쉬에게는 “두건을 쓴” “한밤의 불길한 인물”의 모습으로 다가온다(52). 그의 등장에 바렛 양은 플러쉬의 소리를 “듣지 못하고”(54) 더 이상 플러쉬의 “존재조차 기억하지 못하게” 된다(55). 브라우닝은 플러쉬에게서 바렛 양을 빼앗아 간 것이다.

참다못한 플러쉬는 마침내 브라우닝에 대한 공격을 감행한다. “6월 8일 그는 감정을 이기지 못했다. 그는 브라우닝 씨를 향시 몸을 날려 그를 마구 물었다”고 울프는 적고 있다. 날짜까지 정확하게 표기함으로써 이 일이 사실(fact)임을 강조한다. 이 일로 플러쉬는 바렛 양의 노여움을 샀다. 바렛 양은 이제 다시는 “그(플러쉬)를 사랑하지 않겠노라” 선언한다(61). 플러쉬의 고뇌는 때론 셰익스피어의 햄릿을 연상시키는 과장되고 장중한 어조로 다음과 같이 묘사된다. “어느 쪽을 택할 것인가, 파괴인가, 재건인가? 그것이 문제로다”(66-67). 고뇌의 끝에서 마침내, 플러쉬는 브라우닝 씨를 용납하기로 한다. 바렛 양에 대한 그의 사랑이 적조차 친구로 받아들이게 만든 것이었다.

플러쉬가 자신의 주인인 바렛 양과 로버트 브라우닝의 만남과 관계를 언어가 아닌 순수한 청각적 감각으로 분석하는 것이 흥미롭다. 브라우닝은 정기적으로 일 주일에 두 세 번씩 오후 두시 반에서 네 시 반까지 윔폴가를 방문했다.

그 남자가 있는 동안은 잠자는 것이 불가능해졌다. 플러쉬는 눈을 크게 뜨고 누워서 귀 기울였다. 비록 두 시 반에서 네 시 반까지 그의 머리 위로 오가는 가벼운 말들을 전혀 이해할 수 없었지만 그는 말의 어조가 변하는 것을 아주 정확하게 감지할 수 있었다. 바렛 양의 목소리는 처음엔 가식적이고 부자연스럽게 쾌활했다. 이제 거기엔 따스함과 이전에는 한 번도 들어보지 못한 편안함이 깃들어 있었다. 그 남자가 올 때마다 그들의 목소리에는 어떤 새로운 소리들이 더해졌다. 그들은 때론 기괴한 소리로 떠들었고, 그 소리들은 때론 날개를 활짝 펴고 나는 새처럼 플러시 위를 스쳐갔다. 어떤 때는 마치 둥지에 깃든 두 마리 새처럼 속삭이고 혀를 찼다. 그리고 나서 바렛 양의 목소리가 다시 높아지고 공중으로 솟아올라 배회했다. 그러면 브라우닝씨의 목소리가 날카롭게 짖고, 거친 웃음소리를 냈다. 그리고 나서는 단지 웅얼거리고 두 목소리가 합쳐져 조용한 콧노래를 불렀다. (57-58)

울프는 플러쉬의 감각을 통해 바렛 브라우닝의 의식세계에 접근하고 인간의 의식을 가늠하는 새로운 방식을 시도한다. 독자들은 플러시의 청각을 통해 두 연인이 친밀하지고 나아가 비밀리에 결혼하고 이탈리아로 도망가기까지의 추이를 감지하고, 바렛 양의 내밀한 감정을 알아채게 된다. 그리고 이어지는 장면에서 금지된 사랑의 도피를 모의하는 두 사람의 목소리에 깃든 "다급함"과 "간곡함," "떨림" 등을 통해 그들의 내적 갈등이 플러쉬에게 감지되고, 플러쉬의 감각을 통해 독자는 그들의 상황과 감정에 다가가게 되는 것이다 (58). 이 같은 장치를 통해 울프는 기존 전기문학이 삶을 묘사하고 전달하는 방식이 인위적인 것이고 단지 익숙해진 관습일 뿐이라는 것을 보여준다. 당연하게 여겨졌던 시각적 장면 묘사가 후각과 청각에 초점을 맞췄을 때 어떻게 변화하는가를 독자로 하여금 플러쉬를 통해 경험하게 해준다.

이 작품은 어디까지나 플러쉬의 전기이다. 그렇기 때문에 플러쉬가 직접 경험하지 못한 부분은 추측이나 간접적 설명을 통해 압축되어 있다. 플러쉬와 바렛 양의 삶에 가장 큰 변화를 초래하는 사건인 브라우닝과의 결혼은 그렇게 간접적으로 드러난다. "그녀는 장갑을 벗었고 한 순간 그(플러쉬)는 그녀의 왼 손가락 하나에 금반지가 반짝이는 것을 보았다"(98)는 것으로 간결하게 처리된다. 그리고 엘리자베스의 아버지인 바렛씨의 분노를 피해 신혼부부는 플러쉬를 대동하고 런던을 떠나 이탈리아로 간다. 긴 여정도 플러쉬의 관점에서 배와 기차의 흔들림과 개가 갇혀 있어야 하는 박스 등에 대한 언급을 통해 처리된다(102).

플러쉬가 받은 이탈리아의 첫 인상은 빛과 자유였다.

> 어둠이 열렸다. 빛이 그에게 쏟아져 들어왔다. 그는 자신이 살아있고, 깨어있음을 느꼈고, 햇볕이 가득한 넓고 휑한 방의 붉은색 타일 위에 얼떨떨한 채 서 있었다. 그는 이리저리 뛰어 다니며 냄새 맡고 만져보았다. 카펫도 벽난로도 없었다. 소파도, 팔걸이의자도, 책장도, 흉상도 없었다. 자극이 강한 낯선 냄새가 그의 콧구멍을 간질여 재채기가 났다. 너무나 강하고 맑은 빛에 눈이 부셨다. (103)

플러쉬에게 있어 런던과 이탈리아 피사의 가장 큰 차이점은 "개들이 다르다"는 것이었다. 이곳의 개들 사이엔 "계급이 없었다"(105). 순종견의 특징이나, 특급 스파니엘을 판별하는 기준을 정해주는 "애견 클럽"(Kennel Club)이나 "스파니엘 클럽"(Spaniel Club) 등이 더 이상 존재하지도 영향을 끼치지도 않는 듯이 보였다(105). 런던에 거주하는 동안 플러쉬는 자신을 "귀족견"으로 여기도록 교육받았었다. 하지만 이곳 이탈리아에서 그는 그 같은 "속물" 의식을 벗어 버리는 것을 배워야 했다. "그는 매일 매일 점점 민주적이 되어 갔다"(110). 이제 플러쉬는 성장과정에서 또 하나의 단계에 들어선 것이다.

달라진 것은 플러쉬만이 아니었다. 바렛 양도 이제는 브라우닝 부인이 되었을 뿐만 아니라 런던에서와는 전혀 다른 모습을 보였다.

> 그녀는 완전히 다른 사람이었다. 이제, 예를 들면, 포트와인을 아주 조금 홀짝거리며 두통을 호소하는 대신에 큼지막한 잔에 끼안띠(이탈리아산 포도주)를 쭉 들이켜고 푹 잘 자게 되었다. [. . .] 사륜마차를 타고 덜컹거리며 옥스퍼드가를 따라 내려가는 대신에, 그들은 필마가 끄는 낡아빠진 임대마차를 타고 삐걱거리며 호수가로 달려가서 높은 산세를 바라보았다. 그리고 그녀가 피곤할 때면 합승 마차를 부르는 대신, 바위에 앉아 도마뱀들을 관찰했다. 그녀는 햇살 속에서 기뻐했고 추위 속에서 기뻐했다. (108)

바렛 브라우닝은 가부장적인 아버지의 지배와 영국사회의 엄격한 규율과 계급의식에서 벗어나 "이탈리아에서 자유와 삶과 태양이 빚어내는 즐거움"을 만끽한다(109). 그리고 플로렌스에서 그들의 자유와 성장이 정점에 이른다. "개끈과 애견 클럽과 스파니엘 클럽, 그리고 화이트채플의 개도둑들," 이 모든 것에서 자유로워진 플러쉬는 "달리고 또 달렸다. 털이 휘날리고, 눈에 불길이 일었다. 그는 온 세상의 친구가 되었다. 모든 개들은 그의 형제였다"(111). 그리고 플러쉬와 바렛 브라우닝은 그 둘이 함께 만들었던 세계에서 벗어나 각자 새로운 세계에서 행복을 찾는다. "그녀는 포도밭과 올리브숲에서 스스로 팬(Pan)을 찾았다"(111). 그리고 "플러쉬는 이제 독립했다." "그는 이제 스스로의 주인이었다"(113).

플러쉬는 성장의 정점에 이르러 비로소 자신의 소명을 인식하게 된다. 그가 깨달은 소명은 "사랑"이었다. "순수한 사랑, 단순한 사랑, 온전한 사랑, 아무것도 꺼릴 것 없는 사랑, 부끄러움도 없고, 회한도 없는" 그런 사랑이었다

(114). 울프는 숨 막히는 런던을 벗어나 햇살 가득한 플로렌스에 이 전기적 소설의 정점을 마련해 두었다. 바렛 브라우닝과 플러쉬 모두 자유와 사랑, 가식없이 자신의 본성을 깨닫고 삶과 세계와 진솔하게 만나게 되는 이곳은 "모든 것이 그 자체이며, 다른 것이 아닌" 그런 이상적 장소로 그려진다(115). 그리고 울프는 또 다시 플러쉬의 이야기를 빌어 빅토리아조 풍의 전기문학적 관습에 대해 비판한다.

> 그렇지만 비록 플러쉬의 중년 후반기의 삶이 형언할 수 없는 쾌락의 향연이었다고 전하는 것이 전기 작가로서는 기쁜 일이겠지만 [. . .] 그것은 사실이 아닐 것이다. 플러쉬는 전혀 그 같은 낙원에 산 것이 아니었다. (127)

이탈리아의 자유 속에서 플러쉬는 벼룩에 시달려 견딜 수 없는 지경에 이르렀고 마침내 할 수 없이 스파니엘의 자랑이자 표상인 털을 모두 깎아 버릴 수밖에 없었다. 이 사건은 상징적 의미를 지닌다. 플러쉬가 지금껏 지녀온 삶의 모든 기득권과 편견과 자랑, 이 모두를 내려놓고 벌거벗은 자신과 마주하게 되는 것이다.

> 나는 이제 누구인가? 거울을 들여다보며 그는 생각했다. 그리고 거울은 거울의 잔인한 진실을 담아 대답했다. "넌 아무것도 아니야." 그는 아무런 존재도 아니었다. 분명 그는 더 이상 코커 스파니엘이 아니었다. (129)

그리고 이 진실이 그를 자유롭게 했다. 플러쉬와 바렛 브라우닝은 그렇게 늙어 갔다. 그리고 그들은 여전히 닮아 있었다. 하지만 "그녀는 여자였고 그는 개였다" (153). 그리고 어느 여름날, 플러쉬는 꿈속에서 또 다시 "스팬, 스팬"

하고 외치는 카타지니안 병사의 외침을 듣고 깨어나 바렛 브라우닝에게로 달려간다. 그리고 그녀의 발치에서 영원히 잠든다(153). 플러쉬의 최후에 대해 울프는 리튼 스트레치가 『빅토리아 여왕』(*Queen Victoria*)에서 여왕의 최후를 묘사한 것을 본뜨고 있다(*L5* 232). 스트레치는 죽음을 앞둔 여왕이 지나간 날들과 기억들을 거슬러 올라 추억하는 내면의 의식을 묘사하는 것으로 여왕의 전기를 마무리 한다(Stratchey 423-24). 이와 유사하게 울프는 죽음을 앞둔 플러쉬가 쓰리마일즈 크로스를 추억하고 더 나아가 스파니엘의 종족적 집단기억을 거슬러 올라가 토끼 사냥을 하는 사냥개 본연의 모습을 꿈꾸며 최후를 맞는다. "그는 살아 있었다, 그리고 이제 그는 죽었다. 그게 다였다"(153).

V. 새로운 전기문학을 위하여

물론 이 같은 서술은 검증 가능한 사실에 기반하지 않은 작가의 상상의 산물이다. 비록 그 기억들이 실제로 있었던 사건에 기초하고 있다하더라도 인물의 최후에 멋진 기억의 테피스트리로 장식된 커튼을 내려 인생이라는 극이 끝났음을 알리는 것과 같은 장치인 것이다. 이는 울프가 「새로운 전기문학」에서 주장했던 것처럼, 전기에 소설적 기법을 사용해 전기를 예술작품으로 만들 수 있을 것이라는 생각을 실제로 적용시킨 예이다. 물론 『플러쉬』는 일반적인 의미에서 "전기"가 아니다. 하지만 엘리자베스 바렛 브라우닝이라는 시인의 삶을 그의 애견 플러쉬의 생을 통해 간접적으로 그려내고 있다는 점에서는 완전한 허구라고 하기는 어렵다. 만일 소설과 전기를 스펙트럼의 양끝에 놓고, 『플러쉬』의 위치를 가늠해 본다면, 아마도 『플러쉬』는 그 양극의 중간쯤에 있지 않을까? 엘리자베스 바렛 브라우닝의 서간집에서 많은 사실을 발췌하고, 실제 그녀의 애견 플러쉬의 존재를 근거로 울프는 바렛 브라우닝의 유명한 연애와 결혼 사건을 간접 조명하는 동시에 울프자신이 천착해온 전기문학 전반에 대한 문제를 제기하고 실험의 장을 펼친다. 울프는 "새로운 전기문학"을 창작하려 했던 것이다. 이 새로운 전기물은 대단한 업적을 남긴 위대한 인물의 전기가 아니라, 병약했던 한 여류시인의 곁에 머물렀던 애견의 전기이다. 울프의 이 같은 선택은 전기물의 주제를 "이름 없는 사람들"을 넘어 인간이 아닌 존재에까지 확장시켰고, 삶을 들여다보는 경험의 창을 시각과 청각을 넘어 후각에 까지 넓혀 주었다. 그리고 "사실"이라는 기록이 남을 수 있는 주인공의 외적인 활동이 아닌 내면의 의식을 통해 "인물"(personality)을 전달하기 위해 개인의 의식을 집단 무의식에 새겨진 종의 집단적 기억으로까지 확장시킨다.

집단적 기억은 앞서 인용한 「현재 세대에 어떤 반향을 일으키는가」에서 울프가 언급하는 당시 현대작가들의 딜레마를 해결하기 위한 하나의 방안으로 도입되었다고 볼 수 있다. 즉 개개인이 집단적으로 공유하는 가치와 믿음이 사라진 현대작가들에게 가능한 대체물로 울프는 종(species)이 공유하는 집단적 과거의 기억에서 찾으려 했다. 이와 유사한 실험은 여러 모더니스트 작가들에게서 발견되는데, 제임스 조이스나 시인 T. S. 엘리엇의 경우 신화에서 그 공통의 기억을 찾았던 것이 그 예이다. 울프는 『파도』에서 각 장에 서시(prelude)를 붙이고, 각 인물마다 특유의 기억을 문화적 집단기억에서 끌어오는 방식을 사용했다. 『막간』에서는 영국 땅에 문명이 들어서기 전, 공룡이 거닐던 늪이었던 태고의 기억을 계속해서 울려 나오게 하는 등 울프 작품에서 이와 유사한 장치들은 여기저기서 발견된다. 『플러쉬』의 경우, 코커 스파니엘의 집단기억으로 상정된 드넓은 스페인 벌판에서 토끼를 쫓던 기억을 바탕으로 그 위에 플러쉬의 개별적인 정체성을 형성한다. 즉, 역사적으로 형성된 집단으로서의 종족의 특성 위에 개별성이 더해져 전기문학의 대상이 되는 개체의 특성, 즉 "인물"이 형성된다는 아이디어다. 이러한 맥락에서 울프의 전기문학론은 집단의 역사와 개인의 역사가 합쳐지고, 사실과 허구가 어우러진다. 그리고 울프는 이 과정을 통해 객관적 진실이 아니라 의미 있는 진실을 담은 "예술" 작품이 될 수 있는 문학으로서의 전기를 지향했다. 이후 「전기문학 예술」과 로저 프라이(Roger Fry)의 전기를 쓰는 과정에서 이론과 실제 사이의 괴리에 고심하기는 하지만 울프가 지향한 전기문학은 소설에서와 같이 인간의 삶의 진실을 전달하는 것에 있었다. 그리고 『올란도』와 더불어 『플러쉬』에서 울프는 "장난"이나 "작가의 휴가"를 빙자해 그 어느 때보다도 전복적이고 급진적인 실험을 하고 있다. "장난"이고 "휴가"이기 때문에 의식적으로 완결성을 추구했던 작품들에서보다 자신의 상상력과 창조적 아이디어를 적용하는데 있어 상대적으로 자유로울 수 있었을 것이다. 그렇기 때문에 비록 구성이나 문체적 실험에 있어 울프의 여타 작품에 비해 가벼워 보이지만, 그 가벼움이 울프에게 마음껏 실험할 수 있는 자유를 주었다고 볼 수 있지 않을까? 마치 런던의 규율과 사회적 관습에서 벗어난 햇살 가득한 이탈리아가 플러쉬와 바렛 브라우닝을 자유롭게 했듯이. 리튼 스트레치의 『뛰어난 빅토리아조 인물들』이 전기문학사의 한 획을 그었듯이, 이렇듯 작가의 휴식을 빙자해 탄생한 『플러쉬』는 한 뛰어난 빅토리아조의 개의 생애를 그려내는 시도이며, 동시에 애견의 눈을 통해 역사적 인물의 삶을 조명해보는 실험으로서, 전기문학의 지평을 넓히려는 울프의 획기적인 시도로 평가받아 마땅할 것이다.

출처: 『제임스조이스저널』 제21권 1호(2015), 65-90쪽.

■ 인용문헌

손현주. 「초상화와 전기문학: 버지니아 울프의 전기문학과 시각예술」. 『제임스 조이스 저널』 20.1 (2014): 107-32.

Atkinson, Juliette. *Victorian Biography Reconsidered*. Oxford: Oxford UP, 2010.

Benton, Michael. *Literary Biography: An Introduction*. Chichester: Wiley- Blackwell, 2009.

Caughie, Pamela. *Virginia Woolf and Postmodernism: Literature in Quest and Question of Itself*. Chicago: U of Illinois P, 1991.

Castle, Gregory. *Reading the Modernist Buildungsroman*. Gainsville, FL: U of Florida P, 2008.

Chamberlain, John. "Books of the Times." *New York Times*. 5 Oct. 1933. Web. 15 May 2015. <https://www.nytimes.com/books/00/12/17/specials/woolf-flush.html/>

Dubino, Jeanne. "Evolution, History, and *Flush*; or The Origin of Spaniels." *Virginia Woolf and the Natural World: Selected Papers of the Twentieth Annual International Conference on Virginia Woolf*. Ed. Kristin Czarnecki and Carrie Rohman. Clemson: Clemson U Digital P, 2011. 143-56.

Gualtieri, Elena. "The Impossible Art: Virginia woolf on Modern Biography." *Cambridge Quarterly* 29 (2000): 329-61.

Herman, David. "Modernist Life Writing and Nonhuman Lives: Ecologies of Experience in Virginia Woolf's Flush." *MFS* 59.3 (Fall 2013): 547-68.

Hussey, Mark. "*Flush*, A Biography (1933)." *Virginia Woolf A to Z*. Oxford: Oxford UP, 1996.

Ittner, Jutta. "Part Spaniel, Part Canine Puzzle: Anthropomorphism in Woolf's *Flush* and Auster's *Timbuktu*." *Mosaic: A Journal for the Comparative Study of Literature* 39.4 (2006): 181-96.

Lee, Hermione. *Biography: A Very Short Introduction.* Oxford: Oxford UP, 2009.

Lee, Sidney. *Principles of Biography*. Cambridge: Cambridge UP, 1911.

Marcus, Laura. *Auto/Biographical Discourses: Theory, Criticism, Practice*. Manchester: Manchester UP, 1994.

_____. *Virginia Woolf*. Plymouth: Northcole House, 1997.

Monk, Ray. "This Fictitious Life: Virginia Woolf on Biography, Reality, and Character." *Philosophy and Literature* 31.1 (2007): 1-40.

Silver, Brenda R. 1983. *Virginia Woolf's Reading Notebooks*. Princeton: Princeton UP, 1983.

Smith, Craig. "Across the Widest Gulf: Nonhuman Subjectivity in Virginia Woolf's *Flush*." *Twentieth-Century Literature* 48.3 (2002): 348-61.

Snaith, Anna. "Of Fanciers, Footnotes, and Fascism: Virginia Woolf's *Flush*." *MFS* 48.3 (Fall 2002): 614-36.

Strachey, Lytton. 1918. *Eminent Victorians*. New York: Oxford, 2003.

_____. *Queen Victoria*. 1921. Universal Digital Library. 1921. Web. 15 May 2015. <https://archive.org/details/queenvictoria002839mbp/>

Woolf, Virginia. "The Lives of the Obscure." *Collected Essays*. Vol. 4. London: Chatto & Windus, 1966-67. 116-32.

_____. "The New Biography" (1927). *Collected Essays*. Vol. 4. London: Chatto & Windus, 1966-67. 229-35.

_____. "The Art of Biography" (1939). *Collected Essays*. Vol. 4. London: Chatto & Windus, 1966-67. 221-28.

_____. "Two Women: Emily Davis and Lady Augusta Stanley." *Collected Essays*. Vol. 4. London: Chatto & Windus, 1966-67. 61-66.

_____. *Virginia Woolf, Moments of Being: Autobiographical Writings*. Ed. Jeanne Schulkind with an Introduction by Hermione Lee. London: Pimlico, 1976.

_____. 1927. *To the Lighthouse*. London: Hogarth, 1977.

_____. *The Letters of Virginia Woolf*. Eds. Nigel Nicolson and Joanne Trautmann. Vol. 5. London: Hogarth, 1979.

_____. *The Diary of Virginia Woolf*. 5 Vols. Ed. & Intro. Ann Olivier Bell. London: Hogarth, 1977-84.

_____. *Virginia Woolf: The Complete Shorter Fiction*. Ed. Susan Dick. London: Triad Grafton Books, 1991.

_____. *Flush*. Ed. Margaret Forster. London: Hogarth Press, 1991.

Wylie, Dan. "The Anthropomorphic Ethic: Fiction and the Animal Mind in Virginia Woolf's *Flush* and Barbara Gowdy's *The White Bone*." *ISLE: Interdisciplinary Studies in Literature and Environment* 9.2 (2002): 115-31.

영국성과 반유대주의: 버지니아 울프의 「공작부인과 보석상」

| 김영주

I.

1945년 「민족주의에 관한 소고」("Notes on Nationalism")에서 조지 오웰(George Orwell)은 당대 문인들의 반유태주의에 관한 정치적 도덕성에 대하여 직설적으로 기술한 바 있다. 그는 유럽의 지식인 및 문인들이 제 2차 세계대전을 기점으로 유태인에 대한 억압과 만행을 규탄하고 모든 문학에서 반유태주의의 흔적을 지우고자 했으나, 실제로는 양차대전 사이 반유태주의가 지식인층에도 널리 퍼져 있었다고 지적한다. 오웰은 유럽 정치사와 문화 전반에 실행되었던 반유태주의를 묵인하는 것은 오히려 뿌리 깊은 반유태주의를 악화하는데 일조한다고 주장한다(Lowenstein에서 재인용 32). 이러한 오웰의 주장은 모더니즘 비평사를 조망할 때 의미심장한 진술이라고 할 수 있다. 과거 주로 미학적, 형식적 관점에서 논의되었던 모더니즘 비평이 근래 들어서 역사적, 정치적 관점에서 조명되고 특히, 모더니즘과 파시즘, 혹은 개별 모더니스트 작가와 반유태주의에 관한 연구가 활성화되고 있는 양상의 타당성에 힘을 실어준다. 본 논문은 이러한 오웰의 진술을 단초로 버지니아 울프(Virginia Woolf)가 1938년 『하퍼스 바자』(*Harper's Bazzar*) 지에 기고한 단편 소설 「공작부인과 보석상」("The Duchess and the Jeweller")을 중심으로 울프의 모더니즘과 반유태주의에 관하여 논의하고자 한다.

「월요일 혹은 화요일」("Monday or Tuesday")이나 「큐 가든」("Kew Gardens") 등과 같은 대담한 문학적 형식의 실험성을 표방하는 울프의 대표적인 단편들이 호가스 출판사를 통해 발표된 것과 달리, 「공작부인과 보석상」은 이례적으로 대중적인 잡지라고 할 수 있는 『하퍼스 바자』에 수록되었다. 이러한 사실과 더불어 이 단편소설에 나타난 평이한 사실주의 양식과 캐리커처 기법으로 형상화된 인물 구성 등으로 인하여 이 작품은 한동안 울프 비평에서 그다지 주목받지 않았다. 이 단편에 대한 초기 비평으로는 이 작품을 주로 형식적 측면에서 고려하여 플롯 구성이나 단면적 인물 구상 등을 중심으로 언급한 사례를 들 수 있다. 1956년 제임스 해플리(James Hafley)는 형식적 실험성이나 미학적 완성도를 드러내는 울프의 다른 작품에 비해 독자의 기대에 미치지 못하는 작품의 예로 「공작부인과 보석상」을 거론한 바 있다(13). 딘 볼드윈(Dean Baldwin) 역시 「공작부인과 보석상」이 지나치게 사건 중심으로 전개된다는 점에서 진부한 단편소설 기법을 구사한다고 지적하며 이 작품을 대중적인 잡지에나 어울리는 소설 양식에 순응한 예로 언급한다(61-62).

초기 비평가들이 「공작부인과 보석상」을 모더니스트로서의 울프의 언어적 특질이 드러나지 않는 작품으로 짤막하게 거론한 이래 이 단편은 한동안 울프 비평에 있어서 주목받지 않았다. 그러나 줄리아 브릭스(Julia Briggs)가

「공작부인과 보석상」에 드러난 울프의 반유태주의에 대한 태도를 거론한 이후에 이 작품에 대한 최근 비평은 울프와 반유태주의에 대한 정치적 논의를 중심으로 활발해진 양상을 보인다. 실제로 「공작부인과 보석상」은 출간 당시부터 반유태주의논란에 휩싸여 있었던 것으로 보인다. "어느 위대한 보석상의 삶의 여정"(Passages in the Life of a Great Jeweller)이라고 제목을 붙였던 초기 원고에 대해 뉴욕의 출판대행인 조셉 챔버룬(Joseph Chamberun)은 이 단편이 "유태인에 대한 심리적 연구"라는 이유로 출간을 거부하는 의사를 전달한 바 있다(Lee에서 재인용 679). 1930년대 후반 나치즘의 폭력적인 반유태주의의 활성화와 유럽의 유태인 난민들을 수용하는 이민정책이 대서양을 사이에 두고 쟁점이 되는 시기에 인종주의적 고정관념에 근거한 유태인을 주인공으로 한다는 점이 문제가 된 것이다.

울프 단편 전집을 편집한 수잔 딕(Susan Dick)의 비교에 따르면 「공작부인과 보석상」 초기 원고에는 보석상이 유태인인 것으로 명기되어 있다(Dick 309). 출판본의 주인공 올리버 베이컨(Oliver Bacon)은 타자본에서 띠오로도릭(Theorodoic) 혹은 이시도르 올리버(Isidore Oliver)이라 불리워(Ms. 74) 보석상의 인종적 정체성을 보다 직접적으로 암시한다. 또한 타자본은 보석상이 런던의 화이트채플(Whitechapel) 유태인 거주지에서 자랐던 자신의 유년을 회고하면서 스스로를 "어린 유태인 소년"이라 부르며(Ms. 74), 화이트채플 거리에서 흔히 마주칠 수 있는 "모조진주와 모조머리카락으로 치장한 유태인 여성들"[1])을 묘사하는 부분을 포함하고 있다(Ms. 74, 75). 타자본은 또한 보석상이 "bet"을 "pet"으로 발음하는 등의 뚜렷한 유태인 억양을 꼬집어 지

1) 이는 결혼과 더불어 머리를 삭발하고 가발을 쓰는 동유럽 폴란드계의 유태인 여성의 관행을 가리키는 것으로 보인다.

적하는 부분도 포함하고 있다(Ms. 74, 75). 울프가 레너드 울프의 중재에 따라 초기 원고를 수정하면서 출판본에서는 보석상의 이국적인 이름을 포함하여 그가 유태인임을 드러내는 직접적인 언급이 모두 수정 혹은 삭제되었다. 그러나 허마이오니 리(Hermionie Lee)가 지적하듯이 보석상이 "유태인"(Jew)임은 「공작부인과 보석상」이라는 제목의 일부(Jeweller)에 교묘하게 내포되어 있다(279-80). 출판본에서도 여전히 보석상이 유태인임을 쉽사리 추론할 수 있게 됨에 따라 「공작부인과 보석상」은 챔버룬이 염려했던 대로 수정을 거친 후에도 "스코틀랜드 사람 혹은 아일랜드 사람에 대한 심리적인 연구"로 읽힐 수는 없었던 것이다(Lee에서 재인용 679).

울프와 반유태주의를 논의하는 최근 비평에서 브릭스, 케이트 크루거 핸더슨(Kate Krueger Henderson)과 라라 트루보위츠(Lara Trubowits) 등은 「공작부인과 보석상」에서 유태인으로 상정되는 보석상이 신체적, 문화적으로 비하되어 묘사되고 있음을 지적한 바 있다(Briggs 182, Henderson 2, Trubowitz 277). 브릭스가 논의하듯이(182), 유태인 보석상을 그리는 울프의 캐리커처는 양차대전 사이 영국 내에서 조직화된 파시스트 정치단체가 표방하는 폭력적인 반유태주의와는 구별된다고 하더라도 영국 역사와 문화를 통해 관습화된 반유태주의 정서를 무비판적으로 수용, 재생산하는 것일까? 「공작부인과 보석상」의 출간을 둘러싼 정황으로 볼 때 울프가 글쓰기에 반유태주의 담론을 차용하면서 그 정치성에 대해 아무런 자각이 없었다고 상정하기는 어렵다. 「공작부인과 보석상」의 수정 과정에서 보석상이 유태인이라는 직접적인 언급을 삭제하되, 화이트채플 지역의 유태인 거주지에 대한 묘사, 인종주의적 정형화에 근거한 긴 매부리코에 대한 과장된 묘사, 베이컨이라는 이름을 통해 유태인의 음식문화에 대한 암시 등을 뚜렷하게 남김으로써 울프는 수정 후에도 이 단편이 여전히 "어느 유태인에 대한 심리적인 연구"로 남게 한다. 인종주의적 편견에 근거한 정형화된 외모와 유태인의 직업 및 생활 양식에 대한 일상화된 편견을 부각시킴으로써 울프는 보석상의 인종적 정체성을 지우는 것이 아니라 훤히 드러나도록 숨기는 방식을 택한 것으로 보인다. 핸더슨은 울프가 「공작부인과 보석상」의 수정과정에서 논란이 된 반유태주의를 삭제하거나 수위를 낮추는 것이 아니라 오히려 명백한 반유태주의를 살짝 감추듯이 제시함으로써 독자로 하여금 보석상이 유태인임을 간과하지 못하도록 한다고 지적한 바 있다(6). 실제로 울프는 수정 과정에서도 이 단편을 "유태인과 공작부인"으로 칭하고 있다(Letters 6:173). 이렇게 볼 때 「공작부인과 보석상」이 유태인 보석상에 관한 이야기라는 점에는 이견이 있을 수 없으며, 감춤과 드러남의 이중구조에 삽입된 유태인 정체성을 고려할 때 이 단편에서 감지되는 반유태주의 담론을 울프 당대의 영국 지식층에 만연하고 있던 관습화된 반유태주의가 아무런 자각 없이 표출된 것으로 보는 것은 무리라고 여겨진다.

이런 점들을 염두에 두고 본 논문은 「공작부인과 보석상」에서 감지되는 반유태주의 담론을 영국의 유태인 동화주의정책과 영국성이라는 맥락에서 논의하고자 한다.[2] 「공작부인과 보석상」은 원래 「사냥모임」("The Shooting Party")과 「어느 영국해군사관의 삶의 장면들」("Scenes from the Life of a British Naval Officer")과 더불어 "캐리커처 혹은 영국의 삶의 단면들

2) 울프의 반유태주의 성향 여부에 대해서 논의하기 위해서는 『삼기니』와 『세월』, 그리고 『막간』에 이르기까지 1930년대 울프의 글쓰기 전반에 대한 고찰이 필요하다. 특히 울프의 후기 글쓰기에서 유태인을 언급하는 양상은 울프의 가부장제 민족주의 비판과 밀접하게 연관되어 있을 뿐 아니라 더 나아가 예술적 자율성과 자본주의 회로의 폐쇄성에 대한 우려와도 연계되는 논제이므로 추후에 다시 논의하고자 한다.

(caricature or scenes from English Life)을 그리는 책의 일부로 1932년 처음 쓰였다(Diary 4: 57). 캐리커처 기법으로 명기한 데서 드러나듯이 이들 단편들은 정형화된 인물상을 과장되게 희화화함으로써 영국적인 삶의 단면을 해부하고 영국의 제도권을 신랄하게 풍자한다(Briggs 179). 이러한 맥락에서 본다면 올리버 베이컨을 묘사할 때 인종주의적 반유태주의 담론에서 정형화된 특질들을 과장되게 차용하는 것은 캐리커처 수법에 부합한다고 할 수 있다. 또한 유태인 보석상과 영국귀족부인 간의 은밀한 거래를 중심으로 펼쳐지는 플롯 구성은 반유태주의와 유태인 동화주의정책이 전개되는 이중적인 양상이 이 단편의 중심에 있음을 보여준다. 「공작부인과 보석상」에서 울프의 화자는 반유태주의 정서를 무분별하게 재생산하거나 혹은 이를 명료하게 비판하기보다는 영국적인 반유태주의 담론이 회자되는 양상을 단면적으로 포착한다. 더 나아가 「공작부인과 보석상」은 동화와 포섭, 전복과 혼종에 대한 불안이라는 이중적인 욕망이 서로 충돌하는 지점에 영국의 반유태주의와 유태인 동화주의정책이 함께 자리하고 있음을 희화적으로 그리고 있다.

II.

프랭크 펠스타인(Frank Felstein)은 영국의 반유태주의에 대한 연구에서 유태인을 정형화하는 담론은 이중적이며 상호 모순적인 요소를 담고 있음을 지적한 바 있다. 유태인에 대한 개념적 모순에도 불구하고 유태인에 대한 고정관념과 반유태주의 담론이 영국 문화에 깊이 뿌리를 내리고 있는 것은 이러한 담론이 사실에 근거하고 있지 않기 때문이며, 그러한 까닭에 더욱 더 사회적 상상력에 작용하는 힘이 커진다고 펠스타인은 논의한다(14). 펠스타인은 영국의 반유태주의를 사회심리학적인 관점에서 접근하면서 문화적 담론으로서의 반유태주의는 유태인을 타자화함으로써 유태인과 영국인의 차이를 강조하고 유태인의 문화와 관습과는 다른 영국의 고유한 가치와 신념 체계를 옹호하는 담론으로 기능한다고 보는 것이다. 그는 1753년 소위 유태인 법안이라고 불렸던 유태인 귀화법(The Jewish Naturalization Bill)을 둘러싼 논쟁을 고찰하면서 당시의 논쟁은 유태인과 영국인에 대한 차이를 강조하고 이상적인 영국인, "진정한 영국인"(the true born Englishman)을 유태인의 대척점에 두는 수사법을 주로 구사하고 있다고 논의한다(15). 펠스타인은 유태인을 정형화하는 담론을 포함하여 타자를 관념화하는 담론은 역설적으로 이러한 담론을 양산하는 특정 문화가 형성, 변화하는 내적 과정을 외재화한다고 논의한다.

이렇게 볼 때 영국의 반유태주의 담론의 중심에는 유태인을 정형화함으로써 영국성을 정의하고 강화하는 문화적 담론이 작동하고 있다고 볼 수 있다. 실제로 18세기 이래 유태인 동화정책을 둘러싼 영국의 반유태주의는 영국성에 대한 문화적 담론과 밀접하게 연계되어 전개되는 양상을 뚜렷하게 드러난다. 1753년 영국에서 3년 이상 거주한 유태인의 귀화를 허용하고 토지소유권을 인정하는 것을 내용으로 하는 유태인 귀화법은 통과되자마자 다음 회기에 폐지되었다. 1753년 유태인 귀화법을 둘러싼 논쟁은 반유태주의 정서를 강화하는 계기로 작동하며 유태인과 "진정한 영국인," 또는 "타고난 영국인"(natural-born Englishmen) 사이의 혼종에 대한 불안으로 이어진다. 이 법안을 반대하는 입장은 유태인의 귀화를 허용하는 정책을 종교적인 타락과 연관지어 "그들의 죄와 죄의식이 우리의 것이 되며 그들에 대한 심판과 역병이 우리를 뒤따를 것"이라고 우려했다(Felstein에서 재인용 21). 1753년 유태인 귀화법 논쟁 이후 1760년 런던에 거주하는 유태인들을 중심으로 영국의 유태인을 대표하는 단체(The Board of Deputies of British Jews)가 결성되었으며, 이 단체는 당시 영국사회의 반유태주의를 의식하여 동화주의를 정치적 입장으로 표명한다. 안드레아 프로이드 로웬스타인(Andrea Freud Lowenstein)에 따르면 이 단체는 강화된 반유태주의 정서를 무마하기 위한 방안으로 지배적인 가치체계, 즉 비유태인의 규범에 순응하고 이를 유태인 집단에 확산하는 역할을 표방했던 것이다(19). 동화주의를 반유태주의 정서, 즉 문화적 차이에 대한 거부감과 인종적 혼종에 대한 불안에 대한 해법으로 채택했던 이 유태인 단체는 유태인 대중에게 동화주의를 장려함으로써 실제적으로 반유태주의를 내재화했던 것이다(Lowenstein 20).

영국의 유태인 동화정책은 19세기 중반에 이르러 가시화된다. 1833 토마스 매컬리(Thomas Macaulay)가 유태인 해방법안(The Jewish Emancipation Bill)을 입안한 이래 이 법안은 여러 해 동안 의회의 논란을 거친 후 통과되었고 이를 통해 기독교로 개종한 유태인들은 점차 영국의 의회와 공직에 설 수 있게 된다. 1847년 라이오넬 드 로쉴드(Lionel de Rothschild)가 유태인으로 처음으로 영국하원의회의 의원으로 선출되었고 기독교로 개종한 벤자민 디즈렐리(Benjamin Disraeli)는 1868년 처음 유태인으로 영국 수상이 되었으며 1874년부터 1880년까지 수상을 역임한다. 그러나 이러한 유태인 동화정책이 반유태주의의 소멸로 이어지는 것은 아니다. 19세기 유태인 동화주의정책이 실제화함에 따라 기존의 종교적 차이를 강조하던 반유태주의는 19세기 후반에 이르러 인종주의적 반유태주의 담론을 강조하는 경향을 띠게 된다. 인종주의적 반유태주의 담론은 유태인의 인종적 특성을 측정하고 수량화함으로써 유사과학적 권위를 앞세우며 유태인을 인종적으로 표식하고 이러한 표식을 통해 동화 불가능한 유태인이라는 고정관념을 시각화한다. 유태인으로 유일무이하게 영국의 수상을 역임한 디즈렐리는 19세기 영국의 유태인 동화주의의 대표적인 사례이자 영국국교로 개종한 유태인에 대하여 모순된 이미지를 투영하는 접점으로 부각된다. 기독교로 개종하고 영국적인 신사성을 체득한 디즈렐리를 묘사하는 당시의 대중적인 태도에서는 인종주의적 반유태주의 담론이 투사된 근대적 반유태주의가 분명하게 드러난다(Lowenstein 335). 인종주의에 근거한 유태인에 대한 정형화된 이미지는 잡지, 소설, 신문 등의 매체를 통하여 시각적으로 드러나는 유태인의 외모의 특질들을 강조하는 캐리커처로 활발하게 재생산되면서 영국의 관용적 반유태주의의 이중적 잣대, 즉 동화를 권장하지만 동시에 감추거나 지울 수 없는 인종적 표식을 부여함으로써 궁극적인 동화를 불허하는 이중적인 양상을 드러낸다. 브라이언 체이예트(Bryan Cheyette)는 근대 영국의 반유태주의를 유럽, 특히 독일의 반유태주의와 구분되는 "관용적 반유태주의"(anti-Semitism of tolerance)로 규정하고 이는 동화주의를 표방하면서도 유태인을 인종적 타자로 규정하는 이중적 구조를 지니고 있다고 논의한다(6).

근대 영국의 인종주의적 반유태주의는 19세기 말 제정러시아의 조직적인 유태인 학살(the pogroms)을 피해 유럽의 유태인들이 대규모로 영국으로 이주하면서 더욱 강화된다. 영국으로 이주하는 유태인이 증가하면서 영국은 이민정책에 있어서 최초로 제한을 시도한 법안인 외국인 법안(Aliens Act)을 1905년 도입한다. 범죄자나 재정적, 신체적 부적격자를 판별하여 영국으로의 이주를 제한하거나 보호소에 수용하는 것을 내용으로 하는 1905년의 외국인법안은 이후 유태인의 이민을 40% 감소시키는 결과를 낳는 동시에 "영국인들을 위한 영국" 캠페인을 유발하면서 반유태주의 정서를 확산하는 계기가 된다(Lowenstein 323). 19세기 말 유태인 이민자들의 급증과 유태인 동화주의정책에 따른 혼종에 대한 불안은 이민정책에도 반영되었을 뿐 아니라 당시 활발해진 영국의 민속학적 담론에도 반영되었다. 19세기 후반 보어전쟁 등을 치르면서 대두된 영국군대의 효율성에 대한 자성은 영국국민의 전반적인 생활양식과 건강, 위생 상태에 대한 사회학적 관심으로 드러났고 이에 따라 영국인의 생활양식과 영국적인 가치 등을 기록하고 분석하는 작업이 활성화되었다. 찰스 부스(Charles Booth)의 『런던 거주민들의 생활과 노동』(*The Life and Labour of the People in London*, 1889)을 필두로 영국의 도시노동자 계층의 생활에 대한 보고서와 연구 등이 이러한 작업의 일환으로 잇달아 발표되었다. 특히 1840년 당시 이미 12,000-13,000명의 유태인이 거주하는 지역이었던 런던의 이스트엔드 화이트채플 지역은 러시아계 유태인들이 대규모로 유입된 이후인 1914년에 이르러 200,000명에 이르는 유태인이 거주하는 대표적인 유태인 빈민가 지역으로 부상함에 따라(Schröder 315), 도시노동자 계층에 대한 사회학적 관점과 인종주의적 민속학적 관점이 중첩되는 지점이 된다. 부스 등의 민속학자들은 이스트엔드에 거주하는 유태인의 노동현황, 가족구성, 종교의식, 의복과 음식 등 생활문화 등을 기록하고 노동계급의 유태인들이 처한 열악한 생활환경을 유태인의 속성으로 결부시킴으로써 인종주의적 민속학적 고찰을 통해 유태인을 가시화하는 지표로 삼는다. 이렇게 볼 때, 20세기 초엽의 영국의 민속학적 담론은 도시학적 관점과 인종주의적 관점을 혼용하여 대영제국의 쇠퇴에 대한 우려를 영국 내의 인종적, 계급적 타자인 이민자 집단에 투사한 것으로 볼 수 있다.

이러한 민속학적 반유태주의는 역설적으로 영국성에 대한 민속학으로 귀결된다. 트루보위츠가 지적하듯이 19세기 후반과 20세기 전반에 활성화된 이러한 민속학적 시도들은 유태인의 특질과 속성을 분류하고 정형화하는 데서 더 나아가 유태인 공동체의 생활양식과 관습을 영국적인 관습 및 의식과 대치시킨다는 점에서 영국성을 형성하고 강화하는 기제로 작동한다(287). 실제로 양차대전 사이 영국의 반유태주의는 그 자체를 파시즘적 반유태주의와 차이를 두려고 한다는 점에서 영국성을 규정하고 재생산하는 담론과 밀접하게 연관되어 있다. 양차세계대전 사이 영국인들의 일상과 가치 체계를 민속학적으로 기록하는 주체가 되었던 매스 업저베이션(Mass Observation)의 활동에 따르면 영국 정부 및 영국 대중은 관용적인 반유태주의, 즉 영국적인 가치와 규범에 순응하는 동화된 유태인과 외국인으로 남고자 하는 유태인들을 구분하고 동화를 거부하는 유태인들에게 비우호적인 태도를 표방한다(Lowenstein 27). 동화주의를 핵심으로 하는 영국의 유태인 정책은 영국의 반유태주의 정서를 반외국인 정서로 귀속시키고, 영국적인 "관용적 반유태주의" 혹은 "응접실 반유태주의"(parlor anti-Semitism)를 유태인 추방과 학살을 자행하는 히틀러주의식의 반유태주의와 구분함으로써 정치적 도덕성을 영국성에 부여하고자 한 것이다. 이에 따라, 토니 쿠쉬너(Tony Kushner)가 지적하듯이, 양차대전 사이의 영국의 반유태주의는 한편으로는 유태인의 동화를 권장하고 다른 한편으로는 유태인의 궁극적인 동화를 불가능한 것으로 제시하면서 유태인을 영국성에 대한 위협으로 간주하는 이중적인 양상을 띠게 된다(5).[3)]

울프는 런던의 빈민가와 도시노동자계층의 생활양식에 대한 민속학적 담

---

3) 이러한 이중적인 태도는 양차대전사이 영국의 유태인 난민 수용정책과 영국의 이민정책에도 뚜렷이 나타난다. 챔버린 수상 당시의 영국 정부는 유태인 이민을 제한하지는 않았지만, 난민구제 및 이민자 보호 등에 있어서 재정적으로 혹은 정책적으로 어떤 시도도 보이지 않았다(Lowenstein 28).

론이 활성화되는 현상을 주지하고 있었던 것으로 여겨진다. 런던의 이스트엔드에 위치한 화이트채플 지역을 배경으로 하는 울프의 『플러쉬』에 대해 논의하면서 애나 스나이쓰(Anna Snaith)는 울프의 이복오빠인 조지 덕워쓰(George Duckworth)가 찰스 부스 일가가 『런던 거주민들의 생활과 노동』을 저술한 1892년부터 1902년 당시 그의 비서로 일했던 사실로 미루어 볼 때 울프가 19세기 런던의 빈곤층과 빈민가에 대한 빅토리아조의 태도에 대해 "직접적으로 알고 있었으며," 비슷한 유형의 런던의 빈민가에 대한 기록을 읽기도 했다고 밝힌다(623). 또한 스나이쓰에 따르면 1930년대 초반 울프는 비타 색빌-웨스트(Vita Sackville-West)와 그녀의 남편 해롤드 니콜슨(Harold Nicholson)과의 교류를 통해 오스왈드 모슬리(Oswald Mosley)가 주창한 영국 파시스트 연맹(British Union of Fascists)이 활성화되는 과정을 가까이에서 지켜보았다(627). 스나이쓰는 울프가 『플러쉬』에서 19세기 후반의 런던의 빈민가에 대한 담론을 차용했을 뿐 아니라 『플러쉬』를 집필하던 1932년 당시 울프는 영국 내 파시즘의 형성과 반유태주의가 표출되는 현상을 뚜렷이 의식하고 있다고 논의한다(629).

울프는 1932년에 『플러쉬』를 집필하고 있었을 뿐 아니라 「공작부인과 보석상」의 초본인 「위대한 보석상」(The Great Jeweller)을 "캐리커처"로 구성될 책의 목록에 포함시켰다. 또한 「공작부인과 보석상」을 수정하던 1937년에 울프는 『자기만의 방』에 이어 여성과 글쓰기라는 논제를 가부장제와 파시즘의 연관관계 속에서 논의하는 『삼기니』를 집필하고 있었다. 『플러쉬』를 포함하여 「공작부인과 보석상」, 그리고 『삼기니』에 이르기까지의 울프의 1930년대 글쓰기는 교환과 거래, 혈통적, 인종적, 지적인 순결과 혼종, 배타적 민족주의와 동화 및 동화 거부 등 일련의 공통된 화두를 제시하고 있다.

이렇게 볼 때 「공작부인과 보석상」을 진부한 소설기법을 활용하는 울프답지 않은 텍스트로 간주하거나, 유태인에 대한 인종주의적 편견을 성찰 없이 드러내는 작품으로 보는 것은 지나치게 성급한 태도라고 볼 수 있다. 울프가 「공작부인과 보석상」에서 제시한 정형화된 인물유형은 "캐리커처" 기법에 대한 울프의 관심을 드러내는 동시에 민속학적 담론과 모더니스트 미학의 접점을 추구하는 새로운 언어에 대한 실험을 엿보게 한다. 이러한 점을 고려할 때 「공작부인과 보석상」은 일차적으로 인종주의에 근거하여 유태인을 정형화하는 민속학적 반유태주의 담론이라는 맥락에서, 더 나아가서는 포괄적인 영국성에 대한 담론의 맥락에서 고찰되어야 한다. 즉, 유태인 동화주의를 둘러싼 여러 층위의 논제들, 유태인을 표식 하는 인종주의적 기호, 도시 노동자 계층에 대한 담론, 유태인 음모론, 영국성의 체화 가능성, 동화와 포섭, 전복과 혼종에 대한 불안, 그리고 궁극적으로 영국성에 대한 고찰과 모더니즘이라는 관점에서 「공작부인과 보석상」을 논의할 수 있는 것이다.

III.

「공작부인과 보석상」을 어느 영국계 유태인의 삶의 단면을 포착하는 캐리커처로 볼 때 울프는 영국의 반유태주의 담론에서 통용되는 언어를 차용한다. 「공작부인과 보석상」의 발간을 둘러싼 정황이 암시하듯이, 울프가 영국계 유태인을 그리는 캐리커처의 특징은 주인공인 보석상 올리버 베이컨이 유태인임을 숨기면서도 동시에 공공연하게 드러내는 방식에 있다. 「공작부인과 보석상」에 숨겨져 있으면서도 동시에 드러나는 유태인 정체성이라는 이슈를 고려할 때, 이 단편을 단순히 반유태주의 정서의 표출 여부라는 관점으로 읽기 보다는 반유태주의와 동화주의, 그리고 영국성에 대한 담론이 중층적으로 교차되는 지점에서 유태인에 대한 캐리커처가 형상화되는 방식에 주목하는 것이 바람직하다. 「공작부인과 보석상」의 화자는 주인공인 올리버 베이컨의 관점으로 이야기를 끌어나가되 캐리커처 기법에 충실함으로써 베이컨의 내면 의식에 깊이 침투하지 않고 베이컨이라는 인물의 개인성을 부각하기 보다는 이 영국계 유태인의 삶이 반유태주의와 동화주의가 교차하는 지점에서 드러나는 양상을 중점으로 이야기를 풀어간다.

공작부인과 보석상간의 모조진주 거래를 중심 사건으로 하는 이 단편은 유태주의 담론과 관련된 근대적 영국성이 형상화되는 공간을 다양하게 제시하고 있다. 「공작부인과 보석상」은 공간적으로 서로 다른 네 가지의 영국의 지형을 근간으로 전개된다. 올리버 베이컨의 자택과 보석상점이 있는 런던의 웨스트엔드 번화가와 그가 유년시절을 보낸 런던의 이스트엔드 화이트채플 지역, 그리고 대영제국의 이국적인 변방 남아프리카와 대영제국의 본향이라 할 수 있는 공작부인의 전원적인 장원이 이 단편의 공간적 지형도를 구성한다. 이 중 런던의 웨스트엔드 번화가인 피커딜리와 본드 가는 베이컨의 현재의 부유한 삶과 공작부인과의 은밀한 거래가 펼쳐지는 실제 공간으로 제시되는 것에 비해, 런던의 이스트엔드 지역의 화이트채플은 베이컨의 회상 속에 가난한 유년시절을 보냈던 곳으로 묘사된다. 또한 공작부인의 영지와 장원저택은 베이컨이 백일몽 속에 상상하는 이상적인 공간으로 제시되는 반면, 남아프리카의 다이아몬드 광산은 대영제국의 부와 권위의 원천인 동시에 영국 내의 안정에 소요를 일으키는 외부적 대응공간으로 언급된다. 이렇듯 일견 서로 상이해 보이는 개별 공간들은 「공작부인과 보석상」에서 모두 근대적 영국성이 구현되는 공간인 동시에 교환이라는 경제 질서에 포섭된 공간이라는 점에서 밀접한 연관성을 드러낸다. 또한 이들 개별 공간은 유태인 동화주의와 반유태주의를 둘러싼 동화와 포섭, 유태인 비하론과 음모론, 혼종과 이에 대한 불안이라는 다층적인 기제가 작동하는 지점이기도 하다.

「공작부인과 보석상」의 도입부는 영국에서 가장 부유한 보석상이 된 베이컨의 현재의 삶이 구성되고 펼쳐지는 공간으로 피커딜리에 자리한 그의 플랫을 소개한다. 이 도입부는 올리버 베이컨이라는 인물을 소개하는 방식으로 재산에 대한 소유권을 강조하는 동시에, 잘 만들어진 물건들을 과시하는 실내장식과 하인의 시중을 받으며 시작되는 여유로운 일상을 자세하게 제시한다. 그린 파크를 전망으로 하는 그의 플랫에서는 "좁은 거리들을 가득 채운 화려한 차들의 반짝이는 지붕을 내려다 볼" 수 있으며 실내는 고급가죽의자와 화려한 타페스트리로 덮인 소파, 잘 짜인 망사와 새틴 커튼으로 보기 좋게 장식되어 있다(248). 마호가니 목재로 만든 탁자 위에는 "브랜디와 위스키, 달고 향기로운 독한 술 여러 병이 보기 좋게 어우러져" 있다. 런던의 "중심부"에 위치한 베이컨의 침실은 물질적인 풍요로움과 소비 행위를 통해 얻을 수 있는 쾌락과 만족감으로 가득하다. "아침 여덟시면 남자 하인이 쟁반에 날라다 주는 아침상을" 받고, 하인이 미리 준비해 놓은 실내복 차림으로 "고관 부인들이 보내온" 초대장들을 훑어 보고난 다음, "활활 타오르는 전기석탄 화로 가에서 신문을" 읽는 베이컨의 규칙적인 오전 일상은 "영국에서 가장 부유한 보석상"(249)에 어울리는 일상이라고 할 수 있다.

그러나 베이컨의 부유한 영국신사로서의 일상은 자연스러운 체득이라기보다는 이를 강박적으로 추구함으로써 과시되고 있다는 점이 넌지시 암시된다. 화자는 베이컨이 소유한 플랫의 가구들과 물건들이 서로 "적합하게"(proper) 혹은"격에 어울리게"(right) 배치되고 있음을 반복적으로 기술함으로써 소비와 과시가 주는 쾌락과 만족감뿐 아니라 취향과 행동에 있어서 강박적인 계급의식을 수반하고 있음을 암시한다. 볼거리를 소유한 그의 현재의 삶은 "이보다 더 중심부적인 위치를 상상할 수 없는"(248) 런던의 번화가 피커딜리에 자리하고 있지만, 그는 여전히 런던의 빈민가 화이트채플에서의 유년시절의 기억을 떨쳐버리지 못한다. 런던의 고급 양복점이 즐비한 세빌로우에서 "최상의 옷감으로 최고의 재단사에 의해 재단된" "더 할 나위 없이 안성맞춤인 바지"를 맵시 있게 차려입고 격식에 맞춰 장갑을 끼고 지팡이를 들고서도 베이컨은 늘 스스로를 "지저분하고" "좁고" "어두운" 골목에서 "구슬치기를 하며 놀던" 어린 소년으로 떠올린다. 「공작부인과 보석상」은 혼잡하고 좁은 거리에서 "군중 사이를 요리조리 요령 있게 피해" 다녔던 "가냘프고," "꾀바르고 교활한"(250) 소년이 거리의 물정을 익히고 싸구려 시계를 파는 상점의 점원이 되었다가 점차로 성공한 보석상이 된 일대기를 간략하게 제시한다.

「공작부인과 보석상」의 공간 구성상 화이트채플은 가난한 유태인 소년일 적의 베이컨과 연관된다는 점에서 사회적 신분의 상승을 이룬 말쑥한 신사로서의 베이컨의 생활의 공간인 피커딜리와 대칭을 이루는 지점이기도 하지만, 두 공간은 모두 자본과 물건의 교환을 근간으로 한 경제 질서에 포섭되어 있다. 어린 베이컨은 "일요일에 훔친 개를 되파는" 식의 거래가 빈번하게 일어나는 빈민가에서 자라며 그 역시 "화이트채플에서 화려하게 차려입은 여자들에게 훔친 개를 내다파는 일"이 자신의 최상의 야심이라고 여겼었다. 그는 "싸구려 시계를 팔았었고" 다이아몬드 세 알의 거래를 성사시킴으로써 보석상으로서의 경력을 시작했다(248). 「공작부인과 보석상」의 초기 원고는 그가 젊은 시절 "싸구려 시계를 창녀들에게 팔았었다"고 서술함으로써

(Virginia Woolf Papers ts. 74), 근대 도시 런던의 유통, 교환 구조는 단순히 물건만이 아니라 여성의 성을 포함하고 있음을 암시한다. 화려한 상점가로 유명한 본드 스트리트에 위치한 그의 보석상점에는 "금고마다 팔찌, 목걸이, 반지, 보석이 박힌 관, 공작이 쓰는 관 등 보석장신구들"(250)이 저마다 광채를 발하며 화려한 볼거리를 제공하는 동시에 엄청난 교환가치를 자랑한다. 본드가의 보석상점과 피커딜리에 있는 그의 플랫, 리치몬드의 빌라와 그가 소유한 마차와 자동차는 물건을 소유하고 과시하는 행위를 통해 쾌락을 추구하는 근대자본주의의 단면을 뚜렷하게 드러내는 한편 가난한 유태인이었던 베이컨이 경제력을 바탕으로 주류영국사회의 일원으로 동화되는 과정을 단면적으로 보여준다.

그러나 이야기 속에서 올리버 베이컨은 유태인 빈민가지역인 화이트채플과 런던의 번화가 피커딜리가 중첩되는 지점에서 여전히 "슬프고" "만족하지 못하고" "숨겨진 무엇인가를 찾는 이"로 남아있다(249). 자신의 상점을 향해 걸어가는 베이컨은 "메이페어의 비옥한 토양" 속 깊이 숨겨져 있는 "더 크고 더 검은 송로버섯"을 찾아 킁킁대는 돼지로, "푸른 호수와 호수 앞을 에두른 야자수 나무들을" 그려보면서 아스팔트 길 위를 몸을 흔들며 걸어가는 낙타로 묘사된다. 이러한 탐욕스럽거나 우스꽝스러운 동물 이미지를 지적하며 브릭스와 트루보위츠 등은 유태인을 비하하는 반유태주의 정서가 드러난다고 지적한 바 있다(Briggs 182, Trubowitz 277). 코를 킁킁대며 송로버섯을 찾는 돼지의 이미지는 "코끼리 코처럼 길게 휘어진 그의 코"와 "콧구멍 뿐 아니라 코 전체를 실룩이는" 듯한 보석상의 코에 대한 묘사와 더불어 유태인을 지시하는 신체적 대명사인 코를 강조하는 캐리커처의 경향과 부합한다. 매튜 야콥슨(Matthew Jacobsen)은 유태인의 혈통과 신체적인 특징을 부각하는 이러한 이미지는 반유태주의의 산물일 뿐 아니라 유태인이 기독교 사회에 동화되는 것은 불가능하다고 보는 사회적 시선을 함의한다고 지적한다 (239-42). 이렇게 볼 때「공작부인과 보석상」에서 베이컨의 코에 대한 직설적인 묘사는 19세기 후반 이래 두드러진 영국의 반유태주의의 특성, 즉 인종주의에 근거하여 유태인의 외양과 풍속을 정형화하는 반유태주의의 특성을 반영하는 동시에, 영국의 동화주의적 반유태주의의 모순을 드러낸다. 유태인 보석상의 이름 "베이컨"은 유태인의 생활관습인 코셔법, 즉 돼지고기를 금기시하는 코셔법을 위반하는 한편 유태인의 독특한 문화와 규율을 지시함으로써 보석상의 정체성이 반/유태주의와 동화주의의 갈등구조에 자리하고 있음을 암시한다.

영국의 반유태주의와 동화주의에 내재된 긴장과 갈등을 가장 잘 드러내는 사례로 보어전쟁과 유태인 배후론을 들 수 있다. 보어전쟁 당시 영국 내에는 보어 전쟁의 배후에 남아프리카에 위치한 금광과 다이아몬드 광산을 둘러싼 유태인들의 이권이 개입되어 있다는 주장이 제기되었다(Trubowitz에서 재인용 279). 개별 민족국가의 경계를 넘나드는 유태인 자본가를 국가라는 공공의 적으로 상정하는 유태인 음모론은 유럽전역에 널리 퍼진 유태인 국제 음모설, 즉 유태인이 전 세계를 지배하고자 공모하고 있다는 국제 음모설의 일환일 뿐 아니라 영국의 민속학적 반유태주의 담론의 형성과도 밀접하게 관련된다. 영국군의 막대한 손실을 치르고 종결된 보어전쟁은 대영제국이 대외적 위상에 있어서 타격을 입은 전쟁이었을 뿐 아니라 영국 내에서 대영제국의 건재에 대한 위기의식을 확산하게 된 계기가 된다. 남아프리카에서 질병에 취약했던 영국군대의 건강상태에 대한 우려는 영국 도시 빈민가 및 노동계급의 위생과 생활양식에 대한 관심과 맞물리면서 영국 내 유태인 노동자들을 계급뿐 아니라 인종적 타자로 투사하는 현상으로 나타난다.

브릭스가 주지하듯이 울프가 그리는 보석상 베이컨의 초상은 유태인에 대한 이중적이고 모순된 고정관념들을 고스란히 드러낸다(181). 베이컨은 화이트채플지역의 가난하고 교활한 유태인 소년인가 하면, 런던의 번화가에서 말쑥한 신사의 차림에도 불구하고 유태인의 신체적 특징을 고스란히 드러내는 이질적인 존재이며, 남아프리카의 다이몬드 광산권을 둘러싼 국제분쟁을 배후에서 조정하는 부유한 보석상들의 일원이기도 하다. 「공작부인과 보석상」에서 보어전쟁과 다이아몬드 교역, 유태인 자본가 관련설은 "가격, 금광, 다이아몬드, 남아프리카에서 온 소식" 등에 관해 서로 이야기를 나누던 보석상들이 젊은 베이컨이 지나가자 선망의 시선으로 그를 가리키며 속살거리는 장면에서 간접적으로 드러난다(249). 아프리카와 다이아몬드 광산에 대한 언급에서 암시된 유태인 음모론 및 유태인 자본가들이 영국의 사회경제질서를 위협한다는 대중적인 관념은 베이컨이 보석상점의 내실에서 금고에 보관하고 있던 진주, 루비, 다이아몬드 등의 보석들을 "메이페어를 하늘 높이, 높이, 높이 폭발시킬 수 있을 만큼의 폭약"(250)으로 비유하며 경탄하는 모습으로 구체화된다(Trubowitz 280). 20세기 초엽의 메이페어가 런던의 번화가이자 대영제국의 심장부이라는 점을 고려할 때, 메이페어를 폭파시킬 수도 있는 폭약을 두 손에 담고 은밀하게 황홀경에 잠기는 베이컨의 모습은 남아프리카의 상황과 다이아몬드교역의 상관성 및 유태인 자본가의 개입설을 토대로 유태인을 그리는 캐리커처의 특징들을 한층 더 충실하게 포착한 것으로 보인다.

「공작부인과 보석상」의 전반부가 베이컨을 전형적인 유태인을 상정하는 대중적인 캐리커처 기법으로 묘사하고 있다면, 공작부인과의 거래를 주요 내용으로 하는 후반부는 유태인 보석상 베이컨을 좀 더 내밀하게 그린다. 다이아몬드를 폭약으로 비유하며 백일몽에 잠겨 있는 베이컨이 은밀하게 꿈꾸는 위험한 꿈은 과연 무엇일까? 유럽전역과 미국에서도 손꼽아주는 보석상이 된 베이컨이 아직도 "슬퍼하며" "만족하지 못하고" 추구하는 "송로버섯"은 무엇일까? 울프가 그리는 유태인 보석상의 캐리커처는 베이컨의 슬픔과 불만이 그가 유태인이라는 숨겨진, 그러면서도 훤히 드러난 점에 기인하고 있음을 시사한다. "영국에서 가장 부유한 보석상"이지만 "여전히 더 멀리 떨어진 땅 속에 있는 더 크고, 더 검은 송로의 냄새를 맡는 돼지"로 묘사된 베이컨이 함의하는 것은 탐욕스러운 자본가로서의 유태인이라기보다는 언제나 유태인이라고 표식된 채 그에게 허용되지 않은 영국성을 추구하는 이방인으로서의 유태인이다.

베이컨의 캐리커처에서 엿보이는 인종주의적 반유태주의와 동화주의에 내재된 긴장과 갈등은 베이컨과 공작부인과의 거래에서 여실히 드러난다. "백여 대를 이은 백작가의 딸"이기도 한 램본 공작부인의 내방을 알리는 전화에 베이컨은 백일몽에서 깨어나 또다시 "일요일에 사람들이 훔친 개를 팔던 골목에서 구슬을 가지고 놀던 어린 소년"이 된다(251, 250). 이러한 설정은 베이컨에게 감추거나 지울 수 없는 가난한 유태인으로서의 기억은 수백 년 동안 이어져 온 영국의 귀족가계의 혈통과 대척점에 있음을 암시한다. 올리버에게 공작부인은 영국의 모든 귀족가계의 "기품과 명성과 거만함과 화려함과 자존심"의 결정체인 것이다(251). 공작부인을 맞이하며 베이컨은 마치 파도에 휩쓸리듯 그녀가 온 몸으로 발하는 광채에 휩싸인다. "초록빛, 장밋빛, 보랏빛 등 반짝이는 화려한 색채로, 그리고 향기로, 무지개빛깔로, 손가락에서 뿜어지고, 깃털장식에서 너울거리고, 실크에서 퍼져 나오는 광채로 그를 뒤덮는" 공작부인의 이미지는 앞서 금고 속의 보석을 꺼내어 흔들며 그

갖가지 색깔의 화려한 광채를 즐기던 베이컨의 백일몽과 중첩되어 베이컨의 은밀한 환상이 추구하는 것은 램본 공작부인이 상징하는 바, 즉 영국 귀족가계의 전통과 권위로 대변되는 영국성임을 암시한다.

「공작부인과 보석상」의 중심사건인 공작부인과 보석상의 거래는 인종적, 계급적 타자로서 숨기거나 지울 수 없는 것으로 여겨지는 유태인의 표식과 영국의 귀족가계와 그 문화로 대변되는 매혹적인 영국성을 둘러싼 거래라고 할 수 있다. 공작부인이 팔고자 하는 진주가 진품이 아닐 수도 있다고 의심하면서도 베이컨이 거래를 수락한 것은 공작부인이 그를 주말동안 장원으로 초대했을 때이다. 베이컨이 진주의 진품여부를 감정하려고 하던 순간에 공작부인은 다음날 열리는 장원에서의 파티에 "수상-전하"와 자신의 딸 "다이애나도" 참석할 것임을 내비친다(252). 베이컨의 상상 속에서 펼쳐지는 공작부인의 영지에는 "잔물결이 이는 강"과 강을 거슬러 솟아오르는 송어와 연어, 숲과 사냥터가 있으며, 그는 환상 속에서 수상과 같은 자리에 있는 자신의 모습과 숲 속에서 다이애나와 단 둘이서 말을 타는 자신의 모습을 본다. 여기서 공작부인의 장원은 베이컨이 공작부인의 영애와의 로맨스를 꿈꾸는 장인 동시에 궁극적으로 유태인 베이컨의 영국성에 대한 로맨스가 펼쳐지는 장이 된다. 공작부인이 요청한 수표를 한 글자 한 글자 기입해나갈 때마다 베이컨은 자신이 영국성에 대한 근대 담론에서 영원한 영국성이 깃들어 있다고 여겨지는 영국의 전원 풍경의 일부가 되고, 대영제국의 권위의 총화인 영국 수상, 혈통과 가계로 전통적인 영국성을 체화한 영국 귀족 여성에게로 가까이 다가간다는 환상에 빠진다. 리나 코어 쉬로더(Leena Kore Schröder)는 「공작부인과 보석상」의 플롯은 "상업적이고 정치적인 동시에 성적인 혼종"을 근간으로 이루어진다고 지적한 바 있다(308). 베이컨의 환상이 드러내듯이 메이페어의 보석상점 내실에서 이루어지는 은밀한 거래는 장원저택에서의 사적, 정치적인 교류의 매개체이며, 영국의 정통적인 귀족문화는 런던 경제계의 교환 구조와 긴밀하게 연관되어 있다.

공작부인과 베이컨의 만남에서 베이컨의 영국성에 대한 로맨스가 내포하고 있는 욕망과 갈등 구조는 신체에 대한 노출과 위협의 이미지로 드러난다. 베이컨은 “하얀 장갑의 갈라진 틈 사이로” 내민 공작부인의 손을 마주잡고 인사하며(251), “날씬한 노란 족제비 배”처럼 보이는 가죽 주머니의 “갈라진 틈”으로 한 알 두 알 굴러 떨어지는 진주를 바라본다(252). 공작부인은 “마음을, 그녀의 속내를 활짝 열어” 내보이며 “족제비 배에 있는 갈라진 틈으로” 진주 열 알을 차례차례 끄집어냈고, 그 진주 열 알은 “마치 어느 천상의 새가 낳은 알처럼” 공작부인의 “무릎 사이 좁은 계곡으로 흘러내렸다”(252). 브릭스가 지적하듯이 베이컨의 유태인 정체성의 표식으로 그려지는 “코끼리 코처럼 길게 휘어진” 코에 대한 묘사가 남성의 음경에 대한 비유적 표현을 내포한다면(182), 장갑 속에 감춰졌던 공작부인의 손과 족제비의 배를 연상시키는 가죽주머니, 그 속에 담겨 있던 진주알은 여성화된 은밀한 신체 부분의 노출을 연상케 한다. 신체의 노출 및 접촉과 관련된 이러한 몸의 이미지는 유태인 동화주의정책에 내포된 혼종에 대한 불안과 위협을 단적으로 드러내는 장치라고 볼 수 있다. 울프의 화자는 공작부인이 내민 손을 베이컨이 잡았을 때 그들 사이를 “친구이자 또한 적”으로, “그가 주인이고 그녀는 안주인”인 관계로, “서로를 속이고, 서로를 필요로 하며, 서로를 두려워하는” 관계로 묘사하며(251) 영국계 유태인 보석상과 영국의 귀족 부인의 친밀하고도 불편한 관계에서의 거래가 반유태주의와 동화주의의 복잡한 교차점에서 이루어지고 있음을 암시한다. 계급과 인종, 성별이 다른 이 두 인물의 관계는 경제적 교환 구조 속에 편입된 복합적인 거래를 기반으로 이루어진다. 베이컨의 경제 자본과 공작부인이 표방하는 영국명문가의 귀족작위와 혈통을 포함한 문화 자본의 교환은 동화와 혼종, 포섭과 배척이라는 중층적인 욕망과 금기를 둘러싸고 이루어지는 것이다. 공작부인의 영애를 흠모하는 베이컨이 장원의 사냥터에서 다이애나와 단 둘이 호젓이 있을 수 있는 순간을 상상하는 장면은 상점의 내실에서 이루어지는 공작부인과의 거래에 암시된 성적인 혼종을 보다 전면에 내세운다.

「공작부인과 보석상」에서 유태인이라는 표식을 채 감추지 못하고 영국성에 대한 로맨스를 꿈꾸는 베이컨의 희화화가 완성되는 것은 마침내 "그가 땅속에서 찾아낸 송로버섯"이 "가운데가 썩은, 핵이 썩어버린" 진주에 불과하다는 것을 그가 발견하는 순간이다(253). 또한 유태인 보석상을 희화화하는 캐리커처가 완성되는 그 지점은 동시에 그가 꿈꾸는 영국성이 실제로는 모조품에 불과한 것임이 드러나는 지점이기도 하다. 혈통과 전통, 권위와 부에 뿌리내린 것으로 여겨지는 영국성이 핵까지 썩어버린 가짜진주에 불과하다면, 베이컨이 작성한 수표를 손에 쥐고 접었던 깃털을 한껏 다시 펼친 공작새처럼 자리를 떠난 공작부인은 거래와 교환의 구조 속에서 여전히 매력적인 영국성을 체화한다. 공작부인이 남긴 진주가 가짜일지라도 보석상과 공작부인의 거래는 이들이 영국의 장원이 선사하는 환상을 믿는 한 유효하기 때문이다. 공작부인이 남기고 간 가짜 진주를 바라보며 다가올 긴 주말을 꿈꾸는 베이컨의 모습은 영국성에 대한 그의 로맨스가 여전히 계속될 것임을 시사한다. 허구로서의 영국성, 교환과 거래 구조 속에서만 기능하는 영국성에 포섭될 것을 꿈꾸며 "영국에서 제일 부유한 보석상" 베이컨은 "다시 또 일요일에 사람들이 개를 팔던 골목에 사는 어린 소년"이 된다(253). 「공작부인과 보석상」의 말미에서 올리버 베이컨은 여전히 반유태주의와 동화주의 담론의 이중적이고 모순된 구조 속에 갇혀 있는 것이다.

IV.

울프는 「공작부인과 보석상」에서 한 유태인 보석상의 삶을 캐리커처로 그리면서 당대에 통용되던 인종주의에 근거한 반유태주의적 언어를 차용한다. 「공작부인과 보석상」 전반에 걸쳐 사용된 캐리커처 기법은 인종주의적 고정관념에 근거하여 베이컨의 외모를 묘사하고 반유태주의적 민속학적 담론의 틀 속에서 베이컨의 삶을 형상화한다. 베이컨에 대한 이러한 캐리커처는 과연 유태인을 비하하고 유태인의 동화를 궁극적으로 불가능한 것으로 상정함으로써 유태인을 배척하는 반유태주의 정서를 시사하는가? 「공작부인과 보석상」은 베이컨을 인종적, 계급적 타자로 희화화하면서도 이야기를 그를 중심으로, 그의 관점에서 풀어나감으로써 베이컨에 대한 독자의 시선을 교묘하게 불편하게 둔다. 울프의 캐리커처는 울프의 화자가 전적으로 베이컨을 전형적인 유태인으로 비하하며 희화화한다고 보기에는 공작부인의 사기 거래에 휘말린 희생자로 제시되는 베이컨에게 일말의 동정심과 애처로움을 갖게 한다. 반면에 전통과 명성을 휘두르는 영국의 귀족에게 이용당하는 희생자인 베이컨을 동정적으로 보기에는 영국성에 대한 그의 집착에 기인한 그의 어리석은 욕망을 간과할 수 없게 한다.

울프의 캐리커처 기법과 이에 차용된 유태인을 정형화하는 언어는 「공작부인과 보석상」이 정형화된 언어 그 자체, 즉 인종주의적 반유태주의 담론을 담론화하는 장이 되고 있음을 시사한다. 다시 말해 「공작부인과 보석상」은 이야기의 형식을 빌려 유태인을 정형화하기 보다는 유태인을 정형화하는 영국의 반유태주의 담론의 양상을 드러내고 영국의 반유태주의 담론이 영국성을 정의하고 강화하는 담론의 기제로 작동하고 있음을 보여준다. 더 나아가 「공작부인과 보석상」은 유태인 보석상과 영국인 공작부인을 대칭적인 축으로 전형적인 유태인성과 전형적인 영국성이라는 차이와 대립을 강조하지만, 훔친 개를 되파는 유태인과 썩은 진주를 이미 팔아버린 보석관의 진주라며 다시 파는 공작부인이라는 설정을 통해 대칭적인 이 두 축이 서로 맞물려 있으며 동질적임을 드러낸다. 앞서 언급하였듯이 보석상을 희화화하는 캐리커처가 완성되는 지점은 가짜 진주를 매개로 한 거래가 여전히 유효함이 드러나는 순간이다. 유태인의 인종적 차이를 양산하고 유태인을 인종적, 계급적, 국가적 타자로 투사하는 기제를 통해 공작부인의 진주라는 결정체로 형상화된 영국성이 실제로 모조품이며 핵까지 썩어버린 진주임이 드러나는 순간 반유태주의와 동화주의를 둘러싼 논제들, 차이와 동화, 포섭과 혼종, 위협과 배척 등의 담론은 그 담론의 맹렬함에도 불구하고 어이없이 희화화된다.

그러나 「공작부인과 보석상」은 단순히 어리석은 보석상을 희화화하고 공작부인으로 대변되는 영국성을 희화화하는데 그치지 않는다. 가짜 진주의 거래를 성사시키고 공작부인은 화려한 깃털을 활짝 편 공작새처럼 영국성의 기품과 명망을 회복하고, 가짜 진주임을 알고 나서도 베이컨은 숭어가 솟아오르는 강이 있는 장원의 영지에서 다이애나와의 밀회를 꿈꾸고 수상과의 접견을 기대한다. 「공작부인과 보석상」은 마지막 장면은 경제자본과 문화자본의 구조 속에서 영국성은 여전히 교환의 가치로 매겨짐을 암시한다. 「공작부인과 보석상」의 마지막 장면은 베이컨이 이러한 비실제적인 교환의 회로 속에, 유태인을 인종적, 계급적, 국가적 타자로 투사하고 차이로서의 영국성을 생산하고 재생산하는 회로 속에 편입되어 있음을 시사한다. 이렇게 볼 때 울프가 「공작부인과 보석상」에서 구사하는 반유태주의적인 언어는 레베카 왈코위츠(Rebecca Walkowitz)가 정의하는 "나쁜 모더니즘"(bad modernism) 의 일례라고 할 수 있다. 왈코위츠는 울프가 정치적으로 분명한 입장을 회피한다는 기존의 비판에 대하여 울프를 "의도적으로 나쁜 모더니스트"로 규정하고 "일인칭 관점을 벗어나는 탈중심적인 서사를 통하여 편안하고 확신에 찬 어조를 거부"한다고 논의한 바 있다(120). 「공작부인과 보석상」에서 울프는 반유태주의적인 언어를 과감하게 차용하여 캐리커처 기법을 구사함으로써 반유태주의의 수용과 거부를 넘어서서 반유태주의 및 동화주의 담론에 내재한 욕망과 갈등을 탈중심적인 시선으로 그려내고 있다.

출처: 『영미문학페미니즘』 제20권 2호(2012), 13-36쪽.

▩ 인용문헌

Baldwin, Dean. *Virginia Woolf: A Study of the Short Fiction*. Boston: Twayne, 1989.

Briggs, Julia. "Cut Deep and Scored Thick with Meaning." *Trespassing Boundaries: Virginia Woolf's Short Fiction*. Ed. Kathryn Benzel and Ruth Hoberman, NY: Palgrave Macmillan, 2004. 175-191.

Cheyette, Bryan. *Construction of 'The Jew' in English Literature and Society: Racial Representations 1875-1945*. Cambridge: Cambridge UP, 1993.

Dick, Susan. ed. *The Complete Shorter Fiction of Virginia Woolf.* San Diego: Harcourt Brace & Company. 1989.

Felstein, Frank. *Anti-Semitic Stereotypes: A Paradigm of Otherness in English Popular Culture, 1660-1830*. Baltimore: The Johns Hopkins UP, 1995.

Hafley, James. "On One of Virginia Woolf's Short Stories." *Modern Fiction Studies* 2.1(1956): 13-16.

Henderson, Kate Krueger. "Fashioning Anti-Semitism: Virginia's Woolf' 'The Duchess and the Jeweller' and the Readers of *Harper's Bazaar*." *Journal of the Short Story in English* 50(2008): 2-12.

Jacobsen, Matthew F. "Looking Jewish, Seeing Jews." *Theories of Race and Racism*. Ed. Les Back and John Solomon. London: Routledge, 2000. 238-52.

Kushner, Tony. "The British and the Shoah." *Patterns of Prejudice* 23.3 (1989): 3-16.

Lee, Hermione. *Virginia Woolf.* London: Chatto, 1996.

Lowenstein, Andrea Freud. *Loathsome Jews and Engulfing Women: Metaphors of Projection in the Works of Wyndham Lewis, Charles Williams, and Graham Greene.* NY: New York UP, 1993.

Schröder, Leena Kore. "Tales of Abjection and Miscegenation: Virginia Woolf's and Leonard Woolf's 'Jewish' Stories." *Twentieth-Century Literature* 49.3(2003): 298-327.

Snaith, Anna. "Of Fanciers, Footnotes, and Fascism: Virginia Woolf's *Flush*." *Modern Fiction Studies* 48.3(2002): 614-36.

Trubowitz, Lara. "Concealing Leonard's Nose: Virginia Woolf, Modernist Antisemitism, and 'The Duchess and the Jeweller.'" *Twentieth Century Literature* 54.3(2008): 273-306.

Walkowitz, Rebecca L. "Virginia Woolf's Evasion: Critical Cosmopolitanism and British Modernism." *Bad Modernisms*. Ed. Dougals Mao and Rebecca L. Walkowitz. Durham: Duke UP, 2006. 119-44.

Woolf, Virginia. *The Diaries of Virginia Woolf*. Ed. Ann Olivier Bell and Andrew McNielle. 5 vols. London: Hogarth, 1977-84.

_____. "The Duchess and the Jeweller."*The Complete Shorter Fiction of Virginia Woolf.* Ed. Susan Dick. 242-47.

_____. "The Duchess and the Jeweller."Virginia Woolf Papers ms. 74-75. New York Public Library, NY.

_____. *The Letters of Virginia Woolf*. Ed. Nigel Nicholson and Joanne Trautmann. 6 vols. London: Hogarth, 1975-80.

일반 논문

박은경

•

"Dare we [...] limit life to ourselves?":
Virginia Woolf, Katherine Mansfield, and the Fly

손영주

•

"생각하는 일이 나의 싸움이다": 버지니아 울프의 사유, 사물, 언어

손현주

•

초상화와 전기문학: 버지니아 울프의 전기문학과 시각예술

"Dare we [...] limit life to ourselves?": Virginia Woolf, Katherine Mansfield, and the Fly

ㅣ박은경

I. Woolf and Mansfield: Their Rivalry and Friendship

Virginia Woolf's friendship and rivalry with Katherine Mansfield has attracted considerable scholarly attention in recent years. Woolf's intial reservations of Mansfield's "[*stinking*] like a—well civet cat that taken to street walking" (*DVW* I, 58; emphasis mine) implies her uneasy feelings toward Mansfield's sexually questionable lifestyle,[1] as noted in her diary entry of 11 October 1917. Meanwhile, Mansfield confesses her dislike of the Woolfs referring to them as "the Woolves" in her letter to her lover John Middleton Murry privately on 16 and 17 February 1918, and using a similar

1) Sue Thomas notes that "in the 1910s the word cat was still in use as a term for a prostitute" (70).

expression related to olfaction — "They are *smelly*" (*CLKM* II 77; emphasis original). Mansfield's envy of Woolf's life is obvious, as revealed in her letter to Murry; "There is always in her writing a calm freedom of expression as though she were at peace — her roof over her — her possession round her — and her man somewhere within call" (*CLKM* III, 127-28; 30 Nov. 1919). On the other hand, Woolf discloses her competitive feelings with Mansfield in her final letter to Mansfield: "Damned Katherine! Why can't I be the only woman who knows how to write," referring to E. M. Forster's evaluation — "*Prelude* and *The Voyage Out* were the best novels of their time" (13 Feb. 1921).[2] Woolf's dubious glance at Mansfield's "callowness & hardness as a human being," together with her suspicion of Murry/Mansfield's simultaneous amorous relationships with Ottoline Morrell,[3] leads, in fact, to her hostile comments on Mansfield's "Bliss," where Mansfield's conception is "poor, cheap" (*DVW* I, 179; 7 Aug. 1918). And Woolf saw "spite" in Mansfield's review of her *Night and Day* (*DVW* I, 314; 28 Nov. 1919). Mansfield, on the other hand, did not want to openly reveal her dislike of Woolf's *Night and Day* straightforwardly in the review, for fear of offending

---

2) I quote this diary entry from Sarah Ailwood's interesting essay, "Katherine Mansfield and Virginia Woolf and Tensions of Empire during the Modernist period." Ailwood notes that this letter "indicates that she[Woolf] was not afraid to confront her[Mansfield] about their rivalry" (255-56). Ailwood considers the Mansfield/Woolf relationship as "symbolic of the broader tensions of empire during the modernist period" (265).

3) Murry has amorous feelings for Morrell at that time, and Mansfield, in turn, has dubious feelings toward Morrell. In "Bliss," Mansfield might be reflecting their triangular relationship in the complex liaisons among Bertha, Harry, and Pearl.

Woolf, although she thinks that Woolf's novel is "a lie in the soul" (*CLKM III*, 82), as she notes in her private letter to Murry on 10 November 1919. Woolf and Mansfield's off-and-on relationship, considering Mansfield's negative review of Woolf's *Night and Day* and Woolf's somewhat cynical refusal of Mansfield's "Bliss," might well appear quite competitive and loaded with jealousy.

However, despite their rather guarded approach to each other at first and the cautious distanced review of each other's work, their mutual passion for writing, especially for a new form of fiction, along with their sense of solidarity as women, led to a strong fellowship, as their correspondences and diary entries reveal.[4] For all the challenges that existed in paying regular visits or talking together, due partly to Woolf's being bedridden and mainly to Mansfield's tuberculosis and the subsequent intermittent overseas trips, they certainly seemed to enjoy each other's company. Woolf's suspicion about Mansfield's "cheapness" disappears in their first meeting, as soon as they engage in talking about writing, and she finds Mansfield "so intelligent & inscrutable that she repays friendship" (*DVW* I, 58). Woolf's diary entry of 28 May 1918 also reveals a typical reaction to Mansfield; though at first

4) Although "K. M.[(Katherine Mansfield)]" was first mentioned by Woolf in a dairy entry of 18 August 1917 when they began to discuss the publication of Mansfield's "Prelude" in Hogarth Press, as Anne Olivier Bell, the editor of Woolf's diaries, notes, Woolf had contacted Mansfield "probably towards the end of 1916" (*DVW* I, 43: n. 18). And their relationship continued through 1921 up to Mansfield's leaving for France to be treated in Guerdijeff Institute.

noticing Mansfield's "marmoreal" attitude, Woolf feels they "*[a]s usual* [...] came to an oddly complete understanding" owing to their shared "love of writing" (*DVW* I, 150; emphasis mine). When they met again on 31 May 1920, the "steady discomposing formality & coldness" at the beginning soon vanished, and they "*as usual*, talked as easily as though 8 months were minutes" (*DVW* II, 44; emphasis mine). Woolf's suspicion of their friendship being "entirely founded on quicksands" (*DVW* I, 243; 18 Feb. 1919) often changes, as their relationship progresses, into her confirmation that they have reached "some kind of durable foundation" (*DVW* I, 291; 12 July 1919). Mansfield's happy recollections of her day spent with Woolf and Woolf's works are also contained in her letters: her confession of her joyous rereading of "The Mark on the Wall" (*CLKM* II, 170; 14 May 1918), her being "proud of [Woolf's] writing [i.e. "Modern Novels"]" (*CLKM* II, 311; 10 April 1919), and her praise for Woolf's "*bird's eye*" in "Kew Gardens" which "sees the lovely reflections in water that a bird must see" (*CLKM* II, 333-34) in her letter to Ottoline Morrell on 27 June 1919 — all of these remarks reveal her admiration for Woolf's works. Their shared communication as a writer is expressed in their making "a public of two" (*DVW* I, 222; 30 Nov. 1918), as Woolf acknowledges. Similarly, Mansfield admits to Woolf after visiting for the weekend in August 1917 that they both "have got the same job," and they "should both, quite apart from each other, be after so very nearly the same thing" (*CLKM* I, 327; letter to Woolf on c. 23 Aug. 1917).

Their friendship with Woolf's appreciation of Mansfield's intelligence[5)] seems to be founded on a certain solidarity between women. Woolf finds that "talk[ing] to Katherine" is much easier than sitting and listening to John Middleton Murry's "orthodox masculine thing about Eliot"; "[t]he male atmosphere is disconcerting," while she takes solace in Mansfield who "gives & resists as [Woolf] expect[s] her to" (*DVW* I, 265; 17 April 1919).[6] On 31 May 1920, Woolf felt "once more as keenly as ever [...] a common certain understanding between [them]—a queer sense of being 'like'," regardless of Murry's interruptions, as they "chatted as usual" about literature and their stories (*DVW* II, 44-45). Given these observations, Antony Alpers's accusation of Woolf's being "cursed with a rival-complex" especially because Mansfield was "a confident, healthy young woman of twenty-eight" (198) while Woolf was already 34 years old when they first met, sounds rather prejudiced, since Alpers's comments trivialize their professional competition as something merely similar to a catfight. When Woolf confides, at the news of Murry's second marriage, that "K.[Katherine Mansfield] & I had our relationship; & never again shall I have one like it" (*DVW* II, 317; 17 Oct. 1924), she acknowledges their persistent affinity, somewhat similar to, and perhaps stronger than, Murry's love. Woolf, who

5) Though disliking Mansfield's stories, Woolf asks herself, "if she[Mansfield] were not so clever she couldn't be so disagreeable" (*DVW* II 138; 15 Sep. 1921).

6) Quoting Woolf's diary entry where Woolf and Mansfield "are not to be left alone; their husbands stay on, watching over them" although they want to long to talk, each with the other(20 April 1919), Kaplan points out their common feminist aesthetics (1991: 145).

has had with Mansfield “2 hours priceless talk,” as recorded in her diary entry of 5 June 1920 (*DVW* II 45), suffered after Mansfield's death from a loss of “something in common” that she “shall never find in anyone else” (*DVW* II, 227; 16 Jan. 1923).

Alper's observation that it was Leonard Woolf, and perhaps not Virginia, who made the class-biased “masculine error” about Mansfield, as disclosed by his reference to “Virginia's disliking Katherine's ‘cheap scent and cheap sentimentality’” (203), sounds convincing. Yet, his strong argument that “Katherine Mansfield in some way helped Virginia Woolf to break out of the mould in which she had been working hitherto” (201) adds fuel to the impassioned debate over the issue of who is the true modernist innovator. The question that Angela Smith has asked at the beginning of her book, *Katherine Mansfield and Virginia Woolf: A Public of Two*, as to “why Woolf was haunted by Mansfield, ‘that faint ghost’” (7) seems to provide a more proper departure point for our research into images shared by Woolf and Mansfield, which are connected to their modernist and feminist exploration of what lies under the male-dominated, human-oriented world. Smith adequately points out their common characteristics such as “their obsession with writing” that “linked with their experience as ‘edgewomen’,” together with “their abjection in illness, their bisexuality, their responses to childlessness, and their complex gender relationships with their editor husbands and with their fathers” (31). David Daiches well grasps each writer as a modernist, noting the seemingly opposite approaches of Woolf's request to look within and

Mansfield's calling for "a clearer vision with which to look out" (192).[7] Yet, Daiches's attention to Woolf's "purely personal sense of significance" (193) is questionable, since, summarizing Woolf's dominating theme merely as abstract and philosophical, and being suspicious of Woolf's "certain lack of body in her work" (195), Daiches seems blind to Woolf's material, somatic, and feminine consciousness infused in her text. Ann McLaughlin, aptly pointing out, in her 1983 study, an uneasy sisterhood (152), focuses on the ideas and techniques in Woolf's and Mansfield's works. Her detailed depiction of each writer's life and works, along with her close analysis of similar themes and passages in their stories, demonstrate Woolf and Mansfield's doing the same job.[8] Patricia Moran investigates two writers' complicated feminist engagement with bodily issues in *Word of Mouth: Body Language in Katherine Mansfield and Virginia Woolf*. Moran focuses on their shared "matrophobia," yet with an intention of "restor[ing] Mansfield to her position as a key figure in the development of British women's modernism," while decentering Woolf (15). Gerardo Rodriguez Salas and Isabel Maria Andres Cuevas's investigation into Woolf and Mansfield's "use of the grotesque, particularly in connection with ideas of femininity and maternity"

---

7) Daiches well notes their differences: "To accept the traditional schematization was unartistic to Joyce, meant the lack of objective truth to Katherine Mansfield, and meant the presentation of the unimportant and the trivial to Virginia Woolf" (193).

8) McLaughlin's extensive observation in this article is quite helpful in understanding the strong affinity between the two writers, both in their life and works. See especially pp. 153-58.

can supplement Moran's elevation of Mansfield, because their study highlights Mansfield and Woolf's shared "desire to transgress the conventions of a suffocating patriarchal society" (140). In 1991's *Katherine Mansfield and the Origins of Modernist Fiction*, Sydney Janet Kaplan also argues for feminist aesthetics both in Mansfield and Woolf, finding their "heading for the same place" (146) — each being a woman and modernist writer.[9] Kaplan notes the ambiguities-fraught relationship between Mansfield and Woolf (146), but she warns, quite convincingly, against "overemphasiz[ing] their competition and thus play[ing] into the stereotype of women as enemies, conspiring against each other for the favors of men" (146). To "explore the creative consequences of their interaction" (Kaplan 1991: 146) will be most beneficial to Woolf/Mansfield studies. Their formal and thematic interests unfold as we take a closer look at the embodied images and tropes that intersect in Woolf's and Mansfield's stories.

II. The Nonhuman World and the Fly

Mansfield's and Woolf's stories are filled with images of nature — flowers, fruits, plants, trees, birds, fish, cows, the sea, the sky, snakes, toads, snails,

9) Sydney Janet Kaplan's recently published book, *Circulating Genius: John Middleton Murry, Katherine Mansfield and D. H. Lawrence*, tries to correct her previous harsh portrayal of Murry as a cold unsympathetic husband, focusing more on Murry's life and works than in her 1991 book. Nevertheless, she observes extensively the intimate and shared connection between Mansfield and Woolf, which persists.

and insects, to list a few. The gnarled, seldom-blooming aloe with "long sharp thorns that edged [its] leaves," in Mansfield's "Prelude," is a metaphor for Linda's complicated emotional life of love and hatred, sensitivity and cruelty, fertility and sterility, as a woman and mother (115). The "tall, slender pear tree" that is "in fullest, richest bloom" as seen by Bertha Young in her state of manic bliss remains simply "as lovely as ever and as full of flower and as still" even after Bertha's discovery of the adulterous affair between her husband and the secret object of her lesbian desire, Pearl Fulton ("Bliss," 177, 185). The "baby owls crying 'More pork' in the moonlight" stand for Leila's limited, childlike life ("Her First Ball" 267). In Laura's garden, roses, "the only flowers that impress people at garden parties," come out and bow down as though they have been "visited by archangels" in "The Garden Party," designating the Sheridans' privileged class status, in its sharp contrast with "the garden patches" in the neighborhood of Scott, the dead carter, where "there was nothing but cabbage stalks, sick hens and tomato cans" (336, 343).

This fascination with the connection between nature and human is echoed in Woolf's novels and short stories. *Mrs. Dalloway* begins with the famous, rather perplexing sentence — "Mrs. Dalloway said she would buy the flowers herself" (3). Woolf, making a parallel between flowers and Mrs. Clarissa Dalloway's reviving desire for life, connects Clarissa's desire for flowers with Clarissa's feeling of odd affinity with the unknown Septimus achieved during her party at the end of the novel. This novel deals, as McLaughlin argues, with a similar existential problem as Mansfield's "The Garden Party" — "the absurd, almost existential juxtaposition of horror and gaiety" — only with its being developed "far more extensively" (1983; 159).[10] Mrs. Ramsay's meditation on life and death flows against a backdrop of the sea in *To the Lighthouse*. The snake engorged with a toad that is trampled by Giles, in *Between the Acts*, can be read as a symbol of "the predator/prey dynamic that suggestively evokes the political paralysis engulfing Europe" (Tromanhauser 75), signaling that human beings are endangered by another merciless war just around the corner. Woolf's *Flush* is a book where a spaniel lapdog functions as a narrator/protagonist observing Elizabeth Barrett Browning's life.

Merely by taking a look at their works, as roughly outlined above, Woolf's and Mansfield's shared interest in the biosphere is apparent. Vicki Tromanhauser's intriguing paper, "Animal Life and Human Sacrifice in Virginia Woolf's *Between the Acts*," affirms that the narrative in *Between the Acts* "deconstructs the human/animal divide by undermining the sense of mastery upon which such a distinction rests" (80). The cows and other natural elements fill the awkward gap between the acts designed by La Trobe, widening the limits of a man-made play to including something not quite subservient to human projects, while also with effacing the omniscient

10) McLaughlin's reading of Woolf alongside with Mansfield, focusing on the similar images, passages, and themes, are quite helpful. Yet, her statements are not sometimes quite correct: for example, "Laura, the heroine, discovers" the death of Scott, the carter, not "in the midst of the party" (159), but in the midst of *preparation* for the party.

narrator's voice. Tromanhauser's argument that Woolf reverses "the anthropomorphizing strain" by "abruptly assimilat[ing] the human to the bovine" (79) in this novel can provide a valuable clue to discussions of Woolf's and Mansfield's presentation of the non-human world. Melinda Harvey's study, in "Katherine Mansfield's Menagerie," of Mansfield's "critique of anthropocentrism and the pursuit of an animal-centred discourse" (202) is in line with Tromanhauser's view, offering another important reference to Mansfield's and Woolf's connection with the biosphere, particularly with animals.

Firmly founded on Jacques Derrida's call for "poetic thinking" where "thinking concerning animal" is feasible, while "philosophical knowledge" does not encompass the animal, Harvey starts her discussion by pointing out that "friends and acquaintances often linked Mansfield to the animal" (203). It is true that Mansfield and Murry address each other as two tigers in their letters — 'Wig' for Mansfield, 'Tig' for Murry. Interestingly, Woolf and her intimates also employed animal nicknames; Leonard is 'Mongoose' to Virginia, and Virginia 'Mandril' to Leonard in their playful fantasy of courtship, and Virginia signed herself usually "Billy(goat) to her sister Vanessa.[11] Woolf was also surrounded by companion animals, such as dogs

11) See, for example, Virginia's letter to Leonard of November 1912 (*LVW* II, 12). Reginald Abbott notes in detail "'human' animals in Bloomsbury" (282, n. 8): Virginia was 'Goat' to Vanessa, Vanessa was sometimes 'Sheepdog,' Virginia's self-adopted nickname was 'Sparroy' for her friend Violet Dickinson, Emma Vaughan was nicknamed as 'Toad,' to quote a few.

and cats, and even a marmoset, called Mitz. Animals frequent these two women writers' stories; some actively participate in human dramas, and others seem to simply be there side by side with human beings. We become, therefore, engaged in the exploration of the sphere outside of the human-dominant space in Woolf and Mansfield, asking — "Dare we, I asked myself, limit life to ourselves?" (192) — , the very question that the Rev. G. W. Streatfield in *Between the Acts* throws to the spectators gathered to watch La Trobe's pageant.

Both Woolf and Mansfield have a keen interest in small, obscure, and marginalised beings. The fly is a recurrent image in Woolf's and Mansfield's life and works. The fly is the image Mansfield frequently uses to identify her miserable feelings in particular. When she stayed alone in Bandol, longing to go back to England and to Murry but deterred because of the war, and, in addition, when she was diagnosed that her lungs were affected with tuberculosis, she compared herself to a drowning fly in her letter to Murry. In a letter of 11 January in 1918, she tells him that she feels "like a fly who has been dropped into the milk jug & fished out again but is still too milky & drowned to start cleaning up yet" (*CLKM* II: 8). On the last day of 1918, when she faced a resurgence of depression, Mansfield saw herself as the unfortunate fly once more; "'And God looked upon the fly fallen into the jug of milk and saw that it was good. And the smaller Cherubims & Seraphims of all who delight in misfortune struck their silver harps & thrilled: How is the fly fallen, fallen'" (*JKM* 153). As Vincent O'Sullivan and

Margaret Scott note in their "Introduction" to *Collected Letters of Katherine Mansfield: 1918-1919*, Mansfield uses this trope of the fallen fly "at the center of one of her best-known stories" (xiv). This story they refer to is one of the last stories written by Mansfield, poignantly titled "The Fly."

The imagery of the fly is echoed in Woolf's stories. In *Jacob's Room* a woman is battering at someone's door in the rain, while Jacob is engrossed in reading Plato in his room. This woman who is not allowed inside is depicted as "a fly, falling from the ceiling, had lain on its back, too weak to turn over" (110). The powerlessness of woman, identified with the image of a fallen fly, does not, however, seem inevitably fixed. Woolf suggests weaknesses in the constraints of male-dominated society, as implied in the scene where Jacob feels strongly against women's taking part in King's College Chapel; Jacob's deprecating gaze at the women in the chapel, criticizing them as the ones who "[destroy] the service completely" like dogs, being "as ugly as sin" (33), discloses Jacob's immaturity and reveals the unknown narrator's oblique critique of Jacob's prejudice against women. These depictions of women, together with the voices of the marginalized women, including Mrs Flanders, Mrs Jarvis, and perhaps the narrator, turn the reader's attention to the irreducibility of fly-like women, implying "Jacob's insecurity as a privileged reader" (Smith 2007; 214).

In *Orlando*, flies assert their own reality, taking a dominant position over Harry in a war between Orlando and Archduke Harry. The "game called Fly Loo" that Orlando proposes to Archduke is a simple "device [...] needing only three lumps of sugar and a sufficiency of flies," which helps to overcome "the embarrassment of conversation," or rather the absence of conversation (174). Yet, it serves not merely to fill in a boring time during the Archduke's courtship, but, more importantly, to avoid "the necessity of marriage" (174) to the Archduke where Orlando might be merely reduced to "the Pink, the Pearl, the Perfection of her sex" (172). Archduke Harry who cannot distinguish a dead fly from a living one weeps shamelessly when he discovers Orlando's cheating, i. e. Orlando's use of a dead blue-bottle fly for her advantage. Harry — who has shot at "an elk in Sweden," "the reindeer [...] in Norway," and an "albatross" — surrenders to Orlando's fly, the only weapon Orlando can take, since her sex prevents her from "knock[ing] a man over the head or run[ning] him through the body with a rapier" (173, 174-175). Woolf's playful use of a fly in this novel indicates the possibility of a power reversal — the victory of Orlando, the weaker sex, over the 'masculine' Archduke Harry, and, with a slight leap of the logic, the victory of the feeble fly over the majestic elk. Furthermore, it is the fly that chooses which bottle it sits on and decides the victor of this game, although a blue-bottle fly needs to be sacrificed on behalf of Orlando; the fly serves as Orlando's co-actor as well as her weapon.

We can find a use of similar images of the fly and the toad in *Orlando* and in Mansfield's letter to Murry mentioned above. Woolf's humorous description of the fly, which was sluggish in a wintry cold and "often spent an hour or so circling round the ceiling" and "a small toad" that is dropped into Harry's shirt to finally push Harry out the door and out of Orlando's life (*Orlando* 174, 176), reminds us of Mansfield's self-mocking presentation, though with much pathos, of herself as a drowned fly and of her feet, wet in "piercing cold," as "2 walking toads" (*CLKM* II, 6; 11 Jan. 1918). The fly intrigues us in particular; this small insect is often chosen by Mansfield and Woolf for their stories, with containing compelling reference to our ordinary life.

III. The Death of the Fly and the Power of Otherness

"The Fly" was written when Mansfield stayed at the Victoria Palace Hotel in Paris receiving a cure under Dr. Manoukhin and suffering excruciatingly from her illness in 1922. This story risks being viewed merely as a story of the purposeless death of a fly, without a close analysis of the significance of the fly and its death, as observed in parallel with Mansfield's wretched state during her last days and with the self-mocking portrait of herself as the fly in a letter to Murry and in her journal as we've briefly observed above. Kaplan reads the fly in this story as meaninglessly killed by the boss, with the comment that this "unnerving portrait of victimisation, grief and suffering" might result from Mansfield's identification of herself with a fly, reminding us of the insect image of Mansfield herself in her letter (Kaplan 2012; 160). Kaplan's discussion regarding Mansfield's feeling of wretchedness due to her physical suffering as accrued to tuberculosis and her own moment of insecurity and terror caught in the abject trope of a fly is interesting, since it grasps Mansfield's experience of illness and "the darkest disintegration of the self," in the context of the "experience of liminality, inhabiting as a constant rather than transitional state, a limbo between life and death" (23). However, Kaplan's understanding, though beneficial, does not pay much attention to the fly, eponymous hero of "The Fly." Similarly, Sylvia Berkman, noting that Mansfield's "The Fly" "incorporates a despair" Mansfield has experienced, reads this story just as "a relentless, grim depiction of the caprices of destiny" (Berkman 137, 138), without giving a proper place to the fly. Berkman's observation of the shared gift of Mansfield and Woolf — "intense appreciation of the significance of minute detail" (76) — rightly marks both women writers's contribution to a modern literary world. And her view that Mansfield's drawing of insect life in "The Fly" results from her reading of Shakespeare's *King Lear* or Anton Chekhov's story, "Small Fry," is certainly informative (194). However, her conclusion that Mansfield has failed to fulfill "a necessary function in literature" (202), for having given up the struggle to grasp the dualism of life and submitting merely to the dark side without "resolv[ing] into a harmony" (196), is suspect, because her critique seems to rely too much on her reading of Mansfield's personal life in parallel with the story.

"The Fly" begins with the description of Mr. Woodified, an elderly man who is retired; having had a stroke, he is "boxed up" by his wife and daughters in a suburban house (357). On Tuesday, the only day old

Woodified is freed from his protective family, he starts for "the City" (357) to visit his friend who is simply identified as "the boss," at his office. Mr Woodifield talks about his family's visit to the grave of Reggie, Woodifield's son, and, about how they happened to come upon the grave of the boss's son who was also killed in the war six years ago. After more small talk about his family, Mr Woodifield eventually leaves the boss's office. The latter part of the story begins with the boss's preparation for a good cry, affected by Mr Woodifield's reminder of his dead son. He orders his employee, Macey, who has "dodged in and out of his cubby hole like a dog that expects to be taken for a run" (359), to prevent anyone from interrupting him, and begins to remember his son, the heir to his business, the object of his hopes and future. Anticipating a feeling of sadness, the boss then realizes that "[h]e [isn't] feeling as he [wants] to feel" (360). At this puzzling moment he notices a fly, who has fallen into his inkpot and "began to swim" (360) in it. Though at first the boss helps the ink-soaked fly to clean and dry its body by picking it up and placing it on the blotting paper, he begins, out of curiosity, to drop a blob of ink over it. After three blobs of ink, the fly is finally dead. Following this convenient diversion, the boss cannot remember what he was thinking.

There are certainly considerable similarities between "The Fly" and Chekhov's "Small Fry" (1885): the use of the insect and its symbolism; a background environment of an urban space, the office in particular; feelings of being isolate, bored, and repressed; killing an insect; and a sense of the absurdity of life. A certain message — that the inevitable suffering of humans does not necessarily lead to understand the (in)significance of the insect — seems to pervade both stories. "Small Fry" focuses on Nevyrazimov, a petty clerk who is working at the office for extra money on Easter. The cockroach that is "running about the table and [has] found no resting place" (3) looks just like Nevyrazimov who cannot find "a means of escape from his hopeless situation" (3) in poverty and anger, merely boxed within "the same grey walls, the same stop-gap duty and complementary letters" (2) in the office. In "The Fly," the sense of a miserable, ignominious life is reflected rather in Macey, "the grey-haired office messenger" (359) than the boss.[12] It is evident in the last paragraph of this story; the boss's command to the fly — "Look sharp! — is repeated to Macey in exact wording — "look sharp," about bringing some fresh blotting-paper (361). At the end Macey is so belittled that he is referred to as "the dog" (361), without properly being called by his name.

12) Charles May, comparing "The Fly" with "Misery," another story Chekhov's, argues that "The Fly" explores "the latent significance of the boss's emotional state" (202). His observation — this story emphasizes "the transitory nature of grief," regardless of the diverse interpretations of the symbolism of the fly itself, "regardless of whether one perceives the creature as a symbol of the death of the boss's grief, his own manipulated son, or the trivia of life that distracts us from feeling" (202-203) — is helpful, but his comment is restricted to only one character, the boss. His view, however, well grasps the similarities between Mansfield and Chekhov, focusing on character as mood, the "minimal dependence on the traditional plot," the "focus on a single situation in which everyday reality is broken up by a crisis" (201), whose characteristics can be applied to Woolf's short stories as well.

The two stories reveal two writers' skill to create a slice of life with emotion-laden significance out of seemingly trivial and ordinary affairs, within an objectively-controlled narrative that merely describes our outer behaviors. However, upon a closer look into the details, the reader notices their dissimilarities. While "Small Fry" simply focuses on the minor clerk, "The Fly" has other characters, intimating the complexity of the boss's emotion. Yet, the most obvious difference lies in the latter part of the story, especially surrounding the ending. The vicarious sacrifice of a cockroach seems to relieve Nevyrazimov's repressed anger, but the boss's emotions appear more complicated. Nevyrazimov is blind to his own cruelty, whereas the boss faces, though for a second, a fear, acknowledging his capability of being cruel to the fly. In "The Fly" an allusion to the inhumanity of war is implied. And, most conspicuously, there are elaborately-woven passages that deal with the interaction between the fly and the boss. Unlike in Chekhov's "Small Fry," where Nevyrazimov slaps the cockroach with his hand and picks it up only to throw it into the fire of the lamp, Mansfield's "The Fly" describes the long process of the fly's struggle to survive: to dry out its wet body when the boss picks it up and places it on a piece of blotting-paper; after "the immense task of cleaning the ink" from its front legs and its wings, the fly "[begins], like a minute cat, clean its face" (360-61). Finally when the fly is "ready for life again" (361), the boss begins to drop the ink blobs three times, one after another watching its restoring attempts until it dies. The fly's cleaning, or rather dying, process is (pain)fully described with minute details. Mansfield's "The Fly" "resist[s] definite readings," unlike Chekhov's, owing to "the luminous details," as in Woolf's stories, as Smith rightly makes a comment ("Introduction," xxv).

The fly is the most intriguing and mysterious character in this story, and perhaps the most fully realized. While minor characters are named — Mr Woodifield, Macey, Reggie, even the unseen Gertrude, Mr Woodifield's daughter — , the major characters remain nameless; the boss, the only son of the boss, and the fly.[13] A parallel between the boss's dead son and the dead fly can be easily drawn.[14] The son and the fly both are killed due to a pointless, inhuman motive. Though the boss has thought he could never recover from the loss of his son and told everybody that "[t]ime [...] could make no difference" (359), he has overcome the death of his only son in less than six years, and so does he quickly forget the death of the fly, despite his meticulous attention to every detail of the fly's movements, and even his

---

13) Marian Scholtmeijer's reading of this story in the urban context is very interesting. She notes that the nameless boss indicates his being merely "one anonymous boss among others" who runs an undefined business typical in the city, while the nameless fly "holds steadier ownership of its individuality than the man, despite its depending for its life upon human caprice" (165). However, her view — the fly, not being a symbol of "the power of life," for its being finally drowned and thrown away, "extinguishes" "simultaneously the luxuriance in pathos and the hope of a moral cure" — seems to require reconsideration. She does not, in my opinion, give a proper attention to the significance of the ink and the dominance of the fly, which is necessary to turn our attention to an ethical dimension of this story.

14) J. K. Kobler's view that the fly is "a replacement for [the boss's] own wretched state" (61) is different from mine, though I think his comment is also persuasive to a degree.

consideration of "breathing on [the fly] to help the drying process" (361). Like the old photograph of his son, "a grave-looking boy in uniform," to which the boss does not want to "draw old Woodifield's attention," the existence of the fly appears out of place in the boss's office where "the bright red carpet," "the massive bookcase," and "the table with legs like twisted treacle" give the boss "a feeling of deep, solid satisfaction," especially when electric heating and the treasure of a bottle of whisky are added (357).

The fly is not, however, simply limited to a symbol of the boss's dead son. In this urban space of an office modernized with technological and scientific innovations and inventions, the existence of the fly is unexpected, and coexistence with the fly might be inexcusable. Nonetheless, the fly is simply there. In this line of thought, Harvey's interpretation is quite intriguing. Quoting Steven Connor's observation that "flies are 'embodiment of the accident, of what just happens to happen, as synecdoches of the untransfigured quotidian'," Harvey argues, interestingly, that the fly in this story "provides a *trompe l'oeil* effect just as it was used in fifteenth-century paintings" (206); the fly makes this story truly real, by making this story as quotidian as possible, and, at the same time, by making us notice the existence of the fly in our human-dominated world. The fly might refer to what is "'the opposite of art'" (206), as Connor says, with which Harvey concurs. This fly might have been enjoying the snug office like old Woodifield, avoiding coldness outside, or might have been tasting "the five transparent, pearly sausages glowing so softly in the tilted copper pan" (357).

Though it is surprising to have sausages in an office, it is more unexpected to have a fly in the inkpot.[15] The boss uses his pen both to pick up the fly from the inkpot and to drop the ink blob to drown the fly. The boss does not use the ink-filled pen to write, but to kill the harmless fly. If the fly symbolizes what exists at the opposite of art, the ink represents an art that destroys living animals, insects. These metaphors can lead to a discussion of the ethical responsibility of art and literature, together with calling for the necessity of writing engaged with ecological concerns. And if we read the fly which has been rarely visible as a trope for women who occupy merely a subservient space, then, by making the fly prominent in this story Mansfield seems to include women previously neglected in the boss-dominating narrative of "The Fly." The boss's massive bookcase may occupy the office merely for display, and his paper-knife is only for flipping *Financial Times*. The fly, on the other hand, does not seem to like the sausages, but has a penchant for the ink. Mansfield's ink rewrites a world not quite limited to ourselves to tell the forgotten sphere of animals, insects, in this story.

Mansfield's fly, an ink-lover, reminds us of Lily Everit, the protagonist of Woolf's short story, "The Introduction" (1925). Lily Everit identifies herself, at the end of this story, with a fly, whose "wings off its back" are pulled by Bob Brinsley's "clever strong hands" (187). As a fledgling scholar, Lily takes

15) I agree on Harvey's opinion; "The real mystery of this story is not what the fly signifies but what the fly is doing diving into the inkpot in the first place" (207). Yet, Harvey stops at noting the significance of the fly, without delving into it in detail.

much pride in "her essay upon the character of Dean Swift" (184), which has received three red stars from her professor, the sign of first rate work. Achieved with her pen, these three red stars are the symbol of her true self. However, her understanding of her own existence is swept away in the emotional turmoil at Mrs. Dalloway's party. When Mrs Dalloway introduces Lily as "the clever one" (185) to Bob Brinsley who is just down from Oxford, the three stars, the indicator of her own proud self, undergo certain changes. Woolf's feminine sensibility, infuses the delicate flow of Lily's thoughts and perceptions in this short story. In her first appearance at Mrs Dalloway's party, Lily perceives it to be "the famous place: the world" (184). In her preparation for Mrs Dalloway's party, her essay is "untouched like a lump of glowing metal," though Lily's outer self is ruffled, with all the necessary adornment — a white dress, ribbons, "a pat here, a dab there" — to be 'properly' presentable at Mrs Dalloway's fashionable party (184). However, as Lily engages in a conversation with Bob, the three stars which represent her inner solidity do not maintain their hardness, nor function as "the cordial" (184) for Lily to hold onto in the grasp of "the whirlpool" (185) of Mrs Dalloway's drawing-room. To Lily's horror, they become "troubled and bloodstained" (188). The "great Mr. Brinsley" who pulls the wings off a fly, tramples over her essay as he talks "about his essay, about himself and once laughing about a girl there" (188).[16] Lily is reduced to a wretched fly,

16) Bob's being a direct descendant from Shakespeare ironically associates him with a "wanton boy" who kills flies for his sport, as expressed in the lines from Earl of

attacked and violently killed. Like the fly in Mansfield's "The Fly," Lily has run into danger by getting closer to ink — the ink that is used to criticize male writers.

Then, it is necessary to examine the process by which Lily, an intelligent young woman, is reduced to a mere fly. With the use of a trope of the fly in opposition to a butterfly, Woolf investigates the im/proper position of woman in a male-oriented society. Surrounded by "Westminster Abbey[,] the sense of enormously high solemn buildings," and "all the little chivalries and respects" of Mrs Dalloway's drawing room," Lily is made to feel that she needs to be "a woman" (185). Interestingly, to be a woman, by getting out of "the comfortable darkness of childhood," is identified with being a "butterfly" coming out of "her chrysalis" (185). This butterfly is nothing but a "frail and beautiful creature," and, being a "limited and circumscribed creature," the butterfly functions as what prevents Lily from doing "what she liked" (185). Obviously, if she is to become a "woman," Lily needs to keep her distance from the inkpot. Writing an essay on the character of a male writer is not appropriate for a butterfly-woman.

Although "[t]he cheapness of writing paper" is "the reason why women have succeeded as writers before they have succeeded in the other professions," to write reviews on the works of famous men requires a fierce battle with "a certain phantom," i. e. "The Angel in the House," as Woolf

---

Gloucester in *King Lear*: "As flies to wanton boys are we to th' gods. They kill us for their sport" (Act IV, scene 1). See p. 140.

asserts in her essay "Professions for Women" (235-236). When Woolf takes "[her] *pen in hand* to review that novel by a famous man," 'The Angel in the House' interrupts and whispers — "'Be sympathetic; be tender; flatter; deceive; use all the arts and wiles of our sex'" ("Professions for Women" 237; emphasis mine). It is the very voice Lily hears in the middle of Mrs Dalloway's party. Even though "The Angel in the House" is a Victorian ideal, it still haunts Lily's world, as Woolf dramatizes through Lily's emotional conflicts. The butterfly consists of "a thousand facets to its eyes and delicate fine plumage, and difficulties and sensibilities and sadnesses innumerable" (185), characteristics similar to those of Woolf's intruding ange — "intensely sympathetic, [...] intensely charming, [...] utterly unselfish," with sacrificing herself daily, and, most of all, having "[h]er purity" ("Professions for Women" 237). Lily tries to do her part which is laid on her, "accentuating the delicacy, the artificiality of her bearing," and wearing "the traditions of an old and famous uniform" (186). However, the role of pretty adornment, a conventional attribution to a woman, is at odds with her true self.

Her very name involves us in complicated discussions about Lily's subjectivity, her role as a butter/fly, and her place in a rural or an urban life. Lily's true self cannot carry out the role of a pure, angelic woman, while her name implicitly bears an image of a lily-like woman, stereotyped under patriarchy. Yet, Lily has, on the other hand, a deep affinity with nature, since her true self feels happiness in "private rites, pure beauty offered by beetles and lilies of the valley and dead leaves and still pools" (186). However, "the flower's world" (186), expressed by a euphemism to refer to a society, where woman has merely the artificially-constructed female subjectivity, stereotypically either lily or rose, imposes on Lily. This world of "the flower," concomitant with "the towers of Westminster; the high and formal buildings; talk; this civilisation," is "so different, so strange" to Lily (186). The unnaturalness of this world dominated by Bob Brinsley leads Lily to suspect her own truthful subjectivity, as her stars "dulled to obscurity" (186). In this society, Bob is represented as of "direct descendent from Shakespeare," with "his great honest forehead, and his self-assurance, and his delicacy, and honour and robust physical well being, and sunburn, and airiness" (186), whereas Lily is merely a girl who writes "poems presumably" (187). Lily's "shy look, the started look," as compared with Bob's confident, arrogant look, is, ironically, "surely the loveliest of all looks on a girl's face" (187), as observed by the angelic hostess, Mrs Dalloway.17) Lily comes to realize that she can be merely "a rose for him[Bob] to rifle"; Lily feels she needs to lay down "her essay, oh and the whole of her being, on the floor as a cloak for him to trample on" (186-187). Acknowledging that the butterfly wings are not to be praised, admired, or respected for themselves but "to worship, to adorn, to embellish" the male sex, Lily tries to "crouch

17) Beth Daugherty sharply points out that Lily is interested not in Shelley but in Swift, And she properly observes that this misunderstanding of Mrs. Dalloway reveals her "unaware[ness] of the damage done not only to younger women but also to herself by the social system she so ardently supports" (115).

and cower and fold the wings down flat on her back" (187-88). At the end of the story these folded wings are more like the wings of a fly than those of a butterfly. Listening to Bob, whose talk is limited to his ego, Lily wishes that "if only he[Bob] had not been brutal to flies" (187). Here a hint is so obviously given: Not playing the role of a butterfly, but identifying her being as a mutilated fly, Lily is extremely tormented. This urban, civilized world, with all the "churches, parliaments and flats" does not allow to Lily any "sanctuaries, or butterflies," in their truest sense (188). Man-made civilization, as defined by religious, political, economical, and scientific achievement, becomes, thus, suspicious. And even Shakespeare seems to be complicit with this process of marginalising women, since Bob's lineage from Shakespeare is emphasized. Although both Lily and Bob love literature and like reading and presumably writing as well, Lily is no more than an ignoble creature who writes some poems, not criticisms, to Bob. Any comradeship between a clever woman-writer and a direct male descendent from Shakespeare seems out of the question. Lily resembles rather Judith Shakespeare, Woolf's imaginary sister of William Shakespeare[18]; she is also "so thwarted and hindered by other people, so tortured and pulled asunder by her own contrary instincts" (*A Room of One's Own* 48) in Mrs. Dalloway's drawing-room, in the microcosm of the world. At the moment of "horror" at a male-oriented civilization, Lily feels crushed under the female-yoke that

18) For the story of Shakespeare's sister, see Woolf's famous essay-book, *A Room of One's Own* (1929), especially pp.46-49.

"[has] fallen from the skies onto her neck" (188). Lily appears, to Mrs Bromley, at the very end of this story, "as if she [has] the weight of the world upon her shoulders" (188). As Beth Daugherty notes, Lily is introduced "not only to Bob Brinsley but also to her role as a woman and the oppression of the patriarchy" (106). Yet, Lily is also introduced to "the knowledge" (188) of her true calling, in my opinion, which is to criticize and rejuvenate Shakespeare's civilization, not by using the butterfly's guile complicit in the predatory 'civilization,' but by embracing the fly's challenge at the margin of the male-dominated center. Lily's three red stars "burn bright again," though bloodstained, in the midst of the darkness of brutal civilization. Acknowledging her true role, Lily at the end murmurs that "this civilisation [...] depends upon me" (188). At any rate, Lily is, fortunately, not a Judith Shakespeare; though feeling like a fly, "a naked wretch" (188), she remains on the edge of the inside and the outside of civilization.

A similarly agonizing experience of a woman reflected in the trope of the fly is depicted in Woolf's "The New Dress" (1925). Although she wants to see everybody else gathered at Mrs. Dalloway's party as "flies trying to crawl over the edge of the saucer" (171), as her self-consciousness about her unfashionable dress grows, Mabel Waring identifies herself with "[t]hat wretched fly" in the midst of "this creeping, crawling life" (176). Mabel's feeling of socially inferiority originates from her horror at her own "pale yellow, idiotically old-fashioned silk dress" (171) made by Miss Milan, a dressmaker whose workroom is "terribly hot, stuffy, sordid," with a smell of "clothes and cabbage cooking" (172). Her initial compassion for Miss Milan and the 'self-love' toward herself she has felt in Miss Milan's little workroom, where Miss Milan measures fit and the length of her dress, changes, once she enters Mrs. Dalloway's drawing-room. She realizes that her self—"a beautiful woman," without "cares and wrinkles" (172)—reflected in the mirror of Miss Milan's workroom, is not true. Instead, in a party full of guests who look like "dragon-flies, butterflies, beautiful insects, dancing, fluttering, skimming," Mabel self-contemptuously feels herself to be nothing but "'some dowdy, decrepit, horribly dingy old fly'" (171). As in "The Introduction," this story concentrates on the emotional turmoil of a female character at Mrs. Dalloway's sophisticated party, but with a different focal point. Mabel's repeated identification of herself with a fly that is struggling and drowning into the saucer pervades the story, and, Mabel not only identifies herself with a struggling fly but also she is almost paranoid about the trope of the fly. If the image of the fly in "The Introduction" is related to gender issues, this story is controlled by the trope of the fly in its relation to class issues.

Her feeling of inferiority is rooted in her humble family background—"being one of a family of ten; never having money enough, always skimping and paring," together with her sense of failure for not fulfilling her dream of "living in India, married to some hero like Sir Henry Lawrence, some empire builder" (175). Instead Mabel, living in "a smallish house," "without proper maids," with her husband who has simply an "underling's job in the Law

Courts" (175) classifies her own self as a sordid, ignoble fly, compared with other guests, especially with Rose Shaw who looks majestic, "like Boadicea" (173) in her dress, "in lovely, clingingly green with a ruffle of swansdown" (175). Her feeling of frustration and the accrued emotional distress of a class consciousness that reflects an internalized snobbism is so tremendous that Mabel is isolated from other guests, incapable of enjoying the party. She looks at a picture on the wall as if she is interested in it, but she makes a parallel between herself and "a beaten mongrel" (173). And the sordid, abject image of a mongrel extends into the image of the fly fallen in the saucer, "'right in the middle'," which can't get out of it, because of its wings stuck to milk (173). When Charles Burt, one of the guests, observes, "'Mabel's got a new dress!'," Mabel's hypersensitive mind pictures the poor fly as "absolutely shoved into the middle of the saucer" (173). Even with Mrs Holman, the only guest who tries to make small talk with her, Mabel cannot concentrate on a conversation, nor express any sympathy to her, except acknowledging only her own feeling of anger, being "furious to be treated like a house agent or a messenger boy" (174). Although Mabel has felt compassion with Miss Milan at her workroom, she does not cope with Mrs Holman's thirst for sympathy at Mrs. Dalloway's drawing-room. Considering that Mrs Holman's emotional needs are perhaps similar to Mabel's, that is, a desire to mingle with others and to draw other people's attention and compassion, Mabel's detached and cynical attitude toward Mrs Holman, who is always careworn, and for whom "a thing like a dress [is] beneath [her] notice" (174), discloses not only the intensity of her feeling of inferiority, but also Mabel's own snobbish class consciousness. As Mabel's "orgy of self-love" (171) is frustrated, Miss Milan's workroom vanishes in her mind, and Mabel draws a parallel between Mrs Holman and a cormorant that is "barking and flapping [its] wings for sympathy" (174), blaming Mrs Holman's greediness. Moving into a corner of Mrs. Dalloway's drawing-room, Mabel identifies herself with the fallen fly, in excruciating emotional torment.

As Susan Dick notes, this story reveals an influence on Woolf from Chekhov and Mansfield.[19] Chekhov's story, "The Duel," includes the same passage — "Lies, lies, lies!" —, which is mentioned twice in "The New Dress." The first remark of "Lies, lies, lies!"(172) is related to Mabel's acknowledgement of Robert Haydon's typical society-talk, a "quite polite, quite insincere" response to her self-deprecating words (171); Mabel says it to herself the second time, after going through the formality of thanking her host Mr. Dalloway — "'I have enjoyed myself'" (177). Emphasizing 'lies' at the beginning and end of the party reveals Woolf's critical view of the meaningless, hypocritical nature of society. Furthermore, as a great admirer of Chekhov, Woolf along with Mansfield seems to reflect a sceptical view of human beings in a modernized society via Mabel's voice — people are simply "something meager, insignificant, toiling flies" ("The New Dress" 171). This proclamation of Mabel's might be one of Chekhov's messages in "Small Fry." Evoking Mansfield's short story, "The Fly," Woolf also discloses a

---

19) See Dick's notes 1-2, on p. 303.

certain aspect of the meaninglessness of a modern, civilized life; the conspicuous trope of a struggling fly dominates "The New Dress," just as Mansfield's fly occupies a prominent place in the narrative. Reducing herself to the wretched fly, Mabel asks herself— "where had she read the story that kept coming into her mind about the fly and the saucer" ("The New Dress" 176)? This story that keeps coming into Mabel's mind could be Mansfield's "The Fly," or Chekhov's "Small Fry" or "The Duel," and this sentence might imply Woolf's acknowledgement of her debt to Mansfield and/or Chekhov.[20] Their mutual fascination with a small, abject, and marginalized being, in short, converges into the fly, whether it craves for ink or milk. Describing the death of the fly, Woolf, along with Mansfield, engages us in political and ethical concerns.

"The New Dress" also shares some similarities with "The Introduction." For example, there are descriptions that depict the protagonists's love for the natural environment and their recollection of those moments identified with the true self or of the very "delicious moments" ("The New Dress" 175) as a means of coping with suffering and a way of escaping from the limits of Mrs. Dalloway's party. Left alone on the blue sofa, and gazing at her own

---

20) Mansfield translated Chekhov's letters into English, together with S. S. Koteliansky, the Russian writer and critic. And, as MacLaughlin notes, it was Mansfield who introduced Koteliansky to Woolf (1978: 377, n. 26). The Russian influence on Woolf is tremendous, as Woolf deals with Russian writers in several essays. Woolf categorizes Chekhov as a "spiritualist," at the opposite of Edwardian materialists. See "Modern Fiction," especially pp. 152-53.

image of the yellow fly reflected in the blue pool, Mabel holds herself aloof from the things happening in Mrs. Dalloway's drawing-room. Mabel recollects her "delicious" moments — "reading the other night in bed, [...] or down by the sea on the sand in the sun, at Easter [...] a great tuft of pale sandgrass standing all twisted like a shock of spears against the sky, which was blue like a smooth china eggs, so firm, so hard, and then the melody of the waves" (175), and so on. It seems that we see in Mabel a middle-aged Lily. Lily's true self enjoyed nature and loneliness like Mabel. Furthermore, if Lily gives up her writing and chooses a married life, she might similarly find herself identifying with a fly who is struggling to crawl out of the saucer but drowned, because of its wings stuck to the milk on the table of cups and saucers along with the party food. Significantly, the ordeal of humiliation at Mrs. Dalloway's party drives Mabel into regretting her lack of a profession, blaming her own "odious, vacillating character" (173).[21]

The true nature of Mrs. Dalloway's party is under investigation in this story. Mabel's experience of divine moments seems far from her experience of emotional distress at Mrs. Dalloway's sophisticated gathering. The party consists of many people, engaged in all kinds of human emotions, such as alienation, jealousy, envy, ridicule, hypocrisy, despair, and snobbism. Furthermore, Mrs. Dalloway's drawing-room, with all its riches and

21) Mabel asks herself why she was "not being seriously interested in conchology, etymology, botany, archaeology," like Mary Dennis or Violet Searle who is "cutting up potatoes and watching them fructify" (173).

sophistication, ironically discloses the animality of humans, as evidenced in the depiction of human beings using animal imageries — Mrs Holman's being a greedy cormorant, Mabel's own feeling of being a beaten mongrel, a canary-like Miss Milan, Charles Burt and Rose Shaw "chattering like magpies" (175), and, above all, Mabel's being reduced to "the wretched fly" (176). Mabel's dream of escaping from Mrs. Dalloway's suffocating drawing-room leads to her dreaming of her changed future — "She would go to the London Library tomorrow"; "She would find some wonderful, helpful, astonishing book"; "she would walk down the Strand and drop, accidently, into a hall where a miner was telling about the life in the pit"(176). However, it is dubious whether she "would become a new person," especially because Mabel is still too conscious of clothes; her dream of "wear[ing] a uniform," to be "called Sister Somebody," is due to the fact that "she would [then] never give a thought to clothes again" (176). The ending is not auspicious. Leaving the party, thanking to Mr Dalloway, saying the usual "[l]ies, lies, lies," Mabel wraps herself, "round and round and round, in the Chinese cloak she [has] worn these twenty years" (177). Her shabby, old coat that she wraps round and round and round seems to symbolize the difficulty of change especially at the age of 40. Her self-consciousness and feeling of inferiority are unlikely to disappear whenever she confronts the wealthy upper classes. The figure of a struggling fly that dominates throughout the story embodies Mabel's dilemma and her paralysis.

Whereas the fly which is identified with Lily, being mutilated by Bob, and the fly killed by the boss in "The Fly" are linked with the image of the inkwell, the fly that Mabel identifies with herself is related to the figure of milk. In the context of Mrs Dalloway's party, the milk is necessary for drinking coffee or tea. When Mabel feels herself merely being reduced to a fly, with its wings stuck to milk in the saucer, we recollect T. S. Eliot's famous modern poem, "The Love-Song of J. Alfred Prufrock." In this dramatic interior monologue of an urban man, Prufrock, in his complex feelings of isolation, insecurity, hesitation, longing, regret, frustration, and disillusionment, expresses the futile nature of society in its repetitive coffee drinking rites.[22] The fly, its wings stuck with milk and incapable of escaping from a boxed, regulated life, might be a symbol of suffering modern human beings who lead a repetitive, meaningless existence in an urban context. "The New Dress," therefore, reveals Woolf's bleak vision of an urban, civilized, sophisticated world, in which a fly-like woman of hypersensitivity flounders in the milk.

Woolf's use of the image of the fly in two stories might indicate that Mansfield's faint ghost still pursues her. As McLaughlin notes, Woolf's use of Mansfield's trope of the fly, along with other images, affirms that "they shared numerous areas of interest in their writing" (1978: 381). Woolf

---

22) See the lines: "For I have known them all already, known them all; / Have known the evenings, mornings, afternoons, / I have measured out my life with coffee spoons" (2260).

acknowledged, in her letter to Jacques Raverat, that Mansfield "possessed the most amazing sense of her generation so that she could actually reproduce this room, for instance, with *its fly* [...] to the life" (*LVW* III, 59: 30 July 1923; emphasis mine). Woolf surely pays attention to Mansfield's fly, which endows a world its reality. It is certainly true that Woolf "was able to give many of Mansfield's brilliant innovations a new and larger life in her own work," as McLaughlin comments, emphasizing a synergystic effect emerging from the intertextuality of their works (1983: 160). Woolf's and Mansfield's mutual inclusion of the image of the fly into their stories makes us turn our attention to the fly, a barely visible insect. Woolf uses it as a symbol of feminine abject subjectivity or a sensitive woman's psychology captured in miserable moments of humiliation, and Mansfield for an ordinary life where flies exist, often referring to a dark side of human situation. The significance of the fly and the depiction of its death intimates that we also belong to nature as struggling flies, nature itself. Yet, both writers' depictions of flies exceed our anthropomorphic desire to capture these non-human beings and box them into our human world. Rather, the two writers' shared interest in small insects, the fly in particular, reflects their modernist awareness of the irreducibility of the non-human world, along with an implication of their ecological concerns.

출처: 『제임스 조이스 저널』 20권 2호(2014)에 발표된 글(109-41)을 다소 수정, 보완한 것임.

■ 인용문헌

Abbott, Reginald. "Birds Don't Sing in Greek: Virginia Woolf and 'The Plumage Bill'." *Animals and Women: Feminist Theoretical Explorations*. Ed. Carol J. Adams and Josephine Donovan. Durham and London: Duke UP, 1995. 263-89.

Ailwood, Sarah. "Katherine Mansfield, Virginia Woolf and Tensions of Empire during the Modernist Period." *Journal of Postcolonial Writing*. 27.2: 255-67.

Alpers, Antony. "Katherine and Virginia, 1917-1923." *Critical Essays on Katherine Mansfield*. Ed. Rhoda B. Nathan. NY: G, K, Hall & co., 1993. 198-209.

Berkman, Sylvia. *Katherine Mansfield: A Critical Study*. Archon Books, 1971.

Chekhov, Anton. "Small Fry." <http://www.eldritchpress.org/ac/smallfry.htm>. 11 August, 2014.

Daiches, David. *The Novel and the Modern World*. Chicago and London: The University of Chicago Press, 1960.

Daugherty, Beth Rigel. "'A corridor leading from Mrs. Dalloway to a new Book': Transforming Stories, Bending Genres." *Trespassing Boundaries: Virginia Woolf's Short Fiction*. Ed. Kathryn N. Benzel and Ruth Hoberman. NY: Palgrave Macmillan, 2004. 101-24.

Dick, Susan. "Notes." *The Complete Shorter Fiction of Virginia Woolf*. Ed. Susan Dick. London: Harcourt Brace & Company, 1989. 303-304.

Eliot, T. S. "The Love Song of J. Alfred Prufrock." *The Norton Anthology of English Literature* Vol. II. Ed. M. H. Abrams, and et al. London: W. W. Norton & Company, 1979. 2259-62.

Harvey, Melinda, "Katherine Mansfield's Menagerie." *Katherine Mansfield and Literary Modernism*. Ed. Janet Wilson, Gerri Kimber and Susan Reid. London: Continuum, 2011. 202-210.

Kaplan, Sydney Janet. *Circulating Genius: John Middleton Murry, Katherine Mansfield and D. H. Lawrence*. Edinburgh: Edinburgh UP, 2012.

_____. *Katherine Mansfield and the Origins of Modernist Fiction*. Ithaca and London: Cornell UP, 1991.

Kobler, J. F. *Katherine Mansfield: A Study of the Short Fiction*. Boston: Twayne Publishers, 1990.

Mansfield, Katherine. "Bliss." *Katherine Mansfield: Selected Stories*. Ed. Angela Smith. Oxford: Oxford UP, 2008. 174-85.

_____. *Collected Letters of Katherine Mansfield: 1903-1917 Vol. I*. Ed. Vincent O'Sullivan and Margaret Scott. Oxford: Clarendon Press, 1985.

_____. *Collected Letters of Katherine Mansfield: 1918-1919 Vol. II*. Ed. Vincent O'Sullivan and Margaret Scott. Oxford: Clarendon Press, 1987.

_____. *Collected Letters of Katherine Mansfield: 1919-1920 Vol. III*. Ed. Vincent O'Sullivan and Margaret Scott. Oxford: Clarendon Press, 1993.

_____. "The Fly." *Katherine Mansfield: Selected Stories*. Ed. Angela Smith. Oxford: Oxford UP, 2008. 357-61.

_____. "The Garden Party." *Katherine Mansfield: Selected Stories*. Ed. Angela Smith. Oxford: Oxford UP, 2008. 336-49.

_____. "Her First Ball." *Katherine Mansfield: Selected Stories*. Ed. Angela Smith. Oxford: Oxford UP, 2008. 265-70.

_____. *Journal of Katherine Mansfield*. Ed. J. Middleton Murry. London: Constable & Co. Ltd., 1954.

_____. "Prelude." *Katherine Mansfield: Selected Stories*. Ed. Angela Smith. Oxford: Oxford UP, 2008. 79-120.

May, Charles. "Chekhov and the Modern Short story." *The New Short Story Theories*. Ed. Charles E. May. Ohio: Ohio UP, 1994. 199-217.

McLaughlin, Ann L. "The Same Job: The Shared Writing Aims of Katherine

Mansfield and Virginia Woolf." *Modern Fiction Studies* 24.3 (Fall 1978): 369-82.

_____. "An Uneasy Sisterhood: Virginia Woolf and Katherine Mansfield." *Virginia Woolf: A Feminist Slant*. Ed. Jane Marcus. Lincoln: U. of Nebraska P., 1983. 152-61.

Moran, Patricia. *Word of Mouth: Body Language in Katherine Mansfield and Virginia Woolf*. Charlottesville and London: University Press of Virginia, 1996.

O'Sullivan, Vincent and Margaret Scott, eds. "Introduction." *Collected Letters of Katherine Mansfield: 1918-1919*. Vol. II. Oxford: Clarendon Press, 2007. vii-xiv.

Salas, Gerardo Rodriguez and Isabel Maria Andres Cuevas, "'My Insides Are All Twisted Up': When Distortion and the Grotesque became 'the Same Job' in Katherine Mansfield and Virginia Woolf." *Katherine Mansfield and Literary Modernism*. Ed. Janet Wilson, Gerri Kimber and Susan Reid. London: Continuum, 2011. 139-148.

Scholtmeijer, Marian. *Animal Victims in Modern Fiction: From Sanctity to Sacrifice*. Toronto and London: Univ. of Toronto Press, 1993.

Shakespeare, William. *King Lear*. Ed. Kenneth Muir. London: Methuen & Co. Ltd., 1972.

Smith, Angela. "Introduction." *Katherine Mansfield: Selected Stories*. Ed. Angela Smith. Oxford: Oxford UP, 2008. ix-xxxvii.

_____. *Katherine Mansfield and Virginia Woolf: A Public of Two*. Oxford: Clarendon Press, 1999. reprinted. 2007.

Thomas, Sue. "Revisiting Katherine Mansfield, Virginia Woolf and the Aesthetics of Respectability." *English Studies* 94.1 (2013): 64-82.

Tromanhauser, Vicki. "Animal Life and Human Sacrifice in Virginia Woolf's Between the Acts." *Woolf Studies Annual* Vol. 15. (2009): 67-90.

Woolf, Virginia. *Between the Acts*. London: Hacourt Brace & Company, 1969 [1941].
_____. *The Diary of Virginia Woolf: 1915-1919 Vol. I*. Ed. Anne Olivier Bell and Andrew McNeillie. London: Harcourt Brace Jovanovich, 1977.
_____. *The Diary of Virginia Woolf: 1920-1924 Vol. II*. Ed. Anne Olivier Bell and Andrew McNeillie. London: Harcourt Brace Jovanovich, 1978.
_____. "The Introduction." *The Complete Shorter Fiction of Virginia Woolf*. Ed. Susan Dick. London: Harcourt Brace & Company, 1989. 184-88.
_____. *Jacob's Room*. London: Harvourt Brace & Company, 1950 [1922].
_____. *The Letters of Virginia Woolf: 1923-1928 Vol. III*. Ed. Nigel Nicolson and Joanne Trautmann. Londn: Harcout Brace Jovanovich, 1977.
_____. "Modern Fiction." *The Common Reader: First Series*. NY: Harcourt Brace & Company, 1984 [1925]. 146-54.
_____. *Mrs. Dalloway*. London: Penguin Books, 2000 [1925].
_____. "The New Dress." *The Complete Shorter Fiction of Virginia Woolf*. Ed. Susan Dick. London: Harcourt Brace & Company, 1989. 170-77.
_____. *Orlando: A Biography*. Oxford: Oxford UP, 1992.
_____. *A Room of One's Own*. London: Grafton Books, 1987 [1929].
_____. "Professions for Women." *The Death of the Moth and Other Essays*. London: Harcourt Brace and Company, 1970. 235-42.

"생각하는 일이 나의 싸움이다": 버지니아 울프의 사유, 사물, 언어

| 손영주

1. 들어가며

제임스 조이스(James Joyce)의 『율리시스』(*Ulysses*)에서 역사수업을 하던 스티븐(Stephen)은 문득 다음과 같은 생각을 한다.

> 만일 피러스가 한 노파에 의해 죽임을 당하지 않았고, 시저가 살해당하지 않았다면. 그것들은 생각 속에서 없어져버려선 안 돼. 그것들은 시간에 낙인찍혀, 사람들이 추방해버린 무한한 가능성들의 방 안에 갇혀버린 거야. 하지만 결코 가능하지가 않았는데, 그래도 가능했었다고 할 수 있을까? 아니면 실제로 벌어진 것만 가능한 것일까?

> Had Pyrrhus not fallen by a beldam's hand in Argos or Julius Caesar not been knifed to death. They are not to be thought away. Time has branded

them and fettered they are lodged in the room of the infinite possibilities they have ousted. But can those have been possible seeing that they never were possible? Or was that only possible which came to pass? (21)

여기서 스티븐이 염두에 두고 있는 것은 "가능성"과 "현실"(actuality)에 대한 아리스토텔레스의 구분이다. 이 구분에 기초하여 아리스토텔레스는, 역사 속의 어떤 시점에 다음 순간을 향한 수많은 "가능성들"이 존재하는데 그 가운데 오직 한 가지만 "현실"이 되며, 그 순간 존재하고 있었던 다른 가능성들은 "추방된다"고 설명한다(Gifford 31). 이에 실현되지 않은 가능성들을 과연 가능했다고 할 수 있는지를 묻는 스티븐의 물음은 '가능성'이라는 개념 자체가 인간 의식 속에서 봉착하는 모순과 이로 인한 가능성들의 철회 혹은 숙명론적 역사관의 문제를 제기한다. 실제 벌어진 것만을 유일한 현실로 인식하고, 실현되지 않은 가능성들은 망각/폐기하는 인식의 과정 속에서 '가능성'은 그 본뜻을 잃고 실제로 일어난 것에 복속됨으로써 가능성과 현실이라는 애초의 구분은 무화된다. 이미 벌어진 것만을 대상으로 하는 사유는 일어날 수도 있었을 가능성들을 배제함으로써 스스로를 대상의 테두리 안에 가두고 만다.

이렇게 볼 때 조이스는 스티븐의 입을 빌어, 아리스토텔레스의 '가능성'과 사유의 자기 성찰적 속성에 관한 논의를 자신의 가장 중요한 철학적 화두로 삼아 인간의 역사와 현실 인식을 점검하는 아감벤(Giorgio Agamben)의 통찰과 맞닿아 있다고 할 수 있다. 아리스토텔레스에 따르면 인간의 사유는 현실을 가능성보다 우위에 두고 후자를 망각하거나 폐기하는 성향이 있는데, 현실화된 "이해 가능한 대상"만 사유하는 한 그 자신이 "대상에 못 미칠" 수밖에 없다. 그런데 인간에게 자신의 망각이나 배제를 인식할 줄 아는 사유의 자기 인식 능력, 즉 "자기 자신에 대해 성찰할 능력"이 있기 때문에 "실제적인 것들"(actual things)의 총합이라는 한계를 넘어설 수 있으며(Durantaye 5), 이로써 사유는 이미 일어난 것을 넘어선 차원을 사유할 수 있게 된다. 위의 인용문에 뒤이어 스티븐이 "생각이란 생각에 대한 생각(Thought is the thought of thought 21)이라는 아리스토텔레스의 지적(Gifford 32)을 떠올리는 것은 우연이 아니다. 아감벤은 "현실 속에서 무효화되는 것으로서의 잠재성이라는 전통적 개념"(the traditional idea of potentiality that is annulled in actuality)과는 다른, 현실로 수렴되지 않고 '달리 되었을 것들'로서의 잠재성, 즉 "현실에서 살아남는," "현실 속에서 스스로를 보존하고 구하는 잠재성"(a potentiality that conserves itself and saves itself in actuality)을 복원하는 사유를 모색한다(*Potentialities* 184). 『율리시스』가 그리고 있는 당시 아일랜드의 식민현실, 그리고 파넬(Charles Stewart Parnell)의 실각과 뒤이은 죽음에서 시저가 겪은 배신과 죽음을 떠올렸던 조이스의 어린 시절[1])을 상기할 때, 스티븐에게 시저 암살이 발생하지 않았을 가능성을 사유하는 일은 결코 사변적인 몽상이 아니라 아일랜드 독립이라는 역사적 현실과 맞물려 있다. "사유—즉, 정치"(Durantaye 재인용 12)라는 단언에서 드러나듯 아감벤에게 사유는 곧 정치이다. 이는 정치적인 생각을 한다는 차원이 아니라, 실현된 것을 우위에 두려는 인간 의식을 자의식으로 성찰함으로써 가능성이 사유와 현실의 굴레를 벗어나게 하려는 사유의 실천적 과정을 뜻한다.

달리 되었을 가능성을 사유하는 일을 그 누구보다 치열하게 수행한 작가라면 버지니아 울프를 빼놓을 수 없다. 가부장제 하에서 오직 잠재태로만 존

1) 아홉 살 조이스는 아버지와 함께 파넬의 죽음을 몹시 슬퍼하며 그를 시저에 비유하는 시를 짓기도 함. 엘먼(Richard Ellmann) 33면 참조.

재해온 여성의 삶을 적극적으로 사유하려는 그녀의 시도는 제국주의와 파시즘 비판의 근간을 이룬다. 셰익스피어와 같은 재능을 지녔으되 시대의 한계에 갇혀 비참한 최후를 맞는 '셰익스피어의 누이'는 허구와 진실, 현실과 잠재성, 운명의 질곡과 유토피아의 경계를 드러내면서 동시에 허무는 아감벤의 통찰을 선취하는 단적인 예이다. 아감벤과 울프를 겹쳐 읽어보면, 지금은 어느덧 비평적 상식이 된 울프 작품의 '정치성'을 되짚어볼 수 있게 된다.[2)] 이를 위해 본고에서는 모두 두 번의 세계대전 와중에 쓰였지만 직접적인 정치적 논평을 담고 있지 않아 울프의 '정치적' 글쓰기를 논할 때 보통 배제되는 몇 편의 글들을 살펴본다. 「벽 위의 자국」("The Mark on the Wall")과 「단단한 물체들」("Solid Objects"), 그리고 「솜씨」("Craftsmanship")는 가부장제와 두 번의 세계대전을 비롯한 수많은 미시적, 거시적 갈등과 폭력을 겪으며 버지니아 울프가 개진한 독특한 철학적, 문학적 사유를 설명하는데 매우 유용하다. 정치적 실천으로서의 울프의 글쓰기는 그녀 작품의 형식적 혹은 내용적 측면을 넘어, 사물과 언어, 존재와 삶의 리얼리티가, 현실화되지 않았으나 폐기될 수 없는 잠재성으로서 서로 불가분의 관계를 맺고 있는 사유의 과정을 드러낸다.[3)]

---

2) 울프의 『세월』(*The Years*)을 아감벤의 포함과 배제의 개념을 들여와 분석하는 논의로는 김영주(Youngjoo Kim) 참조. 아감벤과 울프의 페미니즘 문학과 모더니즘의 정치성을 논하는 대표적인 비평가로는 지아렉(Ewa Ptonowska Ziarek) 참조.

3) 언어와 예술에 관한 아감벤의 초기 저작들에 대한 비평계의 관심은 아이러니하게도 『호모 사케르』(*Homo Sacer*)와 『아우슈비츠의 남은 것』(*Remnants of Auschwitz*)과 같은 소위 '정치적' 글쓰기에 비하면 상대적으로 덜한 듯하다. 평자들은 위의 두 저작을 대체로 언어와 예술에 관한 초기 저작들과 결별한 정치적 글쓰기의 출발점으로 간주하거나, 혹은 정반대로 전작들과의 연속성을 강조하면서 아감벤이 근본적으로 정치를 "미학화"하거나 "언어의 형이상학"에 수렴시킨다고 비판한다(Durantaye 14). 그런데 아감벤에 대한 이러한 평가는 문학과 정치를 별개로 상정한다는 점에서 아감벤의 작업 자체와 상충할 뿐 아

2. 「벽 위의 자국」의 반전(反轉), 반전(反戰)

아렌트(Hannah Arendt)는 1971년 강연문 「생각하기와 도덕적 숙고」("Thinking and Moral Considerations")에서 생각하기의 문제를 조심스럽게 꺼내든 바 있다. 이해 자체가 불가능하다고 할 홀로코스트과 관련하여 생각을 운운한다는 것 자체가 가당치 않게 들리겠지만, 아이히만(Adolf Eichmann)의 범죄는 근본적으로 "생각하기의 부재"([the] total absence of thinking)에서 연유한다는 점에서 생각하기의 중요성은 절대 간과되어서는 안 된다는 것이다(418). 생각이란 애초에 눈에 보이지도 않고 그 결과물을 입증할 수도 없지만, 생각의 부재가 가져오는 비극적 현실은 사유의 도덕적 정치적 실천성을 반증한다는 것이 아렌트의 입장이다. 그러나 생각의 과정이란 자의적이고 그 결과가 불분명하고 입증하기 어려운 탓에, 지금까지 "자신이 무엇으로 인해 생각하게 되었는가를 말해준 사상가는 거의 없으며 자신의 사유 경험을 서술하고 검토하려고 노력한 사상가는 더더욱 없다"(427)고 지적하면서, 소크라테스를 하나의 선례로 삼아 인간 사유의 도덕성과 실천성에 관해 논한다. 아렌트의 시야에 포착되지는 않았지만 울프가 평생에 걸쳐 탐구한 것이 바로 이 사유의 작동방식과 한계, 그리고 실천적 가능성이었다.

런던 폭격이 목전의 현실이 된 1940년 10월 21일, 울프는 일기장에 "생각하는 일이 나의 싸움이다"(thinking is my fighting)라고 쓴다. 두 달 전 8월 여성 문제에 관한 심포지움에서 발표한 강연문인 「공습 중에 든 평화에 관

니라, 비평이 문학적 글쓰기의 상대적 빈곤을 기정사실화할 우려가 있다. 물론 아감벤의 사유의 정치성을 가늠하거나 그의 철학적 사유의 공과를 가리는 것이 본고의 목적은 아니다. 그러나 아감벤의 정치적 글쓰기가 거두는 일정한 성취는 언어와 예술에 대한 그의 통찰과 긴밀히 연관되어 있다는 것이 이 글의 기본적 입장이다.

한 생각들」("Thoughts on Peace in an Air Raid")에서는 영국이 독일/적군에 맞서 싸우는 가운데 당장이라도 공중폭격이 개시될 수 있는 급박한 상황에서 울프는 어떻게 하면 평화가 도래할 것인가를 생각한다. 평화는 적군을 단죄하고 그것이 자유든 정의든 '우리'의 전쟁의 정당성을 내세움으로써 도래하는 것이 아니라, "생면부지의 남을 총으로 쏘는 것"이 영광이라는 믿음(246)과 그 이면에 놓인 "싸움의 본능"(fighting instinct 247), 그리고 군인과 민간인, 정치가나 선동가 할 것 없이 휩쓸려 있는 "잠재의식적 히틀러주의"(245)를 극복할 수 있는 "시류에 반하는 사유"(244)를 함으로써 도래한다는 것이다. 다시 말해 "생각함으로써 평화를 존재하게"(think peace into existence 243) 해야 한다는 것이다.

'생각함으로써 평화를 존재하게 한다'는 사뭇 어색하고 낯선 울프의 표현은, 직역하면 '생각함으로써 없앤다'로 옮길 수 있는 영어의 'think away'라는 표현이 전제하는 사유와 대상의 관계를 뒤집고 있다. 후자는 생각의 과정이 대상 (혹은 대상의 어떤 본질적인 부분)의 상실을 수반함을 함축하는 반면, 전자는 사유의 과정에서 배제되는 가능성들을 사유 속에 적극적으로 불러들여 존재하게 함을 암시하기 때문이다. 이로써 울프는 평화를 '생각'하는 것이 궁극적으로는 '생각만' 하는 일, 즉 행동이나 실천과 별개의 일이라는 통념에 도전하는 동시에, 자신이 생각할 수 있는 것만을 생각하는 경향으로 인해 자신을 넘어서는 것은 사유할 수 없는 사유 본연의 한계를 넘으려는 시도, 다시 말해 사유의 대상과 사유 자체의 지평을 각각, 그리고 동시에 넓히기 위한 시도를 하고 있다. 울프에게 '무엇'을 생각하느냐 못지않게 중요한 것은 생각에 '관한' 생각을 하는 일, 즉 생각의 과정에 놓인 외적 · 내적, 혹은 의식적 · 잠재의식적인 덫들을 찾아내어, 사유자체의 조건과 한계들을 메타적으로 사유하는 일인 것이다.

일례로, 울프의 초기 단편소설 가운데 하나인 「벽 위의 자국」을 보자. 이 이야기는 화자가 거실에 앉아 있다가 우연히 벽에 있는 자국을 발견하고 꼬리에 꼬리를 무는 여러 생각을 하던 중 (아마도 남편이라 추정되는) 어떤 남자가 불쑥 들어와 전쟁을 저주하며 이 와중에 벽에 웬 달팽이냐며 짜증을 내는 바람에 그 자국이 달팽이였음을 알게 된다는 내용이다. 이 단편에 대한 초기 비평가들의 반응은 호의적이지 않았다.[4] 벽 위의 자국이 알고 보니 달팽이였다는 막판의 반전이 경박하고 실망스럽다는 것이 주된 평가였다. 그러나 울프의 모더니즘 미학론, 혹은 페미니즘 및 반전·평화주의적 입장에 대한 이해가 넓어지면서 이 작품에 대한 독법도 달라졌다. 작품이 진리 혹은 현실의 다면성, 가변성, 혹은 불확실성을 극화하고 있다거나, 혹은 일반적으로 기대되는 서사의 구조 즉 닫힌 결말이 전제하는 존재론적, 인식론적, 혹은 정치적 전제들의 안일함에 경각심을 일깨운다는 것이 대체로 합의된 논평이다.[5] 그런데 이 작품이 근본적으로 인간 사유의 조건과 한계, 그리고 이를 넘어서는 사유의 자기 성찰적 특성을 탐색하고 있다는 사실에 주목한 논의는 거의 없다. 그러나 이 작품이 탐색하는 사유의 문제를 짚어보는 일은 이 작품의 독특한 형식적 특성과 역할, 그리고 페미니즘 및 반전·평화주의를 제대로 설명하는 데 긴요하다.

「벽 위의 자국」은 제1차 세계대전이 한창이던 1917년에 쓰였다.[6] 화자는 "아마도 올해 1월 중순께의 일이었던 걸로 기억 한다"는 문단으로 시작함으

---

4) Guiquet, Gorky 등의 논의 참조.

5) Rosenbaum, DuPlessis, Naremore, Cyr, Wing-chi Ki 등의 논의 참조.

6) 1921년에 *Monday or Tuesday*에 수록되어 출판됨.

로써 독자에게 넌지시 시간적 배경을 환기시키고, "망할 놈의 전쟁"이라 뇌까리는 한 남자의 등장으로 끝을 맺음으로써 이 에피소드가 전쟁 중에 일어났음을 주지시킨다. 그러나 정작 이야기가 시작되면 화자의 상념은 전쟁 대신 사회적 관습과 규칙들, 그리고 무엇보다 자신의 '생각에 대한 생각'에 쏠린다. 가령 화자는 벽 위의 자국과 동시에 난로에서 이글거리는 석탄을 보다가, 문득 거의 "자동적"으로, 붉은 옷을 입은 기사들의 행렬과 성에서 펄럭이는 붉은 깃발과 같은 "해묵은 공상"을 떠올린다. 그리고는 곧이어, "참 다행스럽게도 [벽 위의] 자국이 공상을 중단시켜주었다"고 말한다. 왜냐하면 자신이 떠올린 공상은 "오래된 공상, 아마도 어릴 적 만들어진 자동적으로 연상되는 공상이었기 때문"이라는 것이다. 벽 위의 자국을 본 덕분에 공상이 중단되었다는 일견 뜬금없는 안도감은 사실 화자 자신의 생각의 움직임, 즉 어린 시절에 영문도 모른 채 만들어진 연상 작용, 모험과 영웅의 이미지인 깃발과 기사의 행렬 뒤에 살상과 폭력의 현실을 은폐하는 습관화된 사고 작용에 대한 거부감을 반증한다. 뒤이어 화자는 또 다시 생각에 관한 생각, 즉 "지푸라기 하나만 봐도 광적으로 옮기는 개미들처럼 [우리의 생각은] 새로운 대상만 보면 그것에 달라붙어 들어 올린 다음엔 내 버린다"(83)고 생각하다가, 우리가 우리 자신에 대해 생각하는 바를 포함해 진실이라고 믿는 많은 허상들에 관해 성찰하기 시작한다.

그러던 중 화자는 자기도 모르게 "일반화"에 빠졌음을 깨닫고, "이런 일반화들은 아주 무가치하다. 그 단어의 군사적인 소리만으로 충분하다"고 단언한다. '일반화'(generalisation)라는 어휘에 숨은 '장군'(general)이란 단어를 두고 하는 말인데, 특히 이 작품이 환기하는 당시의 전쟁을 감안하면, '장군'과 '일반화'의 연관성을 지적하는 것이 예사롭지 않다. 화자는 이 '군사적인 소리'에서, "신문의 논설들과 각료들"에서부터 "형언키 어려운 저주를 받을 위험을 무릅쓰지 않는다면 결코 저버릴 수 없는 바로 그것(the thing itself), 표준(the standard thing), 진짜(the real thing)," 그리고 일상에 스며있는 "습관"뿐 아니라 특정 시대에 쓰이는 식탁보의 재질과 디자인까지 정하는 "규칙"들을 떠올린다(86). 사유의 과정에서 빈번히 일어나는 일반화는 단순히 정신적이고 개념적인 현상이 아니라, 정치 담론과 정책에서부터 일상적 습관과 사물의 진위여부까지 규정하는 일종의 힘으로 작용한다는 것이다. 울프가 『자기만의 방』(*A Room of One's Own*)을 통해 지적한 바 있는, 여성의 지적 열등함을 기정 '사실화'하려는 가부장제의 현실, 그리고 실제로 가치 판단이 종종 진위 판단으로 탈바꿈하는 어처구니없는 인간 현실을 떠올려 보면, 이러한 울프의 통찰에 수긍하지 않을 수 없다.

화자는 지금까지 표준이자 진짜라고 믿어왔던 것들, 예컨대 휘터커 연감에 포함된 영국 귀족 목록 등이 사실은 "절반은 환영(幻影)"임을 깨닫고 이것들이 "희망컨대 웃음거리가 되어 쓰레기통으로 들어가"고, 우리 모두 "비합법적인 자유의 느낌"(a sense of illegitimate freedom)에 "도취"될 것이라고 전망한다(86). 이 순간 화자는 그 동안 여러 차례 느꼈던, 벽 위의 자국의 정체를 알아내고 싶은 충동을 다시 한 번 저지하면서 이렇게 자문한다. "내가 만일 이 순간 자리에서 일어나 벽 위의 자국이 뭔지 알게 된다면" "내가 얻는 게 뭘까? 지식? . . . 그런데 지식이란 무엇인가?" 그러고는, 참다운 지식이란 과거의 믿음을 계승하는 학자나 교수, 전문가의 권위를 "덜 존중"함으로써 얻을 수 있고 그럴 때 세상은 더 기분 좋고 조용하며 널찍해질 것이라고 스스로 답한다(87).

벽 위의 자국의 정체를 확인하는 일을 유예하고 화자가 선택한 생각하기는 결코 객관적 현실을 외면하는 위험한 유아론(solipsism)이 아니라[7] 용인되지 않은 자유의 만끽이라 할 수 있다. 화자의 생각하기가 위험스럽다면 그것이 현실과 단절되었기 때문이 아니라 현실 재구성의 동력이 될 투철한 현실 비판성 때문이다. 실제로 화자는 이러한 생각들이 위험하다 못해 사실 "위협적"이며, 그 이유는 이들이 이미 확립되어 있는 현실과 "충돌"하기 때문임을 의식하고 있다. "휘터커 연감만 없으면" 세상이 기분 좋은 곳이 될 거라는 불경스런 생각에 이르는 순간, "난 벌떡 일어나 벽 위의 자국이 뭔지 알아내야만 한다"고 외친다. 그러나 바로 뒤이어 자국의 정체를 밝혀야겠다는 급작스런 결단은, 현실과 충돌하는 사유를 중단시키려는 자연[8]의 해묵은 자기보존 법칙, 즉 내면화된 체제 순응적 자기 검열에 다름 아니다. 자국을 보러 가는 것은 의미 있는 행위가 아니라, 이미 주어진 것을 확인하는 일에 사유를 구속하는 일이자 불경스런 생각을 중단하는 행위인 것이다.

> 자연은 자기 보존이라는 해묵은 게임을 다시 한 번 시작한다. 자연은 이런 일련의 생각은 위협적인 에너지 낭비에 지나지 않으며, 심지어 현실과의 충돌이라 여긴다. 그도 그럴 것이 그 누가 휘터커의 우위 목록에 반대하여 손가락 하나 들어 올릴 수 있겠는가?
>
> Here is Nature once more at her old game of self-preservation. This train of thought, she perceives, is threatening mere waste of energy, even some

7) 예컨대 뱅크스(Joanne Trautmann Banks)는 울프가 공상을 좋아하기는 하지만 유아론에 빠져 표류하는 것은 위험하다고 보고, 벽 위의 자국이 달팽이라는 사실은 화자를 이러한 위험에서 구하는 외적 현실이라고 주장한다.

8) 맥락상 이때의 '자연'이란 자연의 법칙인 양 군림하고 있으나 실제로는 사회적으로 구성되어온 규칙들, 혹은 그러한 규칙들과 무관한 것처럼 보이지만 사실 이들을 내면화한 인간의 본성 혹은 욕구들을 지칭한다.

collision with reality, for who will ever be able to lift a finger against Whitaker's Table of Precedency? (88)

그러나 화자는 "자연의 게임"을 간파하고, 생각을 끝내고 행동하라는 자연의 명령을 거부한다. 화자가 보기에 자국을 확인하는 행동은 수상쩍은 생각을 중단하는 일이고, 전쟁은 바로 이러한 생각 없는 행동에 의해 지탱되기 때문이다.

나는 자연의 게임을 알고 있다 — 자연은 흥분시키거나 고통스럽게 하려 위협하는 일체의 생각을 끝내는 방법으로서 행동을 할 것을 재촉한다. 어쩌면 그래서 우리는 행동하는 남자들 — 생각을 하지 않는다고 추정되는 — 남자들을 살짝 경멸하는 건지도 모르겠다.

I understand Nature's game — her prompting to take action as a way of ending any thought that threatens to excite or to pain. Hence, I suppose, comes our slight contempt for men of action — men, we assume, who don't think. (88)

또 다시 자신의 생각이 위협적임을 의식하면서, 화자는 '행동하는 남자들'과 싸우기 위해 벽 위의 정체를 알아내는 일을 유예하고 생각하기를 택한다. 그러나 그녀의 위험한 사유는 벽 위의 이 달팽이는 대체 뭐냐며 짜증을 내는 한 남자의 출현으로 중단된다. "아, 벽 위의 자국! 그것은 달팽이였다"는 화자의 외침은 그저 싱겁고 경박한 반전이 아니라, "방해받지 않고 생각하기"(85)를 원했던 화자가 원치 않은 방식으로 생각을 중단당한 데서 오는 허탈감과 분노의 표출이다.

요컨대 「벽 위의 자국」은 습관과 규칙에 젖은 맹목적 신념이 '행동하는 남자들'에 의해 폭력으로 치닫는 상황에서 사유의 조건과 한계, 그리고 가능성에 대한 자기 성찰적인 사유의 과정을 추적함으로써, 행동하는 남자들에 맞서는 실천으로서의 생각하기를 제시한다. 벽 위의 자국은 이미 벌어진 어떤 일에 대한 일종의 메타포이다. 그리고 이 때 화자가 당면하고 있는 '벌어진 어떤 일'은 바로 이야기의 처음과 끝에서 명시하고 있는 세계대전이라 할 수 있다. "일단 일어나면 그것이 어떻게 일어났는지 알 수가 없기"(once a thing's done, no one ever knows how it happened)(84) 때문에, 화자는 이미 발생한 결과물을 확인하는 대신 그것이 어떻게 일어났는지를 생각해보고자 한다. 화자는 이미 벌어진 것에 국한된 협의의 리얼리티, 그리고 그러한 협의의 리얼리티를 확인하는 데서 멈추는 앎을 거부하는 방식으로서의 생각하기를 택한다. 물론 그러한 생각의 과정은 일반화의 오류에 빠지기도 하고, 전쟁의 토대가 되는 규칙과 습관을 내면화한 자기검열이나 본능에 휘둘리기도 한다. 그러나 동시에 생각하기는 '일반화'라는 일견 중립적이고 추상적인 언어 속에 내재된 위계적이고 억압적인 인식구조를 간파하고 전쟁이 그것의 외적 표출임을 인식해내며, 나아가 사유의 작동 방식과 한계에 대한 성찰을 통해 그러한 한계를 넘어설 가능성을 갖는다. 전쟁은 '생각하지 않는' 사람들에 의해 지탱되며, 이들과 싸우기 위해 울프는 '생각하기'를 결단한 것이다.

3. 사물과 사유: 「단단한 물체들」 읽기

"대체 벽에 달팽이는 또 뭐냐"고 짜증을 내는 남자는, 고의는 아니지만 어쨌든 화자의 생각을 난폭하게 중단시킨다. 따라서 달팽이는 화자가 결국 대면하게 되는 진실이라고 하기는 어렵다. 이렇게 볼 때, 이 이야기를 벽 위의 자국이 무엇인가—달팽이든 아니면 작가의 현실관 혹은 예술관을 이루는 현실/앎의 불확실성, 혹은 무한한 해석의 가능성이든 간에—의 문제로 귀결시키는 독법은 이 남성의 행동과 본질적으로 크게 다를 바가 없어진다. 그러나 그렇다고 해서 이 작품은 결국 의식주체의 내적 인식이 벽 위의 자국이라는 객관적 현실보다 더 중요하다는 것을 보여준다는 식의, 모더니즘에 관한 낯익은 독법이 더 타당하다는 것도 아니다. 이러한 시각들은 모두 사물을 사유와 별개의 대상으로 전제하는 탓에, 그러한 전제 자체를 문제시하는 울프의 입장을 설명하기 어렵기 때문이다.

울프는 『로빈슨 크루소』(*Robinson Crusoe*)에 관한 에세이에서 크루소가 만든 "평범한 질그릇"에 대해 흥미로운 언급을 한다. 이 소설은 평범한 질그릇들을 전면에 내세움으로써 독자로 하여금 외딴 섬들과 인간 영혼의 고독을 볼 수 있게 하는 걸작이라는 것이다. 커디-킨(Melba Cuddy-Keane)은 질그릇에 대한 울프의 이 같은 관심을 "일상적 삶의 가치"(69) 존중이라는 측면으로 풀이한다.[9] 그러나 「현대 소설」("Modern Fiction")에서 울프가 당대에 유행하는 코트단추와 같은 지극히 "중요하지 않은 것들"까지 묘사하는 "물질주의자들"(materialists)을 비판한다는 사실만 떠올리더라도, 울프가 단지 일상적이라는 이유로 물건에 어떤 가치를 부여한다고 보기는 어렵다.

최근 물체와 사물에 대한 울프의 관심에 주목하는 논의들이 활발하다. 예컨대 마오(Douglas Mao)는 울프의 단편 제목을 빌린 『단단한 물체들』에서

9) 물론 커디-킨과 같은 입장은 외적 현실과 구체적 사물에 대한 울프의 관심을 부각시킨다는 점에서, 모더니스트 울프는 객관적 현실/사물보다는 인간의 내면과 심리를 더 중시한다는 오랜 비평적 입장에 맞서 울프의 글쓰기는 결코 현실세계를 외면한 적이 없음을 역설한 즈워들링(Alex Zwerdling) 이후의 중요한 비평적 논의의 연장선상에 있다.

모더니즘은 사물을 외면하기는커녕 오히려 끈덕지고 집요하며 불투명한 사물의 타자성에 매혹되면서도 그것이 미학적으로 생산되는 과정에서 타자성이 훼손되는 역설에 불안해한다고 주장한다. 심리적 리얼리즘, 혹은 모더니즘의 '내면으로의 전환'(an inward turn)이라는 비평적 틀에 의해 뒷전으로 밀려 난 물체들에 온당한 관심을 기울이는 것은 중요한 진전이다. 그러나 이 과정에서 물체에 대한 울프의 관심을 내면 혹은 사유와 대비되는 외적 현실이나, 주관주의에 대비되는 객체의 타자성의 문제로 치환하는 경향은 재고할 필요가 있다. 아래에서 살펴보겠지만, 울프에게 물체는 주관적 · 심리적 인식보다 열등하다는 이유로 경시되거나 부정되지 않으며, 사유나 인식과는 별개인 객관적 현실과 동일시되는 것도 아니다. 울프에게 (사유의) 대상은 사유와 전적으로 분리되지 않지만 후자에 복속되지 않으며, 그렇다고 영원히 접근 혹은 이해가 불가능한 신비로운 타자성을 가진다고 하기도 어렵다.[10] 무엇보다 울프는 사유의 과정에서 일어나는 사물의 대상화 혹은 주체와 대상의 분리 자체를 문제 삼기 때문이다. 사물에 대한 울프의 입장이 여성의 삶, 그리고 나아가 인간의 삶과 존재에 관한 그녀의 통찰을 이해하는 데 긴요한 이유가 바로 여기에 있다.

「벽 위의 자국」을 쓴 이듬해인 1918년, 세계 대전이 막바지에 다다른 시점에 울프는 「단단한 물체들」이라는 또 한 편의 특이한 단편 소설을 쓴다.[11] 이야기의 줄거리는 간단하다. 정치적 삶에 환멸을 느낀 존이라는 한

10) 비평가 브라운(Bill Brown)이 이름을 붙인 「물(物)이론」(thing theory)을 위시한 물체/사물에 대한 영문학계 안팎의 활발한 논의를 떠올린다면 울프에게 물체란 무엇인가를 따지는 일은 물론 상론을 요한다. 그러나 여기서는 사유의 문제를 중심에 놓고 볼 때 물체에 관한 울프의 관점을 어떻게 볼 수 있을지에 국한하여 논한다.

11) 1920년 『애서니엄』(*Athenaeum*)에 수록되어 출판됨.

남자가 친구 찰스와 함께 바닷가에 나갔다가 우연히 모래사장에서 발견한 깨진 유리조각에 매료된다. 그는 점차 깨진 도자기와 버려진 철물 수집에 심취하여 고립된 삶을 살아가며 마침내 찰스마저 그에게 등을 돌린다. 세상과 고립된 존을 예술가의 전형으로 보는 데는 왓슨(Robert Watson)을 위시한 많은 평자들이 동의한다. 그러나 존에 대한 울프의 입장에 관해서는 비평가들의 견해가 엇갈린다. 예컨대 레비(Michelle Levy)는 울프가 이 이야기를 통해 예술가가 사물에 집착할 때 생기는 위험성, 즉 자신을 대상과 동일시하고 객관적 현실을 버리면 결국 현실에서 고립될 수밖에 없음을 보여줌으로써 "주체와 대상/사물 간의 균형을 유지"할 필요성을 강조(144)한다고 본다.[12] 반면 브라운은 울프의 「단단한 물체들」을 "사물들의 비밀스런 삶"에 관한 이야기로 읽는다. 소위 쓸모없는 유리나 철 조각들에서 용도와 쓰임에 입각한 사물의 가치로는 포섭되지 않는 존재적 '경이'와 '비밀스런 삶'을 발견하는 존에게는 "이질적 존재/사물을 병합하려는 제국주의"에 대항하는 아도르노적인 "윤리적 가능성"이 있다는 것이다(12).

한편 김성호는 "단단한 물체들에 대한 존의 관심과 작가로서의 울프의 의식 사이에 있을 수 있는 교감을 전기적 사실을 들어 무작정 부정하고 볼 일은 아니"라며(2), 이 작품에 대한 좀 더 입체적이고 진전된 관점을 제시한 바 있다. 그러나 김성호가 지적한 존과 울프의 '교감'은 궁극적으로 모더니스트로서의 울프의 '페티시즘'의 한계를 뒷받침하는 근거로 기능한다. 즉, 물체에 대한 울프의 관심이 제아무리 "인간의 인간됨에 대한 관심"에서 비롯되었고

12) 울프와 친분이 있던 화가 거틀러(Mark Gertler)는 인간만 다루는 문학은 열등하다면서 물건들에 집착했다고 하며, 그에 관한 일화는 자전적 에세이 「지난날의 소묘」("A Sketch of the Past")에도 짤막하게 등장한다.

"삶의 내면성에 대한 통찰과 연관"되어 있다 하더라도 이것은 결국 "물체와 의식의 새로운 관계맺음"이 "일상의 삶에서 분리된 순간으로서, 또 그런 분리를 전제로 하여 제시된다는 점에서"(11), 결국 물체의 세계와 인간의 역사적 현존과의 관계를 풍요롭게 담아내지 못한다는 것이다.

그러나 과연 울프에게 물체와 의식의 관계가 일상의 삶에서 분리된 순간으로서, 또 그런 분리를 전제로 제시되며, 물체의 세계와 인간의 역사적 현존과의 관계를 풍요롭게 담아내지 못한다고 단정할 수 있을까? 예컨대 화가 씨커트(Walter Sickert)의 그림에 관한 울프의 에세이 「월터 씨커트」("Walter Sickert")를 보면, 오히려 울프는 물체와 인간의 삶 간의 분리를 문제 삼는다는 것을 알 수 있다. 울프는 씨커트가 귀족보다는 중하류계급 사람들의 삶에 관심이 많았는데 그 이유는 물건들을 상속받은 사람들은 그것들이 아무리 아름답다 해도 "손수 번 돈으로 거리의 손수레에서 물건들을 사는 사람들에 비해" 자기 소유물들과의 관계가 훨씬 느슨하기 때문이리라는 것이다. 울프에 따르면, "가난한 사람들의 소비에는 열정이 있다. 그들은 자신의 소유물에 아주 가깝다. 그래서 씨커트의 그림 속의 사람들과 그들이 있는 방 사이에는 친밀함이 존재하는 것 같다. 침대와 서랍장들 . . . 이 모두 그 소유주를 표현해준다." 값싼 가구들은 적절한 용도로 사용되는 과정에서 비싼 가구에는 없는 표현력을 갖게 되고, 그렇기 때문에 "아름답다"(195). 요컨대 씨커트가 그린 물건들은 물건과 인간 간의 참다운 관계뿐 아니라 참다운 인간 삶을 포착하기 때문에 아름답다는 것이다. 울프에 따르면, 씨커트는 "일하는 몸"과 "일하는 손"을, 일하느라 주름진 얼굴을 좋아한다. 그 속엔 "아주 세련된 사람들"에게는 없는 "무의식적인" 몸짓과 표정이 있기 때문이다(195). 그런 의미에서 씨커트는 디킨스에 근접하는 "리얼리스트"요(194), 영국에 현존하는

최고의 화가(202)라는 것이다.[13)]

물론 「단단한 물체들」에서 존의 수집행위는 씨커트 그림에 나오는 노동과 소비활동과는 거리가 멀다. 그러나 존의 수집행위만 따로 떼어 놓고 읽는 것은 곤란하다. 평자들은 아무런 주저 없이 '단단한 물체들'을 존의 수집물과 동일시하지만 사실 이 이야기의 첫머리를 보면 '단단한 물체들'은 멀리서 보았을 때 '단단한 물체들'처럼 보이는 존과 찰스를 가리킨다. 익명의 화자는 "거대한 반원형의 해변에서 유일하게 움직이는 것은 작고 검은 점 하나뿐이었다"고 이야기를 시작한 후 이내 그 점이 "가느다래지면서 네 개의 다리를 갖고 있다는 게 분명해졌"고 "시간이 지나자 두 사람의 청년임이 더욱 분명해졌다"면서, "수 마일의 바다와 모래둔덕이 펼쳐진 이곳에 이 두 사람 몸뚱이만큼 확실하고(solid) 생기 있고 튼튼하고(hard) 붉고 털 많고 정력 넘치는 것은 없었다"(102)고 서술한다. 이를 통해 이 작품은 독자로 하여금 아득히 먼 곳에서 점차 지상에 가까워지는 어떤 시선의 움직임을 감지하게 하는 동시에, 등장인물을 독특한 방식으로, 즉 작은 점에서 단단한 물체를 거쳐 인간의 모습으로 제시한다. 다시 말해 작품은 처음부터 존뿐 아니라 찰스도 함께 볼 것을 권하고 있고, 실제로 이 이야기는 존뿐 아니라 그를 바라보는 찰스에 관한 이야기이기도 하다. 그러나 찰스를 보지 못하고 존만 본다면 결국 찰스의 눈으로 존을 보는 데 동의하는 셈인데, 이 작품은 그러한 무의식적 동의를 절묘하게 문제 삼는다.

예컨대 "망할 놈의 정치!"라고 외친 후 무심결에 모래 속을 뒤지기 시작하

---

13) 이 에세이는 씨커트의 그림에 관해 사람들이 나누는 대화로 이루어져 있기 때문에 작가와 동일시할 수 있는 화자의 견해를 단정하기는 어렵게 되어 있다. 그러나 전체적인 내용상 리얼리스트로서의 씨커트의 성취에 대한 평가에 작가가 비판적 거리를 두고 있다고 볼 근거는 거의 없다.

는 존의 얼굴에는 "성인의 눈에 불가해한 깊이를 부여하는 사고와 경험의 배경" 대신 사물에 대한 "경이로움"을 담은 어린 아이의 눈빛이 떠오른다. 어린애 같거나 혹은 유치한 존의 옆에는, 물수제비를 뜰 돌만 찾다 더 이상 적당한 돌이 없자 곧장 싫증을 내는 — 존보다 더 성숙하다고 보기는 힘든 — 찰스가 있다. 존이 온갖 상상을 하며 들여다보는 유리 조각이 찰스에게는 "납작하지 않"아 물수제비뜨기에는 무용지물이다. 사물을 쓸모 여부로만 판단하는 찰스가 곧이어 하는 일은 "바보 같은 생각들을 털어버리고," 정치 얘기로 돌아가는 것이다(105). 쓸모없는 물건들에 무관심한 찰스는 쓸데없는 생각하기를 거부하고, 이러한 특성은 다른 사람에 대한 근본적인 무관심, 나아가 쓸모없는 사람을 내버리는 행위로 이어진다. 존이 발견한 유리 조각을 호주머니에 슬쩍 집어넣는 것을 찰스는 "보지 못했다, 아니 봤더라도 관심을 기울이지 않았을 것이다"(103). 사회적으로 주어진 "의무"를 게을리 하고(105) 점점 더 버려진 물건수집에 골몰하는 존은 마침내 정치생활을 완전히 마감한다. 한편 찰스는 존이 모아둔 것들에 대해 "그 존재조차 인지하지 못할" 뿐 아니라 사회의 유용한 구성원이 될 수 없는 존도 내버린다. 그것이 존과 달리 사회적 '의무를 다 하는' 정치가 찰스의 삶이기도 하다.

서로가 서로의 거울이 되는 존과 찰스를 같이 보지 않고 존의 고립과 소통불가능성만 주목한 후 이를 존 혹은 작가의 한계나 독특한 취향으로 돌린다면, 작품이 제기하는 어쩌면 더 심각한 문제, 즉 사물과 존재의 '다른 가능성'을 용인하지 않는 찰스 식의 맹목과 무관심이 저지르는 기본적인 의무방기의 죄를 묵과할 우려가 있다.[14)]

14) 우리말로는 잘 옮겨지지 않지만 이 '단단한 물체들'이라는 말 속에는 '물체들'(objects)이란 말 외에 'solid'라는 말도 들어있는데, 이것은 단단함보다 훨씬 포괄적인 의미인 견고

브라운은 이 작품이 나름의 방식으로 당대 현실을 소환한다고 본다. 유리 조각과 철물에 대한 존의 열정은 전시 군수품 조달로 인한 유리부족 및 고철 수집과 같은 역사적 상황을 환기한다는 것이다. 그러나 김성호가 비판하듯, 브라운이 주목하는 이 작품의 역사적 상황이 "작품의 배경 이상의 의미는 지니지 못하"(8)는 것은 사실이다. 하지만 이것은 브라운의 한계이지, 작품의 한계라고 단정하기는 어려울 듯하다. 이 작품의 역사적 상황은 고철수집이나 유리부족으로 환기되는 전시 상황에 국한되지 않고, 「벽 위의 자국」이 탐구한 바 있는, 사물과 존재에 대한 습관적 사유와 전쟁과의 연관성이라는 좀 더 깊은 차원의 역사적 현실을 가리키기 때문이다. 존의 '폐물' 수집은 정치에 대한 환멸과 분리될 수 없고, 사물의 가치를 근대 산업자본주의체제 내에서의 쓸모 여부로만 판별하는 찰스가 성공적인 정치가로 살아남는 세상에서 존은 고립될 수밖에 없음을 보여줌으로써 작품은 지극히 울프다운 방식으로 전쟁을 해부하고 있다.

한 세대의 영국 청년들을 전부 앗아갔다고 할 정도의 사상자를 낸 1차 세계대전은 일상을 깊숙이 뒤흔드는 현실이었고, 울프도 예외는 아니었다.[15)]

함, (물리적, 개념적 기반의) 탄탄함, 확실함 등을 내포한다. 바꾸어 말해 이 작품은 'solid objects'가 과연 'solid'한지도 함께 묻는다. 사물과 개념의 solidity는 서양 철학사의 핵심 개념일 뿐 아니라 방사선과 파동(waves) 등의 발견으로 근대 과학의 주요 쟁점이기도 했다. 울프는 특히 후자에 관심이 많았고 이는 작품 곳곳에서 발견된다. 예컨대 『막간』에서는 마을 사람 하나가 과학은 "사물들을 . . . 더 정신적이 되게 하고 있어 . . . 내가 듣기로, 제일 최근 개념에 따르면 확고한 건 없다는 거야"(is making things . . . more spiritual. . . . The very latest notion, so I'm told is, nothing is solid)(179)라고 말하는 대목도 있다. 과학에 대한 울프의 관심에 관한 논의로는 특히 Henry와 Whitworth 참조.

15) 울프와 전쟁에 관한 대표적인 논문 모음집으로 허시(Mark Hussey)가 편집한 『버지니아 울프와 전쟁: 허구, 실재, 그리고 신화』(*Virginia Woolf and War: Fiction, Reality, and Myth*) 참조.

1915년 친구였던 시인 브룩(Rupert Brooke)이 전사했고, 1916년 레너드 울프가 강제 징집을 당할 뻔했으며, 1917년에는 사촌 둘이 전사했다. 이 시기 울프의 일기와 편지는 애국주의에 호소하며 전쟁의 대의를 강조하는 정치가들에 대한 신랄한 비판을 담고 있다.[16] 이러한 맥락에서 사고방식이 전혀 다른 두 정치가의 상이한 행보를 보여주는 「단단한 물체들」은 물체들에 대한 비관습적, 비습관적 사유를 시도함으로써 반전·평화주의적 행위로서의 생각하기의 가능성을 탐색한다. 이는 그 어떤 물체/대상도 결국은 주체의 의식으로 수렴하는 모더니즘의 인식론적 한계를 우회적으로 인정하는 것과도, 혹은 반대로 의식에 복속되지 않는 물체의 타자성을 인정하는 모더니즘의 윤리적 가능성을 강변하는 것과도 다르다. 이 작품은 사물의 존재론적 경이를 발견하는 존의 윤리적 가능성보다는, 자신의 수집물과 동일한 운명을 맞이하는 존의 운명의 아이러니, 달리 말해 존과 존의 수집물을 똑같이 대우하는 사회의 진면모를 파헤치는 일에 초점이 가 있다. 작품에서 어떤 물체 혹은 인간이 일반적 통념이나 기대와 전적으로 '다를 가능성'이 시사되지만 그 가능성은 인정되기보다는 무시되고 도태되며 병적인 집착의 사례로 간주되고 격리된다. 이로써 이 작품은 사회적으로 부과된 용도를 벗어난, 존재의 '다른' 가능성을 용인하는 사유를 더더욱 위험한 '비합법적 자유'로 간주하는 지배체제의 억압과 폭력, 그리고 그것을 조장하는 전쟁의 메커니즘을 드러낸다.[17]

이렇게 보면 크루소의 질그릇에 대한 울프의 언급도 그 의미가 한결 분명해진다. 울프에 따르면, 디포는 "사실의 진실"(the truth of fact)에 근거하여

16) 울프의 에세이 「루퍼트 브룩」("Rupert Brooke")와 니콜슨(Nigel Nicolson)과 트라웃만(Joanne Trautmann)이 편집한 편지 모음집(*Letters*) 참조.

17) 「월터 씨커트」에도 밤낮 사무실에서 나날을 보내 눈이 멀어 버린 정치가와 사업들가에 대한 언급이 나온다.

썼다고 공언하지만, 그는 "자잘한 것들"에 몰두한 "문자 그대로의 사실 기록자"에 그치는 것이 아니라("Defoe" 67, 68) "옳은 사실"(the right fact)을 사용함으로써 "현실감"(a sense of reality)을 전달하는 데 성공한다("Robinson Crusoe" 74). 예컨대 『로빈슨 크루소』가 성취하는 현실감이란 무엇보다 독특한 '관점'(perspective), 즉 "신이나 자연 혹은 죽음"과 같은 추상적이거나 관습적 개념들 대신 무인도에 던져진 한 남자가 빚은 질그릇들을 중심으로 삶과 인간 존재를 바라보는 새로운 관점을 뜻한다. 울프에 따르면 위대한 작가일수록 우리의 습관화된 "균형감각을 바꾸"기 때문에(71) 그의 시선을 따라 사물/현실을 바라보게 되면 "기존의 질서가 뒤집어져 우리의 허영심은 상처받고 오랜 버팀대가 뽑혀나가기 때문에 두렵"고 "고통스럽다"(71). 디포 역시 종교나 자연 혹은 인간에 관한 거대 담론에 기대는 대신, 만물의 무게중심을 바꾸어 크루소가 숱한 시행착오를 겪으며 만들어낸 다양한 형태와 용도의 질그릇들을 중심에 놓고 그의 삶을 그려냈다는 것이다. 타성화된 사유로는 포착할 길 없는 사물, 배경에 나뒹굴고 있던 그 질그릇에 꽂힌 작가의 시선, 그리고 그 시선이 새롭게 엮어내는 사물과 인간, 그리고 현실의 관계를 따라가다 보면 우리의 기대와 예상은 매순간 흔들리고 뒤집히며, 마침내 "우리를 정면으로 응시하는 커다란 질그릇"을 마주하게 된다"(71, 72).[18]

작가로서 울프에게 "하찮아 보이는 것들을 중대하게" 그리고 "시시해 보

18) 여기서 울프는 질그릇을 시선의 대상만이 아니라 우리에게 시선을 던지는 사물임을 시사하는데, 이는 흥미롭게도 하이데거의 "제대로 된 읽기"(proper reading) 개념과 상통하는 면이 있다. 하이데거에 따르면 특정 개념이나 정의에 갇히게 되면 우리의 사유는 제대로 된 읽기를 할 수 없다. 제대로 된 읽기란 해독력이나 해석능력보다 훨씬 깊은 차원의, 대상에 대한 "주의/관심을 기울임"(attentiveness)을 뜻한다. 이러한 제대로 된 읽기 없이는 존재/대상이 "우리에게 던지는 응시를 알아보지 못한다"(Maly 재인용 236).

이는 것을 중요하게 만드는" 일은 매우 중요하다. 그것은 사물과 현실을 다른 기준과 가치의 관점에서 보게 하며, 궁극적으로 "확립된 가치들을 바꾸"기 때문이다("Women and Fiction" 146). 신과 자연이 아니라 질그릇을 전면에 내세운 디포는 울프에게, 벤야민(Walter Benjamin)이 호프만슈탈(Hugo von Hofmannsthal)을 빌어 말한, "한 번도 쓰이지 않은 것을 읽어내는" "진정한 역사가"(Heller-Roazen 재인용 1)에 근접하며, 그러한 디포의 관점을 포착함으로써 독자로 하여금 질그릇과 응시를 교환하게 하는 울프 자신 또한 그러한 역사가에 가깝다고 할 수 있다. 뿐만 아니라 울프의 궁극적 제안은, 독자 스스로가 외롭고 고통스런 사유의 과정을 통해 진정한 역사가가 되어야 한다는 것이다.

여기서 한 가지 덧붙일 점은 울프가 말하는 작가의 '관점'은 작가의 의도와는 다르다는 사실이다. 울프에 따르면, 디포의 통찰력은 디포 자신의 "확고히 사실에 입각한 지성"(solidly matter-of-fact intelligence)을 넘어선다. 그의 작품에 등장하는 인물들의 탁월성은 작가 자신의 의도나 기호를 뛰어넘으며, 그런 면에서 디포는 자신의 의식적 견해나 의도를 넘어서는 성취를 이루는, "복되게도 무의식적인"(blessedly unconscious) 작가라는 것이다("Defoe" 67). 사물에 대한 울프의 사유에 '관점'의 문제가 개입하는 것은 이러한 맥락에서이다.[19] 사물에 대한 울프의 관심은 인식의 과정에서 주체가 대상과 자

19) 「단단한 물체들」의 서두에서 제시되는, 아득한 상공에서 인간을 바라보는 망원경적인 관점에서부터 「큐가든」("Kew Gardens")에서 세상을 바라보는 달팽이의 눈과 같은 현미경적인 관점에 이르기까지 울프는 사물을 보는 다양한 관점들을 탐색한다. 그런데 관점에 대한 울프의 관심은 예컨대 모더니즘 미학을 논할 때 자주 등장하는 "사실은 없고 오직 해석이 있을 뿐"이라는 니체적인 관점주의(perspectivism)나 현실인식에 다양한 관점의 공존을 드러내는 큐비즘과는 구분될 필요가 있다. 우선 울프가 주목하는 관점은 대상과의 다양한 '거리'를 전제한다는 점에서 이들과 다르고, 더욱 중요한 것은 울프

신의 자리를 어떻게 규정하려 하는가, 다시 말해 인식 과정에서 주체와 대상이 어떤 관계를 형성하는가에 놓여있다. 이를 통해 울프는 인식주체가 대상을 대상화 혹은 전유/지배하지 않는 사유의 가능성을 탐색한다. 다시 말해, 울프는 인식 주체가 대상과 관련하여 자신의 자리를 어떻게 설정하고 어떻게 경계 지으려 하는가를 자의식적으로 성찰함으로써 궁극적으로 인식의 과정에 필연적으로 수반되는 권력구조와 그 작용을 넘어설 가능성을 모색하는 것이다.[20]

4. 사유와 언어

울프의 사유와 언어 문제를 논하기 위해 약간 우회하기로 하자. 아감벤은 주권자에 대한 슈미트(Carl Schmitt)의 정의, 즉 주권자란 법질서가 예외 상태를 선포하고 법의 효력을 정지시킬 수 있는 권한을 부여한 사람이라는 정의에 내포된 주권의 역설, 즉 자신은 법의 외부에 있으면서 법의 외부란 없다고 선언하는 주권자가 법의 외부와 내부 동시에 위치하는 역설에 주목한다.

는 일반적으로 '관점'을 말할 때 전제되는 인식주체 혹은 그 주체의 자리 자체를 허물어 보려고 한다는 점에서도 다르기 때문이다. 이점을 밝히기 위해서는 가부장제의 여성의 자아와 주체의 문제 및 여성의 익명성의 가능성과 한계에 대한 울프의 관점을 아울러 논해야 하지만, 지면관계상 생략한다.

20) 여기서 상론하지는 않겠지만 이러한 맥락에서 사물에 대한 울프의 사유는, 대상 세계에 대한 인간 주체의 지배가 가져온 인간 소외라는 서구 근대화의 역설을 극복할 가능성을 안고 있다. 짐멜(Georg Simmel)을 비롯한 많은 학자들은 물건들에 대한 접근성의 증가와 이에 따른 물건의 물다움의 상실을 근대성의 중요한 특징의 하나로 꼽는다. 근대성과 주체, 물체, 그리고 물화에 대한 짐멜, 루카치, 벤야민, 하이데거 등에 관한 간명한 소개로는 브라운의 논문 가운데 특히 「물(物)이론」과 「사물들의 비밀스런 삶」("The Secret Life of Things") 참조.

주권의 역설은, 예외가 자신에 선행하는 규칙을 벗어나는 것이 아니라, 규칙이 "스스로의 효력을 정지시킴으로써 예외를 창출"한다는 것을, 다시 말해 법질서의 구조를 드러낸다는 점에서 중요하다. 규칙은 "예외와의 관계를 유지함으로써만 비로소 자신을 규칙으로 만들 수 있"(61)으며, 법적, 정치적 질서는 외부를 구축하여 배제시켜 예외라는 이름으로 내부화하려는, 즉 "배제된 것을 포함하는 구조"를 갖는다. 민주주의와 전체주의가 "내적으로 결탁"되어 있을 가능성(*Homo Sacer* 13)은 바로 이러한 역설에 근거하며, 아감벤의 작업은 이러한 주권의 진정한 바깥, 혹은 주권권력의 형태를 벗어난 곳에서 인간의 삶을 사유하려는 시도이다.

아감벤에 따르면 주권의 역설이 드러내는 법적 질서의 구조는 근본적으로 언어의 구조에 기반한다. 언어란 영원한 예외 상태에서 자신의 "외부에는 아무 것도 없으며" 언어는 언제나 "자신의 너머에 존재한다고 선언하는 주권자"이다. 언어는 비언어(사물)를 배제함으로써 포함하는 구조이자 굴레인 것이다(Homo Sacer 20). 아감벤에게 주권의 역설에 대한 사유는 주권이 "법질서의 경계를 어느 지점에 설정하는지"를 이해함으로써(*Homo Sacer* 17) 주권의 권력을 넘어서기 위한 것이듯이, 언어의 역설에 대한 사유는 모든 것을 언어로 귀속시키려는 언어의 구조 자체를 사유함으로써 굴레로서의 언어를 벗어나기 위한 것이다.[21] 아감벤은 "인간 언어의 유한성과 다의성이야말로 '사

---

21) 헬러-로우젠(Heller-Roazen)이 지적하듯이 아감벤에게 언어에 대한 사유는 언어의 본질을 이해하려는 시도에 내재하는 아포리아, 문자 그대로의 '길 없음'(lack of way)에 귀착하는 것이 아니라, 유포리아(euporia) ― "절묘하게 적절한 방식"(a felicitous way) ― 에 이르기 위한 것이다(*Potentialities* 5; Durantaye 134). 아감벤은, 언어에 대한 사유가 아포리아에서 멈춘다면 추정(presuppositions)을 제거함으로써 "이해할 수 없는 것을 이해"하려는 철학의 임무를 포기하는 것이나 다름없다고 주장한다(*Potentialities* 45).

유의 변증법적 여행'을 위한 통로가 된다"([P]recisely the finitude and polysemy of human language becomes the path opened for the 'dialectical voyage' of thought)고 말한다(*Potentialities* 46). 즉, 아감벤에게 언어에 대한 사유는 실천적 가능성을 가지며, 이러한 사유는 언어의 가능성에 대한 제대로 된 읽기, 혹은 하이데거의 표현을 빌리자면, "가능한 것에 대한 근본적인 관심 기울이기"(Durantaye 25)와 직결되어 있다.

울프 역시 언어와 정치 양자가 모두 "배제된 것을 포함하는" 구조를 갖고 있음을 지적하고, 이러한 권력구조의 한계를 넘어서기 위한 사유를 수행한다. 가령 1939년 6월 영국의 어느 외딴 마을에서 벌어지는 야외극을 소재로 가부장제와 군국주의, 제국주의와 파시즘이 뒤얽힌 끔찍한 정치적 현실에 대해 날카로운 비판을 가하는 『막간』(*Between the Acts*)이 좋은 예이다.[22] 야외극과 마을 사람들의 대화를 동시에 관통하는 '우리'라는 말을 통해 울프는 "배제된 것을 포함하는" 구조가 일상 언어와 보통 사람들의 생각 속에 깊이 뿌리 박혀 있음을, 그리고 이러한 언어와 사고의 습관이야말로 이 군중을 끔찍스런 폭력의 공모자로 변모시킬 가능성이 있음을 경고한다. 그러나 동시에, '우리'의 수사는 동질적 집단정체성을 단순히 반영 혹은 강화하는 것이 아니라 오히려 그러한 정체성이 작동하는 경계, 즉 그것이 성립하기 위해 포함과 배제가 발생하는 지점을 스스로 드러내게 된다. 이로써 이 작품은 '우리'를 핵심어로 하는 정치 담론의 폭력성을 가시화하는 동시에 그 토대를 약화시킨다.

울프는 언어 본연의 가능성, 즉 스스로 이념적 굴레를 벗어날 가능성을 놓치지 않는다. 예컨대 1937년 4월 BBC 라디오 강연 시리즈 「말문이 막힌다」

22) 아감벤과 연관 짓지는 않았지만 『막간』의 '우리'의 수사에 관해서는 졸고 「"우리는 변하는 걸까요?": 『막간』의 야외극과 문학적 실천」에서 논의한 바가 있다.

("Words fail me")에서 울프가 강연한 강연문인 「솜씨」("Craftsmanship")를 보자. 울프는, 자신은 작가이니 작가로서의 솜씨, 즉 언어를 다루는 솜씨에 관해 말해야 할 터이지만, 사전에 정의된 바에 따르면 '솜씨'라는 단어는 언어에는 적합하지 않다며 말문을 연다. 그녀에 따르면, '솜씨'에 들어 있는 'craft'라는 단어에는 두 가지 의미, 즉 "단단한 물체로 유용한 물건들을 만드는 일"(making useful objects out of solid matter)이라는 의미와 "감언이설, 간계, 속임수"(cajolery, cunning, deceit)라는 의미가 들어있다. 그런데 언어는 쓸모와는 거리가 멀뿐더러 속임수가 아니라 '진리'를 전한다는 점에서 언어 혹은 작가와 '솜씨'라는 말은 어울리지 않는다는 것이다. '솜씨'라는 말을 언어에 적용할 경우 생겨나는 문제들에 대한 일견 엉뚱해 보이는 이러한 언급은, 사실 언어가 솜씨로 전락하면, 다시 말해 언어가 쓸모에 휘둘리게 되면, 진리를 전하지 못하고 간계와 속임수의 도구가 된다는 주제로 나아가기 위한 의미심장한 서론이다.

이듬해 8월에 출간된 『세 닢의 기니』(*Three Guineas*)에서 울프가 개진하는 히틀러/독재자의 기만적인 정치적 수사에 대한 날카로운 분석을 상기한다면, 이 강연문이 지적하는 언어의 도구화나 속임수는 결코 가벼운 문제가 아니다. 이 강연문에서는 직접적으로 정치적 수사와 담론을 거론하는 대신 울프는 안내표지판에서부터 여행서적, 그리고 예술 비평문에 이르는 언어들이 "오직 한 가지만을 의미"(247)하는 기호로 전락함으로써 당대의 정치적 수사와 닮은꼴이 되어가는 현실을 폭로한다.[23] 이로써 울프는 언어를 매개로 하는

---

23) 여기에는 일차적으로 익명의 대중을 향한 라디오 방송 강연이라는 점도 작용했겠지만, 일상으로 교묘히 파고든 정치적 담론의 작동방식을 들추어내는 작업이 더욱 절실해진 시점이라는 판단이 더 중요하게 작용했을 것이다.

우리의 사유 방식을 근본적으로 짚어보지 않으면 전쟁을 비롯한 역사적 참극은 근절될 수 없다고 경고한다. 그러나 강연은 여기서 멈추지 않는다. 울프는 언어란 본래 "쓸모 있기를 싫어"하고(246), "쓸모가 있지 않으며"(247), "한 가지 진술이 아니라 수많은 가능성들을 표현"(246)한다고 주장함으로써, 언어 내부에 있는 저항과 반동의 씨앗을 강조하고 이를 되살릴 것을 촉구한다.[24)]

그뿐 아니라 울프는, 언어가 가진 가능성들을 배제하고 언어를 한 가지 의미로 환원하거나 몇 가지 암시적 의미로 고정시킬 경우, 언어 자체가 "비현실적"이 될 뿐 아니라 그렇게 읽는 주체 자신도 참다운 "독자"가 아닌, 전문용어만 쓰는 전문가나 아무 생각 없이 말을 쓰는 사람 혹은 기계적으로 말뜻만 찾는 사람이 된다(248)고 지적한다. 바꾸어 말하면, 수많은 가능성들을 잉태한 언어 본래의 특성을 제대로 살리는 일은, 기표의 투명성, 기표와 기의의 일체성을 기정사실화하고 언어를 길들여 기호화함으로써 사유 자체를 차단하려는 정치적 수사에 맞서는 일이자, 현실을 제대로 읽지도 사유하지도 못하는 비현실적인 주체로 전락하기를 거부하는 일이며, 나아가 위계적 질서와 억압적 구조에 근간한 제국주의적, 혹은 전체주의적 발상에 저항하는 일이 된다. 요컨대 울프는 언어를 제대로 쓰고 읽는 일은 그 어떤 이념이나 폭력의 허수아비로 전락하지 않고 자유롭고 주체적으로 살아가기 위한 토대임을 주장하는 것이다.

울프는 지금 이 순간에도 수많은 교수와 비평가가 문학을 논하고 젊은이들이 문학시험을 보고 있지만 "4백 년 전보다 우리가 더 잘 쓰고 더 잘 읽는"

---

24) 이와 유사하게 아감벤 역시 언어는 항상 실제로 외시할 수 있는 것보다 더 많은 의미를 감추고 있으며, 의미와 외시 사이에는 도저히 환원 불가능한 간격이 존재한다고 주장한다. *Homo Sacer* 20-21면 참조.

다고 하기 어려운 데는(249), 자유분방한 언어를 억압하고 도구화한 책임이 크다고 말한다. 언어의 도구화는 참다운 사고를 방해할 뿐 아니라 근본적으로 자유롭고 인간다운 삶과 공존할 수 없다. 언어는 인간의 존재방식과 직결되어 있다. 울프에 따르면, 언어도 "인간처럼" 다채롭고 서로 낯선 방식으로 여기저기서, 사랑하고 짝지으며 살아간다. 아니 오히려 인간보다 "의식과 관례에 덜 속박된다"(250). 이처럼 자유로운 "방랑자"인 언어에게 "그 어떤 법칙을 제정해서는 안 된다." 언어는 "본래 변화하는 성질이 있기 때문에" 자신을 "한 가지 의미로 낙인찍거나 하나의 태도로 제한한다는 것을 증오한다 . . . 하나의 의미로 고정시키면 . . . 언어는 날개를 접고 죽는다"(251). 그런 의미에서 언어는 꼭 "우리 자신과 같다"는 것이다(251).

여기서 언어가 인간과 닮았다는 것은 단순한 비유가 아니다. 이는 언어와 사유, 그리고 주체와 자유로운 삶 간의 긴밀한 연관성을 꿰뚫어보는 탁월한 통찰에 기인한다. 지면 관계상 길게 논하기는 어렵지만, 아감벤과 그의 가장 중요한 철학적 스승인 하이데거 역시 존재와 사유, 그리고 언어에 관해 울프와 매우 유사한 견해를 내놓는다. 이들 모두 "현실을 통해 가능성을 배척"하는 사유의 한계를 넘어서는 사유를 지향하며, 이러한 사유는 궁극적으로 자유로운 삶의 실현, 참다운 존재의 발현을 지향한다. 그리고 이러한 참다운 존재의 발현은 관습적 언어의 굴레를 넘어 창조적이고 생산적인 언어를 사용하는 일과 맞물려 있다.[25] 하이데거에게 현존재(Dasein)는 "언제나 그리고 본

25) 하이데거에 따르면, "우리는 전적으로 그리고 오로지 현실성의 견지에서 생각하고 현실(있음, 본질 혹은 실체로서의)의 면에서 해석하는 것에 너무나 익숙해져 있다. 이 때문에 창조적인 종류의 사유인 잠재성을 사유하려고 하면, 우린 여전히 준비가 되어 있지 않고, 서투르고 능력이 없다고 느끼게 되는 것이다"([W]e are all too accustomed to thinking purely and simply in terms of actualities, to interpreting in terms of the actual

질적으로 그 자신의 가능성"이라는 점에서 현실(actuality)이 아니라 잠재성(potentiality)으로서 정의된다. "'존재'(Being)는 결코 현실(reality) 혹은 분명히 결정된 현실(actuality)이 아니다." 그리고 "사유란 . . . 그저 존재하는 어떤 것(some existent thing)을 표상하는 것이 아니"라 존재를 성취하는 실천의 한 형태이다(Durantaye 재인용 25). 이러한 사유의 과정에서 언어는 기존의 전제들을 반복하려는 관성을 가진다는 점에서 장애가 되지만, 동시에, 울프가 이미 간파했듯이, 무한한 가능성으로 열려 있는 본연의 속성으로 인해 그 자신의 한계를 넘어선다.

5. 나가며: 브라운 부인과 셰익스피어의 누이

베넷(Arnold Bennett)이 울프의 『제이콥의 방』(*Jacob's Room*)을 가리켜 이 작품의 등장인물들은 작가의 독창적이고 영리한 디테일에 대한 강박 때문에 도무지 살아있는 인물들이 되지 못한다고 비판하자 울프는 베넷식의 디테일이야말로 인물을 죽인다고 반박한다. 가령 브라운 부인이라는 여성의 아버지가 누군지, 무슨 옷을 입고 있는지를 서술하는 것은 그녀가 누구인가가 아니라 무엇이어야 하는지를 전할 뿐이며 인물을 그려내는 "그러한 도구들은 죽음"일 뿐이라는 것이다("Mr. Bennett and Mrs. Brown" 110). 울프가 디포의 세세한 묘사의 성취를 "옳은 사실들"이라 부르는 데에는, 베넷식의 묘사는 한 인간의 삶을 충실히 전하는 것이 아니라 인간에 대한 타성적 견해—즉

(as presence, ousia). For this reason we are still unprepared, we feel awkward and inadequate, when it comes to thinking potentiality, a kind of thinking that is always creative.)(Durantaye 재인용 24). 하이데거가 철학적 사유를 독특하고 난해한 문체와 어휘를 통해 전달하는 주된 이유가 여기에 있다.

가족, 경제, 계급을 근거로 인간의 삶을 규정하고 분류하는 — 를 반복하는 '틀린' 사실의 나열이라는 판단이 깔려있다. 울프에 따르면, 베네트 같은 작가는, 역사를 통해 내내 도처에서 살아온 브라운 부인을 "단 한 번도 본 적이 없다"(102). 브라운 부인이 제 아무리 자신은 "다르다, 사람들이 이해하는 것과 정말 다르다고 항의"해도 베넷은 기차의 구석 자리에 앉아 있는 그녀를 결코 본 적이 없으며, 애초에 볼 수 없다는 것이다. 브라운 부인은 억압되고 누락되고 망각된 여성의 삶이자, 동시에 "우리가 사는 정신이요 삶 그 자체"(119)이다. "자아가 없이 본 세상"(the world seen without a self)(*The Waves* 287)을 담기 위한 울프의 필생의 고투는 베네트의 눈 대신 크루소의 질그릇을 보는 디포의, 혹은 중하류계급의 값싼 가구들을 그려내는 씨커트의 시선을 획득하려는 시도이다.

울프는 가부장제를 비롯한 억압적이고 위계적인 사회체제에 물든 인식과 의식, 그리고 기록의 사각지대에 놓인 사물과 존재, 나아가 리얼리티 자체를 가시권으로 끌어내려 했다. 이러한 작업은 아감벤적인 탈창조(decreation), 즉 "가능했으나 실현되지 않은 것을 . . . 보이게 하는"(brings . . . 'what could have been but was not' into view)(Durantaye 23) 과정, 바꿔 말하자면, 벤야민이 요청하는 사유, 즉 "결코 한 번도 본 적 없는 어떤 것"에 대한 "무의지적 기억"(an involuntary memory)을 경험하는, 그럼으로써 "한 번도 쓰인 적 없는 것"을 읽어내는 사유(Heller-Roazen 5)의 과정과 맞닿아 있다. 울프가 여성의 삶을 중심으로 평생을 천착한 리얼리티는 인식과 재현에 선행하는 협의의 사실이 아니라, "역사적 실현을 넘어서는" 것으로서의 아감벤적인 잠재성(Ewa Ptonowska Ziarek 107)과 상통한다. 아감벤에게 물 자체란 "존재하는 것"(an extant thing)이 아니라 "'가능성의 형식 안에 존재하는' 어떤 것"(something that “exists in the mode of possibility”)(Heller-Roazen 13)이듯이, 울프의 브라운 부인은 “어디든 나타날 수 있고 어떤 옷이든 입을 수 있으며 무엇이든 말하고 무엇이든 할 수 있는”, “무한한 능력과 끝없는 다양성”을 가진 여인이다. 그 이유는 바로 그녀가 “삶 그 자체”(119)이기 때문이다.

『세 닢의 기니』에서 가부장제와 군국주의, 제국주의와 파시즘이 결국은 같은 뿌리를 갖고 있다는 울프의 예리한 통찰은 그러한 현실이 ‘어떻게’ 벌어지게 되었는가를 추적하는 데서 시작된다고 해도 과언이 아니다. 이러한 추적을 통해 울프는 결국 인간 역사는 이러한 현실로 귀결될 수밖에 없음을 재확인하는 것이 아니라, 전쟁과 폭력의 비극적 반복은 “달리 되었을 수 있었던 것들”(things could have been different)(Durantaye 16)의 배제와 도태, 그리고 망각이라는 지배 체제의 자기보존/재생산의 메커니즘의 결과물이라는 사실을 보여준다.

울프는 우리가 “자유의 습관을 갖게 될”(113) 때 셰익스피어의 누이는 “몸을 입고” 태어날 것(114) 이라고 말한다. ‘셰익스피어의 누이’라는 리얼리티는, 셰익스피어라는 리얼리티가 어떻게 발생한 것인가를 추적하고, 그것이 발생하는 과정에서 밀려난 무수한 다른 가능성들을 역사와 인식 속으로 되돌리는 과정에서 구현된다. 다시 말해, 벽 위의 자국‘을’ 아는 일 대신 그 자국에 ‘대해’ 생각하는 일은, 물적 현실의 외면이 아니라, 이미 벌어진 것들에 우위를 부여하려는 인간 사유의 조건과 한계를 직시함으로써 인식과 역사에서 추방되어 온 달리 되었을 가능성들을 ‘존재하게’ 하는 실천이 된다.

아감벤은 역사가는 “일어난 것”을, 그리고 시인은 “일어날 법한 종류의 것”을 다룬다는 아리스토텔레스의 유명한 명제의 이면에 깔린 시와 역사, 그리고 철학의 분리를 문제 삼고 이를 극복하고자 한다.[26] 가능성과 실제 현실의 관계에 대한 아감벤의 발본적인 사유는, 생각하기를 싸움의 일환으로 택한 울프의 글쓰기에서 이미 놀라우리만치 집요하고 철저하게 개진된 바 있다. 역사적 실현을 능가하는 가능성으로서의 사물과 존재, 그리고 언어에 대한 울프의 사유는 '언제나 이미'(always already)의 아포리아가 노정하는 결정주의와 '아직'(not yet) (그러나 끝끝내 오지 않는) 유토피아적 이상주의를 모두 극복할 가능성을 제시한다는 점에서 여전히 중요한 현재적 의미를 지닌다.

출처: 『영미문학페미니즘』 제22권 2호(2014), 85-116쪽.

---

26) 듀란테이가 지적하듯 아감벤은 정치가 본래 철학적인 것처럼 사유도 본래 정치적이라고 본다. "생각한다는 것은 . . . 사유의 순수한 잠재성을 경험"하는 것이며 잠재성을 경험하는 것은 "우리의 합리성, 알고 말하는 우리 존재의 토대"(Durantaye 재인용 14)라는 것이다.

▩ 인용문헌

김성호. 「물화, 물성, 모더니즘: 「단단한 물체들」에 나타난 울프의 페티시즘에 관하여」. 『현대영미소설』 11.2 (2004): 1-18.

손영주. 「"우리는 변하는 걸까요?": 『막간』의 야외극과 문학적 실천」. 『영어영문학』 54.5 (2008): 703-25.

Agamben, Giorgio. *Homo Sacer: Sovereign Power and Bare Life.* Trans. Daniel Heller-Roazen. Stanford: Stanford UP, 1998.

_____. *Potentialities: Collected Essays in Philosophy.* Ed. Trans. and Introd. Daniel Heller-Roazen. Stanford: Stanford UP, 1999.

Arendt, Hannah. "Thinking and Moral Considerations: A Lecture." *Social Research* 38.3 (1971): 417-46.

Banks, Joanne Trautmann. "Through a Glass, Longingly." Benzel and Hoberman 17-24.

Benzel, Kathryn N., and Ruth Hoberman, *eds. Tresspassing Boundaries: Virginia Woolf's Short Fiction.* New York: Palgrave Macmillan, 2004.

Brown, Bill. "The Secret Life of Things: Virginia Woolf and the Matter of Modernism." *Modernism/Modernity* 6.2 (1999): 1-28.

_____. "Thing Theory." *Critical Inquiry* 28 (2001): 1-16.

Cuddy-Keane, Melba. "Virginia Woolf and the Varieties of Historicist Experience." *Virginia Woolf and the Essay.* Ed. Beth Carole Rosenberg and Jeanne Dubino. London: Macmillan, 1997.

Cyr, Marc D. "A Conflict of Closure in Virginia Woolf's 'The Mark on the Wall.'" *Studies in Short Fiction* 33 (1996): 197-205.

Durantaye, Leland de la. *Giorgio Agamben: A Critical Introduction.* Stanford: Stanford UP, 2009.

Ellmann, Richard. *James Joyce.* Oxford: Oxford UP, 1959.

Fernald, Anne F. *Virginia Woolf: Feminism and the Reader.* New York: Palgrave

Macmillan, 2006.
Gifford, Don, with Robert J. Seidman. *Ulysses Annotated: Notes for James Joyce's* Ulysses. 2nd ed. Berkeley and Los Angeles: U of California P, 1988.
Gorsky, Susan Rubinow. *Virginia Woolf.* Boston: Twayne, 1978.
Guiguet, Jean. *Virginia Woolf and Her Works.* Trans. Jean Stewart. New York: Harcourt, 1965.
Heidegger, Martin. "The Thing." *Poetry, Language, Thought.* Trans. and introd. Albert Hofsadter. New York: Harper Collins, 1975. 163-83.
Henry, Holly. *Virginia Woolf and the Discourse of Science: The Aesthetics of Astronomy.* Cambridge: Cambridge UP, 2003.
Hussey, Mark, ed. *Virginia Woolf and War: Fiction, Reality, and Myth.* New York: Syracuse UP, 1991.
Joyce, James. *Ulysses.* Ed. Hans Walter Gabler et al. New York: Vintage, 1986.
Levy, Michelle. "Virginia Woolf's Shorter Fictional Explorations of the External World: 'closely united . . . immensely divided.'" Benzel and Hoberman 139-55.
Maly, Kenneth. "Reading and Thinking: Heidegger and the Hinting Greeks." *Reading Heidegger: Commemorations.* Ed. John Sallis. Bloomington: Indiana UP, 1993. 221-40.
Mao, Douglas. *Solid Objects: Modernism and the Test of Production.* Princeton: Princeton UP, 1998.
Naremore, James. *The World Without a Self: Virginia Woolf and the Novel.* New Haven: Yale UP, 1973.
Rosenbaum, S. P. "The Philosophical Realism of Virginia Woolf." *English Literature and British Philosophy: A Collection of Essays.* Ed. Rosenbaum. Chicago: Chicago UP, 1971.
Watson, Robert. A. "'Solid Objects' as Allegory." *Virginia Woolf Miscellany* 16 (1981): 3-4.

Whitworth, Michael. *Virginia Woolf.* Oxford: Oxford UP, 2005.

Wing-chi Ki, Magdalen. "Structure and Anti-Structure: Virginia Woolf's Feminist Politics and 'The Mark on the Wall.'" *English Studies* 91.4 (2010): 425-42.

Woolf, Virginia. *Between the Acts.* San Diego: Harcourt, 1941.

_____. *Collected Essays.* 4 vols. New York: Harcourt, 1967.

_____. *The Complete Shorter Fiction of Virginia Woolf.* 2nd Edition. Ed. Susan Dick. New York: Harcourt, 1989.

_____. *The Diary of Virginia Woolf.* Ed. Anne Olivier Bell and Andrew McNeillie. 5 vols. New York: Harcourt, 1977-1984.

_____. *The Letters of Virginia Woolf.* Vol. 2. Ed. Nigel Nicholson and Joanne Trautmann. New York: Harcourt, 1985.

_____. *A Room of One's Own.* New York: Harcourt, 1929.

_____. "Rupert Brooke." *Books and Portraits: Some Further Selections from the Literary and Biographical Writings of Virginia Woolf.* Ed. Mary Lyon. London: Hogarth, 1977.

_____. *The Waves.* New York: Harcourt, 1931.

Youngjoo Kim, "'Must I Join Your Conspiracy?': The Politics of Passivity in Virginia Woolf's *The Years* and *Three Guineas.*" *Studies in Modern Fiction* 20.2 (2013): 151-69.

Ziarek, Ewa Ptonowska. *Feminist Aesthetics and the Politics of Modernism.* New York: Columbia UP, 2012.

Zwerdling, Alex. *Virginia Woolf and the Real World.* Berkeley: U of California P, 1986.

초상화와 전기문학: 버지니아 울프의 전기문학과 시각예술

| 손현주

I. 월터 시컬트는 "위대한 전기작가"인가?

버지니아 울프는 1934년 「월터 시컬트: 대화」("Walter Sickert: the Conversation")를 자신의 호가스 출판사에서 출간했다. 일 실링 육 펜스의 가격에 팔린 이 소책자의 표지는 바네사 벨(Vanessa Bell)이 그렸다. 화가인 시컬트는 울프와 동시대를 살았고, 60여 년간 활동하면서 "화가들의 화가"라는 칭송을 들으며 수많은 작품을 남겼다.[1] 울프는 "시컬트는 위대한 전기작가다"라고 평가했다. 글로 인물을 묘사하고 생애를 서술해야 하는 보통의 전기작가와는 달리 화가인 시컬트는 하나의 장면을 통해 인물이 갖는 독특한 성격을 드러내준다는 것이다.

1) Walter Richard Sickert(1860-1942), 초상화가로 활동했으며 인상주의에서 모더니즘으로의 전환기에 활동한 뛰어난 화가로 평가 받고 있다.

> 남자나 여자를 눈앞에 앉혀 놓을 때 그[시컬트]는 그 얼굴을 빚어낸 인생 전체를 본다. 그의 삶이 얼굴에 나타나 있다. 전기작가들 중 누구도 그처럼 완성되고 흠 없이 삶을 그려내지는 못한다. 그들은 소위 사실이라 불리는 힘겨운 장애물에 걸려 비틀거린다. 이러이러한 날 태어났고, 그의 어머니의 이름이 제인이니 메리니 하는. 그런 다음 가족들의 감정을 배려하여 술집여자와 바람났던 것은 언급하지 않는다. 그리고 그에게는 언제나 명예훼손죄의 검은 날개와 갈고리 같은 부리가 드리워져 있다. 그런 식으로 우리가 전기라고 부르는 삼사백 페이지에 달하는 타협과 회피, 줄여 말하기와 과장, 부적절함과 새빨간 거짓이 탄생한다. 하지만 시컬트는 붓을 잡고, 물감을 짜고, 얼굴을 들여다본다. 그리고 침묵이라는 신성한 재능에 감싸여 그는 그려낸다. 거짓, 하찮음, 영광, 타락, 인내, 아름다움을. 이 모든 것이 거기 들어있다. ("Sickert" 236-37)

울프는 독자이자 작가로서 전기문학에 지대한 관심을 가졌다. 유년기부터 평생 수많은 전기물을 탐독했던 울프는 빅토리아조의 전기문학에 대해 비판적 거리를 두고 이른바 "새로운 전기문학"을 모색했다. 위의 인용문에서 지적하고 있는 것처럼 전기작가가 인물의 "있는 그대로"의 모습을 전달하기에는 현실적으로 여러 가지 장애가 존재하는데, 울프는 시컬트의 그림에는 전기문학이 가지는 한계를 넘어설 수 있는 이점이 있다고 주장한다. 즉, 시시콜콜한 사건들과 인물간의 연관성에 대한 서술 대신 화폭에 담겨진 인물의 표정과 옷차림, 동작, 배경으로 그려진 가구나 풍경, 색채와 빛의 각도 등을 통해 화가는 자신이 이해하는 인물에 대한 통찰을 이미지로 전달해 줄 수 있고, 이것은 언어가 묘사할 수 없는 인물의 총체적 특질을 전달해 줄 수 있다고 울프는 주장한다. 이 글에서는 시컬트의 그림에 대한 울프의 견해를 울프의 전기문학론에 비추어 조명해보고, 회화와 시각매체가 울프의 전기문학, 나아가 울프의 글쓰기 전반 어떤 영향을 미치고 있는지를 가늠해 보고자 한다.

II. 전기문학과 초상화

울프는 전기문학 못지않게 초상화와도 깊은 관계를 맺어 왔다. 유년기에 살았던 하이드 파크 게이트(Hyde Park Gate)에는 여느 빅토리아조의 가정에서처럼 가족들의 초상화가 걸려 있었고, 울프는 자연스레 가족사의 시각적 기록물인 초상화에 둘러싸여 성장했다. 울프는 또한 사진술이 보급되어 가족의 일상사를 사진으로 기록하기 시작한 첫 세대에 속한다. 울프가 십대시절 기록한 일기에는 코닥 필름을 구입하여 집에서 사진을 찍고 암실 대신 옷장 속에 들어가 현상을 하는 등, 사진과 연관된 일화들이 자주 등장한다. 이렇게 찍은 사진들은 울프의 개인 앨범에 보관되어 있다. 버지니아와 레너드 울프는 천여 장이 넘는 개인 사진을 남겼는데, 가족과 친지, 친구들의 모습을 담은 이 사진들은 울프의 삶에 대한 시각적 기록물을 구성한다.

1929년에 울프는 윌리엄 로데스타인(William Rothestein)에게 부모님의 초상화를 보내 준데 대해 다음과 같은 감사의 인사를 전했다: "그분들에 대한 이런 기록물을 갖게 되어서 무척 기쁩니다"(*L4* 7). 울프의 초상화에 대한 애착은 빅토리아조 시대의 관습에 그 뿌리가 있다. 한 예로 울프가 빅토리아 시대를 풍미했던 유명한 초상화가 와츠(G. F. Watts)가 그린 "토비 큰아버지"의 초상화를 팔아버리고 곧 후회하는 장면은 아이러니가 아닐 수 없다. 헨리 토비 프린셉(Henry Thoby Prinsep, 1792-1878)은 공직자로 인도서 복무했고 인도 역사를 집필하기도 했다. 그는 아내인 사라 패틀(Sara Monckton Pattle)과 함께 리틀 홀랜드 하우스(Little Holland House)에 정착했는데, 그곳은 와츠를 비롯한 라파엘 전파(pre-Raphaelite) 예술가들의 아지트 역할을 했다. 사라의 조카였던 울프의 어머니(Julia Stephen)는 젊은 시절 빼어난 미모로 그들의 각광받는 모델이었다. 그러한 인연으로 울프의 어머니 줄리아 스티븐은 와츠가 그린 토비 프린셉의 초상화를 소장하게 되었고, 그림을 물려받은 울프는 1920년 토비 프린셉의 원래 가문인 프린셉 일가에게 그림을 팔았다. 하지만 울프는 "수표를 받자마자 후회가 들었다"고 일기에 적고 있다(*D*2 21). 울프는 이 저명한 화가와 그의 젊고 아름다운 연인 엘렌 테리(Ellen Terry)의 이야기를 『프레시워터』(*Freshwater*)에서 희극적으로 그려내기도 했다. 울프의 와츠에 대한 태도는 시기에 따라 다르다. 1897년 15세 무렵에는 와츠부부의 방문이나 와츠 전시를 보러갔던 일을 자랑스럽게 일기에 적었던 반면에, 부모님 사후 켄싱턴의 집을 떠나 블룸즈베리에 자리 잡고 나서인 1905년경에는 전혀 상반되는 견해를 표명한다. 바네사와 함께 와츠 작품 전시회에 다녀온 후, 울프는 전시된 작품들이 지루하고 많은 경우 삼류도 못 되는 오류쯤의 수준이라고 혹평했다(*Passionate Apprentice* 218).

한 시대를 풍미했던 대표적인 초상화가였던 와츠는 초상화란 "기념비적인 어떤 것을 지녀야 하며, 우연히 취한 자세나 음영의 배열이 아니라 한 인물의 삶에 대한 요약"이라고 정의했다(Humm 227 재인용). 즉 초상화가 담아야 할 것은 대상 인물에 대한 사실적 묘사가 아니라 전기문학처럼 그 인물의 삶을 대변할 수 있는 어떤 핵심적인 것이라는 주장이다. 이같이 초상화와 전기를 연관시켜 바라보는 시각은 해묵은 것으로, 플루타르코스는 알렉산드로스 대왕과 카이사르의 비교열전을 기술하면서 다음과 같이 말한다.

> 이 책에서 나는 알렉산드로스 대왕과, 폼페이우스를 타도한 카이사르의 생애를 기술하고자 한다. [⋯] 내가 쓰려는 것은 역사가 아니라 전기이며, 한 인간의 미덕 또는 악덕이 언제나 그의 가장 탁월한 행적에서 드러나는 것만은 아니며, 수천 명이 전사한 전투나 엄청난 전쟁 장비나 도시의 포위보다는 오히

려 우연한 발언이나 농담 같은 하찮은 일에서 한 인간의 성격이 더 분명히 드러나기 때문이다.

화가가 모델을 닮은 초상화를 그릴 때 성격이 잘 드러나는 얼굴과 눈의 표정에 의지하고 신체의 다른 부분에는 신경을 좀 덜 쓰듯이, 나도 마땅히 한 인간의 속내를 드러내는 행위들에 치중하여 그것들에 의지해 그들의 생애를 그리고, 그들의 위대한 업적과 전투들은 다른 사람들에게 맡길 것이다. (영웅전 244)

플루타르코스는 전기서술 작업을 초상화에 비유하여 인물의 특징을 전달하는 데 가장 효과적인 사실을 선별하는 것은 전기작가의 주관적인 결정이라는 것을 분명히 하고 있다. 이와 더불어 초상화가 화가의 주관적인 판단에 의거하여 강조와 생략 등을 통해 화가가 생각하는 인물의 모습을 창조한다는 점에서 전기와 마찬가지로 있는 그대로의 인물묘사는 아니라는 점을 지적한다.

흥미로운 것은 초상화보다 훨씬 더 사실적인 인물재현 매체로 여겨지는 사진에 있어서도 이러한 와츠적인 인물표현의 아이디어가 계승되었다는 점이다. 빅토리아조 말기의 대표적인 인물사진 작가 줄리아 마가렛 카메룬(Julia Margaret Cameron)은 사실적 재현보다 빅토리아조 초상화의 전통을 사진에 담아내려 했다. 이러한 노력에 대해 울프는 『빅토리아조 저명인사 사진집』(*Victorian Photographs of Famous Men & Women*)의 서문에서 카메룬이 "피사체에 아주 조금 초점을 흐림으로써 사실주의를 극복하고 있다"고 평했다(382).[2)]

---

2) 울프는 로저 프라이와 함께 카메룬의 인물사진들을 편집해 *Victorian Photographs of Famous Men & Women*을 호가스 출판사에서 출간했다. 울프가 쓴 이 책의 서문은 "Julia Margaret Cameron"이라는 제목으로 *The Essays of Virginia Woolf* 4권에 실려 있다.

빅토리아 여왕의 통치 후반기에 사진술이 널리 보급되어 영국을 비롯한 유럽의 상류층 사이에 가족의 모습을 담은 "가족 앨범"을 갖는 것이 유행이었다. 울프의 가족도 마찬가지여서 레슬리 스티븐도 가족앨범을 소장했고, 그 앨범은 사촌이자 저명한 사진작가였던 카메룬이 찍은 사진을 다수 포함하고 있다. 스티븐은 죽은 아내 줄리아 스티븐의 사진들을 앨범으로 만들어 보관하고, 일종의 회고록인 『모솔레움북』(*Mausoleum Book*)을 써서 아내에 대한 추억을 정리했다. 이와 같이 글과 그림(또는 사진)을 통해 가족의 역사와 기억을 기록하는 것은 무척이나 영국적인 전통으로, 빅토리아 시대에는 이러한 문화가 국가적 차원에서 장려되어, 대영제국 전체에서 저명한 또는 훌륭한 인물들의 짧은 전기적 기록을 집대성한 『국민인명사전』(*Dictionary of National Biography*)을 출간하는 등 기념비적인 사업에 착수했다. 레슬리 스티븐은 이 사전의 편집장으로 거의 20년 동안 이 일에 몰두했다. 국가적 기록 사업은 여기서 그치지 않고, 1856년에는 『국민인명사전』의 시각적 등가물인 국립초상화 화랑(National Portrait Gallery)을 건립했다. 국립초상화 화랑은 "국민 앨범(national album)"으로 불리기도 한다. 라라 페리(Lara Perry)에 따르면 빅토리아 시대의 분위기는 "왕가는 왕조라기보다는 가족이며, 영국의 가장 중심에서 핵심적 역할을 한다는 개념"이 성립되었다고 한다(35). 이러한 개념은 영국 제국주의 운영의 이데올로기적 배경을 형성했고, 9명의 자녀에 둘러싸인 빅토리아 여왕의 가족 초상화와 사진들은 여왕을 행복한 가정의 중심이 되는 자애로운 어머니의 모습이자 대영제국의 어머니 이미지로 확대 재생산하는데 기여했다. 이처럼 전기와 초상화는 처음부터 기록물로서 상호 보완적인 관계를 유지해 왔고, 19세기말 일반에 보급된 사진술은 이러한 초상화의 기록적 성격을 이어받아 "가족앨범"을 구성하여 가족의 역사를 보존하는데 핵심적 역할을 했다.

1934년 국립초상화 화랑은 52세의 울프에게 초상화를 그려주겠고 제안했다. 이는 당시 화랑의 "현대 초상화 콜렉션(Contemporary Portaits Collection)" 프로젝트의 일환으로 살아있는 유명인사들 중 100명을 선정하여 초상화를 그려 보존하겠다는 의도였다. 이중에 한 명은 여자가 포함되어야 한다는 결정이 있었고, 위원회는 고심 끝에 울프에게 제안을 했지만, 울프는 거절했다. 그 이유를 울프는 "그들은 그림을 지하실에 보관할 것이고 내가 죽고 나서 10년 후 꺼내서 울프여사가 어떻게 생겼는지 궁금한 사람 누구 있나요? 하고 물으면, 모두들 아니요 라고 대답할 텐데"라고 설명했다(*L*5 227). 하지만 울프가 사망한지 10년 후인 1951년 국립초상화 화랑은 울프의 초상화를 전시하기로 결정하고프란시스 도드(Francis Dodd)가 그린 미완성의 울프의 초상화를 입수해 전시하게 된다.

국립초상화 화랑을 설립하게 된 배경에는 초상화와 전기와 역사를 한데 묶어 생각하는 영국적 사고가 깔려있다. 1817년 벤자민 헤이든(Benjamin Robert Haydon)은 영국 사람들이 초상화에 대해 갖고 있는 생각을 가장 단적으로 대변한다. 초상화는 "제국의 주요 생산물 중 하나이다. 영국 사람들이 어디에 정착하든, 그들이 어디서 식민지를 건설하든, 그들은 법관에 의한 재판을 하고, 경마를 즐기며, 초상화 그리기를 할 것이다"(Humm 167 재인용). 또 다른 초상화가인 윌리엄 호가스(William Hogarth)는 "초상화 그리기는 다른 어느 나라에서보다 이 나라에서 성하고 앞으로도 그럴 것이다"라고 주장했다. 이와 같은 정서는 빅토리아 시대의 저명한 역사가 토마스 카알라일(Thomas Carlyle)이 "그림은 소용없다, 초상화 그리기 말고는"이라고 말하고, 자신의 서재와 거실을 초상화로 가득 채웠다는 일화를 이해할 수 있게 해준다. 그는 "종종 나는 6권의 글로 쓴 전기들보다 초상화 한 점이 사람들에게 교훈을 주는데 더 효과적이라는 것을 발견한다. 아니 오히려 이렇게 표현할 수 있겠다. 초상화는 처음 전기를 읽을 수 있게 해주는 불 켜진 작은 촛불이라고"(Humm 168 재인용). 이렇듯 빅토리아 시대의 정서와 문화에서 전기와 초상화는 뗄 수 없는 밀접한 관계를 맺고 있다.

III. 울프의 "새로운 전기문학"과 초상화

울프는 「새로운 전기문학」("New Biography" 1927)에서 전 시대의 전기문학 전통에 대해서 정면으로 비판하고 새로운 전기문학의 필요성을 역설한다. 빅토리아조 전기문학이 보여주는 과장되고 미화된 인물을 거부하고, 있는 그대로의 인물의 개성(personality)을 어떻게 전달할 수 있을 것인가를 고심했던 울프는 전기문학의 현대화를 주장했다. 전 시대의 영웅주의적 전기문학서술의 관행을 비판하고, 이름 없는 대중의 삶을 담아내는 새로운 전기문학의 형식을 탐색했으며, 그러한 실험은 그의 소설쓰기와 맞닿아 있다. 마이클 벤턴(Micahel Benton)은 전기문학적 관심이 울프의 저작 전체를 관통하고 있다고 지적한다.

> 특히 『등대로』(*To the Lighthouse*)에서는 간접적이지만 심도 있게, 『올란도』(*Orlando*)와 『플러시』(*Flush*)에서는 유머러스하게, 에세이와 『로저 프라이』(*Roger Fry*)에서는 직접적으로, 편지와 일기 여기저기서, 그리고 『존재의 순간들』(*Moments of Being*)이라는 제목으로 묶은 자서전적 글들에서는 감동적으로, 전기문학은 울프의 전체 저작에 깊이 스며있다. (Benton 7)

흥미롭게도 울프의 주요 작품들 모두에서 초상화가 중요한 모티프나 주제로 등장한다. 가장 대표적으로 『등대로』에서 릴리가 그리는 램지 부인의 초상은 작품의 구심점 역할을 맡고 있다. 한걸음 더 나아가 울프는 『올란도』와 『삼 기니』(*Three Guineas*)에서 초상화와 사진들을 배치시켜 기존의 전기문학과 현대적 다큐멘터리 기록물의 접목을 시도한다. 특히 『올란도』에서는 비타 색빌웨스트(Vita Sackville-West)의 사진과 색빌웨스트 가문의 장원인 놀(Knole)에 걸려있는 초상화로 주인공 올랜도의 시간에 따라 변화된 모습을 보여준다는 점이 특기할 만하다.

울프가 시각 매체에 깊은 관심을 갖는 데는 화가인 언니 바네사 벨(Vanessa Bell)의 영향이 크다. 둘은 어려서부터 한 사람은 글쓰기를 다른 한 사람은 그림을 선택해 각자의 길을 걸어왔다. 바네사와 그 주변의 미술계 인사들과의 교우가 울프의 시각매체에 대한 이해의 폭을 넓히는데 많은 기여를 했다. 울프의 글쓰기에는 시각적인 요소가 강하다. 레베카 웨스트(Rebecca West)는 『제이콥의 방』(*Jacob's Room*)을 평하면서 "[울프는]그림으로 그려질 수 있는 것일 때만 기막히게 잘 쓸 수 있다. 어쩌면 그 중에서도 이미 그려진 것을 가장 잘 쓰는 것 같다."라고 평했고, 클라이브 벨(Clive Bell) 또한 『다이얼』(*The Dial*) 지에 기고한 글에서 울프의 "회화적 상상력(paintly vision)"에 대해 언급하고 이를 인상주의와 연결시켰다.

「과거의 스케치」("A Sketch of the Past")에서 울프는 어린 시절을 회고하며 어려서부터 자신이 받는 충격을 처리하는 방법으로 상황을 언어로 재구성하려 시도했고, 그러한 "장면 만들기" 작업이 궁극적으로는 자신을 작가가 되게 한 근본적 바탕이었다고 평가한다.

어떤 것을 말로 표현함으로써 나는 그것을 완전하게 만든다. 그것이 하나가 되었다는 것은 그것이 나를 괴롭힐 힘을 잃어 버렸다는 것을 뜻한다. 아마도 그렇게 함으로써 고통을 제거할 수 있기 때문에, 흩어진 조각들을 한 데 모으는 것은 내게 커다란 기쁨을 주었다. 이것은 내가 알고 있는 가장 강렬한 희열일 것이다. 이것은 내가 글을 쓰면서 어느 것이 어디에 속하는지 발견할 때, 어떤 장면을 제대로 만들고 어떤 인물을 제대로 그려내면서 느끼는 희열이다. … 그리고 나는 이 충격을 받아들이는 능력이 나를 작가로 만들어 준 것이라고 항상 생각하고 있다. 충격은 내 경우 즉각적으로 그것을 설명해야 하겠다는 욕구로 이어진다. … 그리고 그것을 말로 표현함으로써 나는 그것을 현실로 만든다. (*Moments of Being* 72)

이러한 "장면 만들기"는 사건이나 상황을 자신이 이해할 수 있는 언어로 재구성함으로써 주관적 경험의 객관적 상관물을 만드는 과정이다. 이는 언어로 "장면" 즉, "시각적" 등가물을 구성하는 것인데, 이는 그림이나 사진, 영화 "장면(scene)"과 연결시켜보지 않을 수 없다. 다시 말해, 울프는 연속적인 시간에 따라 펼쳐지는 플롯 대신, 시각적 이미지로 구성될 수 있는 장면들을 만들고 그 장면들을 서로 연관되게 배치하여 작품을 구성한다. 울프는 이 같은 실험적인 글쓰기를 통해 이전 시대의 전통에서 벗어나 새로운 형식을 추구했다. 그는 사실주의적 묘사를 피하고 핵심이 되는 어떤 것, 즉 자신이 "존재의 순간들(moments of being)"이라 부르는 삶의 진실을 표현하려 했다. 울프의 이러한 실험은 소설에 한정되어 있지 않다. 울프의 관심사는 존재의 진실을 담아내는 것이고, 이것은 허구의 인물이나 전기에 등장하는 인물 모두에게 마찬가지로 적용된다. 울프 특유의 "장면 만들기" 방식이 "존재의 순간들"을 담아내는데 효과적으로 작용했다면, 글이 아닌 시각 이미지로 일종의 "장면"

을 담아내는 초상화나 인물사진들은 울프가 글쓰기를 통해 닮고자 추구했던 이상적 표현형태가 아니었을까?

Ⅳ. 울프와 시컬트: 시각 매체와 전기문학

다시 처음에 언급했던 월터 시컬트에 관한 에세이로 돌아가 보자. 울프는 시컬트의 그림에 "플롯"이 있고, 자신이 말하는 "장면 만들기"처럼 한 장면을 통해 그 인물들에 대해 중요한 많을 것을 전달해 준다고 말한다.

> 그 왜 늙수그레한 선술집 주인 그림 있잖은가? 앞에 놓인 탁자에 술잔을 두고 식어버린 시가를 입에 물고서 날카로운 작은 눈으로 자기 앞에 놓인 견딜 수 없이 황량한 슬픔을 가만히 들여다보고 있는 그 그림 있잖은가? 그 남자 뒤에는 살집 좋은 여인이 노란색 싸구려 서랍장에 팔을 올려놓은 채 한가로이 기대어있고. 그들은 볼 장 다 보았다는 것을 느낄 수 있어. 수없이 많은 권태로운 나날들의 쌓이고 쌓인 무게가 그들을 짓눌러, 그 찌꺼기에 파묻혀 버린 거야. 저 아래 거리에서는 전차가 끽끽대고, 아이들은 날카롭게 소리치지. 지금 이 순간에도 누군가가 술집카운터에서 술잔을 초조하게 두드리고 있어. 그녀는 일어서야 할 거야. 자신의 무겁고 나태한 몸을 추스르고 가서 그 사람의 주문을 받아야지. 상황의 암울함은 위기가 없다는 사실에 기인 한다네. 지루한 순간들이 겹겹이 쌓이고, 낡은 성냥들이 쌓이고, 지저분한 술잔과 꺼진 시가들이. 그래도 여전히 그들은 가야하고, 일어나야 한다네. ("Sickert" 237)

울프는 그럼에도 불구하고 이 그림에는 "아름다움이 있고", "만족스럽고 어딘가 완결성이 있다"고 주장한다.

아마도 유리상자에 들어있는 박제된 새들이 발하는 빛이거나, 아니면 서랍장과 그녀의 신체의 연관성에 기인한 것인지 모르겠지만, 아무튼 그 그림에는 술집주인이 이제 다 망가져 버렸고, 그가 완전히 환멸을 느끼고 있다는 것을 우리한테 알려주는 어떤 특징이 있어. 그럼에도 그는 신비롭게도 저도 모르게 미와 질서 지배하는 다른 세계의 일부가 되어 있다네. 그곳에선 모든 것이 다 괜찮은 것이지. (237)

울프는 이처럼 한 장의 그림에서 많은 것을 읽어낸다. 울프에 따르면 시컬트는 "메레디스보다는 디킨스에 가까운 사실주의자"이고 "발작과 기씽, 그리고 초기의 아놀드 베넷과 상통하는 점이 있다"(238). 그의 주요 관심사는 중하류 계급의 사람들의 생활로 대부분 여인숙주인이나 가게주인, 음악당의 배우와 여배우들이다. 시컬트의 그림에서는 인물 못지않게 배경에 그려진 사물들이 중요하다. 울프는 시컬트의 그림에 나타나는 사람과 그들의 방 사이에 존재하는 친밀감에 주목한다.

침대와 서랍장, 벽난로 위의 그림 한 점과 꽃병들은 모두 그 소유자를 드러내준다. 단지 사용하고 꼭 들어맞는다는 것만으로도 싸구려 가구들은 광택이 벗겨지고 결을 드러내 보여준다. 그런 가구들에는 값비싼 가구들에는 언제나 결핍되어 있는 표현력이 깃들어 있다. 우리는 그것을 아름답다고 칭해야 한다. 비록 그것이 한 몫을 담당하고 있는 그 방을 벗어나면 극단적으로 흉물스러운 것일지라도. (239)

울프는 바네사에게 보내는 편지에 시컬트는 자신이 생각하는 "이상적인 화가"이며 그의 작품은 완벽하게 "묘사적"이라고 썼다(*L2* 331). 화가와 소설가는 공통점이 있는데, 소설가는 독자가 "보도록" 만들고 싶어 하기 때문이다.

> 소설가는 결국 우리로 하여금 보게 만들고 싶어 하지. 정원, 강, 하늘, 구름의 변화, 여인의 옷 색깔, 연인들 아래 볕을 쬐는 풍경, 사람들이 싸울 때 걸어 들어가는 꼬불꼬불한 숲 등 소설은 이러한 그림들로 가득 차 있다. [···] 그리고 그는 종종 어떤 장면을 묘사하는 것은 그것을 보여주는 가장 최악의 방법이라고 생각함에 틀림없다. 한 단어로 아니면 다른 단어와 절묘하게 대비되는 한 단어로 표현해야 한다. (251)

"보도록" 만들기 위해서는 언어보다 시각매체가 더 효과적일 수 있다. 하지만 울프는 그림이나 사진이 전통적인 전기문학을 대체할 수 있다고 생각하기보다는 이러한 시각적인 특징을 글쓰기에 끌어들여 자신이 생각하는 "새로운 전기문학"에 활용할 수 있다고 생각했던 것 같다. 그 결과 『올란도』와 『플러쉬』 등 의사 전기물에 사진을 도입하는 등 새로운 효과를 시도했다. 사실 이 같은 시도는 당시 유행하던 다큐멘터리 사진과 영화의 영향으로도 볼 수 있다. 1920년대 이후 영화산업은 본격적인 궤도에 진입하고 1925년 런던에 영화관이 설립되고 울프는 정기적으로 영화 관람을 하는 첫 세대였다. 산업발달과 더불어 다가온 새로운 시각매체와 매스미디어의 발달은 당시 최첨단 도시 런던의 한가운데에서 그 변화를 피부로 체감했던 모더니스트 작가 울프에게 자신이 경험하는 "현실"을 담아내기에는 전통적인 형식에 한계가 있다고 느끼게 만든 것이 틀림없다. 그렇다면 울프가 초상화 사진 등 시각 매체의 특징을 소설뿐만 아니라 자신의 주요 관심사였던 전기문학에 도입하려 시도한 것은 당연한 귀결일 것이다.

V. 새로운 전기문학에 대한 탐색

1927년에 쓴 「새로운 전기문학」("New Biobaphy")에서 울프는 빅토리아 조의 대표적인 전기작가이자 비평가였던 시드니 리 경(Sir Sydney Lee)을 인용하며, 전기문학의 핵심은 "인물(personality)의 진실된 전달"에 있다는 것을 강조한다. 즉 "진실"과 "인물의 전달"이라는 두 가지가 전기문학의 핵심을 이루고 있는데, 이 둘은 완전히 상반된 성격을 가졌고, 이것이 전기문학이라는 장르 자체에 본질적인 문제를 야기한다는 것이 울프의 진단이다.

> 한편에는 진실이 있고, 다른 한 편에는 개인의 특성이 있다. 그리고 만일 진리는 화강암같이 단단한 어떤 것이고 인물(personality)은 무지개같이 손에 잡히지 않는 어떤 것이라고 생각해 본다면 그리고 전기문학의 목적이 이 둘을 이음매 없이 매끈하게 하나로 연결시키는 것이라 할 때, 그 문제는 참으로 어려운 것이라 인정해야 할 것이다. 그리고 전기작가 대부분이 이 문제를 해결하지 못하고 실패했다는 것은 놀라운 일이 아니다. ("New Biography" 239)

다시 말해 전기문학은 "사실"에 기반을 두어야 하지만, "사실"만을 가지고 "인물"을 전달하는데 무리가 있다는데 문제의 핵심이 있다. 전통적으로 전기문학이 인물의 행위와 업적 중심의 기술이었다면, 18세기에 들어 전기문학은 그 지평을 넓혀 인간의 내적인 삶도 그 관심의 대상으로 포함하게 되었다. 울프에 따르면 위대한 전기작가였던 보스웰(James Boswell)의 영향으로 19세기에 들어 전기문학은 "업적과 활동이라는 외적인 삶뿐만 아니라 감정과 사상이라는 내적 삶도 표현해내려"했으며, 군인과 정치가뿐만 아니라 시인이나 화가와 같은 사람들의 생애가 전기의 소재로 자리 잡게 되었다(230). 하지만 보스웰과 같은 천재성을 갖추지 못한 많은 전기작가들이 사실을 충실하게 전달하는 것에만 매달렸고, 그 결과 위인의 덕성과 고매함만을 찬양하는 두껍고 무미건조하고 경직된 전기를 양산했다고 울프는 비판한다(231).

하지만 20세기에 들어서 시와 소설에서와 마찬가지로 전기문학에도 변화가 찾아왔는데, 울프는 이것을 연대기적 서술에서 예술적 작품 활동으로의 변화라고 해석했다. “그는 선택하고 조합한다. 한마디로 그는 더 이상 연대기작성자가 아니라 예술가가 된 것이다”(231). 그리고 이러한 변화를 가장 잘 보여주는 예로 해롤드 니콜슨(Harold Nicolson)의 『어떤 사람들』(*Some People* 1926)을 꼽았다. 이 책의 가장 큰 특징은 “실제 삶을 다루는 데 있어 많은 소설적 장치들을 사용”했다는 점이다. 울프는 “전기작가의 상상력은 사적인 삶을 소상하게 그려내기 위해 배열, 제안, 극적 효과 등 항시 소설가의 기술을 사용하도록 자극 받고,” “사실과 버무린 약간의 허구는 인물(personality)을 아주 효과적으로 전달하도록 할 수 있다”는 데 동의하지만, 이러한 작업은 매우 위험한 것으로 실패하기 십상이라는 것이 울프의 주장이다(234). 사실과 허구는 “서로 반목하기 때문에, 그 둘이 만나면 서로를 파괴한다.” 그리고 자칫하면 두 세계를 다 잃게 될 위험이 있다는 것이다(234). 그리고 그렇기 때문에 니콜슨의 책은 엄밀한 의미에서 전기가 아니라고 보았다(232). “『어떤 사람들』은 실제적 진실(reality of truth), 즉 사실적 근거를 가지고 있기 때문에 소설이 아니다. 또한 이것은 허구가 주는 자유와 예술적 기교를 가지고 있기 때문에 전기가 아니다”라고 결론 내린다(234).

개인의 특성을 전달하기 위해, 즉 전기문학의 대상이 되는 인물의 모습을 제대로 그려내기 위해서는 “사실(fact)을 솜씨 좋게 처리”(234)할 필요가 있는데 여기에 작가적 상상력이 개입하게 된다. 그리고 조심스럽기는 하지만 울프는 이러한 상상력의 개입이 새로운 전기문학이 나아갈 수 있는 새로운 방향성을 제시해 주고 있다고 보았다.

VI. 현실인식의 변화와 새로운 예술의 출현

해롤드 니콜슨이나 리튼 스트레치(Lytton Strachey)처럼 기존의 전기문학의 틀을 깨고 새로운 형태의 전기물을 시도하는 작가들이 등장하게 된 사회적 변화의 저변에는 현실을 인식하는 사고의 틀 자체의 변화가 자리하고 있다. 이들은 언제 어디서 누구의 자녀로 태어나 어디서 교육받고 누구와 결혼하고, 전쟁에서 공을 세우거나, 놀라운 발견을 하거나, 많은 책을 저술하고, 누구와 교우하고 어떻게 말년을 보냈다라는 연대기적 사실에 바탕하여 쓴 전기로는 한 사람의 일생이 전달될 수 있다고 생각하지 않았다. 왜냐하면 외적으로 검증 가능한 사실보다, 그러한 검증이 불가능한 내적인 경험들이 모여 삶의 경험을 구축한다고 보고 주관적 경험의 중요성을 높이 평가하기 때문이다. 이러한 변화는 한 사회에 속한 공동체의 구성원들이 전통과 가치를 공유한다는 전제가 사라져 버렸다는 사실에 기인한다. 이제 더 이상 과거의 작가들이 당연시했던 공동의 가치와 전통이라는 버팀목이 존재하지 않는 세계에서 고립된 개인이 자신의 경험을 어떻게 타자에게 전달하고 공감을 이끌어낼 수 있는가라는 문제의식에서 이 모든 것이 출발한다.

울프는 다소 과장해서 1910년을 기점으로 인간성에 획기적인 변화가 있었다고 주장한다("Mr. Bennet & Mrs. Brown" 320). 1910년 10월 로저 프라이(Roger Fry)는 "마네와 후기 인상파화가들(*Manet and the Post-Impressionists*)"이라는 제목으로 런던의 그래프튼 갤러리(Grafton Gallery)에서 전시회를 열었다. 전시된 마네(Édouard Manet), 모네(Claud Monet), 고갱(Paul Gauguin), 마티스(Henri Matisse), 고호(Vincent van Gogh), 세잔느(Paul Cézanne) 등의 작품은 당시 런던 대중들에게 충격을 주기에 충분했다. 후기 인상파의 기조는 대상의 사실적 묘사보다 화가의 주관적인 인상과 감정을 표현하는 것을 중시한다. 빛과 색채를 통해 주관적인 세계해석을 극대화하는 것을 그 특징으로 하기 때문이다. 이러한 특징은 이후 피카소(Pablo Picasso)와 브라크(George Braque) 등 소위 큐비스트(Cubist) 화가들에게로 이어진다. 프라이의 전시회는 당시 런던의 문화계에 커다란 충격을 주었고 퀜틴 벨(Quentin Bell)에 따르면 울프를 비롯한 블룸즈베리 예술가 지식인들로 하여금 스스로를 좀 더 "혁명적이고 악명이 높아졌다"고 느끼게 만들었다고 한다(Bell 168). 이 같은 일련의 문화적 사건들은 울프의 글쓰기를 이해하는데 중요한 단서를 제공해 준다.

울프는 「베넷씨와 브라운 부인」("Mr. Bennett and Mrs. Brown")3)에서 소설의 인물(character)에 대한 의견을 개진한다. 아놀드 베넷이 대표하는 에드워드조 작가들이 그려내는 소설 속 인물과 울프를 포함한 조오지조 작가들이 추구하는 인물구현 방법에 있어서의 근본적 차이점에 대해 논의하면서 울프는 현실(reality)에 대한 인식의 변화를 지적한다. 그리고 그 근저에는 전반적인 인간관계의 변화가 자리 잡고 있다고 보았다. "인물에 대해 의견이 다른 것은 존재의 깊이에 대한 견해가 다르기 때문"("To disagree about character is to differ in the depths of the being")이라는 것이다(387). 빅토리아 시대의

3) "Mr. Bennett and Mrs. Brown"(1923)은 울프가 현대소설에 대한 견해를 전개하고 이론을 첨예화하고 있는 일련의 글들 중 하나로 "Modern Novels"(1919), "Character in Fiction"(1924)과 "Modern Fiction"(1925)들과 그 논지에 있어 긴밀히 연계되어 있다.

수직적 계급적 관계에서 수평적 개인적 관계로의 변화가 현실을 인식하는 틀을 변화시키는데 영향을 끼쳤으며, 이러한 현실 인식과 세계관의 변화가 필연적으로 문학적 표현양식의 변화를 초래할 수밖에 없다는 것이다. 울프는 「모던픽션」("Modern Fiction" 1925)에서 다음과 같이 말한다. "우리 마음에 원자들이 떨어지는 순서대로 그것을 기록합시다. 보기엔 아무리 연관성 없고 제멋대로인 것처럼 보이더라도 각각의 모습과 사건들이 보여주는 그 패턴을 추적합시다"(161). 이 말은 앞서 지적한 후기 인상파의 주관적 감성과 체험을 표현하는 예술적 기법과 일맥상통하는 것이다. 이처럼 세계관의 변화와 예술적 표현 기법의 변화는 뗄 수 없는 필연적 관계에 있다.

「현대에 어떤 반향을 일으키는가」("How it strikes the contemporary" 1923)에서 울프는 예술적 표현에 있어 자신이 속한 세대, 즉 현대작가들이 고민하고 고전하는 이유는 전 세대가 공유했던 "믿음"의 부재에 있다고 진단한다.

> 우리는 이전 세대와 깨끗이 단절되었다. 전쟁과 더불어 오랫동안 제자리에 있던 덩어리들이 갑자기 흘러내린 — 가치관의 일대 변동은 꼭대기에서 바닥까지 삶의 결을 흔들어 놓았고, 우리들을 과거로부터 단절시켰기 때문에, 어쩌면 지나치리만큼 현재를 의식하게 만들어 놓았다. (157)

> 우리의 동시대인들은 더 이상 믿지 않기 때문에 우리를 힘들게 한다. 그들 중 가장 진지한 사람들조차 자신에게 일어난 일이 무엇인지를 알려줄 뿐이다. 그들은 세계를 창조할 수 없다. 타인들에게서 자유롭지 못하기 때문이다. 그들은 스토리를 말하지 않는다. 스토리들이 사실이라고 믿지 않기 때문이다. 그들은 일반화하지 못한다. 그들은 단지 자신들의 감각과 감정에 의존한다. 그런 식으로 확인한 것이 애매모호한 지력에 의존하는 것보다 믿을만하기 때문이다. (159)

이 같은 인식은 19세기 말 런던에 태어나 20세기 전반을 살았던 울프가 몸으로 체험한 변화에 기반을 둔 것이다. 전통사회에서 산업사회로의 전이, 대량복제 예술매체의 탄생, 도시화의 물결 속에서 파편화된 개인, 1차 세계대전을 경험한 유럽의 문명에 대한 불안, 프로이트로 대변되는 객관적 현실에 대한 믿음과 합의의 상실 등이 그것이다.

변화의 시대를 살았던 울프가 경험하는 현실(reality)은 전 시대 사람들이 현실이라고 생각했던 것과 본질적으로 달랐고, 그것을 전달하는 표현 양식 또한 변화를 요구할 수밖에 없었다. 아놀드 베넷이 울프를 비롯한 당대의 젊은 작가들이 "인물창조"를 하지 못한다고 비판한 데 대해, 울프는 베넷으로 대표되는 빅토리아 조 에드워드조 작가들의 전통적인 인물묘사가 오히려 비현실적이라 비판하는 데는 그러한 이유가 바탕에 깔려있다. 논란의 핵심은 두 계열의 작가들, 더 크게 확대해보면, 아놀드 베넷이 속한 세대의 작가들과 울프가 속한 세대의 작가들이 생각하는 실재(reality)에 대한 개념의 차이에 있다. 울프는 그 차이가 작가와 독자, 나아가 공동체 구성원들이 함께 "공유하는 믿음"의 부재라고 지적한다. 베넷의 글쓰기는 통합되고 안정된 세계 인식을 담보로 하고 있는 반면, 도시화 산업화가 급속히 진행되고, 1차 세계대전의 대량살육과 파괴를 경험한 고립되고 파편화된 개인이 타자와 관계를 새로이 모색해야 시점에서 당시의 젊은 작가들은 더 이상 기성세대의 세계관을 공유할 수 없게 되었던 것이다.

이러한 변화는 울프가 그려내는 인물들에서 뚜렷이 나타난다. 『제이콥의 방』을 필두로 본격적으로 시작된 울프의 실험소설들은 여러 다른 인물들의 눈에 비친 인물의 단편적인 모습들을 나열하여 보여주고, 독자는 이러한 조각모음에서 결코 완결되지 않은 미완의 스케치 같은 인물의 모습을 감지할 수 있을 뿐이다. 『등대로』(*To the Lighthouse*)는 처음부터 끝까지 램지부인(Mrs. Ramsey)의 여러 모습들을 스냅샷처럼 제시한다. 처음에는 여름별장에 모인 가족들과 여러 다른 초대 손님들과의 관계에서 드러나는 램지부인의 모습, 이후, "쐐기모양을 한 어둠의 핵(wedge shaped core of darkness)"라는 모호한 표현으로 묘사되는 마지막 밤에 홀로 침실에 남은 램지부인의 모습 등이다. 일종의 막간의 구실을 하는 「세월은 흐른다」("Time Passes") 부분에서는 빈 집에 남겨진 부인의 숄이 무심한 시간과 바람결에 흩어지는 모습을 통해 추억을 불러일으키고, 후반부에는 죽은 부인을 기억하는 가족들과 손님들이 다시 별장에 모여 그녀를 추억한다. 한편에서 릴리는 작품의 처음부터 끝가지 그림으로 부인을 재현해내려 한다. 작품 자체가 램지부인을 어떻게 보여주느냐는 문제에 천착하고 있는 모양새다. 울프는 램지부인의 모습을 다양한 형태의 조각들로 제시하면서 결코 완결된 부인의 모습을 보여주지 않는다(혹은 못한다).

VII. 울프의 인물묘사와 회화적 상상력

울프의 인물표현은 앞서 언급한 당시 급진적 미술사조와 맥을 같이 한다고 볼 수 있다. 대상에 대한 사실적 표현을 벗어나 화가 개인의 주관적인 인상을 표현하려는 후기 인상파 화가들의 그림은 이후 피카소(Picasso)나 브라크(Braque)와 같이 여러 관점에서 포착한 대상의 3차원 입체의 모습을 2차원의 평면에 풀어놓는 큐비즘(Cubism)으로 이어진다. 울프의 인물묘사도 이러한 큐비즘적인 요소를 담고 있는데, 『등대로』에서 보여주는 램지 부인의 모습을 이와 같은 관점에서 이해해 볼 수 있을 것이다. 대상에 대한 사실주의적 표현에 익숙한 감상자와 독자의 입장에서는 낯설고 이해하기 어려운 텍스트이지만, 보는 방법과 읽는 방식을 알고 나면, 오히려 파편화 고립화된 "셀 수 없이 많은 입자들"로 구성된 인물을 제시하는 실험적 소설에서 전통적인 회화나 소설보다 다양한 해석의 여지를 제공해 주는 완전히 다른 방식의 작품을 감상할 수 있게 된다. 울프에 있어 큐비즘적인 요소를 가장 잘 보여주는 작품은 『파도』(*The Waves*)다. 파도는 한 인물의 모습만이 아니라 6명의 내면과 독백, 서로를 바라보는 시선 등을 커다란 화폭에 시간의 일렁이는 파도처럼 담아낸 작품이다. 작품을 관장하는 하나의 시점이나 기승전결이 있는 다음어진 이야기를 들려주는 대신, 분열되고 흩어진 조각들을 한꺼번에 중첩되게 나열하여 독자로 하여금 현실의 미완성과 사건의 열려있음을 그대로 인식하고 느끼게 해준다.

소설에 있어 울프가 개진하는 인물(character)론과 전기에 있어서의 인물묘사는 일맥상통하는 면이 있다. 소설에서는 허구의 인물을 만들고 이를 인물(character)라고 부른다면, 전기는 실존 인물을 다루기 때문에, 그 인물의 개인적 특성(personality)의 전달을 가장 중요한 요소로 꼽는다. 둘 사이의 근본적 차이는 허구의 인물인 소설의 캐릭터의 경우 작가의 상상과 자율성에 따라 인물을 표현할 수 있는 반면, 전기의 인물, 즉 실존인물의 경우에는 사실(facts)에 기반한 서술을 해야 한다는 점이다. 하지만 허구의 인물이든 실존 인물이든 그들이 가진 특성을 글로 표현하고 전달한다는 과제 자체는 동일하다.

소설의 경우와 마찬가지로, 전기문학의 쇄신을 주장하는 울프나 스트레치와 같은 모더니스트 계열의 작가들의 현실인식은 전 시대 전기작가들의 세계관과 의식을 달리한다. 첫째로, 전기문학의 대상이 될 만한 자격을 가진 인물의 선정하는 문제이다. 빅토리아 시대에는 국가적 사회적으로 명망이 있고 위대한 업적을 이룩한 "타의 귀감이 될 만한" 위인들의 삶을 기록하는 것을 목적으로 했고, 전기문학은 라디오나 텔레비전 등의 대중매체가 발달하기 이전 시대의 오락물이자 대중교육의 중요한 수단이며, 개인사에 초점을 맞춘 역사적 기록물이기도 했다. 하지만 울프의 시대는 수직적 인간관계가 수평적으로 변화하는 시기였고, 사진술과 라디오 방송과 영화가 등장했다. 사람들은 더 이상 저녁시간에 난로 가에 모여 앉아 시나 소설이나 전기문학을 낭독하고 함께 나누지 않는 대신, 라디오 방송을 듣고 그라마폰으로 음악을 감상하는 등 개인적 공간에서 개별적 여흥을 즐기게 되었다. 시대의 변화와 더불어 이제 울프는 위대하지 않은 "이름없는 사람들" 보통 사람들의 삶도 기록될 가치가 있지 않은가라고 반문한다. 둘째로, 선정된 대상의 삶을 기록하는 방식이다. 앞서 지적했듯이 빅토리아 조 시대의 전기물은 대상 인물의 위대성에 흠이 될 만한 사실들을 생략하고 덮어버리는 경우가 많았다. 위인은 일반 사람과 달리 위대한 인물이어야 하기 때문이었다. 하지만 리튼 스트레치가 『명망 있는 빅토리아조 인들』(*Eminent Victorians* 1928)에서 보여주듯이, 나이팅게일은 훌륭한 일을 했지만 동성애자였다는 것을 밝히는 등 이전 시대의 전기에서는 상상할 수 없었던 태도를 취한다. 인물의 위대성을 강조하기보다는 인간성의 아이러니한 면모를 함께 서술하여 위인도 약점이 있는 존재임을 보여주었고 대중은 이러한 인간적인 면을 큰 충격 없이 받아들이는 여유를 갖게 되었다. 이러한 변화는 앞서 지적했듯이 변화된 세계관과 현실 인식에 기인한다.

울프는 「새로운 전기문학」과 「전기 문학예술」("Art of Biography" 1939)에서 스트레치(Lytton Strachey)와 니콜슨(Harold Nicolson)의 새로운 전기쓰기 방식에 대해 다루고 있지만, 사실 둘 다에 그다지 만족하지 못한 것 같다.

울프는 스스로 다양한 실험을 계속했고, 그 결과 나온 작품들이 『플러쉬』, 『올란도』 그리고 마지막으로 『로저 프라이』이다. 울프에게 있어 전기문학을 쇄신하는데 가장 커다란 걸림돌은 사실과 허구의 이분법이다. 소설은 작가에게 무한한 상상력의 발현을 허용하지만 전기물은 실제로 존재했던 인물을 재구성하는 것이어서 "사실"에 근거해야 한다. 하지만 사실이라는 것이 유기적인 구조를 가지고 존재하지 않기 때문에 전기작가는 소설작가처럼 자신이 생각하는 인물의 특성(Personality)을 작품에 구현하기 위해서는 사실을 선별하여 배열해야 하는 문제에 봉착한다. 그리고 사실들 사이의 간극을 메우기 위해 상상력과 소설적 기법을 동원하지 않을 수 없다. 하지만 이 둘을 결합하는 것은 "매우 위험한" 작업으로 자칫 잘못하면 두 영역에서 모두 실패하고 만다는 것이 울프의 지론이다. 울프의 문제는 전기문학에 대한 전통적인 장르개념을 그대로 수용하면서 그 안에서 변화를 추구하려 했던데 있는 것 같다.

실제 울프의 글쓰기는 전기문학과 소설의 경계를 넘나들며, 실제 인물의 삶과 상상의 세계를 접목시켜 나가는 과정으로 보는 것이 더 타당할 듯하다. 하지만 전통적인 전기문학의 틀을 고수하면서 울프가 평생을 지속해온 전기쓰기는 울프의 에세이에서 찾아볼 수 있다. 울프는 1904년 처음으로 『타임즈지 문예란』(*Times Literary Supplement*)에 기고를 시작한 이래 거의 일생 동안 저널리즘 활동을 유지했다. 그 결과 나온 수백 개의 에세이들 다수가 소설가, 전기작가, 일기와 서신 작가 등 자신의 삶에 대한 기록을 남긴 수많은 사람들의 삶에 대한 짧은 단상들이다. 즉 전기적 스케치라 볼 수 있다. 이 같은 에세이들은 울프의 "장면 만들기," 즉 회화적 특성을 가장 잘 드러내 준다.

자유로이 작가적 상상력을 발휘할 수 있는 소설에서와는 달리 전기문학에서 울프는 좀 더 보수적인 입장을 취한다. 그것은 "사실"에 근거하여 서술해야 한다는 부담감 때문이었을 것이다. 울프 자신의 표현을 빌면 "소설가는 자유롭지만, 전기작가는 매있기" 때문이다("Art of Biography" 221). 시각적인 효과를 글로 표현하고자 했던 울프의 글쓰기의 실험이 전기문학에 있어서도 이어진다. 어쩌면 이러한 회화적 요소가 소설에서 보다 전기에 더 절실하게 필요했던 것 같다. 울프가 실제로 쓴 고전적인 의미에서의 전기는 『로저 프라이』 한 권이다. 하지만 울프는 "전기"라는 부제를 붙인 『플러쉬』와 『올란도』를 저술했고, 수많은 에세이에서 작가들과 인물들을 "스케치"했다. 울프에 있어 "스케치"는 문자 그대로 화가가 밑그림으로 그리는 "스케치"이자 그 자체로 작품이 되는 가벼운 그림이기도 하다.

울프가 추구하는 새로운 형태의 전기는 디테일을 갖춘 완성된 그림보다 "스케치"에 더 가까워 보인다. 리튼 스트레치의 대표작인 『명망 있는 빅토리아인들』은 4명의 비중 있는 인물들을 한 권의 책자에 압축시켜 담았다. 빅토리아 시대의 묵직한 전기에 비해, 그 아이러니한 어조와 함께 물리적인 두께도 얇아져, 스케치에 가까이 다가간 형태라 볼 수 있다. 그리고 울프의 경우 『올란도』와 『플러쉬』 둘 다, 하나는 한 인물이 400년에 걸쳐 살면서 남성에서 여성으로 변화하는 등 판타지적인 요소가 주를 이루고, 다른 하나는 사람이 아닌 애완견의 눈으로 관찰한 인간세상이라는 재미있는 발상을 담고 있다. 또한 울프가 쓴 수많은 작가론 에세이들은 한편으로는 개별 작가들에 대한 짧은 전기적 비평적 스케치들이다. 뉴캐슬 공작부인(Margaret Cavendish, Duchess of Newcastle), 페니 버니(Fanny Burney) 등 당시 대중에게 알려지지 않았던 여성 작가들에 대한 짧은 소개에서부터, 오스틴(Jane Austen), 브론테 자매(the Brontës), 조지 엘리엇(George Eliot) 등 여성작가들에 대한 심도 있는 고찰, 칼라일(Thomas Carlyle), 고세(Edmund Gosse), 디킨스(Charles Dickens), 하디(Thomas Hardy), 제임스(Henry James) 등 셀 수 없으리만치 많은 시인, 소설가, 전기작가, 화가 등에 이르기까지 다양한 인물들에 대한 에세이들에서 울프는 그들의 삶의 단면을 짧은 전기적 스케치에 담았다. 울프가 만년에 쓴 「과거의 스케치」 또한 그런 맥락에서 본다면, 자신의 삶에 대한 자전적 스케치라는 점에서 아주 적절한 제목을 붙인 것으로 볼 수 있다.

VIII. 이름 없는 사람들의 전기와 초상화

「이름 없는 사람들의 전기」("Lives of the Obscure")에서 울프가 그려내는 장면들은 이 같은 시도의 좋은 예이다. 이 글에서 울프는 지방 도서관 구석에 먼지에 묻혀 잠들어 있는 몇몇 잊힌 인물들의 자서전과 서간집을 소개하면서 그 책에 등장하는 군상들을 스냅사진처럼 그려낸다. 울프는 가급적 기승전결이 있는 "이야기"를 피하고 그 인물이 등장하는 "장면"을 보여주려 한다. 주위의 반대를 무릅쓰고 난봉꾼과 결혼한 한 처녀의 이야기를 보자.

> 여러 해 동안 그녀의 소식은 들리지 않았다. 그러던 어느 날 밤, 테일러 일가가 옹거(Ongar)로 이사를 하고 나서, 밤 9시였고, 보름달이 떠있어, 늙은 테일러 부부는 난로가에 앉아, 약속대로 어떻게 달을 바라보며 곁에 없는 자식 생각을 할까 궁리하고 있었을 때였다. 문을 두드리는 소리가 나서 테일러 부인이 나가 문을 열었다. 그런데 거지꼴에 슬픈 표정을 지으면서 밖에 서 있던 그 여자는 누구였을까? "스트럿 가와 스테이플턴 가를 기억하시지요? 아주머니께서도 제게 M대위는 안 된다고 주의를 주셨잖아요?" 그녀는 바로 수척해지고 절망에 빠진 불쌍한 패니 힐, 한 때 그처럼 도도했던 패니 힐이었다. (121)

울프는 굳이 사건들을 묘사하지 않고 고향으로 돌아온 그녀의 모습을 통해 그간의 사정을 상상하게 만든다. 이처럼 대표적인 장면들을 연결하여 여러 "이름 없는 사람들"의 생애를 한 폭의 그림으로, "별무리처럼 수많은 인생으로 빽빽하게 들어찬" 일종의 테피스트리를 엮어 낸다. 한 사람의 삶에서 다른 삶의 삶으로 마치 사진첩에 끼워진 사진들처럼 직접적인 연관성은 없을지라도 서로의 삶과 경험으로 연결되어 있고, 그들의 모습들이 모여 비로소 의미 있고 풍성한 모음집이 구성되는 것이다. 런던의 스트랜드를 거니는 인물들을 묘사하다가 다음 순간 울프는 작은 여객선 갑판으로 우리를 데려간다.

> 우리에게는 19세기 중엽 아일랜드 해안을 떠나는 보잘것없는 작은 여객선이 보인다. 방수천이나 방수모를 쓴 텁수룩한 사내들이 비스듬한 갑판 위를 비틀거리면서 침을 뱉는 모습에는 1840년의 분위기가 역력하다. 그러나 그들이 숄과 챙이 쑥 나온 보닛을 쓴 채 바다 위를 내다보는 젊은 여성을 대하는 모습에는 친절이 배어 있다. "아뇨, 괜찮아요!" 그녀는 갑판을 떠나려 하지 않는다. 그녀는 아무것도 보이지 않을 때까지 갑판에 있겠다고 고집한다! "바다를 매우 사랑해서 그녀는 [‥ ‥] 남편과 자식들이 있을 때도 이따금씩 집을 떠났다. 남편을 제외하고는 그녀가 어디를 갔는지 아무도 몰랐으며, 자식들은 인생의 후반에 가서야 갑자기 며칠 동안 사라지곤 했던 어머니가 짧은 바다 여행을 했다는 걸을 알게 되었다." (123)

그 다음엔 열정적인 발명가이자 목사이며 네 번이나 결혼했던 리처드 로벨 에지워스(Richard Lovell Edgeworth)를 그가 만든 기막힌 발명품과 함께 등장시킨다.

> 예컨대 18세기 때 버크셔(Berkshire)에서 언덕 아래로 달려간 그 거대한 바퀴

는 무엇인가? 그것 점점 더 빨리 달리더니 그 속에서 갑자기 한 젊은이가 뛰어나온다. 다음 순간 그것은 채석장의 구덩이 너머로 튀어나가더니 산산 조각이 나 버린다. 이것이 바로 에지워스, 놀라울 정도로 따분한 사람인 리처드 로벨 에지워스가 한 일이다. (123)

마치 영화의 시작 장면처럼 에지워스는 망가진 발명품과 함께 우리 눈앞에 나타난다. 이 같은 장면들은 울프가 소설에서 섬세하게 그려내는 깊이 있고 다면적인 큐비즘적이고 정교한 인물묘사와는 거리가 있지만, 장면을 통해 인물의 특성을 전달한다는 점에서 앞서 언급했던 시컬트의 인물화들과 더 닮아 있다. 화가는 전기작가와 달리 "소위 사실이라 불리는 힘겨운 장애물"에 걸려 비틀거리지 않고, 시각적 인상을 통해 인물의 특성을 전달할 수 있다는 이점이 있기 때문이다. 시각적 "장면"이 서술적 "이야기"에 보다 유리한 면이 있다면 그것은 사실들 사이에 매끈히 연결되지 않는 단절을 처리하는 방식일 것이다. 그렇기 때문에 "이름 없는 사람들의 전기"에서처럼 다양한 군상들의 삶이 점점이 놓여 있을 때 그들의 삶을 이야기로 연결시키자면 "전기작가의 상상력은 사적인 삶을 소상하게 그려내기 위해 배열, 제안, 극적 효과 등 항시 소설가의 기술을 사용하도록" 유혹을 받을 수밖에 없다. 하지만 울프는 이것이 지극히 위험하다고 생각했다. 그리고 시컬트의 그림과 같은 장면 만들기는 이러한 "창작"을 다소나마 회피할 수 있게 도와준다. 사실과 사실 사이의 연결되지 않은 단절을 굳이 이어가지 않아도 되기 때문이다. 이처럼 회화적 글쓰기는 상상력을 동원한 "플롯" 만들기를 피할 수 있게 해주는 이점이 있고, 이 같은 형식의 글쓰기를 통해 다듬어진 울프 특유의 전기서술 방식은 로저 프라이의 전기에서 불완전하나마 그 결실을 맺는다. 4년여에 걸친 지난한 작업 끝에 울프는 전통적인 기법을 지양하고 사실들을 조금은 헐거운 방식으로 나열한 스냅사진들로 가득 찬 앨범 같은 프라이의 전기를 내어 놓는다.

필자는 이 글에서 회화적 시각적 요소가 울프가 지향하는 현실 또는 실재(reality)를 전달하는데 얼마나 효과적으로 작용하고 있는지를 보여주려 하였다. 특히 인물의 특성(personality)을 전달하는 것을 목적으로 하는 전기 문학에서 이 같은 회화적 기법은 상당히 효과적인 방법이었다. 전통적인 전기문학 서술이 시대의 요구에 맞추어 변화해야 한다는 당위성을 절감함 모더니스트 작가들의 문제의식을 가지고 울프의 경우엔 시컬트의 인물화에서 그 등가물을 찾았다. 자신의 글쓰기에서 가벼운 스케치와 같은 인물 서술을 계속했고, 이러한 글쓰기 실험은 울프의 소설 속 인물묘사에도 함께 이어지고 있다는 점이 중요하다. 소설보다 전기에서 좀 더 보수적인 장르개념을 견지했던 울프가, 소설에 있어 당시의 급진적이며 전복적으로 받아들여졌던 후기 인상파나 큐비즘적인 요소를 반영했던데 비해, 전기적 글쓰기에는 보다 전통적인 시컬트의 회화적 특질을 추구했던 것이 좀 더 자연스럽고 당연한 귀결로 보인다. 울프의 글쓰기에 있어서의 회화적, 시각 예술적 측면은 앞으로 좀 더 체계적이고 전반적인 분석을 필요로 하고 울프를 당시의 문화사적 지평에서 폭넓게 이해할 수 있는 연구 틀을 제시해줄 것으로 믿는다.

출처: 『제임스조이스저널』 제20권 1호(2014), 107-31쪽.

▪ 인용문헌

『플루타르코스 영웅전』. 천병희. 서울: 도서출판 숲, 2010.

Bell, Quentin. *Virginia Woolf: A Biography*. Vol.1. London: Hogarth, 1972.

Gillespie, Diane Filby. *The Sister's Arts: The Writings and Paintings of Virginia Woolf and Vanessa Bell*. Syracuse, NY: Syracuse UP, 1988.

Humm, Maggie. "Virginia Woolf, Art Galleries and Museums." *Edinburgh Companion to Virginia Woolf and the Arts*. Edinburgh: Edinburgh UP, 2010. 140-59.

Lee, Hermionie *Virginia Woolf*. New York: Alfred A. Knopf, 1997.

Perry, Lara. "The National Portrait Gallery and its Constituencies, 1858-96." *Governing Cultures: Art Institutions in Victorian London*. Ed. Paul Barlow and Colin Trodd. Burlington, VT: Ashgate, 2000.

Woolf, Virginia. *Carlyle's House and Other Sketches*. Ed. David Bradshaw. London: Hesperus Press, 2004.

_____. "Mr. Bennett and Mrs. Brown." *Collected Essays*. Ed. Leonard Woolf. Vol. 1. London: Hogarth, 1966. 319-37.

_____. "Modern Fiction." *Collected Essays*. Ed. Leonard Woolf. Vol. 2. London: Hogarth, 1966. 103-10.

_____. "How It Strikes a Contemporary." *Collected Essays*. Ed. Leonard Woolf. Vol. 1. London: Hogarth, 1966. 153-61.

_____. "Lives of the Obscure." *Collected Essays of Virginia Woolf*. Vol. 4. London: Hogarth, 1967. 120-33.

_____. "New Biography." *Collected Essays of Virginia Woolf*. Vol. 4. London: Hogarth, 1967. 229-35.

_____. "Art of Biography." *Collected Essays of Virginia Woolf*. Vol. 4. London: Hogarth, 1967. 221-28.

_____. *Moments of Being: Unpublished Autobiographical Writings of Virginia Woolf*. Ed.

Jeanne Schulkind. London: Sussex UP, 1976.
_____. *Letters of Virginia Woolf: 1929-1931.* Vol. 4. New York: Harcourt Brace Jovanovich, 1979.
_____. *The Diary of Virginia Woolf.* 5 Vols. Ed. & Intro. Ann Olivier Bell. London: Hogarth, 1977-1984.
_____. *Freshwater: A Comedy*. Ed. with a Preface. Lucio P. Ruotolo. New York: Mariner Books, 1985.
_____. *A Passionate Apprentice: The Early Journals*. Ed. Mitchell A. Leaska. London: Hogarth, 1990.
_____. "Julia Margaret Cameron." *The Essays of Virginia Woolf.* Vol.4. Ed. Andrew McNeillie. London: Hogarth, 1994. 375-86.

김금주 연세대학교 인문학연구원 전문연구원
연세대학교 문학박사
주요 저서로 『여성신화 극복과 여성적 가치 긍정하기』가 있다.
주요 논문으로 「모성 이데올로기의 재의미화: 도리스 레씽의 『사대문의 도시』」, 「여성 신화에서 탈주하기: 도리스 레씽의 『황금색 공책』」, 「울프의 『파도』에 나타난 자기 창조의 문제: 니체의 '생성'을 중심으로」 등이 있다.

김영주 서강대학교 영어영문학과 교수
미국 텍사스 A&M 대학교 문학박사
관련 저서로 『20세기 영국 소설의 이해 II』(공저), 『영어권 탈식민주의 소설 연구』(공저), 『여성의 몸-시각 쟁점 역사』(공저), 『영국 문학의 아이콘-영국 신사와 영국성』 등이 있으며, 주요 논문으로 「잔혹과 매혹의 상상력: 앤젤라 카터의 동화 다시 쓰기」, 「근대성과 런던의 지형학: 버지니아 울프의 『댈러웨이 부인』」, 「최근 영국소설에 나타난 문화지리학적 상상력」, 「이언 매큐언의 『시멘트 가든』과 고딕적 상상력」 등이 있다.

김요섭 군산대학교 교양교육원 조교수
서울대학교 문학박사
저서로 『문학으로 이해하는 경제』(공저)가 있다.

박은경 충남대학교 영어영문학과 부교수
뉴욕 주립대학교 문학박사
최근 논문으로 "Undoing Colonialism from the Inside: Performative Turns in the Short Stories of Leonard Woolf and E. M. Forster," 「조이스와 맨스필드의 결혼 플롯 고찰: 『죽은 사람들』과 『낯선 사람』을 중심으로」, 「D. H. 로렌스의 '고딕' 이야기 고찰 －『사랑스러운 부인』에 드러난 흡혈귀 모티프를 중심으로」 등이 있다.

손영주 서울대학교 영어영문학과 교수
미국 위스컨신대학교 (매디슨) 박사
주요 저서로는 *Here and Now: The Politics of Social Space in D. H. Lawrence and Virginia Woolf*, 역서로 『사랑에 빠진 여인들』 등이 있고, 논문으로 「울프가 베버를 만날 때: '직업'으로서의 글쓰기와 모더니스트의 '소명'」, 「『사랑에 빠진 여인들』의 지루함과 우울: 근대적 주체와 역사의 변증법」, 「"생각하는 일이 나의 싸움이다": 버지니아 울프의 사유, 사물, 언어」 등이 있다.

손현주 서울대학교 인문학연구원 HK연구교수
서울대학교 인문대학 영어영문학과 학사 및 석사
영국 버밍엄대학교 문학박사
「거울 속의 이방인」, 「울프여사는 영화를 발견했다」, 「다시 읽는 프랑켄슈타인」 외 다수의 논문이 있다.

이순구 평택대학교 교양학부 부교수, 스토리텔링융복합전공 주임교수
서울대학교 영문학 박사(1999) U.C. Berkeley 영문학 포스트 닥(2001)
주요 저서로 『죠지 엘리어트와 빅토리아조 페미니즘』(2003, 동인), 『오스카 와일드 —데카당스와 섹슈얼러티』(2012, 동인)가 있으며 그 외 다수의 논문들이 있다. 주요 관심 분야는 페미니즘과 젠더, 섹슈얼러티이다.

이주리 서울대학교 영어영문학과 강사
Texas A&M 대학교 영문학 박사(2013)
영국 모더니즘 문학과 최근영미소설이 관심분야이며, 최근 논문으로 "Invoking Joyce, Avoiding Imitation: Junot Díaz's Portrait of Nerds in *The Brief Wondrous Life of Oscar Wao*," 「텍스트의 정치: 버지니아 울프와 자크 랑시에르」 등이 있다.

정명희 국민대학교 영어영문학부 교수
미국 뉴욕대학교 문학박사
관련 역서로 『댈러웨이 부인』, 『막간』, 『버지니아 울프: 존재의 순간들, 광기를 넘어서』 등이 있고 주요 논문으로는 「『올랜도』: 울프의 양성적 내러티브」, 「『파도』: 비개인성의 미학」, "Mediating Virginia Woolf for Korean Readers" 등이 있다.

진명희 한국교통대학교 영어영문학과 교수
한국외국어대학교 문학박사
관련 역서로 버지니아 울프의 『출항』이 있고, 주요 논문으로는 「『세월』: 새로운 세상을 향한 울프의 연대기」, 「「천상의 기쁨」: 성적욕망의 주체적 발현과 여성적 글쓰기」」, 「『마음의 죽음』: 엘리자베스 보웬의 삶의 비전에 관한 서사」, 「정원가꾸기와 글쓰기: 마사 발라드와 가브리엘 루아」 등이 있다.